ullstein

Marc Raabe

# SCHLÜSSEL 17

Thriller

Ullstein

Besuchen Sie uns im Internet:
www.ullstein-taschenbuch.de

FSC
www.fsc.org
MIX
Papier aus verantwortungsvollen Quellen
FSC® C083411

Originalausgabe im Ullstein Taschenbuch
1. Auflage Februar 2018

Umschlaggestaltung: zero-media.net, München
Titelabbildung: Getty Images / © Seb Oliver (Feder);
© FinePic®, München (Struktur)
Satz: Pinkuin Satz und Datentechnik, Berlin
Gesetzt aus der Kepler Std
Druck und Bindearbeiten: CPI books GmbH, Leck
ISBN 978-3-548-28913-7

Die Hölle, das sind die anderen.

*Jean-Paul Sartre*

# Prolog

Berliner Dom
Sonntag, 3. September 2017
6:28 Uhr

Winkler öffnet die Tür zur Stille. Und zur Finsternis.

Um diese Uhrzeit ist alles so anders hier. Intensiv und durchdringend, als hätte er keine Haut. Die Stille, der weite Hall, die Dunkelheit, in der das erste Tageslicht den gewaltigen Dom um ihn herum wie aus dem Nichts entstehen lässt – wie von Gottes Hand.

So war es auch mit ihr gewesen, am Altar. Sie war aus dem Nichts gekommen, hatte ihn überrumpelt. Ob Gott dabei seine Hände im Spiel gehabt hatte? Wohl eher der Teufel. Aber auch der, denkt Winkler, ist aus Gottes Holz geschnitzt.

Es war ein früher Sonntagmorgen gewesen, wie heute. Ihre Anwesenheit hatte in der Luft gelegen, gleich einem tiefen Ton, den niemand hört, der aber im Magen vibriert. Ihre Gestalt hatte sich aus dem Halbdunkel geschält, ihr Zeigefinger ging beschwörend zu ihren Lippen. Wortlos hatte sie ihn berührt, ihn gelenkt, die Stufen hinauf ... Er ruft sich zur Ordnung, will die Erinnerung wegsperren, aber es hilft nichts. Die Gedanken sind da, kriechen wie durch ein Schlüsselloch in ihn hinein, in ein Zimmer, von dem er nicht wusste, dass es da ist.

Er weiß, dass es im Internet solche Ecken gibt. Filme.

Widerwärtige Angebote. Man muss nur googeln. Man kann es aber auch lassen. Er hat es immer gelassen. Und dann kommt ausgerechnet sie, setzt sich auf sein Gesicht, zieht ihn an seinen Haaren in sich hinein. Er hätte »Nein!« schreien sollen, sich wehren. Stattdessen *wollte* er es, bettelte um mehr – und um weniger. Um mehr Schmerzen und um weniger Luft zum Atmen.

Sie hatte unablässig gestöhnt und geflüstert. Vor allem dieses eine Wort mit den vier Buchstaben, und der Dom hatte es dutzendfach wiederholt. Winkler mag das hässliche Wort nicht. Aber es hat sich in seinem Kopf verhakt. Es hängt dort wie ein schmutziger Anzug, der immerzu ruft: *Probier mich an!* Sechs Wochen ist das nun her, und er denkt jede Nacht daran, wenn er neben seiner Frau liegt. Im Herbst feiern sie silberne Hochzeit, und jetzt fürchtet er sich davor. Er schämt sich, wünscht sich, es hätte diesen Sonntag nie gegeben – und zugleich träumt er davon. Es kommt ihm vor wie eine Infektion.

Winkler schüttelt die Erinnerung ab. Leise schließt er die schwere Holztür hinter sich und tritt in den Dom. Seine Schritte huschen flüsternd über den Boden, die monumentalen Säulen empor, bis in den Scheitelpunkt der Kuppel.

Gott, wie er diese Akustik liebt!

Das hier ist sein Moment, sein magisches Ritual, jeden Sonntagmorgen, bevor er die Orgel zum Gottesdienst anschlägt und mit ihr das nervtötende Brabbeln, Husten und Räuspern der Besucher übertönt.

Graublaues Morgenlicht kriecht durch die Fenster. Nicht eine Kerze brennt, auch die Lichter für die Verstorbenen sind erloschen. Das Gold der opulenten Verzierungen im Altarraum unterscheidet sich kaum von den sandfarbenen Säulen und steinernen Wänden. Die Wandmalereien gleichen verwaschenen Bildern, die sich im Zwielicht verbergen. Erneut muss er an sie denken. Er meint, ihr Stöhnen von der Decke zu hören, ihr Flüstern, und beschließt, nicht hinzuhören – und auch nicht hinzusehen. Weder zur Kuppel noch zum Altar, wo es passiert ist. Es kommt ihm vor wie damals, vor sechs Wochen; ihre Anwesenheit liegt in der Luft.

Mit gesenktem Kopf und steifem Schritt geht Winkler zwischen den Bänken hindurch zur Mitte der Kuppelhalle. Nur noch ein paar Meter sind es bis zu dem Punkt, an dem sich die Gänge kreuzen, dann wird er sich seinem persönlichen Heiligtum zuwenden – der mächtigen Sauer-Orgel mit ihren 7269 Pfeifen. Winkler ist mit Leib und Seele Domorganist und wird es bis zu seinem letzten Atemzug bleiben.

Plötzlich bleibt er abrupt stehen und starrt auf den Boden.

Vor seinen Füßen ist eine glänzende Pfütze. Der säuerliche Geruch von Harn steigt ihm in die Nase. Alle Phantasien sind schlagartig aus seinem Kopf verschwunden. Zum Teufel! Nicht genug damit, dass das Oberpfarramt immer wieder Flecken beseitigen muss, von Betrunkenen oder anderen Ferkeln, die an die Fassade des Doms urinieren. Hier hat offenbar jemand seine Notdurft mitten in der Kirche verrichtet.

Voller Ekel tritt er einen Schritt zurück. Erst jetzt bemerkt er, dass die Pfütze nicht einfach hell und wässrig ist, sondern zur Mitte hin dunkler, als hätte sich hier etwas mit dem Urin vermischt. Plötzlich zittert die Pfütze.

Ein Tropfen, denkt Winkler, aber woher …?

Er legt den Kopf in den Nacken und richtet den Blick aufwärts, zum vierundsiebzig Meter hohen Scheitelpunkt der Kuppel.

Was er sieht, lässt seinen Atem stocken.

Direkt über ihm, in etwa zehn Metern Höhe, schwebt eine aufrechte menschliche Gestalt, eine Frau in schwarzem Gewand, mit ausgebreiteten Schwingen, einem aufsteigenden Engel gleich. Ihr Kopf hängt vornüber, Augen und Mund sind mit schwarzen Tuchstreifen verbunden, die Nase sticht als winziger bleicher Punkt hervor. Vom Saum des Umhangs fallen Tropfen in die Tiefe.

Winkler keucht. Schlagartig wird ihm übel. Mit der Linken sucht er Halt an einer der Bankreihen. Er würde gerne wegschauen, doch er kann nicht, muss hinsehen. Über der Frau ist ein Ring aus fahlem Licht – die Dämmerung hinter den Fenstern umgibt sie wie eine Aura.

Sie hängt schief, denkt Winkler. Und im nächsten Moment: Herrgott, was bin ich nur für ein Unmensch. Warum fällt mir ausgerechnet *das* jetzt auf? Trotzdem, irgendetwas ist nicht richtig daran. Die beiden Seile, an denen sie hängt, sind offenbar unterschiedlich lang, es sieht so unvollendet aus, als ob ...

Von Osten fällt das erste Sonnenlicht in den Dom und lässt etwas aufblitzen, das an einer Schnur um den Hals des schwarzen Engels baumelt. Winkler sieht auf kurze Distanz nicht mehr gut, auf die Entfernung dagegen klar und scharf. Und der Gegenstand, den er sieht, ist ein Schlüssel. Nein, nicht *ein* Schlüssel. Es sieht so aus, als wäre es ... Oh Gott, der Beschreibung nach würde es passen ... aber das kann nicht sein ... das würde ja heißen ...

Plötzlich geht ein Ruck durch die Frau, sie hängt nun noch schiefer, schaukelt. Ein Tropfen fällt herab und trifft ihn an der Wange. Entsetzt weicht er zurück, wischt sich die klebrige Flüssigkeit aus dem Gesicht, starrt auf seine Hand, dann wieder nach oben. Links und rechts von der bleichen

Nasenspitze laufen dunkle Rinnsale unter der Augenbinde hervor.

Bitterer Magensaft steigt ihm in die Kehle. Er hat das Gefühl, sich übergeben zu müssen. Die Kuppel über ihm ist eine graue Totenkugel mit dünnen Fingern aus Licht, die durch die Fenster nach dem schwarzen Engel greifen.

Der Schlüssel um ihren Hals. Der graue Griff. Er muss an die Beichte des Jungen denken, wie still er am Ende gewesen war.

Das alles kann kein Zufall sein, denkt Winkler. Sie ist zurück. Nach fast zwanzig Jahren ist sie wieder da.

# Teil 1

# Kapitel 1

Berlin-Kreuzberg
Sonntag, 3. September 2017
8:04 Uhr

Tom weiß, dass er den Umschlag aus dem Kopf bekommen muss – die Kritzelei und erst recht den Inhalt. Zumindest für die nächsten paar Stunden. Er öffnet die Fahrertür und wirft seine SIG Sauer P6 auf den Beifahrersitz. Die schwarzen Riemen des Schulterholsters klatschen auf das abgewetzte beige Leder.

Kopf einziehen, vorbeugen, rein. Bei einer Körpergröße von einem Meter sechsundneunzig schrumpfen die meisten Autos auf die Größe eines Gokarts. Toms über dreißig Jahre alter S-Klasse-Benz ist da eine der wenigen Ausnahmen.

Aufgewühlt zieht er die Fahrertür zu. Der Knall macht es nicht besser. Die Stille im Wageninnern auch nicht. In seinem Kopf jagt ein Gedanke den nächsten. Wie kann nur so ein kleines Ding auf einen Schlag alles verändern?

Es ist etwa zwanzig Minuten her, dass sein Telefon auf dem Nachttisch geklingelt hat.

»Och nee, bitte nicht«, hatte Anne neben ihm gemurmelt und sich auf die andere Seite geworfen, mit dem Rücken zu ihm. Die Kingsize-Matratze federte nach. Das Ungetüm hatten sie in der Romantikphase gekauft. Inzwischen war es vor allem Anne lästig, mit ihm zu wippen, wenn er sich unruhig im Schlaf wälzte oder spät zu ihr ins Bett stieg. Unwirsch knautschte sie ihr zweites Kopfkissen über das freie Ohr. Alle Schotten dicht.

Tom angelte sich das Handy. Die Nummer auf dem Display war eine von denen, die bereits beim Klingeln das halbe Telefonat erzählten. Die noch fehlende Hälfte waren Uhrzeit und Ort. Er hob ab, brachte aber nicht mehr als ein Räuspern zustande.

»Tom Babylon?« Die Stimme war jung und weiblich.

»Hmhm«, brummte Tom. Vermutlich das neue Planungsküken aus Hubertus Rainers Büro. Der Leiter von Dezernat 11 bevorzugte brünette Frauen im Alter seiner Tochter.

Sie sprach hastig, mit viel zu hoher Stimme und bemüht effizient. Tom gab ihr ein »Ja«, legte auf, zog sanft das Kopfkissen unter Annes Arm hervor und beugte sich über sie. »'tschuldige. Ich muss. Ist dringend.«

Warum sagte er das überhaupt? Das ganze Prozedere war für sie vermutlich so vorhersehbar wie für ihn das Telefongespräch, nachdem er die Nummer gesehen hatte. Schlechtes Gewissen? Weil es sich so gehörte? Seine Nasenspitze berührte ihre Wange, ihre Haut war noch warm vom Kissen. Ihre blonden Haare kringelten sich wild und rochen anders als sonst, weniger nach Shampoo.

»Was ist mit *Coldplay* heute Abend?«, murmelte sie.

»Das Konzert? Weiß nicht.« Er drückte ihr einen Kuss auf die Wange. »Muss ich sehen.«

»Muss ich sehen? Na, dann ist ja alles klar.« Annes Stimme klang frostig. In solchen Momenten fühlte sich ihr fünfjähriges Zusammenleben wie eine fünfzehnjährige Ehe an.

»Wie lange warst du denn gestern noch weg?«, fragte Tom.

Das Kissen raschelte, als Anne es wie einen Puffer zwischen sich und ihn zog. »Jetzt steig schon in deine blöde Schwabenkarre und tu, was du nicht lassen kannst.«

Tom knurrte – oder brummte. Was auch immer es war, es hörte sich in seinen eigenen Ohren erschreckend nach der Unzufriedenheit seines Vaters an. Nach dem frühen Tod seiner Mutter hatte Tom ein ganz ähnliches Murren zum ersten Mal bei ihm gehört. Selbst das zauberhafte Kleinkindlachen von Viola, seiner kleinen Schwester, hatte es nicht mehr verjagt. Und erst recht nicht die »Neue«, wie Tom die Geliebte seines Vaters seit über fünfundzwanzig Jahren nannte. Die Bezeichnung Stiefmutter wäre unpassend gewesen, immerhin steckte ja das Wort Mutter darin.

Tom betrachtete das Kissen zwischen Anne und sich und gab auf. Es hatte keinen Sinn, vor allem nicht jetzt.

Halbnackt lief er die kalte Stahltreppe hinunter ins Souterrain, in die offene Küche, und drückte eine Kapsel in die Maschine. Während der Espresso lief, starrte er auf die grauen Fugen in der Backsteinwand. Heute wieder kein Sport. Wie lange war eigentlich die letzte Trainingseinheit her? Drei Wochen? Vier? Anne begann schon zu sticheln, er würde ansetzen. Mit Anfang dreißig!

Er stürzte den Espresso ungezuckert und in einem Zug hinunter, lud nach und trank einen zweiten.

Im Bad wartete sein müdes Spiegelbild über einem Waschbecken mit Sprung. Der Dreitagebart stand seit zehn Tagen und juckte. Die Haare waren kurz geschnitten, damit sie sich nur ja nicht ringelten; mit seinen blonden Locken und den blauen Augen hätte er sonst einem zu groß geratenen Engel geglichen. Ungünstig in seinem Beruf.

Mit beiden Händen schaufelte er sich kaltes Wasser ins Gesicht.

Früh aufstehen war gegen seinen Biorhythmus, trotz Espresso stand er immer noch im Tunnel. Dementsprechend unauffindbar war der Autoschlüssel. Er durchwühlte alle Jacken- und Manteltaschen an der Garderobe, auch die von Anne. Hätten sie Kinder gehabt, vermutlich hätte er auch deren Jacken noch durchsucht.

Annes Manteltasche spannte, als er seine große Hand herauszog. Ein kleines, weißes Papierbriefchen rutschte hervor und segelte zu Boden. Er starrte auf den quadratischen Miniumschlag auf dem Dielenboden. Jemand hatte mit schwarzem Kugelschreiber ein Herz darauf gemalt, durchbohrt von einem Pfeil.

Was für ein dummes Klischee, schoss es ihm als Erstes in den Sinn. Die Müdigkeit war schlagartig fort. Eine Reihe von Dominosteinen fiel in seinem Kopf um. Jeder Einzelne tat weh. Was hatte er gedacht? Dass Anne seine ständige Abwesenheit einfach so aushielt? Dass ihm erspart bliebe, was um ihn herum ständig passierte, seinen Kollegen, seinen Freunden?

Das Briefchen war kaum größer als ein Nachtfalter in seiner Hand. Während er es öffnete, zitterten seine Finger. Er erwartete irgendetwas Geschriebenes. Liebesgeflüster. Eine Telefonnummer, im besten Fall. Dann war vielleicht noch nichts geschehen.

Stattdessen fand er ein kleines Plastiktütchen mit weißem Pulver.

Unwillkürlich hielt er den Atem an. In seinem Mund ein bitterer Nachgeschmack von Espresso.

War es das, wonach es aussah?

Unsinn, das hätte ihm doch auffallen müssen.

Er eilte in die Küche, riss vom Notizblock das oberste Blatt ab und schüttete etwas von dem Pulver darauf, faltete den Zettel zusammen und steckte ihn in die Hosentasche. Das Briefchen mit Herz und Pfeil schob er zurück in Annes Manteltasche, dann verließ er fluchtartig die Wohnung.

Jetzt sitzt Tom regungslos in seinem Wagen und fixiert den Stern auf dem dunklen Lenkrad. Er hätte längst losfahren müssen. Weitermachen. Polizist sein.

Wie lange geht das schon? Die Frage will nicht mehr aus seinem Kopf. Er kann nicht glauben, dass Anne ihn betrügt, aber er muss an den Geruch in ihren Haaren denken und wird wütend, schlägt aufs Lenkrad.

Warum?

Bei anderen findet er diese Frage immer lächerlich. Es gibt ja immer einen Grund. Man will es nur nicht wahrhaben. Jetzt hat sich das Warum auch in seine Gedanken geschlichen, obwohl er die Antwort kennt. Aber sie hilft verdammt noch mal nicht.

»Tu, was du nicht lassen kannst.«

Anne hat es vorhin einfach so dahergesagt, aber in dem Satz steckt ihre ganze Enttäuschung. Sie ist Cutterin, und in Produktionsphasen, wenn sie für eines ihrer TV-Doku-Projekte vor ihrem Schnittsystem festhängt, kommt sie selbst oft spät nach Hause, leer, mit vor Müdigkeit brennenden Augen und trotzdem nervös. Und es sind gerade diese Nächte, in denen sie ihn mehr braucht als in anderen, wenn sie früh zu Hause ist. Sie hadert mit ihrem Job, weil beim Fernsehen alles den Bach runtergeht, wie sie sagt, und sie nur von ADSlern umgeben ist. Nichts sei mehr einfach. Es gehe nicht mehr um gute Filme, nur noch um möglichst schlankes Produzieren.

Aber auch in den Nächten, in denen sie spät heimkommt, ist er oft nicht da, und sie spürt, dass es in seinem Leben etwas gibt, von dem er nicht lassen kann. Sie glaubt, dass es seine Arbeit ist, sein Ehrgeiz, sein Verantwortungsgefühl, weil er einer von den Guten ist, wie sie sagt. Genau das bewundert und liebt sie an ihm.

Tom lässt sie in dem Glauben. Es ist ja auch nicht ganz falsch. Wenn sie wüsste, dass es immer noch um Vi geht, wäre sie nur noch verletzter. Am Ende würde sie in ihrem Kummer vielleicht sogar Vi die Schuld dafür geben, dass sie einfach nicht schwanger wird. Als läge es daran, dass er blockiert ist und nur seine Schwester im Kopf hat. Menschen suchen dauernd nach Ausreden, in Beziehungen, beim Verhör, vor sich selbst. Um sich unschuldig zu fühlen, um andere für ihre Probleme verantwortlich zu machen.

Für ihn gibt es keine Ausrede. Er ist schuld daran, dass Vi nicht mehr da ist. Deshalb kann er nicht aufhören, sie zu suchen. Ihr Verschwinden fühlt sich nach all den Jahren immer noch so an, als hätte jemand ein Stück aus ihm herausgeschnitten.

*Konzentrier dich, verdammt. Mach weiter jetzt.*

Tom dreht den Zündschlüssel. Der nachtblaue Benz schnurrt gefräßig. Tom fährt los und zwingt seine Gedanken nach vorn, auf die Straße. Frühnebel über dem Landwehrkanal. Ein Blatt fällt und kommt unter die Räder. Der zusammengefaltete Zettel mit dem weißen Pulver drückt durch den dünnen Stoff seiner Hosentasche.

Tom biegt vom Heckmannufer links ab in die Schlesische Straße. Er muss auf die andere Spreeseite, in den früheren Osten. Ostberlin. Es kommt ihm vor, als hätte er niemals dort gelebt. Vi würde sich erst recht nicht daran erinnern können. Sie wurde ein Jahr vor Öffnung der Grenze geboren. Es gibt ein Foto von ihnen beiden, da ist er vier, ihre Mutter hat ihm erlaubt, die Kleine im Arm zu halten, und er strahlt vor Glück. Das Bild ist schief aufgenommen, vom rechten Rand scheint ein Wachturm ins Foto hineinzufallen.

Manchmal hat Tom den Eindruck, seine kleine Schwester säße neben ihm, die blasse Nasenspitze mit den Sommersprossen emporgereckt, so wie sie es immer tat, wenn sie sich älter machen wollte als ihre zehn Jahre. Und dann ist da der silberne Schlüssel, der an einer dünnen Kordel um ihren Hals hängt. Ihre Finger spielen nervös damit.

*Du hättest dieses Ding nie haben dürfen, Vi.*

Sie zieht die Stirn kraus. *Du hast ihn mir doch selbst gegeben.*

*Nein, du hast ihn dir genommen.*

Vi nimmt den Schlüssel und lässt ihn unter ihrem Pyjamahemd verschwinden, dem Pyjama, den sie damals trug, bevor sie verschwand, und der an ihr immer aussah wie ein geschrumpfter Altherrenschlafanzug.

Der Benz wippt über die Brückenschwelle, überquert den Fluss. Rechter Hand gleiten die Ziegelbögen der restaurierten Oberbaumbrücke am Fenster vorbei. Zu Mauerzeiten sind hier, an der Sektorengrenze, mehrere Kreuzberger Kinder ertrunken. Die DDR-Grenzposten unterließen es einfach, ihnen zu helfen, und die aus dem Westen wagten es nicht, wegen des Schießbefehls. Tom wurde fünf Jahre vor dem Mauerfall im Osten geboren. Jetzt ist er dreiunddreißig, und die DDR ist nur eine Randerscheinung in seiner Kindheitserinnerung. Die alte Grenze, die sich wie eine Narbe durch die Stadt zieht, ist zwar nicht seine Narbe, trotzdem geht sie ihm unter die Haut.

Er muss an den Anruf seiner Dienststelle denken und fragt sich, was genau ihn im Berliner Dom erwartet. Säße Vi neben ihm, sie würde jetzt vor Neugierde unruhig auf dem Sitz hin und her rutschen.

*Wohin fahren wir?*

Zu einem Tatort.

*Schon wieder?*

Ich dachte, du findest das aufregend.

*Blöde Tatorte.*

Da ist er wieder. Violas alter Gegenteil-Trick. Irgendwann einmal war sie auf die Idee gekommen, sie müsste nur möglichst uninteressiert tun, dann hätte sie vielleicht eine Chance, dabei zu sein. Denn nicht dabei sein zu dürfen, das war weiß Gott ihr wunder Punkt.

*Und ich muss wirklich mit?*

Das ist nicht FSK 12, Vi. Es wird wahrscheinlich blutig.

*Pfff. Als wenn ich zum ersten Mal Blut sehen würde.*

Klingt, als wolltest du doch ganz gerne mitkommen.

*Nö. Aber wenn ich schon mal im Auto sitze.*

Wenn es etwas gibt, was Tom seiner kleinen Schwester gerne abgewöhnt hätte, dann ihre Faszination für Verbrechen. Doch dafür ist es jetzt zu spät. Neunzehn Jahre zu spät.

Aus dem dünnen Frühnebel über dem Wasser erhebt sich die Museumsinsel. Tom biegt rechts ab. In der Straße Am Lustgarten, vor dem Dom, zucken Blaulichter. Absperrband flattert im aufkommenden Wind. Eine für den frühen Sonntagmorgen beachtliche Menschenmenge hat sich versammelt. Tom hält hinter zwei Streifenwagen vor der provisorischen Absperrung. Dahinter zählt er drei weitere Einsatzfahrzeuge: Notarzt, ein weißer Transporter der Kriminaltechnik und ein mausgrauer Audi. Der Berliner Dom ragt auf wie eine dunkle, stille Göttin.

Tom nimmt eine Tablette aus dem Handschuhfach und schluckt sie trocken. Zwanzig Milligramm Methylphenidat, eine kleine Dosis, aber das Zeug bringt ihn auf Spur. Die Hunderterpackung ist fast leer, er braucht dringend ein neues Rezept. Unwillkürlich muss er an das weiße Pulver in seiner Hosentasche denken. Zu den Tabletten hat Anne bisher nie etwas gesagt, vielleicht hat sie aber auch einfach nicht genau genug hingeschaut.

Er steigt aus und legt sein Holster an. Die frische Morgenluft lässt ihn schaudern. Das Adrenalin baut sich langsam auf – die Anspannung vor dem Betreten eines Tatorts. Sämtliche Poren öffnen, um alles zu spüren, und dennoch kühl auf Distanz bleiben. Ein höllischer Widerspruch für jeden Ermittler. Entscheidet man sich fürs Offensein, läuft man früher oder später umher wie eine klaffende Wunde. Wählt man Distanz, fehlt die Einfühlung in Opfer und Täter. Man klärt nichts mehr auf, verkümmert und wird kalt.

Tom zieht die Schultern hoch. Eine Leiche im Dom, hat es geheißen, entdeckt vom Domwart. Mehr weiß er noch nicht. Das Kreuz auf der Kuppel sticht golden in den Morgenhimmel.

Presseleute tigern rastlos vor der Absperrung umher: dpa, Reuters, die BZ. Trotz des neuen, angeblich abhörsicheren digitalen Polizeifunks sind sie immer als Erste vor Ort. Ein Reporter mit einem Teleobjektiv von der Länge eines Gewehrs wird von einem Polizeibeamten mit gelboranger Weste und der Aufschrift »Pressebetreuung« zurückgewiesen. Die beiden sind alte Bekannte. An den meisten Tatorten gibt es unter den Kollegen der Polizei einen lockeren Handschlag, einvernehmliches Nicken, die üblichen Scherze – manchmal auch gegenüber der Presse. Hier passiert nichts von alledem. Die Gesichter sind ernst. Die Tote im Dom wirft schon jetzt einen langen Schatten.

Zwei Beamte, die ihm höchstens bis zur Nasenspitze

reichen, treten Tom in den Weg. Er wedelt mit seinem Ausweis: »Babylon, LKA.« Zweimal Nicken. Rückzug. Vor dem Hauptportal kommt ihm ein dürrer Mann im weißen Overall der KT entgegen. Sein Haar ist ohne erkennbare Frisur, und er hat eine Lippen-Kiefer-Gaumenspalte oder, wie er selbst sagt, Hasenscharte. »Morgen, Tom.«

»Morgen, Peer. Schon alle da?«

»Meine Mannschaft seit zehn Minuten, der Pathologe fehlt noch – und eure Leute.« Peer Grauwein bleibt stehen, kratzt sich am haarlosen Kinn und schiebt ein Fisherman's Friend in seiner Mundhöhle von links nach rechts. Mit den Bonbons hält er sich den Tod vom Leib, oder zumindest dessen Geruch. »So, wie die Dinge liegen, kreuzen bestimmt bald der Staatsanwalt und jemand von der Chefetage hier auf.«

»Wer ist denn die Tote?«

»Wissen wir noch nicht. Ist kompliziert, da oben ranzukommen.«

»Da oben?«

»Schau's dir erst mal selbst an. Ich muss weitermachen.« Grauwein schafft es, einen ironisch-militärischen Gruß anzudeuten. Mit raschelndem Schutzanzug geht er zum Dienstwagen, um weitere Ausrüstung zu holen.

Tom streift sich Überzieher über die Schuhe, strafft erneut die Schultern und nähert sich dem Domportal. Sein Handy klingelt, er fischt es aus der anderen Jackentasche. Es ist Doktor Walter Bruckmann, Leiter des LKA 1 für Delikte am Menschen. Toms direkter Vorgesetzter ist eigentlich Hubertus Rainer, Leiter des Dezernats für Tötungsdelikte. Peer hat recht. Es geht schon los mit den hohen Tieren.

»Tom? Wo sind Sie?« Vorname und Siezen – eine Eigenart von Bruckmann, als wären alle außer ihm selbst noch in der Ausbildung.

»Schon da«, erwidert Tom.
»Wo, da?«
»Am Dom.«
Bruckmann macht eine Pause, holt Luft. Er ist Ende fünfzig und energiegeladener, als die Tiefe seiner Falten erwarten lässt. Tom sieht ihn vor sich, mit seinem quadratischen Glatzkopf, die wässrigen hellgrauen Augen hinter der abgetönten Pilotenbrille, aufgekrempelte Hemdsärmel über kurzen, kräftigen Unterarmen.
»Tom, ich muss Sie bitten umzukehren. Kommen Sie in die Dienststelle. Morten erledigt die Sache im Dom.«
Tom stutzt. Jo Morten von der Mordkommission 4? Er fragt sich, was das mal wieder soll, erst hü, dann hott. Ob Bruckmann weiß, dass sein Dezernatsleiter nicht die MK 4, sondern die MK 7 angefordert hat? »Morten ist noch nicht da. Auch sonst keiner von der Vierten. Hubertus Rainer hat uns von der Sieben eingeteilt, und Hauptkommissar Behring ist krank, deshalb übernehme ich vorübergehend die Leitung. Scheint was Größeres zu sein. Ich geh kurz rein und schau nach dem Rechten, wenn ich schon mal hier bin.«
»Tom? Warten Sie, Ihr Engagement in Ehren, aber ...« Bruckmanns Stimme knistert und wird unverständlich. Tom hat die schwere Tür aufgedrückt, den Vorraum durchquert und tritt jetzt ins gewaltige Innere des Doms. Der bizarre Anblick lässt seinen Atem stocken. Bruckmann sagt irgendetwas, doch Tom hat das Telefon sinken lassen und starrt ebenso ungläubig wie entsetzt auf das groteske Bild, das sich ihm bietet. Erste Scheinwerfer sind aufgestellt worden. Im gleißenden Licht, unter dem Scheitelpunkt der Kuppel, schwebt in perfekter Symmetrie und etwa fünfzehn Metern Höhe eine einsame Gestalt, in ein schwarzes Pfarrgewand gekleidet. Ihre Arme sind ausgestreckt wie bei

einer Kreuzigung und spannen den Stoff darunter zu Flügeln.

Wie ein gerichteter schwarzer Engel, denkt er. Sein Blick fällt auf die Brust der Gestalt. Etwas Silbernes blitzt dort auf.

»Hallo, Tom? Bekomme ich eine Antwort?«, schnarrt Bruckmanns Stimme aus dem Telefon.

»Entschuldigung, ich hab Sie nicht ganz verstanden. Die Verbindung.«

»Noch mal klar und deutlich«, sagt Bruckmann scharf. »Das – ist – nicht – Ihr – Fall.«

Toms Mund öffnet sich, sein Herz beginnt schneller zu schlagen. Er starrt den kleinen silbernen Gegenstand um den Hals der Toten an, traut seinen Augen nicht.

»Babylon, verdammt. Hören Sie mir überhaupt zu?«

Wortlos legt Tom auf.

Seine Augen sind gut, laut Einstellungstest einhundertzwanzig Prozent Sehvermögen. Trotz der Entfernung erkennt er das glänzende, gezackte Etwas auf der Brust des schwarzen Engels als Schlüssel. Er nimmt sein Handy, fotografiert die Leiche, zoomt dann so nah wie möglich heran und macht ein Bild von dem Schlüssel. Ein spezieller Schlüssel mit einer grauen Plastikkappe über dem Griff. Die Auflösung des Fotos könnte besser sein, doch es reicht, um die Riefen in dem grauen Plastik zu erkennen. Und die Zahl.

Bruckmanns Stimme klingt noch in Toms Ohr. *Das ist nicht Ihr Fall!* Seine Hände zittern. Sein Herz zieht sich zusammen.

Bruckmann liegt falsch! Egal, was sein Dienstherr ihm sagt. Egal, welche Folgen es hat: Das hier *ist* sein Fall.

# 1998

# Kapitel 2

Stahnsdorf bei Berlin
Samstag, 11. Juli 1998
16:03 Uhr

*Tom starrte durch das halbblinde Glas in den Regen hinaus. Seine rechte Faust umschloss den zerknüllten Zettel mit der krakeligen Kinderschrift.*

Tschuldigung, Vi

*Ob sein Vater schon zurück war? Tom hielt den Gedanken kaum aus, ihm in die Augen sehen zu müssen. Was sollte er nur sagen?*

*Das Wasser lief in Strömen vom Dach des Schuppens, in den er sich verkrochen hatte, und suppte unter der Tür hindurch, als wollte Gott ihn ertränken.*

*Gestern Nachmittag war der Himmel noch strahlend blau gewesen.*

*Der Tag war so leicht dahergekommen, mit knallbunten Farben, die Wolkenränder glühten, das Wasser auf dem Teltowkanal glitzerte wie der Schweiß auf ihren Gesichtern.*

*Die seit Jahrzehnten stillgelegte Eisenbahnbrücke ragte stoisch über den Kanal, vierzehn Meter siebenundzwanzig hoch, das hatten sie letzten Sommer mit einem Nagel und einem Nylonfaden gemessen. Die Brücke war ihr Revier, trotz oder gerade wegen der Schilder* Zutritt verboten – Einsturzgefahr. *Ein Schild mit* Herzlich willkommen – genießen Sie den Ausblick *hätte sie wirkungsvoller ferngehalten.*

*Bis in die Fünfziger waren hier mit der Friedhofsbahn Leichen aus Berlin gebracht worden, über Dreilinden zum Waldfriedhof in Stahnsdorf. Ein paar hundert Meter weiter hatte die Grenze später die Bahnlinie durchschnitten. Hier Osten, drüben Westen. Seitdem rosteten Brücke und Gleise vor sich hin. Auch die Wiedervereinigung hatte daran nichts geändert.*

*Tom war vierzehn und der Nachmittag langweilig. So schön es hier auf der Brücke sein konnte, das Gefühl, etwas Verbotenes zu tun, nutzte sich ab. Für Viola wäre es sicher eine Riesensache gewesen, dabei zu sein, aber sie war eben klein, deshalb musste sie auch zu Hause bleiben. Bene dagegen war schon fünfzehn. Er blies sich immerzu die fransigen, rotblonden Haare aus dem pickeligen Gesicht und schoss mit dem Luftgewehr auf Blechbüchsen, die beiseitesprangen, wenn er traf. Karin stellte sie wieder auf, immer mit ängstlichem Blick auf den Gewehrlauf, dabei würde das Ding höchstens eine kleine Wunde reißen, außer vielleicht, der Schuss ging ins Auge. Josh spielte mal wieder den Superhelden, hatte sein Shirt ausgezogen und behauptete, er würde gleich von der Brücke springen, während Naddi ihm versprach, wenn er heil unten ankomme und den Kopf aus dem Wasser stecke, werde sie ihm ihre Brüste zeigen. Sie kannte Joshs Heldentum zur Genüge und wusste, dass keinerlei Gefahr bestand, ihr Versprechen einlösen zu müssen. Tom hätte nur zu gerne mit Josh getauscht und wäre an seiner Stelle gesprungen. Wenn auch lieber für einen Kuss als für den Anblick ihrer Brüste. Zur Not aber auch für Letzteres.*

*Doch ihm galt ja das Angebot nicht.*

*Tom war viel zu groß und hatte viel zu lange Glieder. Er ver-*

fluchte seinen Körper dafür, dass er ständig nur in die Höhe wuchs statt in die Breite. Er war durchaus sportlich, bewegte sich aber so schlaksig, als wäre ihm sein Körper fremd. Da half es auch nichts, wenn sein Vater ihm immer wieder erklärte, das würde sich später auswachsen. Er fühlte sich jetzt fehl am Platz – wen interessierte da, was später war. Selbst Bene mit seinem fransigen Topfschnitt und den Pickeln schien sich wohler in seiner Haut zu fühlen. Vielleicht, weil er ohnehin keine Schnitte bei den Mädchen hatte; vielleicht aber auch, weil er seinen Frust besser verbergen konnte.

Tom warf einen Blick zu Josh hinüber, der wiederum Naddi verstohlen beäugte. Seit letztem Sommer spannte ihr T-Shirt sichtlich. Zwei winzige Spitzen zeichneten sich unter dem dünnen Baumwollstoff ab. Nadja, so hieß sie eigentlich, strich ihre braune Mähne hinüber auf die andere Seite und gab für Josh den Blick frei. Himmel! Tat sie das mit Absicht?

»Okay. Gilt«, sagte Josh. Seine Stimme klang rau. Nach trockenem Mund.

Naddi runzelte die Stirn. »Pfff. Ich glaub's erst, wenn ich's klatschen höre.«

»Dann mach mal die Ohren auf.« Joshs Kieferknochen traten hervor, als er ein Bein über das Geländer schwang.

»Scheiße, bist du irre«, sagte Bene und ließ das Luftgewehr sinken. Mit offenem Mund sah er alles andere als intelligent aus, obwohl er durchaus clever war. »Du weißt doch, wie hoch das ist.«

Naddi hob kokett eine Augenbraue. »Gegen die Klippenspringer in der Davidoff-Werbung ist das gar nichts. Die würden einen Salto mit Köpper machen. Und die Arme dann so …« Sie streckte ihre Arme wie Schmetterlingsflügel zur Seite. Dabei hob sich ihr T-Shirt, und für einen Moment war ihr Bauch zu sehen. Joshs Adamsapfel hüpfte.

*Naddi lächelte wie die Unschuld vom Lande. Josh war chancenlos*

*Karin warf Naddi einen gereizten Blick zu. »Jetzt hör schon auf. Bene hat recht. Das ist zu hoch.«*

*Josh schwang das zweite Bein hinterher, stand jetzt auf der Außenkante der Brücke und stellte sich mit dem Rücken zum Geländer, die Hände links und rechts hinter sich. Auch wenn Tom es nicht gerne zugab, aber im Gegenlicht, mit seinem im Luftzug wehenden Haar und dem muskulösen Kreuz, das deutlich breiter als sein eigenes war, glich Josh tatsächlich ein wenig einem Superhelden oder einem dieser Klippenspringerhechte.*

*»Dann komm schon mal vor ans Geländer«, sagte Josh heiser. »Gleich is' Showtime.«*

*Naddi trat hinter ihn und legte ihm die Hand auf die Schulter. Für Tom sah es so aus, als flüsterte sie ihm etwas ins Ohr. Im selben Moment ließ Josh los und stürzte in die Tiefe.*

*Mit einem spitzen Kieksen wich Naddi zurück. Tom, Bene und Karin beugten sich zeitgleich über das Geländer. Von unten erscholl ein kurzer Schrei, der abriss, als Josh hart in das glitzernde Wasser eintauchte. Spritzer schossen in die Höhe.*

*»Wohow«, brüllte Bene. »Coolio!«*

*Tom starrte fasziniert nach unten. Er hätte gegen Josh gewettet – und verloren. Das hier war cool.*

*In Karins Augen war nur Verärgerung zu lesen. Sie war die Jüngste von ihnen, doch ihr Augenrollen und das unausgesprochene »Boa, Jungs ey!« ließ sie eindeutig am ältesten wirken. Dass ihre Mutter die Gemeindepastorin war, machte sie nicht gerade lockerer. Doch ihr Spießertum in diesem Moment hatte wohl eher egoistische Gründe, vermutete Tom. Wäre Josh für* sie *gesprungen, hätte sie wohl kaum protestiert.*

*Die Wasseroberfläche wölbte sich nach oben, dann wieder*

*nach unten und schickte kreisförmige Wellen in die sanfte Strömung. Aber wo blieb Josh?*

*»Da!«, brüllte Bene.*

*Joshs Kopf näherte sich der Wasseroberfläche.*

*»Ha!« Bene grinste Naddi an. »Jetzt musst du liefern.«*

*Tom fing Naddis Blick auf, ihre Gesichtsfarbe war dunkelrosa.*

*»Titten raus, Babyyy«, johlte Bene.*

*»Nicht für dich, du Schwachmat«, fauchte Naddi. »Dreh dich gefälligst um.«*

*Bene grinste, gehorchte aber. Erneut fing Tom einen Blick von Naddi auf, ihre Pupillen leuchteten grün in der Sonne. Es war ein Moment, kurz wie ein Lidschlag. Gleich würde sie auch von ihm verlangen, dass er sich umdrehte, und er würde es widerspruchslos tun. Das Ganze war für sie schon peinlich genug.*

*Nadja sah ihn immer noch an, hob das T-Shirt, und für einen Augenblick erlag Tom der Vorstellung, das hier wäre nur für ihn. Er konnte nicht anders, als hinzusehen. Sie drehte sich zum Kanal, beugte den Oberkörper über das Geländer. »Josh – wuhuhuuu!« Sie schrie alle Peinlichkeit hinaus, es klang fast wütend. Tom erschien sie so schön wie noch nie zuvor, ihre Brüste weiß und perfekt über dem Abgrund.*

*Mühsam riss er sich von dem Anblick los, sah in die Tiefe zu Josh, erwartete ein grinsendes Gesicht mit Stielaugen, ein Siegerlächeln. Doch Joshs Kopf war immer noch unter der Wasseroberfläche. »Verdammt, was ist da los?«*

*Karin und Nadja blieben stumm, sahen wie er gebannt nach unten.*

*Die Wasseroberfläche bewegte sich. Josh schien mit den Armen zu rudern.*

*»Oh Gott. Ist ihm was passiert?«, hauchte Karin.*

*Bene hatte sich wieder umgedreht, blickte ebenfalls in die*

*Tiefe. Nadja stand wie erstarrt da, das T-Shirt immer noch halb erhoben. Tom räusperte sich, deutete auf ihre Brust. Erst jetzt ließ sie ihr Shirt fallen. »Scheiße«, flüsterte sie. »Komm schon, Josh. Komm schon!«*

*Tom streifte hastig sein Hemd ab. Öffnete seinen Gürtel.*

*Plötzlich stieß Joshs Kopf durch die Wasseroberfläche. Er schnappte nach Luft, dann brüllte er. Nicht triumphierend, nicht siegessicher. Er schrie vor Angst – oder Schmerz.*

*»Jooosh«, rief Nadja. »Was ist los?«*

*Josh gab keine Antwort. Er schrie einfach nur weiter. Die Strömung ließ ihn langsam abtreiben.*

*»Fuck«, murmelte Bene. »Was machen wir jetzt?«*

*Tom sah hinab. Vierzehn Meter siebenundzwanzig. Bisher war er höchstens vom Dreier gesprungen. Seine Kehle wurde eng.*

*»Scheiße, da ist irgendwas. Da unten«, sagte Karin. In ihren Augen standen Tränen.*

*»Wir müssen ihn rausholen«, sagte Tom.*

*»Wie denn? Das ist doch saugefährlich.«*

*Josh schrie immer noch.*

*»Er hat 'nen Schock oder so was. Wir müssen ihm helfen.«*

*»Also, ich spring da nicht runter. Auf keinen Fall.« Instinktiv wich Bene vom Geländer zurück.*

*Tom riss sich die Hose herunter. Stieg über das rostige Geländer. Sein Herz schlug, als wollte es den Brustkorb sprengen. Seine Gedanken rasten.*

*Für eine Sekunde ist er fünf, sitzt auf dem Rücksitz des DS, Viola neben ihm.*

*Mutters Hände am Lenkrad, der Motor jault.*

*Der Baumstamm fliegt heran, liegt quer!*

*Das Dach wird abgerissen, ALLES oberhalb des Lenkrads wird abgerissen. Nur er und Vi nicht, weil sie klein sind.*

*Ein Hagel aus Glas.*

*Ohrenbetäubendes Krachen, mit dem sich die lange Wagenschnauze innerhalb von Sekundenbruchteilen in ein gepresstes Etwas verwandelt.*

*Dann Vaters tröstende Hand bei Mamas Beerdigung. Für einen schrecklichen Augenblick wünscht er sich nichts so sehr wie tauschen zu können. Mamas Hand bei Vaters Beerdigung.*

*»Josh! Halt durch!«*

*Karins Stimme ließ Toms Erinnerungsfaden reißen. Er starrte hinunter auf das fließende Wasser.*

*»Pass bloß auf«, flüsterte Nadja.*

*Scheiße, war das hoch. Tom spürte ein Ziehen in der Leistengegend. Dachte daran, dass er die uncoolste aller Unterhosen trug. Schiesser, Feinripp mit Eingriff. Spürte Nadjas Blick auf sich. Hörte Josh erneut schreien.*

*Und sprang.*

*Die Luft zog im Schritt. Dass Mut gleichzusetzen war mit dicken Eiern, das war nichts als Gequatsche. Seine schrumpelten gerade auf Erdnussgröße.*

*Einige Meter von Josh entfernt schlug er ein, mit den Füßen voran.*

*Seine Sohlen brannten. Nein, sein ganzer Körper brannte. Wasser schoss ihm in die Nase. Vor Schreck riss er die Augen auf, fand sich in einem Meer aus Luftblasen. In seinen Ohren toste es, während er tiefer sank. Plötzlich sah er neben sich ein unscharfes Etwas am Grund. War das etwa Josh? Seine Lungen schmerzten. Er stieß Blasen aus und ruderte mit Armen und Beinen, bis er auftauchte. Die Sonne stach ihm ins Gesicht, er hustete und schüttelte das Wasser ab. Ein Stück weiter kanalabwärts war Josh, schreckensbleich, hektisch paddelnd. »Scheiße. Hast du das gesehen?«, rief er mit sich überschlagender Stimme.*

*Tom schnappte nach Luft. »Was denn?«*

*»Na, das da unten!«*

*»Jetzt beruhig dich erst mal«, prustete Tom.*

*»Beruhigen? Wie denn, verdammte Scheiße. Wie denn?«*

*»Hey, alles klar bei euch?« Das war Nadja, oben auf der Brücke.*

*»Ja, alles klar«, schrie Tom. Wasser lief ihm aus den Haaren in die Augen. »Josh, komm schon. Lass uns erst mal zum Ufer schwimmen.«*

*Joshs Unterlippe zitterte. Er paddelte unkoordiniert. Die leichte Strömung trieb ihn stetig ab, dabei geriet er mit dem Mund unter Wasser und spuckte.*

*»Josh! He, ganz ruhig. Alles okay, hörst du? Lass uns zum Ufer schwimmen.« Tom näherte sich vorsichtig. »Ich komm jetzt zu dir, ja?«*

*Er griff nach Joshs Oberarm, versuchte, ihn festzuhalten und in Richtung Ufer zu ziehen, doch Josh schüttelte ihn mit wilden Armbewegungen ab, schlug nach ihm.*

*»Tom, pack ihn von hinten«, rief Bene von der Brücke. »Mit Rückenschwimmen.«*

*Tom schnaubte. Einfacher gesagt als getan. »Hast du gehört, Josh? Ich komm jetzt. Und dann schwimmen wir beide auf dem Rücken ans Ufer, okay?«*

*Er wartete Joshs Antwort nicht ab. Schlang ihm einen Arm um die Brust, brachte sich in Rückenlage und fing an, mit den Beinen zu paddeln. Im nächsten Augenblick lag Josh so schwer auf ihm, dass er untertauchte. Tom schlug doppelt so kräftig mit den Beinen, versuchte, Mund und Nase über Wasser zu halten. Verdammt, wann kam endlich das Ufer?*

*Wenigstens wehrte Josh sich jetzt nicht mehr. Ungelenk bewegte er seine Beine synchron zu Toms. Die Eisenbahnbrücke über ihnen schwankte und tanzte. In Toms Ohren gluckste*

*Wasser, und mehr als einmal verschluckte er sich. Irgendwann spürte er einen scharfen Schmerz am unteren Rücken. Über dem Bund seiner Unterhose riss die Haut auf, als er über einen Stein schrammte.*

*Sofort hielt er die Beine still, tastete mit den Füßen nach dem Boden. Endlich. Grund. Stolpernd zerrte er Josh die Böschung hoch. Die Schürfwunde an seinem Rücken brannte wie Feuer.*

*»Schon gut. Kannst mich loslassen«, murmelte Josh. »Bin ja kein Baby mehr.«*

*Mit zitternden Beinen sanken sie ins hohe, von der Sonne erhitzte Gras.*

*Tom fiel auf, dass die anderen nicht mehr auf der Brücke standen. Vermutlich waren sie auf dem Weg zu ihnen, liefen über den kleinen Trampelpfad, der zu dieser Seite des Ufers führte. »Was zur Hölle war denn los mit dir?«*

*»Es hat mich festgehalten. Ich schwör dir, es hat mich festgehalten«, flüsterte Josh.*

*»Was hat dich festgehalten?«*

*»Hast du ihn nicht gesehen?«*

*»Du meinst, da war jemand?«*

*»Du hast nichts gesehen?«*

*»Na ja, doch«, meinte Tom. »Aber nicht so genau. Ich dachte zuerst, das wärst du.«*

*»Nein, das war er.«*

*»Also, was denn jetzt? Er? Es?«*

*»Der Tote«, flüsterte Josh.*

*»Du meinst, da unten ist eine …« Tom schluckte, spürte, wie sich seine Nackenhaare aufrichteten. »… eine Leiche?« Trotz der Wärme hatte er plötzlich eine Gänsehaut.*

*Josh nickte. »Ich hab sie berührt, als ich reingesprungen bin. Scheiße, Mann, war das eklig.« Er wischte sich hastig die Hän-*

*de im Gras ab. »Ich hab Panik gekriegt und wollte rauf, aber sie hat mich festgehalten.«*

*»Festgehalten? Wie soll das denn gehen?«, fragte Tom unsicher.*

*Hinter ihnen raschelte es, und sie fuhren beide vor Schreck auf.*

*»Alles in Ordnung?« Bene trat aus dem Gebüsch. Hinter ihm Nadja und Karin.*

*»Jaja. Alles okay«, beeilte sich Tom zu sagen. Nadjas Blick glitt über Josh, dann über ihn, und plötzlich kam er sich entsetzlich nackt vor. Die Schiesser hing ihm tief auf den Hüften und war so labberig, dass er bestimmt aussah wie der letzte Idiot. Prompt schlich sich ein Grinsen in Nadjas Gesicht. »Josh meint, da wäre 'ne Leiche im Wasser«, sagte Tom hastig.*

*Das Grinsen verschwand. »Eine was?«*

*Josh erzählte seine Geschichte erneut, und die drei anderen wechselten beunruhigte Blicke.*

*»Und jetzt?«, fragte Nadja.*

*»Am besten, wir rufen die Polizei«, schlug Karin vor.*

*Bene runzelte missbilligend die Stirn. »Nicht, bevor wir uns das angesehen haben.«*

*»Bist du noch bei Trost?« Karin tippte sich an die Stirn. »Ich geh da auf keinen Fall rein. Außerdem hast du's doch gehört. Sie hat Josh festgehalten.«*

*»Schwachsinn«, brummte Bene. »Wenn's 'ne Leiche ist, kann die nix festhalten.«*

*»Und wenn doch?«*

*»Dann will ich sie erst recht sehen.«*

*»Leute, ehrlich«, meldete sich Josh zu Wort. »Mich kriegen da keine zehn Pferde mehr rein. Ich bin für die Polizei.«*

*»Jetzt mal echt«, echauffierte sich Bene. »Wir hängen hier*

*den ganzen Sommer rum und wünschen uns, dass mal was passiert, und dann stoßen wir auf 'ne echte Wasserleiche, und alle machen sich ins Hemd?«*

*»Du hast gut reden«, murrte Josh. »Du warst nicht da unten.«*

*Bene zuckte mit den Schultern. »Aber Tom. Und der ist nur halb so blass wie du.«*

*»Vielleicht ist das Wasser ja verseucht«, warf Karin ein. »Wer weiß, wie lange die Leiche da schon liegt.«*

*Einen Augenblick lang herrschte Schweigen.*

*»Na ja«, überlegte Tom. »Ist ja keine Pfütze hier. Die Strömung würde bestimmt alles wegspülen.« Alle Augen richteten sich auf ihn. »Habt ihr eigentlich meine Klamotten mit runtergebracht?«*

*»'tschuldige. Die sind noch oben«, murmelte Nadja. »Ging alles etwas schnell.«*

*»Is' doch sexy, der Schlotterlappen um die Hüfte«, grinste Bene.*

*Tom wäre am liebsten im Boden versunken. »Also gut, sehen wir nach«, schlug er vor. »Wer kommt mit?«*

*Für einen Moment war selbst Bene still, als wäre er gerade rechts überholt worden. Dann zog er sein T-Shirt aus, stieg ins Wasser und watete langsam kanalaufwärts, zurück zur Brücke.*

*»Wie albern ist das denn?«, frotzelte Tom und deutete auf seine lange Hose.*

*»Und wie albern ist das?«, revanchierte sich Bene postwendend. Tom brauchte nicht hinzusehen, um zu wissen, wohin er zeigte.*

*»Ich komm auch mit«, meinte Nadja, klang jedoch recht unsicher.*

*»Coolio.« Bene hob den Daumen. Seit der Rapper Coolio vor*

*knapp drei Jahren mit Gangsta's Paradise einen Riesenhit gelandet hatte, gab es kein einfaches »cool« mehr für ihn.*

*»Gott, seid ihr bescheuert«, stellte Karin fest. Sie stand jetzt verdächtig nah bei Josh, und Tom wurde das Gefühl nicht los, dass sie ganz froh war, für einen Moment mit ihm allein zu sein.*

*Zu dritt wateten sie dicht am Ufer durchs Wasser, gegen die Strömung. Tom in seiner Feinrippunterhose, Bene mit seinen knochigen Schultern und seiner Jeans, die sich sofort mit Wasser vollgesogen hatte und ihm an den Beinen klebte, und Nadja, die ihre knappen Shorts ausgezogen hatte und darunter ein Bikinihöschen trug. Das T-Shirt hatte sie angelassen. Offenbar war ihr Oben-ohne-Bedarf vorerst gedeckt.*

*Als sie weit genug oberhalb der Brücke waren, schwammen sie zur Kanalmitte und ließen sich bis auf Höhe der Brücke treiben. Das kühle Wasser tat gut an Toms brennendem Rücken.*

*»Hier müsste es sein, oder?«, fragte Bene.*

*Tom nickte. Ihm war mulmig zumute. Auch Bene schien im Wasser deutlich mehr Respekt zu haben als vorhin an Land. Aber jetzt konnten sie nicht mehr zurück.*

*Tom atmete tief ein und tauchte unter. Kleinste Schmutz- und Pflanzenteile schwebten im Wasser. Der Kanal war hier etwa vier Meter tief. Links und rechts von ihm waren Bene und Nadja.*

*Sie kamen gleichzeitig unten an. Sahen alle drei zugleich dasselbe. Benes Schwimmbewegungen setzten einen Moment lang aus. Nadja stieß eine Wolke Luftblasen aus. Ihre Augen waren unwirklich weit geöffnet. Dann stieß sie sich vom Grund ab. Sedimente wirbelten auf, und sie schwamm hektisch nach oben.*

*Tom starrte den auf dem Grund liegenden Körper an. Er*

*war in ein engmaschiges Drahtgeflecht gewickelt, die Waben glichen Schuppen. Von der Statur her schien es ein Mann zu sein, schwer zu sagen, welches Alter. Das Gesicht war entstellt, das Fleisch quoll zwischen den Drähten hervor. Ein helles Hemd bauschte sich zwischen den Waben. Mehrere größere Steine waren mit in den Draht gewickelt und hielten die Leiche am Boden. Am Bauch hatte sich ein breites Stück Drahtgeflecht gelöst und ragte in die Höhe, als hätte es sich in ein unsichtbares Etwas verhakt. Die Haare des Toten trieben sanft im Rhythmus von Toms Schwimmbewegungen. Über ihm glänzte die Wasseroberfläche wie Quecksilber. Im gebrochenen Licht blinkte etwas auf dem Boden, bei der rechten Hand des Toten.*

*Tom fasste sich ein Herz, schwamm so dicht heran, dass er das Gefühl hatte, der aufgequollene Arm könnte ihn jeden Moment packen, griff nach dem blinkenden kleinen Ding, stieß sich ab und schwamm hastig nach oben, nur weg von der Leiche.*

*Prustend tauchte er auf. Nadjas Gesicht war bleich, auch Bene hatte es nicht lange unten ausgehalten.*

*»Alter«, stieß Bene hervor. »Der is' mausetot.«*

*Nadja sagte kein Wort.*

*Tom hielt den glänzenden Gegenstand in die Höhe. »Das hier lag neben ihm.« An einer gerissenen Schnur baumelte ein silberner Schlüssel mit einer grauen Kappe über dem Griff. In das Plastik war die Zahl Siebzehn geritzt.*

# Kapitel 3

Berliner Dom
Sonntag, 3. September 2017
8:39 Uhr

»Tom!«, ruft Peer Grauwein. Gerade hat er mit seinem silbernen Tatortkoffer den Dom betreten und Tom unterhalb der Orgel entdeckt, am Rand, wo er sich an den Seilen zu schaffen macht, die den Körper der Toten in der Luft halten. Der KT-Overall knistert wütend, als Grauwein auf den Ermittler zustürmt. »Was zum Teufel treibst du da? Bist du verrückt geworden? Ich hab noch nicht mal Fotos gemacht.«

Tom ignoriert ihn. Er kann nicht anders. Warten war noch nie seine Stärke, aber bei dem hier wäre es ganz und gar unmöglich. Rasch macht er sich daran, auch das zweite Seil zu lösen. Die Tote baumelt wie eine schief geknüpfte Marionette in der Luft und gleitet ruckend dem Boden entgegen.

Mit hochrotem Kopf versucht Peer Grauwein, Tom das Seil aus den Händen zu reißen. »Wir haben noch gar nicht angefangen, verdammt, und du versaust schon den Tatort?«

Tom schiebt den deutlich kleineren Grauwein unwirsch beiseite.

»Hast du den Verstand verloren?«, zetert der Kriminaltechniker.

Tom lässt das letzte Stück Seil durch seine Finger laufen. Er hat dünne Latexhandschuhe übergezogen und unterhalb der Kuppel eine Plastikplane ausgebreitet, um die Pfütze aus Blut und Ausscheidungen abzudecken. Als die Beine der Toten einknicken und der leblose Körper plump auf die Plane sinkt, versetzt es seinem Herzen einen Stich. Es hilft nichts. Er braucht Gewissheit. Jetzt.

»Scheiße«, flüstert Grauwein.

Für einen Moment ist es ganz still. Sie sind zu viert in der ansonsten menschenleeren Kirche: Tom, Grauwein und zwei seiner Assistenten, die wie erstarrt aus einiger Entfernung zusehen.

Tom eilt durch die Bankreihen zur Mitte.

Die Frau liegt da, mit seltsam abgeknickten Beinen und ausgebreiteten Armen, die an einer hinter ihren Schulterblättern durch das Pfarrgewand geschobenen Holzlatte fixiert sind. An deren äußeren Enden hat jemand die beiden Schnüre befestigt, die sie in der Luft gehalten haben.

Tom starrt auf den Schlüssel. Auf die abgenutzte graue Plastikkappe, in die die Zahl Siebzehn geritzt ist. Sein Herz rast. Das Gesicht der Frau, ihre Nase, der Mund. Ist das Vi? Unzählige Male hat er sich vorgestellt, wie ihr Gesicht heute aussehen würde, ob er sie erkennen würde. Vielleicht am Lachen, an den Grübchen, am Leuchten der Augen, der Farbe der Iris. Aber die Augenpartie der Toten ist mit einem schwarzen Tuch verbunden.

»Tom, um Gottes willen …« Grauwein steht hilflos neben ihm, wippt von den Fersen auf die Ballen. »Was tust du da?«

»Halt den Mund«, sagt Tom heiser.

Ihm ist, als beugte sich Viola mit ihm gemeinsam über die tote Frau. Der Pyjama schlackert um ihre kindlichen Hüften, ihre blonden Locken sind zerzaust. Die Tote hat ebenfalls blonde Haare, mit etwas grau. Vi schaut ihn an, deutet auf den Schlüssel.

*Das ist meiner. Wieso hat die Frau meinen Schlüssel?*

Weil du es bist?

Mit zitternden Fingern berührt Tom die Augenbinde, versucht, sie nach oben zu streifen. Der Stoff ist feucht und klebt förmlich auf der Haut. Mit sanfter Gewalt zieht er die Binde ab, schaut in das bleiche, leere Gesicht – oder das, was davon übrig ist. Tom keucht. Geht neben der Leiche in die Knie. Unter der Plastikplane schmatzt es.

Grauwein stößt pfeifend den Atem aus; es riecht nach Fisherman's. Menthol, Lakritze, Eukalyptus.

Anstelle der Augen klaffen zwei leere Höhlen im Gesicht der Frau. Dunkle Tränenspuren laufen links und rechts der Nase über die Wangen. Ohne Augen wirkt das Gesicht entstellt und seelenlos. Ein Finger ohne Fingerabdruck. Dennoch ist Tom jetzt sicher: Die Tote ist nicht Viola. Sie ist um die fünfzig, die Nase ist zu schmal, die Augen stehen zu weit auseinander. Nein, dieses Gesicht hat wenig mit dem seiner Schwester gemein.

Die Erleichterung hält nur einen kurzen Moment an. Sekunden später ist die Enttäuschung da. Die Enttäuschung, die er so hasst, die wie eine Achillesferse ist, ihn schwach macht, weil er manchmal aufgeben möchte, nicht mehr suchen will. Ein Teil von ihm sehnt sich danach, dass es endlich vorbei ist.

»Heilige Scheiße«, haucht Grauwein. »Das gibt richtig Druck.«

»Was meinst du?«, fragt Tom, immer noch mit sich beschäftigt und weit weg von dem Ermittler, der er sein sollte.

»Erkennst du sie nicht?«

»Sollte ich?«

»Guckst du keine Nachrichten? Das ist doch die Riss, die Ex-Bischöfin und Dompredigerin.«

»Brigitte Riss?« Tom wird blass. »Bist du sicher?« Er sieht in das Gesicht mit den leeren Augenhöhlen.

»So sicher, wie ich weiß, dass du gerade deinen Job aufs Spiel setzt.« Grauwein lässt die Pastille in seinem Mund klickern.

Erst jetzt, da er nicht mehr ausschließlich nach Gemeinsamkeiten mit Viola sucht, erkennt Tom Brigitte Riss. Karins Mutter, ausgerechnet. Seit fast zwei Jahrzehnten hat er sie nicht mehr gesehen, nur hin und wieder auf einem Buchcover oder in Zeitungsberichten, als es um ihren Rücktritt vom Bischofsamt ging. Wie lange ist das her? Drei Jahre? Er muss an Karin denken, die sich bei ihren Treffen damals immer beklagte, wie peinlich ihre Mutter sei. »Kirche hier, Kirche da, ohne diesen ganzen Protestantenscheiß wäre Papa bestimmt bei uns geblieben«, rutschte es ihr einmal in einem stillen Moment am Ufer des Teltowkanals heraus.

Er sieht Karin vor sich, wie herausgeschnitten aus dem Tag, als sie den Schlüssel fanden. Ihre Argumente damals, ihre Bedenken – das alles war so richtig gewesen. Und trotzdem hatten sie es ignoriert.

»Bruckmann bringt dich um, wenn er das hier erfährt.« Grauwein deutet auf die Tote am Boden.

»Ja, wahrscheinlich«, seufzt Tom und versucht, seine Gefühle zu sortieren. »Habt ihr sonst noch was gefunden?«

»Wie denn?«, schnaubt Grauwein. »Wir hatten gerade das Licht aufgestellt. Und dann kommst du und hängst unsere Leiche ab.«

»Schon gut«, sagt Tom. »Entschuldige.« Er mag Grauwein mit seinem schrägen Lächeln, das wegen der Gaumenspalte immer etwas verunglückt aussieht. Der Mann ist ein Vollprofi, und sein gelegentlicher Zynismus wird nur noch von seiner Einsamkeit und seiner Begeisterung für den Job übertroffen. Trotz seiner beachtlichen Körpergröße fühlt Tom sich plötzlich klein, es tut ihm leid, dass er dem Kollegen die Arbeit schwergemacht hat. Ein kontaminierter Tatort ist der Alptraum eines jeden Kriminaltechnikers, besonders wenn absehbar ist, dass der Staatsanwalt schnelle Resultate einfordern wird. Der Fall ist nicht umsonst direkt beim LKA gelandet, es wird eine Menge Druck geben. Dennoch bereut Tom keine Sekunde, was er gerade getan hat. Wäre es Vi gewesen, er hätte sie niemals dort oben hängen lassen können.

Toms Blick fällt auf den Schlüssel, der silbrig auf dem Gewand der Dompredigerin glänzt.

Sein Handy klingelt und hallt in der Kuppel wider. Es ist Bruckmann, Tom stellt den Klingelton leise. Jetzt ist nur noch ein wütendes Schnarren zu hören. Tom lässt den Blick schweifen, versucht, alles in sich aufzunehmen, was er sieht. Brigitte Riss, die beiden V-förmig vom Kuppelgang auf sie zulaufenden Seile. Die Umlenkrollen, mit deren Hilfe sie hochgezogen wurde, und das schwarze Gitter unter der Orgelempore, an dem die Seilenden befestigt sind. Die Atmosphäre des Doms, das frühe Licht, die Stille. Er versucht, der Ermittler mit den offenen Poren zu sein, der, der alles an sich heranlässt.

Wieder schnarrt das Handy. Diesmal ist es Anne.

Er geht nicht dran. Anne will er umarmen, wenn das alles hier vorbei ist. Dann fällt ihm der Umschlag mit dem weißen Pulver ein. Ein Grund mehr, gerade nicht mit ihr zu reden.

# Kapitel 4

Stahnsdorf bei Berlin
Freitag, 10. Juli 1998
16:53 Uhr

*Tom saß in seiner klatschnassen Unterhose auf einem warmen Stein am Kanalufer, in der geballten Faust den Schlüssel. Innerlich war ihm kalt. Wasser tropfte aus seinen Haaren und rann ihm über den Rücken. Seine Schürfwunde brannte.*

*Sie saßen im Halbkreis, wie um eine Feuerstelle. Bene, Karin und Nadja waren kreidebleich. Josh dagegen schien ruhiger, die Erschütterung der anderen relativierte seine eigene. Er kam zurück in die Spur.*

*»Den hat einer umgebracht, oder?«, sprach Nadja das Offensichtliche aus. Ihr Blick ging ins Leere.*

*»Nicht einfach nur umgebracht«, meinte Bene. »Habt ihr das Gesicht gesehen? Und den Kaninchendraht?«*

*»Kaninchendraht?«, fragte Josh.*

*»Die haben den ersäuft, Mann.«*

*»Du meinst, die haben ihn eingewickelt und dann …?«*

*»Klar, mit diesen dicken Steinen.« Bene beschrieb sie mit seinen Händen.*

*Nadja hatte die Schultern hochgezogen, als wollte sie in Deckung gehen. »Meint ihr, der hat noch gelebt, als er reingeworfen wurde?«*

*Schweigen.*

*»Was ist denn mit dem Gesicht?«, fragte Karin leise.*

*Tom räusperte sich. Der Kloß in seinem Hals wollte einfach nicht kleiner werden. »Das sah aus wie Schnitte.«*

*»Die wollten nicht, dass ihn jemand erkennt«, überlegte Bene.*

*»Vielleicht wollten sie ihm auch weh tun«, sagte Tom leise. »Ihn für irgendwas bestrafen.«*

*Karin hielt sich die Hand vor den Mund.*

*»Die Schnitte haben ihn auf jeden Fall nicht umgebracht«, fuhr Tom fort. »Welchen Sinn sollte denn sonst der Aufwand mit dem Kaninchendraht haben?«*

*»Dass er nicht gleich ans Ufer gespült wird? Oder oben schwimmt?«, mutmaßte Bene.*

*»Wenn sie nicht wollten, dass er entdeckt wird, hätten sie ihn doch auch irgendwo vergraben können. Ich glaube eher, sie waren darauf aus, ihn, na ja, zu bestrafen eben.« Tom sah in die Runde.*

*»Warum eigentlich sie? Meinst du, das waren mehrere?«, fragte Karin.*

*»Weiß nicht. So 'ne Leiche ist doch schwer. Erst recht mit den Steinen.«*

*Stille.*

*Karin rieb sich nervös den Hals. »Wir ... wir müssen zur Polizei.«*

*»Was glaubt ihr, wie lange liegt der schon da unten?«, fragte Bene.*

*Tom zuckte mit den Schultern. »Ich kenn mich nicht aus mit so was. Vielleicht 'ne Woche? Sonst müsste er doch schon ... anders aussehen.«*

*»Angefressener«, half Bene aus.*

*Sie schwiegen erneut. Dass die Leiche offenbar erst seit kurzem im Kanal schwamm, machte das Ganze noch bedrohlicher. Tom sah nach oben zur Brücke, von wo Josh und er gesprungen waren. Von dort mussten sie den Mann hinuntergeworfen haben. Das war alles so verdammt ... nah! Als könnten gleich Männer aus dem Gebüsch kommen und auch sie ertränken.*

*»Wir müssen zur Polizei gehen«, wiederholte Karin.*

*»Was machen wir mit dem Schlüssel?« Josh deutete auf Toms Faust, aus der die gerissene Schnur herauslugte. Tom öffnete instinktiv die Hand. Der Schlüssel lag unschuldig auf seinem Handteller.*

*»Na, abgeben. Ist doch klar«, sagte Karin.*

*Bene rollte mit den Augen. »Du bist echt die Pastorentochter, oder?«*

*»Pastorinnen-Tochter«, sagte Karin steif. »Mein Vater hat mit Glauben nichts am Hut.«*

*»Stimmt, deshalb ist er ja auch abgehauen«, stichelte Bene.*

*»Leute, könnt ihr das mal lassen. Ist doch jetzt echt überflüssig«, unterbrach Tom.*

*»Sag ihm das, nicht mir.« Karins Lippen waren schmal vor Ärger. Sie hatte viele empfindliche Punkte. Ihr Vater war definitiv einer der empfindlichsten.*

*»Und wenn die ihn wegen dem Schlüssel umgebracht haben?«, fragte Josh. »Vielleicht ist der wertvoll. Gehört vielleicht zu 'nem Schließfach oder so.«*

*Tom runzelte die Stirn. »Warum hat er ihn dann noch?«*

*»Sie wussten nicht, dass er ihn hat«, schlug Josh vor.*

*»Wenn er wertvoll wäre, hätten sie danach gesucht.«*

*Alle starrten jetzt auf den kleinen silbernen Schlüssel in Toms Hand.*

*»Was ist das da für eine Zahl auf dem grauen Plastikding?«, fragte Nadja.*

*Tom fuhr mit dem Zeigefinger darüber. Die Ziffern waren mehrfach nachgeritzt worden, wie um sie dicker und lesbarer zu machen. Die scharfen dünnen Linien überschnitten sich gegenseitig. »Eine Siebzehn«, flüsterte er. »Jemand hat eine Siebzehn eingeritzt.«*

*»Sag ich doch. Ein Schließfach«, behauptete Josh.*

*»Und was glaubst du, ist in deinem tollen Schließfach?«, fragte Karin.*

*»Geld oder so«, sagte Bene wie aus der Pistole geschossen. Die anderen starrten ihn an. »Na, was denn? Sieht doch echt alles nach Mafia aus, oder? Der Kaninchendraht und die Steine. Ist doch fast wie Betonschuhe. So machen die das in Italien, hab ich gehört.« Seine Wangen glühten. »Vielleicht auch Rauschgift. Aber ich tippe auf Geld. 'ne Menge Geld.«*

*Die Blässe in den Gesichtern wich mehr und mehr einem fiebrigen Rot. Tom rutschte unruhig auf seinem Stein hin und her. Die plötzliche Begeisterung gefiel ihm nicht. Dennoch – der Schock über den grausigen Fund war verflogen, hatte sich aufgelöst wie eine Rauchwolke. Er starrte auf den Schlüssel. Und musste zugeben, wenn er jetzt die Wahl hätte, den Schlüssel zu verheimlichen oder ihn abzugeben, dann – na ja – erschien ihm die Vorstellung, ihn behalten zu dürfen, verführerisch. Es war unheimlich, aber es roch nach Abenteuer. Die Sorte Abenteuer, wie sie in Büchern steht, in Filmen passiert. An diesem Schlüssel hing irgendein Geheimnis, und ein Geheimnis durfte man doch nicht einfach achselzuckend aufgeben oder auf sich beruhen lassen.*

*»Mal ehrlich, Leute. Wir sollten den Schlüssel behalten«, sagte Josh.*

*»Spinnst du jetzt komplett?«, sagte Karin. »An dem Ding klebt Blut, wie kannst du den behalten wollen?«*

*»Ach Scheiße, du bist echt schlimmer als meine Mutter«, stöhnte Nadja. »Wir sind nur neugierig. Sonst nichts.«*

*»Du auch, oder was?« Karin sah Nadja mit offenem Mund*

*an. »Na, hätt' ich mir ja denken können. Miss Hol-die-Titten-raus. Passt ja.«*

*»Spießerin«, knurrte Nadja. Dennoch wurde sie flammend rot.*

*»Tom, sag du was«, bat Karin.*

*Alle Blicke ruhten jetzt auf ihm.*

*»Du hast ihn gefunden.«*

*»Genau, entscheide du.«*

*Tom fühlte sich ganz und gar nicht wohl in seiner Haut. Er sah vom einen zum anderen. Josh war doch sonst immer das Großmaul. Und Bene auch. Selbst Nadja sah ihn erwartungsvoll an. Plötzlich sollte alles an ihm hängen?*

*Er räusperte sich. »Ich, äh, was haltet ihr davon, noch eine Nacht zu warten. Also, ich meine, 'ne Nacht drüber zu schlafen und morgen zu entscheiden, was wir machen.«*

*Karins Blick sprach Bände.*

*»Gute Idee«, brummte Bene und versuchte, klug auszusehen.*

*»Sehr gut, ja.« Josh nickte bedeutungsvoll. Er bekam mehr und mehr Oberwasser. »Aber nur um's noch mal zu sagen: Ich bin für behalten! Ganz klar.«*

*Nadja lächelte nur still.*

*»Und der Tote?«, protestierte Karin. »Soll der auch bis morgen warten? Oder wie stellt ihr euch das vor? Wollt ihr ernsthaft zur Polizei gehen und dann morgen mit dem Schlüssel um die Ecke kommen: ›Ähm, ja, Entschuldigung, den haben wir wohl vergessen ...?‹«*

*»Stimmt«, gab Tom zu. »Ziemlich bescheuert ...«*

*»Also sagen wir erst mal gar nichts«, spann Josh den Faden weiter, allerdings in eine andere Richtung, als Tom eigentlich gedacht hatte.*

*»Ihr meint, wir sagen nichts?«, fragte Nadja. Auch sie zögerte plötzlich.*

*»Wer weiß, wie lange der schon da unten liegt«, meinte Bene. »Tot ist tot, oder? Das macht doch gar keinen Unterschied.«*

*Tom schluckte. Warum war Bene so abgebrüht? Er fand, dass das sehr wohl einen Unterschied machte, aber er wollte den Schlüssel eigentlich behalten und schaffte es einfach nicht, zu protestieren. Karin hatte recht. Wenn sie zur Polizei gingen, war die Sache gelaufen. Dann gab es nur hopp oder top, sie würden sofort entscheiden müssen, und das konnte er nicht. Nicht jetzt. Nicht hier. Entscheidungen fielen ihm ohnehin schwer, wenn viele Leute dabei waren. Er musste allein sein, um einen klaren Gedanken zu fassen.*

*»Okay«, sagte Tom heiser. »Wir machen es so: Wir gehen jetzt alle nach Hause, und keiner sagt ein Wort. Morgen treffen wir uns wieder, oben auf der Brücke. Gewohnte Uhrzeit. Wenn wir den Schlüssel behalten wollen, machen wir es. Wenn nicht, werfen wir ihn ins Wasser, dahin, wo der Tote liegt.«*

*Einen Moment herrschte Stille. Sonnenstrahlen tanzten auf dem Kanal.*

*»Guter Vorschlag«, meinte Nadja.*

*»Coolio.« Bene hob den Daumen.*

*»Von mir aus ist die Sache klar«, sagte Josh. »Behalten.«*

*Karins Lippen blieben schmal.*

*»Du bist überstimmt.« Bene grinste.*

*»Keiner sagt ein Wort?«, hakte Tom nach.*

*Alle nickten.*

*»Na schön, von mir aus«, murmelte Karin.*

*Sie standen auf, nahmen ihre Sachen und machten sich auf den Weg nach Hause, jeder in seine Richtung. Tom lief den gewundenen Pfad zur Brücke hinauf, wo seine Kleidung noch immer lag. Jeans und Hemd waren warm und trocken, nur die blöde Feinrippunterhose war natürlich noch nass. Er warf nur das Hemd über, ließ die Knöpfe offen, damit es nicht über der*

*Wunde am Rücken spannte, und beschloss, den Umweg durch den Wald nach Hause zu nehmen.*

*Im Schutz der Bäume blieb er stehen, steckte den Schlüssel rasch in eine der Taschen seiner Jeans und legte sie neben einem Baumstumpf ab. Dann zog er sich die nasse Unterhose von der Hüfte, stieg mit einem Bein hinaus, als es plötzlich hinter ihm raschelte.*

*»Tom? He, warte mal.«*

*Er erstarrte. Das war Nadja. Hastig versuchte er, das leidige Kleidungsstück wieder anzuziehen, blieb mit dem großen Zeh am Bund hängen, hüpfte, um das Gleichgewicht zu halten, und wäre beinah hingefallen. Mit hochrotem Kopf zerrte er die Unterhose hoch und drehte sich um. Hatte sie ihn beobachtet? Abgepasst?*

*»Hey«, sagte er unschlüssig. Trat von einem Fuß auf den anderen. Sie kam näher. Wenigstens grinste sie nicht. Warum war sie eigentlich nicht nervös? Woher nahm sie immer diese Sicherheit? Wieder ihr Lächeln. Wie vorhin. Federleicht und schwer zu deuten. Sie stand jetzt vor ihm, und obwohl sie ein Jahr älter war als er, reichte sie ihm gerade bis zum Hals.*

*»Alles klar mit deinem Rücken?«*

*»Meinem Rücken?«*

*»Die Schramme.« Sie strich ihm spielerisch mit einem Finger über die Schulter, tippte neben die Wunde. Tom zuckte zusammen.*

*»Soll ich pusten?«*

*»Pusten?«, fragte Tom. Himmel! Fiel ihm nichts Besseres ein, als jedes Wort von ihr zu wiederholen? Nadja spitzte den Mund und blies zwischen den offenen Hemdhälften auf seine nackte Brust. Ihm wurde heiß und kalt. »Nee, lass mal.«*

*»Du warst mutig vorhin.«*

*»Wieso?«*

*»Du bist gesprungen, wegen Josh.«*

*»Josh ist auch gesprungen.«*

*»Ja, aber wegen mir. Das ist was anderes.«*

*Tom nickte und verschwieg, dass er vermutlich auch wegen ihr gesprungen wäre, wenn sie nur gefragt hätte.*

*»Du bist gesprungen, weil du ihm helfen wolltest.«*

*Tom fiel nichts anderes ein, als erneut zu nicken.*

*»Das ist die hässlichste Unterhose, die ich je gesehen habe«, flüsterte sie.*

*In dem Moment, als er vor Scham im Boden versinken wollte, schlich sich ihre Hand zwischen seinem Bauch und dem Gummibund hindurch und umfasste ihn. Tom wusste nicht, wie ihm geschah, alles Blut verschwand aus seinem Kopf. Er wusste nicht, was mehr pochte, sein Herz oder sein Ding in ihrer Hand. »Das ist … aber … nicht mein Rücken«, stammelte er.*

*Nadja kicherte.*

*Ihre linke Hand schob sich unter sein Hemd und unter seiner Achsel hindurch zum Rücken. »Der ist hier, oder?« Ihre Finger tasteten sich vor wie Spinnenbeine, trippelten gegen die Wunde. Heißer Schmerz durchfuhr seinen Körper. Nadjas Zunge bohrte sich plötzlich in sein Ohr, nass und laut. Eine Welle schlug über ihm zusammen.*

*»Willst du sie noch mal sehen?«*

*»Wen?«, fragte er heiser und kam sich im selben Moment wie der letzte Tölpel vor. Ob Josh sich auch so dämlich anstellen würde?*

*»Fass mich an«, hauchte Nadja in sein Ohr.*

*Tom fühlte sich ohnmächtig, wehrlos. Schmetterlinge tobten in seinem Bauch um die Wette. Seinen schmerzenden Rücken spürte er nicht mehr.*

# Kapitel 5

Berlin-Prenzlauer Berg
Sonntag, 3. September 2017
8:48 Uhr

Doktor Sita Johanns steht nackt vor ihrem mannshohen Spiegel und versucht, die Kratzspuren auf ihrem Rücken zu begutachten.

Um sie herum herrscht das, was ihre Mutter immer als »studentisches Chaos« belächelt. Schon als Kind hat Sita es gehasst aufzuräumen. Klar, ein paar wenige Dinge haben ihren festen Platz: die elektrische Zahnbürste, ihr Schlüsselbund, die Earl-Grey-Dose, Kondome, der Kronleuchter oder der *Lounge Chair*, ihr Sehnsuchtssessel, den sie sich gebraucht geleistet hat. Fast viertausend Euro und so bequem wie teuer, nur dass sie jetzt kaum darin sitzt. Die meisten anderen Dinge dürfen kommen, gehen oder liegen bleiben, wo es gerade passt. Da sie nicht viel besitzt und die Altbauwohnung gut hundertzwanzig Quadratmeter misst, fällt das bisschen Unordnung kaum ins Gewicht, findet Sita. Gut, ihre Mutter würde das anders sehen. Doch ihre Mutter versteht auch nicht, warum sie ihren Doktortitel nicht auf das Klingelschild prägen lässt. *Weil es etwas ist, das ich anziehe wie eine zweite Haut, wenn ich arbeiten gehe.*

Vorsichtig streicht sie mit dem Finger über die gereizte Haut auf ihrem Rücken. Hinter ihr schnurrt ihr Smartphone und zittert über den Fußboden neben dem Futon.

Sita tänzelt zwischen den verstreuten Kleidungsstücken zum Telefon. Auf dem Display leuchtet der Name Bruckmann.

»Johanns«, meldet sie sich und klingt abweisender, als sie es will. Sita Nummer eins hat noch die Oberhand. Der Sonntagmorgen, ihre Müdigkeit und das Bedürfnis, in Ruhe gelassen zu werden, schwingen mit.

»Sita? Ich brauche Sie und Ihren Sachverstand. Jetzt.« Dass Bruckmann jeden beim Vornamen nennt, ist eine Machtdemonstration, genau wie seine Angewohnheit, sich nie mit Namen zu melden.

»Worum geht's?«, fragt Sita beherrscht und ist auf dem Weg zu Sita Nummer zwei.

»Die Sache im Dom. Schon gehört?«

»Nein.« Sie wirft einen Blick zum Spiegel hinüber. Es fühlt sich fremd an, so mit ihrer alten Dienststelle zu telefonieren, und dann auch noch mit Bruckmann. Ganz ohne Kleidung, noch ohne Perücke. »Warum fragen Sie nicht jemanden aus der OFA-Truppe?«

»Seit Sie weg sind, fehlt mir hier der psychologische Sachverstand. Und die AE ist sowieso schon überlastet. Was bringt mir ein Bericht, den die Fallanalytiker nach einer Woche Aktenstudium abgeben?«

Daher weht also der Wind. *Ermittlungsbegleitend.* Häufig wird die Operative Fallanalyse des LKA, kurz OFA, erst hinzugezogen, wenn die Ermittlungen ins Stocken geraten sind. Daher sind viele der Analytiker – oder Profiler – Schreibtischtäter, die Fälle nach Aktenlage auswerten, was schon der bürokratische Name der Hauptabteilung sagt, zu der die OFA gehört: Auswerteeinheit. Wäre sie damals nicht gezwungen gewesen zu gehen, Sita hätte von selbst gekündigt: zu viel Theorie. Zu wenig vor Ort. Aber im Grunde genommen ist Bruckmanns Frage ohnehin rhetorisch. Sie wird ja sagen, ja sagen *müssen*, weil es Bruckmann ist, der anruft. »Wie ist die Bezahlung?«

»Tagessatz für externe psychologische Gutachter plus Auslagen. Zufrieden?«

Sita jubelt im Stillen. Das Geld kommt ihr mehr als gelegen. Und in ihrem Bauch regt sich ein Kribbeln. Einsatz. Adrenalin. »Ist in Ordnung«, erwidert sie beherrscht.

»Schön«, knurrt Bruckmann. »Sie sind zu Hause?« Es klingt mehr nach einer Ansage als nach einer Frage. »Morten holt sie ab, in ein paar Minuten. Er setzt sie ins Bild.«

Oh nein, ausgerechnet Morten! Unter seinen Blicken hat sie sich immer wie in ihren Kindertagen in der DDR gefühlt: das aussätzige Mädchen, der farbige Bastard eines Gastarbeiters aus dem kommunistischen Bruderstaat Kuba, das Kind, das nie hätte geboren werden dürfen, wenn es nach dem Willen der Hammer-und-Sichel-Regierung gegangen wäre. Morten hat selbst zwei Kinder, und zwischen seinem Status als verheirateter Mann und seiner Arbeit als Hauptkommissar liegt ein großes Land voller unerfüllter Wünsche. Immer wenn er sie ansah, lauerte in seinen Augen verborgene Abscheu – und zugleich die Sehnsucht, sie nachts in einen schmutzigen Hinterhof zu zerren und zwischen Abfallsäcken zu nehmen.

»Gut. Ich beeile mich.«

»Ich bitte darum. Ach, Sita? Noch etwas.«

»Ja.«

»Tom Babylon von der MK 7 ist vor Ort. Das ist nicht sein Fall. Machen Sie ihm das klar. Er scheint es nicht zu verstehen.«

»Warum?«

»Warum er es nicht versteht? Woher soll ich das wissen«, erwidert Bruckmann gereizt.

»Nein, warum *ich* es ihm klarmachen soll.«

»Jetzt hören Sie schon auf, sich zu zieren, Sita.«

»Ich bin Psychologin, keine Babysitterin.«

»Das ist dasselbe«, entgegnet Bruckmann. Er spricht oft einfacher, als er denkt, aber es endet nicht immer mit einer Unverschämtheit oder einer Zumutung, so wie jetzt. »Sorgen Sie dafür, dass er im Zaun bleibt.« Es knackt, und der Leiter des LKA 1 hat aufgelegt.

Sita wirft das Telefon aufs Bett und blickt ein letztes Mal in den Spiegel, als betrachte sie eine Fremde, die gleich verschwinden wird. Eine vertraute Fremde mit halbdunklem Teint, braunen Augen, millimeterkurz geschorenen Haaren, der vernarbten Hautpartie am Kieferknochen und dem Brandmal unter der rechten Brust.

»Im Zaun bleiben«, hat Bruckmann gesagt. Darum geht es, andauernd. Wer nicht im Zaun bleibt, leidet. Und wer drin bleibt, auch. Das Kribbeln wird stärker.

# Kapitel 6

Berliner Dom
Sonntag, 3. September 2017
9:13 Uhr

»Glaub bloß nicht, dass ich dich decke, wenn das hier auffliegt«, knurrt Grauwein und drückt erneut den Auslöser seiner Nikon. Die Digitalkamera simuliert das Geräusch einer analogen Verschlussklappe, und Grauwein schnalzt mit der Zunge. Er und Tom stehen mit dem Rücken zum Altar, auf dem roten Teppich, das Objektiv ist auf die Kuppel gerichtet.

»Danke«, sagt Tom.

»Sag das nicht! Nachher denkt noch jemand, ich hätte das hier für dich getan.« Grauwein deutet dorthin, wo die Dompfarrerin Brigitte Riss hängt, als wäre nichts geschehen. »Ich hätte sie so oder so wieder hochziehen müssen. Wenn ich keine Fotos liefere, dann reißen die nicht nur dir den Kopf ab.«

»Trotzdem«, meint Tom.

»Beier, Börne. Kommt mal her, bitte«, ruft Grauwein.

Die beiden kriminaltechnischen Assistenten unterbrechen ihre Arbeit. Ihre Schutzanzüge rascheln in der Stille, als sie näher kommen. Der eine trägt einen dunklen Kinnbart, und sein Blick wirkt herablassend, was ihm den Spitznamen Börne eingebracht hat, auch wenn er sonst nichts mit dem gleichnamigen TV-Forensiker gemein hat. Beier dagegen ist bartlos, flachsblond und so dürr, als verdürbe ihm seine Arbeit den Appetit.

»Chef«, sagt Beier, als sie neben ihm stehen.

Börne schweigt. Das C-Wort liegt ihm nicht.

Grauweins Blick fliegt zum Haupteingang, von wo Geräusche zu hören sind, und er murmelt: »Muss erst mal keiner wissen, dass Madame schon mal unten war. Lässt uns alle nicht gut aussehen.«

Börne hebt die Augenbrauen. »Und wenn –«

»Bei Fragen rede ich. Und *nur* ich.« Grauwein wirft Tom einen finsteren Blick zu.

Das Portal schwingt auf. Hauptkommissar Jo Mortens kurze, schnelle Schritte hallen im Dom wider. Er wird eskortiert von zwei Beamten in Uniform und einer schlanken Frau mit südamerikanischem Teint und langem dunklen Haar. Im Gegensatz zu Morten sieht sie zu Boden, vielleicht, um sich den Anblick der Toten zu ersparen. Soweit Tom sich erinnern kann, hat sie als Psychologin beim LKA gearbeitet, ihr Name ist ihm allerdings entfallen.

Mit den Kollegen schwappt ein kurzes Raunen in die Kirche, das Geräusch einer wachsenden Menge von Schaulustigen vor dem Hauptportal. Um zehn Uhr findet für gewöhnlich der Gottesdienst statt. Touristen und Gläubige drängen sich vermutlich mit der Presse vor der Absperrung. Tom kann sich jetzt schon die Berichterstattung ausmalen.

»Habe ich mich klar ausgedrückt?«, zischt Grauwein.

»Klar«, brummt Beier. Börne schaut sauertöpfisch, und Tom hofft, dass er weiß, was sich gehört.

»Weiter seid ihr noch nicht?«, ruft Morten aus fast zwanzig Metern Entfernung. Seine näselnde Stimme erfüllt den Dom.

»Was wäre denn ›weiter‹, du blasierter Fatzke«, murmelt Grauwein.

»Hab ich gehört, Grauwein«, ruft Morten. »Der Hall.« Er lächelt dünn und lässt den Zeigefinger um sein rechtes Ohr kreisen. Sein steifer kleiner Finger steht ab, die Hand sieht aus wie ein gehörntes Teufelchen. Für Mitte fünfzig hat er erstaunlich volles Haar, dunkel, mit ein paar grauen Strähnen und scharf gescheitelt. »Wenn du in Sachen Kriminaltechnik genauso ahnungslos bist wie in Sachen Akustik, dann erklärt das zumindest deine Ineffizienz.«

Grauwein errötet vor Ärger, schweigt aber.

Beier und Börne flüchten zurück an ihre Arbeit.

»Hallo, Joseph«, sagt Tom und schiebt die Hände in die Jackentaschen.

Morten steht vor ihm, drahtig, eineinhalb Köpfe kleiner, und lächelt verkniffen. Tom weiß, dass er die Kurzform Jo bevorzugt, und Morten weiß, dass Tom es weiß.

»Hat wohl jemand Mist gebaut«, stellt Morten fest.

»So?« Tom erwidert seinen herausfordernden Blick. Verdammt, er hätte die Tote lassen sollen, wo sie war. Falls Morten es weiß, wird es eng für ihn; es wäre schon das dritte Mal, dass er die Innenrevision am Hals hätte. »Wer denn, deiner Meinung nach?«

»Rainers neues Bunny in der Dispo, die mit der piepsigen Stimme«, sagt Morten.

Tom erinnert sich an das morgendliche Telefonat, die hohe, nervöse Tonlage. *Bunny.* Der Psychologin ist anzusehen, dass ihr Mortens Gehabe gegen den Strich geht. Die Wangenknochen treten deutlich unter ihrem bronzefarbenen Teint hervor. Unterhalb des rechten Ohrs, größtenteils verdeckt von den Haaren, scheint ihre Haut vernarbt zu sein.

»Du fragst gar nicht, *was* sie verbockt hat«, sagt Morten.

»Vermutlich, dass sie mich angerufen hat und nicht dich.«

»Junge, Junge. Der große Babylon.« Morten bleckt die Zähne. Sie sind gelb von Tee und Nikotin. »Man könnte meinen, du wärst bei der Kripo.«

»Das hier ist nicht die Kripo.«

»Eben«, erwidert Morten trocken. Hinter ihm schwebt die Tote im Scheinwerferlicht.

»Ich mach das schon«, sagt die Psychologin leise.

Morten dreht sich zu ihr um. »Hab ich darum gebeten?«

»Nein«, erwidert sie ruhig, »aber wenn es hier um einen Größenvergleich geht, rufen Sie gerne denjenigen an, der mich gebeten hat.«

Morten mustert sie einen sehr stillen Moment lang. Sein Blick tastet abschätzig über ihre Figur, nicht weil sie unattraktiv wäre, im Gegenteil, sondern so, als müsste die Tatsache, dass er ein Mann und sie eine Frau ist, die Lage zu seinen Gunsten wenden. »Tun Sie, was Sie nicht lassen können.«

Tom verkneift sich ein Grinsen.

»Doktor Sita Johanns.« Die Psychologin reicht ihm die Hand. Er schätzt sie auf fast eins achtzig. Ihre Augen sind dunkelbraun und verraten nichts.

»Tom Babylon.«

»Ein großer Mann«, lächelt sie.

»Liegt am Namen«, lächelt er zurück.

Morten wendet sich ab und brüllt: »Verdammt, geht's hier mal weiter?«

An mehreren Stellen im Dom setzt Knistern und Rascheln ein.

»Und macht ein paar von den Lampen aus, die Scheißdinger machen einen ja blind. Oder seid ihr immer noch nicht mit den Fotos fertig?«

»Darf ich Tom sagen?«, fragt sie.

»Meint Bruckmann, dass es jetzt schon nötig ist, eine Psychologin zu schicken, um mich einzufangen?«

»Müssen Sie denn eingefangen werden?«

»Lassen Sie das«, entgegnet Tom.

»Lassen? Was denn?«

»Die taktischen Spielchen.«

»Was meinen Sie mit taktischen Spielchen?«

»Die Fragerei. Man gibt nichts preis und bleibt am Zug.«

»Teufel«, sagt sie. »Sie sind aber schlau.«

»War das jetzt ironisch?«

»Zumindest war es keine Frage.«

Eine der Lampen geht aus, und Sita Johanns' Gesicht liegt plötzlich im Halbdunkel. In ihren Augen glitzern winzige goldene Sprenkel, Reflexionen der Verzierungen im Altarraum.

»Machen wir es kurz«, sagt Tom. »Bruckmann schickt Sie, um mir klarzumachen, dass ich raus bin, richtig?«

Sita Johanns' Blick wird kühl. »Zunächst mal hat er mich *gebeten*, und zwar darum, an den Ermittlungen teilzunehmen.«

»Und darum, die Kuh vom Eis zu kriegen.«

»Wenn Sie sich als Kuh betrachten – ja.«

»Wenn Bruckmann mich abziehen will, soll er mir das selbst sagen.«

»Hat er das nicht schon?«

»Persönlich«, erwidert Tom. »Bis dahin bin ich Teil der Ermittlungen.«

Hinter ihnen poltert es, Börne ist gegen eine Kirchenbank gestoßen.

»Mensch, pass auf, lass sie nicht fallen«, ruft Beier.

Sita Johanns dreht sich um, wirft einen flüchtigen Blick auf die Tote. Ein Ruck geht durch den schwarzen Engel, der Körper zappelt grotesk. Beier und Börne beginnen, die Leiche langsam hinunterzulassen. Sita Johanns wendet sich rasch wieder Tom zu. Für einen kurzen Moment hat ihre Fassade Risse bekommen. »Warum wollen Sie in diesem Fall unbedingt ermitteln? Aus Eitelkeit?« Sie deutet mit einer leichten Kopfbewegung in Richtung Morten. »Oder Konkurrenz?«

»Letzteres ist eher sein Thema.«

»Was ist es dann?«

Tom schweigt. Die Situation ist ihm unangenehm. Bei Befragungen sitzt er sonst auf der anderen Seite des Tisches. Sita Johanns hat etwas Beunruhigendes an sich, sie wirkt distanziert und zugleich so, als wollte sie ihn packen, nicht mehr loslassen. »Ist es, weil Sie die Tote kennen?«

Tom braucht für seine Antwort einen Moment zu lange. »Wieso? Sollte ich?«

»Jetzt fragen *Sie.* Würden Sie gern am Zug bleiben?« Goldenes Funkeln in ihren Augen.

»Ich kenne sie nicht.«

»Das wissen Sie jetzt schon? Sie hängt doch noch da oben, mit verbundenen Augen.«

Tom öffnet den Mund, schließt ihn wieder. Sucht nach einer Antwort. Sita Johanns fixiert ihn, als hätte sie eine Taschenlampe, mit der sie in seinen Kopf leuchten könnte.

»Das ist doch bloße Rhetorik«, sagt Tom leichthin. Aber es ist schon zu spät. Sie weiß, dass etwas nicht stimmt. Dass sie ihn erwischt hat. Auch wenn sie vielleicht noch nicht genau weiß, wobei.

»Was verbindet Sie mit ihr?«, fragt die Psychologin.

»Vergessen Sie es. Ich spiele nicht mit.«

»Sie lassen die Finger von dem Fall, oder ich lasse Sie auffliegen. Und mit Ihnen Ihre Kollegen.«

»Bitte?«

»Glauben Sie mir«, sagt sie kühl, »ich weiß noch nicht, was hier gelaufen ist, bevor wir gekommen sind. Aber was auch immer es war, allein die Art, wie Peer Grauwein eben zu uns rübergesehen hat, sagt mir, er sitzt mit im Boot.«

Toms Blick geht über ihre Schulter zu Grauwein, der ein Stück von ihnen entfernt steht und sichtlich bemüht ist, sie zu ignorieren. »Wollen Sie das wirklich?«, fragt Tom.

Sita Johanns lächelt. »Setzen Sie sich in Ihren Wagen, fahren Sie nach Hause, und alles wird gut.«

»Sie wollen ernsthaft unter Morten arbeiten? Er ist ein –«

»Ich weiß, was er ist. Aber das tut hier –«

»Scheiße! Was ist *das* denn?«, ruft jemand.

Unter der Orgelempore, in etwa zwanzig Metern Entfernung, winkt ein Kriminaltechniker ihnen hektisch zu. Tom kennt seinen Namen nicht. Der junge Mann steht vor dem mannshohen schwarzen Gitter, an dem die Seile befestigt waren. Zwischen den Stäben mit den gewundenen Spitzen schimmert es golden. »Wir brauchen einen Schlüssel hierfür«, ruft er. »Da drin ist noch 'ne Leiche.«

# Kapitel 7

Psychiatrische Privatklinik Höbecke, Berlin-Kladow
Sonntag, 3. September 2017
9:21 Uhr

»Er ist wieder da«, flüstert Klärchen andächtig.

Die Patientin in Zimmer 128 sitzt auf der Bettkante, selbstvergessen, wie auf dem Sims eines Fensters in eine andere Welt, als Friderike Meisen den halb abgedunkelten Raum betritt. Die Auszubildende zögert, lässt die Hand mit dem Medikamenten-Dispenser sinken. Die Pillen klickern in ihren kleinen, blauen Fächern. Friderike ist zum ersten Mal in Zimmer 128.

*Er ist wieder da.* Spontan muss sie an den Kinofilm denken, nach diesem Buch von Timur Vermes. Nicht, dass sie das Buch gelesen hätte, sie hat den Film geschaut, für lau, auf einer dieser Plattformen im Netz, auf ihrem Handy.

Aber diese Patientin sieht wohl keine Kinofilme. Ob sie Bücher liest? Vor dem mit Laken verhängten Fenster erkennt Friderike das Profil von Klärchen, einer ausgezehrten Frau mit hängenden Schultern, die ebenso gut dreißig wie vierzig Jahre alt sein könnte. Das Bett, auf dessen Kante sie sitzt, ist abgezogen, ihre Füße hat sie ordentlich nebeneinander auf den hellen Teppichboden gestellt.

»Doch. Ich weiß es bestimmt. Er ist zurück.«

*Redet die mit mir?* Friderike ist sich nicht sicher, ob das hier ein Selbstgespräch ist. Schließlich ist sie neu hier, ein

»Frischling«, wie die Pflegedienstleiterin sie vor zwei Wochen der Belegschaft vorgestellt hat. Gerade einmal neunzehn Jahre alt, flachsblond, mittelgroß, mit einer schmalen Nase und einem kleinen Mund. Dass ihr Vater Neurologe ist, verschweigt sie, damit niemand auf die Idee kommt, sie würde sich für etwas Besseres halten. Schließlich hält auch ihr Vater sie nicht für etwas Besseres, er interessiert sich mehr für Volker, ihren Stiefbruder, der seit zwei Jahren in Heidelberg Medizin studiert, noch zu Hause lebt und von Tag zu Tag unerträglicher wird. Was also blieb ihr anderes übrig, als abzuhauen? Erst im Nachhinein hat sie erfahren, dass ausgerechnet ihr Vater ihrer Bewerbung nach Berlin hinterhertelefoniert hat, um »ein gutes Wort« bei Professor Doktor Wittenberg für sie einzulegen.

Nun ist sie in der dritten Woche hier und darf zum ersten Mal etwas anderes tun als Bettwäsche falten und Kaffee kochen. »Klärchen ist ungefährlich«, haben ihr die Kollegen gesagt. Sie soll ihr nur rasch die Pillen bringen. Und jetzt fühlt sie sich unwohl, wie ein Eindringling in eine fremde, intime Welt.

Reiß dich zusammen, denkt sie. Wenn du den Job machen willst, kannst du nicht bei der ersten Patientin die Flatter kriegen. Such Kontakt. Sei freundlich!

Friderike räuspert sich. »Entschuldigung, *wer* ist wieder da, Frau … äh …«, sie sieht auf die Pillendose, *Klara Winter* steht auf dem engbedruckten Aufkleber, »… Frau Winter.«

Die Patientin hebt den Blick und starrt auf die graugemusterte Tapete gegenüber von ihrem Bett. »Er«, antwortet sie mit erhobenen, kahlgezupften Augenbrauen. Ihre Pupillen suchen nach einem Punkt an der Wand.

»Ah, verstehe«, sagt Friderike verwirrt und folgt Klärchens Blick. Erst jetzt merkt sie, dass es sich bei dem Muster nicht um eine Tapete handelt. Der Putz ist nackt und voller kleiner, mit Bleistift geschriebener Zahlen, bis hinauf zur Decke, sortiert in quadratischen Blöcken von jeweils fünf, manchmal sechs Reihen. Die ganze Wand ist damit übersät, genauso wie die Wand um das verhängte Fenster. Nur in den Ecken kleben Reste einer lindgrünen Tapete.

»Ich bringe Ihnen Ihre Tabletten«, sagt Friderike, bemüht, sich ihr Erstaunen nicht anmerken zu lassen. »Darf ich Klara zu Ihnen sagen?«

Klara Winter schüttelt den Kopf.

Friderike gibt ihr den Medikamenten-Dispenser mit den in Mulden vorsortieren Pillen in die Hand. Artig pult die Patientin die Tabletten für den Morgen heraus. Friderike tritt neugierig an die beschriebene Wand heran. Die Zahlenblöcke sind offenbar ein Kalender. Jeder Block ein Monat. Zwölf Blöcke ein Jahr. Friderikes Blick geht die schier endlosen Zeilen und Spalten mit Ziffern ab. Wie viele Jahre mögen das sein? Direkt vor ihr steht in winzigen Druckbuchstaben das Wort Dezember über einem der Monate. Die letzte Zahl in diesem Block fällt ihr auf, und im ersten Moment glaubt sie, sich zu irren. Aber es stimmt tatsächlich: Die letzte Zahl des Monats Dezember ist eine Zweiunddreißig. Erst jetzt bemerkt sie, dass noch etwas anderes nicht richtig ist.

Kurios, denkt Friderike.

Aus dem Augenwinkel bemerkt sie, wie Klara Winter ihre Tablettenration für den Morgen zu Boden fallen lässt und sie mit dem nackten Fuß unters Bett schiebt.

»Hallo? Na, so geht das aber nicht!«, mahnt sie streng, kommt sich aber sofort schäbig vor, unangenehm belehrend; es klingt, als spräche sie mit einer Idiotin oder einem Kleinkind. Dabei hat sie sich vorgenommen, den Patienten ganz anders zu begegnen, keinesfalls mit dieser elterlichen

Überheblichkeit der alteingesessenen Pflegerinnen und Pfleger. Das hier sind Menschen wie alle anderen auch, eben nur ein bisschen anders, und sie will helfen, nicht stigmatisieren. »Warum machen Sie das?«, fragt sie, jetzt deutlich freundlicher.

»Ich weiß nicht«, murmelt Klara Winter, dann schüttet sie auch die restlichen Tabletten auf den Boden. Kleine weiße Dragees hopsen über den Teppich. »Vielleicht mag er nicht, wenn ich sie nehme.«

»Frau Winter«, sagt Friderike, ehrlich interessiert. »Wer ist denn *er*? Vielleicht könnten Sie ihn mir ja mal vorstellen.«

»Oh, er stellt sich nicht jedem vor. Er wählt aus.«

»Hat er denn einen Namen?«

»Einen Namen. Ja.«

»Verraten Sie ihn mir?«

Klara Winter sieht Friderike jetzt direkt an. Sie hat große, angestrengte Augen, die Iris ist graublau und spiegelt das farblose Zimmer. Lautlos bewegt sie die Lippen.

»Frau Winter, Sie müssen lauter sprechen.«

»Jesus«, sagt sie leise.

»Jesus? Sie meinen, *den* Jesus?«

»Er ist es. Er sieht genauso aus.«

»Aha«, meint Friderike und ermahnt sich, ernst zu bleiben. Sie hat sich geschworen, die Patienten zu nehmen, wie sie sind, und seien sie noch so skurril. »Und Sie haben ihn hier gesehen?«

»Woher wissen Sie das?«, fragt die Patientin, dabei sieht sie sich um, als würde sie beobachtet.

»Na ja.« Friderike probiert es mit einem schelmischen Zwinkern. »So oft gehen Sie nicht aus, oder?«

Nervös schüttelt Klara Winter den Kopf, lächelt flüchtig.

»Inzwischen müsste Jesus aber ganz schön alt sein«, sagt Friderike.

»Er ist genauso alt wie immer.«

»Na, vermutlich haben Sie recht. Schließlich ist er Gottes Sohn. Da sollte das mit dem Alter kein großes Problem darstellen.« Sie lächelt über ihren eigenen Scherz und hat das Gefühl, ihre Sache doch recht ordentlich zu machen.

»Was wollte er denn hier, Frau Winter?«

»Er wird mich retten.«

Friderike nickt und schweigt einen Moment. »Aber die Sache mit den Pillen, Frau Winter, das würde er Ihnen, glaube ich, nicht durchgehen lassen.«

»Er würde nicht wollen, dass ich sie nehme, oder?«

»Im Gegenteil, ich bin mir sicher, er würde *unbedingt* wollen, dass Sie sie nehmen.«

Klara Winters Augen werden schmal.

»Wissen Sie was?« Friderike bückt sich und liest die Pillen vom Teppich auf. Die verdammten Dinger sehen sich zum Verwechseln ähnlich. »Wir machen es so. Ich hole neue Tabletten. Auf dem Weg schaue ich einmal in der Kapelle vorbei, frage Jesus, ob das in Ordnung ist, und wenn ja, dann komme ich einfach wieder zu Ihnen, und Sie nehmen Ihre Pillen.«

Klara Winter runzelt feindselig die Stirn, schweigt aber.

Plötzlich fühlt Friderike sich unwohl, als hätte sie eine unsichtbare Linie überschritten. »Jetzt schauen Sie mich nicht so böse an. Ich bin gleich wieder bei Ihnen.«

Sie wendet sich der Tür zu, will gehen, doch ihr Blick fällt auf die mit Zahlen übersäte Wand, und sie bleibt stehen. »Ach, bei Ihrem Kalender, da ist mir ein kleiner Fehler aufgefallen, das wollte ich Sie noch fragen. Warum haben Sie die Siebzehn –«

»Das ist kein Fehler«, schreit Klara Winter hinter ihr. Friderike kommt nicht mehr dazu, sich umzudrehen. Sie spürt einen Stoß im Rücken, stürzt mit dem Gesicht voran auf eine Kommode, schlägt mit der Nase auf das Holz. Dann verliert sie das Gleichgewicht und fällt auf den Teppichboden, der viel weniger weich ist, als sie gedacht hätte. Friderike stöhnt, dreht sich benommen um. *Steh auf,* denkt sie. *Es ist nicht gut, dass du hier so liegst.* Sie sieht Klara Winters Gesicht, ängstlich und aufgebracht.

Friderike rappelt sich hoch, hält sich die Hand unter die Nase. Es tropft warm und hellrot, und es tut weh, einfach nur schrecklich weh.

# Kapitel 8

Berliner Dom
Sonntag, 3. September 2017
9:37 Uhr

Das schwarze Gitter ist noch immer zugesperrt. Die Zeit tropft zäh wie Harz von einem Baum. Wenn es gute und schlechte Stille gibt, dann ist das hier schlechte, denkt Tom. Wortlos, Füße scharrend, in Erwartung eines weiteren Toten.

Peer Grauwein steckt sich die nächste Pastille in den Mund, Jo Morten tigert ein paar Schritte entfernt auf und ab. Durch den Stoff seiner Hosentasche drückt sich ein rechteckiges Päckchen. Hatte er nicht aufgehört zu rauchen?

Und wo zum Teufel bleibt der Domwart mit dem Schlüssel? Es ist mehr als zehn Minuten her, dass er in Begleitung von Sita Johanns in sein Büro gelaufen ist, zum Schlüsselkasten.

Hinter den Gitterstäben schimmert ein gewaltiger Prunksarg, Gold mit einem Hauch Schwarz, als hätte jemand Ruß daraufgestreut. Dahinter liegt ein Kopf auf dem Steinfußboden. Grauwein leuchtet ihn an, im kalten Schein der LED-Stablampe glänzt dunkles Blut zwischen schütteren, grauen Haaren.

Es ist, als hätte es das Gespräch mit Sita Johanns nicht gegeben. Die zweite Leiche hat es fortgewischt, bis auf weiteres. Tom weiß nicht, wohin mit all seinen Gedanken. Die tote Dompfarrerin, Vi, der Schlüssel mit der Siebzehn, und in seiner Hosentasche das Briefchen mit dem Kokain – oder was auch immer es ist.

»Ähm, Peer?«

»Hm.«

»Tust du mir einen Gefallen?«

»Noch einen?«

Tom reicht ihm den zusammengefalteten Zettel. »Hab ich einer Zeugin abgenommen. Ich brauche eine Analyse. Bisher will die Dame nicht reden … aber mit etwas Hilfe …«

Grauwein schiebt die Pastille von der einen in die andere Wange. »Worauf buche ich das denn?«

»Schiffner.« Schiffner war einer der Haie in der Stadt, mehrere Clubs, Prostitution, Verdacht auf Drogenhandel. Vor vier Monaten hat ihn jemand im Büro seines Premiumclubs *Odessa* erschossen.

»Das mit den Abdrücken wird allerdings schwierig.« Grauweins tadelnder Blick ruht auf dem Briefchen zwischen Toms Fingern.

»Um die geht's nicht. Sag mir einfach, was drin ist.«

Peer Grauwein lässt das kleine Päckchen mit der Gewandtheit eines Taschenspielers in einer Plastiktüte verschwinden. »Priorität?«

»Hoch.«

»Hoch? Du hast Nerven. *Das hier* ist hoch.« Grauweins Finger malt einen Kreis um den Tatort.

Schritte hallen heran. »Ich hab ihn!« Der Domwart schnauft, als hätte er Ziegel geschleppt. Der Schlüssel in seiner Hand sieht so neu aus, als wäre er noch nie benutzt worden; ein violettes Plastikschild mit der Aufschrift *FW 1* baumelt daran. »Friedrich Wilhelm der Erste«, erklärt er, reicht ihn Tom und übergeht dabei Jo Morten. Die Miene des Hauptkommissars spricht Bände. »Warum hat das so lange gedauert?«

Der rundliche Domwart hebt die Schultern und macht den Eindruck, als wollte er zwischen ihnen verschwinden. »Mein Schlüsselbund ist, äh ... ich kann ihn nicht finden.«

*Womit vermutlich die Frage geklärt ist, auf welche Weise der oder die Täter sich Zutritt verschaffen konnten.* Tom steckt den Schlüssel ins Schloss des Gitters.

»Wie sind Sie denn dann heute früh in den Dom gekommen?«, fragt Grauwein.

»Den Schlüssel für das Portal hab ich immer dabei, aber nicht den ganzen Bund«, erklärt der Domwart. »Wissen Sie, wie viele Türen es hier gibt? Das sind über fünfhundert und –« Sein Blick fällt auf den Kopf des Toten, er verstummt.

»Ist in Ordnung. Das besprechen wir später«, sagt Tom ruhig und gibt Sita Johanns ein Zeichen. Sie hakt den Domwart unter und lotst ihn zu einer Bank, die etwas abseits steht.

Ein metallisches Klicken, ein kleiner Stoß, dann schwingt das Gitter lautlos zurück. Für einen Augenblick stehen Morten, Grauwein und Tom vor dem offenen Tor wie vor einer unsichtbaren Schranke. Der Anhänger zappelt am Schlüssel. Ein Scheinwerfer wird eingeschwenkt, und der Prunksarkophag fängt an zu glühen. Goldene Löwentatzen ruhen schwer auf einem armdicken, schwarzen Sockel, am Boden dahinter eine Pfütze aus Blut.

»Keiner benutzt die normalen Laufwege«, gibt Morten vor. »Wir bewegen uns dicht am Gitter lang.«

»Besser wär's, ihr würdet mich erst mal arbeiten lassen«, meint Grauwein missmutig und fasst nach seiner Nikon, die an einem dünnen Riemen um seinen Hals hängt. Niemand antwortet. Sie hören einander atmen, Grauwein pfeift dabei immer ein wenig, was an seiner krummen Nasenscheidewand liegen dürfte.

Der Tote ist ein etwa fünfzigjähriger Mann. Er liegt eingeklemmt zwischen Rückwand und Sarg, sein mausgraues Sakko und die schlichte Bundfaltenhose haben einen Teil der dunklen Flüssigkeit am Boden aufgesaugt. Am linken Ringfinger steckt ein Ehering, der so eng ist, dass er ins Fleisch schneidet.

»Verdammte Sauerei«, knurrt Morten.

Grauwein fotografiert methodisch, dann dreht er die Leiche behutsam auf den Rücken. Die Pfütze gibt ein klebriges Schmatzen von sich. Toms Magen meldet sich und erinnert ihn daran, dass es in dem LKA-Oberkommissar Tom Babylon auch den Menschen Tom Babylon gibt.

Die schütteren Haare des Toten stehen wirr von seinem Kopf ab. Die Augen unter den buschigen Brauen wurden mit roher Gewalt ausgestochen, und an seinem Hals, dort, wo die Schlagader ist, klafft eine tiefe Wunde. Das Blitzlicht blendet Tom und hinterlässt ein Nachbild auf seiner Netzhaut. Grauweins Latexfinger tasten nach dem Kiefer des Toten. Starr. Die Arme dagegen sind noch beweglich. »Drei Stunden«, murmelt er. »Vielleicht auch vier. Auf jeden Fall ist er hier gestorben. Bei der Menge an Blut hätten wir sonst Spuren finden müssen.«

Tom schaut über die Schulter zur Kuppel, wo immer noch Brigitte Riss hängt. Beier und Börne haben ihre Arbeit unterbrochen. Egal, was hier noch passiert, er muss irgendwie an den Schlüssel um ihren Hals kommen.

Morten sieht seinen Blick und deutet mit dem Kinn auf den Toten hinter dem Sarg. »Kollateralschaden?«

*Kollateralschaden.* Tom fragt sich, ob ihm innerhalb der

nächsten zwanzig Jahre auch die Empathie abhandenkommen wird. Manchmal scheint ihm das ausgeschlossen, manchmal unabwendbar. »Es sieht jedenfalls nicht so aus, als wäre der arme Kerl Teil der Inszenierung«, erwidert er. »Im Gegenteil, man hat ihn ins Hinterzimmer geschafft.« Er wechselt einen Blick mit Grauwein; beide müssen an Brigitte Riss und ihre ausgestochenen Augen denken. Derselbe Täter – so viel scheint klar zu sein.

»Schön«, knurrt Morten. »Wir konzentrieren uns erst mal auf die Frau.«

»Peer«, sagt Tom, »kannst du versuchen, ein Foto von seinem Gesicht zu machen, das nicht ganz so schlimm aussieht?«

»Es ist, wie es ist«, murmelt Grauwein.

»Versuch es mit Schwarzweiß und lass unsere Psychologin das Bild dem Domwart zeigen. Vielleicht erkennt er ihn.«

»Tom, darf ich dich daran erinnern, dass du hier nicht weisungsbefugt bist«, blafft Morten. »Und, Beier, holt die Frau endlich da runter. Ich will verdammt noch mal wissen, wer das ist. Alles andere später. Wie heißt der Domwart noch mal?«

»Becher, glaube ich.«

»Hat dieser Becher nicht vorhin vom Notarzt ein Beruhigungsmittel bekommen?«

»Klar doch.«

»Dann sollte er ja wohl auch ohne Ihre grandiosen Fotokünste in der Lage sein, die Leichen anzuschauen.«

Grauwein zeigt Mortens Rücken kurz den Mittelfinger, schießt ein letztes Foto mit Schwarzweißfilter und geht zurück in die Mitte des Doms, als sein Handy klingelt. Die Anfangstakte von *Sexmachine* hallen durch den Dom. Sita Johanns wendet sich ab und verkneift sich ein Lächeln, neben ihr sitzt Becher, starr und leichenblass.

*Ich kann sie nicht ausstehen,* flüstert Vi neben Tom.

Sie tut nur, was man von ihr verlangt, erklärt er.

*Dann soll sie es woanders tun.*

Es ist Bruckmann. Er will nicht, dass ich dabei bin.

*Der Bruckmann von früher?*

Ja, der.

*Können wir trotzdem meinen Schlüssel holen?*

Es ist nicht dein Schlüssel, Vi. Aber ja, wir schauen ihn uns an.

So plötzlich, wie Viola aufgetaucht ist, verschwindet sie wieder. Tom hat gelernt, mit ihren Auftritten zu leben, im Grunde weiß er, dass sie nur kommt, weil er es will.

Er geht dorthin, wo inzwischen die Leiche von Brigitte Riss abgelegt wurde. Grauweins Blitzlicht sirrt, wenn es sich auflädt. Morten winkt Sita Johanns und Becher herbei, doch die beiden ignorieren ihn.

Vorsichtig lösen die Kriminaltechniker die Augenbinde.

»Scheiße«, knurrt Morten.

»Das ist doch diese Ex-Bischöfin, Brigitte Riss«, sagt Grauwein betroffen und schafft es, sich dabei anzuhören, als hätte er es tatsächlich gerade erst festgestellt.

»Scheiße«, wiederholt Morten.

Tom erstarrt. Er sieht die leere Stelle auf dem Gewand der Dompfarrerin, zwischen ihren Brüsten. »Verdammt, wo ist der Schlüssel?«, flüstert er.

»Welcher Schlüssel?«, fragt Morten.

Es wird still im Dom.

»Na, der Schlüssel. Sie hatte ein Band mit einem Schlüssel um den Hals.«

Mortens Blick wandert vom einen zum anderen. »Sicher?«

Grauwein schaut als Erster beiseite.

»Grauwein? Haben Sie einen Schlüssel gesehen?«, fragt Morten. »Oder irgendjemand sonst?«

Alle schweigen. Grauwein nickt. »Durchs Objektiv, bei den Nahaufnahmen.«

Morten sieht erst ihn und dann Tom scharf an. »Kann mich mal bitte jemand aufklären, was hier vorgeht. Was war das für ein Schlüssel? Und warum ist der jetzt weg, zur Hölle? Das hier ist ein Tatort. Hier kommt nichts weg!«

»Ähm, Entschuldigung?« Sita Johanns tritt zu ihnen.

»Was?«, schnauzt Morten.

»Der Tote beim Königssarg. Herr Becher glaubt, ihn erkannt zu haben.«

»Ohne Foto? Von dahinten?« Morten deutet unwirsch zu der Kirchenbank, auf der der Domwart hockt wie ein Häufchen Elend.

»Er hat ihn am Hinterkopf erkannt. An den Haaren und am Hemdkragen. Sagt er jedenfalls.«

»Aha. Dann muss er den Mann ja reichlich gut kennen, der Herr Becher.«

»Das liegt auf der Hand. Der Tote ist der Domorganist Bernhard Winkler.«

Bernhard Winkler. Toms Herz zieht sich jäh zusammen. Er kann sich gut an den Mann erinnern, obwohl er ihm nur ein einziges Mal begegnet ist, damals, in Stahnsdorf, in der kleinen Norwegerkirche, in der auch die Totenfeier für seine Mutter stattgefunden hatte. Winkler hatte damals Mitleid mit ihm und hörte ihm zu wie nie jemand zuvor. Es war das vorletzte Mal, dass Tom eine Kirche betreten hat – heute nicht mitgerechnet. An das letzte Mal wagt er nicht zu denken. Es war eine Farce und ein Alptraum zugleich. Eine Totenfeier, die keine war.

»Dompfarrerin, Domorganist. Was für eine Riesenscheiße«, murmelt Morten. Dann lauter: »Ich will eine Nachrichtensperre. Haben das alle verstanden? *Nachrichtensperre.* Nicht *ein* Wort zu irgendjemandem!«

Grauwein hat aufgehört zu fotografieren und beginnt vorsichtig, den Talar von Brigitte Riss seitlich aufzuschneiden. Tom wendet sich ab. Das Entkleiden der Opfer am Fundort hat etwas Entwürdigendes, fast schlimmer als der Y-Schnitt, den später die Rechtsmediziner vornehmen.

Grauwein legt die Schere beiseite. Mit spitzen Fingern hebt er den schwarzen Stoff an. Kurz ist es still. Dann ein langgezogenes, leises: »Oh Gott!«

Grauweins Schutzanzug raschelt, als er sich aufrichtet und zwei Schritte zurücktritt. Tom dreht sich um, ahnt, dass es schlimm sein muss. Grauwein hat schon viel gesehen und ist alles andere als zimperlich.

Brigitte Riss liegt entblößt auf dem Boden. Sie trägt keine Unterwäsche. Die leeren Augenhöhlen blicken schwarz in die Kuppel. Doch das ist es nicht, was Grauwein hat zurückweichen lassen.

# Kapitel 9

Stahnsdorf bei Berlin
Freitag, 10. Juli 1998
21:19 Uhr

*Viola stand im Badezimmer, nestelte an der langen Feder, die sie geschenkt bekommen hatte, und sah Tom mit großen Augen dabei zu, wie er sich vor dem Spiegel abmühte. Die Wunde an seinem Rücken sah echt übel aus.*

*»Kann ich ... kann ich dir helfen?«*

*Tom zuckte zusammen.*

*Viola war ein bisschen beleidigt, dass er sie erst jetzt bemerkte. War sie denn Luft für ihn?*

*»Äh, danke. Nein, ist schon okay.«*

*»Gar nicht okay«, sagte Viola. »Du kommst ja gar nicht dran.«*

*»Es geht schon.«*

*»Ich weiß, wo Papa das Jod hat.« Sie sah ihn an, wartete auf irgendeine Reaktion, vielleicht sogar ein Lob. Die Idee war doch echt nicht doof. Jod war immer das Erste, was auf eine Wunde gehörte. Jod. Stillhalten. Pflaster. Aber ihr Bruder stand immer noch verwirrt am Waschbecken. Ganz blass war er. Als hätte er ein Gespenst gesehen.*

*»Ich geh's holen.« Sie steckte sich die Feder hinters Ohr wie eine Indianerin, eine Medizinfrau, und flitzte los.*

*In der Schublade links neben der Spüle war die grüne Flasche. Betaisodona stand drauf. Daneben lagen die Pflaster.*

*Zurück im Bad, sah sie sich selbst im Spiegel, blonde Strubbellocken, aufgeregt, ganz rot im Gesicht. Sie versuchte, eine Miene aufzusetzen wie ein Arzt. Ganz ernst und erwachsen.*

*»Du musst dich auf den Bauch legen, sonst tropft alles runter.«*

*Tom blickte auf die grüne Flasche in ihren Händen und lächelte. Nicht wie sonst, irgendwie schwächer. Welches Gespenst er auch gesehen hatte, es musste ihn ganz schön erschreckt haben.*

*»Okay, Frau Doktor«, sagte er. »Dann gehen wir mal zu meinem Bett, was?«*

*»Haha«, schmollte Viola. »Red nicht mit mir wie mit einem Baby.«*

*Tom hob die Hände. »Hab ich nicht, ehrlich, Frau Doktor.«*

*»Blödian. Kommst du jetzt?«*

*Tom nickte. Schon wieder dieses Lächeln, das sie so liebte. Wenn es nur nicht manchmal wirken würde, als wüsste er alles besser. Immerhin, er schien es jetzt ernst zu meinen und ging in sein Zimmer, legte sich auf sein Bett und sah sie an. »Sag mal, was ist das eigentlich für eine Feder?«*

*»Was für eine Feder?«, fragte Viola scheinheilig.*

*»Na, die hinter deinem Ohr. Die ist schön.«*

*»Och, die hab ich geschenkt gekriegt. Von Papa«, log sie. Das war besser so, bevor er noch blöde Fragen stellte.*

*»Hm«, machte Tom. Warum bloß wusste er immer ganz genau, wann sie log? Aber statt nachzuhaken, sagte er nur: »Kann losgehen.«*

*Erleichtert schraubte Viola den grünen Deckel ab. »Das kann jetzt ein bisschen weh tun«, erklärte sie mit ernster Stimme und ließ sorgfältig einen braunen Tropfen nach dem anderen auf den wunden Rücken ihres Bruders fallen. Tom zuckte nicht einmal. Wie hielt er das nur aus? »So, jetzt noch Pflaster drauf.« Sie runzelte konzentriert die Stirn und machte sich an die Arbeit.*

*»He, wie viele Pflaster nimmst du denn?«, fragte Tom nach einer Weile.*

*»Fertig«, sagte Viola. Zufrieden begutachtete sie ihr Werk. Gut, es sah ein bisschen aus wie ein Flickenteppich, aber den größten Teil der Wunde hatte sie abgedeckt.*

*»Okay, danke«, sagte Tom und stand auf. Dabei fiel etwas klimpernd zu Boden.*

*»Was ist das?«, fragte sie und hob das silberfarbene Ding auf. War das nicht … aber natürlich! Das war doch der Überraschungsschlüssel.*

*»Och, nichts Besonderes, nur irgendein Schlüssel«, meinte Tom leichthin.*

*»Haha. Sehe ich auch. Aber woher hast du den?«*

*Tom schaute sie lange an.*

*»Ist der von da, wo du dir auch den Rücken weh getan hast?«*

*Tom nickte.*

*»Was ist denn da passiert?«, flüsterte Viola. Flüstern erschien ihr angebracht. Immerhin ging es hier um ein Geheimnis. Und sie hatte versprechen müssen, niemandem davon zu erzählen. Sonst wäre es aus und vorbei mit der Überraschung.*

*Tom setzte eine unschuldige Miene auf. »Ich hab ihn zwischen zwei Felsen gefunden, und beim Rausholen hab ich mir den Rücken aufgeschrammt.«*

*»Stimmt gar nicht.« Sie zog eine Schnute. Meistens wirkte das.*

*»Klar stimmt das.«*

*»Ich bin kein Baby mehr.«*

*Tom rollte mit den Augen. »Aber ein kleines Mädchen …«*

*Viola verzog das Gesicht. Dass er das jetzt sagte, war echt gemein.*

*»... und manche Sachen sind nicht gut für kleine Mädchen.«*

*Hundsgemein! Wütend trat sie Tom vors Schienbein.*

*»Au! Verdammt.«*

*Sie pfefferte die grüne Flasche auf den Boden. Die Feder hinter ihrem Ohr verrutschte. »Hoffentlich tut das ganz doll weh!« Sie spürte Tränen in ihren Augen.*

*»Viola, jetzt sei nicht traurig.«*

*»Ich bin nicht traurig!«*

*»Bitte, Viola. Ich kann's dir nicht sagen.«*

*»Warum nicht?«*

*»Ich will nicht, dass du schlecht träumst.«*

*Ihre Augen wurden groß. »So schlimm?«*

*Tom nickte ernst.*

*»Oh, bitte, bitte, sag's mir!«, bettelte sie.*

*»Echt, das geht nicht. Kannst du dich nicht erinnern, wie ich dir letztes Jahr dieses eine Kapitel aus dem roten Buch vorgelesen habe? Mit Pipi-Flippflopp?«*

*Klar erinnerte sie sich. Das mit Pipi-Flippflopp hatte sie sich ausgedacht, weil sie diesen Dracula so schrecklich gefunden hatte, dass sie ihm einen Lächerlich-Namen geben musste.*

*»Du hast total geweint«, erinnerte Tom sie. »Und Papa war dermaßen sauer auf mich.«*

*»Ja, aber jetzt bin ich schon viel größer«, protestierte sie. »Letzte Woche, als Papa und die Neue weg waren und du den Film geguckt hast, wo dem einen Mann der Kopf abgehackt wird, das fand ich auch nicht schlimm«, log sie.*

*Tom sah sie skeptisch an. »Das hast du gesehen?«*

*Viola nickte wild. »Jetzt sag schon.«*

*»Ist nicht lange her, da war Heidi noch deine Lieblingsserie. Da hast du auch geweint, als das Rollstuhlmädchen wieder gehen konnte. Wie hieß die noch?«*

*»Klara«, stieß Vi hervor. »Aber ich guck überhaupt kein Heidi mehr. Schon ganz lange nicht mehr.« Das war wieder gelogen. Aber wenn Tom erfuhr, dass sie so was immer noch schaute, würde er gar nichts mehr sagen. »Außerdem durfte ich auch schon mal mit Papa diese Polizeisendung am Sonntag gucken, nach den Nachrichten.«*

*»Du meinst Tatort?«*

*»Genau.« Sie trippelte auf den Zehenspitzen und setzte ihr Wunderwaffengesicht auf, das, bei dem selbst Vater immer weich wurde. »Jetzt sag schon.«*

*Tom sah nach links und rechts, als fürchtete er, jemand könnte sie belauschen. »Wir haben einen Toten gefunden«, flüsterte er. »Im Kanal.«*

*Viola sperrte Augen und Mund auf. »Echt? Wie im Krimi?«*

*»Ja.«*

*»Hast du's schon Papa gesagt?«*

*»Wo denkst du hin? Der sagt's sofort seiner Neuen, und dann ist wieder die Hölle los. Junge, geht's dir gut?«, flötete er mit überdrehter Stimme. »Hach, was für ein Schock für das arme Kind! Werner, wir müssen einen Arzt rufen!«*

*Sie kicherte, wurde aber sofort wieder ernst. »Und der Schlüssel?«*

*»Der lag neben dem Toten im Wasser.«*

*»Echt?«*

*Tom nickte still.*

*Viola leckte sich nervös mit der Zunge über die Lippen. »Kann ich ihn haben?«*

*»Was?«*

*Sie starrte demonstrativ auf den Schlüssel mit dem grauen Plastiküberzug am Griff und der darin eingeritzten Zahl. Ihre Lippen formten stumm die Silben: Sieb-zehn! So wunderbar geheimnisvoll. Am liebsten hätte sie Tom alles verraten, aber sie hatte ja versprochen, nichts zu sagen. Hauptsache, sie bekam den Schlüssel.*

*Tom überlegte einen Moment. Dann lächelte er. »Nein.«*

*Viola funkelte ihn wütend an.*

*»Aaaaber«, lenkte Tom ein, »du darfst ihn in das Versteck legen, das ich für ihn ausgesucht habe, okay? Weil du mich so gut verarztet hast.«*

*Viola zappelte vor Aufregung, dann flog sie ihrem Bruder um den Hals. »Danke«, flüsterte sie glücklich. »Danke. Danke. Danke.«*

*»Und jetzt pass gut auf, Schwesterherz.«*

*Leise flüsterte Tom ihr das Versteck ins Ohr. Wie lange hatte sie darauf warten müssen, den Schlüssel in der Hand zu halten! So nah war sie dem Geheimnis noch nie gewesen. Nur, dass sie es nicht mit Tom teilen konnte, das war schade. Aber er teilte ja schließlich auch nie. Na ja, fast nie. Wenn es so weit war, würde sie ihm alles sagen, dann musste sie auch kein schlechtes Gewissen mehr haben. Ihr Herz klopfte laut. Diesmal war sie zuerst dran. Diesmal war sie diejenige, die etwas zu erzählen haben würde.*

*»Gute Nacht«, hauchte sie. Dann flitzte sie los, hinter dem Ohr die wackelnde Feder.*

*Es war das letzte Mal, dass Tom sie sah.*

# Teil 2

# Kapitel 1

LKA 1, Berlin-Tiergarten
Sonntag, 3. September 2017
10:49 Uhr

»Unterschlagung von Beweismitteln ist eine ernste Angelegenheit, Tom.« Bruckmanns Stimme ist ungewohnt leise, er sitzt zurückgelehnt in seinem Schreibtischstuhl, die Arme verschränkt.

Tom schweigt. Und hofft, dass auch die Kollegen nach der vorläufigen Rückkehr vom Tatort geschwiegen haben. Bruckmann hat diesen untrüglichen Instinkt. Jetzt klopft er auf den Busch. Klar, er liegt daneben, wenn er glaubt, Tom habe etwas mit dem Verschwinden des Schlüssels zu tun. Aber da sind noch all die anderen Dinge, die Tom verheimlicht. Die Stille im Büro seines Dienstherrn ist drückend.

Das Berliner LKA 1 für Delikte am Menschen hat seinen Sitz in der Keithstraße. Das vierstöckige Gebäude verfügt über eine stolze historische Fassade, doch im Inneren riecht es nach feuchten Wänden, abgetretenen Böden und Holztüren aus den zwanziger Jahren, mehrfach überlackiert, mal in Weiß, mal in Lindgrün, ein Relikt aus den frühen Achtzigern. Die wuchtigen Türrahmen sind so lieblos überpinselt, dass sich die Spuren des alten Anstrichs wie Pickel durch die neue Farbschicht drücken.

Bruckmann ist ein Fels auf seinem Bürostuhl. Oberstaatsanwalt, Innensenator und Polizeipräsident haben von ihm maximale Konzentration und rasche Aufklärung verlangt. Er hat es zugesagt. Für achtzehn Uhr ist eine Pressekonferenz anberaumt. Der Saal im ersten Stock wird aus allen Nähten platzen, und Tom ist froh, dass nicht er vor die Meute treten muss. Politik und Presse. Beides ist ihm zuwider.

»Tom?«, hakt Bruckmann nach.

»War das eine Frage?«

»Nein, aber ich hätte trotzdem gerne eine Antwort.« Bruckmanns kahler Schädel glänzt im Vormittagslicht, das durch die Kassettenfenster hereinfällt. Sein Schreibtisch ist ein schnörkelloses Etwas mit verchromten Beinen, die Arbeitsfläche wie leergefegt: *Seht her, bei Doktor Walter Bruckmann bleibt nichts liegen!* Eigentlich gleicht das nackte Zimmer eher einem Verhörraum als einem Chefbüro.

»Tom. Ich will heute Abend nicht nackt im Scheinwerferlicht stehen.«

»Kann ich nachvollziehen.«

»Wenn Sie also schon vor Ort waren, obwohl ich Sie ausdrücklich nicht dort haben wollte …«

»Entschuldigung«, unterbricht Tom. »Dürfte ich wissen, warum Sie mich nicht dort haben wollten?«

»Zweifeln Sie etwa meine Entscheidung an?«

»Ich will es nur verstehen.«

»Verstehen«, schnaubt Bruckmann. »Sie wollen es ändern.«

Tom zuckt mit den Schultern.

»Die Sache ist denkbar einfach, Tom. Ich habe Morten die Leitung der SOKO übertragen. Und ich wusste: Sie und Morten in einem Team, das gibt Ärger.«

»Hat Morten das behauptet?«

Bruckmanns Augen werden schmal. »Mir ist egal, wer hier was behauptet. Ich entscheide. Und ich kann weiß

Gott keinen Ärger bei diesem Fall gebrauchen. Das war der Grund. Zufrieden?«

»Von mir hätten Sie keinen Ärger zu erwarten«, widerspricht Tom. »Ich ...«

Bruckmann winkt gereizt ab. »Das Kind ist eh im Brunnen. Zurück zum Thema. Also, nachdem Sie nun schon da waren, ist es das Mindeste, dass Sie sich jetzt nützlich machen. Also: Was hat es mit diesem Schlüssel auf sich? Und wo ist er?«

»Das wüsste ich selbst gerne«, erwidert Tom.

Bruckmann hebt das Kinn, sieht ihn aus halbgeschlossenen Augen an. Schließlich seufzt er, zieht sich die Pilotenbrille von der Nase und reibt sich mit seinen kurzen Fingern die Augen.

»Tom. *Junge!*«, seufzt Bruckmann erneut. »Zweitbester Absolvent der Polizeischule, jüngster Kommissar-Anwärter beim LKA, jüngster Kommissar, Oberkommissar ... und –«, Bruckmann setzt die Brille wieder auf, »Kommissar mit den meisten Dienstaufsichtsbeschwerden. Was die Warteschleife zum Hauptkommissar *leider, leider* sehr verlängert. Oder den KHK ganz verhindert. Wollen Sie enden wie Schüssler?«

Tom zuckt mit den Schultern.

»Alles kalter Kaffee, hm?«

»Aktuell habe ich mir nichts –«

»Aktuell haben Sie meine Anweisung ignoriert, dem Tatort fernzubleiben. Warum?«

Tom überlegt, die Flucht nach vorn anzutreten. »Falscher Ehrgeiz«, murmelt er zerknirscht.

Bruckmann sieht ihn misstrauisch an. »Sie wissen, dass ich Ehrgeiz mag. Was ich *nicht* mag, ist, wenn mich jemand verarscht.«

»Warum sollte ich das tun? Die beiden Morde im Dom sind anders als alles, was wir bisher hatten. Die Vorgehensweise des Täters – oder *der* Täter – ist brutal und gewissenlos und zielt offensichtlich auf eine öffentliche Demonstration ab. So jemand muss gestoppt werden. Um solche Typen zur Strecke zu bringen, bin ich zur Polizei gegangen.«

»Solche Typen. Aha«, murmelt Bruckmann. »Manchmal bin ich nicht sicher, ob das der Grund ist, warum du zur Polizei gegangen bist, Tom.«

Für einen Moment ist Tom sprachlos über Bruckmanns plötzlichen Wechsel zum Du. Ärger wallt in ihm auf.

»Schau nicht so. Ich kenne dich, seit du als kleiner Junge deinen Kaugummi hinter die Balken vom Vordach der Stahnsdorfer Friedhofskirche geklebt hast. Ich kenne deinen Vater, und ich weiß, wie sehr ihr gelitten habt. Erst der Autounfall, der deine Mutter das Leben gekostet hat. Dann noch die Sache mit deiner Schwester ... Was glaubst du? Dass ich nicht eins und eins zusammenzählen kann? Die Kleine ertrinkt im Teltowkanal, und noch Jahre später spürst du bei jeder Gelegenheit alten Vermisstenfällen nach, belästigst Leute, reißt alte Wunden auf. Dein Vater wusste nur zu gut, warum er immer dagegen war, dass du Polizist wirst.«

In Toms Hals wächst ein Knoten. Plötzlich hat er das Gefühl, aus Glas zu bestehen. Es ist, als würde Vi auf seinem Schoß sitzen, mit nassem, modrigem Haar, und den Kopf schütteln, dass es spritzt. *Glaub ihm kein Wort. Das ist nicht wahr, Tom. Ich bin nicht ertrunken. Das ist einfach nicht wahr!*

»Tom, hör mir gut zu. Bisher habe ich meine Hand über dich gehalten, aber alles, was ich über dein heutiges Verhalten gehört habe, macht auf mich einen seltsamen Eindruck.

Es erinnert mich verdammt an den Kommissar, der die ganze Zeit heimlich ausschert, weil er nicht seinen Dienst im Kopf hat, sondern ein totes Mädchen.«

Die letzten Worte hallen in Toms Kopf nach. Vi sitzt immer noch auf seinem Schoß. Sie hat aufgehört, den Kopf zu schütteln, ballt die Fäuste.

»Das war alles in meiner Freizeit«, sagt Tom. »Was ich in meiner Freizeit mache, geht niemanden etwas an.«

»Du hast deinen Dienstausweis benutzt, deine Dienstwaffe dabeigehabt und Laboruntersuchungen auf Kosten der Dienststelle beauftragt. Für mich ist das Amtsmissbrauch.«

Tom muss unwillkürlich an das kleine Briefchen denken, das er am Morgen Peer Grauwein gegeben hat, mit der Bitte um einen Labortest. Ob Bruckmann mit Peer gesprochen hat? Ob der ihm gesteckt hat, was Tom mit der Toten gemacht hat? Oder jemand anders?

*Das hätte Bruckmann mir doch längst gesagt, oder?*

»Selbst wenn es so wäre …«, beginnt Tom.

»Es *ist* so«, unterbricht Bruckmann ihn.

»… dann weiß ich nicht, was das alles mit dem zu tun haben soll, was heute passiert ist.«

Stille.

»Eben das frage ich ja dich.«

»Wir duzen uns jetzt also?«

Bruckmann macht eine läppische Handbewegung.

»Wie kommst du darauf«, sagt Tom, »dass es etwas miteinander zu tun hat?«

»Die meisten Menschen, Tom, sind ganz einfach auszurechnen. Auch du. Wenn sich jemand immer halbwegs normal verhält, es aber ein ganz bestimmtes Thema gibt, bei dem er plötzlich irrational wird, dann kann man umgekehrt ziemlich sicher sein, dass, wenn derjenige sich mal wieder irrational verhält, es genau um dieses eine Thema geht, oder? *Dein* verdammtes Thema ist deine Schwester. Also, was war da im Dom los? Und was hat es mit dieser Schlüsselgeschichte auf sich?«

Tom starrt Bruckmann an, der sich vorgebeugt hat und jetzt die Hände auf den Schreibtisch stemmt. Bruckmann ist zu klug, um ihm zu sagen, was *genau* er in Erfahrung gebracht hat. Alter Ermittlertrick: Verrate nie, wie viel du wirklich weißt, und vor allem, *woher* du es weißt. Am wahrscheinlichsten ist wohl, dass Sita Johanns ihn ins Bild gesetzt hat. Was gut ist, denn sie hat nicht mehr als einen vagen Verdacht, dass etwas nicht stimmt. Obwohl ihrem scharfen Blick nicht entgangen ist, dass Grauweins Verhalten im Dom ebenfalls etwas seltsam war. Sollte Bruckmann sich Peer vornehmen, würde der vermutlich nicht lange durchhalten.

»Ich warte«, insistiert Bruckmann.

Vi steht hinter ihm wie ein Gespenst. *Sag ja nichts, sonst bist du raus.*

Wenn du wüsstest! Ich *kann* gar nichts sagen. Nicht nach dem, was damals passiert ist, als du verschwunden warst.

*Als ich verschwunden war? Was ist denn da passiert?*

Tom ignoriert Vi und sieht Bruckmann an.

*Tom, was verschweigst du mir?*

»Es gibt nichts zu sagen. Und ich habe nicht die geringste Ahnung, wo dieser Schlüssel abgeblieben ist. Ich weiß nur, er war da, und irgendjemand, der sich in der Kirche aufgehalten hat, muss ihn genommen haben. Warum auch immer, aber ich bin sicher, es hat mit dem Fall zu tun.«

Bruckmann sieht ihn forschend an. »Nenn mir einen

Grund, warum ich dich in die Ermittlungsgruppe lassen sollte.«

»Ihr braucht jeden guten Beamten aus der Abteilung – und ich war vor Ort. Ich bin im Bilde.«

Bruckmann schweigt lange. Kratzt sich mit zwei Fingern im Nacken. »Sita Johanns hat sich für dich eingesetzt.«

»Sie hat *was*?« Tom starrt Bruckmann an.

»Überrascht?«

»Was hat sie gesagt?«

»Das wiederhole ich jetzt nicht. Aber sie hat darauf bestanden, dass ich dir nichts davon sage. Also bitte kein Wort zu ihr.«

»Aha. Und was heißt das jetzt?«

Bruckmann seufzt. »Das heißt, dass ich gerade vermutlich einen Anfall von Altersmilde habe. Verschwinde zu deiner Ermittlungsgruppe. Morten übernimmt die Leitung. Du bist ihm unterstellt. Wenn du damit nicht klarkommst, sag es lieber gleich.«

»Wie gesagt, für mich ist das kein Problem.«

Bruckmann nickt. »Gut. Lass dir ja nichts mehr zuschulden kommen.«

Tom ist ebenso erleichtert wie verwirrt. Warum hat sich ausgerechnet Sita Johanns für ihn eingesetzt?

»Ach, Tom?«

»Hm?«

»Das mit dem Du, das ist keine offizielle Ebene.«

Von mir aus noch nicht mal eine inoffizielle, denkt Tom.

Wortlos verlässt er Bruckmanns Büro. Es ist, als würde Vi neben ihm herlaufen. Ein Schatten, der ihn am Ärmel zupft.

*Was verschweigst du mir, Tom? Sag's mir!*

Tom kramt in seiner linken Hosentasche, drückt eine Tablette aus dem Blister und schluckt sie. Mit gesenktem Kopf läuft er an den Türen von Kollegen vorbei und will nichts mehr, als in eines dieser Büros gehen und sich jemandem anvertrauen. Alles erzählen, weil es schon so lange in ihm gärt.

Auf der Treppe zwischen dem dritten und dem zweiten Stock klingelt sein Telefon. Er hofft, dass es Anne ist, auch wenn er gar nicht in der Verfassung wäre, mit ihr zu sprechen. Doch das Display zeigt ein B an. Ausgerechnet.

»Was willst du?«, fragt Tom gereizt.

»Sag mal, hab ich das eben richtig gehört mit der ollen Riss?«

Tom bleibt wie angewurzelt stehen. »Was hast du gehört?«

»Na, die Sache im Dom. Dass sie tot ist. Es kam gerade im Radio.«

Verflucht! So viel zum Thema Nachrichtensperre. »Bene, *was willst du*?«

»Warum denn so unfreundlich? Ich frag ja nur wegen Karin.«

»Leidest du neuerdings an Empathie?«

»Mensch, wir waren Freunde«, sagt Bene und klingt tatsächlich ein wenig verletzt. »Sie tut mir einfach leid.«

Tom bleibt auf der untersten Stufe stehen. Dieses Gespräch will er nicht im Flur führen, vor den Türen der Kollegen. »Ja«, seufzt er, »mir tut sie auch leid.« Eine flüchtige Erinnerung an den Bene von damals auf der Brücke flackert in ihm auf. Einen Moment lang erwägt er, ihm von dem Schlüssel um den Hals der Toten zu erzählen. Wenigstens *einer*, mit dem er alles teilen könnte. Aber mit dem Bene von heute will er nichts mehr teilen.

»Überbringst du Karin die Nachricht?«

»Wenn sie es nicht schon weiß.«

»Und wenn du das Schwein geschnappt hast, denkst du noch mal über mein Angebot nach?«

»Vergiss es. Nicht in tausend Jahren«, knurrt Tom.

Bene lacht. »Die sind manchmal schneller rum, als man denkt. Besonders wenn man wie du unter dreitausend brutto verdient.«

»Also, mir reicht das«, lügt Tom. »Wenn es dir nicht reicht: dein Problem.«

»Wenn es um Geld geht, hab ich keine Probleme.«

»Ruf ja nicht wieder an!«

»Glaubst du im Ernst, das hilft dir zu vergessen, was du getan hast? Was *wir* getan haben?«

»Ich bin nicht wie du.«

Bene lacht. Dann legt er auf.

# Kapitel 2

Berlin, Gendarmenmarkt
Sonntag, 3. September 2017
12:08 Uhr

Mosaikböden im Flur des Treppenhauses, brusthoher Fliesenspiegel an der Wand und dazu ein moderner Aufzug. Eins der Häuser, von denen bei der Sanierung vermutlich nicht mehr als die Fassade geblieben ist, denkt Tom. Jetzt bietet es Berliner Altbauflair in einer der teuersten Lagen, Ecke Französische Straße/Markgrafenstraße, am angeblich »schönsten Platz Berlins«. Brigitte Riss gehörte jedenfalls nicht zu den spartanisch lebenden Protestanten. Dass ihre Wohnung im ehemaligen Ostteil der Stadt liegt, passt zu den Wurzeln der Ex-Bischöfin.

Trotz des Aufzugs nimmt Tom die Treppe. Im dritten Stock, neben dem Eingang zu Brigitte Riss' Wohnung, hat jemand in schreiend roten Buchstaben *Linke Drecksau* an die Wand gesprüht. Die Spitze des L geht mitten über ein glänzendes Messingschild mit der Aufschrift »Dr. Riss«. Aus der offenen Tür kommt Grauwein gerauscht, mit glühenden Wangen.

»Hase und Igel, oder wie?«, sagt Tom.

»Dein Glück«, sagt Grauwein. »Nach der Sache im Dom müsste ich dich sonst fragen, ob du das Chaos hier angerichtet hast.«

»Welches Chaos?«

»Sieh es dir selbst an«, brummt der Kriminaltechniker. »Ich muss los, die Teamsitzung vorbereiten. Halb drei! Ein verdammter Blödsinn ist das.«

»Hat Morten das festgelegt?«

»Nee, Bruckmann. Dem sitzt der Innensenator im Nacken. Und die Pressekonferenz. Soll alles schnell, schnell gehen.

»Mm«, brummt Tom.

»Wusste gar nicht, dass sie dich herschicken«, sagt Grauwein. »Ist die Johanns auch da?«

»Wie kommst du darauf?«

»Es wirkte, als wäre sie dir zugeteilt.«

»Gott bewahre«, meint Tom.

»Drinnen sind Berger, Wolters und Schreier.« Grauwein tippt sich zum Abschied an die Schläfe.

»Kenn ich alle nicht.«

»Macht nix.« Grauwein grinst frech. »Hast ja 'nen Ausweis.« Er eilt an Tom vorbei und ruft, schon ein halbes Geschoss tiefer: »Bin gespannt, wie du das findest.«

*Gespannt?* Tom betritt den Flur und marschiert sofort weiter in das großzügige Wohnzimmer. Ein Jugendstilleuchter samt Stuckrosette ziert die Decke. Durch eine breite Kassettenschiebetür geht es in ein ebenso großzügiges Büro, das eher einer kleinen Bibliothek gleicht, mit zwei Sesseln, einem Couchtisch, auf dem sich Lektüre stapelt – Zeitungen, politische Magazine, dazu eine Reihe Sachbücher –, und einem großen Schreibtisch, der nach Arbeit aussieht. Zwei Männer in weißen Overalls fotografieren Gegenstände. Der dritte hält sich offenbar in einem anderen Zimmer auf. Tom stellt sich kurz vor und schaut sich um. Es sieht aus, wie es immer aussieht, wenn die Kriminaltechnik ein Leben durchforstet. Ausgeräumte Regalmeter, Häufchenbildung auf dem Fußboden, darunter mehrere Stapel Bücher, aus denen bunte Post-it-Zettel ragen. Obenauf liegt ein Buch über Radiojorunalismus.

»Sieht aus, als wärt ihr schon ziemlich weit«, stellt Tom fest.

»Wir fangen gerade erst an«, meint Schreier. Er hat eine Glatze und eine schmale, spitze Nase. »Wir sind erst vor zwanzig Minuten zusammen mit Peer angerückt.«

»Moment, soll das heißen ...«

»Ist nich' unser Werk hier.«

»Ihr habt das so vorgefunden?«, fragt Tom verblüfft.

»Kann man sagen«, nickt Schreier.

»Genau so? Ihr habt nichts angefasst?«

»Bisher nur Fotos und Spusi.«

»Wurde eingebrochen?«

»Nichts zu erkennen. Aber das Schloss ist 'ne Luschennummer. Teure Bude, und dann an der Sicherheit sparen«, sagt Schreier kopfschüttelnd.

Tom sieht sich ein zweites Mal um, mit anderen Augen. Wer auch immer hier war, er ist gründlich vorgegangen. Die Wohnung wurde effizient gefilzt, Regal für Regal, ohne erkennbare Wut oder übertriebene Hast, und offenbar hat der Täter es auch nicht für nötig gehalten, nachher wieder für Ordnung zu sorgen. Toms Blick fällt auf den Schreibtisch, ein zweckentfremdeter Familienesstisch, fast drei Meter lang und überladen. Ein Bilderrahmen mit zwei Fotos steht neben einem Glas mit Stiften. Toms Herz zieht sich zusammen. Karin im Alter von elf oder zwölf, so wie er sie kennt, beim Versuch zu lachen, was ihr nicht so recht gelingen will. Und dann als erwachsene Frau, in einem unbeobachteten Moment von der Seite fotografiert. Still und irgendwie angespannt, verschlossen. Wäre sie nicht so hager, könnte sie attraktiv sein. Auf dem Dielenboden, zwischen einem leeren Papierkorb und dem Tischbein, liegt das lose Ende eines Netzkabels mit USB-C-Anschluss, für ein MacBook der neuesten Generation. »Habt ihr einen Computer gefunden?«

»Fehlanzeige«, sagt Schreier.

»Handy?«

»Bisher nicht.«

»Sonst noch etwas, das auf den ersten Blick fehlt?«

»Schwer zu sagen.«

»Sind euch Kampfspuren aufgefallen, irgendetwas, das auf eine tätliche Auseinandersetzung hindeutet?«

»Null.«

Tom greift zum Handy, ruft in der Zentrale an und fordert zwei weitere Beamte an, die die Nachbarschaft befragen sollen.

In der Küche bietet sich das gleiche Bild methodischer Durchsuchung. Im Übrigen sieht die Küche nicht aus, als hätte Brigitte Riss gerne gekocht. Eher ein Frühstücksort mit einem Dutzend verschiedener Teesorten im Regal. In der Nähe der Tür steht ein Telefon auf einer Ablage. Festnetz. Sechs Anrufe auf dem AB. Ein Versandhaus, ein Paketdienst, Elektrizitätswerk, mit der Bitte um einen neuen Termin zum Ablesen des Zählers. Und drei Anrufe einer Marga, offenbar die Putzhilfe. In der Anrufliste findet Tom ihre Mobilnummer und bittet sie zu kommen, dringend. Sie möge bitte ein Taxi nehmen.

Marga Jaruzelski ist eine rotgesichtige Frau um die vierzig. Polin. Ihre Augen sind verweint, ihre kleine, kräftige Hand verschwindet in Toms. Tapfer strafft sie den Rücken, betritt jedoch die Wohnung so, als erwarte sie, dass der Mörder hinter einer Tür lauert. Tom muss nicht erklären, was mit Brigitte Riss geschehen ist. Die Medien leisten ganze Arbeit. Margas Augen flitzen durch die Wohnung, und sie legt erschrocken die Hände an ihre Wangen. »Alles durcheinander, so viel Arbeit.«

Tom bietet ihr einen Platz im Wohnzimmer an und kassiert einen tadelnden Blick von Schreier. Er holt das gelbe Reclam-Notizheft aus seiner Jacke. Das hier droht unübersichtlich zu werden, und immer wenn es unübersichtlich wird, hilft es ihm, sich mit ein paar Worten oder Kritzeleien zu fokussieren. Es ist wie Schilder im Wald aufstellen. Dann legt er noch sein Handy auf den Lektürestapel auf dem Couchtisch. »Darf ich unser Gespräch aufnehmen?«

Marga nickt mit großen Augen.

»Seit wann arbeiten Sie für Frau Riss?«

»Oh, warten Sie.« Ihre Augen wandern nach links oben, und sie rechnet. »Acht. Sind acht Jahre schon.«

»Also auch schon, als sie noch Bischöfin war?«

»Jaja. Ach, das war was«, seufzt sie.

»Und wie oft in der Woche waren Sie hier?«

»Immer. Also, nicht Samstag/Sonntag, aber immer von acht bis zwei.«

»Also kennen Sie sich hier gut aus«, stellt Tom fest.

Marga Jaruzelski nickt. »Frau Riss immer gefragt, Marga, wo ist dies, wo ist das. Ich wusste immer.« Ihr Blick geht zum Regal. »Nur nicht bei die Bücher.«

»Wenn Sie sich hier umsehen, fällt Ihnen auf den ersten Blick etwas auf, das fehlt?«

»Ja. Computer. Laptop.« Ihr Blick wandert erneut durch den Raum. »Ach, Moment.« Sie steht auf, geht auf die Regalwand zu, mustert suchend die Stapel auf dem Dielenboden. »Die Schatzkisten.«

»Schatzkisten?«

»Jaja. So hat Frau Riss immer genannt.« Sie deutet auf das oberste Regalbrett. Es ist leer. »Ich durfte an alles, nur nicht an Computer und Schatzkisten. Drei, so groß.« Sie formt mit den Händen Schuhkartons. »Dunkelgrau.«

Tom wechselt einen Blick mit Schreier, der den Kopf schüttelt.

»Frau Riss hat doch bestimmt einen Keller. Habt ihr da schon nachgesehen?«

»Immer der Reihe nach«, bremst Schreier.

»Schlüssel ist in Schublade in Küche, unter Telefon«, sagt Marga Jaruzelski. »Aber Frau Riss hat nichts in Keller gebracht. Treppe rauf, Treppe runter. Sie hat lieber weggeworfen. Hat immer gesagt: Marga, alles, was hier«, sie tippt sich an die Schläfe, »oder hier in Wohnung nicht reinpasst, das muss weg.«

»Seht ihr bitte trotzdem kurz nach«, bittet Tom Schreier.

»Klar.« Der Mann verschwindet in Richtung Küche, um den Schlüssel zu holen.

»Haben Sie eine Ahnung, was in den Kisten war?«, fragt Tom.

»›Der Rest, Marga. Der Rest‹, hat sie mal zu mir gesagt.«

»Der Rest wovon?«

Marga zuckt die Achseln. »Fotos. Sachen. Privatsachen, ich glaube.«

»In den acht Jahren, die Sie bei ihr sind, hat sie da je eine dieser Kisten geöffnet oder von dort oben runtergeholt?«

»Nee. Nie. Also, nicht, wenn ich hier war. Manchmal ich habe Staub gewischt da oben. War immer Staub drauf, sah nie aus wie angefasst.«

»Hat Frau Riss denn manchmal etwas Privates erzählt?«

»Früher mal, nicht mehr, seit die Sache passiert ist.«

»Sie meinen die Sache mit dem Rücktritt.«

»Ich hab immer gefragt, warum machen Sie das. Bleiben Sie doch. Sie hat gesagt, Marga, manchmal muss man weglaufen. Und dann am besten nach vorne. Ich hab gesagt: Aber das ist doch nicht nach vorne, wenn Sie treten zurück. Das sieht nur so aus, hat sie gesagt.« Marga knetet ihre Finger. »Das war schlimme Sache. Männer, die machen alles. Katholische Priester mit Frauen, mit Männern ...«, für einen Moment scheint es, als wolle sie auf den Boden spucken, »... manchmal mit Kindern. Keiner sagt was, wenn Männer mit jungen Frauen. Aber dann einmal anständige Frau hat etwas mit jüngerem Mann, und alle zeigen mit Finger auf sie.«

Tom kann sich an die Schlagzeilen erinnern. *Liebesbischöfin. Bischöfin als Ehebrecherin.* Brigitte Riss war auch vorher schon bekannt gewesen, aber richtig prominent wurde sie erst, als ihre kurze Beziehung zu einem jüngeren, verheirateten Mann ans Licht kam. Sie hatte sich entschuldigt, die Sache öffentlich einen Fehler genannt, und war von allen damaligen Ämtern zurückgetreten. Später hatte sie ihre Meinung revidiert und eine moralische Diskussion damit losgetreten. Es sei kein Fehler gewesen, sich in jemanden zu verlieben. Es sei nur ein Fehler gewesen, jemand anderen zu verletzen. Doch das habe sie nicht rechtzeitig erkennen können, denn sie habe nicht gewusst, dass der Mann verheiratet war. Wäre sie damals nicht schnell und entschieden zurückgetreten, wer weiß, mit wie viel Schmutz man noch nach ihr geworfen hätte. So hatte sie ihre Glaubwürdigkeit behalten. Kaum ein Jahr später war sie wieder im Gespräch, mit einer eigenen Radiosendung. Ihre Themen gingen quer durch die Gesellschaft. Und seit sie vor etwa einem Jahr als

Dompredigerin zurückgekehrt war, stiegen laut Presse die Besucherzahlen ihrer Gottesdienste in erstaunliche Höhen.

»Keine grauen Kisten.« Schreier ist aus dem Keller zurück. »Nur ein eingemottetes Fahrrad, ein Eimer und ein paar Parkettdielen. Mit dem Keller hatte sie es wohl nicht so.«

»Danke«, sagt Tom.

*Laptop, 3 Schatzkisten, der Rest*, schreibt er in sein Notizbuch. Das erste Schild im Wald.

Margas Blick wandert mit sichtlichem Unbehagen über Schreiers weißen Overall. Offenbar erinnert er sie an das, was geschehen ist, und ihr schießen Tränen in die Augen. »Was für ein Ungeheuer macht so was? Das ist doch verrückt.«

»Hatte Frau Riss mit irgendjemandem Streit?«, fragt Tom.

»Streit?« Sie wischt die Tränen mit dem Handrücken fort. »Oft, ja. Wegen Politik. Auch die ganze Sache mit den Flüchtlingen.«

»Sie hatte mit Flüchtlingen Streit?«

»Nein, nein. Sie hat Reden gehalten. In der Kirche, manchmal auf Demonstrationen, in Berlin, auch in Dresden. Dass man sich für Flüchtlinge einsetzen soll. Aber da waren auch viele Nazis.«

»Rechte«, sagt Tom.

»Nazis«, sagt Marga und schiebt das Kinn vor.

»Ist von denen auch die Schmiererei im Hausflur?«

»Jaja. Ich wollte es wegmachen, aber sie hat mir verboten. Damit jeder kann sehen, was es gibt für Hohlköpfe, hat sie gesagt. Es hat sogar Ärger im Haus gegeben damit.«

»Von wann ist denn die Schmiererei?«

»Montag vor zwei Wochen. Und das Fenster haben sie mit Steinen zerschossen.«

»Es wurde ein Fenster eingeworfen? Im dritten Stock?«

»Nicht eingeworfen.« Marga spannt zwischen ihren Fingern ein unsichtbares Gummi. »Steinschleuder, hat der Glaser gesagt.«

»Hat sie denn Anzeige erstattet?«

»Jaja. Natürlich.«

*Anzeige Riss checken*, notiert sich Tom. »Hat sie auch Drohbriefe erhalten oder Hassmails?«

Marga hebt die Schultern.

»Wann haben Sie denn Brigitte Riss zuletzt gesehen?«

»Freitag um zwei. Ich bin pünktlich weg. Sie war hier. Hat geschrieben.«

»Ist Ihnen irgendetwas aufgefallen? Wie ging es ihr?«

»Weiß nicht. Wie immer. Etwas ... wie sagt man, etwas neben sich.«

»Wissen Sie, warum?«

Marga schüttelt den Kopf. »Aber sie war immer mal neben sich. Mal ging's besser und dann wieder nicht.«

»Und die Kisten, waren die Freitag noch da?«

»Freitag? Ich glaube ... ja.«

»Sicher?«

»Ja. Ich glaube.«

Tom nickt, sieht auf die Uhr. Die Teamsitzung rückt näher. »Danke, Frau Jaruzelski. Sie haben mir sehr geholfen. Würden Sie bitte hierbleiben? Vielleicht fällt Ihnen noch etwas ein, das fehlt. Gleich kommen ein paar Kollegen, die haben weitere Fragen an Sie. Freunde, Telefonnummern, Termine, alles, woran Sie sich erinnern können. Ach, übrigens, wissen Sie, wo die Tochter von Frau Riss gerade ist, Karin Riss? Wir erreichen sie nicht.«

Marga Jaruzelski schüttelt den Kopf. »War nicht oft hier. Hatten nicht viel Kontakt.«

»Sie meinen, die beiden hatten kein gutes Verhältnis?«

»Gab Ärger manchmal, wegen Firma von Tochter.«

»Warum genau?«

»Ich kann nicht sagen. War schwierig mit den beiden«, seufzt Marga.

*Kein gutes Verhältnis mit Karin. Wegen Firma?* Das nächste Schild.

»Noch eine letzte Frage: Haben Sie je einen Schlüssel bei ihr gesehen, mit einem grauen Plastiküberzug am Griff und einer eingeritzten Zahl?«

Marga überlegt einen Moment, als gehe sie in Gedanken die einzelnen Schubladen und Ecken der Wohnung durch. »Nein.«

»Hat sie vielleicht jemals den Namen Viola erwähnt?«

Überlegen. Kopfschütteln.

Was hat er auch erwartet? Eine direkte Spur zu Vi?

Tom schiebt das Gefühl von Enttäuschung beiseite, vervollständigt die Notizen in seinem gelben Heft und speichert die Tonaufnahme auf seinem Handy unter »Marga Jaruzelski 1«, dann verabschiedet er sich mit einem freundlichen Dankeschön von ihr.

Ein alter Skandal, ein schwieriges Verhältnis zu ihrer Tochter, ein paar gewaltbereite Rechte, ein verschwundenes Laptop und drei graue Kisten mit »dem Rest«. Eine Menge Schilder fürs Erste. Und was auch immer dieser »Rest« ist, denkt Tom, vielleicht steckt in einer der Kisten die Verbindung zu Vi.

# Kapitel 3

LKA 1, Berlin-Tiergarten
Sonntag, 3. September 2017
14:24 Uhr

Sita Johanns sitzt in Bruckmanns Büro und zwingt sich, seinen Sinneswandel in Bezug auf Tom Babylon nicht zu hinterfragen. Was auch immer hinter seinen wässrigen Augen vorgeht, Mr LKA hat seine Gründe, und die lässt er im Dunkeln, schon aus Prinzip.

»Aber«, sagt Bruckmann, »Sie haben ein Auge auf ihn, das sind Sie mir schuldig.«

*Nicht nötig, das auch noch extra zu betonen.* Sita erwidert seinen Blick stoisch, und Bruckmann scheint das kurze Duell zu genießen. Seine kräftigen, behaarten Unterarme sind verschränkt, es ist seine klassische Gesprächspose.

»Also bleibt er in der SOKO«, stellt Sita fest.

»Wir brauchen jeden Mann. Der Innensenator macht Druck, er will die Sache möglichst schnell vom Tisch haben.«

»Das kann ich alles verstehen, nur, wie gesagt, Babysitten liegt mir nicht.«

»Ihr Widerspruch liegt mir nicht.«

»Ich widerspreche gar nicht. Aber Babylon ist nicht gerade der Kandidat, der sich freiwillig an die Leine legen lässt.«

»Na, was das angeht, sind Sie ja gewissermaßen seelenverwandt«, lächelt Bruckmann. »Was Sie ausreichend für die Aufgabe qualifizieren sollte.« Er sieht auf seine Armbanduhr. »Und jetzt müssen Sie, glaube ich, los, wenn Sie nicht zu spät zur Teamsitzung kommen wollen.«

*Seelenverwandt.*

Auf dem Weg zur Lagebesprechung lässt sie Bruckmanns Bemerkung nicht los.

Der Konferenzraum ist so neu, dass noch die Stühle fehlen. Aus den umliegenden Zimmern werden Bürostühle hereingerollt. Gemeinsam mit ihren Ex-Kollegen nimmt Sita am Tisch Platz. Der Teppichboden riecht nach einem Hauch von Klebstoff. In der Ecke liegen vierzig Quadratmeter Abdeckfolie, eben noch hastig zusammengeknüllt.

Bruckmann ist zwar persönlich nicht anwesend, doch er sitzt gewissermaßen mit am Tisch, allein schon deshalb, weil er der SOKO Dom – sowie jedem Einzelnen hier – seinen Stempel aufgedrückt hat. Nicht zuletzt durch seine eigenwillige Auswahl. Die Mordkommissionen MK 4 und MK 7, dazu Freaky-Grauwein und Börne von der Kriminaltechnik, der zwanghafte Lutz Frohloff vom Erkennungsdienst mit seinem festgetackerten Grinsen, dann Joseph Unangenehm Morten als Leiter, der sich offenbar verspätet, und nicht zuletzt sie selbst, als – ja, als was eigentlich? Fallanalytikerin? Psychologin? Babysitter?

Sie weiß, es kann hart werden. Mit den hässlichen Details der beiden Morde. Und mit den Ex-Kollegen.

Ein Blick in die Runde hat ihr gereicht. Sie ist ein Fremdkörper, die anderen lassen es sie spüren. *Bilde dir bloß nichts darauf ein, dass du hier mal gearbeitet hast,* spiegelt sich in ihren Blicken. *Du bist raus!* Ob sie je drin war? Bei Psychologen halten die meisten ja einen gewissen Sicherheitsabstand. *Bloß nicht erkannt werden. Wer weiß, was die von meiner Stirn abliest.*

Im Nachhinein fragt sie sich, wer von den Kollegen wohl das allzu Offensichtliche von *ihrer* Stirn hatte ablesen können, bevor Bruckmann ihr damals einen leisen Ausstieg in Richtung Entzug verschafft hatte. Seitdem ist sie trocken. Aber mit dem Reset und dem beruflichen Neustart kam auch eine gewisse Gleichförmigkeit. Beratung und Coaching; immer dasselbe Büro, dasselbe Setting, derselbe Stuhl, als hätte sie sich selbst daran gefesselt.

KHK Joseph Morten öffnet mit wildem Schwung die Glastür. Sein Mund ist ein blasser Strich in seinem hageren Gesicht, sein Ärger unverhohlen und demonstrativ, vermutlich wegen der Panne mit der Nachrichtensperre. Ist da plötzlich ein Hauch von Nikotin in der Luft? Hatte er damals nicht wegen irgendeiner Krankheit mit der Qualmerei aufgehört?

Wortlos setzt Morten sich ans Kopfende des noch jungfräulichen Konferenztisches. Der neue Prestige-Konferenzraum im dritten Stock der Keithstraße hat seinen Namen weg: »Die Baustelle«. Nach über zweijährigem Umbau und endlosem Gezänk wegen der Denkmal- und Brandschutzauflagen ist er immer noch nicht ganz fertiggestellt. Glaswände, die auf Knopfdruck blickdicht werden, Hightech-Präsentationstechnik, Flächenrollos. Ein fast schon komischer Versuch, in den vermieften Altbau des LKA 1 in der Keithstraße einen Hauch von Tempelhof zu stopfen. Tempelhof, das ist der Tempelhofer Damm 12, der hochmoderne Hauptsitz des LKA-Berlin, wo auch die Kriminaltechnik mit ihren Labors residiert. Fünfundzwanzigtausend Quadratmeter mit sprechenden Fahrstühlen, einem Wasserfall und rotierenden Lichtprojektionen. Angeblich ist es das teuerste Polizeigebäude der Welt.

Peer Grauwein, Tempelhofer mit Leib und Seele, fummelt einen Stecker in sein Laptop und projiziert den Desktop auf die Leinwand. »Ich wär so weit.« Irgendwie klingt er nervös. Sita erinnert sich an den eigenartigen Blickwechsel zwischen ihm und Tom Babylon.

»Wir warten noch«, knurrt Morten. Seine rechte Hand liegt auf der Tischkante, sein Ehering klackert rastlos auf das Holz.

Sita möchte seine Finger festnageln. Das Geräusch macht sie rasend.

Die Glastür geht ein weiteres Mal auf. Tom Babylon betritt den Raum, und Mortens Finger geben Ruhe. Mit vollerem Bart und langen Haaren, denkt Sita, könnte man Tom auch als Nordmann in *Vikings* besetzen. Tom nickt ihr zu und setzt sich neben sie. Sein Blick ist hellwach, und im Gegensatz zu seinem großzügigen nordischen Gesicht, das Ruhe ausstrahlt, wirken seine Augen fast rastlos, wie vorhin im Dom. Sie erinnert sich, ihn während ihrer Zeit bei der OFA ein- oder zweimal gesehen zu haben. Da hatte er eher verschlossen gewirkt, den Blick nach innen gerichtet, hatte die Daumen- und Mittelfingerkuppen aneinandergerieben, als müsste er beim Denken etwas spüren.

Details.

Ihr Segen und ihr Fluch. Schon immer sind ihr solche Kleinigkeiten an Menschen aufgefallen. Nicht, dass sie sich dafür Mühe geben müsste. Die Details stürmen einfach auf sie ein, als würde ihr ein Filter fehlen. Manchmal sind es Beobachtungen, wie ein hellerer Streifen am Finger, wo ein Ring sein sollte, manchmal ist es eher ein Gefühl für etwas, das jemand ausstrahlt, durch die Art, wie er oder sie steht, den Kopf dreht, die Schultern hält.

»Gut«, beginnt Morten und blickt säuerlich in die Runde. »Ich sage das jetzt nur *einmal.* Sollte ich herausbekommen, dass irgendjemand aus diesem Raum mit der Presse geredet hat, werde ich persönlich dafür sorgen, dass er die Dienstaufsicht am Hals hat. Und alles, was ich sonst noch mobilisieren kann. Klar?«

Betretene und wütende Gesichter. Alle wissen, wie schwer es wird, wenn einer von ihnen schon zu Beginn querschießt. Morten wirft Sita einen betont scharfen, warnenden Blick zu, was niemandem entgeht. Elender Mistkerl!

»Zweitens«, fährt Morten fort, »vom Tatort ist ein Beweisstück verschwunden. Ein Schlüssel, der um den Hals des ersten Opfers hing. *Das* ist schon jetzt eine Sache für die Dienstaufsicht. Jeder, der am Tatort war, aber auch wirklich *jeder*«, sein Blick erfasst diesmal die gesamte Runde, »wird von der Internen befragt. Hat irgendjemand hier im Raum etwas dazu zu sagen? Dann sollte er – oder sie – es jetzt tun!«

Schweigen.

Der Plastikhaufen in der Ecke dehnt sich knisternd.

»Gut. Dann eben auf die harte Tour.« Morten schlägt mit der flachen Hand auf den Tisch. Thema beendet. Nächster Punkt. Er nickt Grauwein zu. »Der aktuelle Stand, bitte.«

Peer Grauwein räuspert sich, aktiviert sein Laptop. Das Innere des Doms erscheint auf der Leinwand, blass, ohne Kontraste. »Kann mal jemand die Verdunklung ...«

Börne probiert die Schalter neben der Tür durch. Das Licht geht aus, Elektromotoren summen, und vor den Fenstern und Glaswänden fahren Rollos aus der abgehängten Decke. Das flaue Bild des Beamers gewinnt an Kraft, der Dom wird zum Zentrum des Konferenzraums. Die Tote hängt scheinbar schwerelos in der Mitte, die Seile sind auf dem Foto dünn wie Zwirn.

»Opfer Nummer eins: Droktor Brigitte Riss, Dompredigerin«, sagt Grauwein und zeigt mit einem roten Laserpointer auf die Tote. »Ob Fundort und Tatort identisch sind, können wir bisher nicht sagen. Falls der Dom auch der Tatort sein sollte, müsste der Täter respektive müssten *die* Täter den Tatort gereinigt haben. Die Kollegen prüfen mit Luminol, aber bei der Fläche – das wird dauern.«

Grauwein wechselt zu einem Bild von Brigitte Riss' nacktem Oberkörper. »Ihre Arme wurden auf einer Standarddachlatte fixiert, vier mal sechs Zentimeter, die Länge entspricht interessanterweise exakt der Körpergröße des Opfers, nämlich hundertzweiundsiebzig Zentimeter. Befestigt wurde sie mit Hilfe von Kabelbindern um Handgelenke und Arme. Der Talar, den sie trägt«, Grauwein wechselt zu einem Bild, das die Tote wiederum angezogen zeigt, »ist vermutlich ihr eigener. An den Enden der Dachlatte« – nächstes Bild – »befinden sich saubere Bohrungen, durch die jeweils ein graues Sechs-Millimeter-Polypropylenseil gezogen und verknotet wurde. Baumarktware. Auch im Internet bestellbar. Vermutlich kaum nachzuverfolgen. Hochgezogen wurde sie mit Hilfe von zwei Flaschenzügen mit Seilbremse, Fabrikat Schoerken, Tragkraft jeweils dreihundert Kilo. Hier wird's schon interessanter, die Dinger gibt's nicht gerade an jeder Straßenecke. Die Kollegen sind dran. Befestigt waren die Flaschenzüge an der Brüstung des oberen Kuppelgangs, mit demselben Typ Seil.«

»Das heißt, der Täter muss nicht unbedingt kräftig gewesen sein«, stellt Morten fest.

»Mit zwei von den Dingern kriegt ein Teenager sogar ein Rindvieh in die Luft«, sagt Grauwein.

Sita zuckt innerlich zusammen. Die Zeit außerhalb der Dienststelle hat sie vergessen lassen, dass Geschmacklosigkeiten unter den Kollegen fester Bestandteil des Selbstschutzes sind.

Tom meldet sich zu Wort. »Ich frage mich, wie der Täter das alles transportiert hat. Zwei Flaschenzüge, Befestigungsmaterial, über hundert Meter Seil, eine mannshohe Dachlatte – und die Tote, falls sie nicht im Dom ermordet wurde. So oder so, hier hat jemand aufwendig geplant und sich eine Menge Zeit genommen.«

»Ein Täter und ein Helfer vielleicht«, wirft Sita ein.

»Oder das Opfer musste beim Tragen helfen«, sagt Grauwein. »Das funktioniert natürlich nur, wenn Fundort und Tatort identisch sind.«

»Was ist mit den Knoten?« Tom deutet auf das letzte Bild, das die Befestigung der Flaschenzüge zeigt. »Die sehen so ... sauber und effizient aus, da hat jemand nicht zum ersten Mal einen Knoten gemacht. Vielleicht jemand, der Bergsteiger ist, bei der Marine war oder zumindest einen Segelschein hat?«

»Wir lassen das gerade drüben von einem Spezialisten prüfen«, pflichtet Peer Grauwein bei. »Kommen wir zur Todesursache: Das Gutachten der Rechtsmedizin steht natürlich noch aus, aber höchstwahrscheinlich« – er räuspert sich und wechselt zum nächsten Foto, einer Ganzkörperaufnahme der nackten Brigitte Riss – »war es dieser Pfahl.« Der Kriminaltechniker beschreibt mit dem Laserpointer einen Kreis um die Körpermitte. Die Beine sind ein wenig gespreizt, unter den irritierend sorgfältig in Form gestutzten und schon ein wenig grauen Schamhaaren ragt etwas hervor, das alle aufstöhnen lässt. »Rund, Kiefernholz, etwa neunzig Zentimeter lang, vier Zentimeter Durchmesser, vorne angespitzt. Offenbar wurde er dem Opfer ins Rektum getrieben.«

Sita atmet scharf ein, spürt ein jähes Ziehen im Unterleib.

Es ist ganz still, nur der Ventilator des Beamers summt leise.

»Getrieben?«, fragt Morten heiser.

»Am stumpfen Ende des Pfahls« – Grauweins Laserpointer zappelt zwischen den bleichen Schenkeln, an denen dunkle Rinnsale abwärtsgelaufen sind – »haben wir eindeutig Schlagspuren gefunden.«

»Oh Gott«, entfährt es Sita.

Grauwein pult ein Fisherman's aus der Packung und schiebt es sich in den Mund. »Es sieht nach einem Schmiede- oder Treibhammer aus.« Er projiziert das Bild eines rechteckigen, klobigen Hammers auf die Leinwand. »Zwei bis drei Kilo schwer. Durchaus handelsübliche Baumarktware. Aber nicht gerade das, was man üblicherweise benutzt, um einen Nagel in die Wand zu schlagen.« Grauwein schaltet zurück zum Bild des Opfers.

Stoff raschelt, ein Gelenk knackt, Börne hustet trocken. Einige nehmen eine andere Sitzhaltung ein. In der Dunkelheit des Konferenzraums ist das Entsetzen greifbar. Die Projektion des geschundenen Leichnams von Brigitte Riss mit dem Pfahl zwischen den Gesäßhälften ist die einzige Lichtquelle im Raum.

Sita starrt auf die Tischplatte. Peer Grauwein, jetzt in seinem Element, wechselt zum nächsten Foto, was es nicht besser macht. »Die Augen«, fährt er fort, »wurden offenbar *post mortem* entfernt. Geschätzter Todeszeitpunkt zwischen sechs und sieben Uhr heute früh. Genaueres dazu morgen von der Rechtsmedizin. In denselben Zeitraum fällt auch der Tod von Opfer Nummer zwei: Bernhard Winkler, Domorganist. Bei ihm ist der Fundort definitiv der Tatort. Todesursache: durchschnittene Halsschlagader. Seine Augen wurden allerdings *ante mortem* entfernt.« Der Laserpointer huscht über die Wunden in Bernhard Winklers Gesicht.

»*Bevor* er gestorben ist?«, fragt Bert Pfeiffer. »Im Ernst?«

Pfeiffer, den alle Berti nennen, sieht zu Morten hinüber, wartet auf dessen Reaktion. Er ist wie Tom in der Warteschleife zum Hauptkommissar, nur dass er schon länger seine Runden dreht. Zu Sitas LKA-Zeit hat er versucht, bei ihr zu landen, doch sie hat nichts übrig für glattrasierte Typen mit kleinen, manikürten Händen. Dennoch ist er ein fleißiger Polizist.

»Vor oder während des eintretenden Todes, würde ich sagen«, korrigiert sich Grauwein.

»Es sieht aus, als wären ihm die Augen ... ich weiß nicht ... *ausgehackt* worden«, meint Berti. »Das muss der blanke Hass gewesen sein. Und Winkler muss sich doch gewehrt haben.«

»Vielleicht stand er unter Schock oder war schon bewusstlos.«

»Morgen haben wir das Ergebnis der Rechtsmedizin, dann wissen wir mehr«, sagt Grauwein.

»Also ehrlich, ich tippe auf was Persönliches«, meint Berti, »bei so viel Hass.«

»Der muss nicht unbedingt persönlich gegen Winkler gerichtet gewesen sein«, wirft Sita ein.

Berti hebt skeptisch die Brauen. Die Dinger sehen aus wie gezupft, denkt Sita, verdrängt den Gedanken aber sofort wieder.

»Also, das da«, Berti deutet auf das Foto des entstellten Organisten, »das schreit doch nach einem persönlichen Motiv.«

»Ich glaube nicht, dass Bernhard Winkler unserem Täter wichtig war«, wirft Tom ein.

»Ich sehe das wie Tom Babylon«, pflichtet Sita ihm bei. »Gegen die Inszenierung von Brigitte Riss' Tod wirkt der Mord an Bernhard Winkler eher wie ein Unfall. Möglicherweise war er einfach zur falschen Zeit am falschen Ort. Vielleicht deshalb auch die Wut – weil er gestört wurde bei dem, was ihm wirklich wichtig war. Die genaue Vorbereitung, das viele Adrenalin, und plötzlich geht etwas schief …«

»Halten wir uns doch bitte an die übliche Reihenfolge«, unterbricht Morten eisig. »Erst Fakten, dann Thesen.«

Berti verschränkt die Arme und lächelt spöttisch zu Tom und Sita hinüber.

»Gilt auch für dich, Berti«, sagt Morten. Bertis Lächeln verschwindet schneller, als es gekommen ist.

»Äh, ja«, nuschelt Grauwein und schiebt seine Pastille in die Backentasche. »Zur, äh, Spurenlage im Dom. Die ist in beiden Fällen leider Gottes lausig. Mal abgesehen von dem verschwundenen Schlüssel.«

»Fällt das nicht auch unter lausig?«, sagt Börne.

Niemand lacht. Peer Grauwein zeigt eine Totale von Brigitte Riss' Leichnam, der unter der Kuppel des Doms hängt, und zoomt das kleine silberne Ding auf ihrer Brust heran. Dank der enormen Auflösung des Fotos kann man sowohl den Bart als auch eine eingeritzte Zahl auf dem Griff erkennen.

»Siebzehn«, flüstert Sita.

»Was bedeutet das?«, fragt Berti.

»Weiß jemand, was das für ein Schlüssel ist?« Morten sieht in die Runde. »Schließfach? Tresor? Spezialschloss? Was ist mit dem Bart? Der sieht nicht gewöhnlich aus.«

»Keine Ahnung. Wir prüfen das«, erwidert Grauwein abweisend. Er kann es nicht leiden, sich zu Dingen äußern zu müssen, von denen er keine Ahnung hat. Tempelhofer eben. Jede Wette, denkt Sita, dass es unter den sechstausend Berliner LKA-Mitarbeitern einen Spezialisten für Schlösser gibt. Sie bewundert und hasst den gigantischen Apparat der Polizeibehörde gleichermaßen. Spezialisten sind etwas Wunderbares, aber bei einem Heer von Spezialisten zerfasern die Ermittlungen manchmal zwischen Anträgen, Berichten, Nachfragen, Nachträgen zu Berichten und so weiter. Am Ende liest keiner mehr alles, und niemand hat den Überblick.

»Okay. Weiter«, sagt Tom und handelt sich einen warnenden Blick von Jo Morten ein. *Hier sagt nur einer »Weiter«.*

»Gut, äh ... Tatwaffen«, fährt Grauwein fort. »Totale Fehlanzeige. Kein Hammer, kein Messer, nichts. Belastbare Fingerabdrücke an tatrelevanten Gegenständen wie Seilwinde oder Ähnlichem: bisher ebenfalls Fehlanzeige. Handschuhe natürlich. Der oder die Täter waren vorsichtig. Was die sonstige Spurenlage angeht, ist der Dom eine absolute Katastrophe. Haufenweise Fingerabdrücke, Haare, Faserspuren. Durch Gottes trautes Heim laufen täglich mehrere Tausend Besucher. Es würde an ein Wunder grenzen, wenn wir da überhaupt etwas zuordnen könnten. Wir werden Zeit brauchen. Viel Zeit.«

»Die wir nicht haben«, knurrt Morten.

»So, Leute ...« Grauwein hält den Laserpointer vor die gespitzten Lippen und pustet ihn aus wie einen rauchenden Colt. »Das war's erst mal von mir.«

»Könnte ja auch mal einfach sein«, brummt Börne. »Ein hübscher kleiner Mord in 'nem Single-Haushalt oder so.«

»Wieso? Gott ist doch Single«, meint Frohloff.

»Klar«, sagt Grauwein trocken, »nur seine Hütte ist so verdammt groß.«

Jemand lacht kurz auf. Einige grinsen. Abschütteln ist angesagt – ein paar Sekunden Pause.

Lutz Frohloff vom Erkennungsdienst grinst wie immer am breitesten, und selbst wenn es unangemessen erscheint, man nimmt es ihm nicht übel. Seine Wangen verziehen sich dann immer zu Halbmonden, die seine schwarze Ray-Ban-Brille ein wenig vom Nasenrücken heben, in Richtung Halbglatze, auf der knapp über der Stirn ein störrischer Flaum sprießt.

»Darf ich?« Frohloff steckt einen USB-Stick in Grauweins Laptop. »Tja, miese *Spurenlage.* Zu wenig *Zeit.* Reden wir also über die *Opfer.*« Frohloffs Stimme ist ein schwungvoller und zynischer Singsang, immer beim letzten Wort bleibt seine Stimme oben.

Ein Porträt von Brigitte Riss füllt die Leinwand. Eine gutaussehende Frau mit kinnlanger blonder Pagenfrisur, so schlicht und gerade geschnitten, dass es fast aufreizend wirkt. »Opfer Nummer eins: Doktor Brigitte Riss, dreiundfünfzig Jahre alt, geboren in Leipzig, geschieden –«

»Moment«, wirft Börne ein, »sie war verheiratet? Wie geht das denn mit einem Kirchenamt zusammen?«

»Evangelisch, Börne. Sie war evangelisch.«

»Ach, richtig«, brummt Börne. »Sieht alles so katholisch im Dom aus, der ganze Prunk und so.«

»– ihr Mann Berthold«, fährt Frohloff fort, »war bis zum Ende der DDR Kriminalsekretär bei der *Volkspolizei,* gehobene Position. Nach der Wiedervereinigung hat er sich mehr schlecht als recht betätigt, als *Immobilienmakler.* Die beiden haben eine Tochter, Karin Riss, vierunddreißig Jahre alt, ledig, wohnhaft zurzeit in *Beelitz*, etwa eine Stunde von hier. Wir haben versucht, sie zu erreichen, sie ist aber derzeit nicht *auffindbar.*«

»Was, wenn ihr etwas zugestoßen ist?«, fragt Berti. »Hat das jemand gecheckt?«

»Zwei Kollegen sind in Beelitz vor Ort und warten vor ihrem Haus. Mehr als klingeln und durchs Fenster schauen können wir im Moment nicht tun.«

Stille.

»Gut. Warten wir ab und hoffen wir, dass das nichts zu bedeuten hat, weder in die eine noch in die andere Richtung«, sagt Morten.

»Brigitte Riss«, erläutert Frohloff, »hat bekanntermaßen eine steile und, nun ja, wechselvolle Karriere hinter sich. Zu DDR-Zeiten hat sie Theologie studiert, war dann Pastorin in Stahnsdorf. Sie hat sich bei den Demos vor dem Mauerfall massiv engagiert. 1995 Promotion in Theologie, danach Aufstieg in der evangelischen Kirche, seit 2009 Dompredigerin, zwei Jahre später dann Bischöfin Berlin-Brandenburg-schlesische Oberlausitz. Vor vier Jahren lernt sie Klaus Bittleder kennen, anlässlich einer Talk-Sendung im Fernsehen. Bittleder ist Kameramann und sechzehn Jahre jünger als sie. Die beiden haben ein Verhältnis, bis herauskommt, dass er verheiratet ist und –«

»– der Jugendschutz eingeschaltet wird«, witzelt Börne.

»Sehr komisch, Kollege«, sagt Frohloff. »Die damaligen Vorwürfe reichen von Unbeherrschtheit über Ehebruch bis Sexsucht. Am dritten Tag nach Bekanntwerden tritt Riss vom Bischofsamt zurück.«

»Mal ehrlich, das war doch eine Hetzkampagne damals«, meldet sich Nicole Weihertal zu Wort. Sie ist seit einem Jahr Kriminalkommissarin in der MK 4 von Morten und das

Küken der SOKO. »Ritter hatte doch schon auf die Nachfolge spekuliert.«

»Na ja, dass sie so schnell zurückgetreten ist, wird schon seinen Grund gehabt haben«, meint Grauwein.

»Welchen denn? Dass ältere Frauen auf keinen Fall mit jüngeren Männern schlafen dürfen?«, ereifert sich Nicole Weihertal.

»Sagen wir mal, dass ältere Bischöfinnen die Finger von jüngeren, verheirateten Männern lassen sollten. Oder sich wenigstens nicht mit ihnen in einem Hotel fotografieren lassen«, sagt Grauwein amüsiert.

Nicole Weihertal öffnet den Mund, doch Tom bremst sie. »Leute, das wurde alles schon in den Medien durchgekaut. Die Frage ist doch, ob das etwas mit unserem Fall zu tun hat oder nicht. Ich war übrigens vorhin noch in der Wohnung von Frau Riss. Vor zwei Wochen wurde bei ihr ein Fenster eingeschossen, mit einem Stein. Sie hat Anzeige erstattet. Lutz, zeigst du bitte die Bilder, die die Kollegen damals gemacht haben.«

Auf der Leinwand erscheinen Fotos der Wohnung und eines zersplitterten Fensters. »Das Bruchmuster der Scheibe spricht für eine Katapultschleuder«, erläutert Tom. »Und: Neben ihrer Wohnungstür gab es noch diese Schmiererei.« Das Bild wechselt von der zerschossenen Scheibe zum Schriftzug *Linke Drecksau.*

»Ein Täter konnte bisher nicht ermittelt werden«, sagt Tom. »Liegt aber vielleicht auch daran, dass da noch andere Prioritäten galten. Interessant ist außerdem: Kurz vor oder kurz nach ihrer Ermordung war jemand in Brigitte Riss' Wohnung. Die gesamte Bude wurde systematisch auf den Kopf gestellt, und offenbar fehlen jetzt ein Laptop sowie drei Kisten mit möglicherweise privatem Inhalt.«

»Weiß man, was in den Kisten drin ist?«, fragt Morten.

»Bisher nicht.« Tom erzählt in knappen Worten von seiner Begegnung mit Marga Jaruzelski.

»Gibt es denn schon ein Zeitfenster für das Verschwinden der Sachen?«, fragt Sita.

»Wir wissen nur, dass es zwischen Freitag vierzehn Uhr und heute, Sonntag, zwölf Uhr passiert sein muss.«

»Seltsam. Die brutale Art der Morde und das methodische Suchen, das passt irgendwie nicht zusammen«, bemerkt Sita.

»Wie man's nimmt«, sagt Morten. »Die Vorbereitung des Mordes muss ja ebenfalls akribisch gewesen sein. Das war alles andere als spontan. Und was auf jeden Fall passt, sind die rechten Schmierereien und das zerschossene Fenster. Die Frau hat eine Menge Angriffsfläche geboten, besonders in eine Richtung.«

»Aber dann gleich so ein Mord? Das wäre eine völlig neue Dimension von rechter Gewalt«, gibt Sita zu bedenken.

»Wenn sie dem Falschen zu nahe gekommen ist«, sagt Morten. »In der Neonazi-Szene gibt es einige gewaltbereite Psychopathen.«

»Was ist eigentlich mit ihrem Ex-Mann?«, erkundigt sich Peer Grauwein. »Wo ist der abgeblieben?«

Frohloff verzieht die Mundwinkel, als hätte Grauwein einen empfindlichen Punkt getroffen. »Das wissen wir nicht. Jedenfalls ist er nicht in Deutschland gemeldet.«

»Er ist damals mit einer anderen Frau durchgebrannt«, wirft Tom ein.

Morten runzelt die Stirn. »Woher weißt du das?«

»Wie Lutz schon sagte, Brigitte Riss war Pfarrerin in Stahnsdorf, ich habe damals dort gelebt. Die Sache mit ihrem Mann war Stadtgespräch. Es gab das Gerücht, die Frau, wegen der er seine Familie verlassen hat, sei Prostituierte gewesen. Ein anderes Gerücht besagte, es habe sich um die Ex-Frau eines hochrangigen Stasi-Funktionärs gehandelt.«

»Wann war das?«, fragt Frohloff.

»98, glaube ich.«

Frohloff kritzelt etwas in sein Notizbuch. »Gut. Kommen wir zu Opfer Nummer zwei. Bernhard Winkler, Domorganist seit 2003, fünfundfünfzig Jahre alt, zwei Kinder, Karl und Hannah, neunzehn und sechzehn Jahre alt. Seine Frau Susanne Winkler, neunundvierzig, ist Bibliothekarin, die beiden haben vor vierundzwanzig Jahren in Stahnsdorf geheiratet.«

Sita horcht ebenso auf wie alle anderen. Stahnsdorf. Die erste Gemeinsamkeit zwischen den beiden Opfern. Nein, die zweite. Evangelische Kirche und Stahnsdorf. »Vielleicht macht es Sinn«, sagt sie, »das Foto mit dem Schlüssel mal in Stahnsdorf herumzuzeigen? Vielleicht erkennt ihn dort jemand?«

Grauwein wirft ihr einen genervten Blick zu. »Jetzt gib mir erst mal Zeit, etwas über den Schlüssel herauszufinden, ja?«

»Reihenfolge!« Morten klackert warnend mit seinem Ehering auf die Tischplatte. »Erst mal sammeln, dann entscheide ich – oder der Staatsanwalt –, was sich lohnt.«

Da ist er wieder. Der Grund, warum Sita im Rahmen der Polizeiarbeit ständig angeeckt war. Ihr Gehirn findet immerzu Abkürzungen, die sich mit der Arbeitsweise einer Behörde nicht vertragen.

»Also«, sagt Morten. »Wir brauchen erste Arbeitshypothesen. Womit haben wir es zu tun? Ein religiöses Motiv? Ein sexuelles? Persönliche Rache? Rechte Gewalt? Warum diese Inszenierung? Warum die Brutalität? Besteht die Gefahr, dass der oder die Täter weitermachen? Und: Oberstaatsanwalt Dudikov will wissen, ob wir es hier eventuell mit Extremisten zu tun haben.«

»Ein Terroranschlag?«, fragt Tom.

Morten nickt. »Oder irgendwas Politisches. Falls ja, kämen die Kollegen vom Staatsschutz aus dem LKA 5 ins Spiel, vielleicht auch das BKA. Spätestens seit dem Anschlag auf den Weihnachtsmarkt liegen die Nerven blank. Wir müssen die Zuständigkeit klären.«

»Wäre auch nicht der erste Anschlag in einer Kirche«, sagt Berti. »Erinnert ihr euch, letzten Sommer in der Nähe von Rouen, in diesem Kaff in der französischen Provinz? Islamisten ermorden während der Messe den katholischen Pfarrer ...«

»Also, ich persönlich sehe das mit dem Anschlag nicht. Nicht in diesem Fall«, sagt Frohloff.

»Öffentlicher Ort, maximale Aufmerksamkeit, symbolische Hinrichtung, die Augen ausgestochen, vielleicht als Hinweis auf die ›nicht sehenden‹ Ungläubigen ... was das angeht, passt es durchaus.«

»Nein«, widerspricht Sita. »Die Symbolik passt nur auf den ersten Blick, auf den zweiten schon nicht mehr. Für einen fundamentalistischen Terroranschlag fehlen die üblichen eindeutigen Hinweise wie der Ruf ›Allahu akbar‹ oder ›Tod den Ungläubigen‹. Terror setzt eindeutige, für jeden erkennbare Signale: simple Botschaften, die in Sekundenschnelle Angst und Schrecken verbreiten.«

»Ich finde, eine aufgehängte Pfarrerin in der Kuppel des Hauptstadtdoms ist ein ziemlich eindeutiges Signal«, widerspricht Berti.

»Vielleicht«, sagt Sita. »Aber es ist auch ungewöhnlich kompliziert. Normalerweise funktioniert Terror anders. Die Täter tauchen auf, morden mit einfachen Waffen oder

Sprengstoff, versuchen, größtmöglichen Schaden anzurichten, hinterlassen ihre Parolen und verschwinden – oder gehen mit in den Tod. Hier hat jemand sehr viel mehr Aufwand betrieben. Seilwinden, qualvoller Tod durch einen Pfahl, ausgestochene und verbundene Augen – und dann dieser Schlüssel um den Hals.«

»Ich finde, Sita Johanns hat recht«, sagt Tom. »Zu einem Terroranschlag passt das nicht.«

»Das hier ist eher was Persönliches«, meint Frohloff.

»Oder etwas Persönliches mit religiösem Hintergrund«, ergänzt Sita.

»Was ist mit einem sexuellen Motiv?«, fragt Nicole Weihertal.

»Wegen dem Stock im Po«, stellt Frohloff fest.

Nicole Weihertal errötet.

»Klar. Das wäre auch denkbar«, sagt Morten. Sein Ton ist ungewohnt milde, sein Blick wohlwollend. »Lasst uns die aktuellen Bezüge checken. Diesen jungen Mann, mit dem sie etwas hatte. Aber vor allem ihre jüngsten Veröffentlichungen und Auftritte. Wem ist sie auf die Füße getreten. Wofür hat sie sich engagiert und so weiter. Welcher rechten Gruppierung oder welchem Einzeltäter können wir die Schmierereien an ihrer Wohnung zuordnen. Soweit ich mich erinnern kann, gab es eine Brandrede gegen rechts von ihr, aus Anlass der Flüchtlingskrise.«

»Was ist mit ihrem Mann und seiner Stasi-Vergangenheit?«, fragt Börne.

»Blödsinn«, sagt Morten scharf. »Ich bin dieses alte Stasi-Gewäsch wirklich leid. Erstens: Der Mann war nicht bei der Stasi, sondern bei der Polizei. Zweitens: Wenn überhaupt, ginge es dann um eine Beziehungstat. Aber mit welchem Motiv? Schließlich hat *er* doch *sie* verlassen.«

»Jenseits aller politischen und sexuellen Motive«, sagt Sita vorsichtig und im Bewusstsein, dass ausgerechnet sie als Außenseiterin hier etwas zu oft das Wort ergreift, »gehe ich davon aus, dass der verschwundene Schlüssel für die Morde eine zentrale Bedeutung hat. Neben Brigitte Riss' Tod ist der Schlüssel hier die Hauptbotschaft.«

Jo Morten sieht sie durchdringend an. »Natürlich ist er das«, sagt er schließlich. »Also, wir bleiben offen für alles. Nur bitte keine Stasi-Verschwörungstheorien. Vorläufige Priorität: persönliche Hintergründe der Opfer. Und Sie, Grauwein, kümmern sich um diesen verdammten Schlüssel. Geben Sie mir alles, was Sie anhand der Fotos herausfinden können. Außerdem –«

Ein Handyklingeln unterbricht Morten. Frohloff greift hastig in seine Hosentasche. Dass Handys in der Konferenz leise zu stellen sind, ist ein ungeschriebenes Gesetz. »Sorry.« Er wendet sich ab und nimmt das Gespräch an, auf dem Weg zur Tür, in einer seltsam gekrümmten Haltung, als könnte er so Mortens grimmigem Blick entgehen.

»Gut«, nimmt Morten den Faden wieder auf. »Kommen wir zur Aufteilung. Tom, ich wünsche keine Alleingänge, wir arbeiten im Team, du in diesem Fall zusammen mit Sita –«

»Äh, Chef?«

»Was, Lutz?«, schnauzt Morten.

Frohloff steht an der Tür und deutet auf sein Handy. »Die Kollegen haben Karin Riss gefunden. In Beelitz.«

# Kapitel 4

Psychiatrische Privatklinik Höbecke, Berlin-Kladow
Sonntag, 3. September 2017
15:13 Uhr

Endlich allein!

Friderike Meisen sitzt wie ein Häufchen Elend in der hintersten von sieben Kirchenbänken. *St. Servatius, 1476* steht in Prägeschrift auf dem schiefen Schild vor der geduckten weißen Kapelle. Ein paar Schritte dahinter endet das Gelände der Privatklinik an einer hohen Mauer aus gelben Ziegeln.

Friderike stützt sich links und rechts mit den Händen auf der Sitzfläche ab, als könnte sie jeden Moment umfallen. Das Holz ist blankgesessen, die vordere Kante rundgewetzt. Wie viele Menschen sich wohl schon hierhin geflüchtet haben?

Die kühle Luft und die Stille tun ihr gut. Nur schade, dass sie ihr Handy nicht dabeihat. Im Dienst ist das Ding verboten, zumindest für Azubis, also hat sie es heute früh oben in ihrem Zimmer gelassen.

Noch immer kann sie nicht glauben, dass ihre Nase nicht gebrochen ist. Wie war das? »Klärchen ist ungefährlich.« Von wegen! Nach dem Zusammenstoß mit der Kommode wollte Friderikes Nase gar nicht mehr aufhören zu bluten, ganz zu schweigen von den Schmerzen.

Dabei hatte sie es doch nur gut gemeint!

Und dann das Theater im Schwesternzimmer. »Was hast du bloß getan? Was hast du mit dem armen Klärchen angestellt?«

»Nichts!«, hatte sie geschworen. »Ich hab sie nur nach den Zahlen an der Wand gefragt.«

Sie starrt nach vorn, auf das fast mannshohe Kreuz mit dem sterbenden Heiland; dunkles Mahagoni auf weißem Rauputz.

Auch wenn ich nicht an dich glaube, denkt sie, ich bin gern hier. Bei dir ist es wenigstens still. Als könnte ich alles erzählen und du würdest mir zuhören.

Sie verkneift sich das Weinen, weil es sich irgendwie nicht richtig anfühlt, im Angesicht des Gekreuzigten wegen so einer Sache rumzujammern. Außerdem lernt man, die Zähne zusammenzubeißen, wenn man einen vier Jahre älteren Stiefbruder hat. »Hör auf zu heulen«, ist einer von Volkers Lieblingssätzen. *Aber Volker hat wenigstens nie behauptet, ich wäre dumm, so wie Papa das immer getan hat.* Sie schiebt den Gedanken beiseite. Diese Sache mit Klara ist so ungerecht, dass sie es kaum aushält. Da will sie nicht auch noch an ihren Vater denken.

In die Stille dringt ein leises Knirschen. Friderike dreht sich zur Tür um, die einen Spaltbreit offen steht. Da sind Schritte auf dem Kiesweg, der zur Kapelle führt. *Oh, bitte nicht!* Niemand soll sie jetzt hier so sehen.

Ihr Blick fällt auf den alten Beichtstuhl an der Wand, nur ein paar Schritte von ihr entfernt. Er sieht aus wie ein großer Kleiderschrank, mit zwei schweren Vorhängen aus dunkelrotem Samt anstelle von Türen. Rasch schlüpft sie hinein und setzt sich auf die winzige Bank. Der Vorhang verdeckt nur die oberen zwei Drittel des Beichtstuhls, also hebt sie die Füße und stemmt sie gegen die Trennwand, links und rechts vom Beichtgitter, so dass sie von außen nicht mehr zu sehen ist.

Die Kapellentür knarrt, dann hört sie das Geräusch von nackten Füßen auf Steinboden. Plötzlich kommt Friderike sich albern vor. Versteckt im Beichtstuhl. Als gehörte sie selbst in die Klapse.

Autsch! Hat sie jetzt tatsächlich *Klapse* gedacht?

Wo um Himmels willen sind ihre guten Vorsätze abgeblieben? Mit ein paar Blutstropfen im Teppichboden versickert?

»Hallo?«

Friderike zuckt zusammen.

Eine Frauenstimme, dünn, ehrfürchtig.

*Galt das mir?*

Sie zieht den Vorhang ein wenig zur Seite und lugt in die Kapelle. Die Frau ist bereits zwischen den Kirchenbänken hindurch bis zum Altar gelaufen und nähert sich jetzt dem Heiland. Sie ist nur mit einem weißen Nachthemd bekleidet, ihr Körper wirkt ausgemergelt, die grauen Haare sind straff zurückgebunden. Für einen kurzen Moment schaut sie zur Seite. Friderike erstarrt. Ihre Nackenhaare richten sich auf, die Furcht ist so schnell da, dass sie sich ganz wehrlos fühlt. Als könnte Klara Winter ihr auch von da vorn, über viele Schritte hinweg, einen Stoß versetzen.

Aber da ist noch etwas anderes an Klara Winter, das ihr Angst macht, etwas, das die Frau umgibt wie eine unsichtbare Wolke aus Scherben und das sich mit Worten nicht beschreiben lässt.

»Bist du da?«, fragt Klara und schaut sich in alle Richtungen um. Schließlich bleibt sie vor dem Kreuz stehen, blickt zu Jesus auf, den Kopf ein wenig in den Nacken gelegt.

Was um Himmels willen macht sie hier? Wie kommt

sie überhaupt hierher? Sie haben ihr doch eine ordentliche Portion Beruhigungspillen gegeben. Schwester Meret war extra noch einmal in ihrem Zimmer und hat nachher in diesem üblichen herablassenden Schwesterntonfall verkündet: »Klärchen? Die schläft wie ein Baby.«

Und jetzt steht sie hier in St. Servatius.

»Wo bist du?«, fragt Klara Winter. »Du hast mir doch geschrieben, dass du kommst.« Ihre rechte Hand nestelt am Nachthemd. »Hab ich was falsch gemacht? Liegt es an dieser Frau?«

Stille.

»Sie hat gesagt, sie kommt hierher und fragt dich wegen der Tabletten. Ja. Das hat sie mir gesagt.«

Friderike spürt ein unangenehmes Kribbeln am ganzen Körper. *Diese Frau – das bin ich. Mein blöder Scherz, den ich heute früh gemacht habe, weil ich ihr diesen Jesus-Kram nicht abgenommen habe.*

»Und, war sie da?«

Die Frage verhallt im Raum.

»Bist du etwa deswegen nicht hier? Wegen ihr?« Klara Winters Stimme wird mit einem Mal rasiermesserscharf. »Was hat sie dir gesagt? Hat sie mich etwa schlechtgemacht?« Abwehrend fuchtelt sie mit beiden Händen. »Ich bin nicht schlecht. Nein! Nein! Bin ich nicht. Nein!«

Plötzlich, als habe sie sich vor sich selbst erschrocken, vor ihrer eigenen Vehemenz, erstarrt sie, drückt den Rücken durch. Ihre Wirbelsäule knackt leise, oder sind es ihre Knie?

»Ich hab sie nicht genommen«, flüstert sie, jetzt kerzengerade. »Wirklich! Das war richtig, oder?«

Sie ist jetzt ein Soldat. Müsste nur noch salutieren.

»Willst du mich ansehen?«

*Ansehen? Was meint sie damit?*

Klärchen bückt sich ein wenig, nein, sie geht in die Knie, wie bei einem Hofknicks, fasst mit beiden Händen den Saum ihres Nachthemds und zieht es bis über ihre Brüste hoch. Entblößt steht sie vor Jesus, der starr auf sie herabschaut. Auf ihrem Rücken sind Striemen, keine frischen Wunden, sondern alte, verwachsene Narben.

»Warum kommst du nicht?«, jammert Klara Winter. »Ich brauch dich doch. All die Jahre, und immer und immer fürchte ich mich so vor dem Teufel!«

# Kapitel 5

Beelitz bei Potsdam
Sonntag, 3. September 2017
16:58 Uhr

Sonntagnachmittagsverkehr auf der A 115. Keine Lastwagen, keine Pendler; vor allem Ausflügler, die sich auf den Heimweg gemacht haben. Die Sonne ist hinter einer herbstlich finsteren Suppe verschwunden, und es hat zu regnen begonnen, ein feiner Sprühregen, der sich mit dem Schmutz und den Insekten auf der Windschutzscheibe zu einem schmierigen Film verbindet.

Tom ist hellwach, das Methylphenidat hat die Überholspur freigemacht, und er nutzt sie. Auch wenn sein S-Klasse-Benz offiziell als Oldtimer gilt und säuft wie ein Loch – schnell ist er.

Sita Johanns sitzt ruhig neben ihm. Anne würde sich längst mit der rechten Hand an den Haltegriff klammern, die Knöchel weiß. Der Umschlag fällt ihm wieder ein. Das Pulver. Das Herz mit dem Pfeil, der in seiner Brust steckt, weh tut, den er aber jetzt ignorieren muss.

Sie sind auf dem Weg zu Karin Riss. Offenbar hat sie auch zu den Sonntagsausflüglern gehört, jedenfalls ist sie gegen kurz vor drei vollkommen ahnungslos den beiden vor ihrem Haus postierten Beamten in die Arme gelaufen.

Während Tom auf die A 10 wechselt, schaltet Sita Johanns das Radio ein, findet den rbb. Ein Jingle kündigt die

Siebzehn-Uhr-Nachrichten an. Der Sprecher sagt seinen Namen, es klingt, als sei er erkältet.

*Berlin: Im Fall der heute Morgen im Berliner Dom tot aufgefundenen früheren Bischöfin Dr. Brigitte Riss ermittelt die Polizei derzeit in alle Richtungen. Auch ein Anschlag mit terroristischem Hintergrund wird nicht ausgeschlossen. Bisher liegt der Polizei jedoch kein Bekennerschreiben vor ...*

Tom nimmt den Fuß ein wenig vom Gas, wirft Sita einen Blick zu.

*... Die dreiundfünfzigjährige Pfarrerin wurde offenbar auf besonders grausame Weise getötet und unterhalb der Kuppel des Doms an Seilen aufgehängt. Um den Hals trug sie einen Schlüssel, auf dem die Zahl Siebzehn eingeritzt war ...*

»Woher zum Teufel wissen die das?«, knurrt Tom.

*... wie ein Foto zeigt, das inzwischen im Internet kursiert und vermutlich vom Tatort stammt. Aus gut informierten Kreisen heißt es, man habe noch eine zweite Person tot aufgefunden, und zwar den Domorganisten. Die Berliner Polizeibehörde wollte sich mit Hinweis auf die geltende Nachrichtensperre nicht dazu äußern. Eine für achtzehn Uhr angekündigte Pressekonferenz des LKA-Berlin wurde auf zwanzig Uhr verschoben.*

*Washington: Der amerikanische Präsident –*

Sita schaltet das Radio aus. »Das gibt's doch nicht«, schimpft sie. »Das kann doch nicht wahr sein!«

Tom sagt nichts, presst nur die Lippen aufeinander.

»Beelitz-Heilstätten. Wir müssen hier raus.«

»Ich weiß.« Tom wechselt von der linken Spur direkt auf den Abbieger und bremst von hundertsiebzig Stundenkilometern auf sechzig ab. Ein grüner Audi hupt. »Kannst du das mit dem Bild mal checken?«, bittet er Sita.

»Sind wir jetzt beim Du?«

»Ist das wichtig?«

»Nö. Nur unklar bisher.« Sita tippt rasch mit beiden Daumen auf ihrem Smartphone, während Tom die Landstraße entlangprescht, vorbei an Beelitz-Heilstätten, einem ehemaligen Sanatorium aus der Kaiserzeit, das bis in die Neunziger von den Russen als Militärkrankenhaus genutzt wurde. Von der Straße aus ist kaum mehr zu sehen als vorbeifliegende Bäume, hin und wieder ein Weg mit einer Schranke, dann passieren sie die angrenzende Kaserne.

»Scheiße«, stöhnt Sita.

»Was?«

Wortlos hält sie Tom das Handy ins Sichtfeld. Ein kurzer Blick reicht. Auf dem Display ist ein Foto des Tatorts zu sehen. Der Dom, die Kuppel, Brigitte Riss an zwei Seilen.

»Verdammt, wo kommt das her? Grauwein würde doch niemals –«

»Vorsicht, Reh!«, ruft Sita.

Tom steigt in die Eisen, der Benz blockiert, bricht aus, die Gurte pressen ihnen die Luft aus den Lungen, Sitas Telefon knallt gegen das Armaturenbrett. Kreischend kommt der Wagen auf dem Mittelstreifen zum Stehen.

Toms Herz rast in der plötzlichen Stille. Das Reh ist im Wald verschwunden.

Sita atmet tief ein und aus. Fasst sich an den Kopf, als müsste sie ihre Frisur richten. Sie sieht seinen Blick und lässt von ihren Haaren ab. »Wie weit noch?«

»Sind gleich da«, murmelt Tom. Vorsichtig gibt er Gas, fährt jetzt langsamer. Sita hat ihr Handy aufgehoben, recherchiert wieder im Netz. »Unglaublich. Das Foto kursiert auf Facebook, Instagram, überall. Und es gibt noch einen Ausschnitt, auf dem man den Schlüssel erkennen kann. Und weißt du, worunter man die Fotos findet?«

»Keine Ahnung.«

»Hashtag Siebzehn.«

*»Bitte?«* Es ist, als würde ein kalter Hauch Toms Nacken streifen. Dieser verdammte Schlüssel!

»Hashtag, das ist dieses Rautenzeichen, unter dem im Netz –«

»Mir ist schon klar, was Hashtag bedeutet, ich kann's nur nicht glauben.«

»Meinst du, dass die Bilder von Grauwein stammen?«, fragt Sita.

»Er würde niemals freiwillig Tatortfotos rausgeben. Nicht Grauwein.«

»Jemand von der Presse? Vielleicht hat sich einer der Reporter an den Absperrungen vorbeigeschlichen.«

»Hm.«

»Es gäbe noch eine andere Möglichkeit«, überlegt Sita.

»Du denkst an den Täter …?«

»Er ist auf maximale Wirkung aus. Er will uns etwas zeigen.«

»Wenn er die Bilder selbst ins Netz gestellt hat, könnten wir immerhin versuchen, ihn über die IP-Adresse zu identifizieren. Schickst du Grauwein eben eine SMS? Nur zur Sicherheit, falls er selbst noch nicht auf die Idee gekommen ist, die Kollegen von der IT einzuschalten.«

»Ich hab seine Nummer nicht.«

»Nimm meins.« Tom reicht ihr sein Smartphone. »Oder, nein, schick sie besser an Morten.«

Sie passieren das gelbe Ortsschild. Beelitz. Elftausend Menschen leben hier, aber es sieht aus, als wären es gerade einmal tausend, verstreut im Herzen von Brandenburgs größtem Spargelanbaugebiet, zwischen Seen und Wäldern. Hierhin also hat sich Karin zurückgezogen. Tom muss an die Vierzehnjährige denken, die oft so spießig war, so bemüht, erwachsen zu wirken, als wäre es lebensgefährlich, mal über die Stränge zu schlagen. Klar, Pastorinnen-Tochter. Aber erklärte das alles? Sogar ihr Vater war ausgebrochen, warum nicht sie, warum nicht wenigstens ein bisschen?

Man musste ja nicht gleich am Rad drehen wie Bene.

Die Straßen haben Vogelnamen und sind von Einfamilienhäusern älteren Datums mit vermoosten Dächern gesäumt, dazwischen ab und zu ein Neubau. Das Navi führt sie in eine Sackgasse. Im Wendehammer parkt ein Streifenwagen mit sperrangelweit geöffneten Türen. Kein Kollege weit und breit.

Tom bremst abrupt und bleibt in gut zwanzig Metern Entfernung stehen.

»Was ist los?«, fragt Sita.

Tom legt den Zeigefinger an die Lippen. »Da stimmt was nicht«, flüstert er.

Sitas Augen weiten sich.

»Du bleibst hier.« Tom greift ins Handschuhfach und zieht seine Dienstwaffe aus dem Holster.

Der Regen ist wie ein feuchter Schleier. Es ist kühl geworden. Die SIG fühlt sich fremd an in seiner Hand. Das letzte Training auf dem Schießstand ist schon viel zu lange her.

Der Streifenwagen steht verlassen auf der Straße, die offenen Türen wirken wie ausgebreitete Flügel. Im Getränkehalter der Mittelkonsole stecken zwei Kaffeebecher einer Bäckerei. Im Fußraum liegt eine zusammengeknüllte Papiertüte, zwischen Frontscheibe und Armaturenbrett klemmt ein angebissenes Brötchen, als hätte es jemand hastig aus der Hand gelegt.

Tom dreht sich um und signalisiert Sita, die noch in

seinem Wagen sitzt, dass sie Verstärkung rufen soll, dann geht er um die Motorhaube herum auf Karins Grundstück zu.

Hinter einer mannshohen Hecke führt ein schmaler Weg aus Bruchsteinplatten zum Haus, das sich an den Waldrand schmiegt. Ein sauber verputztes, hellgelbes Erdgeschoss, darauf ein spitzes, rotes Satteldach. Sechziger-Jahre-Beschaulichkeit, würde nicht an jeder Ecke und an jedem Fenstermaß die spröde DDR-Architektur durchscheinen.

Auf einem silbernen Briefkasten klebt ein daumengroßes Schild: *K. Riss.* Darunter, etwas abgesetzt: *Immobilienverwaltung.*

Die Haustür steht einen Spaltbreit offen.

Tom nimmt die Waffe in beide Hände, hält sie mit leicht angewinkelten Armen vor den Körper und geht neben dem Eingang in Deckung. Mit dem Fuß stupst er die Tür an, so dass sie lautlos aufschwingt.

Kurz warten.

Dann rasch ein Vorbeugen antäuschen und blitzschnell wieder zurück.

Er hält den Atem an, horcht in die Stille.

Nichts.

Eins ... zwei ... drei! Die SIG im Anschlag, huscht er in den Flur. Dämmerlicht. Mehrere Türen, hinten rechts eine Treppe, an deren Fuß ein Mann in Polizeiuniform liegt, ausgestreckt, mit dem Gesicht nach unten, Blut zwischen den blonden Haaren. Tom schleicht näher, dicht an der Wand entlang, checkt die Treppe, tastet dann mit zwei Fingern nach der Halsschlagader des Kollegen.

Der Puls ist da, wenn auch schwach. *Gott sei Dank.*

Dann sieht er das leere Holster am Gürtel.

Verfluchter Mist!

Keine zwei Schritte entfernt die Tür zum Wohnzimmer, weit geöffnet.

Mit der Linken angelt Tom das Telefon aus der Jackentasche und wählt.

»Morten«, blafft es aus dem Hörer.

»Tom hier«, flüstert er. »Im Haus von Karin Riss. Schwer verletzter Kollege, Täter bewaffnet, brauche RTW und SEK.«

»Tom? Okay! Beweg dich nicht von der Stelle, klar? Keine Allein–«

Tom legt auf. Wo um Himmels willen ist Karin? Und wo der zweite Kollege?

Er macht einen Schritt auf die Wohnzimmertür zu, sieht ein braunes Ledersofa, davor einen Couchtisch. Bodenlange weiße Gardinen bauschen sich im Luftzug der offenen Terrassentür.

Tom tritt über die Schwelle. Reißt die Waffe nach links, dann nach rechts, wie er es gelernt hat. Nur dass bei den Übungen der Puls nicht so rast.

Das Wohnzimmer ist leer.

Also weiter, in den Garten! Der Vorhang streift sein Gesicht, als er sich durch die Tür schiebt. Im nassen Gras sind Spuren, die bis zur mannshohen Hecke am Waldrand führen. Der Regen pladdert ins Blätterwerk. Kein Nieseln mehr jetzt, sondern dicke schwere Tropfen, die vom finsteren Himmel wehen.

»Halt!«

Tom zuckt zusammen. Die Stimme kommt aus dem Wald.

»Stehen bleiben, Polizei!« Eine Frauenstimme, jung und hoch.

Tom läuft auf die Hecke zu und drängt sich hinein. Das

Geäst reißt Striemen in sein Gesicht. Dann ist er durch, steht am Waldrand. Die Bäume schlucken das letzte Licht.

»Halt! Oder ich schieße«, hört er die Kollegin schreien. Ihre Stimme überschlägt sich. Sie muss zwanzig, vielleicht dreißig Meter entfernt sein. Er kann etwas zwischen den Bäumen ausmachen, ein Schimmern, eine Bewegung. Plötzlich flammen Scheinwerfer auf, grelle Lichtstreifen zwischen den Stämmen, dazu ein leises Motorengeräusch. Regentropfen blitzen, die Bäume gleichen schwarzen Pfosten. Sind das nur Stämme im Gegenlicht, oder ist da auch …?

Ein Schuss kracht. Peitscht ins Blätterwerk hinter ihm.

Tom wirft sich zu Boden, im selben Moment fallen zwei weitere Schüsse, er sieht Mündungsfeuer direkt neben den Scheinwerfern. Das ist nicht die Richtung, aus der die Stimme der Kollegin kam! Eine Frau schreit auf. Im Lichtkegel hastet eine Gestalt zwischen den Stämmen hindurch, ihr Schatten ist ins Riesenhafte vergrößert. Es ist ein Reflex, als er die Waffe hebt und schießt, dahin, wo eben noch das Mündungsfeuer war. Es klingt, als hätte er zwei Schüsse abgegeben, aber er weiß, er hat den Abzug nur einmal durchgezogen.

Eine Wagentür schlägt zu. Der Motor heult auf, und die Scheinwerfer machen einen Satz rückwärts. Er rappelt sich auf, rennt auf den Lichtkegel zu, der sich immer weiter entfernt.

»Halt, Polizei!«, brüllt Tom, in der Hoffnung, dass die Kollegin nicht auf ihn feuert. Sie müsste jetzt irgendwo rechts von ihm sein. Früher oder später wird er in ihre Schussbahn laufen.

Der Motor jault im Rückwärtsgang, hoch und unregelmäßig. Asphalt glänzt im Regen, und erst jetzt kann Tom die Straße sehen, eine Art überbreiten Feldweg ohne Markierungen, der schnurgerade in Richtung der Landstraße nach Fichtenwalde führt. Als er den Weg erreicht, ist der Wagen schon fast zweihundert Meter von ihm entfernt. Tom lässt die Waffe sinken. Schießen wäre jetzt Irrsinn, zumal es keine Notwehr mehr ist. Außerdem könnte auch Karin in dem Wagen sitzen.

Er zieht sein Handy aus der Jackentasche, in diesem Moment hört er das Geräusch, kehlig, wie von einem Tier, irgendwo hinter ihm.

»Hallo?«

Oh Gott, ist das ein Röcheln? Die Polizistin!

»Tom Babylon, LKA. Wo sind Sie?«, ruft er.

Aus dem Halbdunkel zwischen den Stämmen kommt ein leises Wimmern.

»Hallo?« Rasch schaltet er die Taschenlampe seines Smartphones ein. Am äußersten Rand des fahlen Lichtkreises liegt die Polizistin, die Hände auf die Brust gepresst. Blut quillt zwischen ihren Fingern hindurch. Tom hastet zu ihr, kniet sich neben sie, wählt erneut Mortens Nummer, schreit ins Telefon.

Als er das Gespräch beendet, ist es entsetzlich still.

Er greift nach der Hand der Polizistin. »Wie heißen Sie?«

Ihre Lippen bewegen sich. Junge, wunderschön geschwungene Lippen, die vermutlich sämtliche männlichen Kollegen ihrer Abteilung um den Verstand bringen. »Va-ness–a …« Ihre Augen sind weit geöffnet. Ihre Finger klammern sich schmerzhaft um Toms Hand.

»Hallo, Vanessa, ich bin Tom.« Er lächelt, will zuversichtlich klingen. »Hilfe ist unterwegs. Sie müssen jetzt durchhalten, okay?«

Sie blinzelt. Ihre Haare sind dunkel wie der Waldboden, zum Pferdeschwanz gebunden. Als sie wieder die Lippen bewegt, kommen nur abgehackte Flüsterlaute heraus. Durch das Blätterdach dringen Tropfen, fallen auf ihre Uniform und ihr Gesicht. Ihr Kinn bibbert. Er legt seine Hand an ihre kalte, nasse Wange.

»Vanessa, sehen Sie mich an! Bitte! *Sie schaffen das.*«

Zwischen ihren bleichen Lippen tritt Blut hervor, sie verschluckt sich, hustet kraftlos, dann wird ihr Blick starr.

Der Regen prasselt in den Baumkronen, nichts sonst ist zu hören, nur dieses Geräusch.

Tom schließt ihr sanft die Augen, auf seinem Handrücken sind rote Sprenkel, seine Finger kommen ihm viel zu grob vor für ihr zerbrechliches Gesicht.

An Vanessas Hand, die noch immer Toms Rechte umklammert, steckt ein silberner Ring mit einem winzigen Brillanten. Wer auch immer ihr den geschenkt hat, sitzt jetzt irgendwo da draußen und ahnt nichts, freut sich darauf, sie zu sehen, wenn ihre Schicht zu Ende ist.

# Kapitel 6

Beelitz bei Potsdam
Sonntag, 3. September 2017
18:42 Uhr

Peer Grauwein steht auf dem nassen, rissigen Asphalt und schaut wütend in den Himmel. Reifenspuren Fehlanzeige. »Jetzt haben wir schon Mister Bee, und dann so was.« Big Electronic Eye, kurz Bee, ist eine Drohne, die neuerdings für Tatortanalysen im Freien verwendet wird. Doch bei Regen, noch dazu im Wald, versagt Grauweins neues Spielzeug.

»Dein Mister Bee ist mir gerade so was von egal«, knurrt Tom fröstelnd. In der letzten Stunde ist er den Schusswechsel in Gedanken wieder und wieder durchgegangen, wer wo gestanden hat, wie viele Schüsse abgegeben wurden, ob es vielleicht sogar seine eigene Kugel gewesen sein könnte, die Vanessa getroffen hat. In seinem Kopf herrscht ein dumpf pochendes Chaos.

Sita Johanns steht hinter ihm, berührt ihn sanft an der Schulter. »Drexler, der Kollege, den du im Haus gefunden hast, hat ein schweres Schädel-Hirn-Trauma. Künstliches Koma. Er liegt in der Charité. Ob er durchkommt, wissen sie noch nicht.«

Auch das noch. »Hat er Familie?«, fragt Tom.

»Frau und zwei Mädchen«, sagt Morten.

»Was für eine Riesenscheiße.« Grauwein spuckt seine Lutschpastille aus, als wäre ihm die eigene Routine zuwider, und stopft das klebrige Ding in die Brusttasche seines prallen Overalls. Der Kriminaltechniker friert schnell, und mit der warmen Kleidung unter seinem knallweißen Overall sieht er aus wie ein Michelin-Männchen im Wald. »Und was ist mit der Kleinen?«

»Die ›Kleine‹ ist Polizistin«, erwidert Tom gereizt.

»He. Is ja gut«, beschwichtigt Grauwein.

»Nichts ist gut.«

Grauwein hebt resigniert die Hände.

Sita räuspert sich. »Sie heißt Vanessa Reichert, ist fünfundzwanzig und mit einem Kollegen verlobt. Beier... Beiersdorf oder so ähnlich.«

»Riesen*riesen*scheiße!«, knurrt Grauwein.

»Was ist mit Drexlers Waffe?«, fragt Tom. »Ist das ...«

»Die Waffe, mit der die Kollegin ...? Ja, könnte gut sein. Hinten am Weg haben wir Patronenhülsen gefunden, neun mal neunzehn Millimeter, Typ Action vier, also eindeutig Polizeimunition. Ist ein Steckschuss. Und ... na ja, du weißt schon ...«, nuschelt Grauwein in Toms Richtung.

»Er vielleicht schon, aber ich nicht«, sagt Sita. »Könntet ihr mich bitte aufklären.«

Grauwein und Tom wechseln einen Blick. Tom sieht zu Boden.

»Seit einigen Jahren benutzen wir Patronen mit Mannstoppwirkung. Die früheren Vollmantelgeschosse sind meistens glatt durchgegangen, aber die Action vier platzt beim Aufprall pilzförmig –«

»Danke. Reicht schon.« Sita hebt beide Hände und wendet sich ab.

»Könnte auch aus deiner SIG stammen«, sagt Grauwein zu Tom, »aber die Schussrichtung scheint mir nicht zu passen. Nach Eintrittswunde und Lage zu urteilen, wurde sie von vorne erschossen, aus der Richtung, wo der Wagen gestanden hat.«

Tom fällt ein Stein vom Herzen.

»Apropos, deine Waffe brauchen wir auch noch, für die ballistische Untersuchung.«

»Hab ich vorhin schon Börne ausgehändigt«, erwidert Tom.

»Aus Gefahrensituationen musst du dich wohl erst mal raushalten«, sagt Grauwein. »Wird 'ne Weile dauern, bis die Details des Schusswechsels geklärt sind und du wieder 'ne Waffe tragen darfst.«

»Ich kenne die Vorschriften.«

Jo Morten kommt über einen schmalen, mit Flatterband abgesperrten Korridor zwischen den Bäumen hindurchgestampft. Grauwein hat sein eigenes Verkehrsleitsystem, um an Tatorten die Spuren nicht zu kontaminieren. Jo Morten hustet trocken, sein Atem riecht schon von weitem nach Zigaretten. »Dein Kollege Börne«, wendet er sich an Grauwein, »ist mit der ersten Runde im Haus durch. Keine Kampfspuren, keine Tatwaffen, keine Karin Riss.«

Alle schweigen betroffen.

»Die Nachbarn haben nichts mitbekommen«, fährt Morten fort, »bis auf die Schüsse. Keine Einbruchsspuren. In Karin Riss' Büro im Erdgeschoss liegen zusammengeknüllte Taschentücher im Papierkorb; vermutlich war sie gerade dabei, die Nachricht vom Tod ihrer Mutter zu verdauen.«

»Im Arbeitszimmer?«, fragt Sita.

»Der PC war an, ratet, welches Bild wir im Browserverlauf gefunden haben.«

»Bitte nicht«, murmelt Tom.

»Das Tatortbild aus dem Dom?«, fragt Sita ungläubig. »Aber sie hat es nicht gepostet, oder?«

»Sieht nicht danach aus. Sie hat's nur angeschaut.«

»*Nur* ist gut«, sagt Sita.

»Wissen wir schon, woher das Bild stammt?«, fragt Tom.

»Die IT-Kollegen sind dran«, erklärt Grauwein. »Aber es geht alles so verdammt schnell gerade. Wir kommen kaum hinterher. Klar ist nur eins: Das Foto stammt nicht von uns – also, nicht von mir. Es wurde sehr früh am Morgen aufgenommen, noch bevor wir da waren. Das sieht man am Licht.«

»Also vom Täter«, sagt Tom.

»Wär möglich. Wie gesagt, wir sind dran.« Grauwein tippt zum Gruß an die Schläfe. »Ich mach mal weiter.«

»Wenn ihr das Haus durchsucht«, ruft ihm Tom nach, »schaut doch mal nach den drei grauen Kisten, die bei Brigitte Riss aus der Wohnung verschwunden sind.«

»Wird erledigt, Commissario«, ruft Grauwein zurück.

»Also, was ist das hier?«, fragt Morten. »Eine Entführung? Ein Rachefeldzug? Geht es um die Familie Riss?«

»Für mich ergibt das alles bisher kein klares Bild«, meint Sita. »Aber so oder so müssen wir Karin Riss finden. Im Moment sieht es sehr danach aus, als könnte sie das nächste Opfer sein.«

»Gut, dass wir eine Psychologin dabeihaben«, stellt Morten fest, »ein echtes Plus in Sachen Erkenntnistiefe.«

»Ist gut, Morten«, bremst Tom.

»Sagt wer? Ausgerechnet du? Halt dich gefälligst an deinen Dienstgrad, wenn du andere zurechtweist.«

Ein schneller Blickwechsel, und ebenso plötzlich, wie die Auseinandersetzung aufgeflackert ist, kehrt Ruhe ein. Morten seufzt. »Tom, entschuldige. Ich weiß, das da draußen war hart für dich. Ich sollte dich eigentlich aus dem Feuer nehmen.«

»Mir geht's gut«, widerspricht Tom.
»Gut?«, fragt Sita.
»Ich meine, ich kann arbeiten. Ich will den Kerl kriegen, der das hier angerichtet hat.«
Morten sieht ihn missmutig an. »Eben. Ich kann keinen Kommissar gebrauchen, der auf Rache aus ist.«
»Schau dich mal um. Dann kannst du gleich das ganze Team freistellen.«
»Na schön«, knurrt Morten und wendet sich ab. »Ach ja, noch was zum Thema Erkenntnis: Ich gebe jetzt Frohloff Bescheid, er soll alles ausgraben, was er über die Familie Riss finden kann.«
Tom nickt knapp. Er ahnt, dass es hier um mehr geht, um einen größeren Zusammenhang, den er noch nicht überblickt. Nur sagen kann er es nicht. Denn eins ist sicher, angefangen hat das alles mit dem Toten im Kanal und mit dem Schlüssel. Einmal mehr wünscht er sich, es hätte diesen heißen Sommertag nie gegeben und sie wären nie von der Brücke gesprungen. Sie waren so neugierig, so naiv und abenteuerlustig gewesen. Karin hatte recht gehabt. Sie hätten zur Polizei gehen müssen, sofort. Das Gefühl von Schuld ist plötzlich so übermächtig, dass es ihm die Kehle zuschnürt. Am schlimmsten ist: Er müsste es seinen Kollegen sagen. Ihnen reinen Wein einschenken, ihnen vertrauen, auch wenn er sich damit selbst schaden würde. Aber das kann er nicht, denn seitdem der Schlüssel vom Tatort verschwunden ist, traut er niemandem mehr. Sollte einer der Kollegen ihn genommen haben – und wer sonst hätte die Gelegenheit dazu gehabt? –, dann nur, um etwas zu vertuschen, weil er selbst in diesen Fall verstrickt ist.
»Tom, alles klar?«, fragt Sita.
»Ich brauch mal 'ne kurze Pause«, murmelt er.

Jo Mortens Telefon klingelt. »Bruckmann«, erklärt er verdrießlich und entfernt sich ein wenig, bevor er drangeht. Während er spricht, starrt er auf seine Schuhspitzen. Seine Jacke glänzt vom Regen.

Tom geht durch den schmalen Korridor zwischen den Absperrbändern zum Haus. Zwei Männer mit einem Metallsarg kommen ihm entgegen, und er ist froh, nicht mit ansehen zu müssen, wie sie Vanessa hineinheben.

In die Hecke hat Grauwein einen Durchgang schneiden lassen. Das Haus liegt trostlos inmitten des sorgfältig gemähten Rasens. Tom betritt das Wohnzimmer durch die Terrassentür und lässt den Blick schweifen. Die braune Ledercouch hat ein paar Flecken, in einem weißen Regal stehen zwei leere grüne Vasen, einige Sachbücher und mindestens zweihundert DVDs. Tom geht die Titel durch und ist überrascht. *Blair Witch Project*, *The Walking Dead*, *Sieben*, eine Sammlung aller Mel-Gibson-Filme, dazwischen mal ein einzelner Feel-Good-Film. Abgesehen davon, dass die meisten Filme eher »männlich« sind, gibt es keinen Hinweis auf einen Mann im Haus, auch keinerlei Spielzeug oder Anzeichen für Kinder. Alles hier ist ordentlich, aber schmuck- und lieblos. Tom versucht, sich Karin vorzustellen, wie sie hier lebt. Er mochte sie durchaus damals, trotz ihrer kleinlichen Spießerallüren. Sie war eine von ihnen, und es ist beklemmend, dass ihr Leben aus nicht mehr zu bestehen scheint als dem hier.

Rasch nimmt er sein Handy und macht als Gedächtnisstütze noch einige Fotos von dem Zimmer und ein paar Detailaufnahmen.

Karins Arbeitszimmer befindet sich direkt neben der Eingangstür. Beyer von der Kriminaltechnik trägt ihren Computer hinaus. Der Schreibtisch ist eine Überraschung und will so gar nicht in dieses sonst so schnörkellose Haus passen. Er steht direkt am Fenster, mit Blick in den Vorgarten. Ein schweres, altes Möbelstück aus Nussbaum, links und rechts Schubladen und in der Tischplatte eine eingearbeitete Lederunterlage. Das ehemals glänzende Holz ist an einigen Stellen stumpf.

Auf dem Schreibtisch stehen zwei gerahmte Fotos, links ein aktuelles Bild von Karins Mutter, rechts eins von ihrem Vater, Berthold Riss, aufgenommen vor über zwanzig Jahren. Seine Haare sind blond und etwas länger, als es zu dem strengen Seitenscheitel passen will. Sein Lächeln wirkt jung, seine Zähne sind makellos. Auf dem Bild sieht er aus, als wäre er der Sohn von der Frau in dem anderen Rahmen. Attraktiver Typ, etwas zu attraktiv für eine Pfarrerin, hatte Toms Vater damals gesagt. Letztlich hatte er recht behalten.

Auch hier macht Tom Fotos; dann zieht er nacheinander die Schubladen auf. Briefumschläge, Papier, Stifte, ein Stempel mit ihrem Firmennamen, eine digitale Kamera mit Ministativ, allerdings ohne Speicherkarte. Seltsam. In der linken oberen Schublade liegen ein Schlüsselbund mit dunklem Lederband, ein einzelner VW-Schlüssel und ein weiterer Bund mit drei Schlüsseln und einem Anhänger, auf dem *Pförtnerhaus* steht. Ganz hinten in der Schublade steckt eine kleine, buntgemusterte Metalldose von Fossil. Vielleicht eine Uhr, denkt Tom. Er schüttelt sie, und es klappert. Der Deckel klemmt erst, lässt sich dann aber mit einem Ruck öffnen.

Tom starrt in die Box.

Sein Herz beginnt schneller zu schlagen. Seine Finger zittern, als er den Inhalt aus der Dose fischt. Es ist ein Schlüssel mit grauer Kunststoffkappe über dem Griff, in den eine

Siebzehn geritzt ist. Wie zum Teufel ist das möglich? Ein rascher Blick zur offenen Tür. Er hört die Kollegen. Zu sehen ist niemand.

Tom steckt den Schlüssel in seine Jackentasche, zögert, dann nimmt er die Pförtnerhausschlüssel und steckt sie ebenfalls ein.

Wie betäubt tritt er aus der Haustür.

Börne steht mit zwei Kollegen im weißen Overall da und raucht. Bloß nicht reden jetzt, denkt Tom. Einfach zum Wagen, Tür zu, kurz mal die Augen schließen und alles sortieren.

»He, Babylon!«, ruft Börne. »Sag mal, du kennst die Riss doch von früher, oder?«

»Mhm.«

»War die damals auch schon schräg drauf?«

»Wie meinst du das?«

»Na ja.« Börne zieht an seiner Zigarette, als wollte er den Tabak durch den Filter saugen. »Weißt du, was die verwaltet?«

»Mach's nicht so spannend. Ich bin müde, und mir ist kalt.«

»Die Spukstätten.«

»Die Heilstätten meinst du.«

»Na ja, inzwischen wohl eher großes Kino für Satanisten, Gespensterjäger und Gruseltouristen. Dazu noch die Todesfälle ...« Börne macht eine bedeutungsschwere Pause, bläst einen Rauchkringel in den schwächer werdenden Regen und hofft, dass Tom nachfragt. Doch Tom kennt die Geschichten, wie eigentlich die meisten Berliner. 1991 tötete die »Bestie von Beelitz« in den Wäldern der Klinik die Frau eines russischen Arztes mitsamt ihrem Baby, im Jahr 2008 erwürgte ein Fotograf im Pförtnerhaus ein Model.

Und immer wieder verschaffen sich nachts Verrückte auf der Suche nach einem Kick Zugang zu den baufälligen Gebäuden und stürzen in irgendwelche Schächte. Auch dabei hat es in den letzten Jahren, soweit Tom sich erinnert, Tote und Verletzte gegeben.

»Ich meine«, nimmt Börne den Faden wieder auf, »wer verwaltet denn so was freiwillig? Da muss man schon sehr speziell drauf sein, oder?«

»Wie speziell muss man denn drauf sein, um bei der Kriminaltechnik zu arbeiten?«, entgegnet Tom.

Börne guckt säuerlich, die beiden Kollegen grinsen.

Tom wendet sich ab und geht zu seinem Mercedes, der hinter einer kleinen Armada von Streifenwagen und zivilen Polizeifahrzeugen steht. Die ersten Pressefotografen und ein Kamerateam sind eingetroffen, eine Reporterin diskutiert hartnäckig mit einem Beamten, der mit ausgestreckten Armen versucht, sie auf Abstand zu halten. Tom schaut auf die Uhr. Blickt zurück auf das Gewusel im Scheinwerferlicht. Der Tatort sieht aus wie ein Filmset. Überladen und hektisch.

Er muss an den Schlüssel mit der Siebzehn in seiner Jackentasche denken, der genauso aussieht wie der Schlüssel, der vom Tatort im Dom verschwunden ist, und genauso wie der, mit dem Vi damals verschwand.

*Was ist passiert, Karin? Was hast du getan? Und was hat es mit diesen Pförtnerhausschlüsseln auf sich, warum lagen sie direkt bei dem anderen Schlüssel?*

Tom nimmt sein Smartphone zur Hand und googelt »Pförtnerhaus Beelitz«. Das Gebäude ist ganz in der Nähe und gehört zu den Heilstätten, die Hausnummer ist dreizehn. Nicht Siebzehn jedenfalls. Dennoch, zum allerersten Mal seit damals hat er den Schlüssel in der Hand, mit dem

Vi verschwunden ist. Es fühlt sich an, als wäre sie plötzlich ganz nah und er müsste nur noch das Schloss finden, in das der Schlüssel passt. Warum soll er nicht im Pförtnerhaus anfangen zu suchen; es könnte ja auch ein Zimmerschlüssel sein. Er schaut nach der Uhrzeit. Hier kann er im Moment ohnehin nichts ausrichten. Je schneller er dem Pförtnerhaus einen Besuch abstattet, desto besser. Und jetzt wäre die perfekte Gelegenheit, es ganz in Ruhe zu tun, ohne die Kollegen und den ganzen Aufruhr. Er hält kurz nach Sita Ausschau, kann sie jedoch nirgends entdecken. Gut so.

Er meldet sich rasch bei Morten ab, der jetzt neben Börne vor dem Haus steht. Börne raucht immer noch, und Morten beobachtet ihn dabei, als wollte er ihm die Zigarette klauen. Doch die Packung in seiner eigenen Hosentasche rührt er nicht an.

Auf dem Rückweg zum Auto sieht Tom in der offenen Schiebetür eines Lieferwagens der KT eine große Akkuhandlampe und leiht sie sich aus. Dann holt er aus seiner Hosentasche die Tabletten, drückt eine aus dem Blister und schluckt sie.

Gerade als er in seinen betagten Benz einsteigen will, steht Sita Johanns neben ihm. »Soll ich fahren?«

»Hm?«

»Du siehst erledigt aus. So, als solltest du jetzt nicht mehr fahren.«

»Du, ich will nur noch nach Hause. Lass dich doch bitte von einem anderen Kollegen mitnehmen.«

Sitas Blick wandert zu der Akkulampe in seiner Hand.

»Nach Hause. Aha. Was hat Morten noch mal gesagt?«

»Morten hat viel gesagt«, weicht Tom aus.

»Über Alleingänge hat er eigentlich nur eins gesagt.«

»Ich weiß nicht, wovon du redest.«

»Nicht? Und die Taschenlampe? Ist bei dir im Kühlschrank das Licht kaputt?«

»Sie überschätzen sich, Frau Psychologin.«

»Ich glaube, *du* überschätzt dich.«

Tom zuckt mit den Achseln.

»Es ist ganz einfach«, sagt Sita. »Egal, was du vorhast, ich bin mit an Bord. Oder bei Morten und Bruckmann landet eine Meldung, dass du im Dienst Medikamente nimmst, die unter das BTM fallen.«

Tom starrt sie an. »Wie bitte?«

»Die Tablette gerade eben.«

»Was soll damit sein?«

»Funktionierst du noch ohne? Kannst du nachts schlafen, wenn du eine genommen hast?«

Tom winkt ab. »Das ist doch lächerlich.«

»Als lächerlich würde ich Methylphenidat nicht bezeichnen. Eher als leistungssteigernd. Und jetzt sag bitte nicht, das wäre nur eine Kopfschmerztablette gewesen. Ich kenne das Zeug. Normalerweise muss es von einem Psychiater verordnet werden, in der Regel bei ADS-Patienten.« Sie schaut ihn durchdringend an. »Oder nimmst du es einfach nur, um dich zu pushen?«

»Fragt das die Frau mit dem Alkoholproblem?«

Sita errötet sichtlich, fängt sich aber sofort. »Ich hab mein Problem gelöst, schon lange. Aber du steckst offensichtlich mittendrin.«

»Die Sache ist sehr viel kleiner, als du sie machst, okay?«

»Möglich. Aber du kennst das ja, bei Polizeibeamten gelten sehr klare Regeln. Verstöße gegen das Betäubungsmittelgesetz, das ist keine Kleinigkeit. Und falls du ADS haben solltest und es nicht meldest, verstößt du gegen die Transparenzvorschriften gegenüber deinem Dienstherrn.

Der hat nämlich ein Anrecht darauf zu wissen, ob du überhaupt dienstfähig bist.«

Tom kocht. »Willst du mir etwa die Dienstfähigkeit absprechen?«

»Nein«, erwidert Sita trocken. »Aber andere werden es vielleicht tun.«

»Was, zum Teufel, willst du von mir?«

»Habe ich schon gesagt. Dass du mich mitnimmst.«

Schweigen.

Tom schaut zwischen den Einsatzfahrzeugen hindurch zum Haus von Karin Riss. Morten, Grauwein und Börne stecken die Köpfe zusammen. Zwei Männer laden den verschlossenen Metallsarg in den Leichenwagen.

»Und warum?«, fragt Tom. »Was hast du davon? Du weißt ja noch nicht mal, was ich vorhabe. Eigentlich geht es bloß um Kleinkram.«

»Dann verstehe ich nicht, warum wir hier überhaupt diskutieren.«

»Du weichst aus.«

»Du auch.«

Tom sieht sie an, versucht, schlau aus ihr zu werden. »Okay, du willst den Fall lösen«, sagt er, »und du willst zurück zur OFA. Geht es darum? Dass du dich profilieren willst?«

Sita zuckt mit den Achseln. »Was ist jetzt? Ja oder nein?«

»Gut. Steig ein.«

# Kapitel 7

Psychiatrische Privatklinik Höbecke, Berlin-Kladow
Sonntag, 3. September 2017
19:41 Uhr

Friderike Meisen kann kaum stillsitzen. Das alles ist so ungerecht, dass sie noch verrückt wird.

Sie muss schon wieder an ihren Vater denken. Klar, das Leben ist kein Ponyhof. Hat er immer gesagt. Und er hat ja recht, auch wenn's ihr nicht gefällt. Wenn er nur nicht immer danach »mein Dummerchen« gesagt hätte. Dummerchen hier, Dummerchen da. Jetzt ist sie schon so weit weg von ihm und hört ihn immer noch.

In diesem blöden kleinen Schlauch von einem Zimmer, das ihr für die Zeit ihrer Ausbildung auf dem Klinikgelände zugewiesen wurde, kommt sie sich ein bisschen vor wie eine Patientin: gefangen in einem sturzöden Raum mit Nasszelle, Kleiderschrank, geblümter Bettwäsche und Wasserkocher. Gut, der Fernseher könnte helfen. Aber das Mistding funktioniert nicht, und ihr Datenvolumen fürs schnelle Surfen auf dem Smartphone ist bereits aufgebraucht.

Stattdessen hat sie sich nun einen Stuhl ans Fenster gerückt. Von hier aus kann sie sogar die kleine Kapelle sehen.

Nach diesem merkwürdigen Vorfall mit Klärchen war sie zurück in die Klinik gelaufen, mit dem untrüglichen Gefühl, dass hier irgendetwas nicht stimmte, und sie fand, das durfte sie nicht verschweigen. Also hatte sie im Erdgeschoss bei Professor Wittenberg an die Tür geklopft. Nach seinem barschen »Herein!« war sie mit klopfendem Herzen eingetreten. Wittenberg saß hinter seinem Schreibtisch, und es kam ihr so vor, als wäre er selbst im Sitzen noch größer als sie im Stehen.

»Friderike«, sagte er – in einem Ton, als wollte er alles, nur bitte nicht ausgerechnet von ihr gestört werden. »Was kann ich für dich tun?«

»Ähm. Herr Professor. Mir … also, mir ist etwas aufgefallen.«

»So, Friderike. Was denn?«

»Diese Patientin. Klärchen. Also, Klara Winter meine ich. Die ist irgendwie seltsam.«

»Sonst wäre sie wohl nicht hier, Friderike. Richtig?«

»Nein«, wand sich Friderike, »das meine ich nicht. Sie ist *anders* seltsam.«

Professor Wittenbergs Blick bohrte sich in ihren. »Hast du darüber schon mit Schwester Meret gesprochen?«

»Äh, ja, also eigentlich nicht richtig.«

»Du übergehst sie und kommst direkt zu mir?«

»Ich denke, sie glaubt mir nicht, weil –«

»Sie glaubt dir nicht, weil du Klara Winter provoziert hast. So sehr, dass sie hinterher ruhiggestellt werden musste. Kein guter Anfang für eine Auszubildende.«

Friderike schluckte. Irgendwie hatte sie das diffuse Gefühl, es wäre besser, jetzt aufzuhören, aber sie konnte einfach nicht. »Ich hab Frau Winter heute in der Kapelle beobachtet, na ja, und es schien mir, als hätte sie sich heimlich mit jemandem zu einem Treffen verabredet, mit einem Mann. Und, wie soll ich das sagen, also, ich glaube, der tut ihr nicht gut.«

»Der tut ihr nicht gut. Aha«, sagte Wittenberg skeptisch. »Und woher weißt du das mit dem Treffen?«

»Sie hat gesagt, dass er ihr geschrieben hat, und sie redet dauernd von ihm und –«

Wittenberg räusperte sich so laut, dass Friderike zusammenzuckte und verstummte. Er verschränkte seine Hände, kräftige und unangenehme Hände, wie Friderike fand, und legte sie demonstrativ vor sich auf den Schreibtisch. Es war, als ob ihr Vater vor ihr säße. »Heißt derjenige vielleicht Jesus?«

»Äh, ja«, stotterte Friderike. »Schon, und ich weiß, was Sie jetzt denken, aber –«

»Hör mir mal gut zu, Friderike. Wir sind hier in einer Psychiatrie. Wir haben es zum Teil mit ausgeprägten Störungsbildern zu tun, die du noch nicht einmal im Ansatz beurteilen kannst. Wenn du die ersten kleinen Irritationen bereits zum Anlass nimmst, mir meine Patienten noch mehr zu verstören, als sie es eh schon sind, dann bist du hier fehl am Platz. Verstanden?«

Friderike schluckte erneut und nickte. »Herr Wittenberg, äh, Professor Wittenberg, ich –«

»Ich bitte dich, jetzt einfach den Mund zu halten und zurück auf Station zu gehen. In Zukunft erzähl deine dummen Hirngespinste erst einmal Schwester Meret. Wenn die etwas daran findet, wird sie es mir schon sagen.«

*Dumme Hirngespinste.* Friderike haucht Atem auf die Fensterscheibe und malt mit dem Finger ein Loch hinein, durch das sie auf die Kapelle sieht. St. Servatius duckt sich zwischen die Bäume. Der helle Turm sticht trotzig in die Finsternis.

Das war doch kein Hirngespinst, was sie heute dort beobachtet hat. Die ganze Sache *ist* seltsam, egal, was Wittenberg dazu sagt. Klärchens Gerede von Jesus und dem Teufel ... na gut, vielleicht ist sie einfach gläubig. Katholisch, oder was auch immer, Friderike kennt sich mit den Unterschieden nicht so genau aus. Aber in der Kirche vor Jesus blankziehen?

Und nicht genug damit; anschließend war Klärchen ja auch noch ans Kreuz getreten und hatte mit den Fingern zwischen Wand und Holz herumgepult, als würde sie dort etwas suchen. Ob sie auch etwas gefunden hatte, konnte Friderike allerdings vom Beichtstuhl aus nicht sehen.

Ist Klärchen einfach verrückt, so wie Wittenberg behauptet? Es wäre die einfachste Erklärung für ihr Verhalten. Aber irgendwie scheint es Friderike, als ob es noch eine andere Erklärung für all das gibt. Eine Art innerer Logik, der Klärchen folgt.

Nur was für eine Logik, bitte schön?

Als Klärchen die Kapelle verließ, tat sie es schnellen Schrittes, mit ein, zwei kleinen Hüpfern, als wäre sie guter Dinge. Also hatte sie vielleicht etwas gefunden. Nur was? Friderike hat sich später das Kreuz genau angesehen, jedoch nichts entdecken können.

Und jetzt? Friderike seufzt und haucht erneut gegen die Fensterscheibe. Soll sie auf Wittenberg hören und Klärchen einfach Klärchen sein lassen, sich raushalten und im Zweifelsfall Schwester Meret Bescheid geben? Die würde sie doch nur abkanzeln!

Also besser die Füße stillhalten.

Andererseits, ist es nicht ihre Pflicht, auf Klärchen aufzupassen? Wenn da irgendetwas nicht stimmt, und danach sieht es doch wohl aus, dann muss jemand nach dem Rechten sehen.

Sie schiebt den Stuhl zurück und kippt das Fenster, um frische Luft hereinzulassen, als sie plötzlich auf dem schmalen Fußweg zu St. Servatius eine Gestalt sieht, die mit schnellen Schritten zur Kapelle läuft. Als der Lichtkegel der Laterne sie erfasst, strahlt ihr Nachthemd hell, ein paar Meter weiter verschluckt sie die Dunkelheit. Das war doch wieder Klärchen! Was zum …?

Friderikes erster Impuls ist, der Patientin nachzulaufen.

Dann kommt ihr eine bessere Idee. Rasch schlüpft sie in ihre Birkenstocks. Die neuen Schuhe quietschen leise auf dem Linoleumboden.

Mit gesenktem Kopf huscht sie am Schwesternzimmer vorbei und biegt dann in den Flur ab, in dem Klärchens Zimmer liegt. Sie drückt die Klinke, hält den Atem an und schlüpft durch die Tür.

Drinnen ist es still und dunkel, es riecht nach einer Mischung aus Lavendel und Reinigungsmitteln. Sie hätte eine Taschenlampe mitnehmen sollen, oder wenigstens ihr Smartphone. Andererseits – wie würde das aussehen, wenn jemand sie überrascht?

Sie schaltet die Deckenlampe ein. Die vollgeschriebene Wand mit dem eigenartigen Kalender sieht wie ein gespenstisches Monument aus.

Friderike weiß nicht, wonach sie suchen soll; auf einmal kommt sie sich schrecklich planlos vor und hat das Gefühl, vielleicht doch etwas ganz Blödes anzustellen.

Aber was, wenn Klärchen meine Hilfe braucht?

In den Schubladen der Kommode liegt penibel gefaltete Wäsche, ein hellbrauner Teddy, aus dem ein abgegriffener Faden mit roter Plastikmünze am Ende baumelt, zum Aufziehen der Spieluhr im Innern. Dann noch vier eingeschweißte Zahnbürsten und sechs Seifenpackungen, zwei blaue Kugelschreiber und ein paar weiße Blätter.

Auf dem Nachttisch liegen keine Zeitschriften, Kitschromane oder Kreuzworträtsel, nur eine Bibel, aus der die Spitze einer weißen Feder ragt, die offenbar als Lesezeichen dient. Als Friderike die Bibel aufschlägt, rutscht die Feder heraus und trudelt zu Boden.

*1. Korinther 7,3–4* steht da.

*Der Mann leiste der Frau, was er ihr schuldig sei, desgleichen die Frau dem Mann. Die Frau verfügt nicht über ihren Leib, sondern der Mann …*

Okay, danke, reicht! Sie hebt die Feder auf, steckt sie zwischen die Seiten und legt die Bibel zurück.

Dieses Zimmer kommt ihr vor wie ein Leben im Nichts. Spartanisch, wie im Kloster. Sie muss daran denken, wie Klärchen hüpfend aus der Kapelle gelaufen ist, nachdem sie hinter dem Kreuz gesucht hatte. Wenn sie tatsächlich etwas gefunden hat, dann muss es doch hier irgendwo sein. Wo würde *ich* hier etwas verstecken? Friderikes Blick bleibt erneut an der Kommode hängen. Vorsichtig zieht sie die oberste Schublade ganz heraus und legt sie auf den Fußboden, dann tastet sie die Ecken und die Rückwand ab. Nichts. Als Nächstes nimmt sie die mittlere Schublade heraus, tastet wieder alles ab. Da! Ihre Fingerspitzen stoßen an einen Gegenstand, ihr Herz schlägt schneller, und sie zieht ihn heraus.

Eine Zigarettenschachtel. Marlboro.

Das soll alles sein? Klärchen raucht?

Sie dreht die Schachtel in den Händen. Kein Gewicht, nichts klappert. Offenbar ist sie leer. Friderike schiebt den Deckel auf. Keine Zigaretten, selbst der Geruch nach Tabak ist verflogen, stattdessen ein winziger gefalteter Zettel, mit Schmutzspuren an den Rändern. Neugierig entfaltet sie ihn. Auf dem Papier steht nur ein Satz, in schlanken, handgeschriebenen blauen Druckbuchstaben:

KOMM ZU MIR, HEUTE UM 8. J.

Also doch! Ein geheimes Treffen. Friderike bekommt eine Gänsehaut, es fühlt sich an, als würde sie ein kühler Luftzug streifen. Rasch sieht sie zur Tür, dann zum Fenster. Doch da ist niemand.

Sie schaut auf die Uhr. Viertel nach acht. Hastig faltet sie den Zettel wieder zusammen, legt die Zigarettenpackung zurück und schiebt die Schubladen in die Kommode. Ihr Blick fliegt durchs Zimmer. Ist alles wieder so, wie sie es vorgefunden hat?

Sie schaltet das Licht aus und schlüpft hinaus in den hell erleuchteten Flur.

»Nanu? Was treibst du denn hier?«

Friderike zuckt zusammen. Schwester Meret baut sich vor ihr auf, mit der ganzen Autorität einer altgedienten Pflegerin, kräftig, mit kalten Augen und einer seltsam niedlichen Stupsnase, die ganz und gar nicht zu ihrem Tonfall passt.

Friderike wird rot. »Äh, ich dachte, ich schau noch mal nach ihr.«

Schwester Meret sieht sie scharf an. »Schätzchen, hast du Dienst?«

Friderike schüttelt den Kopf.

»Was hast du dann in Klärchens Zimmer verloren?«

»Ich wollte ...«

»Ist dir klar, was du heute angerichtet hast?«

»Äh ... ich –«

»Lass mal sehen.« Schwester Meret drückt prüfend Friderikes Nasenrücken.

»Au!« Tränen schießen ihr in die Augen.

»Ist dir das nicht Warnung genug?«

Friderike nickt eilig. »Ich wollte mich nur ... entschuldigen«, schnieft sie.

»Und? Was hat sie gesagt?«

»Sie, äh, hat sich schon hingelegt. Schläft schon, glaube ich«, stammelt Friderike und verflucht sich im selben Moment für ihre Dummheit. Was, wenn Schwester Meret Klärchen draußen gesehen hat oder gleich im Zimmer nachschaut?

»Schläft schon. So, so.« Schwester Merets Blick wandert misstrauisch an ihr hinab. »Was hast du in den Taschen?«

»Sie denken doch nicht etwa, ich hätte –«

Schwester Meret hebt die Augenbrauen. »Und? Hast du?«

»Nein!«, stößt Friderike empört hervor. »Ich beklaue doch keine Patienten.«

»Da wärst du nicht die Erste«, knurrt die Pflegerin.

»So was mache ich nicht. Ehrlich, ich ... ich hab mir nur Sorgen um sie gemacht. Und entschuldigen wollte ich mich.«

»Schätzchen, ich bezweifle, dass Klärchen so etwas wie eine Entschuldigung richtig versteht. Im Zweifelsfall richtest du damit nur noch mehr Schaden an. Lass mir einfach die Patienten in Ruhe. Erst recht abends! Wenn am Abend was schiefläuft, geht es hier bsss, bsss, bsss. Wie im Bienenstock. Dann ist Sense mit Nachtruhe. Verstanden?«

»'tschuldigung.« Friderike nickt betreten. »Bis morgen früh.« Sie macht auf dem Absatz kehrt und flüchtet den Gang hinunter. Auf der Treppe muss sie sich am Geländer festhalten, will sich am liebsten auf die Stufen setzen und ausruhen oder sich in ihrem Zimmer unter der Bettdecke verkriechen, aber das geht jetzt nicht. Sie muss nach Klärchen sehen.

Der Regen ist unangenehm kalt. Warum hat sie bloß keine Jacke mitgenommen? Die kleinen Kieselsteine auf dem gewundenen Weg zu St. Servatius knirschen unter ihren Füßen. Ob Klärchen überhaupt noch in der Kapelle ist? Und wen trifft sie dort? »J« hatte auf dem Briefchen gestanden. Etwa »J« für Jesus? Wie verrückt ist das denn bitte?

Plötzlich fallen ihr die blauen Kugelschreiber und die leeren Papierbögen in der Kommode ein. Könnte es sein, dass Klärchen sich in ihrem Wahn selbst den Zettel geschrieben hat? Aber warum sollte sie ihn dann verstecken?

Die Kapelle liegt still zwischen den hohen Espen. Die schmale, zweiflügelige Holztür steht einen Spaltbreit offen. Friderike nähert sich, hält den Atem an. Der Türspalt ist so schmal, dass sie kaum etwas erkennen kann. Aus Richtung des kleinen Altars, hinter dem das Kreuz hängt, flackert es gelblich. Kerzenlicht.

Ob die Tür wohl knarrt?

Ihre Finger liegen auf dem alten Holz, drücken die Tür sacht nach innen, Zentimeter um Zentimeter. Sie horcht angestrengt. Vom Dach der Kapelle tropft Wasser in ihren Nacken, die Kälte kriecht in sie hinein. Hinter ihr knirscht plötzlich Kies.

»Suchen Sie ihn?«

Friderike fährt herum.

Vor ihr im Regen steht Klärchen, mit hängenden Armen, doch in ihrem Gesicht ist ein seltsames Leuchten, als hätte sie Angst und wäre gleichzeitig voller Hoffnung.

»Frau ... Frau Winter«, stammelt Friderike.

»Sie sind wegen ihm hier, hab ich recht?« Klärchen tritt von einem Bein aufs andere.

»Wegen wem? Was meinen Sie?«

»Er ist weg«, stößt Klärchen hervor. »Er war für mich hier. Klar? Für mich!«

»Wer denn, um Himmels willen? Von wem reden Sie?«

»Jesus«, flüstert Klärchen.

»Frau Winter«, versucht Friderike es jetzt ganz sanft. »Jesus ist seit langem tot. Das wissen Sie doch, oder?«

»Er lässt mich nicht allein.«

»Und der, der sie nicht allein lässt, der war gerade hier?«

»Das geht Sie nichts an. Das ist meine Sache.«

»Frau Winter, woher kommt denn eigentlich dieser Jesus, von dem Sie –«

»Er ist Marias Sohn. Er ist zurück.«

»Ich weiß ja, dass Jesus Marias Sohn ist, aber –«

»Was wollen Sie denn von ihm?«, fragt Klärchen argwöhnisch. »Ihn mir wegnehmen?« Sie reckt das Kinn, ihre Züge werden hart, aus Klärchen wird in Sekundenbruchteilen Klara Winter, die Frau, vor der Friderike Angst hat.

»Nein, Frau Winter, niemand will Ihnen Jesus wegnehmen. Ehrlich gesagt, ich mache mir nur Sorgen.«

Klaras Blick wandert abschätzig über Friderikes nasse Bluse. »Würde auch nicht klappen. Deine Brüste sind zu dick«, sagt sie. »Das mag er nicht. Nur bei Maria, da war's ihm egal. Maria und ihre blöden Titten. Sie hat gekriegt, was sie verdient hat.« Klara spuckt aus. Instinktiv weicht Friderike zurück und stößt mit dem Hinterkopf an die Tür in ihrem Rücken. Im selben Moment wendet Klara sich ab und eilt den schmalen, vom Regen glänzenden Kiesweg hinunter, zurück zum Haupthaus.

Friderikes Hände zittern. Aufgewühlt lehnt sie sich an die Tür der Kapelle und wischt sich die Spucke von der Wange. Wie verrückt muss man eigentlich sein, um auf die Mutter Gottes eifersüchtig zu sein?

# Kapitel 8

Berlin-Neukölln
Sonntag, 3. September 2017
20:04 Uhr

Sita will sich ihre Unruhe nicht anmerken lassen. Sie hat keine Ahnung, wohin sie unterwegs sind, und Toms Verärgerung liegt spürbar in der Luft, ebenso der Druck, der auf ihm lastet, der Tod der jungen Kollegin. Seine Hände am Steuer, die schmalen Lippen – in ihm arbeitet es, und Sita ist nicht sicher, ob das Ergebnis dieses Arbeitens gut für sie sein wird. Vielleicht ist sie vorhin in Beelitz zu weit gegangen.

Tom hat während der Fahrt nicht ein Wort mit ihr gewechselt, einmal hat er angehalten, ist wortlos ausgestiegen und hat eine Weile telefoniert. Jetzt biegt er von der Hermannstraße links ab. Die Straße ein Flickenteppich aus Kopfsteinen und Teer. Neuköllner Mietshaustristesse: graue Gardinen in quadratischen Fenstern, in den Erdgeschossen ausblutende Ladenlokale. Was funktioniert, sind Wettbüros, Kioske, Frittenbuden und Ein-Euro-Shops.

Tom parkt den Wagen. Einen Moment lang sitzt er still da und ringt mit sich, ohne sie anzuschauen. »Darf ich dir einen Rat geben?«

»Will ich den hören?«, fragt Sita.

»Bleib im Wagen.«

»Gut. Ich will ihn nicht hören.«

Tom seufzt. Sie steigen gemeinsam aus, und Sita folgt ihm bis zur nächsten Straßenecke. Auf dem Gehweg fehlen einzelne Platten, es gibt zahllose festgetretene Kaugummis, Kippen liegen herum, in einem Hinterhof stehen mehrere Harleys.

»Was hast du vor?«, fragt Sita.

»Ermitteln.«

»Herrgott, ja. Geht's etwas genauer?«

»Du wolltest, dass ich dich mitnehme. Von Quatschen war nicht die Rede.«

»Mortens freundliche Art scheint ganz schön auf dich abzufärben.«

Tom bleibt stehen, sein Blick ist hart. »Auf Nervensägen reagieren alle gleich.«

»Schön«, erwidert Sita. »Jetzt, wo wir die Rollen geklärt haben, können wir ja vielleicht endlich konstruktiv werden. Was zum Teufel willst du hier?«

Für einen Moment wirkt Tom wie jemand, der kurz davor ist, eine Schranke zu durchbrechen, doch aus irgendeinem Grund lenkt er schließlich ein. »Das extreme rechte Milieu in Berlin ist übersichtlicher, als man denkt. Ich will eine Sache überprüfen.«

»Du kennst dich im Neonazi-Milieu aus?«, fragt Sita verblüfft.

»Nein, aber ich kenne jemanden beim Staatsschutz, wir waren zusammen auf der Polizeischule.«

»Und was sagt dein Mann vom Staatsschutz?«

»Dass die Berliner Neonazi-Szene im relativen Vergleich zu der in Kleinstädten wie Freital oder Heidenau eigentlich kein großes Problem sei, bis auf ein paar Ausnahmen.«

»Kein Problem?« Sita glaubt, sich verhört zu haben. »Das kann doch nicht sein Ernst sein. Die Zahl der rechten Demos steigt explosionsartig an, überall rechtes Gedankengut und Parolen, und das soll kein Problem sein?«

»Wie gesagt, relativ gesehen. Traditionell gibt es in Berlin eine starke, zum Teil militante linke Szene, die die harten Rechten bisher gut in Schach gehalten hat. Ich spreche jetzt nicht von Bürgern, die rechts denken und auf Demos mitlaufen, ich spreche von gewaltbereiten Neonazis.«

»Und kennt dein Staatsschutz-Typ einen Informanten?«

Wortlos deutet Tom auf die Eckkneipe, vor der sie stehen. Ein graues Haus mit verdunkelten Fenstern, Bierwerbung und einer blassroten Leuchtschrift: *Papa Schulz.*

»Du willst jetzt aber nicht einen Informanten in der Kneipe ansprechen, oder?«

»Der Mann heißt Martin Kröger. Er ist kein Informant, er ist Ortsgruppenleiter der NDP und Ehrenmitglied beim Motorradclub Brigade 99. Nach mehreren Durchsuchungen und Verurteilungen wegen unerlaubtem Schusswaffenbesitz haben sich die Mitglieder des Clubs auf Katapultschleudern verlegt. Die sind laut Waffengesetz nicht verboten, haben aber auf kurze Distanz eine enorme Durchschlagskraft. Spottbillig, Reichweite bis fünfzig Meter, und geschossen wird üblicherweise mit Stahlkugeln.«

»Oder auch mal mit einem Stein, zum Beispiel in das Fenster von Brigitte Riss …«

»Eben. Habe ich auch gedacht«, sagt Tom. »Nachweisen lässt sich aber nichts. Anders als bei einer Schusswaffe gibt es da ja keine Möglichkeit, ein Geschoss einer bestimmten Waffe zuzuordnen.«

Sita schaut unbehaglich zur Kneipentür. »Und diesem freundlichen Herrn statten wir jetzt einen Besuch ab.«

»Du besser nicht. Der ›freundliche Herr‹ wird auf deine Hautfarbe ziemlich voreingenommen reagieren.«

»Soll er doch«, meint Sita und schiebt trotzig das Kinn vor. »Ich kenn' das, seit ich auf der Welt bin. Von solchen Hohlbirnen lasse ich mich nicht einschüchtern.«

Tom blickt sie schweigend an. Offensichtlich hat er mit einer anderen Antwort gerechnet.

»Solange es bei Worten bleibt«, ergänzt Sita, »kann ich einiges ab. Und attackieren wird er zwei Polizeibeamte ja wohl kaum.«

# Kapitel 9

LKA 1, Berlin-Tiergarten
Sonntag, 3. September 2017
20:09 Uhr

Jo Morten setzt sich mit einem knappen Nicken neben Bruckmann und biegt das matt schimmernde Schwanenhalsmikrophon ein wenig zur Seite. Der dünne Stiel erinnert ihn irgendwie an eine Zigarette. Seine Kleidung ist noch klamm vom Regen, es ist gerade einmal zehn Minuten her, dass er aus Beelitz zurückgekommen ist.

Die Luft ist zum Schneiden, der Saal zu klein für die hundertfünfzig Journalisten. Es herrscht Stellungskrieg. Die Breitbandverbindung fürs Live-Streaming wird hektisch überprüft, Fotoapparate und TV-Kameras sind in Schussrichtung gebracht, schwarz, mit hungrigen Augen. In der dritten Reihe erkennt Jo Morten Michael Bernsau. Vor acht Jahren sind sie aneinandergeraten, nach einer Gerichtsverhandlung, und dann ein weiteres Mal, ohne Zeugen, da hat er Bernsau die Nase gebrochen. Sie ist noch heute schief. Seitdem sinnt der Mann auf Rache.

Morten klackert mit seinem Ring auf der Tischkante und fängt sich einen Blick von Bruckmann ein. Wenn er doch bloß rauchen könnte. Für diesen Scheiß hier ist er nicht gemacht. Trotzdem hat Bruckmann darauf bestanden, dass er an der PK teilnimmt, als leitender Ermittler der SOKO Dom.

Morten weiß, dass er sich zusammenreißen muss, wenn

er eine Chance haben will, die Leitung von Dezernat 11 von Hubertus Rainer zu übernehmen. Zugegeben, seine Gesundheit ist nicht die beste. Und seine Beliebtheit lässt auch zu wünschen übrig. Aber ein Arsch funktioniert als Chef immer noch besser als ein Kumpel, findet Morten. Außerdem ist seine Erfolgsquote nicht übel, und er weiß, was sich nach oben hin gehört. Bruckmann muss das erkannt haben. Warum sonst hat er ihm die Leitung der SOKO Dom übertragen. Doch als zukünftiger Dezernatsleiter muss man eben leider auch die Klaviatur der PKs beherrschen.

Hübner, der Polizeisprecher, hat begonnen, mit sonorer, wohltemperierter Stimme. Auf dem Schild vor ihm prangt der goldene Wappenstern der Polizei mit dem Berliner Bären. Nur die Hälfte des Saals folgt seiner Einführung. Vieles ist ohnehin schon durchgesickert.

Dann übergibt Hübner an Bruckmann. Die nächste Zusammenfassung. Bernsau lehnt sich zurück und beobachtet Morten.

»Fragen?«

Eine junge Frau sticht mit ihrem Ausschnitt heraus und darf die erste Frage stellen. Nicht, weil sie so sexy ist, sondern weil Hübner auf beherrschbare Fragen hofft. »Ort und Zurschaustellung«, beginnt sie, »sprechen doch für ein religiöses Motiv. Das wäre eine neue Dimension des islamistischen Terrors.«

»Wäre es«, sagt Bruckmann besonnen. »Wenn es Terror wäre. Wir haben aber bisher weder Bekennerschreiben noch andere relevante Hinweise, die diesen Schluss zulassen.«

»Entschuldigung, aber es ist doch offensichtlich. Das ist doch keine Tat, die ein Einzelner verübt hat.«

»Und das deutet in Ihren Augen darauf hin, dass es sich um einen Terrorakt handelt?«

»Waren es denn mehrere Täter?«

»Es waren mehrere oder ein einzelner Täter. Das müssen die weiteren Ermittlungen zeigen.«

»Welche Bedeutung hat der Schlüssel mit der Zahl Siebzehn, der bei der Toten gefunden wurde?«, meldet sich ein junger Reporter mit urigem braunem Vollbart und sorgfältig gescheiteltem Kurzhaarschnitt.

»Bedaure«, sagt Bruckmann. »Dazu gibt es noch keine gesicherten Erkenntnisse. Unsere Spezialisten am Tempelhofer Damm führen dazu im Moment zahlreiche Untersuchungen durch.«

Wenn die Medienfuzzis wüssten, denkt Morten, dass der Schlüssel verschwunden ist, dann wäre hier der Teufel los.

»Herr Hauptkommissar«, meldet sich Bernsau. Morten strafft die Schultern. »Sie sind doch der Leiter der Ermittlungen, richtig?«

Morten biegt das Mikrophon ein Stück zu sich heran. »Ja.«

»Angesichts der persönlichen Geschichte von Frau Doktor Brigitte Riss, ermitteln Sie da auch in Richtung ihrer DDR-Vergangenheit?«

»Nein«, sagt Morten. »Ich wüsste nicht, warum.«

Bruckmann runzelt die Stirn.

»Ich dachte, dass Ihre Kompetenz in diesem Bereich einer der Gründe sein könnte, warum Sie zum Leiter der SOKO ernannt wurden. Für Ermittlungen in diese Richtung wären Sie doch prädestiniert«, erklärt Bernsau scheinheilig.

Morten schafft es nur mit Mühe, ruhig zu bleiben. »Ich sehe keinen Zusammenhang. Nächste Frage.« Er deutet auf eine drahtige Mittfünfzigerin, die ihre Brille wie ein Diadem im Haar trägt.

»Gibt es Hinweise auf eine Verbindung zu Frau Riss' Affäre, oder ist sie vielleicht Opfer einer weiteren Liebschaft geworden?«

Morten ist überrascht, wie schnell es unter die Gürtellinie des Opfers geht. »Wir haben bisher keinen stichhaltigen Hinweis auf eine Beziehungstat, wenn es das ist, worauf Sie hinauswollen.«

»Da sind Sie aber offenbar schlecht informiert«, ruft Bernsau.

»Wenn Sie besser informiert sind«, sagt Morten, »dann teilen Sie doch Ihr Wissen mit der Polizei. Ansonsten wäre das Behinderung einer polizeilichen Ermittlung.«

»Da wir gerade beim Thema Ermittlungen sind«, sagt Bernsau freundlich, »wussten Sie, dass geprüft wird, ob die Ermittlungen zu Ihrem Vater wieder aufgenommen werden sollen?«

Morten ist sprachlos. Augenblicklich hat er ein flaues Gefühl im Magen. Er faltet die Hände, damit niemandem auffällt, dass sie zittern.

Bernsau lächelt immer noch.

»Bleiben wir bitte beim Fall«, schaltet sich Bruckmann ein. Aber es ist schon zu spät. Alle haben die Andeutung gehört, und am Ende der Konferenz wird die Hälfte der anwesenden Reporter eine Recherche starten. Und selbst wenn sie nichts finden – ein bisschen Dreck bleibt immer kleben. Morten verflucht sich und seine Dummheit. Er hätte Bernsau damals in Ruhe lassen sollen. Und Bruckmann hätte ihn, verdammt noch eins, mit dieser Scheißpressekonferenz in Ruhe lassen sollen.

»Bernhard Winkler und Brigitte Riss kennen sich seit vielen Jahren«, meldet sich eine untersetzte Frau mit platinblonden kurzen Haaren. »Nach meinen Informationen gibt es Hinweise auf ein Verhältnis.«

»Ich weiß nicht, woher Sie diese Informationen beziehen«, sagt Morten.

»Eine glaubwürdige Quelle aus dem Umfeld der Familie Winkler.«

Bernsau lehnt sich mit verschränkten Armen zurück und taxiert ihn. Morten beißt sich auf die Lippe. Er hasst es, vorgeführt zu werden. Dennoch: Es liegt in der Natur der Sache, dass Reporter, wenn sie in so großer Zahl losziehen, breiter ermitteln als eine SOKO, egal, wie groß sie ist. »Ich bin gespannt, nach der Konferenz von Ihnen mehr über Ihre Quelle zu erfahren. Vorher kann ich mich zur Qualität dieser Aussage nicht äußern.«

Im Saal wird es unruhig.

Drei Dutzend Hände gehen in die Höhe.

»Ruhe, bitte, einer nach dem anderen«, sagt Hübner. Er ist so dicht am Mikrophon, dass es ploppt.

»Was ist mit dem Polizeieinsatz heute in Beelitz?«, ruft Bernsau. »Das war doch im Haus von Brigitte Riss' Tochter. Nachbarn haben von Schüssen berichtet. Haben Sie jemanden verhaftet? Wurde jemand verletzt?«

»Gibt es weitere Opfer?«

»Haben wir es mit einem Familiendrama zu tun?«

»Heißt das, es ist kein Terroranschlag?«

Morten beißt die Zähne aufeinander.

»Herr Doktor Bruckmann«, sagt Bernsau und fixiert dabei Morten. »Wäre es möglich, dass Ihre Behörde und Ihr leitender Ermittler in Sachen Erkenntnisse und Motivlage besorgniserregend im Rückstand sind?«

# Kapitel 10

Berlin-Neukölln
Sonntag, 3. September 2017
20:27 Uhr

Tom stößt die Kneipentür auf. Eigentlich wollte er längst beim Pförtnerhaus sein, die beiden Schlüssel in seiner Jackentasche lassen ihm keine Ruhe. Doch Sita spürt offenbar, dass er ihr etwas verheimlicht, und lässt sich nicht abschütteln. Also musste er sich was überlegen. Eine Spur, der er auch in ihrer Anwesenheit gefahrlos nachgehen kann.

Auf der Fahrt von Beelitz nach Berlin hatte er angehalten und war ausgestiegen, um ungestört zu telefonieren. Benes Grinsen war durchs Telefon zu hören, als er sich meldete. Er weiß, dass er nur warten muss: Irgendwann kommt der Punkt, an dem Tom seinen eigenen Widerwillen überwindet und sich bei ihm meldet, weil er einen Tipp braucht. Egal, um welche Szene es geht – Bene kennt immer jemanden, der jemanden kennt. Und das, was er ihm vorhin über Kröger und die Brigade 99 gesteckt hat, ist es definitiv wert, verfolgt zu werden, auch wenn es keine Verbindung zu Viola zu geben scheint.

In der Kneipe riecht es abgestanden. Kalter Rauch und Bierdunst. PVC-Boden, billiges Eichenfurnier an den Wänden. An der Theke stehen sechs Männer, zwei Frauen und der Wirt. Bärte, breite Schultern, Bikerhosen und zwei Jacken mit dem Emblem der Brigade 99. Sie alle starren gebannt auf den Fernseher, der an einem Metallarm von der Decke hängt. Die Pressekonferenz. Morten zwischen Bruckmann und Hübner, unten rechts das Senderlogo mit dem Zusatz »Spezial«. Rechts von der Theke werfen zwei Männer in speckiger Lederkluft abwechselnd Pfeile auf eine Dartscheibe an der Wand.

Niemand dreht sich um.

»Derzeit folgen wir Hinweisen, die auf ein politisches Motiv hindeuten«, erklärt Bruckmann gerade; der Lautsprecher des Fernsehers ist defekt und verzerrt seine Stimme. Im Saal herrscht Unruhe, mehrere Journalisten rufen durcheinander:

»Können Sie mehr dazu sagen?«

»Politisch? Also doch ein Anschlag?«

»Laut aktuellem Verfassungsschutzbericht wird die Zahl gewaltbereiter Islamisten in Deutschland auf zehntausendsiebenhundert geschätzt. Die Zahl der gewaltbereiten Rechten liegt bei zwölftausendfünfhundert. In unserem Fall gibt es erste Hinweise auf eine rechtsradikal motivierte Tat«, präzisiert Morten. Bruckmann neben ihm sieht aus, als wäre ihm lieber gewesen, Morten hätte den Mund gehalten.

»Rechtsradikal? Sie meinen: Neonazis? Sehen Sie einen Zusammenhang mit der Flüchtlingspolitik?«

»Ist Brigitte Riss Opfer der verfehlten Asylpolitik geworden?«

»Jawolll!«, ruft ein Mann an der Bar. Ein zweiter stimmt ein, sie stoßen mit halbleeren Biergläsern an.

Tom spürt Sitas Hand auf seinem Arm. »Vorsichtig, okay?«, murmelt sie.

Ohne dich wäre ich jetzt an einem ganz anderen Ort, denkt Tom. Also halt dich bitte zurück mit überflüssigen Ratschlägen.

»Martin Kröger?«, fragt er laut.

Alle Köpfe wenden sich ihm und Sita zu.

*Tock.* Ein Dartpfeil bohrt sich in die Korkscheibe.

»Wer will das wissen?«, fragt ein bulliger Mann. Er trägt ein dunkelgraues Sakko mit aufgekrempelten Ärmeln, dazu Jeans und Springerstiefel. Seine Haare sind blond gefärbt, seine Augen leuchten wie ein Pool unter blauem Himmel.

»Babylon. LKA-Berlin.« Tom zeigt ihm seinen Ausweis.

»Staatsschutz?«

»Mordkommission. Sind Sie Kröger?«

»Ganz schön schnell.« Er deutet auf den Fernseher und grinst kalt. »Ja, Martin Kröger. Und nein«, er deutet erneut auf den Fernseher, »damit hab ich nichts zu tun.«

»Ich hab doch noch gar nicht gefragt.«

»Ihr fragt doch immer die gleiche Scheiße.«

»Deswegen antwortet ihr auch immer die gleiche Scheiße, oder?«

Es wird still im Raum, der Wirt hat den Fernseher leise gedreht und zwirbelt nervös seinen Schnauzbart.

»Wer is'n die da?«, fragt Kröger mit einem abschätzigen Blick in Sitas Richtung.

»Auch LKA. Psychologin. Speziell geschult«, sagt Tom leichthin. »Erkennt Lügen auf den ersten Blick.«

Kröger verzieht den Mund und sieht aus, als hätte er auf etwas Widerliches gebissen. »Schwing deinen Latino-Arsch hier raus. Du verpestest die Luft.«

»Kubanischer Arsch«, präzisiert Sita. »Die eine Hälfte. Die andere Hälfte ist deutsch.«

»Seit wann kennen Sie Brigitte Riss?«, fragt Tom.

Martin Kröger starrt Sita feindselig an. »Seit wann braucht die deutsche Polizei Unterstützung von so was?«

»Weil es so was wie euch gibt«, entgegnet Tom. Kröger

will etwas erwidern, doch Tom kommt ihm zuvor. »Dünnes Eis. Ich mag meine Kollegin.«

»Ein schönes Paar.« Kröger setzt ein schmutziges Grinsen auf.

»Die Frage war, seit wann Sie Brigitte Riss kennen.«

»Warum wollen Sie das wissen? Ich hab nichts mit der Protestantenschlampe zu tun.«

»Aber einer von euch hatte was mit ihr zu tun. Bei ihr im Haus sind Parolen an die Wand geschmiert, und jemand hat mit einer Katapultschleuder in ihr Fenster geschossen. Sieht nach eurer Handschrift aus.«

»Gibt's Beweise?«

»Einen Daumenabdruck«, lügt Tom. »Auf dem Kieselstein, mit dem ihr die Scheibe zerschossen habt.«

»Beunruhigt mich nicht. War ich nicht.«

»Glaube ich sogar«, meint Tom. »Hat jemand anders für Sie erledigt. Aber ich dachte, es wäre ganz gut, wenn ich mal vorbeikomme und euch die Möglichkeit gebe, drüber nachzudenken, wer's war. Jetzt, wo die Sache hochkocht, wird alles unter die Lupe genommen. SOKO. Maximale Unterstützung von Staatsanwalt und Innensenator. Maximaler Personaleinsatz. Selbst wenn wir die Fingerabdrücke von dem, der geschossen hat, noch nicht in der Kartei haben. Wir finden ihn.«

»Na, dann warten wir doch einfach ab«, sagt Kröger und verschränkt die Arme.

»Ja. Sieht nur hinterher immer blöd aus, wenn man gelogen hat. Ich persönlich glaub euch ja, wenn ihr sagt: Der Mord, das waren wir nicht. Ist nicht euer Ding, so was. Aber ihr wisst ja, wie das läuft. Habt's ja gerade gehört.« Tom deutet auf den stumm flackernden Fernseher. »Wenn wir einmal in eure Richtung ermitteln, beißen wir uns fest.

Dann bleibt kein Stein auf dem anderen, dann nehmen wir jeden auseinander. Sollte das mit der Riss und dem Fenster allerdings nur ein Dumme-Jungen-Streich gewesen sein, und wüssten wir, wer das war, dann könnten wir uns schnell wieder auf das Wesentliche konzentrieren und würden euch in Ruhe lassen.«

»Abgesehen davon, dass wir's nicht waren: Hier verpfeift keiner den anderen«, sagt Kröger achselzuckend. Doch sein Blick ist wachsam und hat die gespielte Gleichgültigkeit verloren.

»Das würde ich mir überlegen«, sagt Tom. »Mal angenommen, wir ermitteln denjenigen, der es war. Dann könnte ich natürlich auf die Idee kommen – also, rein theoretisch natürlich –, das nicht als Erfolg unserer Ermittlungen darzustellen. Ich könnte auch sagen: Kröger hat's uns gesteckt.«

Der NDP-Mann sieht ihn schweigend an, das Gesicht ist gerötet, die Arme verschränkt. »Geh nach Hause, Babylon. Und lass mich in Frieden. Sonst könnte ich auf die Idee kommen, dir Snuff-Videos mit zehnjährigen Mädchen zu schicken. Und ich schneid sie so zusammen, dass man die Mädchen nie von vorne sieht und du dein ganzes Leben drauf rumkaust.« Er rupft mit den Fingern ein imaginäres Gänseblümchen. »Ist sie's … ist sie's nicht … Ist sie's … ist sie's nicht …«

Tom starrt ihn an. Mit allem hat er gerechnet, aber nicht damit, dass Kröger von seiner Suche nach Vi weiß.

Blitzartig schlägt er zu, mit der rechten Faust mitten ins Gesicht. Der Schlag trifft Kröger am Kiefer, und er taumelt rücklings gegen die Theke.

»Bist du verrückt?«, zischt Sita. Sie reißt Tom an der Jacke nach hinten, weg von Kröger. Sofort sind die anderen da, rangeln, stoßen. Fäuste fliegen. Tom ist im Rückwärtsgang, landet einen Kinnhaken und muss selbst einen einstecken. Seine Zähne schlagen hart aufeinander. Sein Kopf ist für einen Augenblick wie losgelöst vom Hals. Einer der Rocker greift nach einem Stuhl.

»Keiner bewegt sich«, schreit Sita, die rechte Hand in ihrer halboffenen Jacke. Es sieht aus, als trüge sie ein Schulterholster und zöge ihre Dienstwaffe. Ein Bierglas fliegt an Tom vorbei, plötzlich stehen alle still. Das Glas zerspringt an der Wand, Bier schäumt. Sita zieht Tom weiter in Richtung Ausgang. Tom wirft Kröger einen letzten hasserfüllten Blick zu. Aus dem Augenwinkel registriert er eine Bewegung in der Luft. Im nächsten Moment spürt er einen Hieb, wie mit einem Nagel geschlagen, ein kurzes, knöchernes *Tock*. Etwas bohrt sich in seinen Kopf, dicht am Auge, in den Knochenbogen zwischen Schläfe und Augenhöhle.

Alle sehen ihn an. Die Stille ist grotesk, unwirklich. Der Schock lässt ihn taumeln. Er tastet nach seinem Kopf, will wissen, was da ist, und bekommt es zu fassen. Ein Pfeil. Ein Dartpfeil, der noch steckt. Tom zieht ihn heraus. Das Ding fällt ihm aus der Hand. Messingspitze und blaue Plastikfeder.

Stolpernd gibt er Sita nach, die ihn aus der Kneipe zieht, durch die Tür, auf die Straße. Blut rinnt ihm ins Auge. Er sieht nichts mehr und schwankt. Jetzt kommen die Schmerzen.

# Kapitel 11

Berlin-Neukölln
Montag, 4. September 2017
11:29 Uhr

Alles fühlt sich taub an, wie in Watte gepackt.

Tom ist vierzehn, er sitzt im Bett, das Kopfkissen im Rücken, und Viola springt kichernd auf der Matratze. Toms Gipsbein hüpft mit. »Autsch. Warte mal. Nicht so wild!«

»Ich dachte, dir ist langweilig«, grinst Vi schelmisch.

»Mensch, ich hab mir das Bein gebrochen. Da kann ich doch jetzt nicht Trampolin mit dir springen.«

»Ich hör auf, okee? Aber nur, wenn du mich mit zur Brücke nimmst.«

»Ey, Viola. Das gibt Riesenärger mit Papa, wenn ich das mache.«

»Ich krieg schon keinen Ärger, ehrlich.«

»Nee, du nicht. Dir kann er ja nicht böse sein. Aber mir macht er dann die Hölle heiß.«

»Schießt ihr auch mit dem Gewehr?«

Erschrocken presst er den Zeigefinger auf die Lippen. »Halt bloß die Klappe, Vi. Außerdem ist das nur ein Luftgewehr. Kein echtes.«

Viola klettert vom Bett und wird ganz hibbelig. »Wenn's nicht so gefährlich ist, dann kann ich doch auch mal ...«

Tom rollt mit den Augen. »So meine ich das doch gar nicht, natürlich ist das gefährlich.«

»Du bist echt total wie Papa.« Viola verzieht das Gesicht. »›Nein, das geht nicht, viel, viel zu gefährlich und überhaupt‹«, äfft sie Tom nach.

Seufzend sieht er sie an. Es ist einfach unmöglich, ihr böse zu sein. Selbst wenn sie noch so sehr drängelt. »Okay. Pass auf, wir machen was anderes. Du gehst zum Kiosk und holst ein paar Frösche, Saure Zungen und Colafläschchen, und ich les dir was aus *Dracula* vor. Bist du dann zufrieden?«

Violas Augen werden groß. »Darf ich auch zu dir unter die Bettdecke?«

Tom grinst. »Klar. Aber nix verraten. Okay?«

Vi hebt zwei Finger, ihre Wangen glühen. »Ich schwöre.«

Wenig später schlüpft sie mit der Tüte und dem Buch in der Hand neben Tom unter die Decke, erwartungsvoll an einer Sauren Zunge lutschend. Tom schlägt das Buch auf, und Vi nimmt seine linke Hand. Er wundert sich, warum ihre Hand so groß ist, viel zu groß, und schlägt die Augen auf.

Neben ihm sitzt Anne. Ihre Hand liegt auf seiner. Ihre blauen Augen sind voller Sorge. »Na, großer Mann?«

»Hey«, murmelt er. Sieht sich um. Er liegt in einem Krankenzimmer. Grüne Gardinen, helle Wand. Zu hell. Er setzt sich im Bett auf.

»Wie geht's dir?«

»Was machst du hier?« Beim Sprechen fühlt sich sein Kiefer seltsam taub an.

»Na, wonach sieht's denn aus? Ich hab einen Anruf von deiner Kollegin bekommen.«

Tom fasst sich an die Augenbraue. Ein Pflaster. Die Berührung tut weh. Die Erinnerung kommt stückweise.

»Du hast so ein Glück gehabt«, meint Anne. »Zwei Zentimeter weiter, und du hättest das Auge verloren.«

»Halb so wild«, brummt er. Der gestrige Abend ruckt in Momentaufnahmen an ihm vorbei. Sita am Steuer, er auf dem Beifahrersitz. Die örtliche Betäubung in der Ambulanz. Mit zwei Stichen nähen. Ein Arzt mit deutscher Sorgfalt und russischem Akzent: »Verdacht auf Gehirnerschütterung, Sie hier bleiben heute Nacht.« Ob er ein Schlafmittel bekommen hat? Und dazu noch Schmerzmittel? Er sieht Anne an. »Bist du schon lange hier?«

Sie lächelt nur.

»Danke.« Er drückt ihre Hand. »Du hättest nicht kommen müssen.«

»Spinner«, sagt sie und küsst ihn.

Er muss an den Umschlag denken. Das kleine Papierbriefchen mit dem weißen Pulver. Dabei sieht sie so gar nicht nach Drogenkonsum aus. Weder jetzt noch sonst. Warum fragt er sie nicht einfach? Auch nach dem Herz auf dem Umschlag.

»Und *Coldplay* gestern Abend?«

»Ohne dich hatte ich keine Lust. Ich war mit einer Freundin essen. Mich ausheulen, über meinen Mann.«

»Aha.« Er schaut zum Fenster, die Sonne sticht durch die Gardine. »Sag mal, wie spät ist es eigentlich?«

»Zwanzig vor zwölf.«

»Oh, verdammt.« Die morgendliche Konferenz, er müsste längst in der Keithstraße sein, bei den Kollegen. Suchend blickt er sich um.

»Schublade«, seufzt Anne.

»Danke.« Tom fischt sein Handy aus dem Rollcontainer neben dem Bett und wählt Mortens Nummer. »Entschuldige«, raunt er Anne zu.

Sie verdreht die Augen und sieht zum Fenster, als würde sie das Handy am liebsten im hohen Bogen hinauswerfen.

Morten klingt ungehalten, als er sich meldet – noch ungehaltener als sonst. Sita muss ihn ins Bild gesetzt haben, denkt Tom. Fragt sich nur, wie detailliert.

»Hör mal«, beginnt er, »die Sache mit Kröger …«

»Das übernehmen wir«, bügelt Morten ihn ab.

»Ja, da gibt es nur eine Sache, die würde ich gerne persönlich noch –«

»Du hältst dich da vorläufig raus. Heute früh gab es übrigens Neuigkeiten. Kröger ist mehrfach auf Kundgebungen gewesen, auf denen auch Brigitte Riss war – sie natürlich auf den Gegenkundgebungen. Ob es da direkte Berührungspunkte gab, klären wir noch. Kröger hat im Übrigen einen sechzehnjährigen Sohn, der seit letztem Jahr im Rollstuhl sitzt. Vom Hals abwärts gelähmt. Der Junge war an einer Schlägerei vor einem Asylantenheim beteiligt und hat einen Schlag mit einem Zaunpfahl abbekommen, den er offenbar selbst mitgebracht hatte. Angeklagt wurde ein einundzwanzigjähriger Afghane, Taufiq Ayan, der sich bei der Einreise als Syrer ausgegeben hatte. Der Fall ging durch die Presse, weil es hieß, zwei Polizeibeamte hätten ihn nach der Festnahme unter Druck gesetzt. Ayan wurde freigesprochen, Notwehr, hieß es. Die Verteidigung, und jetzt wird's interessant, hatte ein Bekannter von Brigitte Riss übernommen.«

»Das klingt nach einem Motiv«, gibt Tom zu. »Aber wie passt der Schlüssel dazu, und das verschwundene Laptop und die drei Kisten?«

»Wir sind noch am Anfang, aber vorläufig ist es die erfolgversprechendste Fährte.«

Und die, die am besten zur Darstellung auf der gestrigen PK passt, denkt Tom. Morten, Bruckmann und vermutlich auch der Innensenator auf einer Linie. »Trotzdem«, sagt Tom, »ich würde gerne –«

»›Ich würde gerne‹ ist nicht, Tom. Ich werde den Teufel tun und einen Kommissar ermitteln lassen, der mit einem Verdächtigen aneinandergeraten und zudem noch angeschlagen ist ...«

»Ich weiß, das war sicher nicht schlau. Aber ich bin okay. Mir geht's gut.«

»Gestern eine Schießerei, eine Kollegin, die in deinen Armen stirbt, dann eine Kneipenschlägerei, bei der du beinahe ein Auge verlierst ... und du willst dienstfähig sein? Vergiss es. Wenn du aus dem Krankenhaus entlassen wirst, meldest du dich erst mal in Tempelhof beim Betriebsarzt. Falls der dir einen Persilschein gibt – meinetwegen. Aber von Kröger hältst du dich so oder so fern.«

»Jo, bitte hör mir –«

»Das ist mein letztes Wort.« Morten legt auf, und Tom geht es jetzt wie Anne: Am liebsten würde er das Telefon aus dem Fenster werfen.

»Er hat recht«, sagt Anne.

»Morten ist ein verdammt engstirniger, frauenfeindlicher und missgünstiger Arsch. Er will mich loswerden.«

»Aber er hat recht.«

»Du weißt doch überhaupt nicht, was er gesagt hat.«

»Ich hab gehört, was *du* gesagt hast.«

Tom will protestieren, doch in diesem Moment klopft es an der Tür. Sita Johanns betritt das Zimmer. Ein Blick, und sie weiß, dass sie stört. »Wir haben gestern telefoniert«, stellt sie sich Anne vor. Sie trägt grüne Lederstiefel mit kräftigen, hohen Absätzen, die sie noch größer machen, als sie ohnehin schon ist, dazu eine passende grüne Lederjacke und figurbetonte Jeans. Annes Blick ruht deutlich länger auf ihr, als Toms Blick es tut.

»Geht's dir besser?«, fragt Sita.

Tom schlägt die Bettdecke zurück und steigt in T-Shirt und Unterhose aus dem Bett. Einen Moment lang muss er sich am Gestell des Fußendes festhalten. »Könnte gar nicht besser sein.« Jeans vom Stuhl nehmen, hinsetzen, langsam anziehen und den dumpfen Schmerz am Kiefer und über der Braue ignorieren. In der Hosentasche findet er seine Tabletten, er bemüht sich nicht einmal, zu verbergen, dass er eine schluckt. »Entschuldige, Anne. Ich muss dringend los.«

Anne sieht ihn sprachlos an.

»Sita, wo ist eigentlich mein Wagen?«

»Den habe ich gestern auf dem Krankenhausparkplatz abgestellt, nah an der Schranke. Aber meinst du nicht«, sie wechselt einen Blick mit Anne, »du solltest dich ausruhen?«

»Nicht nötig.«

Anne hebt resigniert die Hände. Ihre Stimme klingt jedoch alles andere als resigniert. »Ich glaube, ich bin hier überflüssig.« Sie nickt Sita knapp zu. »Danke noch mal für den Anruf.«

»Dank dir fürs Kommen«, sagt Tom zu Anne. Er nimmt ihre Hand, doch sie entzieht sie ihm sofort wieder. »Was hast du jetzt noch vor?« Er weiß, dass es hilflos klingt. Zu spät, um auf Empathie zu machen. Trotzdem befiehlt es sein schlechtes Gewissen.

»Eine Freundin zum Essen treffen«, sagt Anne sarkastisch, »und mich auf gar keinen Fall ausheulen.«

Die Tür des Krankenzimmers fliegt krachend hinter ihr zu.

Sita bemüht sich um ein neutrales Gesicht.

»Sag nichts«, murmelt Tom.

»Tu ich ja.«

»Hm?«

»Nichts sagen.«

Tom wirft sich die Jacke über. In der rechten Jackentasche findet er den Autoschlüssel. Siedend heiß fällt ihm plötzlich ein, dass in der linken Jackentasche noch die beiden anderen Schlüssel stecken. Sein Herz schlägt schneller. »Hast du den Autoschlüssel in meine Jacke zurückgetan?«

»Klar«, meint Sita. »Warum?«

Tom versucht, aus ihrer Miene zu schließen, ob sie auch in die andere Jackentasche gegriffen hat. Wenn ja, hätte sie allen Grund gehabt, ihn bei Morten und Bruckmann anzuschwärzen, und er würde zumindest suspendiert werden, vielleicht sogar Schlimmeres.

»Schon gut«, sagt Tom. »Ich muss erst zum Stationsarzt und dann zum Betriebsarzt am Tempelhofer Damm. Ansage von Morten.«

»Gut. Ich komme mit«, sagt Sita.

»Das kann dauern«, wiegelt Tom ab. »Morten wird dich brauchen.«

»Bruckmann sagt mir, wann Morten mich braucht.«

»Ach, so ist das? Dann bist du der heiße Draht zu Bruckmann?«

»Mir scheint, für Bruckmann bist du wichtiger als ich. Er meinte, du seist ein Naturtalent von einem Kommissar, aber das solle ich dir auf keinen Fall verraten. Er meinte, wenn ich noch mal eine Chance haben wolle, solle ich mich an dich halten.« Sie zögert einen Moment – genauso lange, wie man für die Entscheidung braucht, etwas zu verschweigen. »Vermutlich bedeutet das, dass er uns beiden aus unterschiedlichen Gründen nicht richtig traut – aber er glaubt, als Team könnte es gehen. Für mich, und für dich. Dass er langfristig nicht auf Morten setzen kann, ist doch offensichtlich, oder?«

Tom sieht sie prüfend an. »Deswegen das Hin und Her?«

Sita zuckt mit den Schultern. Ihr Gesicht wirkt offen, ehrlich, nur die braunen Augen halten das Pokerface.

»Du hast Morten alles von gestern Abend erzählt?«

»Fast alles.«

»Was denn nicht?«

»Den Grund, warum du zugeschlagen hast. Kröger hat dich provoziert, mehr habe ich nicht gesagt.«

Tom mustert sie erneut, fragt sich, was sie davon hat, Morten etwas zu verschweigen.

»Ein bisschen Vertrauen wäre nicht schlecht«, meint Sita, als hätte sie seine Gedanken gelesen, und Tom fragt sich, ob er das als Angebot verstehen soll.

»Was weiß Kröger eigentlich über dich, was sollte diese Andeutung mit den Snuff-Videos und den Mädchen?«

»Eine alte Geschichte«, antwortet Tom diffus.

»Eine alte Geschichte zwischen Kröger und dir?«

»Ich kenne Kröger nicht.«

»Er dich aber offenbar.«

»Er hat im Trüben gefischt und ins Schwarze getroffen. Ich hab ihn provoziert – und er mich. Mehr war nicht.«

»Aha.«

»Hast du Morten auch erzählt, woher ich den Tipp mit Kröger hatte?«

»Du meinst deinen Kontakt beim Staatsschutz?«, fragt Sita. »Für wie naiv hältst du mich?«

»Ich verstehe nicht, was du meinst.«

»Tom, ehrlich. Gestern hieß es in der Konferenz, es gibt einen Verdacht gegen rechts. Der Staatsschutz ist also mit Sicherheit bereits informiert worden, auf dem hochoffiziellen Weg, obenrum. Das ist nicht der Zeitpunkt, wo untenrum noch inoffizielle Tipps weitergegeben werden, auch nicht als persönlicher Gefallen, oder? Der Tippgeber war bestimmt nicht vom Staatsschutz – und wenn, dann hättest du wohl kaum das Wort Staatsschutz in den Mund genommen. Eigentlich ist mir auch völlig egal, woher der Tipp kam. Ich frage mich vielmehr, was du gestern ursprünglich vorhattest.«

»Ursprünglich?«, fragt Tom.

»Die Handlampe hast du sicher nicht mitgenommen, um die Kneipe auszuleuchten.«

Im Stillen bewundert Tom Sita für ihren Spürsinn. Für einen Moment überlegt er, die Karten auf den Tisch zu legen. Doch dann würde ein Wort von ihr genügen, um ihn endgültig aus den Ermittlungen zu katapultieren, und das kann er nicht riskieren. Nicht jetzt, wo es zum ersten Mal seit so vielen Jahren eine Spur von Vi gibt.

»So oder so«, sagt Sita, und ihr Blick wird hart. »Es gilt, was ich gestern Abend gesagt habe. Egal, was du vorhast: Ich bin dabei. Sonst wird die Tablettengeschichte offiziell.«

# Kapitel 12

LKA-Zentrale, Berlin-Tempelhof
Montag, 4. September 2017
15:39 Uhr

Tom kommt es vor, als hätte Sita sich mit Handschellen an ihn gekettet und den Schlüssel weggeworfen. Seitdem er das Krankenhaus verlassen hat, ist es ihm nicht gelungen, sie loszuwerden, und er fragt sich langsam, ob sie ihn auch noch beim Gang ins Behandlungszimmer des Betriebsarztes am Tempelhofer Damm begleiten will.

Tatsächlich betreten sie das LKA-Dienstgebäude gemeinsam. Die Plastikstühle im Wartezimmer des Arztes sind orange und knarzen, als sie sich setzen. Sita vertieft sich in ihr Smartphone und ruft offenbar Mails ab. Tom schluckt rasch ein Paracetamol gegen die Kopfschmerzen und eine Methylphenidat. Er kommt nicht auf Touren, dabei muss er gerade jetzt einen fitten Eindruck machen.

Gut zwanzig Minuten später geht die Tür des Behandlungszimmers auf. Ein Mann im Arztkittel steht im Rahmen, er hat das schmale Gesicht eines Windhundes, braune tote Augen und ein fliehendes Kinn. »Babylon?«

Tom nickt, steht auf und ignoriert das Stechen an seiner Schläfe.

»Kommen Sie«, winkt der Arzt ihn herein, dabei fällt sein Blick auf Sita, und er stutzt. »Sie? Was machen Sie denn hier?«

Sita scheint innerlich zu erstarren. »Ich warte nur auf den Kollegen«, erklärt sie abweisend.

»Ermitteln Sie etwa wieder?« Die Augen des Arztes ziehen sich argwöhnisch zusammen.

»Wir ermitteln gemeinsam, in der SOKO Dom«, erklärt Tom. Er betritt das Behandlungszimmer und schaut im Vorbeigehen auf das kleine Schild an der Brusttasche des Arztes, das ihn als Dr. Liebstöckl ausweist. »Gibt es ein Problem?«

Liebstöckl wirft Sita einen giftigen Blick zu. »Sie sollten darauf achten«, sagt er zu Tom, »was hinter Ihrem Rücken passiert. Manche Menschen erfinden ganz gerne mal was – vorzugsweise im Vollrausch.«

Sita errötet. Tom ist nicht sicher, ob sie wütend oder peinlich berührt ist. Doch bevor sie etwas entgegnen kann, hat Liebstöckl die Tür geschlossen. Er deutet auf das große Pflaster an Toms Schläfe. »Und Sie«, fragt er skeptisch, »wollen Ihre Dienstfähigkeit bescheinigt bekommen?«

Fünfzehn Minuten später steigen Tom und Sita in den Mercedes. Das Schließen der Wagentüren dröhnt in seinem Kopf wie ein Hammerschlag. Er nimmt noch eine weitere Kopfschmerztablette.

»Alles okay?«, fragt Sita.

»Ja«, sagt Tom. »Du scheinst es ja ziemlich rauszuhaben, Menschen gegen dich aufzubringen.«

»Hab ich dich gegen mich aufgebracht?«, fragt sie.

Tom wirft ihr einen langen Blick zu. Wortlos holt er sein Handy heraus und schreibt eine SMS an Morten: *Bin wieder im Rennen.* Ein leises Raketenzischen begleitet den Versand.

»Was machen wir jetzt?«, fragt Sita.

»Gute Frage«, brummt Tom. Ihm läuft die Zeit davon, und er fragt sich, ob er nicht einfach mit Sita gemeinsam zum Pförtnerhaus fahren soll. Das, was Liebstöckl ihm vorhin hinter verschlossener Tür erzählt hat, könnte reichen, um von Sita Stillschweigen einzufordern. Und dennoch scheut er davor zurück. Im Nachhinein fragt er sich, ob es nicht schlauer gewesen wäre, sich für einen Tag krankschreiben zu lassen. Aber er will am Ball bleiben – und er hat das Gefühl, dass er sich vor Morten keine weitere Blöße geben darf. Ein kranker Ermittler und ein dringender Fall, das ist ein Widerspruch in sich und ein guter Grund, jemanden auszutauschen.

Ein Summen kündigt eine Antwort-SMS auf Toms Handy an. Er blickt aufs Display und ärgert sich. So oder so, das Pförtnerhaus muss erneut warten. »Morten will, dass wir zur Familie Winkler fahren und die Angehörigen unseres zweiten Mordopfers befragen.«

»Susanne Winkler, die Frau des Domorganisten? Soweit ich das mitbekommen habe, waren doch Berti und Nicole Weihertal gestern schon dort.«

Tom öffnet seine Mails. Der Kurzbericht der Kollegen liegt bereits vor, und er überfliegt ihn. »Die Familie war gestern nur bedingt vernehmungsfähig. Susanne Winkler ist zusammengebrochen, als sie vom Tod ihres Mannes erfahren hat.«

»Kein Wunder«, murmelt Sita. »Hast du die Adresse?«

»Steht in der Mail.«

Der Verkehr ist eine Zumutung, und es ist kurz vor sechs, als Tom und Sita vor dem Haus in Charlottenburg ankommen, in dem die Winklers leben. Fünf Etagen, schlicht, mit einem artigen hellblauen Anstrich. Sechziger Jahre. Eine wieder aufgefüllte Bombenlücke zwischen zwei Gründerzeit-Altbauten.

Tom wappnet sich. Er ist froh, dass er gestern nicht der Überbringer der furchtbaren Nachricht sein musste, gerade weil er Bernhard Winkler aus Stahnsdorf kannte. Er hatte sich damals nichts mehr gewünscht, als dass seine Beichte ihn von seinen Schuldgefühlen befreien würde. Aber wenn es etwas in seinem Leben gibt, woran sich wohl niemals etwas ändern wird, dann sind es seine Schuldgefühle.

Ein junger Mann öffnet ihnen die Wohnungstür im dritten Stock. Sein Gesicht ist blass, mit ausgeprägten Kieferknochen, als würde er zu oft die Zähne aufeinanderbeißen.

»Meine Mutter schläft«, murmelt er, als er Toms Ausweis sieht. »Die Beruhigungsmittel«, schiebt er erklärend hinterher.

»Dürfen wir trotzdem kurz reinkommen?«, fragt Sita.

Der junge Mann nickt widerwillig. »Karl Winkler«, stellt er sich vor. Sein Händedruck ist ein wenig feucht.

Er führt sie ins Wohnzimmer. Die Einrichtung stammt aus den Siebzigern, was Tom seltsam vorkommt, da die Winklers ja wie Brigitte Riss aus dem Osten kommen, aus Stahnsdorf, und laut Bericht erst in den Neunzigern hierhergezogen sind. Unter einer Hängeleuchte steht ein Esszimmertisch, rund, aus dunklem Holz, dazu einfache Stühle, eine Anrichte, und die Tapete ist orange und braun gemustert.

»Setzen Sie sich doch«, sagt Karl Winkler. Aus dem Bericht der Kollegen weiß Tom, dass er Theologie studiert. Er ist einer, der die in ihn gesetzten Erwartungen erfüllt.

Ein Mädchen mit kurzen violetten Haaren und einer ganzen Reihe von Ohrsteckern kommt aus der Küche. Vermutlich Hannah Winkler, die Tochter, dem Bericht zufolge sechzehn Jahre alt. Von den rasierten Schläfen und dem trotzigen Gesichtsausdruck steht nichts im Bericht. Ihr Händedruck ist schnell und fest, wie eine Flucht nach vorn. »Meine Mutter ist –«

»Hab ich schon erklärt«, unterbricht sie Karl.

»Haben Sie ihn?«, fragt Hannah.

Tom lächelt bedauernd. »Ich fürchte, das braucht Zeit.«

»Aber Sie ermitteln doch gegen diese Nazi-Ärsche.«

»Hannah«, bremst Karl sie.

»Ist doch wahr. Von den Spackos gibt's hier ja nicht viele. Da muss man doch nicht lange suchen.«

Die violetten Haare, die Ohrstecker, ihre ganze Art – wäre nicht verwunderlich, wenn sie sich in der linken Szene herumtreibt, denkt Tom. Nicht zum ersten Mal registriert er, wie sehr sich die Muster oft gleichen: Das ältere Kind erfüllt die Erwartungen der Eltern, das jüngere verweigert sich. Er muss an Vi und sich selbst denken. Er hätte ganz gerne die Erwartungen erfüllt, damals. Hat er aber nicht. Er hätte auf Vi aufpassen müssen. Und dass er später gegen den Willen seines Vaters Polizist geworden ist, hat ihn zu einer noch größeren Enttäuschung gemacht. Und Vi? Wäre sie als Teenager ausgebrochen? Mit ihrer unbändigen Energie, ihrem Temperament? Er versucht, sie sich mit violetten Haaren vorzustellen.

»Kannst du mal deine Vorurteile weglassen«, weist Karl seine Schwester halblaut zurecht.

»Sagt ja der Richtige«, erwidert Hannah ungleich lauter.

»Wir sind hergekommen«, sagt Tom, »weil wir fragen wollten«, er räuspert sich, »ob Sie noch mal überlegen konnten. Jetzt, mit einem Tag Abstand. Ist Ihnen noch etwas eingefallen? Etwas Ungewöhnliches in der letzten Zeit. Hat Ihr Vater sich merkwürdig verhalten? Ist irgendetwas vorgefallen? Hat er irgendetwas erwähnt?«

»Nein«, sagt Karl Winkler. »Ehrlich gesagt, gar nichts. Ich wüsste nicht, wer jemandem wie meinem Vater so etwas antun sollte. Er hat ja immer nur in seiner Musik gelebt. Aber das ist doch kein Grund, jemanden umzubringen.«

Hannah schweigt.

»Hannah, und Sie?«, fragt Sita.

Das Mädchen zuckt mit den Schultern.

»Wie war denn das Verhältnis zwischen Ihrem Vater und Brigitte Riss?«

»Die kannten sich ewig«, sagt Hannah.

»Über die Arbeit in der Kirche«, ergänzt Karl. »Und das ist eigentlich auch schon alles.«

»Alles?« Hannah wiegt den Kopf. »Na ja. Verehrt hat er sie.«

»Verehrt hat er Mama«, stellt Karl klar. »Brigitte Riss war für ihn einfach eine brillante Predigerin.«

»Wissen Sie, warum Ihr Vater so früh in der Kirche war?«

Karl schüttelt den Kopf.

»Er hat das geliebt«, sagt Hannah. »Sonntags früh im Dom, wenn noch niemand da war. Er hat mich mal mitgenommen, ist schon ein paar Jahre her. Wir sind ganz früh los, als es noch dunkel war.« Sie formt mit den Händen eine riesige Kuppel. »Die Stille. Das Licht. Das war irre.«

»Wie oft hat er das gemacht?«, fragt Sita.

»Fast jeden Sonntag.«

»Woher wissen Sie das? Stehen Sie so früh auf?«

Hannah wird rot, und Karl wirft ihr einen strengen Blick zu. »Sie schleicht sich nachts raus, kommt erst frühmorgens zurück.«

»Ich sehe dann, ob seine Schuhe und seine Jacke da sind«, murmelt Hannah. »Eine Zeitlang ist er sonntags nicht mehr so früh los. Als würde er eine Pause machen. Danach hat er aber wieder damit angefangen.«

»Wie lang war denn die Pause?«, will Tom wissen.

»Sechs oder sieben Wochen. Aber die letzten vier Wochen ist er wieder jeden Sonntag ganz früh weg.«

»Haben Sie eine Idee, warum er das gemacht haben könnte?«

Die Geschwister tauschen einen vorsichtigen Blick, dann zucken beide mit den Schultern.

»Könnte er sich morgens in der Kirche mit jemandem getroffen haben?«

»Was soll das denn heißen?«, empört sich Karl. »Kommen Sie bloß nicht auf die Idee, meine Mutter so etwas zu fragen.«

»Ich habe nur nach einem möglichen Treffen gefragt, nicht, ob er eine Affäre hatte«, sagt Tom.

»Aber darauf läuft's doch hinaus, oder?«

»Wenn Sie das glauben.«

Hannah schaut zwischen Tom und ihrem Bruder hin und her. »Sie fragen das wegen dieser Affäre von der Riss damals, oder? Aber das ist Blödsinn. Die hatten niemals was miteinander. Die Riss hätte Papa doch zum Frühstück verspeist.«

»Hannah!«, sagt Karl scharf.

»Was denn? Papa war nicht so der Womanizer. Eher zurückhaltend. Kein Eroberer. Darf ich doch sagen, oder? Ist doch nichts Schlimmes.«

# Kapitel 13

Beelitz bei Potsdam
Montag, 4. September 2017
20:36 Uhr

Die Scheinwerfer streifen den Wald, in dem die Gebäude der verlassenen Heilanstalt liegen. Regentropfen zerplatzen auf der Scheibe, die Wischblätter ziehen dünne Schlieren. Sita drückt sich fröstelnd in den Beifahrersitz des Mercedes. Alles hier fühlt sich kalt an. Sie hätte gerne einen heißen Minztee, eine Wärmflasche und einen Kollegen, der ihr nicht alles Mögliche verschweigt. Wie zum Beispiel den Grund für die Handlampe, die hinter ihr auf dem Rücksitz liegt.

»Wir fahren noch mal nach Beelitz«, hatte Tom nach der Befragung bei den Winklers verkündet.

Gut, die Strecke stimmte. Sie waren unterwegs zu Karins Haus. Aber warum hat sie dann das Gefühl, dass Tom etwas ganz anderes vorhat? Bei all seinen Heimlichkeiten beginnt sie langsam, sich zu fragen, ob es gut ist, mit ihm mutterseelenallein durch den finsteren Wald zu fahren. Blödsinn, denkt sie im nächsten Moment. Jetzt siehst du schon Gespenster.

Sita atmet tief durch und schaut durch die Windschutzscheibe. Der Kühler frisst den Mittelstreifen. Balken für Balken. Tom hält sich am Steuer fest. Sie ist ihm dankbar, dass er wegen ihrer Begegnung mit Doktor Liebstöckl nicht nachgefragt hat, und sie kann immer noch nicht fassen, dass ausgerechnet Liebstöckl als Betriebsarzt beim LKA gelandet ist. Mit niemandem verbindet sie die Zeit nach ihrem Ausstieg bei der OFA mehr als mit dem ehemaligen Oberarzt der Maybach-Klinik.

Wie hat sie sich nach ihrem Entzug zurückgesehnt an die »Front«, zu einem Einsatz. Keine bloße Theorie, keine OFA-Analysen am Schreibtisch, so wie früher, sondern Praxis. Ermittlungsbegleitend. Über zwei Jahre lang hatte sie dieser Wunsch nicht losgelassen. Und jetzt steckt sie plötzlich mittendrin, und es ist, als hätte ihr Wunsch einen Alptraum entfesselt. Eine junge Polizistin ist tot, ein Beamter schwer verletzt, ein Organist erschlagen, eine Pastorin bestialisch ermordet und zur Schau gestellt, ihre Tochter verschwunden.

Gestern, als Bruckmann sie angerufen hat, da war es, als würde ein Streichholz angerissen. Adrenalin. Funkenschlag. Leben! Jetzt ist sie nicht mehr sicher, ob ihre Entscheidung richtig war.

Das Ticken des Blinkers holt sie aus ihren Gedanken. Tom bremst und biegt nach links ab, mitten in den Wald hinein, in eine unbeleuchtete Straße.

»Was machst du?«, fragt Sita.

»Wart's ab.«

Nach etwa hundert Metern erreichen sie einen einsamen Parkplatz. Die Scheinwerfer erfassen porösen Asphalt, einen abgestellten Wagen und ein kleines wilhelminisches Gebäude mit verwinkeltem Dach. Der Motor verstummt, Tom schaltet die Scheinwerfer aus.

Es ist still und finster. Nicht einmal eine Straßenlaterne gibt es hier. Warum sagt Tom nichts? Die Einsamkeit und die Dunkelheit sind wie ein Überfall. *Ein Überfall auf ein sechzehnjähriges Mädchen.* Mit Mühe kann sie die Erinnerungen in Schach halten, aber nicht die Gefühle, die daran hängen. Ihre Hände werden feucht, ihr Unterleib krampft. »Wo sind wir hier?«, fragt Sita. »Das ist nicht Karins Haus.«

»Wer hat denn gesagt, dass wir zu Karins Haus fahren?«

»Du meintest, wir fahren nach Beelitz und –« Sie verstummt angesichts ihres eigenen Irrtums.

Einen Moment lang ist es still. Am liebsten würde sie Tom bitten, die Scheinwerfer anzumachen, aber er soll nichts wissen von ihrer Angst. Dass sie im Dunkeln nicht gut allein bleiben kann, dass sie nachts Licht anlassen muss, wenigstens ein kleines.

»Was hältst du von einer Abmachung«, sagt Tom.

»Eine Abmachung? Was für eine?«

»Du hast deine Geheimnisse, und ich habe meine. Niemandem ist geholfen, wenn diese Dinge an die große Glocke gehängt werden. Also bewahren wir beide Stillschweigen.«

Sita schluckt. Die Dunkelheit umgibt das Auto wie ein Käfig. »Was hat Liebstöckl dir erzählt?«

»Willst du das wirklich hören?«

»Ich ...« Sita verstummt. »Nein«, sagt sie schließlich. Mit der Linken tastet sie nach dem Schalter der Innenbeleuchtung. Das gelbe Licht flammt auf. Endlich! Sie schaut Tom an. »Du hast deine Geheimnisse. Ich habe meine.«

»Danke«, sagt Tom.

Dann steigt er aus, zögert, beugt sich zu Sita hinab. »Bleibst du im Wagen?«

»Warum sollte ich?«, fragt sie. Ihre Stimme klingt unsicher, und sie hasst sich dafür. Sich und die, die ihr das damals angetan haben.

»Sita?« Tom steht immer noch an der offenen Tür und sieht sie an.

Sie schließt die Augen, atmet gegen die Panik an. Sie

spürt, dass Tom wieder einsteigt, sich auf den Fahrersitz setzt. Seine Hand liegt groß und warm auf ihren ineinander verschlungenen Händen.

*Bitte, lass ihn nicht fragen!*

»Hey. Alles gut. Tief atmen, okay? Ein – aus – ein – aus …«

Sie atmet. Öffnet die Augen.

»Alles in Ordnung?«

Sita nickt.

»Die Dunkelheit?«, fragt Tom.

»Schon gut.« Sita zieht ihre Hände unter seiner Hand hervor.

»Ich bring dich nach Hause.«

»Das wäre ja noch schöner«, protestiert sie. »Wo sind wir eigentlich?«

»Das hier ist das Pförtnerhaus. Karin Riss verwaltet die Beelitzer Heilstätten, oder zumindest das, was davon übrig ist. Insgesamt sind es über fünfzig Gebäude. Ich vermute, dass sie das Pförtnerhaus für sich selbst nutzt.«

»Als Büro? Sie hat doch einen Schreibtisch zu Hause und noch ein Büro im Zentrum von Beelitz, wo heute unsere Kollegen ihre Mitarbeiter befragt haben.«

»Keine Ahnung«, sagt Tom. »Aber in dem Schreibtisch bei ihr zu Hause habe ich das hier gefunden.« Er zieht den kleinen Schlüsselbund aus seiner Jackentasche, an dem ein Anhänger mit der Aufschrift *Pförtnerhaus* baumelt.

»Und den hast du einfach so mitgenommen?«, fragt Sita verblüfft. »Ist dir klar, dass –«

»Meine Geheimnisse, deine Geheimnisse«, sagt Tom und hebt den Finger an die Lippen.

Sita nickt. »Schon gut.«

Sie steigen aus, Tom nimmt die Handlampe vom Rücksitz und schaltet sie ein. Der nasse Schotter auf dem Parkplatz glänzt. In zahlreichen Mulden hat sich Regenwasser gesammelt. Der Wagen, neben dem sie geparkt haben, ist ein VW Passat jüngeren Datums. Das Pförtnerhaus liegt still da. Der Lichtkegel von Toms Lampe schwankt im Rhythmus seiner Schritte und lässt das Gebäude gespenstisch aussehen. Rote Dachpfannen, ziegelrot lackierte Tür, der helle Putz im oberen Geschoss ist mit grün gestrichenen Fachwerkbalken durchsetzt.

»Auch das noch«, sagt Sita und deutet auf das kleine blaue Schild mit der Hausnummer dreizehn.

»Wenn sich einer so was ausdenkt, glaubt es keiner«, brummt Tom. An der Tür ist ein korrodiertes Messingschild angebracht: *Immobilienverwaltung B. Riss.* »Berthold Riss«, murmelt Tom. »Das ehemalige Büro von Karins Vater.« Er zieht Plastikhandschuhe über und wirft Sita ein weiteres Paar zu. Beim Überstreifen fragt sie sich, ob er vermeiden will, bedeutsame Spuren zu kontaminieren, oder ob es ihm darum geht, selbst keine Spuren zu hinterlassen.

Als sie aufsieht, hat er bereits die Tür geöffnet. Der Lichtkegel der Handlampe erfasst einen kleinen Flur mit Garderobe und drei Stühlen. Rechts führt eine Treppe ins Dachgeschoss, geradeaus steht eine Tür offen, zu einem Zimmer mit Schreibtischen. Sita probiert die Schalter, Neonlampen flackern auf. Für einen Moment muss sie die Augen zusammenkneifen.

»Warte kurz«, murmelt Tom. »Ich schau nach, ob oben jemand ist.«

Bevor Sita etwas entgegnen kann, eilt er die Stufen hoch. *Ob oben jemand ist?* Sie muss an den Passat vor der Tür denken, hört, wie Tom Türklinken drückt; seine Schritte knarren auf den Holzdielen.

Als er die Treppe wieder herunterkommt, schüttelt er

den Kopf. »Ein paar so gut wie leere Zimmer, mehr nicht. Schauen wir mal, ob hier unten irgendwas ist.«

Auf den Schreibtischen im Erdgeschoss liegt eine feine Staubschicht, nicht älter als ein paar Monate. Einer der Tische ist jedoch beinah staubfrei. Die Telefone sind Modelle von vor zehn Jahren. In den Wänden sind Netzwerkanschlüsse.

»Wann ist Berthold Riss mit dieser Frau durchgebrannt?«, fragt Sita.

»98. Karin muss das Büro übernommen und hier eine Weile gearbeitet haben.«

»Und jetzt?«, fragt sie.

»Weiter umschauen.« Tom beginnt, mit seinem Handy zu fotografieren, erst den ganzen Raum, dann die Details.

»Machst du das immer so?«, fragt Sita.

»Es hilft. Und das Beste ist: Ich hab immer alles dabei.«

»Außer, du verlierst das Handy.«

»Ist alles in der Cloud«, murmelt Tom und fotografiert weiter.

Dann beginnt er, Schubladen aufzuziehen, die allesamt leer sind. Bei den Aktenschränken ist es ähnlich, bis Tom ganz rechts bei den unteren Türen ankommt. Sie sind verschlossen.

»Wart' mal«, murmelt er. Er hockt sich hin und probiert die Schlüssel durch, offenbar mit Erfolg, doch Sita kann zunächst nur seinen breiten Rücken sehen.

»Das gibt's doch nicht«, sagt er und tritt beiseite. »Schau mal.«

Sita tritt näher an den Aktenschrank heran. Im untersten Fach stehen drei dunkelgraue Kisten, offenbar alt, aber sehr stabil. Tom holt eine nach der anderen heraus. Zwei sind leer, in der dritten liegt ein Apple-Laptop. Tom klappt den

Deckel auf, doch der Screen bleibt dunkel. »Das passt zu dem Netzkabel in Brigitte Riss' Wohnung«, sagt er. »Neueste Generation, so verbreitet sind die noch nicht …«

Sita pfeift leise durch die Zähne. »Du meinst, das ist ihr Laptop?«

»Und ihre Kisten. Könnte sein.«

»Meinst du, die waren schon leer?«

»Glaube ich nicht. Vor allem frage ich mich, wann Karin sie aus der Wohnung ihrer Mutter geholt hat. Vor oder nach dem Mord?«

»Oder ihre Mutter hat sie ihr gegeben«, meint Sita.

»Ein Laptop gibt man nicht so einfach aus der Hand, oder? Eher löscht man Daten, und wenn man etwas weitergeben will, zieht man es auf einen USB-Stick. Ich frage mich, ob –« Er dreht das Notebook um, betrachtet die Unterseite. Die winzigen Kreuzschrauben sind leicht verkratzt.

Plötzlich huscht ein schwacher Lichtschein über den Schrank, und das Knirschen von Autoreifen auf Schotter ist zu hören. Hastig schiebt Tom die Kisten zurück in den Schrank und verschließt ihn.

Er und Sita wechseln einen schnellen Blick. Um das Licht auszuschalten, ist es zu spät.

»Am besten nach oben«, schlägt Sita vor. »Da sieht uns keiner.«

Die Treppenstufen sind aus Holz und knarren unter ihren Schritten. Im Obergeschoss ist es dunkel, alle Türen sind verschlossen. Unten schrillt die Türklingel. Das Geräusch geht Sita durch Mark und Bein. Im Schutz einer Wandnische bleiben sie stehen und horchen. Immerhin, denkt Sita, wenn es jemand ist, der klingelt, dann hat er zumindest keinen Schlüssel. Wenn wir nicht öffnen, wird er wieder verschwinden.

Ein zweites Klingeln zerreißt die Stille.

Dann rumst es, jemand schlägt mit der Faust gegen die massive Holztür. »Karin?« Eine Männerstimme. »Ich bin's. Mach auf!«

Stille.

Sita starrt in die Dunkelheit des Dachgeschosses, zu den Türen, ob sich eine öffnet und sie plötzlich Karin gegenüberstehen. *Blödsinn,* ruft sie sich zur Ordnung. *Mach dich nicht verrückt. Tom hat doch nachgeschaut. Da ist nichts.*

»Karin, jetzt komm schon. Ich weiß, ich bin spät dran. Aber jetzt lass mich nicht hier stehen. Ich seh doch dein Auto. Ich weiß, dass du da bist.«

Tom löst sich von der Wand, berührt Sita kurz am Arm, als wollte er sie beruhigen, und geht die Treppe hinunter. »Was machst du?«, zischt Sita.

»Ich will wissen, wer das ist.«

Bevor Sita etwas einwenden kann, öffnet Tom die Haustür.

Einen Moment lang herrscht vollkommene Stille. Kalte Luft zieht die Treppe hoch.

# Kapitel 14

Beelitz bei Potsdam
Montag, 4. September 2017
20:49 Uhr

Vor der Tür steht ein Mann mit dunklem, schütterem Haar. Auf den Schultern seines knittrigen Jacketts hat der Regen dunkle Flecken hinterlassen. Der Fremde starrt Tom an und weicht zwei Schritte in die Dunkelheit zurück. Tom schätzt ihn auf Mitte dreißig, seine Haltung ist leicht gebeugt, als laste ein schweres Gewicht auf seinen Schultern. Unter dem Jackett trägt er ein ausgeleiertes T-Shirt.

»Sie suchen Karin Riss?«, sagt Tom. Er ist auf der Hut, will sich nicht zu früh als Polizist zu erkennen geben.

Statt einer Antwort reckt der Mann den Kopf vor, um genauer hinzuschauen. »Tom? Bist du das?«

»Kennen wir uns?«

»Mensch ... das ist jetzt echt 'n Ding.« Er breitet die Arme aus. »Ich bin's. Josh. Joshua Böhm.«

Josh. Zwanzig Jahre alte Momentaufnahmen: knallblauer Sommerhimmel, der Geruch von Gras am Kanalufer, die Streben der Brücke. Verbeulte, kippelnde Blechdosen, die, wenn ein Schuss trifft, durch die Luft wirbeln und scheppernd aufschlagen. Joshs Finger auf dem Handlauf, als er mit dem zweiten Bein über das Brückengeländer steigt, mit Klippenspringer-Rücken und Schweißtropfen auf der Stirn. Und sein hungriger Blick auf Nadja. Superman hat ganz schön dünnes Haar gekriegt – und einen Bauchansatz. »Unglaublich«, sagt Tom. Er zupft sich die Handschuhe von den Fingern. Sie geben sich die Hand. Für eine Umarmung reicht es nicht. Sie haben sich aus den Augen verloren, und das Einzige, was Tom über Josh weiß, ist, dass er nach der mittleren Reife von der Schule abgegangen ist und eine Zeitlang in einem Fitnessstudio gearbeitet hat. »Was machst du hier? Was willst du von Karin?«

»Das wollte ich dich gerade fragen«, sagt Josh. Er wischt sich den Regen von der Stirn und taxiert Tom. Unter den Augen hat er dunkle Ringe.

*Das soll Josh sein?*, hört Tom Vi fragen. *Der war doch früher so …*

So was?

*So … cool.*

Vi, du warst zehn! Jetzt erzähl mir nicht, du hast für Josh geschwärmt.

*Der war wie Magnum, dieser Detektiv, nur ohne Bart.*

War er nicht. Und wann, zum Teufel, hast du all diese Filme gesehen?

Er starrt Josh an, als müsste er seine kleine Schwester noch im Nachhinein vor ihm beschützen. Ob Joshua weiß, dass ich Ermittler bin?

»Hast du …« Josh zögert, offenbar irritiert von Toms Blick. »Hast du auch einen gekriegt?«

»Was denn?«

Langgezogenes Zischen von Reifen auf nasser Fahrbahn. Zwischen den Bäumen das Flackern weit entfernter Scheinwerfer auf der Landstraße. Josh schaut sich um, als lauerten auf dem Parkplatz ungebetene Zuhörer. »Einen Schlüssel.«

»*Du* hast einen Schlüssel bekommen? Was denn für einen?«

»Nein, nicht ich, Karin! Deshalb hat sie mich ja angerufen.« Josh kratzt sich nervös an der linken Schulter. »Wir, na ja, wir sehen uns hin und wieder.«

*Er und Karin?*, fragt Vi ungläubig.

Was auch immer »hin und wieder« heißt, denkt Tom. Plötzlich bekommt er eine Ahnung, wozu Karin das Haus benutzt haben könnte.

»Dieser Schlüssel, Tom, das ist genauso einer wie der, den wir damals gefunden haben«, platzt es aus Josh heraus. »Der mit der Zahl –«

»Warte mal. Langsam«, sagt Tom hastig. Sita steht oben an der Treppe und kann jedes Wort mithören. Josh hat eigentlich schon viel zu viel gesagt. In seinem Rücken hört Tom Sitas Schritte auf der Treppe.

»Ist das Karin?«, fragt Josh und versucht, an Tom vorbei einen Blick ins Haus zu werfen.

»Sita Johanns«, sagt Sita, schiebt sich an Tom vorbei und reicht Joshua die Hand. »Um was für einen Schlüssel geht es?«

Josh schaut zwischen Tom und Sita hin und her, offenbar in dem Bemühen, für sich zu klären, in welchem Verhältnis sie zueinander stehen.

»Sita, bitte. Das ist eine Sache zwischen ihm und mir.«

»Eine Kollegin von dir?«, fragt Josh. »Polizistin?« Sein Blick tastet Sitas Figur ab.

»Nein«, sagt Tom.

»Ja«, widerspricht Sita trocken.

Josh schaut verwirrt. »Kann mir mal jemand erklären, was das hier wird?«

»Das wüsste ich auch gerne.« Sita sieht Tom fragend an.

»Meine Geheimnisse, deine Geheimnisse«, sagt Tom.

»Ich bin mir nicht sicher, ob das bei Schlüsseln mit Zahlen noch gilt«, erwidert Sita.

»Wovon hängt das ab?«

»Kommt drauf an …«

»Es regnet«, sagt Tom missmutig und schiebt seine Hände in die Jackentaschen. Seine Fingerspitzen berühren den Schlüssel mit der Siebzehn. Sita hat es also gehört. Jetzt bleibt nur noch die Flucht nach vorn. Er muss daran denken, wie er vorhin klammheimlich im Obergeschoss alle Schlösser durchprobiert hat, obwohl die Türen offen waren. Nirgendwo hat er gepasst. Was hatte er auch gedacht? Dass er nach so vielen Jahren den Schlüssel in die erstbeste Tür steckt und das Rätsel löst? »Komm rein, Josh«, sagt er. »Wir müssen reden.«

Josh hinterlässt schmutzige Fußabdrücke im Flur. Seine gepflegten Budapester Schuhe wollen nicht recht zu seinem Erscheinungsbild passen. Den kurzen Weg bis zum Büro klebt sein Blick an Sitas Hüften. Ganz der Alte, was das betrifft. Doch seine ehemals sportliche Figur befindet sich in Auflösung. Vielleicht ist er krank oder trinkt zu viel?

Sie setzen sich um einen der Schreibtische. Die Drehstühle sind ausgeleiert, die Gaspatrone von Toms Stuhl ist defekt, so dass er niedriger sitzt als die beiden anderen, mit hochgestellten Knien. Dank seiner Größe ist er dennoch auf Augenhöhe.

»Wird das jetzt ein Verhör?«, fragt Josh beunruhigt.

»Nein«, sagt Tom.

»Ja«, sagt Sita.

Tom beißt die Zähne aufeinander. »Entschuldige, Sita. Josh und ich kennen uns von früher. Wir haben als Teenager viel Zeit miteinander verbracht.«

»Mit Karin auch?«

»Genau, und noch mit ein paar anderen.«

»Eine Clique also«, stellt Sita fest.

»So in etwa. Bene, Josh, Karin, Nadja und ich.«

»Also, wird das jetzt ein Verhör, oder nicht?«, fragt Josh erneut. »Ich meine, ihr seid doch bei der Polizei. Du jedenfalls.« Er zeigt auf Tom. »Hat mir Karin erzählt.«

»Bei einem eurer ›Hin und wieder‹-Treffen.«

»Warum sagst du das so komisch?«

»Weil du es so komisch gesagt hast.«

»Das klingt, als wäre es verboten, sich zu treffen.«

Toms Blick wandert zu Joshs Händen, am linken Ringfinger steckt ein Ehering. »Habt ihr eine Affäre?«

»Blödsinn.« Josh verschränkt die Arme.

»Wann genau hat Karin dich denn angerufen?«, wechselt Tom das Thema.

Josh runzelt die Stirn und kramt sein Smartphone hervor. »Gestern um fünfzehn Uhr achtunddreißig, wenn ihr es genau wissen wollt. Sie war vollkommen aufgelöst. Erst dachte ich, es wäre wegen ihrer Mutter. Ich hatte im Radio von der Sache gehört.« Er schweigt einen Moment, schluckt.

»Wusste sie da denn überhaupt schon vom Tod ihrer Mutter?«, fragt Sita.

»Ja. Sie hatte es gerade erfahren. Und sie war total fertig, auch weil dieser verdammte Schlüssel um den Hals ihrer Mutter hing ... das geht ja groß durch die Medien, Tom, das ist echt unheimlich ...« Josh kommt jetzt ins Reden, die Worte sprudeln nur so aus ihm heraus. »Na ja, und dann, dann hat sie mir gesagt, sie hätte auch so einen Schlüssel bekommen. Also, den gleichen Schlüssel, du weißt schon, den mit der Siebzehn, in einem Umschlag, jemand hat ihn unter der Tür durchgeschoben. Deshalb hat sie angerufen.«

»Das hat sie aber nicht den Polizisten vor Ort gesagt«, meint Tom. »Hast du eine Ahnung, warum?«

»Nein, ehrlich gesagt, nicht. Ich glaube, sie hatte es noch vor. Sie wollte von mir wissen, ob ich auch einen gekriegt hab und was das alles zu bedeuten hat. Je länger wir gesprochen haben, desto mehr Angst –«

»Eine Frage«, unterbricht Sita seinen Redefluss. »Sie haben vorhin an der Haustür zu Tom gesagt, Sie hätten damals genauso einen Schlüssel gefunden. Also, Tom und Sie gemeinsam, verstehe ich das richtig?«

Josh sucht Toms Blick. Es ist unangenehm still im Raum.

»Wir alle gemeinsam«, sagt Tom schließlich. »Die ganze Clique.«

Sita hebt die Brauen.

Tom seufzt, fasst in seine Jackentasche.

Es klappert hell, als er den Schlüssel auf den Tisch legt. Mattsilbern, in die graue Schutzkappe des Griffs ist eine Siebzehn geritzt. Schmutz hat sich in die Riefen der Ziffern gesetzt.

Josh ist bleich geworden.

Sita starrt erst den Schlüssel an, dann Tom. »Das ist nicht dein Ernst, oder?«

Tom schweigt.

»Ist das der vom Tatort?«, fragt Sita scharf.

»Ich weiß es nicht«, sagt Tom wahrheitsgemäß. »Ich habe ihn bei Karin gefunden, in einer Schreibtischschublade. Er lag in einer Blechdose.«

»Sag ich doch«, wirft Josh ein, »das muss er sein. Karins Schlüssel.«

»Und du hast ihn einfach mitgenommen?«

Tom zuckt mit den Schultern.

»Ist dir eigentlich klar, was du da tust?«

»Ja«, sagt Tom.

»Warum riskierst du deinen Job? Wofür? Und was hat es mit dem Schlüssel auf sich, den ihr damals gefunden habt?«

Tom und Josh wechseln einen stummen Blick. Für einen Moment fühlt sich Tom wie damals, als sie bei brütender Hitze gemeinsam auf der Bank im Polizeirevier saßen. »Wir haben ihn bei einem Toten gefunden.«

Sita öffnet den Mund – und schließt ihn wieder. »Großer Gott. Das ist nicht ...« Sie starrt den Schlüssel an. »Wann war das? Und warum zum Teufel hast du uns allen nichts davon gesagt?«

»Im Sommer 98, am zehnten Juli«, sagt Tom und schildert mit knappen Worten die Umstände des Leichenfunds.

»Und ihr habt ihn einfach behalten und der Polizei nichts davon erzählt?«

»Doch, doch«, sagt Josh. »Wir waren bei der Polizei.«

»Und warum findet sich dann bei ViCLAS nichts darüber?«, fragt Sita Tom.

»Was ist ViCLAS?«, fragt Josh.

»*Violent Crime Linkage Analysis System*«, erklärt Tom mechanisch. »Das ist eine Datenbank, in der Details von Gewaltverbrechen gesammelt werden. In Mordfällen wie dem von Brigitte Riss werden in der Regel Sofortabgleiche mit allen relevanten Datenbanken gemacht, auch mit ViCLAS, weil man hofft, über spezifische Einzelheiten des Verbrechens einen Zusammenhang mit anderen Verbrechen oder Tätern herstellen zu können.«

»In unserem Fall hätte dafür allein der Suchbegriff ›Schlüssel‹ oder ›Schlüssel Siebzehn‹ gereicht«, sagt Sita.

»ViCLAS wurde erst im Jahr 2000 eingerichtet, vielleicht liegt es daran«, mutmaßt Tom – und hofft, dass er damit durchkommt.

»Wenn du schon so genau weißt, wann ViCLAS ins Leben gerufen wurde, dann solltest du auch wissen, dass seitdem nicht nur vorwärts, sondern auch rückwärts gearbeitet wurde. Ein mutmaßlicher Mord von 98 müsste längst aus den Fallakten ins System übertragen worden sein.«

Josh räuspert sich. »Na ja. Also, das Problem ist, die haben gar keine Leiche gefunden.«

»Wie bitte?«

»Wir haben den Toten erst einen Tag später gemeldet«, sagt Tom. »Die Polizei ist mit einem Großaufgebot angerückt. Taucher, Kriminaltechnik. Aber die Leiche lag nicht mehr im Kanal. Keine Spur von einem Verbrechen.«

»Dann ist sie vermutlich abgetrieben«, sagt Sita.

Tom schüttelt den Kopf. »Der Körper war mit Draht umwickelt und mit Steinen beschwert. Von alleine hätte der sich nicht bewegt.«

»Du meinst, irgendjemand hat ihn fortgeschafft?«

»Anders kann ich es mir nicht erklären.«

Sita lehnt sich im Stuhl zurück und scheint um Fassung zu ringen. »Und was habt ihr mit dem Schlüssel gemacht?«

»Na ja.« Josh wirft Tom einen unsicheren Blick zu. »Der ist auch weg.«

»Soll das heißen, er ist bei der Polizei verlorengegangen?«

Joshua schweigt betreten.

»Meine kleine Schwester hat ihn genommen«, sagt Tom.

»Wie, genommen?«

Tom erzählt von seiner letzten Begegnung mit Viola, und von dem Zettel, den er damals statt des Schlüssels im Versteck fand. »Seitdem ist sie verschwunden, und der Schlüssel ebenfalls.«

»Na ja, genau genommen ist sie tot«, sagt Josh leise.

Tom sieht ihn scharf an. »Die Polizei hat *behauptet*, sie wäre tot. Das ist ein Unterschied.«

»Tom, sie haben sie im Teltowkanal gefunden.«

»Monate später«, sagt Tom. »Und was sie gefunden haben, war ein Mädchen im selben Alter, mit der gleichen Haarfarbe.«

»Tom, die haben einen Gentest gemacht.«

»Dann haben sie ihn eben schlampig gemacht«, sagt Tom hitzig. »Wäre nicht das erste Mal.« Er sieht zum dunklen Fenster, wo ihre Spiegelbilder sitzen, und versucht seine Gefühle unter Kontrolle zu bekommen.

»Oh Gott«, murmelt Sita, »das tut mir leid.«

»Die Polizei hat uns danach wieder und wieder vernommen«, sagt Josh niedergeschlagen. »Sie dachten, wir wären schuld an Violas Tod, wir hätten sie zur Brücke mitgenommen und nicht auf sie aufgepasst, und dann hätten wir uns diese Lügengeschichte mit dem Toten ausgedacht.«

»Irgendwann wurden die Ermittlungen eingestellt«, sagt Tom. »Deswegen gibt es dazu nichts in ViCLAS oder irgendeiner anderen Datenbank.«

»Und der Schlüssel?«, fragt Sita.

Josh betrachtet seine Schuhspitzen. »Eine verrückte Kindergeschichte. Mehr nicht.«

»Der Schlüssel war weg, genauso wie der Tote«, sagt Tom. »Wir hatten nicht den geringsten Beweis für die Existenz des Schlüssels, kein Foto, nichts.«

»Weshalb seid ihr eigentlich nicht sofort mit dem Ding zur Polizei gegangen, noch am selben Tag?«

»Wir dachten, das Ganze wäre ein Abenteuer«, erwidert Tom zerknirscht. »Ein Schlüssel zu irgendeinem Schatz oder einem Koffer voller Geld, was man halt in dem Alter so denkt ...«

»Oh Gott, was für eine Geschichte«, stöhnt Sita. »Ist dir klar, was das für unseren Fall bedeutet? Wir müssen sofort die Kollegen informieren.«

»Nein«, sagt Tom. »Auf keinen Fall.«

»Bitte?«

»Ich suche seit neunzehn Jahren nach meiner Schwester, und dieser verdammte Schlüssel ist die erste Spur von ihr. Wer auch immer hinter diesem Mord steckt, Rechtsradikale, ein Psychopath, irgendjemand mit einem persönlichen Hass auf Brigitte Riss … ich werde mich auf keinen Fall aus dieser SOKO abziehen lassen, nur weil ich persönlich involviert bin.«

Sita sieht ihn lange nachdenklich an. Doch sie schweigt. Vorerst jedenfalls.

Tom wendet sich an Josh. »Ich glaube, es wäre gut, wenn du jetzt gehst. Und kein Wort zu irgendjemandem, klar?«

»Ich … äh, ich verstehe nicht, was du meinst. Was soll ich denn sagen, wenn die mich fragen?«

»Wer sollte dich denn fragen?«

»Na, die Polizei.«

»Die Polizei weiß bisher nichts von dir.«

»Tom«, sagt Sita. »Was soll das? Wieso –«

»Weil ich nicht sicher bin, ob bei unseren Kollegen alles mit rechten Dingen zugeht«, sagt Tom.

Josh sieht ihn ungläubig an. Für einen Moment herrscht Schweigen.

»Du meinst«, fragt Sita, »wegen des Schlüssels im Dom?«

Tom nickt, dankbar, dass Sita so geistesgegenwärtig ist, nicht von dem *verschwundenen* Schlüssel im Dom zu sprechen.

»Was ist denn mit dem Schlüssel aus dem Dom?«, fragt Josh.

»Das spielt für dich keine Rolle. Hauptsache, du redest mit niemandem.«

»Die kriegen doch raus, dass ich was mit Karin zu tun habe«, protestiert Josh.

»Was genau hast du denn nun mit ihr zu tun?«

»Wir sind befreundet.« Joshs Blick flackert zwischen Sita und Tom hin und her.

»Und das ist tatsächlich alles?«

Die roten Flecken auf Joshs früher so markanten Wangen verraten, dass das nicht alles ist. Tom erinnert sich nur zu gut an die verstohlenen Blicke, die Karin Josh damals immer zugeworfen hat. Nur dass Josh damals vollkommen auf Nadja fixiert war. Offenbar hatte Karin nicht aufgegeben. Hartnäckig war sie ja schon immer gewesen. »Dann erzählst du eben genau das. Ihr kennt euch schon ewig und seid befreundet. Mehr nicht. Kein Wort von dem Schlüssel. Kein Wort von mir.«

»Aber ... das reicht doch nicht«, protestiert Josh. »Sie ist in Gefahr, oder? Wegen dem Schlüssel, meine ich. Hab ich recht?« Er reckt das Kinn und sieht dabei unfreiwillig komisch aus. »Ich warte hier mit euch, zumindest so lange, bis Karin kommt.«

Für einen Moment ist es still im Zimmer. Sitas Schreibtischstuhl quietscht. Draußen vor dem Fenster ist eine verzinkte Kette zu sehen, an der Regenwasser von der Dachrinne herabläuft. Joshs eben noch fester Blick löst sich auf, als er begreift, was das Schweigen bedeutet. »Sie ... kommt gar nicht, oder?«

Tom schüttelt den Kopf. »Wir suchen sie.«

»Ihr sucht sie? Was soll das heißen? Ist sie verschwunden?«

»Ja, und wir wissen noch nicht, ob sie entführt wurde

oder sich versteckt hält. Wir ermitteln in alle Richtungen.«

»Wieso sollte sie sich denn verstecken?«, fragt Josh.

»Wie war eigentlich das Verhältnis von Karin zu ihrer Mutter?«, fragt Tom, ohne auf Joshs Frage einzugehen.

»Na ja, schlecht, aber …«

»Warum war es schlecht?«, hakt Tom nach.

Josh rollt mit den Augen. »Es ging um die Immobilienfirma ihres Vaters. Als der damals abgehauen ist, hat er alles stehen- und liegenlassen. Karins Mutter wollte nie etwas damit zu tun haben, aber Karin hat angefangen, sich für das Geschäft ihres Vaters zu interessieren, als sie alt genug dafür war. Und hat wieder etwas aus der Firma gemacht. Ihrer Mutter war das nie recht, die beiden haben ständig darüber gestritten.«

»Warum war es Brigitte Riss denn nicht recht?«

»Sie hat ihren Mann gehasst für das, was er ihr angetan hat«, sagt Josh.

»Die verlassene Ehefrau und die verlassene Tochter«, meint Sita. »Die Ehefrau hasst den Mann und liebt die Tochter. Die Tochter vermisst den Vater und macht der Mutter Vorwürfe. Das geht selten gut, außer beide sind im Hass vereint.«

»Ja. Jaaa«, sagt Josh und zeigt mit dem Finger auf Sita. »Das trifft es wirklich gut. Sie sollten umschulen auf Psychologe.«

»Das war eine Schublade. Mehr nicht«, erwidert Sita trocken.

»Ja. Aber eine, die passt.«

Tom sieht Josh nachdenklich an. »Gibt es irgendjemanden, von dem du weißt, dass er Karin schaden wollte? Jemand, der wütend auf sie ist?«

»Äh. Nein, niemanden. Also, höchstens bei ihrer Mutter kann ich mir das vorstellen. Die ist ja irgendwie dauernd angeeckt. Aber Karin«, er schüttelt den Kopf.

»Verstehe.«

»Verschwunden, sagst du?«, fragt Josh. »Wann denn eigentlich?«

»Gestern, am späten Nachmittag.«

»Das kann nicht sein«, erwidert Josh. »Sie hat mir doch heute noch eine SMS geschrieben, dass sie mich treffen will.«

»Heute?«, fragt Tom, wie vom Donner gerührt.

»Und vor der Tür steht ihr Auto«, ergänzt Josh.

Tom und Sita tauschen einen Blick. »Kann ich die SMS mal sehen?«, fragt Tom.

Josh scheint plötzlich zu bereuen, dass er sie erwähnt hat. Er zögert etwas zu lange, kapituliert dann seufzend und holt sein Handy hervor.

*Brauche deinen Rat. 20:00 Uhr, PH, KM*

Die SMS ist von heute, sechzehn Uhr zweiundzwanzig, als Absender erscheint statt eines Namens eine Handynummer. »Warum hast du Karins Nummer denn nicht in deinem Adressverzeichnis?«, fragt Tom.

»Schwer zu erklären«, sagt Josh.

»Aber es ist ihre Telefonnummer.«

»Nein.«

»Nein? Aber dann könnte die Nachricht doch von jedem sein.«

Josh schüttelt den Kopf. »PH und KM, das kann nur Karin sein.«

»Okay. PH für Pförtnerhaus«, sagt Tom, »aber warum KM und nicht KR, wie Karin Riss? Oder hat sie geheiratet und ihren Namen geändert?«

»Nein, nein, das ist«, er kratzt sich verlegen im Nacken, »ein Spiel zwischen uns. Wenn sie KM schreibt, weiß ich, die Nachricht kommt von ihr. Egal, von welcher Nummer.«

»Aha«, murmelt Sita.

»Was zum Teufel soll das alles?«, fragt Tom.

»Keine Ahnung«, erwidert Josh. »Aber solange sie Nachrichten schreibt und sich mit mir treffen will, kann es ja nicht so schlimm um sie bestellt sein, oder?«

Das kann man so oder so sehen, denkt Tom. Er zieht eine verknickte Visitenkarte aus der Innentasche seiner Jacke und gibt sie Josh. »Am besten, du gehst jetzt. Wenn irgendetwas sein sollte, ruf mich auf dem Handy an. Niemanden sonst, nur mich. In Ordnung?«

Josh nickt stumm.

»Gibst du mir noch deine Nummer?«

Josh fischt ein dünnes, schwarzes Portemonnaie aus seinem Jackett und reicht Tom eine Visitenkarte mit dem Logo einer Schweizer Großbank: *Joshua Paul Böhm, Kreditwesen.*

# Kapitel 15

Psychiatrische Privatklinik Höbecke, Berlin-Kladow
Montag, 4. September 2017
21:04 Uhr

Die Nasszelle in Friderikes Zimmer ist eng und fensterlos; die beigen Plastikkabinen waren nachträglich in eine ganze Reihe von Zimmern im ehemaligen Klosterflügel eingebaut worden. WC, Becken und Duschwanne sind aus demselben tristen Material wie die Wände, und alle Ecken und Kanten sind abgerundet. Friderike findet, es sieht ein bisschen so aus wie in einem dieser Science-Fiction-Filme aus den Siebzigern, die sie auf YouTube gesehen hat – old-fashioned futuristisch. Sie hat sich lange das Gesicht geduscht, als könnte noch der kleinste Rest von Klaras Spucke sie mit deren Verrücktheit infizieren. Das Brennen des heißen Wassers auf dem Körper hat ihre dumpfen Kopfschmerzen für eine Weile betäubt.

Jetzt sitzt sie rotwangig und dampfend in ihrem Bett, ein Handtuch um die nassen Haare geknotet wie einen Turban.

Das Smartphone in ihrer Hand beruhigt sie.

Als sie aus der Dusche kam, stand ihr Entschluss fest. Egal, wie teuer der Zusatztarif war: Sie brauchte Ablenkung! Und teuer war sowieso relativ. Dass sie so wenig Kohle hatte, lag ja vor allem an dieser Mini-Ausbildungsvergütung – und daran, dass ihr Vater beschlossen hatte, das Kindergeld, das er für sie kassierte, in ihren Stiefbruder Volker zu investieren. »Da bringt es wenigstens etwas«, hatte er gesagt.

Jetzt surft sie quer durch alle Kanäle: Twitter, Instagram, Facebook und diverse Newsportale, wo gerade eine grauenvolle Mordgeschichte hochkocht. Letztes Jahr der Anschlag auf den Weihnachtsmarkt, jetzt eine symbolische Hinrichtung mitten im Berliner Dom. Laut Focus Online hält sich die Polizei bedeckt, aber bei Twitter sind alle schon weiter. Der letzte Tweet von einer Userin namens TeasyBini zum Beispiel lautet: *In der Pressekonferenz haben die selbst gesagt, sie ermitteln in alle Richtungen, auch in die eines »religiös motivierten Tathintergrundes«.*

Darauf Sunbeamer98: *Also doch ein Anschlag! Will nur noch keiner zugeben. IS doch immer so – Lach!*

Friderike schaudert, trotz der heißen Dusche, und starrt auf das Foto, das ihre Freundin Kira geteilt hat und das im Moment überall rumgeht, unter Hashtag Siebzehn, und das *wirklich* gruselig ist, so gruselig, dass ihr die ganze Sache mit Klara plötzlich wie Kleinkram vorkommt.

Sie klickt sich durch, über Facebook zu einem längeren Newsbeitrag der Online-BZ. Die Tote, steht da, hatte einen Schlüssel um den Hals. Was das wohl bedeutet? Und was bitte ist da in den Schlüssel geritzt – eine Siebzehn?

Friderike stutzt. Ausgerechnet die Zahl, die auf Klaras Kalenderwand fehlt?

Was für ein blöder Zufall. Kaum hat sie Klara für einen Moment vergessen, schon nutzt ihre Phantasie die erstbeste Gelegenheit, um sie wieder zurückzuholen. *Dummerchen!* Ärgerlich wischt Friderike die Nachrichtenseite ins Nirwana, ignoriert Justin Bieber, weil der in der letzten Zeit irgendwie auch nicht mehr zu gebrauchen ist, und landet bei Felix Jaehn. *Bonfire.* Brennende Reifen. Den Namen der

Sängerin kennt sie nicht, ist auch egal, Hauptsache, Felix Jaehn ist da. Schickes Feuer, die Frau und Felix ziehen Kapuzen über. Schwarz. Wie der schwarze Engel im Dom ... dazu der Schlüssel mit der Siebzehn. *Mist.* Manche Sachen kann man einfach nicht vergessen; die Siebzehn und Klara, das ist schlimmer als ein Ohrwurm.

Sie kann nicht anders, sie muss ständig daran denken.

Und wenn es doch kein Zufall ist?

Kapelle. Dom. Jesus. Die Kritzelei auf der Wand. Die Siebzehn auf dem Schlüssel.

Blödsinn, denkt sie. Jetzt spinnst du komplett. Sie wirft die Decke zurück, stellt die Beine auf den Boden, rutscht in ihren dicken Wollsocken über den schmuddeligen Fußboden und schließt den Fön an die Steckdose an.

Heiße Luft in ihren Haaren, ihre Ohren glühen angenehm. Dem Fenster und der verdammten Kapelle dreht sie den Rücken zu. Gleich noch eine Ibuprofen gegen die Kopfschmerzen, und morgen sieht die Welt schon wieder ganz anders aus. Ein Satz ihres Vaters kommt ihr plötzlich in den Sinn. »Bloß weil etwas nicht in dein kleines Hirn passt, heißt es noch lange nicht, dass es nicht so ist.«

Und was, wenn das Arschloch recht hat? Wenn es gar kein Blödsinn ist?

# Kapitel 16

Beelitz bei Potsdam
Montag, 4. September 2017
21:19 Uhr

Tom steht mit Sita in der Tür des Pförtnerhauses und sieht Josh nach, der in einen gedrungenen silbernen Hyundai-SUV steigt. Hinten rechts fehlt eine Radkappe. Joshua wendet hastig, und Tom schießt mit seinem Handy noch ein Foto von dem beleuchteten Nummernschild. Für alle Fälle. Die Scheinwerfer von Joshs Wagen streifen im Wegfahren die Bäume. Sita atmet scharf ein und fasst Tom am Arm. »Hast du das gesehen?«, flüstert sie.

»Nein, was denn?«

»Da war jemand, drüben, rechts vom Weg.«

Tom starrt in die Dunkelheit, doch außer den Rückleuchten von Joshs Wagen ist dort nur eine dunkle Wand aus Bäumen. »Bist du sicher?«

»Ich hab ganz kurz ein Gesicht gesehen.«

»Ein Gesicht?«

»Es war eher wie ein heller Fleck. Trotzdem, ich bin mir ziemlich sicher.«

»Konntest du erkennen, ob Mann oder Frau?«

Sita schüttelt den Kopf. »Meinst du, es könnte Karin gewesen sein?«

»Die Frage wäre dann, warum sie sich versteckt.« Tom läuft ins Haus, kehrt mit der Handlampe zurück und ruft in den Wald. »Karin?« Er leuchtet ins Gebüsch zwischen den Bäumen, geht ein paar Schritte und ruft erneut. »Hallo? Karin?« Silberne Regenfäden im Licht der Lampe. Gestrüpp, Laub und Bäume. Es raschelt in Bodennähe. Erst direkt vor ihm, dann weiter hinten. Mäuse. Vielleicht ein Fuchs. Was auch immer. Ein Mensch hört sich anders an. Irgendwo bricht ein Zweig.

*Was, wenn das gar nicht Karin ist,* wispert Vi.

Tom schaut zum Haus hinüber. Sita steht da, ein schmaler Schatten, die Tür hinter ihr ein helles Rechteck.

*Tom, ich will hier weg,* flüstert Vi.

Er will nach seiner Dienstwaffe greifen, aber da ist keine. Grauwein hat seine SIG, wegen der ballistischen Untersuchung.

Tom geht zurück zum Haus. Karins Passat steht neben seinem Mercedes. Regen perlt vom Stufenheck. Kofferraum und Türen sind verschlossen. Er leuchtet mit der Lampe in den Wagen. Eine gefaltete Lederjacke auf dem Rücksitz, in der Mittelkonsole ein Nagelknipser, eine Feile und eine Handvoll Münzen. Auf dem dunklen Beifahrersitz sind ein paar Flecken.

»Ist das Blut?«, fragt Sita, die von der anderen Seite hineinschaut.

»Könnte auch Schmutz sein«, murmelt Tom. Sein Blick fällt auf eine prall gefüllte Plastiktüte im Fußraum.

»Hier stimmt was nicht«, sagt Sita leise.

Hinter ihr knackt es. Sofort richtet Tom den Lichtkegel auf die Stelle im Wald, aus der das Geräusch kam. Nasses, glänzendes Laub. Sonst nichts.

*Bitte!,* flüstert Vi.

»Was denkst du, ist in der Tüte?«, fragt Sita.

»Wenn ich das wüsste.« Tom muss an die leeren Kisten

in Karins Schrank denken und an das, was Brigitte Riss ihrer Haushälterin gegenüber den »Rest« genannt hat. Er dreht die Handlampe um und schlägt mit der harten Rückseite auf die Seitenscheibe ein, bis sie bricht.

Sita sieht ihm schweigend zu.

»Du sagst ja gar nichts.« Tom greift durch die geborstene Scheibe nach der Tüte.

»Hätte es etwas gebracht?«, fragt Sita.

Der Inhalt der Tüte ist weich; Tom zieht mehrere schmutzige Handtücher heraus. Sonst ist nichts darin. Enttäuscht stopft er die Handtücher zurück.

»Tom?«

»Hm?«

»Schau mal.« Sita deutet in Richtung Landstraße. In einiger Entfernung ist flackerndes Blaulicht zwischen den Bäumen zu sehen.

»Verdammt, wer hat die denn gerufen?«, sagt Tom.

»Vielleicht Joshua?«

»Der ist doch eben erst weggefahren. So schnell können die unmöglich hier sein. Vielleicht gibt es einen Wachmann, der die Polizei alarmiert hat. In den Heilstätten wird regelmäßig eingebrochen, von Gruselfans oder Jugendlichen, die Mutproben veranstalten.«

Das Blaulicht kommt rasch näher. Was Tom jetzt am wenigsten gebrauchen kann, sind unangenehme Fragen oder eine weitere Dienstaufsichtsbeschwerde, zumal er nicht weiß, wie Sita reagieren wird, wenn sie sich erklären muss. Er legt die Tüte mit den Handtüchern zurück in den Fußraum des Passats. »Wir sollten verschwinden, schnell.«

Sita macht keine Anstalten, sich zu bewegen.

»Du wolltest dabei sein«, erinnert Tom sie. »Jetzt hängst du mit drin.«

»Wenn das nur eine x-beliebige Streife ist, dann haben wir hier halt ermittelt.«

»Früher oder später wird die Sache bei Morten landen. Der sucht ohnehin nach einem Vorwand, um mir am Zeug zu flicken. Und dir gegenüber war er bisher auch nicht sonderlich wohlwollend.«

Ein kurzes Zögern, dann nickt Sita.

Tom eilt ins Haus, schaltet das Licht im Büro aus und zieht die Haustür hinter sich zu. Einsteigen, Motor starten, Rückspiegel. Das Polizeifahrzeug biegt in die kleine Straße, die zum Pförtnerhaus führt. Tom wagt es nicht, die Scheinwerfer einzuschalten. Sein Wagen ist ein bunter Hund bei den Kollegen; er ist der Einzige, der eine ehemalige Staatskarosse fährt.

Er verlässt den Parkplatz, rollt in der Dunkelheit am Haus vorbei. Die Tropfen auf der Windschutzscheibe erschweren die Sicht. Der Scheibenwischer zieht Streifen. Tom weiß, dass vor ihm ein schmales Sträßchen in den Wald führt. Er hat den Weg vorhin gesehen, als er mit der Handlampe in alle Richtungen geleuchtet hat, doch jetzt hat er Mühe, überhaupt irgendetwas zu erkennen.

Er bremst ab, lässt die Seitenscheibe herunter und streckt den Kopf zum Fenster hinaus, um besser sehen zu können. Der Polizeiwagen hält auf dem Parkplatz, das Blaulicht lässt den Wald pulsieren. Immerhin, ein kleines bisschen Sicht. Tom drückt behutsam aufs Gas. Schritttempo. Der Wald wird zu Einzelbildern in Blau, die Momente dazwischen fehlen. Dann plötzlich bleibt das Licht aus. Tom stellt den Motor ab und hält an. Seine Bremslichter glühen rot, er kann es im Rückspiegel sehen, beißt sich auf die Lippen und hofft, dass die Kollegen zu beschäftigt sind, um zwei rote Punkte in der Dunkelheit zu bemerken. Zwischen ihnen und dem Pförtnerhaus liegen jetzt vielleicht fünfzig Meter. Genug, um nicht sofort gesehen zu werden, aber zu wenig, um sicher zu sein.

Am Pförtnerhaus schlagen Autotüren.

Sitas Miene ist in der Dunkelheit nicht zu deuten, nur das Weiße in ihren Augen glänzt. »Du schiebst, ich lenke?«

Tom zögert einen Moment.

»Was ist? Fahren können wir ja wohl nicht. Deinen Wagen hört man doch bis nach Beelitz.«

»Okay. Rutsch rüber.« Tom steigt aus, während Sita im Dunkeln über die Mittelkonsole klettert. Lautlos drückt er die Tür zu und hört sie durch das offene Fenster leise fluchen.

»Alles okay?«

»Ja, ja. Ist egal. Schieb einfach.«

»Du musst die Zündung anmachen, den Schlüssel nur halb nach rechts drehen.«

»Danke. Ich hab den Führerschein.«

Tom stemmt sich mit beiden Händen gegen den vorderen Holm und beginnt zu schieben. Mit leise knirschenden Reifen setzt sich der Wagen in Bewegung.

»Bloß nicht bremsen!«, zischt Tom.

»Warum?«

»Die Zündung ist an. Dann leuchten die Bremslichter, auch wenn der Motor aus ist.«

»Was ist dir lieber? Dass die Bremslichter kurz aufleuchten oder dass wir im Unterholz landen?«

»Schon gut«, keucht Tom. »Mach einfach.«

Der Regen wird schwächer und die Straße schmaler. Sie wächst von beiden Seiten zu, und obwohl etwas Mondlicht durch die aufreißenden Wolken schimmert, kommen sie zweimal beinahe vom Weg ab. Tom schwitzt, seine Arme und Beine werden schwer, und die frische Wunde an seiner Schläfe pocht. Baumwurzeln haben den Asphalt aufgerissen. Bei einem Schlagloch stolpert Tom und muss sich an der Fahrertür festhalten, um nicht mit dem Fuß unter das Hinterrad zu geraten. Es wäre besser, von hinten zu schieben, doch von dort kann er nichts sehen, und da Sita durch die verschmierte Windschutzscheibe noch weniger sieht, muss er die Zähne zusammenbeißen.

Nach etwa fünf Minuten rollt der Wagen aus dem Waldweg auf eine kleine Kreuzung zu, dahinter erhebt sich ein langgestreckter, dunkler Gebäudekomplex, der so groß ist, dass der hintere Teil mit der Finsternis verschmilzt. Tom hört auf zu schieben, und der Wagen kommt lautlos zum Stehen.

»Wo sind wir?«, fragt Sita.

Tom blickt sich schwer atmend um. »Jedenfalls weit genug weg, um den Motor anzulassen und mit Licht weiterzufahren. Sieh mal bei Google Maps nach.«

Einen Augenblick später erhellt der kalte Widerschein des Smartphone-Displays das Wageninnere. Tom beugt sich zu Sita hinunter, sieht durchs geöffnete Fenster und erstarrt.

Die Frau, die am Steuer sitzt, ist nicht Sita.

# Kapitel 17

Autobahn 10, Berlin
Montag, 4. September 2017
21:33 Uhr

Jo Morten ist auf dem Rückweg von Beelitz nach Berlin. Sein Kopf ist zum Bersten gefüllt. Die Morde im Dom, die ständigen Nachfragen von Staatsanwalt und Innensenator, dazu Bruckmann, der ihm auf den Füßen steht. Der Fall stellt ohnehin schon alles in den Schatten, was er in seiner bisherigen Karriere erlebt hat. Aber dass nun auch noch Karin Riss verschwunden ist, lässt ihm keine Ruhe, ebenso wenig wie der Tod der jungen Polizistin und der bedenkliche Zustand von Drexler. Er kennt den Kollegen von einem Elternabend, zu dem seine Frau ihn mitgeschleift hat – Drexlers älteste Tochter geht gemeinsam mit Mortens Töchtern auf das Leibniz-Gymnasium in Kreuzberg.

Also ist er noch einmal zu Karin Riss' Haus gefahren – allein, ohne das ganze Tamtam. Die Kollegen, die vor der Tür postiert waren, hat er gebeten, im Streifenwagen sitzen zu bleiben.

Die Vernehmung der Angestellten von Karin Riss am Nachmittag hatte ihm einen ersten Eindruck von der Pastorinnen-Tochter vermittelt. Eine harte Chefin. Bestimmend. Empfindlich. Keine Männer in ihrem Leben. Nicht ein Foto, nicht ein Brief von einem Partner oder früheren Freund im Haus. Mit dem Computer der Vermissten sind die Kollegen noch nicht ganz fertig, mit den Kreditkartenabrechnungen schon. Größte Auffälligkeit: regelmäßige Zahlungen an einen Dienstleister, der zur anonymen Abrechnung von Mitgliedschaften bei Sexseiten im Internet dient. Doch auf dem Computer gibt es keine heruntergeladenen Filme, nichts Einschlägiges im Browserverlauf. Offensichtlich benutzt sie nur den Streamingdienst – als müsste sie sich verstecken. Aber vor wem, zum Teufel, wenn sie niemanden hat? Vor sich selbst?

Als vorhin der Anruf von der Zentrale kam, ein Wachmann habe sich gemeldet, in Beelitz im Pförtnerhaus sei Licht, ob das mit ihrem Fall zu tun habe oder möglicherweise ein Einbruch sei, da hat er die Kollegen geschickt, die vor der Tür postiert waren. Sein innerer Akku war leer und ist es noch. Um ihn wieder aufzuladen, braucht er jetzt zwei Dinge. Zigaretten und die Zigarette danach. Er hasst sich dafür, dass er sich selbst nicht besser im Griff hat, aber es ist, wie es ist.

Mortens sehnige Finger zittern ein wenig, die Haut unter seinem Ehering juckt. Er will sich jetzt schon eine Zigarette anstecken, aber der Wagen würde tagelang danach riechen, und, was noch schlimmer wäre, seine Kleidung. Was wiederum zwangsläufig zu einem Vortrag von Lydia führen würde – über Rezidive bei Kehlkopfkarzinomen –, und darauf kann er nun wirklich verzichten. Lydia hatte schon immer eine feine Nase, und die hat sie auch ihren beiden Töchtern Verena und Maja vererbt. Die Zwillinge sind inzwischen elf Jahre alt, vorlaut wie sonst was und die reinsten Rauchmelder. Wenn eine von ihnen auch nur eine Spur von Zigarettenrauch in seinen Haaren riecht, wird sofort Alarm geschlagen. »Mama, Papa hat wieder geraucht!« Früher hieß das im Osten I.M., um es mal im Stasi-Jargon auszudrücken, und den kennt er weiß Gott nur allzu gut.

Es ist nicht etwa so, dass Jo Morten seine beiden Töchter nicht liebt, im Gegenteil. Er braucht nur hin und wieder etwas Abstand, eigentlich sogar meistens, wenn er ehrlich ist. Als junger Mann hatte er immer gedacht: So etwas wie eine Familie, das bringst du nie auf die Reihe. Den Gedanken an Kinder hatte er längst aufgegeben, als er vor zwölf Jahren Lydia kennenlernte.

Und dann gleich Zwillinge. Vor zwei Jahren dann die niederschmetternde Diagnose: Kehlkopfkrebs. »Rauchen Sie?«, lautete die erste Frage des Arztes. »Verdammter Idiot«, wäre die einzig passende Antwort gewesen. Morten war Kettenraucher und roch aus jeder Pore seines Körpers. Aber dieser Schlaumeier hatte ihm mit Rhetorik kommen wollen.

Er hatte unverschämtes Glück gehabt, dass der Krebs so früh entdeckt worden war und man ihn noch operieren konnte. Im Gegensatz zu vielen anderen Patienten mit derselben Diagnose kann er sogar noch sprechen. Wenn ich ganz ehrlich bin, denkt er, habe ich damit gerechnet zu sterben. Und jetzt sitze ich hier im Auto, lebe und habe das unstillbare Verlangen nach einer Zigarette.

Fünf Minuten später biegt er auf einen Rastplatz ab. Er stellt sich neben seinem Wagen ins Gras, zündet sich eine an und hofft, dass der Regen ihn reinwäscht.

Jetzt endlich, da der Rauch in seine Lungen strömt, breitet sich das ersehnte Wohlgefühl aus, und er kann wieder an den Fall denken. Was für eine verfluchte Scheiße! Drei Tote und ein Schwerverletzter an nur einem Tag. Dazu eine Entführte, ein Leck in der Nachrichtensperre und ein verschwundenes Beweisstück. Darauf, dass Bruckmann ihm diesen Fall übertragen hat, bildet er sich nichts ein. Wenn es keine Ergebnisse gibt, braucht man immer ein Bauernopfer, und das hieße in diesem Fall Joseph Morten.

Was ihm aber wirklich stinkt, ist, dass sie ihm ausgerechnet die MK 7 in die SOKO gesteckt haben. Tom Babylon. Bruckmann muss irgendwie einen Narren an diesem Typen gefressen haben, sonst wäre der doch längst suspendiert. Dabei gibt es nichts als Ärger mit Babylon, das war schon immer so. Wie der Vater, so der Sohn. Schon der Alte war ein echter Drecksack. Von der Stasi infiziert und vorne rum immer schön einen auf Kultur machen. Aber davon spricht ja heute keiner mehr. Morten schnippt die glimmende Kippe in den Regen, zündet sich noch eine an und geht zu einem morschen Holzunterstand.

Und dann diese neunmalschlaue Johanns, extra von Bruckmann ins Team befohlen. Nichts gegen attraktive Frauen, aber die Johanns ist einfach zu aufsässig. Als gäbe es etwas in ihr, das rauswill, aber zu selten rausdarf.

Sein Telefon klingelt – nicht das Diensthandy, sondern das andere.

»Ja?«, sagt Morten ungehalten.

»Ich bin's.«

»Was gibt's?«

»Die Kollegen haben Sie eingeladen, mal wieder zur Vereinssitzung zu kommen. Kleine Runde.«

»Danke. Ich habe zu tun.« Morten nimmt einen kräftigen Zug, und die Glut frisst sich näher an den Filter heran.

»Eben deswegen.«

»Danke. Nein.«

»Das war keine Bitte. Sie müssen uns nur ein paar Fragen beantworten, zum Stand der Dinge.«

»Ich weiß nicht, warum ihr Typen das nicht begreift«, sagt Morten gereizt. »Ihr könnt nicht ständig anrufen und so tun, als hättet ihr etwas gut bei mir.«

»Ohne unsere Verbindungen würde Ihr Vater auf der

Straße oder im Gefängnis sitzen – ohne einen Cent Pension.«

»Dann rufen Sie doch meinen Vater an, ob der etwas für Sie tun kann. Er kommt bestimmt zu den Vereinssitzungen, wenn Sie ihn bitten.«

»Das war nicht unsere Abmachung.«

»Ich habe die Abmachung mehr als erfüllt.«

»Pensionen können auch gestrichen werden. Zum Beispiel, wenn es neue Erkenntnisse gibt.«

Verdammte Aasgeier. Morten muss an die Pressekonferenz und Bernsaus Andeutung über eine mögliche Wiederaufnahme der Ermittlungen gegen seinen Vater denken. Ein Gedanke, der Übelkeit bei ihm auslöst. *Wenn das passiert, landen sie irgendwann bei mir.* Im Nachhinein fragt er sich, warum zum Henker er die Akten seines Vaters frisiert hat – und noch dazu mit deren Hilfe. Er hätte ihn einfach sich selbst überlassen sollen. Jetzt hängt er mit drin. Kann es etwa sein, dass Bernsau mit denen zu tun hat? Nein, das ist ausgeschlossen. Bernsau ist ein Arsch, aber er ist nicht korrupt. Oder? Verflucht, es ist wie früher. Wen die einmal am Wickel haben, den lassen sie nicht wieder los. Wie Krebszellen, gegen die keine Bestrahlung hilft. Als hätte sich dieser Scheißstaat für alle Zeiten in ihm festgefressen. Ich hätte mich nie darauf einlassen dürfen, denkt er. Aber die Alternative wäre gewesen, mich selbst um Vater und seinen verlausten alten Kasten zu kümmern. Weder einen Platz im Heim noch die Pflegekraft hätte ich bezahlen können. Und die Ermittlungen gegen ihn hätte ich schon gar nicht alleine gestoppt. »Hören Sie zu, wenn Sie etwas von mir wollen, müssen Sie verdammt noch mal Ruhe geben. Glauben Sie im Ernst, ich klettere auf der Karriereleiter hoch, wenn ich als HSGE-Vereinsmeier auffalle?«

Der Mann am anderen Ende schweigt. Es gefällt ihm nicht, dass Morten die Sache beim Namen nennt. HSGE – »Hilfsgemeinschaft soziale Gerechtigkeit für ehemalige Angehörige der DDR-Staatsorgane e.V.« Als er sich damals wegen seines Vaters dort gemeldet hat, hätte er im Leben nicht gedacht, dass man ihn nicht mehr von der Leine lassen würde. Gefallen gegen Gefallen. Es sah so einfach aus. Inzwischen beschleicht ihn manchmal das Gefühl, an eine kleine Gruppe von Leuten mit besonderen Interessen geraten zu sein, einen Verein im Verein.

»Was glauben Sie, wird Ihre Frau sagen, wenn Ihr Geld auch noch für Morten senior reichen muss? Und wer weiß, was eine neue Untersuchung noch zutage fördern würde. Am Ende könnte man glauben, Sie hätten auf die früheren Ermittlungen Einfluss genommen.«

»Zum Teufel mit euch. Was wollen Sie?«

»Wie gesagt, kleine Runde. Morgen Mittag. Wenn's Ihnen hilft, bestimmen Sie gerne den Ort.«

»Morgen? So schnell?«

»Es geht um die Sache mit der Zahl.«

Morten stutzt. Damit hat er nun am allerwenigsten gerechnet. »Na schön. Ich melde mich.« Rasch legt er auf.

Unglaublich. Erst die Sache mit Kröger und jetzt das. Was läuft hier? Warum interessiert sich plötzlich auch noch dieser Stasi-Pensionärs-Verein für die Morde im Dom?

Er schnippt den Stummel fort.

Zündet die Nächste an.

Und noch zwei Nächste.

Gott, sind seine Hände ruhig. Und das trotz des verdammten Telefonats! Nur die Sache mit dem Rauch in den Klamotten und im Haar könnte langsam kritisch werden. Bei einer halben Packung am Tag helfen auch der Regen und die frische Luft nicht mehr. Das Einzige, was ihm bleibt, ist sein Ersatzanzug. Der eine ist noch in der Reinigung, den anderen hat er bei Veruca liegenlassen, zum Auslüften. Was eindeutig dafür spricht, jetzt nicht nach Hause, sondern zu ihr zu fahren.

Er nimmt das Prepaid-Handy und wählt ihre Nummer.

»Hallo?«

»Ich bin's«, sagt er trocken, wobei ihm auffällt, dass er sich genauso meldet wie dieser Typ von der Vereinsmischpoke. Als wäre er einer von denen.

»Süßer …« Ihre Stimme klingt samtweich, mit dieser harten osteuropäischen Note, die er so liebt. »Jetzt noch?«

»Unbedingt.«

»In einer Stunde bin ich frei.«

»Gut. Bis gleich.«

Morten legt auf und zieht eine weitere Zigarette aus der fast leeren Schachtel. Ich hätte auch Hodenkrebs kriegen können, denkt er. Das wäre schlimmer gewesen. Die Flamme sengt den Tabak an. Für den Weg zu Veruca braucht er höchstens eine halbe Stunde, und bei ihr vor der Tür rumzustehen kommt nicht in Frage. Im Sommer, nach den ersten Malen, hat er ihren Namen gegoogelt. Veruca ist rumänisch für Vera und bedeutet »die Gläubige«. Bis heute hat er nicht herausgefunden, ob sie wirklich so heißt oder ob sie sich nur einen verrucht klingenden Namen gegeben hat – wie die meisten. Gott, denkt er. Ich bin vermutlich der Einzige, der eine Frau bucht, weil er einen frischen Anzug braucht und duschen muss. Und wegen der Zigarette danach.

# Kapitel 18

Beelitz bei Potsdam
Montag, 4. September 2017
21:33 Uhr

Wind kommt auf, Sita hört das Rauschen in den Blättern. Ein paar Tropfen aus den Baumkronen wehen durch das offene Seitenfenster des Mercedes. Das Smartphone in ihrer Hand leuchtet grell auf. Sie kneift die Augen zusammen, will Google Maps aufrufen. Aus dem Augenwinkel sieht sie Tom, der mit einer plötzlichen Bewegung unter seine Jacke greift, dahin, wo er sonst die Dienstwaffe trägt.

Erschrocken starren sie einander an.

»Was zum Teufel machst du da?«, fragt sie.

»Sita?«, fragt Tom ungläubig und lässt die Hand sinken.

»Wer sonst?«

Sein Blick fällt auf den Beifahrersitz, auf das schlaffe, dunkelbraune Etwas, und schlagartig wird ihr klar, was ihn so erschreckt hat. Die Frau, die am Steuer seines Wagens sitzt, hat auf den ersten Blick nichts mehr mit Sita gemein. Sie kennt den Anblick aus dem Spiegel: raspelkurze Haare, die Gesichtszüge markanter und härter als mit der schmeichelnden Frisur, und dann ist da noch die Narbe, die vom Kieferknochen bis zum Ohr verläuft.

»Jetzt guck nicht so«, sagt sie schroff, nimmt ihre Perücke vom Sitz und legt sie nach hinten auf die Rückbank. »Ich bin mit den Haaren am Rückspiegel hängengeblieben, als ich vorhin auf den Fahrersitz geklettert bin. Und fürs Zurechtzupfen hatte ich weiß Gott keine Zeit.«

Tom steht regungslos da. »Warum trägst du das Ding?«

»Ich bin halt nicht so der Botox-Typ. Ich brezel mich lieber mit Haaren auf«, witzelt Sita.

»Ich glaub dir kein Wort.«

War ja klar, denkt sie. Bullen und Psychologen, beide bohren, bis es weh tut. »Mein Geheimnis, dein Geheimnis«, sagt sie. »Schon vergessen?«

Tom schweigt einen Moment. Dann zuckt er mit den Schultern. »Kann ich mit leben.« Ist das da etwa ein Lächeln auf seinem Gesicht?

»Und?«, fragt er und deutet auf ihr Handy. »Was sagt Google Maps?«

»Ähm ... ich, keine Ahnung.« Sita öffnet den Browser und gibt »Beelitz« und »Pförtnerhaus« in die Suchmaske ein. Auf der Karte ist ein schmaler Weg zu sehen, der von dem Haus im Wald wegführt, bis zu einer kleinen Kreuzung, an der ein großes Gebäude liegt. »Ich glaube, das ist die alte Chirurgie.« Sie schaltet auf die Satellitenansicht um. »Der Weg hier rechts scheint einen Bogen zu machen und in etwa fünfzig Metern Entfernung am Pförtnerhaus vorbeizuführen, bis zu der Landstraße, auf der wir gekommen sind.«

»Dann los«, sagt Tom. »Je eher wir weg sind, desto besser.«

»Du weißt schon, dass die Kollegen nur unsere Telefone und die Funkmasten checken müssen, um zu wissen, dass wir hier waren?«

»Warum sollten sie das tun? Dafür müssten sie erst mal den Verdacht haben, dass wir hier waren«, erwidert Tom.

»Ist dir eigentlich klar, in was für eine Scheiße du mich reitest?«

»Wenn ich mich recht erinnere, hast du mich erpresst, um mitreiten zu dürfen.«

»Ich hab dich erpresst, um die Wahrheit zu erfahren, und nicht, um in der Scheiße zu sitzen.«

»Tja«, sagt Tom, »das eine gibt es wohl nicht ohne das andere.« Sein Blick streift ihre Narbe.

»Dann also Wahrheit und Scheiße, hm?« Sie mustert ihn. »Hört sich nach Bullenpsychologie an.« Sie klettert zurück auf den Beifahrersitz. »Lass uns fahren.«

Der Motor ist verräterisch laut und das Licht viel zu hell, aber endlich können sie wieder einigermaßen sehen. An der Einmündung zur Landstraße erfassen sie die Scheinwerfer eines vorbeifahrenden Wagens; Gott sei Dank keine Polizei. Die A 115 Richtung Berlin ist leer. Tom hat die Heizung aufgedreht, um seine nasse Kleidung zu trocknen, und die Scheiben beschlagen von innen.

»Was glaubst du«, fragt Sita, »wen ich da vorhin im Wald gesehen habe?«

»Vermutlich die Person, die Josh die Nachricht geschickt hat, um ihn zum Pförtnerhaus zu locken.«

»Du meinst Karin? Und warum hat sie sich vor uns versteckt?«

»Oder jemand anders. Derjenige, der Karin entführt hat«, sagt Tom und schweigt einen Moment. Die Ausfahrt Potsdam-Babelsberg fliegt rechts vorbei. »Beide Möglichkeiten«, sagt Tom, »gefallen mir nicht.«

»Meinst du, Karins Wagen stand schon die ganze Zeit da? Also seit gestern?«

»Ich glaub nicht. Karin war zu Hause. Warum sollte sie den Wagen am Pförtnerhaus stehengelassen haben?«, sagt Tom. »Irgendjemand muss ihn heute dort hingebracht haben.«

Sita muss an den Schlüssel denken, den Tom bei Karin gefunden hat. Es ist verrückt, aber die beiden Morde im Dom, die tote Polizistin und der Kollege im Koma, das alles ist in der letzten Stunde verblasst. Stattdessen hat sie immerzu den Schlüssel vor Augen, wie Tom und die anderen ihn finden, wie Toms Schwester verschwindet und später tot aufgefunden wird.

»Du glaubst, dass deine Schwester lebt, oder?«

»Ja.«

»Obwohl die Polizei sie damals gefunden hat.«

»Es gab auch eine Beerdigung.« Tom zeigt nach rechts zur Windschutzscheibe hinaus. »Das Grab ist nicht weit von hier, auf dem Waldfriedhof in Stahnsdorf.«

»Und trotz DNA-Abgleich glaubst du –«

»Dort liegt das falsche Mädchen.«

Toms Finger halten das Lenkrad fester, als es nötig wäre. Nicht loslassen können. Sita ist das schon oft begegnet, aber noch nicht so. »Warum glaubst du, dass sie noch lebt?«

»Sie lebt. Das muss reichen. Was ist mit dir und diesem Arzt?«, fragt Tom unvermittelt.

»Was hat das denn jetzt damit zu tun?«

»Ganz einfach: Du stellst Fragen, also stell ich auch welche.«

Sita stößt geräuschvoll Luft aus.

»Du hast ihn in der Klinik angeschwärzt, deshalb wurde er rausgeworfen«, sagt Tom. »Was hast du erzählt?«

»Dass er sich an mir vergriffen hat.«

»Er behauptet, du hättest gelogen. Hast du?«

»Ich hatte meine Gründe.«

»Also ja.«

»Gott, wie oft hast du in den letzten Jahren gelogen? Glaubst du, dein Grund ist besser als meiner, nur weil es um deine tote kleine Schwester geht?«, platzt es aus Sita heraus.

Toms Miene wird hart, sein Griff um das Lenkrad noch fester. Eine Weile sitzen sie schweigend nebeneinander.

»Entschuldige«, sagt Sita. »Ich wollte nicht …«

Tom räuspert sich. »Ist schon in Ordnung.«

»Er … er hat sich an anderen vergriffen«, sagt Sita. »Aber die wollten nicht aussagen.«

»Oh«, sagt Tom.

Erneut schweigen sie eine Weile.

»Sag mal«, nimmt Sita den Faden vorsichtig wieder auf, »wie haben deine Eltern das eigentlich damals verkraftet?«

»Meine Mutter lebte damals schon nicht mehr, und mein Vater … ist etwas speziell.«

»Speziell? Was heißt das?«

»Ostberlin. Kulturbeauftragter im Friedrichstadt-Palast, SED-Parteibuch und immer schön drauf achten, dass man nicht in Ungnade fällt … die äußere Form wahren … nach innen wegdrücken … wie das eben war. Du bist doch auch im Osten aufgewachsen, oder?«

»Hm. Schon«, murmelt Sita. »Hast du ihm damals alles erzählt?«

»Ja, natürlich.«

»Auch die Sache mit dem Schlüssel?«

»Ja.«

»Und?«

»Er hat mich geohrfeigt, sechs, sieben Mal. Immer wieder.«

Ein Schwall Spritzwasser von einem Sattelzug auf der rechten Spur klatscht auf die Windschutzscheibe. Für einen kurzen Moment sind sie blind, dann zieht der Mercedes an dem LKW vorbei und taucht aus dem Sprühnebel auf.

»Hat er dich öfter geschlagen?«

Tom schüttelt den Kopf. »Aber Viola war sein Liebling.«

»Also hat er dir Vorwürfe gemacht.«

»Das führt zu nichts«, sagt Tom. »Lass uns lieber über das reden, was heute passiert ist.«

»Aha«, sagt Sita. Sie dreht das Heizungsgebläse etwas herunter. Es ist heiß geworden im Wagen. »Und wo? Doch wohl kaum im LKA, oder?«

»Wo wohnst du?«

»Nicht bei mir«, wehrt Sita ab. Tom kennt sie jetzt schon ohne Perücke, ihm auch noch ihre Wohnung zu zeigen, ist mehr Nähe, als sie zulassen darf. »Vielleicht bei dir?« *Was ja fast genauso nah wäre*, schießt es ihr in den Sinn. Aber auch wenn es verrückt klingt, so herum hat sie kein Problem mit Nähe.

Tom seufzt. »Geht nicht. Meine Freundin.«

»Ist sie eifersüchtig?«

Tom lacht spöttisch auf. »Ja. Und wie. Auf meine Arbeit. Wenn ich die mit nach Hause bringe …« Aha, noch ein Thema, denkt Sita. Toms Leben scheint ein Minenfeld zu sein. »Okay«, seufzt sie. »Wir fahren in meine Richtung. Ich hab ein kleines Therapiezimmer in einer Bürogemeinschaft. Prenzlauer Berg, Belforter Straße.«

»Gut. Unterwegs halten wir irgendwo und nehmen etwas zu essen mit. Ich komme um vor Hunger.«

»Klar«, sagt Sita, obwohl sie nicht sicher ist, dass sie überhaupt etwas herunterbekommt. »Sag mal, die Siebzehn auf dem Schlüssel. Was, denkst du, bedeutet das?«

»Darüber habe ich mir jahrelang den Kopf zerbrochen. Eine Hausnummer, eine Zimmernummer, ich weiß es nicht. Vielleicht ein Schließfach, wobei die meisten Schließfachanbieter mehr als hundert Fächer haben – dann müssten es eher drei Ziffern sein, also null eins sieben. Dass die Zahl nicht eingraviert, sondern eingeritzt ist, spricht eher für eine speziellere Bedeutung.«

»Für etwas Persönliches«, ergänzt Sita. »Oder Symbolisches.« Sie nimmt ihr Smartphone zur Hand und öffnet den Internetbrowser.

»Brauchst du nicht«, sagt Tom. »Ich bin Spezialist, was die Siebzehn angeht.«

»Ist das nicht eine Art Unglückszahl?«

»In Italien, ja. So wie bei uns und in einigen anderen Ländern die Dreizehn. In italienischen Hotels gibt es oft keine Zimmernummer Siebzehn, in manchen Hochhäusern keine Siebzehnte Etage, im Flugzeug keine Reihe Siebzehn.«

»Und woher kommt das? Gibt es dafür irgendeinen kulturhistorischen Hintergrund?«

»Ja. Den gibt's tatsächlich. Aus den Ziffern, oder besser gesagt, den Buchstaben der römischen Zahl Siebzehn, also X, V, I, I, kannst du das Anagramm VIXI bilden. Sprichst du Italienisch?«

»Fremdsprachen sind nicht gerade meine Stärke.«

»*Vixi* ist die erste Person Perfekt von *vivere* und heißt wörtlich übersetzt ›ich habe gelebt‹. Oder anders ausgedrückt ...«

»... ich bin tot«, flüstert Sita. »Mein Gott.« Ein kalter Schauer läuft ihr den Rücken hinab. »Das wusstest du von Anfang an? Und hast nichts gesagt?«

»Ich bin sicher, inzwischen haben die Kollegen am Tempelhofer Damm das längst herausgefunden. Aber es bringt uns auch nicht weiter, oder?«

»Ich bin tot«, murmelt Sita abwesend.

»Da vorne ist ein Thai«, sagt Tom. Er bremst so abrupt,

dass sie in den Gurt gedrückt wird, hält in zweiter Reihe und schaltet den Warnblinker ein. »Kommst du mit?«

»Ich brauche nichts.«

»Das war nicht die Frage.« Tom lächelt, und woher auch immer er dieses Lächeln gerade holt, es verspricht einen kurzen Moment Normalität. So gesehen braucht sie doch etwas. Vielleicht sogar etwas zu essen. »Okay. Ich komme mit.« Als sie aussteigt, spürt sie die frische, kühle Luft auf der Kopfhaut. Sie könnte die Perücke wieder aufsetzen, aber bestimmt würde es sich in Toms Gegenwart eigenartig anfühlen, irgendwie zu intim. Und jetzt, wo er sie ohne Perücke gesehen hat, scheint es ihr so fast passender. Sita eins und Tom, das ist mehr Team als Tom und Sita zwei.

Der Thailänder ist ein kleiner, schlauchartiger Takeaway mit knallbunten Schildern. Als sie eintreten, klingelt Toms Handy.

»Dienststelle?«, fragt Sita.

Tom schüttelt den Kopf und nimmt das Gespräch an. »Babylon?«

Stille.

»Das glaube ich jetzt nicht«, sagt er. »Woher hast du meine Nummer?« Es klingt, als wüsste er nicht, ob er sich freuen soll oder ob ihm der Anruf unangenehm ist.

Der Geruch von Curry, Ingwer und Zitrone steigt in Sitas Nase, und sie bekommt Appetit. Am Tresen stehen eine Handvoll Leute, die auf ihr Essen warten. Dahinter wuselt ein kleingewachsener Mann, der eher nach rumänischen Wurzeln aussieht als nach thailändischen. Seine dunklen Augen streifen Sita, und während er hinter dem Tresen mit Essen hantiert, mustert er sie verstohlen, ihre kurzen Haare, ihre Narbe, ihre Figur. Sie starrt ihn unverwandt an, hebt eine Braue, und er senkt den Blick.

»Ist das dein Ernst?«, hört sie Tom fragen. Seine Stimme klingt gepresst. »Wann?«

Der Rumäne ruft etwas ins Hinterzimmer. Sita schaut nach oben, wo die angebotenen Speisen in ungelenken Druckbuchstaben auf eine Tafelfolie geschrieben sind.

»Wo bist du?«, fragt Tom. »Chodowieckistraße? Und die Hausnummer? Gut. Wir sind ganz in der Nähe.« Er sucht Sitas Blick, deutet auf die Tafel, seine Lippen formen lautlos: »Warte!«

»Bleib im Haus«, sagt er ins Telefon, »und schließ die Tür ab. Wir sind in ein paar Minuten bei dir.«

»Was ist los?«, fragt Sita besorgt. »Wer war das?«

Tom steckt das Handy ein, seine Miene ist ernst, mehr als ernst. »Wir sollten uns beeilen.«

»Warum? Was ist passiert?«

»Erkläre ich dir im Wagen. Komm.«

Kein Sicherheitsgurt, und die Warnleuchten blinken weiter, als Tom losfährt. Es hat wieder angefangen zu regnen.

»Was ist denn passiert?«, fragt Sita. »Würdest du mich jetzt bitte endlich aufklären?«

»Entschuldige, sofort. Hab noch einen Moment Geduld.« Er hält an einer roten Ampel, tippt hastig eine Nachricht in sein Handy. Ein leises Zischen quittiert den Versand. Angespannt wählt er eine Nummer. »Anna? Hey – entschuldige, ich hab nicht viel Zeit, aber es ist dringend und –« Tom verstummt. Sita hört eine erregte Frauenstimme, die laut auf ihn einredet.

»Nein. Ja. Du hast recht, ich weiß. Es tut mir leid, aber –«

Die Ampel springt auf Grün. Tom gibt Gas, und der schwere Wagen zieht rasch an.

»Sag mal, ist jemand bei dir?«

Sita rollt mit den Augen. Was zum Teufel macht er da?

Sie hat kein Problem, unfreiwillig Zeuge von privaten Streitgesprächen zu werden, aber doch bitte nicht jetzt!

»Ja, schon gut. Hör zu, wir klären das später. Aber jetzt muss ich eins wissen: Hast du heute in den Briefkasten gesehen? – Dann tu das bitte. Sofort. – Nein, ich erkläre es dir später.«

Tom schweigt einen Moment, wartet.

»Nichts? Gut. Hast du heute irgendwas bekommen? Oder irgendwas Ungewöhnliches gefunden? Einen Umschlag, ein Paket, was auch immer …«

Vor ihnen springt eine Ampel auf Gelb. Tom beschleunigt und fährt bei Rot über die Kreuzung.

»Gut«, sagt Tom, sichtlich erleichtert. »Nein, kann ich nicht. Heute wird das auf jeden Fall nichts mehr. Ja, natürlich. Der Fall im Dom. Warte nicht auf mich, okay? – Gute Nacht.« Tom atmet aus, als hätte er gerade Schwerstarbeit geleistet, und legt das Handy in die Mittelkonsole.

»Deine Freundin«, fragt Sita.

»Hmm.«

»Und davor?«

»Davor, das war Nadja. Aus meiner alten Clique, von damals, als Vi verschwunden ist.«

»Ihr habt alle noch Kontakt?«

»Nein. Also, ich jedenfalls nicht. Was aber viel wichtiger ist: Nadja hat einen Umschlag in ihrem Briefkasten gefunden.«

»Einen Umschlag?«

»Ja. Mit einem Schlüssel.«

# Kapitel 19

Berlin-Prenzlauer Berg
Montag, 4. September 2017
22:17 Uhr

Tom lenkt den Mercedes nach rechts in die Chodowieckistraße. Schwarz glänzendes Kopfsteinpflaster. Hinter dicht an dicht parkenden Autos erheben sich lückenlose Reihen fünfstöckiger Altbauten aus der Gründerzeit, gefällig saniert. Bäume wechseln sich ab mit eckigen Straßenlampen, die den Charme der späten DDR versprühen.

Das Haus, in dem Nadja wohnt, ist eingerüstet. Tom steigt aus, wuchtet einen klapprigen Bauzaun beiseite und stellt den Wagen vor einem Sandhaufen ab.

Vierter Stock, hat sie gesagt. Die Tür abzuschließen wird nicht reichen. Über das Gerüst kommt jeder bis vor die Fenster ihrer Wohnung. Und Fenster kann man einschlagen.

Die Haustür ist aus Eichenholz. Durch zwei Glasscheiben sieht man in den Hausflur. Tom klingelt bei Engels. Nicht Nadjas Mädchenname. Natürlich, sie hat geheiratet. Die Sekunden verstreichen, niemand meldet sich. Sita und Tom wechseln besorgte Blicke; alarmiert läutet Tom ein zweites Mal.

»Hallo?«, knistert es in der Sprechanlage.

»Nadja? Ich bin's, Tom. Alles okay?«

»Jaja, alles okay. Gut, dass du da bist.«

Tom stößt einen erleichterten Seufzer aus. Der Türöffner

schnarrt, und vier Stockwerke später stehen sie vor Nadjas Wohnung. Sie öffnet die Tür nur einen Spalt, die Glieder der vorgeschobenen Kette spannen sich. Sie lugt durch den Spalt, dann öffnet sie die Tür, und für einen Augenblick steht er wieder auf der Brücke, an einem dieser Sommertage damals, an denen sie so unerreichbar weit weg war, und dann, an diesem einen Tag, plötzlich ganz nah. Er kann sich an ihren Geruch erinnern, ihre Stimme, die Sonne schimmert auf ihrer Haut, die feinen, hellen Härchen auf ihren Armen, zwischen denen winzige Schweißperlen glitzern.

»Hey«, lächelt sie nervös.

»Hallo«, sagt Tom, um Distanz bemüht. Sein Blick fällt auf ihren Bauch. Nadja ist schwanger. Sie sieht umwerfend aus in dem lindgrünen Kleid, das die Wölbung ihres Bauches unterstreicht. Ihre braunen Haare sind schulterlang, der Wildfang von damals ist verschwunden. Sie ist geschminkt, so dezent, dass es ihm beinahe nicht aufgefallen wäre, doch die dunklen Schatten unter ihren Augen verraten, dass sie schlecht schläft.

»Sita Johanns, meine Kollegin – Nadja Engels«, stellt Tom die beiden Frauen einander vor.

»Hallo.« Nadja reicht Sita reserviert die Hand. Ihre weibliche Ausstrahlung ist das genaue Gegenteil zum Äußeren der langbeinigen Psychologin mit der auffälligen Narbe im Gesicht, dem taffen Blick und der Sträflingsfrisur, die ihr etwas Nacktes, Verletzliches und zugleich etwas Hartes und Unberührbares gibt.

»Herzlichen Glückwunsch.« Tom deutet auf Nadjas Bauch.

»Ende sechster Monat.« Ihr Lächeln wirkt ein wenig gezwungen und doch stolz. Tom muss an Anne denken. Wie sie wohl aussehen würde, wenn sie schwanger wäre?

»Kommt rein.« Nadja führt sie durch den Flur, in dem einige Umzugskartons stehen, ins Wohnzimmer, wo der Fernseher läuft. Eine Castingshow.

»Ziehst du um?«, fragt Tom.

»Im Gegenteil. Ich bin vor sechs Wochen wieder aus München hierhergezogen. Ich wollte zurück, in die Nähe meiner Eltern.« Sie streicht über ihren Bauch. Die Einrichtung der Wohnung ist nagelneu. Landhaus, mit Anleihen beim Berliner Großstadtstil. Es ist wenig Kleinkram da, und was da ist, wirkt, als hätte es seinen Platz noch nicht gefunden. »Gut, dass ihr gekommen seid«, seufzt sie. »Mein Mann ist nicht hier und …« Sie deutet auf den Couchtisch, auf dem der Schlüssel liegt, mit der gleichen grauen Schutzkappe und der gleichen eingeritzten Siebzehn wie die anderen Schlüssel. Daneben liegt ein aufgerissener Briefumschlag, ohne Adresse, ohne erkennbare Besonderheiten. Nadja setzt sich auf das Sofa, wirft sich fröstelnd eine Wolldecke über die Schultern.

»Wie geht's Ihnen?«, fragt Sita. Sie und Tom nehmen ihr gegenüber auf zwei Sesseln Platz.

Nadja schaltet den Fernseher aus. »Hundsmiserabel.« Sie versucht zu lächeln, es gelingt ihr aber nicht.

»War noch irgendetwas Besonderes, nachdem wir telefoniert haben?«, fragt Tom.

»Nein. Nichts.«

»Von dem Mord an Karins Mutter hast du gehört?«

Nadja nickt beklommen. »In den Nachrichten wird von nichts anderem gesprochen. Stimmt das mit den Rechtsradikalen?«

»Es wäre gut, wenn du deinen Mann anrufen würdest, damit er herkommen kann.«

»Francis ist im Ausland, auf Geschäftsreise«, murmelt

sie. Es klingt ein wenig ausweichend. »Er wird nicht kommen können.«

»Verstehe«, sagt Tom. »Und Josh hat dir meine Nummer gegeben?«

»Er meinte, du bist beim LKA und bearbeitest den Fall.«

»Woher hattest du eigentlich Joshs Nummer?«

»Wir telefonieren ab und an, Geburtstag, Weihnachten und so. Ich habe ihn angerufen, nachdem ich den Schlüssel gefunden hatte und ...« Nadjas Blick wandert unsicher zu Sita.

»Sie weiß von der Sache mit dem Schlüssel«, erklärt Tom.

»Ah«, sagt Nadja irritiert. »Okay.«

»Hat dir Josh von unserer Begegnung im Pförtnerhaus erzählt?«

»Nur kurz. Vor allem hat er mir gesagt, dass Karin auch einen Schlüssel bekommen hat ... und dass sie jetzt verschwunden ist. Stimmt das?«

»Ja, leider«, bestätigt Tom.

Nadja beißt sich auf die Lippe, schaut den Schlüssel an, dann Tom.

Tom holt sein Notizheft hervor und legt das Handy auf den Couchtisch. »Ich würde unser Gespräch gerne aufnehmen. Darf ich?«

»Ja, klar«, sagt Nadja.

Er startet die Aufnahme, auch wenn er noch nicht sicher ist, ob er sie wirklich speichern wird. Manche Fragen sind nicht für die Ohren der Kollegen bestimmt. »Erzähl mal der Reihe nach, bitte. Wie hast du den Schlüssel gefunden?«

»Da gibt es nicht viel zu erzählen. Ich bin gegen zwanzig vor neun noch mal runter zum Kiosk.« Sie deutet auf zwei Tafeln weiße Schokolade in einer durchsichtigen Plastiktragetasche, die neben ihr auf dem Sofa liegt. »Auf dem Weg zurück nach oben bin ich an den Briefkästen vorbeigekommen, hab meinen aufgemacht –«

»Entschuldigung«, unterbricht Sita. »Am späten Abend?«

Nadja zuckt die Achseln. »Ich hole die Post oft erst abends, ich schaue ganz gerne fern, wenn ich Briefe öffne, Rechnungen überweise und so weiter. Jedenfalls lag da dieser Umschlag im Kasten.«

»Wann genau war das?«, fragt Tom.

»Gegen neun.«

»Und wann hattest du den Briefkasten zuletzt geleert?«

»Samstag gegen halb neun«, sagt sie, ohne zu zögern. »Ich war direkt nach der Tagesschau beim Kiosk.« Sie streicht mit der Hand über ihren Bauch. »Ich hatte Heißhunger auf Lakritze.«

»Das heißt, der Brief muss zwischen halb neun am Samstag und einundzwanzig Uhr am Montag eingeworfen worden sein. Das sind achtundvierzig Stunden. Ein langer Zeitraum. Schließt die Haustür richtig, wenn sie ins Schloss fällt?«

»Ja. Schon.«

*Hausbewohner befragen*, kritzelt Tom in sein Heft, *zwischen Sa. 20:30 und Mo. 21:00?*

»Okay. Und wo hast du den Umschlag geöffnet?«

»Hier.« Nadja zeigt auf den Tisch. »Wo wir jetzt sitzen.«

»Direkt nachdem du hochgekommen bist?«

»Ja. Ich war geschockt. Es war gerade mal eine Stunde her, dass ich die Nachrichten gesehen hatte. Und dann kriege ich diesen Schlüssel.«

»Hast du ihn angefasst?«

»Du meinst, wegen der Fingerabdrücke?« Nadja verzieht das Gesicht. »Leider ja.«

»Schon gut, ich vermute, wir werden ohnehin keine finden«, sagt Tom. »Und wann hast du mit Josh telefoniert?«

»Vielleicht so zwanzig nach neun. Ich habe ihn auf dem Handy erreicht, im Auto.« Also kurz nachdem Josh in Beelitz losgefahren war, überlegt Tom.

*Joshs Verbindungsdaten überprüfen, 21:20.*

»Hast du irgendeine Idee, wer dir den Schlüssel geschickt haben könnte?«

»Ich ... nein. Ehrlich gesagt, habe ich nicht die geringste Ahnung.«

»Hast du in den letzten Wochen oder Monaten irgendwem von dem Toten im Kanal erzählt, oder von dem Schlüssel, den wir damals bei ihm gefunden haben?«

»Nein.« Nadja schüttelt vehement den Kopf. »Ich habe nur mit Josh mal darüber gesprochen. Das ist aber auch schon Jahre her. Und heute natürlich. Aber sonst mit niemandem.«

»Auch nicht mit Karin?«

»Wir haben uns in all den Jahren nur zwei Mal gesehen, ich wollte sie darauf ansprechen, aber sie hat abgeblockt. Richtig angegiftet hat sie mich, meinte, ich solle bloß mit dieser alten Geschichte aufhören!«

»Wie lange ist das her?«, fragt Sita.

»Ach, bestimmt schon zehn Jahre. Ich war bei ihr zum Geburtstag eingeladen. Josh war damals auch da.«

»Warum war sie so empfindlich?«, hakt Sita nach.

»Na ja, Karin war schon immer etwas ...«, Nadja sucht nach Worten, schaut zu Tom, »empfindlich, ja, das beschreibt es wohl am besten. Sie hat halt so ihre Vorstellungen. Irgendwie hat sie wohl nie ganz verkraftet, dass ihr Vater sie im Stich gelassen hat.«

»Karin war damals die Einzige«, ergänzt Tom, »die wollte, dass wir sofort zur Polizei gehen. Wir haben sie überstimmt, und das hat sie uns lange übelgenommen. Sie behauptete immer, alles wäre anders gekommen, wenn wir den Leichenfund direkt gemeldet hätten.«

»Weißt du noch, wie zickig sie war, nachdem die Polizei vergeblich im Kanal nach dem Toten gesucht hatte? Sie meinte, sie selbst habe die Leiche ja nie gesehen; das hat sie auch der Polizei gesagt. Sie behauptete sogar, sie hätte keine Ahnung, von welchem Schlüssel wir reden würden. Wir standen alle ziemlich blöd da.«

»Wir standen nicht nur blöd da«, sagt Tom, »die Polizei hat uns von da an kein Wort mehr geglaubt. Leiche – keine Leiche. Schlüssel – kein Schlüssel. Sie hat einfach gelogen. Wie eine trotzige Dreijährige, um uns anderen eins auszuwischen.«

»Ein paar Tage später hat sie es dann doch zugegeben.«

»Viola war verschwunden, und ich hab sie angefleht«, erklärt Tom. »Ich wollte, dass die Polizei die Sache mit dem Schlüssel endlich ernst nimmt.«

»Du glaubst immer noch, dass der Schlüssel etwas mit Violas Verschwinden zu tun hat, oder?«

Tom zuckt mit den Achseln. Natürlich. Aber er weiß schon, dass jetzt kommt, was immer kommt.

»Sie ist ertrunken, Tom.«

*Bin ich nicht*, sagt Vi trotzig.

Natürlich bist du das nicht.

Die Stille im Zimmer ist drückend. Eine alte Stille. Neu aufgelegt.

Sita räuspert sich. »Was hat denn Karin eigentlich für ein Verhältnis zu Josh?«

»Karin? Zu Josh?« Nadja schaut überrascht. »Gar keins, soweit ich weiß. Also, früher, da wollte sie mal was von ihm. Aber das hat sich längst erledigt. Die beiden sehen sich so selten, wie Josh und ich uns sehen, denke ich.«

*Karin – Josh!*, notiert Tom. Das leise Kratzen des Bleistifts erinnert ihn daran, dass er Ermittler sein sollte.

»Was ist mit Ihrem Mann?«, fragt Sita. »Haben Sie ihm von der Leiche im Kanal erzählt?«

»Francis?« Nadja schaut ein wenig schuldbewusst zu Tom. »Ja, schon. Ist doch normal, oder? Ich meine, wem, wenn nicht ihm.«

»Wie lange kennt ihr euch schon?«, fragt Tom.

»Drei Jahre. Wir haben uns auf einem Medizinerkongress kennengelernt. Ich bin Pharmareferentin. Er ist Neurologe.«

»Und wann hast du es ihm erzählt?«

»Vor etwa drei Monaten. Aber bitte, was soll die Fragerei? Glaubst du etwa, Francis hätte etwas mit den Morden zu tun? Das ist nun wirklich lächerlich.«

*Francis Engels überprüfen*, schreibt Tom ins Heft.

*Du weißt, dass das Blödsinn ist, oder?*, meint Vi.

An irgendwas muss ich mich festhalten. Und wenn es meine Routine ist.

»Hast du mit irgendjemandem Streit?«, setzt Tom die Befragung fort. »Will dir irgendjemand schaden, dir oder vielleicht deinem Mann?«

Nadja schüttelt den Kopf. Sie starrt den Schlüssel an. Tränen steigen ihr in die Augen. »Tom, was soll das alles? Was ist das bloß für eine Geschichte? Warum ist Karins Mutter umgebracht worden? Etwa wegen dem Schlüssel?«

»Das wissen wir noch nicht.«

»Weshalb sollte ihr sonst jemand das Ding um den Hals hängen? Das ist eine Botschaft, oder? Der will uns doch etwas sagen.«

»Das glaube ich auch.«

»Aber was soll das heißen?«, flüstert sie. »Dass ich die Nächste bin?«

Ein wohltemperierter, lauter Dreiklang kommt aus dem Flur. Jemand klingelt an der Haustür.

Nadja erstarrt, blickt Tom an.

»Erwarten Sie noch Besuch?«, fragt Sita.

Nadja schüttelt den Kopf, sie ist kreidebleich.

Tom steht auf und schaltet die Sprachaufnahme aus. »Ich gehe. Ihr beide: in das Zimmer da drüben, das geht nach vorne raus, oder? Schließt die Tür ab, zur Not könnt ihr über das Gerüst nach draußen.« Ohne eine Antwort abzuwarten, huscht er in den Flur. Die Gegensprechanlage hängt direkt neben der Wohnungstür. Es klingelt ein zweites Mal, doch erst als er hört, dass sich der Zimmerschlüssel hinter ihm dreht und die Tür verriegelt ist, drückt er den Sprechknopf. »Hallo. Wer ist denn da?«

»Hallo. Ist da Engels?« Eine dunkle Stimme mit ausgeprägtem russischen Akzent.

»Ja. Wer sind Sie?«

»Ich bin Victor, habe Paket. Lieferung. Ist bestellt.«

»In Ordnung, Victor. Kommen Sie hoch.« Tom drückt auf den Türöffner. Durch die Sprechanlage hört er, wie der Mann den Hausflur betritt. Tom blickt noch einmal hinter sich in die Wohnung, vergewissert sich, dass niemand zu sehen ist. Dann öffnet er die Tür. Ein durchtrainierter, bulliger Mann kommt die Treppe herauf. Seine schwarz glänzende Lederjacke spannt an den Oberarmen, seine hellblauen Augen mustern Tom in Sekundenschnelle. Er hat slawische Züge und legt diese unverkennbare Haltung an den Tag, eine Mischung aus Herablassung, die Stärke signalisiert und zugleich Warnung ist, und einer lauernden Vorsicht – weil man sich immer täuschen kann, wenn man jemandem zum ersten Mal begegnet.

Victor, oder wie auch immer er heißen mag, greift in seine Jacke, holt einen großen, gepolsterten Umschlag hervor und reicht ihn Tom. »Der Bulle, der das Mädchen sucht?«

Tom nickt. Er mag diesen Beinamen nicht, den sie ihm in gewissen Kreisen verpasst haben, weil er auf der Suche nach Viola immer wieder auf eigene Faust Ermittlungen anstellt. Trotzdem, für diese Leute wird er immer »der Bulle, der das Mädchen sucht« bleiben. Man ist, was man tut. Und so heißt man dann auch.

Wortlos nimmt er den Umschlag.

*»Do svidaniya«*, sagt Victor. Er ist fast einen Kopf kleiner als Tom, doch wenn es drauf ankäme, würde Tom vermutlich keine Minute gegen ihn bestehen. Die geschmeidigen Bewegungen, die flinken Augen. Victor ist mehr als ein einfacher Schläger.

*»Spasibo«*, murmelt Tom und schließt die Tür. Draußen hört er Victors federnde Schritte auf der Treppe.

Der Umschlag ist schwer. Er reißt ihn auf. Seine Finger schließen sich um Stahl und einen genoppten Griff, auf dem ein Russenstern prangt. Eine Makarov. Die Pistole fühlt sich nicht ganz so vertraut an wie seine SIG Sauer, sie ist leichter und kürzer – etwas zu klein für seine große Hand. Er überprüft die Sicherung und ob das Magazin gefüllt ist. Acht Schuss. Im Umschlag steckt noch eine Packung Patronen mit einem kleinen blauen Post-it darauf.

*Hab was gut bei Dir ;-). Bis später, Bene*

Tom zerknüllt den Zettel und lässt ihn in seiner Hosentasche verschwinden, die Patronen steckt er in die linke Jackentasche, die Waffe in den hinteren Hosenbund. Er muss an Vanessa denken, die junge Polizistin. Derjenige, der auf sie und ihn geschossen hat, trägt vermutlich immer noch die P6 des Kollegen Drexler bei sich. Was auch immer Bene glaubt, jetzt bei ihm gutzuhaben, das lässt sich später klären. Hauptsache, Tom kann sich, Nadja und Sita verteidigen, wenn es hart auf hart kommt. Außer Bene ist ihm niemand eingefallen, der ihm schnell – und ohne Fragen zu stellen – eine Pistole verschaffen konnte.

Als Tom aufsieht, steht Sita in der Tür und starrt ihn an. »Was zum Teufel tust du da?«

»Wonach sieht's denn aus?«

»Die Waffe ist das eine«, zischt Sita wütend. »Aber warum hast du denn mit keinem Ton erwähnt, dass du weißt, wer da kommt? Deine schwangere Freundin hat Angst, und ich habe, ehrlich gesagt, auch einen Mordsschrecken gekriegt.«

»Ich wusste nicht, wer kommt«, sagt Tom. »Es hätte auch jemand anders sein können.«

»Klar. Hätte. Ist aber nicht. Du wolltest, dass wir uns einschließen, damit ich nicht sehe, wer vor der Tür steht.«

»Unsinn. Ich war einfach nicht sicher«, sagt Tom.

»Man, hier geht's um Vertrauen«, platzt es aus Sita heraus. »Geheimnisse hin oder her. Begreifst du nicht, in was du mich hier mit reinziehst? Du reitest eine Extratour nach der nächsten, und ich stehe immer vor dem Resultat wie der Ochs vorm Berg. Aber vor allem hänge ich mit drin, mit allen Konsequenzen, wenn das hier auffliegt.«

»Ich hab dich nicht drum gebeten. Es war deine Entscheidung, mit zum Pförtnerhaus zu kommen«, erinnert Tom sie.

»Das macht nichts von dem, was du tust, besser.«

Tom seufzt. »Bitte, was soll das? Wäre es dir lieber, wir hätten keine Waffe?«

»Darum geht's doch gar nicht. Was willst du überhaupt mit dem Ding, verdammt noch mal? Warum rufst du nicht einfach Bruckmann an und erzählst ihm alles? Und zwar wirklich alles! Auch von deinem Verdacht, dass vielleicht jemand bei der Polizei falschspielt. Für Bruckmann sollte es doch ein Leichtes sein, für Nadjas Schutz zu sorgen. Mensch, Tom, hier sind Leben in Gefahr. Nicht nur Nadjas. Auch das von Karin. Und wer weiß, von wem noch alles.«

Tom reibt sich den Nacken. »Sita, ich kann die Karten nicht auf den Tisch legen. Nicht, solange ich nicht weiß, wem ich trauen kann und wem nicht. Ich meine, auch bei Karin stand ein Streifenwagen vor der Tür. Und, was ist passiert?«

»Was genau ist denn passiert?« Nadja ist aus dem Nebenzimmer gekommen und schaut von einem zum anderen.

»Wie gesagt, Karin ist verschwunden«, sagt Tom.

»Aber nicht einfach nur verschwunden, oder?«

Tom und Sita wechseln einen Blick.

»Okay, das reicht«, sagt Nadja. Sie stemmt die Hände in die Hüften. »Ich will jetzt wissen, was passiert ist. Immerhin habe *ich* den Schlüssel bekommen, dann sollte ich wohl auch erfahren, was genau hier los ist.«

Tom atmet tief durch. »Okay. Ich hätte dir das gerne erspart. Was ich dir jetzt erzähle, musst du für dich behalten, es sind Informationen aus laufenden Ermittlungen, die dürfte ich dir eigentlich gar nicht anvertrauen.«

»Verstanden«, sagt Nadja.

»Wir hatten einen Streifenwagen zu Karins Haus geschickt. Karin war zunächst nicht da, und die Kollegen haben dort gewartet, bis sie nach Hause kam. Und ich, vielmehr wir beide«, er deutet auf Sita, »waren dann auf dem Weg zu ihr. Aber die Polizisten vor Ort wurden überwältigt. Ich bin im letzten Moment dazugekommen. Es gab einen Schusswechsel. Seitdem fehlt von Karin jede Spur.«

»Also wurde sie entführt?«

»Es sieht so aus.«

»Und eure Kollegen?«

»Eine Polizistin ist tot, der andere Beamte liegt im Koma.«

»Oh ... Gott«, stammelt Nadja. »Und habe ich das eben richtig verstanden, ihr glaubt, dass jemand von der Polizei an diesen Morden beteiligt ist?«

»*Beteiligt* würde ich nicht sagen, vielleicht eher *verwickelt*. Es gibt auf jeden Fall Auffälligkeiten«, erklärt Tom.

»Scheiße«, flüstert Nadja.

Einen Moment ist es still.

»Wir sollten verschwinden, Nadja«, sagt Tom. »Hier bist du nicht sicher.«

»Und wie stellst du dir das vor?«, meint Sita. »Glaubst du, bei dir ist sie sicher?«

»Ich bringe sie zu einem alten Freund. Da kann ihr nichts passieren.«

»Ein alter Freund?« Nadja wechselt einen Blick mit Sita, erhofft sich offenbar einen Rat, ein Kopfschütteln oder ein Nicken, aber Sitas Miene ist wie versteinert. »Okay, gut«, sagt Nadja schließlich mit einem Schulterzucken. Sie wirkt nicht restlos überzeugt, aber ihre halbherzige Zustimmung reicht Tom fürs Erste.

»Der alte Freund, das ist nicht zufällig der, der dir die Pistole geschickt hat?«, fragt Sita.

»Nimm's nicht persönlich«, sagt Tom, »aber es ist besser, wenn du es nicht weißt.«

Für einen Augenblick ist Sita sprachlos. »Du traust mir nicht? Ausgerechnet du?«

»Ich will nur nicht, dass du lügen musst, für den Fall, dass dich jemand fragt.«

»Tom, ehrlich, du hast dich da in etwas verrannt. Und

was das Lügen angeht, morgen früh, bei der nächsten Teambesprechung, kommt alles auf den Tisch. Du weißt doch, was hier für eine Maschinerie angelaufen ist. Über alle Abteilungen arbeiten inzwischen bestimmt achtzig oder neunzig Leute an dem Fall. Die ermitteln jetzt alle in die falsche Richtung. Was, wenn irgendjemandem etwas zustößt, nur weil du wichtige Informationen zurückgehalten hast? Übernimmst du dafür die Verantwortung?«

Tom will etwas entgegnen, aber ihm fällt nichts ein. Die Vorstellung, alles offenzulegen und den Fall abgeben zu müssen, schnürt ihm die Kehle zu.

Es ist, als würde Viola ihn am Ärmel zupfen, aber er versteht nicht, was sie ihm sagen will.

»Damals habt ihr auch zu lange geschwiegen«, sagt Sita. »Und das schleppst du bis heute mit dir rum.«

Er schüttelt Violas Hand ab.

»Du hast recht«, sagt er leise.

Sitas Blick bleibt skeptisch.

»Pass auf«, beginnt Tom, »folgender Vorschlag.«

# Kapitel 20

Berlin-Mitte
Montag, 4. September 2017
23:31 Uhr

Toms Mercedes überquert die Spree in Richtung Westen; Sita hat sich ein Taxi genommen. Neben Tom sitzt Nadja; sie hält ihren Bauch fest und betrachtet schweigend den Berliner Dom mit seiner gewaltigen Kuppel und den vier Ecktürmen.

»Du bist nicht evangelisch, oder?«, fragt sie.

»Ich bin überhaupt nichts«, sagt Tom. Was nicht ganz stimmt; seine Mutter war katholisch und hat ihn taufen lassen, allerdings später als gewöhnlich. Kleiner Stift im feinen Anzug, geweihtes Wasser, der Heilige Geist und so weiter. Bis er ausgetreten ist. Manchmal beneidet er Menschen, die an Gott glauben können. Er kann es nicht; nicht nur, weil er bei der Mordkommission arbeitet, sondern auch, weil ein Gott, an den er glauben möchte, keine kleinen Schwestern verschwinden lässt.

Tom schaut in den Rückspiegel, doch die grellen Scheinwerfer machen es schwer, einen eventuellen Verfolger auszumachen. Er hat sein Schulterholster wieder angelegt. Die handliche Makarov fühlt sich ungewohnt darin an.

Vor dem Domportal zittern Absperrbänder zwischen provisorischen Pfosten. Polizisten in kleinen Grüppchen und mit gelben Warnwesten weisen Neugierige ab.

»Hast du sie gesehen?«, fragt Nadja leise. »Ich meine, Karins Mutter, da drin?«

»Hmm«, brummt Tom. Die Bilder von Brigitte Riss' geschundenem Körper holen ihn ein. Er wechselt auf die linke Spur, überholt einen doppelstöckigen Sightseeing-Bus, der nächtliche Berlin-Touren anbietet. Im Inneren leuchten die Blitzlichter von knipsenden Smartphones. Nach einem sanften Rechtsknick geht die Schlossbrücke in den früheren DDR-Vorzeigeboulevard Unter den Linden über und führt geradewegs zur Ostseite des Brandenburger Tors. Sitas Worte gehen ihm nicht aus dem Kopf. *Hier sind Leben in Gefahr. Nicht nur Nadjas. Auch das von Karin. Und wer weiß, von wem noch alles.*

Zum dritten Mal wählt er Joshs Nummer und erreicht wieder nur die Mailbox. »Hallo Josh, ich bin's, Tom. Da ich dich nicht erreiche und du auch nicht zurückrufst, jetzt auf die Box: Tu mir bitte dringend einen Gefallen und verschwinde für ein paar Tage, bis die Sache hier vorüber ist oder bis wir wissen, was hinter alldem steckt, okay? Meld' dich bitte, damit ich weiß, dass du die Nachricht gehört hast und alles in Ordnung ist.«

Nachdem er aufgelegt hat, wählt Tom erneut Annes Handynummer.

»Was gibt's denn noch«, meldet sie sich.

»Bist du noch zu Hause?«

»Da, wo du auch sein solltest. Zumindest wenn du auf die ärztliche Empfehlung gehört hättest.«

»Anne, im Moment –«

»Lass es. Ich will's gar nicht hören. Bist du alleine?«

»Nein.«

»Die mit der grünen Lederjacke und den langen Beinen?«

»Meine Kollegin, ja.«

»Bisher dachte ich, ich teile dich nur mit ein paar fiesen Verbrechern.«

Tom fällt auf, dass sie etwas undeutlich spricht, als hätte sie getrunken, was sie für gewöhnlich nicht allein tut.

»Rufe ich ungelegen an?«, fragt er.

»Nein, nein. Nur dass du überhaupt anrufst, ist schon ein Wunder. Und dann gleich zwei Mal an einem Abend ...«

»Du bist sauer, ich weiß«, seufzt Tom.

»Was willst du denn?«

»Sieh bitte noch mal im Briefkasten nach, ob da inzwischen irgendetwas eingeworfen wurde.«

»Schon wieder? Wer soll denn bitte jetzt noch –«

»Mach es bitte einfach, okay? Ich muss das wissen. Ich bleibe dran.«

Anne stöhnt auf. »Mein Gott, was hast du heute bloß mit dem Briefkasten?« Ihre Schritte klingen ein wenig wackelig, sie geht sonst schneller. Anscheinend hat sie tatsächlich etwas getrunken – oder was anderes genommen? Er hört, wie sie die Wohnungstür öffnet und in den Flur tritt, ihre Schritte haben jetzt einen leichten Hall. Plötzlich fällt ihm auf, dass gerade etwas gefehlt hat, ein vertrautes Geräusch: das Öffnen des Sperrriegels an der Tür. Abends ist dieses zweite Türschloss eigentlich immer verschlossen, außer es ist Besuch da.

Der Briefkasten klappert.

»Oh«, sagt sie.

»Was oh?«

»Warte mal.« Es raschelt leise. »Da ist ein Umschlag.«

Nein! Bitte nicht! Toms Herz beginnt zu rasen. »Sieh bitte nach, was drin ist.«

»Jaja. Schon dabei.« Das Papier reißt mit einem scharfen Ton, dann erneutes Rascheln. »Das ist ein ... oh Gott ...«

»Anne? Was ist?«

»Ein Gartenfest!«, stöhnt sie. »Deine Stiefmutter lädt uns zu einem Gartenfest ein.«

Tom wird schwindelig vor Erleichterung. Noch nie im Leben war er so froh, Post von Gertrud bekommen zu haben.

»Mein Gott«, murmelt Anne, »wann hat sie das denn eingeworfen? Sie muss heute Abend hier gewesen sein ... bloß gut, dass ich ihr nicht begegnet bin.« Für einen Moment ist es still. »Sag mal«, fragt Anne schließlich gedehnt, »und wegen diesem Blödsinn rufst du mich um Viertel vor zwölf an?«

»Wohl kaum«, seufzt Tom. »Hör mal, musst du in den nächsten Tagen arbeiten?«

»Ach, Tom. Hab ich dir doch alles schon erzählt. Mein Schnitt wurde gecancelt. Die mussten den Interviewdreh verschieben, deswegen haben wir kein Material.«

»Ah! Das ist gut«, sagt Tom. »Pass auf, ich will, dass du für ein paar Tage verreist, am besten raus aus Berlin.«

»Was? Wie meinst du das?« Ihre Stimme klingt plötzlich hoffnungsvoll. »Wir beide zusammen?«

Tom beißt sich auf die Lippe. »Nein. Bitte entschuldige, aber du musst alleine weg. Hauptsache, weg aus Berlin.«

Stille.

Im Rückspiegel blenden grelle Lichter auf, vier, fünf Mal hintereinander.

»Tom?« Anne klingt mit einem Mal stocknüchtern. »Was ist los?«

»Es ist eine reine Vorsichtsmaßnahme, mehr nicht. Es hat mit dem Fall zu tun, an dem ich gerade arbeite, und ich will unter keinen Umständen, dass du da irgendwie mit reingezogen wirst.«

Anne schweigt einen Moment. Tom hört nur ihre Schritte, dann das Schließen der Wohnungstür. Den Riegel schiebt sie nicht vor. Sie ist definitiv nicht allein. »Anne?«

»Bist du sicher, dass das nötig ist?«

»Ja.«

»Und wann?«

»Am liebsten sofort.«

Sie atmet scharf ein. »Muss ich Angst um dich haben?«

»Nein, mach dir bitte keine Sorgen. Ich will einfach nur kein Risiko eingehen, okay?«

»Tom, das ist doch verrückt, ich …«

»Mach es einfach. Bitte.«

Anne stöhnt. »Mit dir zu leben, das ist echt …« Sie ist jetzt wieder in der Wohnung, vielleicht im Wohnzimmer. Tom stellt sich vor, wie sie dort mit einem anderen Mann zusammensitzt, und er überlegt, was passieren wird, wenn er auflegt. Wird sie dann *ihn* bitten, ob er sie mitnimmt – zu sich? Tom will sie fragen, ob sie allein ist. Aber er will die Antwort nicht hören. Weder ein Nein noch ein Ja, denn ein Ja würde er ihr nicht glauben.

Was, fragt er sich, wäre mir lieber? Dass sie zu Hause bleibt und vielleicht in Gefahr ist, oder dass sie mit irgendeinem Fremden verschwindet, der ihr Herzchen auf Umschläge malt, und dafür in Sicherheit ist. Dann doch lieber in Sicherheit, selbst wenn es sich anfühlt, als würde dieser gekritzelte Papierbriefchen-Pfeil gerade sein Herz durchbohren.

»Tom?«

»Ich mache das alles nicht ohne Grund.«

»Ich weiß«, sagt Anne. »Das macht es nicht besser. Ich schick dir eine Nachricht. Pass auf dich auf, ja?«

»Versprochen«, sagt Tom. Es klingt, als würde sie ihn lieben – und dennoch betrügt sie ihn? Sein Hals ist eng.

Sein Magen ein Klumpen. Er fragt sich, wie er sich darüber wundern kann, schließlich hat er sie doch selbst dahin getrieben. Der Bulle, der das Mädchen sucht. In jeder freien Minute.

»Gute Nacht«, sagt Anne. Es klingt wie ein Abschied. »Fahr vorsichtig.«

»Du auch«, sagt er und legt auf.

Schweren Herzens schaltet er das Handy ganz aus, um sicher zu sein, dass auch im Nachhinein keine Ortung mehr möglich ist. Der Bildschirm erlischt, es fühlt sich an wie das Kappen einer letzten Leine.

Nadja versucht, unbeteiligt auf die Straße zu sehen. »Deine Frau?«, fragt sie.

»Anne. Wir leben zusammen.«

»Du hast Angst, dass sie auch einen Schlüssel bekommt?«

»Ich vermute eher, dass ich einen kriege. Und ich will nicht, dass sie wegen mir in Gefahr gerät.«

»Du meinst, alle, die damals dabei waren, bekommen einen?«

»Vielleicht. Aber dann passt Karins Mutter nicht ins Bild. Dabei glaube ich, dass sie besonders wichtig ist. Ich verstehe nur noch nicht, warum.«

»Bisher haben nur Frauen einen Schlüssel bekommen, oder?«

»Hmm«, brummt Tom. Sita fehlt ihm, ihr scharfer Verstand, und ihm fällt auf, wie wenig sie in den letzten Stunden mit echter Polizeiarbeit zugebracht haben, mit Thesen und Gegenthesen, mit Vermuten und Verwerfen. Nervös blickt er in den Rückspiegel. Nichts Auffälliges, jedenfalls nichts, was man auf den ersten Blick erkennen könnte.

Sie nähern sich dem Sony Center am Potsdamer Platz, dieser architektonischen Trutzburg aus Glas und Stahl, durch die immer ein kalter Wind weht. Tom stellt den Wagen in einer kleinen Seitenstraße ab, und sie gehen zu Fuß zum Marlene-Dietrich-Platz. Der Nachtclub im Untergeschoss des ehemaligen Stage-Musicaltheaters scheint zu brummen. In meterhoher roter Leuchtschrift prangt der Name ODESSA an der Glasfassade. Selbst hier draußen ist das dumpfe Wummern der Bässe zu hören.

»Da rein?«, fragt Nadja.

Tom hält ihr wortlos die Glastür auf, und sie bringt ein Lächeln zustande. »Du hattest schon immer bessere Manieren als die anderen. Deine Anne – so heißt sie doch, oder? – kann sich glücklich schätzen.«

Ein roter Teppich läuft auf eine frei schwebende Treppe zu, die ins Untergeschoss führt. Sie gehen links an der langen Warteschlange vorbei, begleitet von neugierigen Blicken und hochgezogenen Augenbrauen – Schwangere sind hier so exotisch wie Fische in der Sahara. Über ihren Köpfen spannt sich ein riesiges, grobmaschiges Netz, dahinter erstrecken sich das über dreißig Meter hohe, dunkle Foyer und das Treppenhaus mit den Zugängen zum Theatersaal.

Aus dem Clubeingang glüht es violett. Zwei Türsteher in mäßig sitzenden Anzügen flankieren den Durchgang, ein dritter sortiert gerade einen Mann mit fusseligem Bart aus, der lautstark protestiert. Einer von den Security-Leuten hat Tom und Nadja schon seit der ersten Stufe im Auge und tritt ihnen in den Weg.

Tom muss fast brüllen, um gegen den Lärm anzukommen. »Wir sind mit Czech verabredet.«

Der Typ runzelt die Stirn, spricht in sein Walkie-Talkie. Kurz darauf erscheint Victor, der Mann, der Tom die Makarov gebracht hat.

Ein knappes Nicken. Seine flinken Augen stehen für eine Sekunde still. Bei Nadja lässt er sich etwas mehr Zeit, dann deutet er auf Toms Schulterholster, das unter der Jacke verborgen ist, und fordert stumm die Pistole.

Tom schüttelt den Kopf.

Die Gesichter der Männer verfinstern sich. Victor rollt mit den Augen, telefoniert kurz, dann signalisiert er Tom, dass sie ihm folgen sollen. Wenige Schritte weiter ist die Musik ohrenbetäubend, die Bässe graben sich in den Magen. Instinktiv legt Nadja eine Hand auf ihren Bauch. Tom fasst nach ihrer freien Hand und lotst sie hinter sich her.

Der Club ist groß und voller Menschen. Auf alt getrimmtes Mauerwerk, weiße Geländer im schlichten Guggenheim-Look. Die fast zehn Meter hohe Decke ist von Stuck gerahmt. Gemalte Engel, weiße Wolken und eine Spiegelkugel, die violette Sprenkel in die Menge wirft. Unter einem riesigen Bildschirm legt ein DJ auf; er trägt einen Techno-Handschuh, aus jeder Fingerspitze strahlt ein kobaltblauer Laser in die vernebelte Club-Zone.

Sie betreten den Backstage-Bereich, ein Gewirr aus Treppen, Gängen und Türen. Es riecht nach abgestandener Luft, die Gläser der Lampen sind schmierig. Eine weitere schmale Treppe, dann eine Stahltür mit Spion. Victor klopft. Als die Tür aufgeht, winkt er Nadja und Tom hinein.

Der Raum, in den sie eintreten, ist eine wilde Mischung aus Chefbüro und Showroom. Die Wände sind mit einer rotbraunen Barocktapete verziert. Zwei Jugendstillüster funkeln von der Decke herab, zwischen Wandlampen hängen Ölgemälde von beeindruckender Geschmacklosigkeit. Ganz am anderen Ende stehen ein Prunk-Schreibtisch und Ohrensessel mit rotem Samtbezug.

Bene Schallenberg heißt jetzt Benedikt Czech – er hat

den Mädchennamen seiner Großmutter angenommen – und steht an den Schreibtisch gelehnt da, mit gekreuzten Beinen und Vollbart, die rotblonden Haare zu einem straffen Zopf nach hinten gebunden. Unter dem seidig glänzenden, grünbraunen Anzug trägt er ein schwarzes T-Shirt. Sein Hals ist ein einziges Tattoo. Bene breitet die Arme aus. »Coolio, Mann! Wie lange hat *das* denn gedauert.«

»Wenn du mich nicht dauernd mit Jobangeboten belästigen würdest, wäre ich vielleicht schon früher mal vorbeigekommen«, erwidert Tom.

Bene stößt sich vom Schreibtisch ab, zwei silberne Kreuze baumeln an feingliedrigen Ketten vor seiner Brust. Sein Händedruck ist fest und trocken. »Ich hätte dir dein ständiges Nein auch übelnehmen können.«

»Obwohl du so katholisch bist? Da gehört Vergebung doch zum Geschäft.«

Bene zuckt mit den Schultern. »Gott ist keine dumme Sache. Nur das mit der Beichte, das ist 'ne Herausforderung«, er grinst, »vor allem für den Priester.« Sein Blick wandert zu Nadja. »Und du – wow! Du warst ja immer rattenscharf. Aber jetzt … verdammt noch mal.« Sein Blick ruht bewundernd auf ihrem runden Bauch.

»Damals hast du mir woandershin gestarrt.« Nadja hebt, ganz wie früher, gekonnt eine Braue. Für einen kurzen Moment sind sie alle wieder Teenager, jeder in seiner Rolle. »Hallo, Bene.«

»Schwangere Frauen sind 'ne Wucht, was, Tom?« Bene schlägt ihm kräftig auf die Schulter. »Was sagt ihr zu meinem Club?«

»Das ist dein Laden?«, fragt Nadja.

»Der hier. Und noch drei andere, aber nicht in dieser Gegend. Hat Tom dir das nicht erzählt?«

»Ich war mit anderen Dingen beschäftigt«, sagt Tom trocken.

Bene nickt und schürzt die Lippen. Dort, wo der Bart endet, sind zahllose kleine Narben zu sehen, Überbleibsel seiner Jugendakne. »Victor? Lass uns allein.«

»Geht klar.«

Kaum ist die Tür zu, verdunkelt sich Benes Miene. »Also, setzt euch. Und macht euch keine Sorgen, hier seid ihr sicher. Was ist das bloß für eine Scheiße, die da läuft? Hat das was mit unserer Leiche zu tun? Also, der Wasserleiche, meine ich. Die mit dem Schlüssel.«

»Hast du heute mal in deinen Briefkasten geguckt?«

»Sollte ich?«

»Nur um sicher zu sein.«

Bene sieht Tom aus schmalen Augen an und greift nach dem Walkie-Talkie, das auf seinem Schreibtisch liegt. »Victor? Check mal den Briefkasten, ob da was drin ist.« Abwartend lehnt er sich in seinem Schreibtischstuhl zurück und fixiert Tom. »Okay, Mann. Klär mich mal auf, was könnte da drin sein?«

»Nur, wenn du die Klappe hältst. Ist vertraulich.«

Bene legt den Kopf schief. »Seh ich aus wie 'ne beschissene Quasselstrippe?«

»Wir haben nicht nur bei Brigitte Riss einen Schlüssel mit der Nummer siebzehn gefunden. Karin hatte auch so einen, und jetzt ist sie verschwunden.«

»Karin hatte auch einen? Genauso einen wie …?«

»Genauso einen. Ja.«

»Verdammt. Es gibt mehrere von diesen Schlüsseln?«

»Sieht so aus.«

In Benes Gesicht arbeitet es. »Und der Killer hat sie sich geschnappt, sagst du.«

»Verschwunden. Das hab ich gesagt.«

»Ist dasselbe, oder? Außer Karin ist der Killer, und sie hat sich vom Acker gemacht. Aber so was tut keine Frau. Nicht auf die Art. Auch Karin nicht.«

Tom nickt. Und hat das unbestimmte Gefühl, Bene nichts Neues erzählt zu haben, zumindest was Karins Verschwinden angeht. Er scheint sich bereits seine Gedanken dazu gemacht zu haben. Dass Karin einen von diesen Schlüsseln hatte, das scheint ihm allerdings neu zu sein. Das Leck in der Nachrichtensperre kommt Tom in den Sinn. Oder gibt es noch ein anderes Leck im LKA?

»Und warum bist du jetzt mit Nadja hier?«, fragt Bene.

»Bei ihr im Briefkasten lag auch einer von den Schlüsseln.«

Die Augen in Benes Pokerface weiten sich unmerklich. *Diese* Info ist definitiv neu für ihn. »Fuck«, knurrt er. »Fuck. Fuck. *Fuck!*« Sein Blick geht zwischen Nadja und Tom hin und her. »Und du und Josh?«

»Nichts, bisher.«

Das Walkie-Talkie knackt, Victors Stimme schnarrt aus der Membran. »Ist nichts im Briefkasten, Boss. Worum geht's denn?«

»Ich will, dass du jemanden losschickst, alle Briefkästen kontrollieren. Zu Hause – frag meine Frau. Und in den anderen Clubs. Jeden Scheißbriefkasten, den ich habe. Wenn du was findest, meld dich.« Er legt das Funkgerät nicht einfach aus der Hand, er knallt es auf den Schreibtisch. »Würde mich aber wundern«, brummt er. »Wer auch immer hinter dieser Nummer steckt, bei mir wird er's nicht wagen. Und von dir«, Bene sticht mit dem Zeigefinger in Nadjas Richtung, »wird er sich auch fernhalten. Das garantier' ich dir. Hier bist du sicher, Schätzchen. So sicher, wie man in Berlin nur sein kann.«

»Danke. Das hatte ich gehofft«, sagt Tom.

Bene lächelt haarfein, in seine Augen tritt ein lauernder Blick. »Ich vermute mal, du hast deine Gründe, warum du bei mir unterkriechst und nicht bei deinen Kollegen.«

Tom lächelt zurück. Sagt, was Bene hören will. »Wenn es eng wird, weiß ich, auf wen ich mich verlassen kann.«

»Mmh«, grunzt Bene.

Sie denken beide an dasselbe. Dieselben Bilder in zwei Köpfen, nur dass sie anderer Meinung darüber sind.

»Kann ich sonst noch irgendwas tun, um dir zu helfen, das Schwein zu schnappen?«

Tom schüttelt den Kopf. »Du tust schon genug. Lass nur niemanden wissen, dass wir hier sind.«

»Was ist mit diesem Kröger, nach dem du dich erkundigt hast? Kommt der etwa in Frage?«

»Das ist eine Sackgasse. Nach dem, was hier gerade passiert, sind die Rechten raus.« Tom zögert einen Moment. »Aber sag mal, Kröger wusste von Vi – hast du eine Ahnung, woher?«

Bene rollt mit den Augen. »Die halbe Stadt weiß von Vi, Tom. Du rennst einfach schon zu lange rum und stellst Fragen.«

»Nur, dass keiner weiß, wo sie ist.«

»Bist du mit Kröger aneinandergeraten?«

»Warum?«

Bene tippt sich an die Schläfe und an den Kiefer. »Sieht frisch aus.«

»Nein, ich frage, warum du das wissen willst.«

Bene zuckt mit den Schultern.

»Untersteh dich, was zu unternehmen«, sagt Tom. »Das ist mein Ding.«

»Wie du meinst.«

»Ach, eins noch. Hast du eine Prepaid-SIM-Karte für mich?«

»Eine?« Bene grinst und zieht eine Schublade an seinem Schreibtisch auf. »Willst du mich verarschen?«

# Kapitel 21

Berlin-Gropiusstadt
Dienstag, 5. September 2017
01:09 Uhr

Fröstelnd zieht Sita Johanns die Jacke enger um ihre Schultern; die Anspannung der letzten beiden Tage ist einer bleiernen Müdigkeit gewichen. Sie wünscht sich zurück in das überhitzte Taxi mit dem schweigsamen Iraker, der sie gerade hier abgesetzt hat.

Kalte Zugluft weht um das fast einhundert Meter hohe Ideal-Hochhaus in Neukölln. Geplant war die Siedlung in den Sechzigern zunächst fünfstöckig, doch durch die engen Grenzen wurde Baugrund in Westberlin knapp. Seit den Siebzigern ragt das Gebäude als trotzige Antwort auf die Mauer in den Himmel, eine Bauhaus-Festung in Plattenbauweise, schmutzigweiß. Das silberne Klingelfeld glänzt und ist größer als die Eingangstür.

Es dauert eine Weile, bis sie den Namen Joshua Böhm findet, er wohnt im einundzwanzigsten Stock.

Sie hatte gehofft, das hier schnell erledigen zu können. Klingeln. Ein schlechtgelaunter, aus dem Schlaf gerissener Böhm, den sie warnt, dass er möglicherweise in Gefahr ist. Dazu ein Blick in den Briefkasten und die dringende Empfehlung, für ein paar Tage zu verreisen.

Doch niemand reagiert auf ihr Klingeln. Ist das ein schlechtes Zeichen? Oder ist Böhm einfach nicht zu Hause?

Sie denkt an die Visitenkarte, die er Tom zugesteckt hat. Kreditwesen. Banker fangen früh an. Wie hoch ist die Wahrscheinlichkeit, dass er wochentags nach Mitternacht noch unterwegs ist?

Sie versucht, mit dem Smartphone in Böhms Briefkasten zu leuchten, doch der Schacht hat einen Knick. Nichts zu sehen. Er reagiert weder auf Anrufe noch auf die Mail, die sie an seinen Schweizer Bank-Account geschickt hat.

Und Tom ist nicht erreichbar.

Mal ganz abgesehen davon muss sie inzwischen recht dringend auf Toilette, und sich hier in die Büsche zu hocken kommt nicht in Frage. Was das angeht, wäre sie gerne ein Mann.

Sita tritt ein paar Schritte zurück und schaut beunruhigt an dem düsteren Klotz hoch. Wie schon vorhin, in Nadja Engels' Wohnung, überlegt sie, Bruckmann anzurufen. Vermutlich ist er der Einzige, der sie ohne langes Gerede unterstützen würde – und im Gegensatz zu Tom glaubt sie durchaus daran, dass ein paar ausgewählte Beamte von der Bereitschaft Böhm beschützen könnten. Aber Bruckmann zu informieren hieße, ihre Abmachung mit Tom zu brechen. Stillschweigen bis morgen früh, haben sie vereinbart – also, bis *heute* früh.

Sie blickt auf die Uhr. Wie lange kann sie noch warten, ohne unverantwortlich zu handeln?

Sie geht die Namen auf den Klingelschildern durch und entdeckt im Erdgeschoss einen *K. Weiher, Hausmeister.* Kurz entschlossen drückt sie die Klingel. Mehrfach. Lange. Drei Minuten später springt das Licht im Hausflur an. Hinter der Glasscheibe taucht ein rotgesichtiger Mann im Bademantel auf. »Sind Se noch janz dicht?«, ruft er durch die geschlossene Tür. »Kieken Se ma uff die Uhr!«

»'tschuldigung. Sind Sie Herr Weiher?« Sita drückt ihren provisorischen LKA-Ausweis gegen die Scheibe. »Ein Notfall.«

Der Hausmeister kommt näher, kneift die Augen zusammen, um den Ausweis zu lesen. Oberlippe und Schnäuzer entblößen dabei eine Reihe gelblicher Zähne. »Watt denn für 'n Notfall?«

»Ich versuche, einen Joshua Böhm zu erreichen, der im einundzwanzigsten Stock wohnt. Ich muss mich davon überzeugen, dass es ihm gut geht.«

»Dann klingeln Se ma bei diesem Böhm und nich bei mir.«

»Er macht nicht auf. Haben Sie nicht einen Generalschlüssel?«

Weiher schnaubt. »Da könnte ja jeder kommen. Ham Se denn so 'n Durchsuchungswisch?«

»Ich will gar nichts durchsuchen. Herr Böhm ist nicht verdächtig. Ich muss nur sicher sein, dass er noch lebt.«

Weiher runzelt die Stirn. »Watt soll 'n dett jetzt heißen?«

»Bitte. Ich muss einen Blick in seine Wohnung werfen.«

»Ick will keenen Ärger.«

»Sollte er nicht mehr leben, kriegen Sie erst recht Ärger.«

Missmutig öffnet Weiher die Haustür. »Na jut, ick hol nur eben den Schlüssel.«

Als sie im einundzwanzigsten Stock aus dem Fahrstuhl steigen, springen Energiesparlampen an. Eine von ihnen flackert.

»Böhm. Dett is die Fuffzehn«, murmelt Weiher und schlurft voran. Er trägt ausgeleierte Badeschlappen, die Zehen ragen über den Rand. »Watt is 'n dett für 'ne Sache, wegen der der Böhm ...?«

»Das darf ich Ihnen nicht sagen.«

»Na, Sie mach'n mir ja Spaß.« Weiher geht vor und bleibt vor einer billig furnierten Wohnungstür mit einer aufgeklebten Fünfzehn stehen. »Hier.«

»Würden Sie bitte öffnen.«

»Wat is'n nu, wenn allet jut is? Nich, dass der da drin is, putzmunter, und ich krieg 'nen Mordsärger.«

Sita setzt ihr charmantestes Lächeln auf. »Ich könnte ja behaupten, die Tür wäre nicht richtig ins Schloss gefallen und hätte offen gestanden. Muss ja keiner wissen, dass Sie aufgesperrt haben.«

»Und dett soll Ihnen eener abkoofen?« Weiher sieht aus, als hätte er Zahnschmerzen. »Zeigen Se mir doch noch ma Ihren Ausweis.«

Sita reicht ihm erneut ihr befristetes LKA-Dokument.

»Und der is echt, ja?«

Sita hebt die Brauen.

»Ick frag ja nur. Und Sie fassen mir nix an, und es kommt nix weg, ja?«

»Ehrenwort.«

Weiher stochert mit dem Schlüssel im Schloss herum und kneift dabei wieder die Augen zusammen. Seine Brille ist vermutlich auf dem Nachttisch liegengeblieben. Der Schnapper reagiert, und die Tür springt mit einem kleinen Ruck auf. Weiher zieht leise den Schlüssel ab, nickt Sita zu und schlappt dann eilig in Richtung Aufzug davon.

Sita holt ein Paar Latexhandschuhe aus ihrer Jacke und zieht sie sich über. Langsam öffnet sie die Tür. In der Wohnung ist es stockfinster. Weit hinten im Hausflur ertönt das Pling des Fahrstuhls. Die Aufzugtür rumpelt auf, geht wieder zu. Sita ist allein. Das Licht aus dem Hausflur fällt an ihr vorbei in die ersten Meter der Wohnung, einen kurzen, schmalen Flur, der Rest ist ein schwarzes Loch. »Hallo? Herr Böhm?«

Stille.

Herzflattern.

»Herr Böhm? Sind Sie da?«

Sita macht einen zögerlichen Schritt in die Wohnung. Sie hätte jetzt gerne einen inneren Schutzpanzer. *Du wolltest doch unbedingt in den Einsatz. Raus aus der Theorie, rein in die Praxis.* Ein leises Klicken; das Licht im Hausflur erlischt. Auf einen Schlag ist alles dunkel. Als hätte ihr jemand einen schwarzen Sack über den Kopf gestülpt. Ihr Puls jagt. Ihre Lunge atmet gegen den Stoff an, der nicht da ist, den sie aber so deutlich spürt wie damals. Der Sack. Die Panik. Mit zitternden Fingern holt sie ihr Handy heraus. Das Leuchten des Displays ist eine Erlösung. Wenigstens eine kleine. Sie schaltet die Taschenlampenfunktion ein, und die LED wirft einen flauen, kalten Kreis auf den Boden. Rechts von ihr sind Schalter an der Wand, doch sie wagt nicht, das Licht anzumachen.

»Herr Böhm?«

*Zum Teufel, was tue ich hier? Was, wenn er einfach nur spät nach Hause kommt?*

Leise schließt sie die Wohnungstür hinter sich – nur für den Fall, dass jemand vorbeikommt – und schaut sich in dem kleinen Flur um. Zu ihrer Rechten ist eine Tür. Sie öffnet sie, der Lichtkegel erfasst eine Badewanne mit zugezogenem Duschvorhang, ein Waschbecken, ein WC.

Die nächste Tür führt in eine Küche, quadratisch, etwa so groß wie das Bad, ohne Fenster. Rechts oben an der Decke hängt ein Lüfter mit einem Schmutzrand. Auf der Ablage stehen Bierflaschen, eine leere Wodkaflasche und ein Rest Cachaça, weißer Zuckerrohr-Rum.

Am Ende des Flurs ist ein Schlaf- und Arbeitszimmer. Der einzige Raum mit Fenster. Doch die Rollläden sind vollständig heruntergelassen. Das Bett ist leer und lieblos bezogen. Die ganze Wohnung macht einen kahlen Eindruck. Ein Fernseher. Keine Bilder. Kein Leben. Und vor allem: kein Joshua Böhm.

Warum haust ein Mitarbeiter einer großen Schweizer Bank in so einer Bude? Eine teure Scheidung? Finanzielle Probleme? Und wo verdammt noch mal treibt er sich nachts um diese Zeit herum?

Auf dem Schreibtisch steht ein billiges Notebook. Daneben Zeitungen mit Kaffeeflecken. Sita zieht die oberste Schublade auf. Stifte. Dann die Schublade darunter: ein Locher, ein Hefter und eine Pistole.

Ungläubig starrt sie die Waffe an. Es ist eine SIG Sauer P6. Nicht, dass sie sich mit Handfeuerwaffen auskennt. Aber diesen einen Typ hier kennt sie, es ist die Standarddienstwaffe der Polizei. Eine Waffe, wie Drexler sie getragen hat. Sitas erster Impuls ist es, die Waffe mitzunehmen, aber das würde den Kollegen von der Kriminaltechnik mit Sicherheit die Arbeit erschweren. Besser, sie kommt noch einmal mit Zeugen und einem Durchsuchungsbeschluss zurück.

Sie macht ein Foto von der Waffe in der Schublade. Dazu noch ein paar Fotos von dem Zimmer. Dann schließt sie die Schublade, will zur Tür, in dem Moment geht das Licht ihres Handys aus.

Der Akku.

Oh, bitte nicht!

Sie bleibt stehen. Atmet gegen die Dunkelheit an, visualisiert den Weg zurück in den Flur und die Position der Lichtschalter. In der Nähe der Tür müsste einer sein. Lichtschalter sind immer da, wo Flure enden und wo Türen sind. Drei vorsichtige Schritte, und sie ist an der Schwelle zum Flur, findet den Schalter. Die Deckenlampe ist ungewöhnlich hell, Sita atmet auf. Ihre Blase meldet sich erneut, und sie überlegt, die Toilette zu benutzen, doch die Vorstellung ist ihr zuwider. Höchste Zeit, zu verschwinden. Sie geht rasch zur Wohnungstür, will noch die Badezimmertür schließen, damit alles so aussieht, wie sie es vorgefunden hat, als sie im Hausflur Schritte und das Klimpern eines Schlüsselbundes hört.

Böhm.

Blitzschnell drückt sie die Schalter neben der Wohnungstür, es sind drei übereinander. Das Licht im Schlafzimmer geht aus, dafür springt das Licht in Flur und Bad an. Hektisch probiert sie die Schalter durch. An. Aus. An. Endlich alles aus.

Draußen wird der Schlüssel ins Schloss gesteckt.

Sita schlüpft ins Bad und schließt die Tür im selben Moment hinter sich, in dem die Wohnungstür geöffnet wird. Ihr Herz hämmert. Es ist dunkel. Schwarz. Im Flur hört sie Schritte, ein Räuspern. Der Schlüssel wird von innen in die Eingangstür gesteckt, umgedreht.

Oh, Gott! Bitte lass ihn wenigstens stecken!

Lichtschalter klacken. Unter der Tür leuchtet ein schmaler, heller Streifen auf. Was, wenn Böhm zur Toilette muss? Sie steht mit dem Rücken zur Tür und erkennt nur Schemen, rechts die Toilette, daneben das Waschbecken, gegenüber von ihr die Badewanne mit dem Duschvorhang. Sie überlegt, sich dahinter zu verstecken, aber meint sich zu erinnern, dass der Vorhang mit Ringen an einem Metallgestänge hängt. Das Schleifen und Klimpern beim Aufziehen des Vorhangs könnte sie verraten, besonders in einer so hellhörigen Wohnung wie dieser.

In der Küche nebenan klirrt Glas gegen Glas. Vielleicht eine Bierflasche, die aus dem Kühlschrank geholt wird. Der Wasserhahn läuft. Böhm hustet, spuckt aus und dreht das Wasser ab.

Schritte. Der Stuhl am Schreibtisch schrammt zurück. Ein langer Seufzer. Es ist, als könnte sie Böhm sehen, wie er am Tisch sitzt, eine Flasche Bier in der Hand. Die Pistole in der Schublade, direkt in Griffweite.

Sie sitzt in der Falle.

Mit einem leeren Handy-Akku. Mit einer Blase, die kurz davor ist zu platzen. Und voller Angst vor der Dunkelheit um sie herum.

*Atme, Sita. Atme.*

*Gegen die Angst. Gegen die Dunkelheit. Gegen das Einzige, was du siehst, durch den Sack. Das glühende Brandeisen, das deine Haut versengt.*

Den Geruch hat sie noch immer in der Nase.

# Kapitel 22

Berlin, Club *Odessa*
Dienstag, 5. September 2017
01:18 Uhr

Tom und Nadja folgen Victor. Die Club-Musik wummert dumpf durch die Gänge. An den Wänden hängen Zettel mit roten Richtungspfeilen und Schilder mit den Aufschriften *Lager*, *Backstage* oder *Zur Bühne.* Das reinste Labyrinth. Das Treffen mit Bene hallt in Toms Kopf nach. Er wird das Gefühl nicht los, dass sein Jugendfreund noch eine andere Schnittstelle zur Polizei hat. Dennoch macht er sich keine Sorgen, Bene könnte ihren Aufenthaltsort verraten; nicht nach dem, was sie gemeinsam durchgemacht haben.

Victor öffnet die Tür eines Lastenaufzugs. Rumpelnd fahren sie eine weitere Etage tiefer. Vor einer Flurtür steht ein Mann im Anzug, unter seinem Jackett zeichnet sich ein Schulterholster ab.

»Euer Zimmer, letztes von Flur«, sagt Victor. »Wenn was ist, in Zimmer ist Telefon. Die Fünf und die Null wählen, nach mir fragen.« Victor reicht Tom einen Zimmerschlüssel, an dem eine violette Miniatur-Billardkugel mit der Nummer zweiundzwanzig baumelt.

Der Gang hinter der Tür verläuft schnurgerade, mit weiteren Türen, wie in einer Legebatterie. Gedämpfte Geräusche dringen aus den Zimmern. Aus einem der hinteren Zimmer tritt schwungvoll eine Frau in den Flur, nur mit

Slip und einem offenen Morgenmantel bekleidet. Ihre Züge sind osteuropäisch. In der Hand trägt sie einen Bügel mit einem braunen Anzug. Als sie Tom sieht, lässt sie ihre Hüften noch ein wenig mehr schwingen. Ein Hauch von Nikotin weht an Tom vorüber, er sieht ihr nach, und sein Blick bleibt an dem braunen Anzugstoff hängen; irgendetwas daran kommt ihm bekannt vor. Als er an dem Zimmer vorbeigeht, aus dem die Frau gekommen ist, verlangsamt er seine Schritte und stupst im Vorbeigehen die angelehnte Tür ein wenig an. Für den Bruchteil einer Sekunde kann er durch den Spalt ins Zimmer schauen; ein schmaler Streifen Bett, nackte Beine, der Ansatz eines Gliedes, ein Kopf, der halb unter einem Handtuch verschwindet. Der Mann scheint sich die Haare abzurubbeln, hält inne und sieht zur Tür.

Im nächsten Moment sind Tom und Nadja schon an dem Zimmer vorbei. Wer auch immer dieser Mann ist, er hat Tom angestarrt wie jemand, der sich erkannt fühlt, ertappt bei etwas, das niemand wissen darf. Aber trifft das nicht auf die meisten Männer hier zu?

»Taddaa. Hier ist es«, sagt Nadja. Falls sie sich unwohl fühlt, kann sie es zumindest gut verbergen. Als das Licht im Zimmer angeht, lacht sie perplex auf. Die Wände sind mit dunkelrotem Stucco Veneziano verziert, und in der Mitte des Raums steht ein kreisrundes Bett mit opulenter Rückenlehne, eine Spielwiese, größer als alle Betten, die Tom je gesehen hat. An der Decke hängt ein Spiegel, ebenso groß und rund wie die Matratze. Um das Bett kann man einen weißen Vorhang schließen.

»Das ist so schräg, das fasse ich nicht«, lacht Nadja und schüttelt den Kopf. »Wir beide hier? Bist du sicher, dass du bleiben willst?«

»Nur, wenn wir noch ein paar Handschellen bekommen«, erwidert Tom trocken.

»Und die sind dann für mich?«, fragt Nadja. »Damit du sicher bist vor der gefährlichen Schwangeren?« Sie fährt ihre Krallen aus und faucht leise.

»Sieh an. Die alte Naddi ist wieder da«, lächelt Tom.

Nadja setzt sich seufzend auf die Bettkante. »Irgendwo zwischen Schwangerschaft und diesem Schlüsselwahnsinn.« Sie streift ihre Schuhe ab und massiert sich die Füße. Das Bett unter ihr gluckst, und sie wippt sanft hin und her. »Gott, auch das noch«, kichert sie. »Ein Wasserbett.«

Tom ist froh um diesen kleinen absurden Moment. Ein Stückchen Normalität mitten im Ausnahmezustand. Erschöpfung macht sich in ihm breit. Das Bett sieht weich und verführerisch aus.

»Es wird nichts passieren«, sagt er und deutet auf die Matratze.

Nadja runzelt die Stirn. »Wem sagst du das?«

Der alten Nadja, denkt Tom. »Entschuldige, vergiss es.«

»Wenn es dir hilft: Natürlich wird nichts passieren.«

Eine Viertelstunde später sitzen sie nebeneinander im Bett, essen Sandwiches und teilen sich ein Dosenbier, das Victor ihnen gebracht hat. Als sie sich schlafen legen, rückt jeder auf seine Hälfte des Puddings. Toms Pistole ist in Reichweite. Daneben liegt sein Handy, mit neuer Nummer und neuer SIM-Karte. Die Tür zum Bad bleibt offen, dämmriges Licht fällt ins ansonsten dunkle Zimmer.

Tom liegt auf dem Rücken und starrt in den Spiegel über ihnen. Ein Lüfter rauscht. Die Heizung ist aufgedreht, eine Nachtabsenkung gibt es hier anscheinend nicht. Warum auch? Nadja hat sich von ihm abgewandt, sie schläft in Unterwäsche, für ihr grünes Kleid ist es zu warm. Er kann nicht einschlafen, die Tabletten wirken nach. Die letzten beiden Tage sind wie ein böser Trip, der ihn geschüttelt hat, gefressen und wieder ausgespuckt.

Er sieht auf die Uhr. Noch etwa sechs Stunden.

Morgen früh um acht Uhr wird die Bombe platzen. Dann gibt es kein Zurück mehr. Aber das gibt es ohnehin nicht mehr. Dafür hat er zu viele Fehler gemacht, sich zu viel herausgenommen.

Nadjas Decke ist leicht verrutscht, und ihr Bauch lugt hervor. Tom kann nicht anders, als hinzusehen. Er muss an Anne denken, die schon so lange schwanger werden möchte. Die ihm die Schuld gibt, dass es nicht klappt, weil sein ganzes Leben nur um die Arbeit kreist. Der Bulle, der das Mädchen sucht. Jetzt möchte er am liebsten seine Hand auf Nadjas Bauch legen, als gäbe es nichts Schöneres, nichts Richtigeres. Was wäre, wenn sie die Leiche im Fluss nicht gefunden hätten, wenn es den Schlüssel nicht gegeben hätte? Was, wenn Nadja und er zusammengeblieben wären, wenn dieses Kind seins wäre?

Nadja stößt einen tiefen Seufzer aus und dreht sich auf den Rücken. »Du kannst nicht schlafen, oder?«

»Du auch nicht?«

»Es schaukelt.«

»Darüber beschwert sich Anne auch immer.«

Einen Moment ist es still. »Tom?«

»Hmm.«

»Danke.«

Ihre Blicke treffen sich im Spiegel an der Decke. »Ich muss ständig an dieses grauenvolle Bild im Internet denken, aus dem Dom.«

»Geht mir ähnlich«, sagt Tom.

»Ich hab eine Scheißangst«, flüstert Nadja.

Sie rückt näher zu ihm. Das ganze Bett gerät in Bewegung, und sie schlüpft unter seine Decke. Er legt den Arm um sie.

»Aber es wird nichts passieren«, erinnert Tom sie leise.

»Es wird nichts passieren«, sagt sie.

Ihre Hand wandert unter sein T-Shirt, ihre Finger streichen über seinen Brustkorb. Der Tag verschwindet hinter einer Gänsehaut. Ihre Lippen drücken sich an seinen Hals, ihr Atem riecht nach einem Hauch von Dosenbier und Sandwich, ihre Wimpern kitzeln an seiner Wange. Das hier ist falsch, so falsch wie damals, nicht sofort zur Polizei gegangen zu sein, so falsch, wie Vi den Schlüssel gegeben zu haben, ein Falsch in einer langen Reihe von falschen Entscheidungen ...

Tom bremst ihre Hand. »Was ist mit ...«

»Frag nicht.«

Ist es das, was er hören wollte? Es macht nichts richtiger, aber es reißt die letzte Schranke ein.

Er steht mit ihr im Wald, die Sonne funkelt durch die Blätter, Nadjas Hand gleitet unter den Bund seiner grauenvollen Feinrippunterhose, zu ihren Füßen liegt der Schlüssel. Er hört ihr Flüstern damals: *Fass mich an.* Und er weiß noch, wie es sich angefühlt hat, wie er geglüht hat.

Sie ist runder geworden, ihr Kuss reifer, ihre Anziehungskraft erwachsener, sie ist so voller Zukunft, so lebendig, so anders als all die Toten, die ihn ständig begleiten. Warum nur hat er das so nie mit Anne gespürt?

Es ist nicht richtig. Und trotzdem ist er hier und will, was er will.

Alles andere ist morgen, möchte er jetzt sagen.

Was er sagt, ist: »Lass uns schlafen, Nadja.«

# Kapitel 23

Berlin-Gropiusstadt
Dienstag, 5. September 2017
3:30 Uhr

In Joshua Böhms Ohren dröhnen die Glocken von Big Ben. Er blinzelt; der Schlaf, aus dem er auftaucht, ist abgrundtief. Er tastet blind nach seinem Smartphone auf dem Nachttisch. Es ist stockfinster, die Rollläden hat er bis zur letzten Rille heruntergelassen. Auch wenn er so weit oben wohnt, er braucht das Gefühl, von nichts und niemandem gesehen zu werden.

Endlich kriegt er das Handy zu fassen und berührt die Schlummertaste. Big Ben verstummt. Drei Uhr dreißig? Oh nein, nein! Was ist das denn? Er legt das Telefon auf den Nachttisch zurück, reibt sich die Augen. Sein Schädel brummt, in seinem Mund ist der Geschmack von Wodka und Bier. Es ist heiß, er streift sein T-Shirt ab und wirft es Richtung Stuhl.

Hat er den Wecker nicht auf halb zehn gestellt?

Verflucht. Er hat sich extra Urlaub genommen, nach all dem Stress. Und dann ist er nicht einmal in der Lage, sich den Wecker richtig zu stellen?

Schwer sinkt sein Kopf zurück aufs Kissen. Noch mal Augen schließen! Er muss an Karin denken, und ein schmerzhaftes Brennen steigt ihm in die Brust. Tom kommt ihm in den Sinn – und er versucht ihn rasch zu verdrängen. Verdrängen, dass kann er gut. Die Johanns taucht in seinen Gedanken auf. Schon besser. Viel besser. *Sita.* Was für eine Figur. Was für ein taffer Blick. Und dennoch so schlank und verletzlich. Er fasst mit der Hand nach seinem Glied, das sich bei dem Gedanken an die Polizistin regt. Typisch Tom, er ist schon immer mit den besten Frauen um die Häuser gezogen, wahrscheinlich, weil er es nie darauf angelegt hat. Allein schon dafür hasst Joshua ihn. Und dafür, dass er ihn aus dem Kanal gefischt hat, damals, vor Nadjas Augen.

Kriminalkommissar.

Eigentlich kein Wunder, nach dem, was mit Viola passiert ist.

Hauptsache, Mister Superbulle hat nichts gemerkt. Wenn es eins gibt, was er nicht gebrauchen kann, dann, dass Tom in seinem Leben herumschnüffelt. Oder Ansagen macht wie: »Du redest mit niemandem.«

Natürlich redet er mit niemandem. Am allerwenigsten mit Tom. Wenn der wüsste, was in seiner Schublade liegt, wäre eh der Ofen aus.

Schublade.

Verdrängen.

Verdrängen.

*Verdrängen.*

Er gähnt. Halb vier. Wie zum Teufel ist ihm das bloß passiert? Verliert er die Kontrolle? Liegt es am Alkohol? Wenn's drauf ankommt, kann er doch sogar mit Pegel Auto fahren. Oder hat er die Uhrzeit nur falsch gelesen?

Er grunzt, dreht sich vom Rücken auf die Seite, nimmt erneut das Smartphone zur Hand. Das Display leuchtet auf. Kurz nach halb vier. Kein Versehen.

Als hätte ihm jemand einen Streich gespielt.

Er versucht, nicht daran zu denken.

So wie er auch nicht an gestern oder morgen denken will. Jetzt ist die Zeit dazwischen. Und dazwischen ist gut. Am liebsten wäre er nirgendwo. Aber wenn er schon wach ist – an irgendwas muss man ja denken –, erlaubt er sich, an die Johanns zu denken. Was er mit ihr tun würde.

Er stöhnt.

Greift unter die Matratze.

Setzt sich eine Stahlklammer auf die Zunge. Zwei auf die Brustwarzen. Die Schmerzen sind höllisch. Bestrafung und Belohnung in einem.

Er steigt aus dem Bett, brennt. Die Klammern beben auf dem Weg zum Bad. Das Licht lässt er aus. Ein Reiz weniger. Dafür mehr von den anderen. Am Tag will er seine Frau zurück. Im Dazwischen ist er froh, dass sie nie wiederkommt. Im Dazwischen hat er sie gehasst. Dazwischen ist Raserei.

Er schließt die Badezimmertür.

Gegenüber, dort, wo die Wanne mit dem grün gemusterten Duschvorhang ist, der immer an den Beinen klebt, wenn die Lüftung läuft, raschelt es.

Ein Luftzug, mehr nicht.

Er wippt auf den Zehen.

Tritt ganz ins Feuer.

# Kapitel 24

LKA 1, Berlin-Tiergarten
Dienstag, 5. September 2017
7:53 Uhr

Sita Johanns sitzt bereits seit halb acht auf ihrem Stuhl in der Baustelle und wartet auf die Kollegen, allen voran Tom. Sie starrt die Glaswand an, ihr durchscheinendes Spiegelbild starrt zurück. Lange, dunkle Haare, die Narbe versteckt. Frau Doktor ist wieder im Zaun. Im Gegensatz zu gestern Nacht.

Sie dachte wirklich, sie wäre weiter. Weiter weg von dem, was ihr mit sechzehn passiert ist. Weiter weg davon, Opfer zu sein. In dem Moment, als Böhm die Wohnungstür von innen abschloss, war alles wieder da. Zwanzig Jahre Abstand, in einer Sekunde gelöscht. Sie will nicht darüber nachdenken, wie sie die Nacht im Badezimmer überstanden hat, wie sie aus der Wohnung geflohen ist.

Die Zeit, die sie im Bad ausharren musste, kam ihr vor wie eine Ewigkeit. Sie hätte schwören können, es wäre noch jemand da, in der Dunkelheit würde jemand lauern, dabei waren es nur die Gespenster in ihrem Kopf.

War es eine Stunde? Zwei Stunden? Irgendwann meinte sie, Böhm schnarchen zu hören. Erst die Badezimmertür, dann die Wohnungstür. Was für eine Erleichterung, als ihre Finger den Schlüssel im Schloss ertasteten. *Gott sei Dank, er hat ihn stecken lassen.*

Ihre konkrete Erinnerung setzt wieder ein beim Herunterzählen der Etagen im Aufzug. EG. Erlösendes Gefühl. Dann draußen, endlich. Der Regen wie kaltes Wasser, das man sich frühmorgens ins Gesicht spritzt, um die Nacht auszulöschen. Bloß kein Taxi rufen jetzt, zur Besinnung kommen, und das in Gropiusstadt, nachts, als Frau allein auf der Straße. Zwei Typen ist sie begegnet. Beide sind ihr ausgewichen, so zum Fürchten hat sie offenbar ausgesehen.

Jetzt sitzt sie hier, im Schoß des LKA 1, und die Beamten der SOKO Dom trudeln langsam ein. Die Plastikplane ist weg, der neue Geruch ist geblieben, ebenso ihre Außenseiterrolle. Die Ex-Kollegen meiden die Stühle neben ihr, grüßen aber mehr oder weniger freundlich. Immerhin.

Peer Grauwein, Börne und Beier, Lutz Frohloff vom Erkennungsdienst, dem geleckten Berti Pfeiffer von der MK4, jedem von ihnen ist der Druck anzumerken. Die Pressekonferenz vom Sonntag ist dutzendfach in den Nachrichten zerpflückt worden. In verschiedenen Fernsehprogrammen gab es Sondersendungen. Mortens Hinweis auf die rechte Szene als möglicher Tathintergrund hat Wellen geschlagen. Für den heutigen Abend ist eine Kundgebung vor dem Dom angemeldet, »Lichter gegen Rechts«, bis zu fünftausend Teilnehmer werden erwartet. Experten für rechte Parteien und rechten Terror haben Hochkonjunktur. Darüber hinaus wird über die Zahl auf dem Schlüssel spekuliert. Die Siebzehn als italienische Unglückszahl, bis hin zur Übersetzung »du bist tot«, wird, auch wegen Brigitte Riss' Einsatz für Flüchtlinge, plötzlich in Zusammenhang mit der Flüchtlingskrise im Mittelmeer gebracht. Die Boulevardpresse hat die »Liebes-Bischöfin« wieder hervorgekramt. Das Foto mit der toten Brigitte Riss im Dom kursiert inzwischen auf allen Plattformen im Internet, der Versuch, es zu löschen, ist kläglich gescheitert.

Innensenator Scheuffel hat gestern keine Gelegenheit ausgelassen, vor Kameras zu verkünden, man arbeite »mit maximalem Ermittlungsdruck, um den oder die Schuldigen dingfest zu machen«. Was die Fragen, die sich Oberstaatsanwalt Dudikov und Bruckmann gefallen lassen müssen, noch drängender macht. Es fehlt eigentlich nur noch, dass sich der Innenminister zu Wort meldet.

Sita schaut zur Tür. In ein paar Minuten beginnt die Teamsitzung, und sie hatte gehofft, sich kurz vorher noch mit Tom abstimmen zu können. Aber Tom und abstimmen, das passt offenbar nicht zusammen. Er ist bisher weder erschienen, noch ist er mobil erreichbar.

Es ist seltsam, eigentlich gehört Tom zu den Menschen, die Vertrauen erwecken, wenn man neben ihnen steht, wie eine Schwingung, ganz ohne Worte. Deshalb hat sie auch bisher seine Geheimniskrämerei nicht zum Anlass genommen, die Reißleine zu ziehen. Doch sobald sie letzte Nacht allein war, fing sie an, sich zu fragen, ob er sich wirklich an das halten würde, was er vorgeschlagen hatte. Ein falsches Wort von ihm vor den Kollegen, und sie wäre geliefert. Inzwischen weiß sie nicht mehr, über wen sie sich mehr ärgern soll: über Tom oder über sich selbst.

»Morgen. Alles okay?«

Sita schaut auf. Nicole Weihertal steht neben ihr, mit roten Wangen, vermutlich ist sie mit dem Rennrad gekommen, mit dem Sita sie gestern gesehen hat. Nicole zieht ihre Jacke aus und lächelt tapfer, obwohl ihr die Unsicherheit aus allen Poren dringt. Kein Wunder, Morten macht ihr das Leben sicher nicht einfach. »Der ist frei, oder?«

Sita nickt. »Guten Morgen. Ja, alles gut.« Womit beide

Fragen beantwortet wären und ihr unversehens die erste Lüge des Morgens über die Lippen gekommen ist.

Nicole setzt sich neben Sita, auf den Stuhl, der am weitesten von Mortens Platz entfernt ist. Unter ihren rehbraunen Augen liegen dunkle Schatten. Gestern war sie mit Berti Pfeiffer unterwegs, um die Nachbarn von Brigitte Riss zu befragen, dann erneut die Familie des toten Domorganisten und schließlich die Frau des jungen Mannes, der die Affäre mit Brigitte Riss hatte.

Joseph Morten, wie immer in einem seiner unverwechselbaren braunen Anzüge, und Tom Babylon betreten gleichzeitig die Baustelle. Haben die beiden etwa schon vorher miteinander gesprochen? Tom meidet ihren Blick, setzt sich aber auf den anderen freien Stuhl neben ihr. Das Pflaster an seiner Schläfe ist ab. Frischer Schorf, dazu ein großes Hämatom. Die Ringe unter seinen Augen sind dunkler als die von Nicole Weihertal und auch dunkler als ihre eigenen, was eigentlich nicht möglich ist, nach so einer Nacht. Dass er dennoch konzentriert wirkt, ist vermutlich den Tabletten zuzuschreiben, die er sich dauernd einwirft.

»Fangen wir an«, sagt Morten und klopft entschieden mit den Knöcheln auf die Tischplatte.

»Der Kollege Babylon«, mit säuerlicher Miene deutet er auf Tom, »hat mir gerade mitgeteilt, dass er sich aus den Ermittlungen zurückzieht, aus persönlichen Gründen.«

Rumoren am Tisch.

Grauwein schaut überrascht, fast erschrocken.

Sita mustert Morten irritiert. Bisher hatte sie den Eindruck, dem Leiter der SOKO käme es gelegen, wenn Tom hinschmeißt. Aber das Gegenteil scheint der Fall zu sein.

»Tom, möchtest du etwas dazu sagen?«

Tom räuspert sich, blickt in die Runde. »Ehrlich gesagt,

ich tue das schweren Herzens. Erstens habe ich das Gefühl, ich lasse euch alle im Stich, zweitens bin ich persönlich an diesem Fall interessiert. Und genau das ist der Grund, warum ich nicht weiterermitteln kann. Ich bin nicht mehr objektiv. Wie einige vielleicht wissen: Ich kannte das erste Mordopfer, Doktor Brigitte Riss, wenn auch nicht besonders gut. Was schwerer wiegt, ich war jahrelang mit Karin Riss befreundet, die jetzt, wie wir alle wissen, verschwunden ist. Wir waren Teil einer Clique, zu der noch drei andere gehörten: Nadja Engels, Joshua Böhm und Benedikt Schallenberg.«

Im Konferenzraum ist es still geworden.

»Wir waren sehr jung damals. Teenager. Im Sommer 98, am zehnten Juli, haben wir durch Zufall auf dem Grund des Teltowkanals einen Toten gefunden, und neben ihm einen Schlüssel mit der Zahl Siebzehn, also genauso einen wie der, der um den Hals von Brigitte Riss hing. In der Nacht vom zehnten auf den elften Juli ist meine kleine Schwester Viola mit diesem Schlüssel verschwunden. Ein paar Wochen später wurde sie tot im Teltowkanal gefunden. Ohne den Schlüssel. Es hieß, sie sei ertrunken. Sie war … zehn damals.« Tom stockt, die großen Hände vor sich auf dem Tisch, die eine über die andere gelegt, auf der Suche nach Halt. Peer Grauweins Mund steht offen, er hat eine Tüte Fisherman's in den Fingern, wollte sie gerade aufreißen. »Warum zum Teufel hast du davon nichts gesagt?«

»Weil ich nicht von den Ermittlungen ausgeschlossen werden wollte. Ich hatte gehofft, ich könnte endlich herausfinden, was damals mit meiner Schwester passiert ist.«

»'ne echte Scheißidee«, murmelt Pfeiffer mitten in die Stille hinein. Lutz Frohloff stößt ihm mit dem Ellenbogen in die Seite. Niemand sagt etwas; alle scheinen dasselbe zu denken.

»Hast ja recht«, sagt Tom zerknirscht.

»Und was ist mit dem Toten, den ihr gefunden habt?«, fragt Frohloff. »Wurde der Fall aufgeklärt?«

»Die Polizei konnte ihn nicht finden.«

»Klar, wahrscheinlich abgetrieben. Aber kanalabwärts wurde doch mit Sicherheit auch gesucht?«

»Ja. Der Tote war allerdings mit Kaninchendraht umwickelt und mit Steinen beschwert. Er hätte nicht abtreiben können, und er hatte bestimmt schon eine Weile im Wasser gelegen. Jemand muss die Leiche dort weggeholt haben.«

»Wer wusste denn alles von eurem Fund?«, fragt Grauwein.

»Nur wir fünf«, sagt Tom. »Und meine kleine Schwester Viola.«

»Du hast deiner kleinen Schwester erzählt, dass ihr eine Leiche im Kanal gefunden habt?«, fragt Börne ungläubig.

»Ich erwarte nicht, dass ihr das versteht«, sagt Tom leise.

»Also muss einer von euch mit irgendjemandem geredet haben, bevor ihr die Polizei informiert habt«, schließt Frohloff.

»Niemand hat geredet«, sagt Tom.

Morten hebt die Brauen, sagt jedoch nichts.

»Glaubt mir, ich habe mir den Kopf zermartert, ich habe alle gelöchert, die damals dabei waren. Niemand hat geredet. Vielleicht hat uns jemand beobachtet. Oder Viola hat es jemandem erzählt.«

»Und was haben die weiteren Ermittlungen dann ergeben?«, hakt Frohloff nach.

Morten räuspert sich. »Es gab keine weiteren Ermittlungen. Damals ging man zunächst von einem Jugendstreich aus, und im Zusammenhang mit Viola Babylons Verschwinden dann von einer Notlüge aus schlechtem Gewissen. Das Betreten der Brücke, auf der die Jugendlichen damals gespielt haben, war verboten. Außerdem haben sie dort heimlich mit einem Luftgewehr geschossen. Es wurde angenommen, dass Viola von der Brücke gestürzt und ertrunken war.« Er hebt die Hände. »Aber das führt jetzt zu weit. Die Akten von damals sind zugänglich, ich lasse sie scannen und schicke sie euch. Ab Mittag könnt ihr damit rechnen.«

»Na, das ist mal 'n dicker Hund«, brummt Börne.

»Aber da ist noch etwas«, sagt Morten. Er legt einen kleinen Plastikbeutel auf den Tisch und schnippt ihn mit dem Finger in die Mitte des Tisches. Sita starrt überrascht auf den Schlüssel in der Tüte.

»Ist das der aus dem Dom?«, fragt Grauwein.

»Nein«, sagt Morten. »Den hier haben wir im Haus von Karin Riss gefunden.«

Börne hebt die Brauen.

»Wer ist ›wir‹?«, fragt Frohloff.

»Wir«, sagt Morten schmallippig. »Das muss vorläufig reichen.« Er holt eine weitere Tüte hervor und schiebt sie ebenfalls auf den Tisch. »Und dieser Schlüssel hier wurde an Nadja Engels geschickt, die damals auch zu Toms Clique gehört hat. Der Schlüssel lag in einem Umschlag in ihrem Briefkasten. Sie ist jetzt ebenfalls verschwunden.«

Totenstille.

Sita kann nicht fassen, dass ausgerechnet Jo Morten sich schützend vor Tom stellt. Was um alles in der Welt geht hier vor?

»Das ist eine Serie«, sagt Pfeiffer leise.

»Ja. Vielleicht«, bestätigt Morten. »Auch wenn die beiden Frauen bisher nicht tot aufgefunden wurden. Zudem ist bei Nadja Engels nicht ganz klar, ob sie nicht vielleicht Angst gekriegt hat, als sie den Schlüssel gefunden hat, und sich versteckt hält.«

»Würde mich nicht wundern«, sagt Nicole Weihertal.

Plötzlich beginnen alle, durcheinanderzureden. Morten pocht mit seinen hageren Knöcheln auf den Tisch. »Ab sofort haben wir eine neue Arbeitshypothese: Wir gehen von einer möglichen Mordserie aus, im Zusammenhang mit dem Fund eines Toten im Teltowkanal im Jahr 1998. Potentielle zukünftige Opfer könnten alle Mitglieder von Toms ehemaliger Clique sein –«

»Und warum dann Brigitte Riss?«, fragt Pfeiffer dazwischen.

»Gute Frage«, erwidert Morten, ohne darauf näher einzugehen. »Lutz, du klärst mit deinem Team alle Namen, zuerst die Aufenthaltsorte, dann die Hintergründe. Tom gibt dir eine Liste. Sobald wir wissen, wer wo ist, holen wir die Leute zur Befragung hierher. Alles weitere, wie zum Beispiel Personenschutz, ob und wie, klären wir dann.«

»Ist klar«, nickt Frohloff knapp und sieht Tom an.

»Liste habe ich dir gerade geschickt«, sagt Tom. Frohloff beginnt, auf seinem Smartphone zu tippen.

»Tom«, sagt Morten, »ab sofort bist du raus. Du bist Zeuge, mehr nicht. Wartest du bitte draußen, wir müssen dich nachher noch befragen.«

Tom will offenbar noch etwas sagen, überlegt es sich jedoch anders und nickt zum Abschied wortlos in die Runde.

»Äh, raus heißt jetzt ›raus‹ oder ›raus-raus‹?«, fragt Frohloff.

»Keine Suspendierung. Aber ich hab Urlaub eingereicht«, sagt Tom. »Wegen der Sache mit der toten Kollegin. Vanessa.«

Urlaub?, denkt Sita. Ganz sicher nicht. Im Stillen bewundert sie Tom für die Konsequenz, mit der er seinen offiziellen Ausstieg aus dem Fall arrangiert und sich zugleich die Freiheit verschafft hat, da weiter zu ermitteln, wo er es für nötig hält. Auch wenn sie nicht versteht, was Tom da im Hintergrund mit Morten abgesprochen hat.

»Was ist eigentlich mit dem anderen Kollegen?«, fragt Tom.

»Nichts Neues«, sagt Morten abweisend. »Drexler liegt nach wie vor im Koma.«

*Nach wie vor* ist gut, denkt Sita. Seine Kopfverletzung ist gerade mal eineinhalb Tage alt. Der harsche Ton, mit dem Morten Toms Nachfrage abblockt, kommt ihr seltsam vor, immerhin ist Tom derjenige, der Drexler gefunden hat und in dessen Beisein die Kollegin gestorben ist.

»Sollten wir nicht überlegen, ob Tom Personenschutz braucht?«, fragt Grauwein.

»Ich kann auf mich alleine aufpassen.«

»Ohne Dienstwaffe?«

Touché, denkt Sita.

»Wir klären das gleich«, sagt Morten und weist zur Tür. »Tom? Bitte.«

Als sich die Tür hinter Tom schließt, herrscht für einen Moment Stille, als würden alle ausatmen, bevor es im Ablauf weitergeht.

Sita räuspert sich. »Von meiner Seite gibt es auch etwas.«

Alle Augen richten sich auf sie.

»Ich weiß aus sicherer Quelle, dass Joshua Böhm in seinem Schreibtisch eine Pistole aufbewahrt. Eine SIG Sauer P6.«

Es ist so still, als wäre niemand außer ihr im Raum.

Mortens Blick ist messerscharf. »Was soll das heißen, sichere Quelle? Wer ist das?«

»Das darf ich nicht sagen.«

»Bitte, was? Bist du jetzt bei der Presse oder neuerdings ans Beichtgeheimnis gebunden?«

»So ähnlich. Ich bin Psychologin. Wenn mir ein Klient etwas mitteilt, bin ich an die ärztliche Schweigepflicht gebunden«, erklärt Sita, in der Hoffnung, damit durchzukommen.

»Du bist verdammt noch mal Teil eines Ermittlungsteams«, poltert Morten.

»Deswegen habe ich ja auch etwas Entscheidendes gesagt. Ich kann nur nicht preisgeben, von wem ich es weiß.«

Morten starrt sie feindselig an und wendet sich dann Frohloff zu. »Überprüf, ob dieser Böhm eine Waffenbesitzkarte hat und ob da eine P6 eingetragen ist. Zwei Kollegen von der Bereitschaft sollen vor Ort die Lage sondieren – aber ja nichts unternehmen! Parallel bitte ein kleines SEK-Team anfordern.« Er schaut erneut Sita an. »Gnade dir Gott, wenn das eine Luftnummer wird und deine sichere Quelle uns einen Bären aufgebunden hat.«

Sita schluckt die aufkeimende Wut über Mortens aggressiven Ton herunter. »Kein Bär. Keine Luftnummer. Jedenfalls nicht von mir.«

»Wir werden sehen«, knurrt Morten. »Also, weiter im Text. Peer? Bitte.«

Peer Grauwein nickt, schaltet den Beamer ein. »Gut, äh. Kommen wir am besten zuerst zur Rekonstruktion der Tat, also, dem Mord an Brigitte Riss. Da sind wir einige Schritte weiter als gestern. Ich denke, vorläufig ist es am sinnvollsten, wenn wir uns auf sie konzentrieren. Bernhard Winkler verfolgen wir weiter, aber er scheint im Moment weniger aufschlussreich zu sein. Wir gehen alle davon aus, dass er zur falschen Zeit am falschen Ort war.« Der rote Laserpointer malt einen Kreis in die Mitte einer Aufnahme, die den

Innenraum des Doms zeigt, von oben fotografiert. »Über dieser Stelle hing Brigitte Riss, unschwer an Ausfluss und Blutspuren zu erkennen. Allerdings wurde sie mit ziemlicher Sicherheit nicht am Fundort getötet. Allein schon die Tötungsart spricht dagegen. Einen Pflock ins Rektum zu–«, er räuspert sich, tastet seine Taschen ab und fördert eine zerknautschte Tüte seiner Standardpastillen zutage. »'tschuldigung. Also, einen Pflock oder eher einen Pfahl von dieser Größe so tief in den Körper zu bringen, das erfordert eine Fixierung, entweder in Rücken- oder in Bauchlage, mit angewinkelten Beinen. Das wäre hier bestenfalls am Altar gegeben, aber dort gibt es keine Spuren. Allerdings haben wir an der Toten Partikel eines blauen Plastikgewebes gefunden, vermutlich eine reißfeste Plane. Dazu passende Spuren am Boden. Der Täter muss Brigitte Riss«, Grauwein wechselt zum nächsten Bild, einem Grundriss des Doms, mit einer grauen Spur, die er mit dem Laserpointer nachzeichnet, »hier entlanggeschleift haben, auf oder in der Folie.«

»Hat sie da noch gelebt?«, fragt Morten.

»Möglich«, erwidert Grauwein. »Todeszeitpunkt ist laut Rechtsmedizin übrigens zehn nach sechs, plus/minus zehn Minuten. Verfolgt man die Schleifspuren weiter, kommt man hierhin.«

»Die Hohenzollerngruft?«, fragt Sita perplex.

»Chapeau, Madame, am Grundriss erkannt«, stellt Grauwein trocken fest. »Fast einhundert Sarkophage in einem riesigen Kellergewölbe, direkt unter dem Dom. Unser Täter hat sich den ausgesucht, der am nächsten am Eingang stand, auf unserem Bild die Nummer drei. Tonnenschwerer Stein, rechteckig, flacher Deckel. Johann Georg Kurfürst von Brandenburg, sechzehntes Jahrhundert. An Bauch und

Brust des Opfers haben wir Gesteinspartikel gefunden, Art und Zusammensetzung passen zum erwähnten Sarkophag. Dort gibt es auch zahlreiche Blutspuren des Opfers. Spuren des Täters: bisher Fehlanzeige.«

»Weshalb war er dort unten?«, fragt Berti Pfeiffer. »Das ist doch ein irrer Aufwand, er musste sie doch nachher wieder nach oben tragen.«

»Er hat sie nicht getragen«, erklärt Grauwein, »er hat sie nach oben geschleift, mit den Füßen voran, vermutlich in der Plane. Das passt auch zu den Hämatomen am Rücken des Opfers, die übrigens, dem Bericht der Rechtsmedizin zufolge, dafür sprechen, dass sie zu diesem Zeitpunkt noch gelebt hat.«

Im Konferenzraum herrscht beklommenes Schweigen. Das Bild ist in allen Köpfen, und alle wissen, es wird sie tage- und wochenlang verfolgen.

»Noch mal«, insistiert Pfeiffer. »Warum ist er da runter?«

»Da er den Sarg gewählt hat, der dem Eingang am nächsten steht, wird es ihm jedenfalls nicht um genau diesen Sarg gegangen sein«, vermutet Sita, »der war nur Mittel zum Zweck. Ich glaube, er wollte alleine sein. Also *wirklich* alleine mit dem Opfer. Ein bisschen so, als wäre ihm –«

»Wir reden hier immer von *ihm* und *er*«, wirft Frohloff ein. »Ist das jetzt auch Arbeitshypothese?«

»Ja«, bestätigt Morten.

»Erst recht«, sagt Pfeiffer, »wenn dieser Joshua Böhm tatsächlich Drexlers Waffe in der Schublade hat.«

»Jetzt mal keine voreiligen Schlüsse«, weist Morten ihn zurecht. »Nur weil er zu der Clique gehört, die den Schlüssel gefunden hat, und weil er eine Waffe zu Hause hat, muss er nicht zwingend mit der Tat zu tun haben. Vielleicht hat er wirklich eine WBK. Die P6 kann man sich dann auch so besorgen.«

»Aber merkwürdig ist es schon«, bemerkt Frohloff.

»Wir warten auf die Fakten«, sagt Morten.

»Um auf die Frage ›Warum in der Gruft?‹ zurückzukommen«, fährt Sita fort, »mir kommt es so vor, als wäre ihm der Dom irgendwie zu groß gewesen.«

Grauwein runzelt die Stirn. »Zu groß? Deshalb hat er doch den Dom ausgewählt. Wer seinen Mord so inszeniert, der *will* doch diese Größe. Auffallen um jeden Preis.«

»Ja, schon«, meint Sita. »Aber der Tötungsakt selbst, der Pfahl, die Augen, das war intim. Dafür wollte er alleine mit ihr sein. In einem beherrschbaren Rahmen. Er brauchte Sicherheit. Etwas Vertrautes.«

»Du meinst«, fragt Nicole Weihertal, »er hat sich da unten im Kellergewölbe wohler gefühlt?«

»Wohler gefühlt? Hm. Wie gesagt, eher sicherer, vertrauter.«

»Wie kann sich denn eine Gruft vertraut anfühlen?«, fragt Morten skeptisch.

»Und der Pfahl?«, fragt Pfeiffer. »Ist das jetzt ein sexuelles Motiv oder nicht?«

»Nicht ausschließlich. Vermutlich geht es nicht in erster Linie um das Ausleben perverser Gewaltphantasien oder sexuelle Erregung. Auf mich wirkt es eher wie eine übersteigerte Rachephantasie, insofern wäre der Pfahl ein Hinweis auf das Motiv.«

»Sexueller Missbrauch?«, sagt Nicole Weihertal leise.

»In Verbindung mit der Kirche«, ergänzt Pfeiffer.

»Wäre möglich«, räumt Morten ein, »aber wie passt das mit dem Schlüssel und Toms Clique zusammen?«

»Das ist die Frage«, meint Sita. »Schließlich wird diese

Art von Missbrauch meistens von Männern verübt. Und bisher haben nur Frauen einen Schlüssel bekommen.«

»Apropos Schlüssel«, sagt Morten, »gibt es dazu etwas Neues, Peer?«

»Ja, gibt es«, bestätigt Grauwein. »Nicht viel, aber immerhin mehr als bei allen anderen Spuren. Weder die Polypropylenseile noch die Hammerspuren, noch die Schoerken-Flaschenzüge haben bisher irgendetwas Verwertbares ergeben. Bei dem Schlüssel wissen wir immerhin, dass es ein ehemals ostdeutsches Fabrikat ist: VEB Schloßsicherungen Gera. Wirklich interessant ist, dass diese Art von Schlüssel seit dem Fall der Mauer so nicht mehr hergestellt wird.«

»Also ein Hinweis darauf, dass es um etwas gehen könnte, was damals in der DDR passiert ist?«

Grauwein zuckt mit den Achseln. »Die Interpretation ist euer Ding. Ich kümmere mich nur um die Fakten.«

»Und was könnte die Siebzehn bedeuten?«, fragt Frohloff.

»Guckst du kein Fernsehen?«, fragt Pfeiffer.

»Nee, Berti«, grinst Frohloff entwaffnend. »Ich arbeite.«

»Das Netz ist gerade voll davon, im Fernsehen lief es auch«, erklärt Nicole Weihertal. »Die Siebzehn ist in Italien eine Unglückszahl, was sich aus dem Anagramm einer römischen Zahl ableitet: VIXI. Das ist Latein und heißt: ich habe gelebt.«

»Oder: ich bin tot«, ergänzt Grauwein.

Lutz Frohloff pfeift leise durch die Zähne. »Na, das ist ja mal eine Aussage.«

»Allerdings«, gibt Morten zu bedenken, »haben wir bisher keinerlei Verbindung von unserem Fall nach Italien. Aber vielleicht kommt es dem Täter ja nur auf die Symbolik an.«

»Inzwischen spekuliert jedenfalls das ganze Netz darüber‹«, sagt Pfeiffer. »Bis heute früh, Stand sieben Uhr dreißig, hatten wir fünfhundertsechsundvierzig Anrufe, die die Zahl Siebzehn betreffen.«

»Irgendetwas dabei?«, fragt Morten.

»Fast nur Spinner oder Wichtigtuer, oder irgendwelche Leute, die ihre eigenen Befindlichkeiten abarbeiten wollen. Am unterhaltsamsten war da noch eine junge Frau aus der Psychiatrie. Eine Patientin würde immerzu Kalender malen und den Siebzehnten jedes Monats dabei auslassen.«

Börne verdreht die Augen, und Morten trommelt mit den Fingerkuppen auf den Tisch.

»Wann kam denn der Anruf?«, fragt Sita.

»Der aus der Psychiatrie? Ich glaube, heute früh, aber ich müsste den Kollegen vom telefonischen Dienst noch mal fragen. Warum?«

»Hat der Kollege noch irgendeinen anderen konkreten Fall erwähnt?«

Berti Pfeiffer schaut Sita irritiert an. »Nein, hat er nicht. Warum?«

»Ist nur so ein Gefühl, aber wenn es über fünfhundert Hinweise gab, und der Kollege erzählt nur von einem, dann muss es doch einen Grund geben, warum er ausgerechnet von *diesem* Anruf erzählt. Hast du eine Ahnung, warum? War die Frau besonders unfreundlich, hat sie mehr als die anderen insistiert oder vielleicht geweint, oder ist ihm irgendetwas anderes aufgefallen?«

»Keine Ahnung. Er meinte nur, es sei besonders kurios gewesen. Die Patientin, von der die Frau sprach, soll wohl die ganze Zeit vor sich hin brabbeln, so Sachen wie ›Er ist wieder da‹, und dann steht sie in der Kapelle und zieht sich vor Jesus am Kreuz aus. Psychiatrie halt. Ziemlich durchgeknallt.«

»Können wir das jetzt bitte beenden«, unterbricht Morten gereizt. »Das führt doch zu nichts.«

»Ehrlich gesagt«, meint Sita, »ich würde gerne einfach mal selbst mit dem Kollegen vom telefonischen Dienst –«

»Mist, das gibt's doch nicht«, sagt Frohloff plötzlich und starrt auf sein Handy. Dann schaut er auf. »Die Kollegen stehen in Joshua Böhms Wohnung. Gropiusstadt.«

»So schnell?«, fragt Nicole Weihertal.

»Gottverdammt. Ich sagte doch, nichts unternehmen! Was ist denn daran so schwer zu verstehen?«, poltert Morten.

»Zwei Kollegen von der Bereitschaft waren in der Nähe«, sagt Frohloff. »Sie schreiben, die Tür stand offen.« Noch während er spricht, wählt er. Sita läuft es eiskalt den Rücken herunter.

»Hallo? Ja, Frohloff hier. Wie sieht's aus?«

Alle hängen gebannt an seinen Lippen.

»Verstehe. Moment.« Frohloff hält das Handy ein wenig vom Mund weg. »Im Bad sieht es nach einer Auseinandersetzung aus. Der Duschvorhang ist abgerissen, ein paar Kleinigkeiten wie Zahnbürste, Seife und so weiter liegen verstreut auf dem Boden, außerdem ist das Licht defekt. Im Schreibtisch ist eine SIG Sauer P6. Joshua Böhm ist nirgends zu finden. Ach ja, und: Er hat *keine* Waffenbesitzkarte.«

Sita sitzt wie betäubt auf ihrem Stuhl, versucht, ruhig zu bleiben. Sie weiß nicht, was sie grauenvoller findet. Dass sie vergangene Nacht in Böhms Badezimmer ihren Gespenstern begegnet ist, oder dass ihre Gespenster vielleicht gar keine Gespenster waren.

# Teil 3

# Kapitel 1

Stahnsdorf
16. Oktober 1998
11:45 Uhr

*Toms Herz schlug, als wollte es zerspringen. Er sah zu Bene hinüber, der sich ebenfalls bis auf die Unterhose ausgezogen hatte und probeweise den Fuß in das Kanalwasser steckte.*

*»Scheiße, Mann. Ist das kalt.«*

*»Ist Oktober«, sagte Tom, der schon mit beiden Füßen im Wasser stand, bemüht cool. Es war inzwischen drei Monate her, dass sie den Toten hier gefunden hatten und dass Vi spurlos verschwunden war. Die längsten und schlimmsten drei Monate seines Lebens. Er schaute nach oben zur Brücke, dann nach links und rechts. Weit und breit niemand zu sehen. Gut so.*

*»Wir hätten das schon viel früher machen sollen«, sagte Bene missmutig, »als es noch nicht so arschkalt war.«*

*»Dein Ernst? Du wärst hier im August rein?«*

*»Mann, wir sind hier im Juli doch auch rein«, erwiderte Bene trotzig.*

*»Klar, aber da wussten wir noch nicht, was hier unten los ist.«*

*Bene zuckte mit den Achseln und stellte auch das zweite Bein ins Wasser. »Na, was soll schon sein. Die Taucher haben alles abgesucht. Keine Spur von 'ner Leiche.«*

*»Hast du etwa keinen Schiss?«*

*Benes pickliges Gesicht verzog sich zu einem halb verlegenen, halb herausfordernden Grinsen. »Mann, ich scheiß mir in die Hosen. Lass machen, dass wir's hinter uns bringen, sonst hat sich das mit dem Schwänzen ja nich gelohnt.«*

*Tom grinste ebenfalls. Das mochte er an Bene. Wenn's drauf ankam, war er dabei. Anders als Mr. Davidoff-Klippenspringer; der hatte längst den Schwanz eingezogen.*

*Tom setzte sich die Taucherbrille auf. Der Schnorchel baumelte vor seinem Mund. »Kannst du mir mal die Kamera rüberreichen?«*

*Bene stakste Tom einen halben Schritt entgegen und gab ihm die Pentax, dann wurstelte er die Gummiflossen an seine Füße. Tom drückte noch einmal das Isolierband um die billige Glaslinse fest, die er auf das Objektiv der alten Spiegelreflexkamera seines Vaters geschraubt hatte. Die ganze Kamera steckte in einem stabilen Gefrierbeutel, nur die Vorsatzlinse des Objektivs ragte heraus, damit die Fotos nicht wegen der Plastikfolie unscharf wurden. Er hatte es ein paarmal in der Badewanne ausprobiert, und es hatte gehalten. Musste es auch! Wenn Vaters Kamera absoff, würde es ein Riesentheater geben.*

*»Bereit?«, fragte Bene. Er hatte sich die Brille über die Augen geschoben und versuchte, dreinzuschauen wie sein Lieblingsrapper Coolio, mit seinem Rotschopf sah er allerdings eher aus wie ein dürres Sams auf Tauchgang.*

*Tom nickte, entriegelte die Kamera und schob sich den Schnorchel in den Mund. Sie bespritzten sich Arme und Brust mit kaltem Wasser, dann schwammen sie los, bis zur Kanalmitte, dorthin, wo ein Stein an einem Seil von der Brücke baumelte. Benes Idee. So konnten sie die Stelle einfacher finden, an der Tom damals im Wasser gelandet war.*

*Wenn nur nicht die Angst in seinem Magen rumort hätte,*

*dass ihn jeden Moment eine faulige Hand packen und in die Tiefe ziehen könnte. Er sah sich nach Bene um, der links neben ihm schwamm, den Daumen hob und auf die Kamera deutete.*

*Sie nahmen beide einen tiefen Atemzug durch den Schnorchel, verschlossen die Öffnung mit der Zunge und stießen hinab. Die Sonne stach ins Wasser. Schmutz- und Pflanzenteilchen schwebten vor ihren Augen. Der Grund des Kanals war dank der Flossen schnell erreicht. Sie fanden Steine, Mulden, Glasflaschen, ein rostiges Fahrrad, nur keine Leiche. Tom hielt die Kamera mit dem Weitwinkelobjektiv vor sich und machte ein Foto nach dem anderen, und immer, wenn er für das nächste Bild den Film mit dem Hebel an der Kamera nachspannte, hatte er Sorge, die Plastikfolie könnte reißen.*

*Nach sechsunddreißig Fotos war der Film voll, und Tom gab Bene ein Zeichen, dass sie auftauchen und zurückschwimmen sollten. Sie droschen mit den Flossen um die Wette, um sich warm zu halten, doch als sie aus dem Wasser stiegen, bibberten sie.*

*Die Handtücher um den Leib gewickelt, stellten sie sich in die Herbstsonne, die noch genug Kraft hatte, die Haut ein wenig zu erwärmen. Auch deshalb hatten sie diesen Tag und diese Uhrzeit ausgewählt.*

*Die Plastiktüte knisterte, als Tom sie von der Kamera entfernte.*

*»Und?«, fragte Bene gespannt.*

*»Alles trocken«, stellte Tom erleichtert fest.*

*»Nur gefunden haben wir nichts. Die Polizeitaucher hatten recht. Da ist nix mehr.«*

*»Jetzt warte doch erst mal ab. Ich geb den Film zum Entwickeln, und dann seh'n wir ja, was drauf ist.«*

*»Bist du sicher, dass da überhaupt was drauf ist? War ziemlich dunkel da unten.«*

*»Mein Vater hat 'nen ganzen Haufen von diesen hochempfindlichen Filmen im Kühlschrank rumliegen. Und der Typ im Labor hat mir gesagt, das wär' kein Problem, ich müsste nur die Automatik austricksen, und dann könnte man den Film extra pushen.«*

*»Pushen? Was soll das denn heißen?«, fragte Bene.*

*»Dass er im Labor noch mehr aus dem Film rauskitzeln kann.«*

*»Coolio. Woher weißt 'n du das plötzlich alles?«*

*Toms Blick ist Antwort genug, und Bene verstummt. Klar, irgendetwas muss man ja tun, wenn man vor Schmerz und Schuldgefühlen schier verrückt wird, weil die kleine Schwester spurlos verschwunden ist, mit dem Schlüssel eines Toten. Und weil sich das anfühlt, als wäre die eigene Mutter ein zweites Mal gestorben, weil Vi so ausgesehen hat wie sie, weil sie so gerochen hat und weil sie sogar manche Worte so betont hat wie die Mutter. Und weil der eigene Vater einen ignoriert und man irgendwie merkt, dass er einen schlagen will, vor Kummer und Wut, und es doch nicht tut, weil man ja das Letzte ist, was ihm geblieben ist. Und weil die Stiefmutter einen hasst, weil sie hasst, wie ihr Mann ist, seit seine geliebte Tochter verschwunden ist.*

*»Drei Tage«, sagt Tom leise. »Dann ist der Film entwickelt. Und ich schwör' dir, dann gucke ich mir jeden Millimeter mit der Lupe an. Ohne noch ein einziges Mal da runterzumüssen. Diesen Idioten von der Polizei zeig ich's.«*

## Kapitel 2

Charité, Berlin-Mitte
Dienstag, 5. September 2017
9:33 Uhr

Nachdem Tom auf Mortens Geheiß die Teambesprechung im LKA verlassen hatte, glaubte er, erleichtert sein zu müssen. Das Gegenteil war der Fall. Er fühlte sich ausgeschlossen und ohnmächtig, so wie damals, nach Violas Verschwinden.

Eigentlich hätte er in der Keithstraße warten sollen, aber die Kollegen hatten ja seine Nummer, und da er seine alte SIM-Karte wieder ins Handy gesteckt hatte, war er ja grundsätzlich erreichbar.

Er hasst es, tatenlos herumzusitzen, also ist er in Richtung Charité aufgebrochen, wo Drexler liegt. Morten hat seine Frage nach dem verletzten Kollegen so barsch abgeblockt, dass Tom sich gewundert hat. Erst recht nach ihrem Gespräch vor der Teamsitzung, in seinem Büro. Schon beim Hereinkommen hatte er Mortens braunen Anzug gesehen, und es hatte klick gemacht. Derselbe Anzug wie gestern Nacht im *Odessa*-Club. Der Mann, der ihn durch den Türspalt so überrascht angesehen hatte, war Morten. Und Morten wusste, dass Tom es wusste. Zwei Polizisten unter sich. Sie brauchten es beide mit keinem Wort zu erwähnen, und die Tatsache, dass sie beide schwiegen, legte fest, wie sie miteinander umgehen wollten.

Umso verwunderlicher Mortens harsche Reaktion auf Toms Frage nach Drexlers Zustand. So abweisend der Hauptkommissar üblicherweise auch war – nicht darüber zu sprechen, wie es einem schwerverletzten Kollegen ging, das sah ihm dann doch nicht ähnlich. Außer es gab einen triftigen Grund dafür.

Drexler liegt auf der Intensivstation der Neurochirurgie, in einem Einzelzimmer; vor der Tür sitzt ein uniformierter Polizist mit grauem Vollbart und aufgedunsenem Gesicht. Tom weist sich aus, erklärt, er sei der Kollege, der Drexler gefunden habe. Eine junge, blonde Ärztin eilt herbei und stellt sich als Doktor Jacobi vor. Sie trägt eine etwas zu groß geratene Nickelbrille und ist offensichtlich übermüdet. »Kann ich Ihnen helfen?«

»Ich würde gerne meinen Kollegen besuchen, Christian Drexler.«

»Sie sind zu früh.« Ihr Gesicht drückt Missbilligung aus. »Ich sagte doch sechzehn Uhr.«

»Sechzehn Uhr?«

»Für die Befragung.«

»Befragung? Ich dachte, er wurde in ein künstliches Koma versetzt. Heißt das etwa, er ist wach?«

Die Ärztin schaut Tom an, als wäre er begriffsstutzig. »Na, sonst würde eine Befragung ja keinen Sinn machen, oder? Wobei ich ehrlich gesagt nicht weiß, ob Sie heute schon etwas Verwertbares aus ihm herausbekommen.«

Tom wirft einen Blick durch die Scheibe neben der Tür, Drexlers Augen sind geschlossen. »Im Moment schläft er also nur?«

»Schlafen ist vielleicht nicht der richtige Ausdruck. Wir schleichen die Medikation aus.« Doktor Jacobis Blick wird sanfter. »Sprechen Sie sich eigentlich ab in Ihrer Abteilung?«

Offenbar nicht, denkt Tom. »Wie geht es ihm denn?«

»Nicht gut. Aber besser als erwartet. Ihr Kollege hat offenbar einen Schädel aus Eisen. Das hatte ich auch schon Ihrem Hauptkommissar Moren gesagt.«

»Morten«, murmelt Tom.

»Oder so. Auf jeden Fall muss ich Sie bitten, Rücksicht auf die Gesundheit Ihres Kollegen zu nehmen. Sechzehn Uhr ist schon wirklich optimistisch. Vorher geht gar nichts. Mal abgesehen davon, dass ich ohnehin nicht glaube, dass Sie derzeit etwas Verlässliches von ihm erfahren können. Wir haben die Medikation heruntergefahren, aber er ist noch in einer Art Aufwachphase – und da produziert das Gehirn oft die wildesten Trugbilder.«

»Keine Sorge«, beruhigt Tom. »Ich bin nicht wegen einer Befragung hier. Ich bin vor allem erleichtert. Ich habe ihn gestern verletzt aufgefunden. Es gab einen Schusswechsel, bei dem seine Kollegin getroffen wurde, sie ist sozusagen in meinen Armen gestorben.«

»Ach, Sie sind das?«, sagt Doktor Jacobi betroffen.

»Sie wissen davon?«

»Das hier ist Berlin, nicht Aleppo. So viele Todesfälle mit Schussverletzung haben wir hier nicht. Die Sanis haben davon erzählt; so was spricht sich schnell rum.« Sie nimmt ihre Brille ab und reibt sich die Druckstellen an der Nasenwurzel. »Mein Beileid. Wegen der Kollegin.«

Tom nickt und versucht, den Gedanken festzuhalten, dass es wenigstens Drexler gut geht. Gleichzeitig regt sich sein schlechtes Gewissen. Vanessa Reichert scheint einfach zu verschwinden. Eine von sechzehntausend Polizisten und Polizistinnen in Berlin. Alles, was er von ihr kennt, ist dieser eine kurze Moment.

»Jetzt gehen Sie schon rein«, murmelt die Ärztin. »Fünf

Minuten, aber stören Sie ihn nicht. Und Hände desinfizieren nicht vergessen.«

Im Zimmer hängen kanariengelbe Vorhänge vor den Fenstern, alles andere ist Klinikstandard: abwischbare Möbel mit runden Kanten. Drexlers Bett hat vorn und hinten silberne Bügel und an den Seiten Gitter, als würden die Ärzte damit rechnen, dass er sich jeden Moment unkontrolliert bewegen könnte. Der Polizist liegt blass und still in der weißen Bettwäsche, doch als Tom näher herankommt, sieht er, dass sich die Pupillen unter den Lidern gelegentlich bewegen.

Warum hat Morten sie alle in dem Glauben gelassen, Drexler läge im Koma? Warum will er ihn in aller Stille befragen? Es wirkt fast, als wollte er ihn aus der Schusslinie nehmen, als könnte Drexler in Gefahr sein. Tom muss an den verschwundenen Schlüssel aus dem Dom denken. Vermutlich misstraut Morten ihnen allen. Aber geht es so weit, dass er ernsthaft glaubt, jemand könnte Drexler etwas antun, um seine Aussage zu verhindern?

Tom wirft einen Blick auf den Monitor mit Drexlers Vitalfunktionen. Der Herzrhythmus sieht regelmäßig aus, der Puls ist bei neunundsechzig, und auch der Blutdruck scheint in Ordnung zu sein – soweit er das beurteilen kann. Rasch schaut er über die Schulter. Durch die Scheibe sieht er den Hinterkopf des Kollegen. Dessen Aufmerksamkeit gilt dem Flur, nicht dem Zimmer. Doktor Jacobi ist nicht zu sehen, auch sonst niemand vom Klinikpersonal.

Er stellt sich so zwischen Bett und Fenster, dass Drexlers Kopf vom Flur aus nicht zu sehen ist. »Drexler?«, flüstert er. »Hallo. Sind Sie wach?«

Der Brustkorb des Patienten hebt und senkt sich, seine Pupillen wandern unter den Lidern.

»Drexler?«

Nichts.

Tom zwickt ihn an der Innenseite des Arms. »Können Sie mich hören?«

Drexlers Arm zuckt. Tom schaut erneut über die Schulter. Fünf Minuten hat Doktor Jacobi ihm zugebilligt. Er zwickt Drexler ein zweites Mal, legt seine Hand auf dessen Arm. »Hallo, sind Sie wach?«

Drexlers Lider flattern.

»Herr Drexler? Ich bin der Kollege, der Sie gefunden und ins Krankenhaus gebracht hat. Können Sie mich hören?«

Drexlers Lider heben und schließen sich. Sein Puls ist auf dreiundachtzig gestiegen, und Tom fragt sich, ab wann die Intensivschwestern aufmerksam werden.

»Können Sie mich hören?«

Drexler blinzelt.

»Heißt das ja?«, fragt Tom.

Die Antwort ist ein erneutes Blinzeln. Drexlers Lippen formen etwas, das ein stummes Ja sein könnte. Die Ausschläge im EKG rücken dichter aneinander, und der Puls klettert auf achtundachtzig.

»Die Kollegen und ich, wir brauchen Ihre Hilfe. Haben Sie irgendetwas gesehen?«

Blinzeln. Drexlers Mund formt ein Wort, öffnet und schließt sich zweimal nacheinander. Ein Wort mit zwei Silben?

»Was haben Sie gesehen?«

Der Puls steigt auf einundneunzig. Drexlers rechte Hand zittert, nein, sie zittert nicht, sie wippt. »Haa-he«, haucht er.

Sechsundneunzig.

»Ich versteh nicht ...« Tom beugt sich zu dem Polizisten hinab.

Drexlers Lippen beben vor Anstrengung. »Nah-be.«

»Nah-be?«, fragt Tom. »Hatte er eine Narbe?«

Drexler blinzelt erneut, sein rechter Fuß unter der Bettdecke zuckt unkontrolliert, als hätte er Schmerzen.

»Alles in Ordnung? Soll ich die Ärztin holen?«

»Nah-be. Hus.«

»Sie meinen, am Fuß? Derjenige, der Sie niedergeschlagen hat, hatte eine Narbe am Fuß?«

Drexler blinzelt.

Wie um Himmels willen kann er das gesehen haben, fragt sich Tom. Drexler wurde von hinten niedergeschlagen, das beweist die Wunde an seinem Kopf. Phantasiert er, wie Doktor Jacobi angekündigt hat? In Gedanken geht Tom durch Karins Hausflur, sieht Drexler dort liegen, bäuchlings. Den Kopf zur rechten Seite gedreht. Derjenige, der ihn niedergeschlagen hat, muss rechts von ihm gestanden haben, als er ihm die Waffe aus dem Holster gezogen hat. Oder hatte Drexler die Waffe in der Hand? Auch in dem Fall wäre es rechts gewesen. Dann ein hochgerutschtes Hosenbein, weil sich jemand bückt … dazu eine kurze Socke …

»Wo genau hatte er die Narbe?«, fragt Tom. »Ich berühre Ihren Fuß, und Sie blinzeln, wenn ich an der richtigen Stelle bin. Gut?« Tom schlägt die Decke zurück und drückt behutsam auf eine Stelle etwas oberhalb des Knöchels, an der Innenseite des linken Beins.

Keine Reaktion.

Er berührt die Außenseite.

Wieder nichts.

Dann die Außenseite des rechten Beins –

Drexlers Augenlider flattern.

»Können Sie sich noch an etwas anderes erinnern? Die Hose? Oder die Schuhe? Hatte er große Schuhe, war es ein Mann?«

»Hahesa«, flüstert Drexler angestrengt.

Die Zahl auf dem Überwachungsmonitor ist dreistellig: einhundertacht.

»Tut mir leid, ich versteh nicht ...«, sagt Tom.

»Vahessa.«

Oh Gott. *Vanessa.* Er will wissen, wie es seiner Kollegin geht.

Der Puls steigt weiter. Tom schlägt rasch die Decke zurück über Drexlers Füße und legt ihm sanft eine Hand auf den Arm. »Machen Sie sich keine Sorgen. Ihrer Kollegin geht es gut.«

Einhundertachtundzwanzig. Zeit, die Kurve zu kriegen. Tom angelt nach dem kleinen Plastikgerät mit dem roten Knopf, um die Schwester zu rufen. Noch bevor er drückt, wird die Tür hinter ihm aufgerissen. Doktor Jacobi stürmt ins Zimmer. »Was machen Sie da? Ich sagte doch, er braucht Ruhe, Herrgott noch mal.«

Tom tritt vom Bett zurück. Eine Schwester kommt herbeigeeilt und stellt sich neben Doktor Jacobi, die konzentriert die Monitore überprüft. »Verlassen Sie bitte das Zimmer«, sagt sie, ohne Tom eines weiteren Blickes zu würdigen.

»Entschuldigung«, murmelt Tom.

»Entschuldigen Sie sich bei Ihrem Kollegen, nicht bei mir.«

»Ich wollte nicht ...«

»Stehen Sie nicht da wie ein begossener Pudel«, sagt die junge Ärztin. »Es ist kein Drama, aber Sie sollten jetzt wirklich machen, dass Sie hier rauskommen, bevor ich Sie bei Ihren Vorgesetzten melde.«

Tom nickt. Als er die Tür schließt, trifft ihn ein letzter giftiger Blick der Schwester.

Mit raschen Schritten verlässt er die Intensivstation.

Eine Narbe oberhalb des Knöchels, an der Außenseite des rechten Beins. Nicht viel, bestenfalls dazu geeignet, jemanden zu identifizieren, aber sicher nicht auf den ersten Blick.

Im Wagen legt er den Kopf in den Nacken. Der Himmel in seinem Benz ist hell und leer wie eine Leinwand. Alles dreht sich. Die Wunde an seiner Schläfe pocht. Er weiß, er braucht jetzt einen Ort, an dem er in Ruhe nachdenken und seine Gedanken sortieren kann.

*Du weißt doch, wo du so einen Ort findest,* sagt Vi leise. Sie sitzt neben ihm und sieht ihn erwartungsvoll an.

Tom seufzt. Ja, weiß ich. Aber ich wollte da nicht mehr hin.

*Was ist denn auf einmal falsch an der Garage? Ist es wegen Anne?*

Auch. Aber vor allem wegen dir.

*Willst du mich etwa loswerden?*

Siehst du nicht, was ich die ganze Zeit mache? Dich loswerden, das ist das Letzte, was ich will.

*Dann fahr doch einfach hin.*

Ich hab die Bilder im Kopf.

*Das ist nicht dasselbe.*

Vi, ich hab kein Leben mehr. Ich hab mehr Zeit in der verdammten Garage verbracht als mit Anne.

*Und das fällt dir jetzt ein? Wo es die erste echte Spur seit neunzehn Jahren gibt?*

Tom schweigt. Was soll er auch sagen. Sie hat ja recht.

*Wo willst du denn sonst hin?*

Tom seufzt. Ja, wohin? Er weiß, er sollte jetzt mit Sita telefonieren, sie fragen, was in der Sitzung besprochen wurde, denn das war der Deal. Wenn ich alles offenlege und dich komplett raushalte, dann hältst du mich auf dem Laufenden. Doch im Moment will er nicht informiert werden, er hat das Gefühl, sein Kopf platzt gleich.

*Und*, fragt Vi. *Hast du dich entschieden?*

Er lässt den Motor an und fährt los. Dann schaltet er das Radio ein. Es ist zwei Minuten nach zehn. Die Nachrichten über den Mordfall im Dom hat er anscheinend verpasst. Der Sprecher ist bereits beim nächsten Block, den weniger bedeutenden Lokalnachrichten.

*Neukölln. In den frühen Morgenstunden wurde Martin Kröger, Ortsgruppenleiter der NDP, vor seinem Haus überfallen und schwer verletzt. Kröger, der auch dem rechten Motorradclub Brigade 99 zugerechnet wird, könnte ein weiteres Opfer der jüngsten Auseinandersetzungen zwischen rivalisierenden Gangs um die Vorherrschaft in Neukölln sein. Nach jüngsten Informationen gehörte er aber auch zum Kreis der Verdächtigen im Mordfall der früheren Bischöfin Brigitte Riss …*

Tom fährt rechts ran und wählt Benes Nummer.

»Machst du dir Sorgen?«, meldet sich Bene verschlafen. »Musst du nicht. Alles ruhig.«

»Scheiße, verdammt, das warst du, oder?«, sagt Tom wütend.

»Hey, langsam. Was regst du dich auf? Komm mal runter. Worüber reden wir überhaupt?«

»Kröger, du verlogener Mistkerl. Ich hatte gesagt, lass die Finger davon.«

»Hey. Ist ja gut. Ich dachte, eine kleine Abreibung kann nicht …«

»Verarsch mich nicht, ja? Ich hab kapiert, was läuft. Kröger und die Brigade machen dir Schwierigkeiten, richtig? Und da hast du mal schnell im Windschatten meiner Ermittlungen zugeschlagen. Weil's dir gut in den Kram passt.

Hast du mir deshalb seinen Namen genannt, als ich dich gefragt hab?«

»Eine Hand wäscht die andere«, sagt Bene ruhig.

»Weißt du, wie das aussieht, wenn das rauskommt? Ich hab genug Schwierigkeiten – wasch dir deine Hände verdammt noch mal selbst. Und pass gefälligst gut auf Nadja auf. Das bist du mir schuldig. Klar?«

Ohne Benes Antwort abzuwarten, drückt er ihn weg, wirft das Handy auf den Beifahrersitz und schlägt mit der Faust gegen das Lenkrad, bis es weh tut.

# Kapitel 3

Psychiatrische Privatklinik Höbecke, Berlin-Kladow
Dienstag, 5. September 2017
11:31 Uhr

Sita Johanns verdrängt den Gedanken an Joshua Böhm, als sie an der gelben Backsteinmauer des ehemaligen Klosters entlangfährt. Am Eingangstor gibt es kein Schild, nur eine Stele mit einer Klingel. Sie streckt den Arm aus dem offenen Fenster ihres betagten goldfarbenen Saabs und drückt auf den Knopf. Das Gittertor summt und schwingt wie von Geisterhand auf.

Das Klinikgelände ist weitläufiger, als sie erwartet hat; linker Hand, in der Nähe der Mauer, die das Grundstück umgibt, steht eine weiße Kapelle, deren spitzes Türmchen zwischen Bäumen mit kerzengeraden Stämmen hervorblinkt. Das Hauptgebäude wirkt wie aus Beelitz-Heilstätten herausgeschnitten und hierherverpflanzt. Zweistöckig, mit rotem Dach, links und rechts dezent vorstehenden Gebäudeflügeln und einem überdachten Eingang mit Fachwerkgiebel. Die Fenster sind mit roten Ziegeln eingefasst und im ersten Stock mit gitterartigen Streben gesichert. Vom Dachfirst sticht ein verwittertes grünes Türmchen in den Himmel.

Sita hält vor dem Gebäude. Weiße Schilder unterscheiden zwischen Besucherparkplätzen und Parkplätzen für Ärzte. Den kürzesten Weg zum Eingang hat laut Schild ein »Prof.

Dr. Wittenberg«. Eine rosafarbene Decke mit aufgesticktem Hundeknochen liegt auf dem Beifahrersitz seines glänzenden 7er BMWs, auf dem beigen Leder ist ein dunkler Fleck. Neben dem Eingang steht in kleinen, schwarz geprägten Buchstaben *Psychiatrische Privatklinik Höbecke.* Der Ort, an dem Friderike Meisen arbeitet, lebt offenbar von Diskretion.

Nach der Teamsitzung hat Sita Morten gebeten, dem Hinweis aus der Psychiatrie nachgehen zu dürfen. Widerwillig hat er zugestimmt. Seine neue Priorität heißt Joshua Böhm, und er ist stinksauer, dass sie sich immer noch weigert, ihre Quelle zu nennen.

Sita ist froh, nicht nach Gropiusstadt zurückzumüssen. Was auch immer die Kollegen über Böhm und die Waffe in seinem Schreibtisch herausfinden, sie will nicht dabei sein. Auch deshalb, weil sie fürchten muss, dem Hausmeister erneut zu begegnen.

Natürlich wird es auch so schon heikel für sie werden, Weiher wird vermutlich von der Polizistin erzählen, die in der Nacht in Böhms Wohnung war. Aber er wird eine Frau mit militärischem Kurzhaarschnitt und einer Narbe im Gesicht beschreiben. Die Kollegen im LKA kennen sie nur mit langen Haaren. Und dass Weiher sich ihren Namen auf dem Ausweis gemerkt hat, hält sie für unwahrscheinlich. Über mehr will sie im Moment nicht nachdenken.

Nach der grimmigen Erlaubnis von Morten hat sie sich mit Chris Buback vom telefonischen Dienst getroffen, und der konnte sich tatsächlich ausgezeichnet an das Telefonat mit der jungen Frau erinnern. Zum einen, weil er die Details so absurd fand. Zum anderen hatte ihm ihre Stimme wohl ganz gut gefallen, er beschrieb sie als sympathisch, wenn auch ein wenig aufgeregt und unsicher.

Also hat sie Friderike Meisen selbst angerufen. Die junge Frau reagierte erschrocken und war im ersten Moment regelrecht zugeknöpft. Sie war nicht allein im Zimmer, und es gab einen unschönen Wortwechsel im Hintergrund, bis sie schließlich ungestört telefonieren konnte. Was Friderike Meisen ihr dann erzählte, ließ sie aufhorchen.

Sita betritt das Foyer der Klinik. Die Eingangstür ist dekorativ, mit eleganten Fenstern und mit einem hübsch geschwungenen Gitter verstärkt. Geradeaus, am Ende des Foyers, ist eine zweite Tür, durch deren Scheiben ein mondänes Treppenhaus zu sehen ist, das lieblos renoviert wurde. Am Empfang legt sie ihren provisorischen LKA-Ausweis auf den Tresen. Eine resolute Frau nickt, telefoniert, und nach gut fünfzehn Minuten Wartezeit kommt ein hochgewachsener Mann im Arztkittel gemessenen Schrittes die Treppe herunter.

»Professor Wittenberg. Guten Tag, Frau Doktor Johanns.« Er reicht ihr eine große, knotige Hand. »Eine Kollegin?«

Sita lächelt gewinnend. »Das kommt darauf an.«

Wittenberg runzelt die Stirn, was er, der Tiefe seiner Falten nach zu urteilen, oft zu tun scheint. Sita schätzt ihn auf Mitte fünfzig, seine Haut ist trocken, seine Augen wie Gletschereis.

»Ich wollte eigentlich zu Friderike Meisen.«

»Das hörte ich«, sagt Wittenberg. »Nun, leider ist Frau Meisen krank geworden. Aber vielleicht kann ich Ihnen helfen.«

»Krank?«, fragt Sita überrascht. »Ich habe vorhin noch mit ihr telefoniert, da schien es ihr recht gut zu gehen.«

»Sie ist etwas ...«, er räuspert sich, »nun ja, empfindlich, und sie laboriert schon eine ganze Weile an einer ... Sache herum. Eine Kollegin hat sie zum Arzt gefahren.«

»Was für eine *Sache* hat die Arme denn?«

»Die Auszubildenden heute sind einfach nicht sonderlich belastbar«, seufzt Wittenberg. »Wir hatten neulich erst so einen Fall, ein junger Mann, den mussten wir noch in der Probezeit vor die Tür setzen. Aber was will man machen.« Er setzt ein bekümmertes Gesicht auf. »Sie als Psychologin kennen das ja vermutlich, oder? In der Klinik will halt keiner mehr arbeiten. Wir müssen nehmen, wen wir kriegen können.« Wittenberg lächelt bedauernd, als laste der desolate Zustand der ganzen Branche auf seinen Schultern. »Womit kann ich Ihnen denn nun helfen?«

Sita zögert einen Moment, es ist zwar ärgerlich und auch seltsam, dass Wittenberg Friderike Meisen so abschirmt. Aber wenn sie Zugang zu der Patientin bekommen will, gibt es wohl ohnehin keinen Weg an ihrem Arzt vorbei.

»Sie sind der Leiter der Klinik?«

»Privatklinik. Ja«, sagt Wittenberg.

»Ich interessiere mich im Rahmen einer aktuellen Ermittlung für eine Ihrer Patientinnen. Sie heißt Klara Winter.«

»Ach.« Er hebt die Augenbrauen.

»Warum ach? Ist Frau Winter ebenfalls krank?«, fragt Sita unschuldig.

Wittenberg ringt sich ein weiteres freundliches Lächeln ab. »Nicht im eigentlichen Sinne, aber sie krankt an vielem. Wir sind froh, dass sie derzeit einigermaßen stabil ist.«

»Wenn sie stabil ist, haben Sie sicherlich nichts dagegen, dass ich einmal mit ihr spreche?«

»Ich denke, heute ist kein guter Tag dafür. Wir wollen ja, dass sie stabil bleibt.«

Sita atmet tief durch, sieht Wittenberg scharf in die Augen. »Verehrter Kollege. Wir sind mitten in einer Mordermittlung und …«

»... das gibt Ihnen trotzdem nicht das Recht, eine meiner labilsten Patientinnen mit Ihren Fragen zu destabilisieren. Ich bin gut bekannt mit Staatsanwalt Schirling, wir können ihn gerne anrufen, er wird das sicher bestätigen.«

»Danke, das wird nicht nötig sein. Die Ermittlung liegt bereits beim Oberstaatsanwalt.«

»Ach.« Wittenberg lächelt frostig. »Das ändert jedoch nichts an der Sache, oder ist Frau Winter tatverdächtig?«

»Hören Sie«, versucht es Sita, »dass Sie sich vor Ihre Patienten stellen, finde ich wirklich lobenswert, ich würde das auch tun. Aber hier geht es nur um ein paar Details, ein paar kleine Fragen, mehr nicht. Ich würde Frau Winter nur gerne einmal kurz kennenlernen, dann bin ich auch schon wieder weg.«

Wittenberg seufzt mit gespieltem Bedauern. »Beim besten Willen nicht. Aber wie wäre es, wenn wir einen kleinen Spaziergang auf dem Gelände machen und ich Ihnen, soweit ich kann, Ihre Fragen beantworte.«

Sita sieht an ihm vorbei zu der großen Treppe hinter der Glastür. Die Patienten sind vermutlich im ersten Stock untergebracht. Wenn es nach Wittenberg geht, wird sie die Zimmer dort auf keinen Fall zu sehen bekommen, und sie fragt sich immer mehr, warum.

»Gut«, willigt sie ein.

Professor Wittenberg weist ihr höflich mit der Hand den Weg nach draußen. Hinter einem gekippten Fenster im Erdgeschoss kläfft ein Hund, und Sita muss an die Decke im Wagen und den dunklen Fleck auf dem Sitz denken. »Ein schönes Gelände haben Sie hier. Wie finanzieren Sie das alles?«

»Wie der Name schon sagt, wir sind eine Privatklinik, also nur Patienten der privaten Krankenversicherungen, Beihilfeberechtigte oder Selbstzahler. Ein Teil unserer Patienten kommt aus vermögenden Verhältnissen. Da wir sehr bemüht um unsere Patienten sind und ihre Verwandten das zu schätzen wissen, bekommen wir gelegentlich auch nennenswerte Beträge gespendet.«

Sehr bemüht, denkt Sita. Vermutlich ist der eine oder andere auch einfach froh, dass hier die problematische Verwandtschaft weggesperrt wird. »Stammt Klara Winter auch aus vermögenden Verhältnissen?«

»Ehrlich gesagt, das wissen wir nicht«, sagt Wittenberg und schlägt den Weg zur Kapelle ein. »Frau Winter, Klärchen, ist ein kurioser Fall. Sie war verwirrt und wurde auf der Straße aufgegriffen. Die Polizei konnte weder einen Namen noch eine Adresse ermitteln, wir wissen bis heute noch nicht einmal genau, wie alt sie ist. Und es war auch nichts aus ihr herauszubekommen. Ihr Zustand wirkt auf mich wie eine nahezu vollständige Amnesie.«

»Wissen Sie noch, wann sie aufgegriffen wurde und von wem?«

»Die Polizei hat sie im Sommer 1998 zu uns gebracht.«

»Und wann genau?«

Wittenberg lächelt. »In unserem Beruf braucht man zwar ein gutes Gedächtnis. Aber so gut nun auch wieder nicht.«

»Vielleicht könnten Sie einmal in den Patientenakten nachsehen?«

»Bestimmt. Bei Gelegenheit.«

»Wie alt war sie denn damals ungefähr?«

»Jung.«

»Und wie jung ungefähr?«

»Jung«, sagt Wittenberg, nun etwas ungehalten. Es ist offensichtlich, dass er etwas verbirgt. Vielleicht war Klara noch minderjährig, als er sie damals aufgenommen hat, dann hätte er sie nicht dabehalten dürfen.

»Und wer genau hat sie hierhergebracht?«

»Jemand von der Vermisstenstelle«, sagt er und seufzt. »Jetzt wollen Sie sicher den Namen wissen, aber auch dafür müsste ich bei Gelegenheit in den Akten nachschlagen.«

»Und Sie haben sie einfach so aufgenommen, als Privatklinik? Mit den Sätzen des Sozialamts kriegen Sie Ihre Kosten doch wohl kaum gedeckt, oder?«

»Nein, eher nicht«, gibt Wittenberg zu. »Aber der Fall schien mir außergewöhnlich zu sein.«

»Sie haben einen Teil der Spenden darauf verwandt«, stellt Sita fest. »Angehörige scheint sie ja keine zu haben, wenn ich Sie richtig verstanden habe.«

»Ich habe mich engagiert«, erwidert Wittenberg.

Klar, denkt Sita, weil du vermutlich deine Karriere im Sinn hattest und auf die Art über einen außergewöhnlich interessanten Fall von Amnesie publizieren konntest. Und das mit den Spendengeldern willst du nicht an die große Glocke gehängt haben. »Hat denn die Amnesie mit der Zeit nachgelassen? Sie hat sich doch offenbar zumindest an ihren Namen erinnert.«

Wittenberg räuspert sich. »Das ist so nicht ganz richtig. Wir, äh, haben im Gemeinschaftsraum einen Fernseher. Nachmittags werden dort hin und wieder DVDs gezeigt, also, früher natürlich Videos. Harmlose Filme oder Serien. Ein paar Monate nachdem sie zu uns kam, hat sie mit ein paar anderen Patienten *Heidi* geschaut.«

*»Heidi?«*

*»Heidi, Heidi«*, singt Wittenberg die Titelmusik an, *»deine Welt sind die Be–her–ge* … und so weiter, Sie wissen schon,

die Zeichentrickserie. Klärchen saß im Gemeinschaftsraum, und dann hat sie dieses Frankfurter Mädchen gesehen.«

»Klara«, sagt Sita leise und bekommt eine Gänsehaut. Natürlich! Heidis Freundin Klara, die im Rollstuhl sitzt.

»Sie hat den Namen immerzu vor sich hin gesprochen. Die Schwestern haben sie daraufhin Klärchen getauft. Irgendwann haben wir es offiziell gemacht.«

»Und warum Klara Winter?«

»Sie hat die Heizung dauernd hochgedreht, als würde sie immerzu frieren.«

Sita blickt nach vorn, sie sind jetzt beinahe an der Kapelle angekommen. Neben dem Eingang steht ein kleines Schild: *St. Servatius.* »Haben Sie je herausbekommen, was ihr zugestoßen ist, hatte sie denn irgendwelche Verletzungen?«

Wittenberg sieht zu Boden, schüttelt den Kopf. »Verletzungen? Nicht, dass ich wüsste. Offen gesagt, ich habe bis heute keine Ahnung, woher ihr Zustand rührt.«

»Was ist mit dem Kalender, den Klara auf die Wände schreibt? Da fehlt in jedem Monat die Zahl Siebzehn. Können Sie sich irgendwie erklären, warum?«

Wittenberg hebt ratlos die Schultern. »Ich wünschte, ich wüsste es.«

»Und sie spricht in letzter Zeit wohl häufig von Jesus. Hat sie das früher schon einmal getan?«

»Sie hat eine Bibel in ihrem Zimmer, in der liest sie oft. Aber wann sie jetzt häufiger und wann weniger häufig von Jesus spricht, kann ich beim besten Willen nicht sagen«, meint Wittenberg. Sie haben die Kapelle erreicht, und er bleibt stehen. »Waren das Ihre Fragen?« Er sieht zurück zum Haupthaus. »Ich müsste langsam wieder an die Arbeit.«

Sita nickt. »Verstehe. Ja, danke. Vorläufig war das alles.«

Auf dem Rückweg tauschen sie noch ein paar Belanglosigkeiten aus. Als Wittenberg ihr zum Abschied die Hand reicht, sagt Sita: »Äh, Entschuldigung. Dürfte ich bitte kurz die Toilette benutzen?«

Wittenberg zögert einen Moment, streicht sich den weißen Kittel glatt. »Ja. Selbstverständlich«, murmelt er. »Ich bringe Sie hin.« Er führt Sita am Empfang vorbei und durch die Tür zum Treppenhaus, dann zeigt er nach links in einen Gang. »Dritte Tür, linke Seite.«

»Danke«, strahlt Sita. Mit raschen Schritten geht sie los, geradewegs an der dritten Tür vorbei, nimmt die fünfte und hofft, dass sie vorhin die Fenster richtig abgezählt hat.

»Hallo? Moment, nicht –«, hört sie hinter sich Wittenberg rufen. Sie ignoriert ihn, tritt ins Zimmer. Ein großes Büro mit einem teuren Schreibtisch und USM-Haller-Möbeln. Um ein Schreibtischbein ist eine rosa Hundeleine geschlungen. Ein kleiner, weißer Terrier mit schwarzen Flecken legt den Kopf schief und schaut sie an, dann beginnt er zu kläffen. Mit drei Schritten ist sie beim Schreibtisch, hofft, dass der Hund sie nicht beißt, doch er weicht bellend vor ihr zurück. Sita hebt den Schreibtisch an einer Ecke hoch, die Leine rutscht zu Boden, und der Hund ist plötzlich frei. In einem Affenzahn flitzt er los, aus der Tür und um die Ecke.

»Oh Gott, halt!«, ruft Sita.

Aus dem Flur ertönt ein überraschter Schrei. »Rocco!«

Sita hastet aus dem Zimmer, sieht, wie der Hund vor Wittenberg einen Haken schlägt, an ihm vorbeijagt und in Richtung Ausgang abbiegt. Die Halteschlaufe der rosa Leine wirbelt hinter ihm durch die Luft.

»Rocco, hier!«, brüllt Wittenberg. »Hieeeer!«

Doch der Hund ist längst durch die Tür.

»Oh Gott«, stammelt Sita. »Entschuldigung, das wollte ich nicht.«

»Sind Sie denn blind, Menschenskind! Ich sagte doch, die dritte Tür links! Da steht doch sogar WC dran.«

»Das tut mir leid, wirklich. Das muss ich übersehen haben, ich habe meine Kontaktlinsen heute früh ... na ja, die blöden Dinger brennen manchmal so.«

Wittenberg starrt sie mit rotem Gesicht an.

»Das ist Ihr Hund, oder?«, fragt Sita.

»Der meiner Frau«, erwidert Wittenberg giftig.

»Oh Gott.« Sita lächelt bedauernd. »Meinen Sie, Sie kriegen ihn? Der sah so klein aus. Nicht, dass er nachher noch durch die Gitterstäbe im Tor schlüpft.«

Wittenberg öffnet den Mund wie ein Karpfen, für einen Moment befürchtet Sita, er könnte sich auf sie stürzen, doch dann dreht er sich auf dem Absatz um und hastet dem Terrier nach. »Rocco! Hieeeer! Frau Schaeben, was stehen Sie hier so rum. Helfen Sie mir gefälligst, den Hund einzufangen. Los, los!«

Sita bleibt im Flur stehen und horcht, bis sich die Schritte und Rufe auf dem Gelände verlieren.

Mag sein, dass Wittenberg wirklich Klara Winter vor unnötigen Befragungen schützen wollte, denkt Sita. Aber die Art und Weise, wie er gemauert hat, sowohl was Friderike als auch was seine Patientin angeht, kommt ihr mehr als seltsam vor. Und dann ist da noch die eine Sache, bei der er definitiv gelogen hat: Klara Winter *hatte* Verletzungen, ihr ganzer Rücken ist großflächig vernarbt. Friderike Meisen hat das eindeutig beschrieben, und Sita ist fest entschlossen, herauszufinden, warum Wittenberg ihr das verschweigen will.

# Kapitel 4

Stahnsdorf
19. Oktober 1998
14:10 Uhr

*Tom konnte den Inhaber des altmodischen Fotoladens auf der Potsdamer Allee nicht leiden. Grasser hatte fettige Haare, wässrige Augen und helle Haut, was ihn immer irgendwie krank aussehen ließ. Kein Wunder, wenn man den ganzen Tag im Labor rumstand und anderer Leute Fotos in Becken voller Chemikalien tauchte. Mögen musste man diesen verschrobenen Kerl trotzdem nicht.*

*Tom allerdings brauchte ihn. Weil er nämlich der Einzige in Stahnsdorf war, der Filme »pushen« konnte.*

*Nun standen Tom und Bene in seinem Laden und warteten darauf, dass Grasser wieder aus dem Hinterzimmer auftauchte. Bene lehnte an der Theke wie eine Mischung aus Gangsta Rapper und Al Capone, während Tom die Kameras in der Vitrine betrachtete.*

*»Sag mal, was macht der denn da so lange?«, fragte Bene. »Muss der die Bilder erst malen?«*

*Tom reckte den Hals, beugte sich über den Tresen und versuchte, durch die halboffene Tür zu spähen, doch dahinter war noch ein Vorhang, der ihm die Sicht versperrte. »Hört sich an, als würde der die ganze Zeit telefonieren.«*

*»Mann, was 'n Ossi. Hat der noch nie was von der Kunde is König gehört?«, maulte Bene.*

*»Was hat 'n das mit Ossi zu tun? Du bist doch selber einer.«*

*»Verteidigst du den jetzt etwa noch?«*

*»Nee«, sagte Tom. »Aber dieses ganze Ossi-Blabla geht mir auf die Nerven.«*

*Sein Blick ging zu den teuren Kameras in den Vitrinen. Die Pentax seines Vaters hing an einem Riemen um seinen Hals. Fotos hatten ihn schon immer fasziniert, aber seit Viola verschwunden war, fotografierte er alles, was ihm unter die Augen kam, jeden Gegenstand, der ihn an Vi erinnerte, jeden Ort, an dem sie einmal gewesen war. Bene hätte allen Grund gehabt, ihn deshalb schräg anzusehen, aber das tat er nicht. Er hielt die Klappe, weil er wusste, wie es Tom ging. Und so was kriegte nun mal nur ein echter Freund hin, fand Tom.*

*Es vergingen weitere zehn Minuten, in denen Grasser sich nicht einen Meter aus seinem Labor herausbewegte.*

*Hinter ihnen ging die Tür, und jemand kam in den Laden. Tom hatte den Mann noch nie gesehen. Er sah ziemlich sportlich aus, breite Schultern, kräftiges Kinn. Unter den Armen hatte er Schweißflecken, die beiden obersten Knöpfe seines Hemdes waren offen, und der Rand eines dichten Haarteppichs lugte hervor. Seine Augen waren harte, schwarze Murmeln.*

*»Guten Tag«, sagte er schmallippig.*

*»Tag«, antwortete Bene.*

*Tom sagte nichts. Der Mann drehte sich um und wendete mit einer federleichten Bewegung das Schild an der Tür von »Geöffnet« auf »Geschlossen«. Im selben Moment schloss sich die Tür des Hinterzimmers mit einem sanften Klicken.*

*Schlagartig wurde es Tom eiskalt, und er stieß Bene an. »Lass uns verschwinden.« Bene folgte seinem warnenden Blick und verstand sofort. Seine Hand glitt in seine Hosentasche, doch der Mann war schneller. Tom begriff nicht, wie jemand so rasch von der Tür zur Theke sprinten konnte. Ein flinker*

*Stoß mit der Hand gegen Benes Brustkorb, und sein Freund japste nach Luft. Der Fremde packte Benes Arm, wand ihm das Taschenmesser aus der Hand und steckte es mit einem spöttischen Grinsen zurück in dessen Hosentasche. Dann tätschelte er ihm die Wange und warf ihn im nächsten Moment bäuchlings auf den Tresen, zerrte ihm die Arme hinter den Rücken und fesselte die Handgelenke mit einem Kabelbinder aneinander. Dann zog er ihn vom Tresen weg und stieß ihn vor sich her in Richtung Hinterzimmer.*

*»He!«, sagte der Mann zu Tom. »Wenn du nicht willst, dass ich deinem Freund hier die Arme breche, dann kommst du schön mit, Hosenscheißer.«*

*Tom merkte, wie seine Knie weich wurden, aber kneifen ging jetzt nicht. Und abhauen erst recht nicht. Also nickte er.*

*Der Mann öffnete die Tür und schob den Vorhang beiseite. Es war stockdunkel in dem Raum. »Rein da, Hosenscheißer.«*

*Bene hatte aufgehört zu japsen und stöhnte jetzt durch die zusammengebissenen Zähne. Seine Arme waren hinter dem Rücken in einem unnatürlichen Winkel nach oben gebogen.*

*»Und mach das Licht an, Hosenscheißer.«*

*»Nennen Sie mich nicht so«, zischte Tom.*

*»Der Hosenscheißer will, dass ich dir den Arm breche«, sagte der Mann zu Bene und grinste.*

*Tom schluckte, fand einen Schalter. Rotes Laborlicht flammte auf.*

*»Richtiges Licht, du Vollidiot.«*

*»Hier gibt's nur einen Schalter«, verteidigte sich Tom.*

*»Schön, dann eben so.« Der Mann drängte Tom und Bene ins Labor und schloss die Tür. Hektisch sah Tom sich um. Er hatte gehofft, Grasser wäre noch hier. Aber es waren nur Laborutensilien und die Umrisse einer zweiten Tür zu erkennen, offenbar der Hinterausgang. Grasser, der Feigling. Hatte wohl*

*die Flucht ergriffen. Oder aber … Tom fiel plötzlich wieder ein, dass der Fotograf telefoniert hatte.*

*»Du! Hosenscheißer. Nimm den Kanister da drüben und mach das Becken voll.« Der Mann deutete auf eine der Plastikwannen, die nebeneinander auf einer Arbeitsplatte an der Wand standen. In dem roten Licht, mit seinen toten, schwarzen Augen, sah er aus wie ein Teufel.*

*»Was … was wollen Sie von uns?«*

*»Halt die Klappe und schütte das Zeug da rein.« Der Mann schob Benes Arme weiter nach oben, bis der Junge ächzte.*

*»Ich mach ja schon.« Tom schraubte den Deckel des Kanisters auf und schüttete den gesamten Inhalt in eine rechteckige, flache rote Plastikwanne. Dann stellte er den leeren Kanister ab.*

*»Weißt du, was das für ein Zeug ist?«, fragte der Mann.*

*Tom schüttelte den Kopf.*

*»Foto-Entwickler. Pure Chemie.« Sein Grinsen entblößte rot leuchtende Zähne in einem roten Gesicht. »Zeug, mit dem man vorsichtig sein sollte. Es führt zum Beispiel zu ernsten Schädigungen der Augen.« Er stieß Bene bis vor die gefüllte Wanne und drückte die Arme hinter dessen Rücken so hoch, dass Bene aufschrie, dem Schmerz auswich und sich mit dem Oberkörper direkt über die Wanne beugte. »Auf dem Kanister steht, bei Verschlucken kommt es zu irreversiblen Schäden. Da steht auch was von Krebs, falls du das mit dem Verschlucken überlebst. Und, ach ja, nebenbei kann es natürlich auch die Fortpflanzungsfähigkeit beeinträchtigen.« Er hebelte Benes Arme noch weiter nach oben, Bene brüllte, kniff die Augen zu und berührte mit der Nasenspitze die Flüssigkeit.*

*»Hören Sie auf«, schrie Tom. »Was wollen Sie von uns?«*

*»Ich will, dass ihr aufhört, überall rumzuschnüffeln und Fotos zu machen.«*

*»Ja, schon gut. Wir hören auf. Versprochen.«*

*»Und ich will wissen, wo die Kleine mit dem Schlüssel ist.«*

*»W... was?«, stammelte Tom.*

*»Nuschle ich etwa«, schrie der Mann. »Die Kleine mit dem Schlüssel. Wo ist sie?«*

*»Ich ... Sie meinen Viola? Ich hab doch selbst keine Ahnung.«*

*»Lüg mich nicht an«, zischte der Mann. Er griff mit seiner Linken in Benes Haare, die im roten Licht zu brennen schienen, und stieß sein Gesicht in den Entwickler. Die Flüssigkeit spritzte in alle Richtungen. Als Bene wieder auftauchte, schrie er und versuchte, sich aufzubäumen.*

*»Ehrlich, Mann«, stöhnte Tom. »Ich hab keine Ahnung, wo meine Schwester ist. Ich such sie ja selber.«*

*»Quatsch nicht, ich hab sie doch hier rumlaufen sehen. Sie ist hier irgendwo. Also erzähl mir nichts!«*

*»Ich ... Sie haben sie gesehen?«, fragte Tom fassungslos. »Wo?«*

*»Ich warne dich, Hosenscheißer, stell dich bloß nicht dumm. Beim nächsten Mal halte ich die Visage von deinem Freund für eine ganze Minute da rein, klar? Ist deine letzte Chance jetzt ...«*

*»Neeein«, brüllte Bene.*

*»Ich hab doch wirklich keine Ahnung«, schrie Tom verzweifelt.*

*Bene kniff krampfhaft die Augen zu. Von seinen Haarspitzen und seiner Nase tropfte Entwickler. Tom hoffte inständig, dass er noch nichts verschluckt hatte. Auf einmal ließ sich Bene fallen, stieß mit dem Gesicht erneut in die Flüssigkeit und warf sich dann prustend zur Seite, so dass er mitsamt der Wanne von der Arbeitsplatte rutschte. Für einen Moment verlor der Mann die Kontrolle. Tom riss sich die Pentax vom Hals und stieß sie ihm mit dem Objektiv voran ins Gesicht. Der Fremde schrie auf und krümmte sich vor Schmerzen.*

*Tom zerrte Bene hoch. »Lass ja die Augen zu«, brüllte er.*

*Der Mann richtete sich auf, wankte auf sie zu und hielt sich dabei das rechte Auge. Tom versetzte ihm einen Tritt, und er taumelte rücklings gegen den Tisch mit dem Vergrößerer. Schnell öffnete Tom die Labortür, zog Bene mit sich und stürmte mit ihm aus dem Geschäft. Auf der Potsdamer Allee sah er sich um, verwundert, dass ihnen der Mann nicht folgte. Ein paar Passanten schauten ihnen hinterher, doch niemand schien auf die Idee zu kommen, dass sie Hilfe brauchen könnten.*

*»Lass die Augen zu, Mann. Lass sie ja zu!«, zischte Tom.*

*Bene keuchte nur und taumelte blind mit ihm die Straße hinunter. Tom bog in die erstbeste Seitenstraße ein, stieß Bene hinter eine Reihe Mülltonnen und vergewisserte sich noch einmal, dass ihnen niemand folgte.*

*»Ey, mach mir die Dinger ab. Meine Arme!«*

*»Scht!«, zischte Tom.*

*»In meiner linken Hosentasche ist das Taschenmesser«, flüsterte Bene atemlos.*

*Tom angelte das Messer heraus und durchtrennte die Kabelbinder. Bene rieb sich stöhnend die Handgelenke. »Scheiße, meine Augen, ich will nicht blind werden.«*

*»Wirst du schon nicht«, sagte Tom. Er sah hinter den Mülltonnen hervor, dann packte er Bene am Arm. »Los, komm.« Sie traten aus der Deckung, und Tom zog Bene zur erstbesten Haustür, wo er Sturm läutete.*

*Niemand öffnete, er wollte schon weiterhasten, da schwang die Tür doch auf, und eine ältere Dame blickte sie verwirrt an. Offenbar gefiel ihr nicht, was sie sah, und sie drückte die Tür wieder zu. Im letzten Moment stellte Tom einen Fuß dazwischen.*

*»Ein Notfall«, keuchte er. »Eine Vergiftung. Wir brauchen Wasser. Bitte! Wo ist Ihr Bad?«*

*Einen schrecklichen Moment lang zögerte die alte Dame. Tom überlegte, ob er sie einfach beiseiteschieben sollte, doch irgendwie bekam sie offenbar Mitleid und ließ sie herein. Tom bugsierte den stolpernden Bene in die Badewanne, drehte den Duschkopf voll auf und spritzte ihm das Wasser ins Gesicht. »Jetzt kannst du die Augen aufmachen. Hast du was geschluckt von dem Zeug?«*

*Bene schüttelte den Kopf, die Augen noch immer fest zugekniffen.*

*»Mach sie auf, Mann!«*

*»Ich kann nicht, verdammt«, jammerte Bene.*

*»Du kannst! Mach schon. Halt sie auf!«*

*Mit zitternden Fingern fasste Bene sich an die Lider und versuchte, sie so weit wie möglich hochzuziehen, trotz des harten Strahls, so dass das Wasser auch noch den letzten Rest der giftigen Flüssigkeit aus den Augäpfeln spülen konnte.*

# Kapitel 5

Berlin-Tempelhof
Dienstag, 5. September 2017
11:31 Uhr

Jo Morten steckt die Nacht in den Gliedern. Veruca hat ihn förmlich ausgesaugt, so wie er jetzt die Zigarette aussaugt, die zwischen seinen blutleeren Lippen steckt.

Wenn er in solchen Nächten nach Hause kommt, fühlt sich seine Wohnung in Tempelhof immer an wie ein Hort des Friedens. Dritter Stock links, Friedrich-Wilhelm-Straße. Sein Gehalt reicht nicht für die herrschaftlichen Fassaden, aber das Haus ist sauber, die Wohnung groß genug, und er mag das Kopfsteinpflaster, die Bäume in der Straße und die Herz-Jesu-Kirche. Besonders liebt er die Stille, wenn er nachts die Wohnung betritt. Alle sind da, aber niemand nervt.

Es war kurz nach drei am Morgen, als er die Schuhe unter die Garderobe gestellt hat, dann ist er ins Zimmer der Mädchen geschlichen und hat – mit denselben Lippen, die jetzt so gierig an der Zigarette ziehen – einen Kuss auf Zeige- und Mittelfinger gedrückt und Verena und Maja damit behutsam an der Stirn berührt. Er wollte sie nicht wecken, dennoch wünschte er sich, sie würden aufwachen und ihm ein »Papa-Lächeln« schenken.

Zuletzt hat er seinen Anzug ordentlich in den Schlafzimmerschrank gehängt, als könnte er das Böse hier für eine

Nacht auf einem Bügel parken. Im Bett, neben seiner Frau, kam er endlich für ein paar Stunden zur Ruhe.

Nach der aufreibenden morgendlichen Konferenz in der Keithstraße hat er die anstehenden Aufgaben verteilt und sich selbst für eine Stunde vom Dienst befreit.

Joshua Böhm. Nach Kröger der erste Verdächtige, mit einem belastbaren Beweis, wenn auch nur in Bezug auf den Mord an der jungen Kollegin. Morten ist nicht ganz sicher, ob der Überfall auf Karin Riss und der Mord an ihrer Mutter wirklich von ein und derselben Person verübt wurden. Die Vorgehensweisen passen einfach nicht zusammen. Und warum hat Böhm die Tatwaffe, wird aber offenbar selbst überfallen? Oder hat er das alles nur vorgetäuscht, um von sich abzulenken? Dieser verdammte Fall ist der reinste Irrsinn.

Morten sitzt jetzt im Hinterzimmer von Yussufs türkischem Spezialitätenladen zwischen Kisten voller Gemüse und raucht aus dem offenen Fenster.

Als es klopft, schnippt er die Kippe in den Hof und schließt das Fenster. Yussuf tritt wortlos ein. Bei ihm ist ein Mann mit schütterem, grauem Haar. Er hält einen grauen Hut in den Händen, und unter seinen fast haarlosen Brauen liegen graue Augen in tiefen Höhlen.

»Guten Tag«, nickt Morten.

»Guten Tag«, erwidert der Mann. Es klingt wie ein Echo, nur mit russischem Akzent.

»Yussuf, lässt du uns alleine«, sagt Morten. Yussuf nickt. Er ist ein Berg von einem Mann mit einem traurig hängenden Schnäuzer. An seinen Nasenflügeln und der gerunzelten Stirn sieht Morten, dass er den Rauch gerochen hat. Yussuf gefällt es nicht, wenn jemand zwischen seinem Gemüse raucht, doch Morten ist wohl der Einzige, bei dem er nichts sagt. Vor vier Jahren ist Yussufs damals fünfzehnjährige Tochter ermordet worden, und Morten hat keine Ruhe gegeben, bis er den Täter hatte. Yussuf glaubt, das hätte nicht jeder Kommissar für ein arabisches Mädchen und ihren Vater getan.

»Interessanter Treffpunkt«, sagt der Mann. Er zieht sich umständlich eine Holzkiste heran, setzt sich zu Morten und fischt eine Paprika aus einem der Gemüsekartons.

»Sie sind alleine?«, fragt Morten. »Es hieß doch, eine kleine Runde.«

»Kleine Runde«, nickt der Mann. »Das bin ich.«

»Sind Sie von der HSGE? Ich kenne Sie nicht.«

Der Mann hebt die haarlosen Brauen. »Die HSGE hat weit über zwölftausend Mitglieder, meine ich.«

»Und zu welcher Gruppe gehören Sie?«

»Reicht es nicht, dass Ihr üblicher Kontaktmann Sie angerufen hat?«

»Wenn ich Informationen herausgebe, weiß ich ganz gerne, mit wem ich es zu tun habe.«

»Mein Name ist Yuri. Ich bin nur ein Mittelsmann.«

Ein Mittelsmann, denkt Morten. So siehst du aber ganz und gar nicht aus. Wenn du nicht einen russischen Akzent hättest, würde ich sagen, alles an dir riecht nach Ex-Stasi. Er überlegt, ob er aufstehen und gehen soll, aber der nächste Anruf wird nicht lange auf sich warten lassen. Außerdem: Was sollen sie schon wollen. Trotz aller Drohgebärden und Heimlichtuereien ist die HSGE schließlich keine kriminelle Organisation, sondern ein eingetragener Verein. »Gut. Yuri. Dann fangen wir an. Je schneller ich hier raus bin, desto besser. Mein Kontaktmann sagte mir, Sie wollen Informationen über unsere Ermittlungen bezüglich des Schlüssels mit der Siebzehn?«

Yuri sieht ihn ausdruckslos an. »Der Schlüssel ist mir egal.« Er reibt die Paprika an seinem Jackett blank. »Sie sind der Leiter der SOKO Dom, richtig?«

Morten schweigt abwartend. Die Art, wie dieser Yuri auf seine Frage reagiert, zeigt doch, dass ihm die Sache mit dem Schlüssel gerade *nicht* egal ist.

»Ich möchte«, sagt Yuri, »dass Sie an einer kleinen Stelle ein wenig Einfluss auf das Ermittlungsergebnis nehmen.«

»Ausgeschlossen«, platzt es aus Morten heraus. »Was glaubt ihr eigentlich, wer ihr seid?«

»Ich persönlich glaube gar nichts«, erwidert Yuri ungerührt.

»Und ganz nebenbei, was glaubt ihr, wer *ich* bin«, fragt Morten. »Wenn eure Verbindungen so gut sind, dann tretet doch an Bruckmann oder Oberstaatsanwalt Dudikov heran. Oder am besten gleich an den Innensenator. Die können wenigstens was ausrichten.«

Yuri mustert interessiert die Paprika in seiner Hand. Mit spitzen Fingern bohrt er ein Loch in das rote Fleisch, reißt ein Stück heraus, steckt es sich in den Mund und kaut langsam. »Sie verstehen mich falsch. Nicht *diese* Art von Einflussnahme, ich meine etwas anderes. Etwas, das Sie bestimmt leisten können.« Er beugt sich ein wenig vor und spricht nun so leise, dass Morten näher an ihn heranrücken muss, um die Worte zu verstehen. Was er sagt, lässt Morten erblassen.

Yuri lächelt sparsam, als er sich zurücklehnt. Er reißt ein weiteres Stück aus der Paprika und reicht es Morten. »Auch ein Stück?«

*Wes Brot ich ess, des Lied ich sing*, denkt Morten. »Nein, danke«, sagt er. Aber es ist zu spät.

# Kapitel 6

Psychiatrische Privatklinik Höbecke, Berlin-Kladow
Dienstag, 5. September 2017
12:19 Uhr

»Hallo, Friderike?«

»Ja, wer ist denn da?«

»Ich bin es, Sita Johanns vom LKA. Wir hatten heute früh schon einmal miteinander telefoniert.«

»Oh, hallo. Ich, äh, es ist gerade ganz schlecht«, murmelt Friderike.

»Hast du Ärger bekommen, weil du bei uns angerufen hast?«

Stille. Ein kurzes Schniefen. »Ja, schon.«

»Das tut mir leid.«

»Schon okay«, behauptet Friderike tapfer.

»Professor Wittenberg, hm?«

»Mhm.«

»Sag mal, kannst du mir die Zimmernummer von Klara sagen und wo ungefähr ihr Zimmer liegt?«

»Sie wollen Klara besuchen? Das erlaubt er Ihnen nie!«

»Mach dir darüber keine Gedanken, er wird sich einer polizeilichen Ermittlung bestimmt nicht in den Weg stellen. Dafür sorge ich.«

Friderike schweigt einen Moment. Dann kichert sie leise. Der Gedanke scheint ihr zu gefallen. Wittenberg machtlos gegenüber der Polizei. »Sie müssen in den ersten Stock.

Wenn Sie hochkommen, der rechte Gang. Den ganz durch und dann rechts um die Ecke. Zimmernummer 128.«

»Danke, Friderike.«

»Frau Doktor Johanns? Könnten Sie mich später noch mal anrufen, wenn ... ich meine –«

»Friderike, ich weiß, du möchtest wissen, was mit Frau Winter ist, aber es kann sein, dass ich dir darüber nichts sagen darf.«

Am anderen Ende herrscht enttäuschtes Schweigen. »Verstehe«, sagt Friderike schließlich.

»Wenn ich dir irgendetwas erzählen kann, dann mache ich das, gut?«

Friderike bedankt sich artig und legt auf.

Sita atmet tief durch. Mehr Sauerstoff, weniger Müdigkeit. Die Treppe zu den oberen Geschossen ist breit, das schwarze Geländer elegant geschwungen. Früher gab es hier vermutlich Stuckleisten an der Decke. Jetzt hallen ihre Schritte von zweckmäßigem Rauputz zurück. Im ersten Stock wirft sie einen Blick aus dem Flurfenster. Wittenberg ist ein hektischer weißer Fleck in einem Gebüsch unweit der Kapelle. Sita hofft, dass der kleine Terrier einen ausgeprägten Fluchtinstinkt hat.

Im Flur klappert Geschirr, Mittagszeit. Teller mit Wärmehaube werden in Patientenzimmer getragen. Drei Frauen kommen Sita entgegen, eine von ihnen trommelt mit einem Löffel in ihre Handfläche. Dazu pfeift sie mit spitzen Lippen, während sie mit den anderen in Richtung Treppe geht. Das hier ist also der Frauentrakt, und irgendwo im Erdgeschoss liegt der Gemeinschaftsraum. Im Schwesternzimmer blickt eine Pflegekraft kurz auf, als Sita vorbeiläuft, sagt jedoch nichts. Am Ende des Flurs biegt Sita rasch nach rechts ab.

»Hallo! Entschuldigung bitte, wer sind Sie?«

Mist! Sita bleibt stehen, setzt ihr bestes Lächeln auf und geht zurück um die Ecke, der Schwester entgegen, die ihr nachgelaufen ist. *Meret* steht auf einem Schildchen an ihrem Kittel. Sie ist kräftig und wirkt durch und durch resolut.

»Hallo, guten Tag. Doktor Johanns, LKA-Berlin«, stellt Sita sich vor. »Professor Wittenberg und ich wollten Frau Winter aufsuchen. Er meinte, ich sollte schon einmal vorgehen, er kommt gleich nach.« Sie lächelt entschuldigend. »Er hat noch zu tun.«

»Ja, so kennen wir ihn«, sagt Schwester Meret mit vorwurfsvollem Unterton. Ihre stahlblauen Augen ruhen misstrauisch auf Sita. »Sie sind Polizistin?«

»Polizeipsychologin.«

»Ah. Was wollen Sie denn von Klärchen?«

»Sie nur einmal kurz kennenlernen. Machen Sie sich keine Sorgen. Es ist alles mit Professor Wittenberg abgesprochen. Sie können auch gerne unten am Empfang nachfragen.«

Schwester Meret nimmt ein Schnurlostelefon aus ihrer Kitteltasche und wählt eine Nummer. Sita schickt ein Stoßgebet zum Himmel, dass sie es nicht direkt bei Wittenberg versucht.

»Hm«, knurrt Schwester Meret. »Typisch Schaeben, wenn ich so oft da wäre, wie die weg ist, dann würde ich Zulagen ohne Ende kassieren.« Sie legt auf und blickt Sita prüfend an. »Die Zimmernummer wissen Sie?«

»128.«

»Na schön«, seufzt Schwester Meret. »Aber bringen Sie mir mein Frankfurter Prinzesschen nicht durcheinander.«

»Frankfurter Prinzesschen?«

»Hat er Ihnen das nicht erzählt?«

»Ach, doch!« Sita tippt sich mit der flachen Hand an die Stirn. »*Heidi*, natürlich. Und das Mädchen im Rollstuhl, aus dieser reichen Frankfurter Familie. Wie hieß sie gleich mit Nachnamen? Sesemann, oder? Klara Sesemann. Ich meine, in der Serie.«

»Na, Sie wissen ja Bescheid …«

»Eine Frage noch«, sagt Sita. »Erinnern Sie sich zufällig daran, wie alt Klara war, als sie zu Ihnen kam?«

Schwester Meret zuckt mit den Schultern. »Beim besten Willen nicht. Das war bestimmt zehn Jahre vor meiner Zeit.«

»Verstehe. Danke.«

»Wie gesagt, seien Sie bitte vorsichtig.« Schwester Meret entlässt sie mit einem knappen Nicken, und Sita setzt ihren Weg fort; das Zimmer von Klara Winter ist das vorletzte auf dem Flur.

Als sie davorsteht, schließt sie für einen Moment die Augen. Durchatmen. Loslassen. Für Sita gibt es nur zwei Arten, Menschen zu begegnen, die in ihrer zutiefst eigenen Welt leben. Mit voller Kontrolle und Konzentration, in dem Bemühen, durch Analyse eine Verbindung zu finden. Oder in einer Art Schwebezustand, als befände sie sich in einem luftleeren Raum. Ein Sich-treiben-Lassen, instinktiv auf den anderen zugehen, um in dessen Welt einzutauchen. Sie weiß nicht, wen sie hinter dieser Tür antreffen wird. Sie weiß nur, dass sie etwas von Klara erfahren will. Und deshalb ist nicht Klara diejenige, die sich öffnen muss. Sondern Sita wird sich für Klara öffnen müssen.

Sie schlägt die Augen wieder auf. Die Zimmertür ist cremefarben, mit Kassetten im Stil des Hauses und massiv wie eine Wohnungstür. Sita holt ihr Smartphone aus der Tasche, stellt den Klingelton aus und schaltet stattdessen die Sprachmemo-App ein, dann steckt sie das Handy in ihre hintere Hosentasche und achtet darauf, dass das Mikrophon nicht verdeckt ist.

Zweimal klopfen, dann tritt sie ein.

Klara sitzt auf der Bettkante, steif wie eine Wachsfigur, nur ihre Hand macht eine kurze, hastige Bewegung, als hätte sie gerade etwas versteckt. Ihre Wangen sind hellrot, das Gesicht ansonsten blass und ausgemergelt, die Haare zu einem strengen Dutt gebunden. Seltsamerweise sieht sie nicht zur Tür, als Sita hereinkommt, sondern starrt geradeaus auf die ihr gegenüberliegende Wand. Eine ganz und gar unnatürliche Reaktion, wie konditioniert, zumal sie dabei nicht apathisch wirkt. Jemand muss ihr das beigebracht haben, denkt Sita. Jemand, der Dominanz ausgeübt und Gehorsam verlangt hat. Im selben Moment stellt sie fest, dass sie auf dem besten Weg zu Modus eins ist: Analyse. Dem vermutlich falschen Weg. Also locker machen. Befreien.

»Hallo«, sagt sie leise. »Ich bin Sita.«

Klara Winters Pupillen rucken kurz in ihre Richtung, so als wollte sie schauen und verbiete es sich zugleich selbst. Sita lässt einen Moment verstreichen und blickt auf die Wand mit den Zahlenkolonnen. Die Anordnung der Monatsblöcke ist geradezu zwanghaft, die einzelnen Zahlen wirken wie in die Wand geritzt, als hätte sie mit einem Kuli zu fest in den Putz gedrückt und dann die Linien nachgezogen. Eine Strichliste in einem Kerker, denkt Sita. Sie wundert sich über Friderikes genauen Blick. Im ersten Moment würde niemandem auffallen, dass in diesem Kalender die Zahl Siebzehn fehlt. Klara hat nicht einfach eine Lücke gelassen; anstelle der Siebzehn hat sie eine Achtzehn geschrieben und am Ende des Monats eine Zweiunddreißig oder eine Einunddreißig hinzugefügt.

»Bist du 'ne Neue?«, fragt Klara.

Dünnes Eis. »Ja«, sagt Sita, ohne zu wissen, was Klara meint.

»Die andere hat nicht lange durchgehalten. Du siehst älter aus. Warum hast du nichts Weißes an?«

»Ich bin keine Ärztin. Auch keine Schwester.«

»Nicht?«

»Nein. Ich bin keine, die den Schlüssel umdreht.«

»Du lügst.«

»Warum sagst du das?«, fragt Sita.

»Wenn du keine von denen bist, musst du eine von uns sein.«

»Ja, bin ich«, sagt Sita.

»Das ist nicht wahr«, flüstert Klara. Es klingt, als hätte sie Angst, dass es wirklich so sein könnte.

Eine Weile sehen sie gemeinsam auf den Kalender. Klara sitzt, Sita steht.

»Bist du ... eine von uns?«, fragt Klara und sieht dabei ängstlich zur Tür.

»Ja.«

»Das ist nicht wahr!«, sagt Klara schroff.

»Doch.«

»Warum bist du hier?«

»Warum?« Sitas Antwort kommt intuitiv, von ganz tief unten. »Wegen Jesus.«

Es wird totenstill im Zimmer.

In Sitas Kopf tickt ein Sekundenzeiger, will die Zeit messen, wartet auf eine Antwort, ob es weitergeht oder ob sie zu viel gewagt hat.

»Hat er dich auch gerettet?«, flüstert Klara.

»Oh, ja«, seufzt Sita erleichtert.

»Nimm ihn mir nicht weg, klar?«, faucht Klara sie an.

Die Aggression kommt so plötzlich, dass Sita unwillkürlich zusammenzuckt. »Tu ich nicht.«

»Zeig mir deine Brüste«, fordert Klara.

Ganz sicher nicht, schießt es Sita in den Sinn, und: Was zum Teufel haben meine Brüste damit zu tun? Aber wenn sie das jetzt sagen würde, dann wäre hier alles zu Ende, das kleine Fenster wäre sofort wieder zu und verriegelt. Sie muss etwas preisgeben, sich einlassen, um tiefer in Klaras Welt schauen zu können. Sie zieht die Bluse aus ihrer Hose, hebt sie an und stülpt ihren BH um, so dass sie halbnackt vor Klara steht. Klara mustert sie eingehend, betrachtet die Brandwunde an ihrer Seite und das Tattoo darüber. »Nicht flach genug«, sagt sie schließlich, »und auch nicht so groß wie Marias. Du bist keine Konkurrenz«, erklärt sie zufrieden.

Sita stopft ihre Bluse wieder in die Hose. Obwohl Klara eine Frau ist, fühlt es sich an, als hätte sie sich gerade vor einem Mann ausgezogen.

»Was hat er mit dir gemacht?«, fragt Klara.

»Mir geholfen, wie dir.«

»Nein. Nein, nein. Nicht Jesus. Was hat *er* dir angetan?«

Sita zögert einen Moment. *Öffnen*, flüstert es in ihrem Kopf. *Zeig dich.* Sie greift sich ins Haar und zieht die Perücke vom Kopf.

Klara ist für einen Moment sprachlos. »Er hat dir die Haare abgeschnitten?«, murmelt sie. »Die Haare? Und – was ist das?« Ihr magerer Zeigefinger deutet auf Sitas Brandmal im Gesicht. »Das war auch er, oder?«

Sita nickt. »Ein glühendes Eisen.«

Klara hebt ihr Nachthemd an und zeigt Sita ihren Rücken. Friderike hat ihr von den Narben erzählt, aber sie zu sehen, ist etwas ganz anderes. Sita kann die Schmerzen förmlich spüren, die Klara erlitten haben muss, und sie fragt sich erneut, warum Wittenberg wegen des Rückens gelogen hat.

»Das«, sagt Klara, »das hat er mit *mir* gemacht. Aber unser Heiland macht Wunden heil.« Sie stößt ein kurzes, seltsames Kichern aus, es klingt, als hätte sie Schluckauf. »Heiland. Deswegen heißt er ja so, nicht? Mit seiner Feder. Hat immer über das wunde Fleisch gestrichen.« Ihre Augen leuchten. »Dir kann ich's ja sagen, oder? Bist eine von uns. Nimmst ihn mir nicht weg. Ich hab die Feder noch, schau.« Sie reckt das Kinn in Richtung ihres Nachttisches, auf dem eine Bibel liegt, mit einer langen, hellen Feder zwischen den Buchseiten.

Sita starrt die weiße Spitze an, die aus der Bibel ragt. Beim Gedanken an das, was Klara erlebt zu haben scheint, läuft ihr ein Schauer über den Rücken.

»Woher kommst du?«, fragt sie vorsichtig. Es ist ihre erste eigene Frage, bisher hat sie nur Fragen beantwortet, und sie hofft, dass Klara nicht misstrauisch wird.

Klaras Brauen ziehen sich umgehend zusammen. »Warum fragst du das? Wir kommen doch alle aus demselben Ort.« Sie blickt Sita prüfend an. »Oder kommst du nicht aus dem Krankenhaus? Dann bist du keine von uns.«

»Ich meine doch nicht das Krankenhaus«, sagt Sita kopfschüttelnd. »Vorher meine ich.«

»Vor dem Krankenhaus hab ich vergessen«, murmelt Klara.

»Auch deinen Namen?«

»Nee. Der ist zurückgekommen.«

»Wie heißt 'n du?«

»Klara. Wissen doch hier alle.« Sie beugt sich ein wenig vor und flüstert verschwörerisch: »Die haben hier sogar meinen Nachnamen rausgefunden. *Winter.*«

Sita nickt, weiß jedoch nicht, was nun erfunden ist und was echt. Entweder Klara kann sich nicht erinnern, oder sie heißt tatsächlich so. Sita schaut hinüber zu der Wand mit den Zahlen. »Ich mag deinen Kalender.«

»Die blöde Pflegerin sagt, er ist falsch. Sie will bestimmt, dass ich ihn richtig mache. Mach ich aber nicht.« Ihr Mund wird zu einem Strich. »Der hab ich's gezeigt!«

»Für mich ist er perfekt«, flüstert Sita. »Ohne die Zahl.«

Klaras Lippen beben. »Ich kann die Zahl nicht leiden.«

»Ich *hasse* die Zahl«, zischt Sita.

»Der Teufel hat sie an die Wand geschrieben. Die ist noch aus dem Krankenhaus übrig, die Zahl. Einmal hab ich sie weggewischt.« Klara schlingt die Arme um ihren Oberkörper und wiegt sich vor und zurück wie ein kleines Kind. Ihr Blick schwimmt, Tränen laufen ihr über die Wangen. »Seitdem klebt sie an mir. Ich werd sie nicht mehr los. Nimmer, nimmer, nimmer. Auch Jesus kann sie nicht wegmachen. Und ich, ich hab gelogen. Wo Jesus doch Marias Sohn ist. Das wird er mir nie verzeihen.«

Sita schluckt. Klara tut ihr leid, eigentlich wäre es richtig, jetzt eine Pause zu machen, aber eine Pause hieße auch, das Fenster zu schließen. »Ich bekomme Nachrichten von ihm«, wagt sie sich vor. »Bekommst du auch welche? Hast du ihn mal getroffen?«

Abrupt hält Klara inne und sitzt da wie erstarrt.

*Verdammt.*

»Entschuldige«, murmelt Sita. »Musst du mir ja nicht sagen. Ich hab nur solche … Sehnsucht.«

Um Klaras Mund zuckt ein Muskel. »Er hat mir verboten, drüber zu sprechen«, haucht sie.

»Dir auch?«, fragt Sita.

Klara sieht sie an, scheint mit sich zu ringen. In diesem

Moment wird die Tür aufgerissen. Professor Wittenberg steht mit zornrotem Gesicht im Türrahmen, hinter ihm drängt Schwester Meret ins Zimmer. »Was fällt Ihnen ein?«, poltert er. Erst jetzt bemerkt er Sitas raspelkurze Haare und die abgelegte Perücke. »Wer um alles in der Welt sind Sie? Ich zeige Sie an wegen Hausfriedensbruch. Und Destabilisierung einer Schutzbefohlenen. Ich sorge verdammt noch mal dafür, dass man Ihnen Ihre Approbation aberkennt.«

Sita versucht, ruhig zu bleiben, obwohl sie innerlich kocht. Noch ein oder zwei Minuten länger, und sie hätte vielleicht etwas Entscheidendes erfahren. Jetzt ist das Fenster zu. »Ich bin keine approbierte Psychologin«, erwidert sie kühl. »Ich bin Diplom-Psychologin, was mir persönlich absolut reicht. Ich fürchte, das können Sie mir nicht aberkennen.«

Sie steht auf, würde gerne das Zimmer verlassen, doch Wittenberg versperrt ihr den Weg.

»Ich schlage vor, wir setzen das draußen fort«, sagt sie. »Nicht, dass ich Sie nachher auch anzeigen muss, wegen Freiheitsberaubung. Ganz abgesehen davon tut Ihr gereizter Tonfall Ihrer Patientin vermutlich nicht gut.« Sie wirft einen Blick zurück auf Klara, die sich verstohlen ein kleines Stück Papier in den Mund steckt, hastig kaut und es hinunterwürgt.

# Kapitel 7

Stahnsdorf
19. Oktober 1998
15:20 Uhr

*Tom und Bene saßen nebeneinander auf einem zerschlissenen braunen Sofa. Ihnen gegenüber tickte eine Standuhr mit einem langen Pendel. Bene hatte den Kopf in den Nacken gelegt und blinzelte angestrengt. Seine Augen waren feuerrot. Die alte Dame, die sie hereingelassen hatte, kam in Filzpantoffeln aus der Küche, mit einem kurzsichtigen Lächeln und dicken Brillengläsern, in den Händen ein Tablett mit Schokokeksen und zwei Gläsern Cola.*

*Bene trank sein Glas gierig aus und lehnte sich erneut zurück. Seine Hände zitterten. Sein Gesicht war gereizt, die Aknepickel glühten wund.*

*»Geht's?«, fragte Tom.*

*»Alles coolio«, erwiderte Bene.*

*»Kannst du gucken?«*

*»Hmhm, brennt nur.«*

*»Wie ist denn das überhaupt passiert?«, erkundigte sich die alte Dame.*

*»Mir hat jemand was ins Gesicht geschüttet.«*

*»Einfach so? Das gibt's doch nicht«, entrüstete sie sich.*

*»Haben Sie vielleicht noch etwas Cola?«, fragte Bene.*

*»Oh, ich schau mal im Keller nach, ich kauf ja immer ein bisschen mehr. Mein Enkel ist ganz versessen auf das Zeug.*

*Meine Tochter verbietet es ihm immer. Lebt ein bisschen hinter dem Mond, die Gute.«*

*»Ich kann sie auch holen gehen«, bot sich Tom an. »Sie müssten mir nur sagen, wo.«*

*»Papperlapapp. Bleib du bei deinem Freund«, widersprach sie und ging in kleinen Schritten zur Tür.*

*»Alter, du hast mir echt den Arsch gerettet«, flüsterte Bene. »Bäng! Der hat gebrüllt wie am Spieß. Was hast du eigentlich mit dem gemacht?«*

*»Den Fotoapparat ins Gesicht«, sagte Tom knapp.*

*»Geil«, stöhnte Bene. »Der Scheißkerl. Hat's echt nicht anders verdient. Hast du das Kreuz von dem Typen gesehen? Total die Kante. Dass du den weggehauen hast …«*

*Tom war nicht sicher, wie geil er das fand, aber auf jeden Fall war er froh, dass sie aus dem Laden rausgekommen waren. Eine Sache ließ ihm allerdings keine Ruhe. »Das war kein Zufall, dass der aufgetaucht ist, oder?«, flüsterte er.*

*»Nee. Sicher nicht.«*

*»Der hat gesagt, er hätte Vi gesehen. Wir müssen zur Polizei.«*

*»Hmhm«, brummte Bene. »Fragt sich nur, ob die den Arsch finden. Und dann glauben sie uns nachher wieder nicht, und wir sitzen stundenlang im Revier und –«*

*»Ist mir komplett egal, ich will Vi finden«, zischte Tom.*

*»Ja. Schon gut. Hast ja recht. Aber was, wenn die uns nicht glauben? Wir haben doch keinen Beweis, dass es so war wie – Alter, warte.« Erregt setzte er sich auf, versuchte, Tom anzusehen, schaffte aber nur ein nervöses Geblinzel. »Haben wir doch! Den Fotoapparat. Vielleicht ist da Blut von ihm dran oder so.«*

*»Mist!«, entfuhr es Tom.*

*»Wieso, ist doch super.«*

*»Nee«, sagte Tom leise. »Die Pentax ist noch im Laden, sie ist mir aus der Hand gefallen. Und der Film und die Bilder sind auch noch da.«*

*»Scheiße«, stöhnte Bene und rieb sich die Augen.*

*»Das würde ich lassen, junger Mann.« Die alte Dame war zurück, mit einer Flasche Cola in der Hand und einem vorwurfsvollen Blick. »Reiben macht's nur schlimmer. Ich habe grad meinen alten Freund Ferdinand angerufen. Der ist Arzt, zwar schon pensioniert, aber einen Rezeptblock hat er noch. Er kommt gleich mal vorbei und schaut sich das Malheur an.«*

*»Ah. Äh, danke«, sagte Bene überrascht.*

*»Ja. Vielen Dank«, schob Tom hinterher, auch wenn er mit den Gedanken gerade ganz woanders war. Die Sache mit dem Fotoapparat und den Bildern ließ ihm keine Ruhe. Was, wenn Bene recht hatte und ihnen niemand Glauben schenkte? Die Geschichte mit der Leiche, die plötzlich verschwunden war, die Geschichte mit dem Schlüssel, und zu allem Überfluss noch Karin, die plötzlich behauptete, nichts gesehen zu haben und auch nichts von einem Schlüssel zu wissen – das alles hatte sie aussehen lassen wie Idioten.*

*Die Polizei war mit einem Großaufgebot angerückt, mit zwei Booten, Tauchern, und am Ende hatte es richtig Ärger gegeben. Es hatte auch nichts geholfen, dass Karin sich kurz darauf entschuldigt hatte, kleinlaut und in Tränen aufgelöst, und erklärt hatte: Doch, den Schlüssel, den habe sie schon gesehen.*

*Karins Lügerei hatte ihn wütend gemacht. Hätte er nicht den Eindruck gehabt, dass die Polizei ihnen ohnehin nicht glaubte, er wäre ihr an die Gurgel gegangen.*

*Bene hatte recht! Sie brauchten den Fotoapparat, um zu beweisen, was in dem Fotoladen passiert war. An der scharfen Metallkante der Linse klebte vielleicht tatsächlich etwas Blut von dem Typen. Außerdem: Die Sache mit den Fotos war doch auch merkwürdig. Er hatte Unterwasserbilder vom Kanal ins Labor gegeben, und kurz darauf tauchte dieser Kleiderschrank auf.*

*Tom räusperte sich. »Äh, Frau –«*

*»Weiss«, sagte sie lächelnd.*

*»Frau Weiss, ich merke gerade, ich hab vorhin meine Kamera liegenlassen.« Er sah zu Bene hinüber. »Ich glaube, ich muss die mal eben holen.«*

*»Bist du verrückt?«, protestierte Bene. »Das machst du nicht.«*

*»Schon in Ordnung«, meinte Tom. »Ich bin vorsichtig.«*

*»Und wenn der …«*

*»Dann geh ich gar nicht rein, okay?«*

*»Nee, nee, kannste vergessen«, widersprach Bene. »Ich komm mit.«*

*Die alte Dame sah ihn verständnislos an. »Moment, du musst doch auf Ferdinand warten.«*

*»Genau. Du bleibst hier, du kannst ja noch gar nicht richtig gucken«, sagte Tom entschieden und stand auf. »Wirst schon sehen, das geht ratzfatz. In ein paar Minuten bin ich wieder hier.«*

*»Alter, echt!«, sagte Bene.*

*Doch Tom war schon an der Haustür.*

*Draußen auf der Straße ging er mit schnellen Schritten zurück zum Fotoladen. Das blaue Schild »Foto Grasser« prangte kalt über der Tür, und ihm wurde mulmig. Jetzt nicht kneifen, dachte er. Wenn ich dieser Typ wäre, hätte ich mich längst aus dem Staub gemacht, weil ich davon ausgehen würde, dass die Jungs sofort zur Polizei laufen.*

*Das »Geschlossen«-Schild hing immer noch da, und Tom spähte daran vorbei ins Geschäft. Niemand zu sehen. Und wenn jetzt abgeschlossen war? Behutsam drückte er gegen den Türgriff. Offen! Er schlüpfte rasch hinein. Zu seiner Überraschung war eine der Vitrinen zerschlagen, und zwei der Nikon-Kameras, die er vorhin bewundert hatte, fehlten. Dieser Mistkerl hatte auch noch geklaut.*

*Die Tür zum Hinterzimmer stand offen, der Vorhang war nur einen Spalt geöffnet. Das rote Licht war aus, das Fotolabor eine finstere Höhle. Unter seinen Sohlen knirschten die Splitter der Vitrine. Er schob den Vorhang beiseite. Der Moltonstoff roch nach Staub und fiel schwer hinter ihm zu, so dass er plötzlich im Dunkeln stand. Tastend fand er den Schalter. Rotlicht flutete den Raum. Offenbar hatte hier jemand aufgeräumt. Der Boden war trocken, die Plastikwanne stand wieder an ihrem Platz, war aber leer, und der Kanister war fort. Mitten im Zimmer lag seine Pentax.*

*Tom sah sich genauer um. Irgendetwas stimmte hier nicht, warum war alles fortgeräumt, als wäre nichts gewesen, nur seine Kamera lag noch da? Er sollte besser verschwinden. Und zwar so schnell wie möglich. Er hob die Kamera auf, überlegte, wo seine Fotos sein könnten, und sah einen großen Karteikasten mit Umschlägen auf einer Ablage in der Ecke. Die frischen Abzüge für die Kunden. Mit zitternden Fingern ging er die Namen durch, Umschlag für Umschlag. Das rote Licht machte es schwer, Grassers krakelige Schrift zu lesen, und er beugte sich darüber, als ihn plötzlich ein Faustschlag in der Nierengegend traf. Jemand riss ihn herum, und ein zweiter Schlag explodierte an seiner Wange. Tom stürzte, die Pentax polterte auf die Fliesen.*

*Er wurde grob zu Boden gepresst, eine Gestalt setzte sich schwer auf ihn. Der Boden in seinem Rücken fühlte sich eisig an. Dann bekam er zwei Ohrfeigen, hart wie Schläge mit einer Schaufel. Sein Kopf flog hin und her. Er sah Sterne vor einem glutroten Himmel.*

*»Hab ich dich, du kleiner Scheißer«, knurrte eine Männerstimme. Zwischen den Sternen tauchte ein höhnisch grinsendes Gesicht auf, ein zugeschwollenes Auge mit einem wie ausgestochen wirkenden blutigen Rand vom Objektiv seiner Pentax.*

*»Ich werde dir jetzt so lange weh tun, bis du mir sagst, wo deine kleine Schwester ist. Kapiert?«*

# Kapitel 8

Toms Garage
Dienstag, 5. September 2017
14:27 Uhr

Tom starrt auf das verblichene Foto von der Potsdamer Allee in Stahnsdorf. Der Bäcker links, rechts ein Wohnhaus, in der Mitte eingezwängt das blaue Schild: »Foto Grasser«. Eine Glastür mit Bügelgriff. An einem Saugnapf, aufgehängt an einer dünnen Kette, das Schild »Geschlossen«. Im Schaufenster ein paar schlechte Porträts auf einem drapierten Seidentuch. Neben das Foto ist mit einer Reißzwecke eine Nahaufnahme von Grasser gepinnt.

Darunter hängen die Fotos von der stillgelegten Eisenbahnbrücke über den Teltowkanal. Nahaufnahmen des Geländers, über das sie damals gesprungen sind. Einzelne Kratzer, die entstanden sein können, als jemand dort eine Leiche über das Geländer gehievt hat. Oder auch nicht. Wer weiß das schon. Dann die Unterwasserbilder vom Grund. Und Fotos von der Stelle, an der damals die Leiche gefunden wurde, die angeblich Viola war. Fotos von ihrem Grab auf dem Waldfriedhof. Von Viola selbst, abfotografiert von alten Bildern seines Vaters. Der Zettel mit ihrer Entschuldigung. Abbildungen einzelner weißer Federn, von Eiderenten, Weißstörchen, Schwänen, Dreizehenmöwen. Tom hat jede Spur und jede Erinnerung fotografiert. Die Garage ist sein Gehirn, sein dunkler, stiller Ort, den niemand kennt und wo er allein ist mit Vi, als säße er selbst in seinem eigenen Kopf. Er muss nur die Hand ausstrecken, um die Vergangenheit anzufassen.

Und jedes Mal nimmt Viola seine Hand und hält ihn hier fest.

Die Garage, das sind eigentlich zwei Garagen nebeneinander. Sie stehen in einem alten, verwilderten Hof mit zwei Dutzend anderen Garagen.

Ein verblichenes blaues Metalltor ist der Zugang zur ersten Garage; darin steht seine eingemottete Harley. Bene hat sie ihm geschenkt, und Tom hat sie genau zwei Mal gefahren. Das erste Mal Bene zu Gefallen. Das zweite Mal, um sie hierherzubringen.

In die zweite Garage gelangt man nur durch die erste, denn das Tor der zweiten Garage ist von innen zugemauert. Der ganze Raum ist ummauert, mit Ausnahme der Tür zur Nebengarage, und mit Heizung, Lüftung, Strom und fließend Wasser ausgestattet. Früher hatte Tom hier ein Fotolabor. Heute stehen Vergrößerer und Wannen in der Ecke, stattdessen gibt es ein Laptop mit Farbdrucker.

Die Garage ist eines der wenigen Dinge, für die er seinem Vater dankbar ist – und die sein Vater freiwillig hergegeben hat. Vielleicht, weil sie fast drei Kilometer von seinem Wohnhaus entfernt liegt. Vielleicht auch, weil seine »Neue« nie etwas damit anfangen konnte. Und zu Geld machen lässt sich der alte Schuppen auch nicht. Zu seinem achtzehnten Geburtstag hatte Tom sich gewünscht, die Garage benutzen zu dürfen, und sein Vater hatte eingewilligt.

Zwei Jahre später gab es Streit, als Tom verkündete, Polizist werden zu wollen. Sein Vater drohte, wenn er das tue, könne er die Garage vergessen. Er verlangte sogar allen Ernstes den Schlüssel zurück. Doch Tom weigerte sich. Er packte kurzerhand seine Sachen, zog zu Hause aus, richtete sich in der Garage ein und meldete sich für die Eignungsprüfung bei der Polizei an.

Das Zerwürfnis dauerte zwei Jahre. Erst danach sprachen sie wieder miteinander. Allerdings nie über die Garage. Sie wurde aus ihren Gesprächen ausgeklammert, wie ein Ort, den es nicht geben darf. Inzwischen allerdings beschleicht Tom manchmal der Verdacht, dass sein Vater ein wenig senil wird und die Garage möglicherweise vergessen hat.

Für Tom dagegen ist sie ein Monument *gegen* das Vergessen.

Jetzt sitzt er also hier wie in seinem eigenen Kopf, zwischen all den Bildern und Fotos, hat sein Laptop vor sich stehen und die Audiodatei geöffnet, die Sita ihm per Mail geschickt hat, mit dem Hinweis, sie sei einem Anruf aus einer psychiatrischen Klinik nachgegangen. Eine Patientin namens Klara Winter habe eine ausgeprägte Phobie, was die Zahl Siebzehn angehe. Zu Beginn der Aufnahme hört er nur Kleidung rascheln.

*»Hallo. Ich bin Sita.«*

*»Bist du 'ne Neue?«*, fragt eine Frauenstimme, offenbar Klara Winter.

*»Ja«*, sagt Sita.

*»Die andere hat nicht lange durchgehalten. Du siehst älter aus. Warum hast du nichts Weißes an?«*

*»Ich bin keine Ärztin. Auch keine Schwester.«*

Das Gespräch geht eine Weile weiter, und Toms Bewunderung für Sita wächst. Ihre Art, sich auf das Gespräch einzulassen, es zu lenken und sich gleichzeitig auf Klaras Seite zu stellen, ist faszinierend.

*»Warum bist du hier?«*, fragt Klara.

*»Wegen Jesus«*, erwidert Sita.

Er stutzt. Jesus? Was bezweckt sie damit?

Plötzlich beginnt sein Handy zu schnarren, es liegt neben seinem Laptop auf dem Tisch. Auf dem Display erscheint Mortens Name. Tom stoppt die Wiedergabe des Gesprächs mit Klara Winter. Unschlüssig schaut er das Telefon an, schließlich geht er dran. »Babylon.«

»Jo Morten.«

Tom erwartet eine wütende Ansage, dass Morten ihn umgehend zurück in die Keithstraße beordert, für eine Vernehmung durch einen der Kollegen. Doch stattdessen entsteht eine merkwürdige Pause.

»Tom«, sagt Morten. Es klingt, als koste es ihn Überwindung, weiterzusprechen. »Ich habe eine Bitte. Du müsstest etwas für mich tun, aber es darf niemand davon erfahren.«

Diesmal ist es Tom, der einen Moment braucht. »Und damit kommst du ausgerechnet zu mir? Warum?«

»Weil du der Einzige bist, der außerhalb der Ermittlungen steht.«

Tom ist sprachlos, versteht Mortens Sinneswandel nicht. Ob es etwas mit Mortens Heimlichkeiten in Bezug auf Drexler zu tun hat? »Ich dachte, ich bin raus, weil ich nicht mehr vertrauenswürdig bin.«

»Du *warst* nicht vertrauenswürdig. Da du alles offengelegt hast, bist du es jetzt wieder. Aber für die Ermittlungen bist du deshalb trotzdem nicht mehr tragbar.« Morten macht eine kurze Pause, und Tom hat den Eindruck, dass er an einer Zigarette zieht. »Jedenfalls offiziell.«

»Also willst du, dass ich etwas Inoffizielles tue. Ich weiß nicht, ob ich das riskieren kann.«

»Es ist, sagen wir, delikat. Aber nicht verboten.«

»Und ich darf nicht drüber reden.«

»Richtig.«

»Es hat mit unserem Fall zu tun?«

»Richtig.«

Tom weiß nicht, ob er fluchen oder jubeln soll. Das hier ist zweischneidig, und Morten würde sich nicht so winden, wenn die Sache nicht einen großen Haken hätte. Er lehnt sich in seinem Stuhl zurück, und sein Blick gleitet über die Fotos von Vi. Auf einem der Bilder schaut sie direkt in die Kamera, mit diesem unbefangenen Blick, der so durch und durch geht und der ihn so sehr an seine Mutter erinnert, dass es weh tut. »Okay«, sagt er. »Worum geht's?«

Diesmal ist deutlich zu hören, wie Morten an seiner Zigarette zieht, den Atem kurz anhält und dann den Rauch ausstößt. »Ich habe heute mit einem Informanten gesprochen –«

»Wie heißt er?«

»Das tut nichts zur Sache. Entscheidend ist: Irgendjemand aus dem Umfeld der ehemaligen Stasi oder des MfS interessiert sich für unseren Fall.«

»Wie bitte?«, fragt Tom verblüfft. »Die Stasi?«

»Mein Informant hat keinen Zweifel daran gelassen.«

»Wie zuverlässig ist der Informant?«, fragt Tom.

»Der Informant selbst ... kann ich dir nicht genau sagen. Dem äußeren Anschein nach muss man ihn ernst nehmen.«

»Okay«, überlegt Tom. »Mal abgesehen davon, dass die Stasi immer für alles Mögliche herhalten muss, was genau heißt denn in diesem Fall ›Interesse‹?«

»Ich glaube«, sagt Morten, »es geht um den oder die Schlüssel. Irgendjemanden muss die Sache aufgescheucht haben.«

»Vielleicht hat auch noch jemand einen Schlüssel bekommen«, mutmaßt Tom. »Jemand, der sich bisher nicht gemeldet hat.«

»Oder dieser Jemand hat Angst, irgendwann einen zu bekommen«, ergänzt Morten. »Wer weiß, wie viele von den Dingern noch im Umlauf sind. Aber zum Thema Stasi: Unsere Kriminaltechniker haben ermittelt, dass der Schlüssel noch aus DDR-Zeiten stammt, hergestellt von der VEB Schloßsicherungen Gera. Anhand des Fotos lässt sich allerdings nicht mehr nachvollziehen, wann und wofür genau der Schlüssel gemacht wurde. Fällt dir jemand aus deiner damaligen Clique ein, der vielleicht eine Verbindung zur Stasi hatte?«

Toms Blick wandert nach links, wo Jugendfotos von ihnen allen hängen. Karin, Josh, Nadja, Bene und er selbst. »Ausschließen kann ich nichts«, sagt er. »MfS und Stasi, die hatten ja nun wirklich überall ihre Spitzel. Aber es gibt nichts Konkretes, woran ich mich erinnern würde.« Höchstens Grasser, denkt er plötzlich. Zu dem Fotografen hätte es wirklich gepasst, aber der wäre sicher nur ein kleines Licht gewesen. Zudem war er seit langem tot. Und dann, denkt er, ist da noch der andere. Aber von dem kann er Morten unmöglich erzählen.

»Was genau«, fragt Tom, »soll ich denn nun für dich tun?«

»Ich kenne jemanden, der vielleicht eine Idee hat, um was es hier gehen könnte.«

»Eine Idee? Was meinst du damit?«

»Ich bin selbst nicht ganz sicher, aber er ist auf jeden Fall eine interessante Quelle.«

»Weil er bei der Stasi war?«, fragt Tom.

»Ja.«

»Das waren aber ziemlich viele.«

»Nach oben hin werden Pyramiden immer schmaler.«

Tom atmet tief durch. Ein hohes Tier also? Dafür, dass

Morten sich sonst nicht scheut, auch unbequeme Wahrheiten drastisch und klar zum Ausdruck zu bringen, baut er gerade eine ziemlich dicke Nebelwand auf. »Warum fragst du denjenigen nicht selbst?«

Morten schweigt einen langen Moment. Zieht erneut an seiner Zigarette. »Kann ich mich auf deine Diskretion verlassen?«

Das musst du seit gestern Nacht doch ohnehin, denkt Tom. Du weißt, dass ich dich im *Odessa* gesehen habe. Dann fällt ihm auf, dass Mortens Frage vielleicht sogar beides meint. »Ja«, sagt er, obwohl es sich falsch anfühlt, und das macht ihm Bauchschmerzen. »Kannst du. Außer du hängst selbst mit drin.«

Darüber scheint Morten kurz nachdenken zu müssen.

»Hör zu«, sagt Tom. »Wenn es so kompliziert ist, fragst du denjenigen vielleicht wirklich besser selbst.«

»Das kann ich nicht«, erwidert Morten. »Wir sprechen nicht mehr miteinander. Der Mann, von dem ich rede, ist mein Vater.«

# Kapitel 9

Stahnsdorf
19. Oktober 1998
15:58 Uhr

*»Ich weiß es doch nicht«, flehte Tom. »Ich hab doch selbst keine Ahnung, wo sie ist. Wir suchen sie seit drei Monaten.«*

*Der Mann saß schwer auf ihm, die Knie links und rechts von seiner Brust, ein Riese, das fleischige Gesicht rot im Licht der Dunkelkammer. »Dann bin ich offenbar nicht deutlich genug geworden«, knurrte der Mann. »Ich hab deine Schwester vor gerade mal einer Woche gesehen, mit einem Mann zusammen, in der Tram.«*

*Tom starrte ihn mit großen Augen an. »Wo?«*

*»Stellst du hier die Fragen? Ist doch scheißegal, wo. Ich will wissen, wo sie jetzt ist, kapiert?«*

*»Aber ich weiß es doch nicht«, sagte Tom verzweifelt. »Glauben Sie, ich denk mir das aus, oder was? Ich war sogar in der Kirche und hab's gebeichtet, ich hab gedacht, dann fühlt es sich besser an …«*

*»In der Kirche? Was zum Teufel hast du gebeichtet?«*

*»Das mit dem Schlüssel«, sagte Tom, »dass ich ihn ihr gegeben hab und dass sie nur deswegen weg ist.«*

*»Wem hast du das gebeichtet?«*

*»Dem Pfarrer Winkler.«*

*»Bernhard Winkler? Du Idiot. Der spielt doch bloß Orgel. Außerdem ist der evangelisch. Da gibt's keine Beichte.«*

*»Er war mal Pfarrer, früher. Hat er selbst gesagt. Ich hab ihn gefragt, und er hat's gemacht«, sagte Tom mit Tränen in den Augen. Er wusste noch zu gut, wie es gewesen war, in der leeren Kirche, auf der hintersten Bank, die kalte Wand im Rücken. Winkler hatte ihm hoch und heilig versprochen, dass niemand jemals davon erfahren würde. »Ich weiß echt nicht, wo meine Schwester ist.« Trotzig zog er die Nase hoch. »Und wenn ich's wüsste, würde ich's Ihnen nicht sagen.«*

*Der Fremde ohrfeigte ihn ein weiteres Mal, dann stand er auf, zerrte Tom auf die Füße und hinüber zur Wand. »Hose runter«, zischte er.*

*»Was?«*

*»Deine Hose runter, und die Unterhose auch, bis auf die Füße.«*

*Tom wurde schlecht. Die Demütigung war das eine, aber was um Himmels willen hatte der Mann vor?*

*»Jetzt mach schon!«*

*Tom verfluchte sich und seine Leichtsinnigkeit. Wie hatte er bloß auf die bescheuerte Idee kommen können, hierher zurückzukehren? Mit zitternden Fingern löste er den Gürtel und zog die Hose mitsamt Unterhose bis zu den Schuhen hinunter. Seine Wangen brannten von den Schlägen wie Feuer.*

*Der Mann packte ihn am Kiefer und lenkte Toms Blick mit seinem Schraubstockgriff auf ein Gerät, das auf der Ablage stand. »Siehst du das? Weißt du, was das ist?«*

*Entsetzt starrte Tom auf die lange, bogenförmige Schneide, mit der großformatige Fotos und Passepartouts beschnitten wurden. Seine Knie gaben nach, doch der Mann hielt ihn mit einer Hand so fest, dass er nicht umfallen konnte.*

*»Ob du weißt, was das ist?«*

*»Ja«, presste Tom hervor.*

*Der Mann fasste den Griff der Schneide und schob sie nach*

*oben, so dass sie wie eine schrägstehende Guillotine über der Arbeitsfläche schwebte. »Du kannst dir jetzt aussuchen, ob du dein Ding oder deinen kleinen Finger da drunterlegst.« Er grinste höhnisch. »Von der Größe her dürfte es keinen Unterschied machen, oder?«*

*»Nein«, flüsterte Tom.*

*»Doch«, äffte der Mann ihn nach.*

*Eine furchtbare Minute lang war es still. Vielleicht waren es auch nur ein paar Sekunden. Toms Gedanken rasten, sein Blick sprang durch den Raum, auf der Suche nach irgendeiner Fluchtmöglichkeit, einer Rettung, und seien die Chancen noch so gering.*

*»Also dein Ding«, stellte der Mann fest.*

*In seiner Verzweiflung warf Tom sich blitzartig nach vorn, kriegte das schwere Gerät zu fassen und schleuderte es gegen den Mann. Der bekam es in die Seite, trotzdem ließ er Tom nicht los, sondern grub seine Faust mit einem linken Schwinger in dessen Magen. Tom klappte zusammen wie ein Taschenmesser, der Mann ließ los, und Tom sank zu Boden. Blitzschnell war der Fremde wieder über ihm. Er zog das Schneidegerät heran, brach den Plastikschutz heraus, zwang zwei Finger von Tom unter das Messer und drückte es so weit herunter, dass der erste Finger festklemmte.*

*»Eins muss man dir lassen, Kleiner«, grinste er. »Du bist 'n zäher Bursche, anders als dein Kumpel. Aber glaub mir, ich hab schon ganz andere Leute kleingekriegt. Du hast keine Chance. Wenn du jetzt nicht redest, sind die Finger ab. Und du weißt, was als Nächstes kommt, du Würstchen. Klar?«*

*Tom nickte. Tränen liefen ihm über die Wangen, er wusste nicht, ob vor Schmerzen, Wut oder Angst.*

*»Warum, verdammt, suchen Sie überhaupt meine Schwester?«, keuchte er.*

*Der Mann starrte ihn überrascht an. Sein geschwollenes Auge verlieh ihm das Aussehen eines wilden Tieres. »Weil ich was gutzumachen hab, und das macht die ganze Sache noch ernster, als dir klar ist, Junge.«*

*»Wenn Sie mich umbringen, erfahren Sie nie, wo meine Schwester ist«, stieß Tom hilflos hervor.*

*»Hatte ich gesagt, dass ich dich umbringen will? Deinen bescheuerten Freund, den Feuermelder, den würde ich jetzt umbringen, aber dich, wie gesagt«, er lachte trocken, »dich mach ich nur hier und da etwas –« Plötzlich stockte der Fremde, bekam große Augen und atmete keuchend aus, als hätte ihm jemand etwas in den Rücken gerammt.*

*Im nächsten Augenblick blitzte eine Klinge im roten Licht und fuhr ihm in den Hals. Jemand war hinter ihm. Eine dunkle Fontäne spritzte aus einer klaffenden Wunde und traf in einem warmen Schwall Toms Gesicht. Der Mann riss die Hände hoch, presste sie auf seinen Hals. Blut quoll ihm zwischen den Fingern hindurch. Hinter ihm richtete sich Bene auf, mit vor Angst und Wut verzerrtem Gesicht, und rammte dem Fremden sein Taschenmesser in den Rücken. Der Mann bäumte sich auf, ächzte, kippte zur Seite und versuchte, mit den Füßen nach Bene zu treten, doch Bene stürzte sich auf ihn und stieß ihm das Messer jetzt in die Brust. Einmal, zweimal. Mit einem scharfen, knöchernen Tschak rutschte die Klinge zwischen den Rippen hindurch, und der Mann zuckte grotesk. Erst jetzt ließ Bene von ihm ab, als wäre er giftig, rutschte auf dem Hosenboden rücklings von ihm weg bis zum anderen Ende der Dunkelkammer und rang nach Luft.*

*Tom lag da wie erstarrt. Hörte Bene, hörte den Mann atmen. Oder war er das selbst?*

*Tom zog die Finger unter der Schneide hervor, rappelte sich auf, rutschte wie Bene rückwärts bis zur nächsten Wand, nur weg von dem Mann. Die offene Gürtelschnalle schlackerte klimpernd um seine Füße, der Boden glühte kalt unter seinem Hintern. Hastig zog er Unterhose und Hose hoch. Von seinem Gesicht tropfte das fremde Blut, auf seinen Lippen war der Geschmack von Eisen.*

*Der Mann lag auf dem Rücken, seine Brust hob und senkte sich bebend. Das Messer in seinem unteren Rippenbogen stach hervor wie ein zitternder Ast. Eine schwarze Pfütze breitete sich unter ihm aus.*

*Es verging eine Minute. Dann noch eine.*

*Endlich war es still.*

*»Feuer…melder«, keuchte Bene. »So ein Arschloch.« Dann begann er zu schluchzen, und die Tränen liefen ihm nur so herunter.*

# Kapitel 10

Berlin-Kladow
Dienstag, 5. September 2017
14:44 Uhr

Sita Johanns hat das Gelände der Privatklinik Höbecke verlassen und parkt in einer Seitenstraße. Die Luft in ihrem Saab ist stickig, er hat vor der Klinik in der Sonne gestanden, und nun strahlen die schwarzen Ledersitze und Armaturen die Wärme ab. Sie lässt die Scheiben herunter und atmet durch; sich in Klaras Welt zu begeben hat mehr Kraft gekostet, als sie erwartet hatte. Nun nagt das schale Gefühl an ihr, sich selbst verleugnet und Klara ausgetrickst zu haben.

Nach einer Weile wählt sie Lutz Frohloffs Tempelhofer Nummer. Der Erkennungsdienstler klingt kurzatmig, als wäre er zum Telefon gehastet. »Das nenne ich Timing. Du hast es schon gehört, oder?«

»Gehört? Nein, was denn?«, fragt Sita nervös. Sie muss plötzlich an den Hausmeister denken. Vielleicht hat er sich doch ihren Namen gemerkt, oder die Kollegen haben die richtigen Schlüsse gezogen und wissen, dass sie in der Wohnung war. »Geht es um die Waffe von Joshua Böhm?«

»Ist Drexlers. Konnten wir sehr schnell anhand der Seriennummer identifizieren.«

»Also ist Böhm unser Mann?«

»Ja – und nein.«

»Wie meinst du das?«, fragt Sita.

»Drexler ist tot.«

»Bitte?«

»Drexler – ist – tot«, wiederholt Frohloff langsam.

»Oh Gott, wann denn?«

»Heute Mittag, um kurz vor eins.«

»Dann hat unser Killer jetzt noch jemanden auf dem Gewissen.«

»Das ist nicht alles«, sagt Frohloff zögerlich. »Sie bringen ihn gerade in die Rechtsmedizin. Aber laut der Stationsärztin Doktor Jacobi war er gar nicht so schwer verletzt, wie es zunächst aussah. Er lag auch nicht im Koma.«

»Aber es hieß doch, er –«

»Ja, ja. Es hieß, war aber nicht so. An den Verletzungen hätte er eigentlich nicht sterben müssen.«

Sita schweigt verwirrt.

»Hast du eine Ahnung, wo Tom gerade ist?«

»Nein«, sagt Sita wahrheitsgemäß, was sie schmerzhaft daran erinnert, dass sie es selbst gerne wüsste. »Warum?«

»Weil«, sagt Frohloff gedehnt, »er heute bei Drexler war. Er war der Letzte, der bei ihm im Zimmer war, bevor …«

Sita braucht einen Moment, bis sie begreift, was das bedeutet. »Das ist nicht euer Ernst«, sagt sie leise.

»Meiner bestimmt nicht. Aber die Nummer kommt. Verlass dich drauf. Hier gibt es genug Leute, die Tom ans Bein pinkeln wollen.«

»Aber wie ist Drexler denn gestorben?«

»Sieht nach einem Herzinfarkt aus. Sein Puls war verdächtig gestiegen, als Tom bei ihm war, danach ist er allerdings wieder runter. Sein Zustand schien stabil, bis er um kurz vor eins plötzlich kollabiert ist. Der Verlauf ist so ungewöhnlich, meinte die Ärztin, dass der Verdacht naheliegt, jemand könnte ihm etwas verabreicht haben. Genaueres wissen wir erst nach der Toxikologie.«

»Scheiße«, murmelt Sita. Im Geiste lässt sie den Moment, als sie und Tom bei Karin Riss' Haus in Beelitz angekommen sind, Revue passieren. Tom ist allein ins Haus gegangen, ohne Zeugen, und niemand hat gesehen, was wirklich vor, während und nach der Schießerei passiert ist. »Glaubst du, dass Tom etwas damit zu tun hat?«

»Ich hätte gewettet, er ist einer von den Guten. Aber wie gesagt, die anderen ... da kommt noch was.«

»Du *hättest* gewettet ... aber jetzt nicht mehr?«

»Jetzt leg nicht jedes Wort auf die Goldwaage«, sagt Frohloff gereizt. So gereizt, dass Sita weiß, sie hat ihn erwischt. Dass er »die anderen« ins Spiel bringt, ist nur vorgeschoben – damit er sich nicht wie ein Kollegenschwein fühlen muss. Sita spürt Wut in sich aufsteigen. Sie hasst Opportunisten, und Frohloff ist einer. Aber einer, den sie noch braucht, weshalb sie versucht, sich zu zügeln. »Schon gut«, beschwichtigt sie. »Und was ist mit Böhm?«

»Na, was denkst du? Zur Fahndung ausgeschrieben. Immerhin wurde in seiner Wohnung die Tatwaffe vom Überfall auf Karin Riss gefunden.«

»Haben die Kollegen in seiner Wohnung noch irgendetwas feststellen können?«

»Er hat wohl einen Riesenhaufen Schulden, hat sich an der Börse verspekuliert, mit geliehenem Geld. Genaueres kommt später.«

Keine Überraschung, denkt Sita. »Aber die Schulden sind wohl kaum das Motiv.«

»Du sagst es. Ach, eins noch. In seinem Mülleimer haben die Kollegen einen zusammengeknüllten Zettel gefunden, mit Computer geschrieben und ausgedruckt. Es stand nur ein Satz drauf: *Sie wissen, wofür. Ein Freund.*«

»*Sie wissen, wofür?*«

»Ja. Und dazu: *Ein Freund.* Mehr nicht. Nur das. Seltsam, oder?«

»Das kann alles heißen. Wirklich merkwürdig«, sagt Sita nachdenklich. »Gibt es sonst noch was? Nachbarn? Hausmeister? Angehörige? Was sagen die?«

»Immer langsam, junge Frau«, bremst Frohloff. »Wir sind ja schon schnell, aber doch nicht *so* schnell.«

Für den Moment ist Sita erleichtert. Doch sie weiß: Das Problem Weiher ist nur verschoben. »Sag mal, noch was ganz anderes. Ich hätte da eine Frage. Hast du noch einen Moment?«

»Frag«, sagt Frohloff.

»Du erinnerst dich an den Anruf, der heute früh in der Konferenz erwähnt wurde?«

»Der aus der Klapse? Klar.«

»Psychiatrie. Klapse ist das, was du als Kind zu selten bekommen hast.«

»Ha«, macht Frohloff. »Du und meine Frau, ihr solltet mal zusammen essen gehen. Also, was ist mit der Frau aus der *Psychiatrie*?«, fragt er betont akzentuiert.

»Ich war bei ihr in Kladow und habe mit ihr gesprochen. Und ich könnte schwören, da ist irgendwas.«

»Haben wir nicht schon genug Baustellen?«

»Wir haben nichts, was uns die Zusammenhänge erklärt, noch nicht mal ein Motiv.«

»Okay«, seufzt Frohloff. »Wie heißt die Frau denn?«

»Klara Winter, aber der Nachname ist wahrscheinlich erfunden. Beim Vornamen bin ich mir nicht sicher. Angeblich ist sie 98 von der Polizei an die Klinik Höbecke überstellt worden. Sie war verwirrt, konnte sich an nichts erinnern. Professor Wittenberg, der Chef der Klinik, schirmt sie ab und mauert.«

»Darf er doch, als Psychologe. Hast du dich nicht heute auch darauf berufen?«

»Ja, schon. Aber er beruft sich nicht nur auf die Schweigepflicht, er lügt.«

»Okay. Erzähl weiter.«

»Ich nehme an, dass Klara zwischen dreißig und fünfunddreißig Jahre alt ist, auf den ersten Blick sieht sie zwar älter aus, aber das liegt vermutlich an dem, was sie durchgemacht hat. An ihr Elternhaus kann sie sich nicht erinnern, sie erinnert sich jedoch an ein Krankenhaus, in dem sie war. Dort, sagt sie, habe es eine Siebzehn gegeben.«

Einen Moment lang ist es still am anderen Ende der Leitung. »Eine Siebzehn gegeben?«, sagt Frohloff gedehnt. »Das kann alles heißen. Geht's etwas genauer?«

»Die Frau ist traumatisiert. Über das wenige, das ich herausgefunden habe, bin ich schon froh. Ich müsste länger mit ihr sprechen. Dann vielleicht.«

»Okay. Erzähl einfach weiter.«

»Ihr Rücken«, sagt Sita, »ist zerschunden. Jemand hat sie wirklich übel zugerichtet. Für mich sieht es nach Folter aus. Wittenberg behauptet dagegen, sie habe keine Verletzungen.«

»Sind es denn alte oder frische Wunden?«

»Alt und verwachsen.«

»Also nichts, was ihr in der Psychiatrie zugefügt worden sein könnte?«

»Für mich hörte es sich nicht so an. Alles, was sie gesagt hat, klang, als wäre es lange her, also vermutlich vor ihrer Einlieferung in Kladow. Sie spricht immer wieder von diesem Krankenhaus. Und sie war auch nicht die Einzige, die dort war. Es scheint mehrere Frauen gegeben zu haben«, sagt Sita. »Sie hat zum Beispiel ohne weiteres akzeptiert, dass ich auch dort war.«

»Du warst auch … *das* hast du ihr erzählt?«

»Ich hab ihr etwas vorgespielt, damit sie sich öffnet.«

»Ganz schön wild«, brummt Frohloff.

»Es gab dort wohl auch eine Maria. Ich vermute, die Frauen waren getrennt untergebracht und haben sich zum Teil nicht gesehen. Nur so wäre zu erklären, dass Klara Winter mir geglaubt hat, dass ich auch dort war, obwohl sie mich nicht kannte.«

»Außer, ihr wäret nacheinander dort gewesen.«

»Sie hat die Formulierung ›eine von uns‹ benutzt. Das sagt man nicht, wenn man alleine dort war, oder?«

»Wow«, stöhnt Frohloff. »Das klingt gruselig. Eine Klinik oder so was wie ein Gefängnis, mit mehreren Zellen oder Zimmern, wo Frauen gefoltert oder misshandelt werden. Könnte auch ein Bordell gewesen sein, mit abwegigen Praktiken.«

»Ich weiß nicht, die Bezeichnung Krankenhaus lässt für mein Empfinden eher auf etwas Offizielleres schließen. Klinik, Haftanstalt, Psychiatrie.«

»Also, wenn es vor dem Mauerfall gewesen wäre, würde ich auf irgendeine Stasi-Einrichtung tippen. Aber wir suchen ja in einem deutlich späteren Zeitfenster.«

»Na ja«, überlegt Sita. »Vielleicht auch nicht. Klara sagt, an die Zeit *vor* dem Krankenhaus habe sie keine Erinnerung. Ich frage mich, warum. Natürlich könnte sie traumatisiert sein. Aber meistens betreffen Amnesien die Zeit und die Geschehnisse der Traumatisierung. Also, man vergisst das Schreckliche, das einem zugestoßen ist. Und ihre

Traumatisierung hat vermutlich im Krankenhaus stattgefunden. Nicht davor. Eine andere logische Erklärung für ihre fehlende Erinnerung an die Zeit vor dem Krankenhaus könnte sein, dass sie noch zu klein war, ein Kind. Die meisten Menschen können sich nicht an das erinnern, was vor ihrem dritten Lebensjahr passiert ist.«

»Du meinst, sie könnte bereits als Kind in dieses Krankenhaus gekommen sein?«, fragt Frohloff ungläubig.

»Gut möglich.«

»Dann käme tatsächlich eine Stasi-Einrichtung in Betracht. Ist nur die Frage, was nach dem Mauerfall passiert ist, da müsste diese Einrichtung ja eigentlich aufgelöst worden sein.«

Sita reibt sich die Stirn, die Erschöpfung macht sich bemerkbar, und ihr fällt das Denken schwer. »Keine Ahnung. Aber vielleicht fangen wir erst mal vorne an, also ganz früh, mit der jungen Klara. Was nach 89 passiert ist, können wir ja immer noch gucken. Was denkst du?«

»Hört sich nicht verkehrt an«, sagt Frohloff.

»Ach, übrigens«, sagt Sita. »Weißt du, was noch für eine Stasi-Einrichtung sprechen könnte? Der Schlüssel, der ist doch zu DDR-Zeiten von einer VEB in Gera hergestellt worden.«

»Puhhhh«, macht Frohloff. Die ausgestoßene Luft rauscht in der Membran des Telefons. »Also, die Fakten für die Suchmaske sind: Klara, Stasi, Folter, Krankenhaus, Maria, und – falls das hilft – die Siebzehn. Und natürlich alle verwandten Suchbegriffe. Wenn ich damit ins BStU-Register gehe, kriege ich wahrscheinlich eine ganze Wagenladung Akten.«

BStU, denkt Sita, die Behörde des Bundesbeauftragten

für die Stasi-Unterlagen, in diesem Fall wohl vermutlich die beste Adresse. »Einen Versuch wär's wert.«

»Die Frage ist«, überlegt Frohloff, »ob die Siebzehn nicht eher in die Irre führt. Sobald in einem Aktenzeichen eine Siebzehn vorkommt, oder in einer Akte die Seite Siebzehn, oder ein Geldbetrag mit Siebzehn, was auch immer, wird das System es ungefiltert ausspucken. Andererseits, ohne die Siebzehn würde es wahrscheinlich eine wahre Flut an Ergebnissen geben.«

»Vielleicht können wir die Suche probeweise auf Berlin eingrenzen«, schlägt Sita vor. »Also, Ostberlin.«

»Könnte helfen. Und ich wühle mal in den alten Polizeiakten, wer da 1998 deine Klara aufgegriffen und in Kladow abgegeben hat.«

»Ja, bitte«, sagt Sita. »Sag mal, hast du dafür überhaupt Zeit? Weil, ich bin mir nicht sicher, ob die Kollegen …«

»Keine Sorge. Die Kollegen weise ich an, die anderen Sachen zu machen. Was Ressourcen angeht, Bruckmanns Segen habe ich.«

»Danke«, sagt Sita.

»Und was machst du jetzt?«

Sita schaut auf die Uhr. Gute Frage. Bis zum Abend sind es noch ein paar Stunden, und das, was sie vorhat, kann sie erst tun, wenn in der Privatklinik Höbecke Ruhe eingekehrt ist.

»Sonst komm doch vorbei«, sagt Frohloff, ohne ihre Antwort abzuwarten. »Du könntest helfen.« In seinem Ton schwingt ein Funke mehr Hoffnung mit, als der Job allein es rechtfertigen würde.

»Du bist doch verheiratet, oder?«

»Warum fragst du das?«, meint Frohloff pikiert. »Hab ich dich etwa zum Candle-Light-Dinner eingeladen?«

»Ja oder nein?«
»Was denn?«
»Ob du verheiratet bist.«
»Ja, klar.«
»Dann ist ja gut.«

# Kapitel 11

Potsdam-Sacrow
Dienstag, 5. September 2017
16:58 Uhr

Tom Babylon sieht die unscheinbare Abzweigung erst im Vorbeifahren. Ein Blick in den Rückspiegel, dann bremst er ab und wendet den Mercedes auf der schmalen Straße, die durch den Wald führt. Die Satellitenansicht von Google Maps hat sie ihm nur als durchscheinende, künstliche Linie angezeigt. Die Fahrbahn selbst war zwischen den Bäumen kaum zu erkennen, ebenso wenig wie der Weg, der von der Straße abzweigt und noch tiefer in den Wald hineinführt. Dorthin, wo das Haus von Heribert Morten steht.

Vom Satelliten aus betrachtet, ist es ein einsames rotes Dach mit einem Fleck Wiese davor, im Königswald westlich des Sacrower Sees, ohne erkennbare Zufahrt, ohne graue, durchscheinende Linie, die es mit der Welt verbindet.

Tom biegt in den einspurigen Weg ab. Unter dem aufgeplatzten Asphalt liegen alte Pflastersteine, sein Wagen schaukelt. Nach fünfzig Metern wird daraus ein gewundener Schotterweg. Die Sonne steht tief und blinkt gelegentlich durch das dichte Laub, in dem erste gelbe Herbstflecken leuchten.

Vor einem Holzgatter, das schief in den Angeln hängt, parkt Tom den Wagen. Reflexartig holt er sein Handy aus der Jackentasche, will seine Nachrichten checken, doch dann fällt ihm ein, dass er die SIM-Karte gewechselt hat, bevor er zu Mortens Vater aufgebrochen ist. Morten ist mehr als deutlich gewesen – kein Wort zu irgendjemandem! Also auch keine Spuren im Bewegungsprofil eines Mobilfunkanbieters. Er überlegt, Sita eine SMS mit seiner neuen Prepaid-Nummer zu schicken, verschiebt es aber dann auf später und steigt aus dem Wagen. Die Luft ist frisch, der See kann nicht weit sein. Gras und Büsche wachsen wild.

Heribert Mortens Haus ist so groß wie baufällig. Vermutlich in den Zwanzigern errichtet, wurde es zu DDR-Zeiten für einen Parteibonzen aufgemöbelt. Seitdem verfällt es. Es gibt Tausende solcher Häuser mit ähnlicher Geschichte in Ostdeutschland, doch viele sind inzwischen entweder abgerissen oder von Grund auf saniert worden. Von diesem hier blättert der Putz ab; alle Fenster im Obergeschoss und im Dach sind zugenagelt. Auf einem kleinen Schild steht *Familie Morten.* Tom klingelt an der massiven Holztür.

Es dauert eine Weile, dann klappt ein kleines, quadratisches Fenster in der Tür auf. »Immerhin sind Sie pünktlich«, murrt eine Stimme. In der Melodie klingt ein sächsischer Dialekt mit, schleppend und ein wenig vernuschelt. Das Fenster ist auf Toms Brusthöhe, und er sieht nicht mehr als ein paar Fliesen. Heribert Morten scheint direkt hinter der Tür zu stehen, neben dem Fenster.

»Guten Abend«, sagt Tom. »Babylon, LKA-Berlin. Wir hatten telefoniert, richtig?«

»Sparen Sie sich die Höflichkeiten. Zeigen Sie erst mal Ihre Waffe.«

»Wie bitte? Warum?«

»Wollen Sie mit mir reden, oder wollen Sie nicht mit mir reden?«

Tom muss an Jo Morten und dessen schroffe Art denken. Der Apfel fällt nicht weit vom Stamm.

»Fühlen Sie sich bedroht?«, fragt Tom. Er zieht die Makarov aus dem Schulterhalfter und hält sie mit zwei Fingern vor das Fenster.

Ein faltiges Gesicht erscheint im Halbdunkel. Misstrauisch verengte Augen mustern Tom, dann die Pistole. »Große Hände«, nuschelt Heribert Morten. »Sie sind nicht bei der Polizei.«

»Was haben meine Hände damit zu tun?« Tom beugt sich zum Fenster hinunter.

Das Gesicht verschwindet wieder. »Nicht die Hände, die Makarov. Die Berliner Polizei benutzt SIG Sauer, oder?«

»Wie schon am Telefon gesagt: Ich bin inoffiziell hier. Ich kann Ihnen aber gerne meinen Dienstausweis zeigen.«

»Unfug. Kann man fälschen. Und was für ein Polizist läuft mit einer russischen Pistole herum, an der die Seriennummer weggefeilt wurde?«

»Vielleicht einer, der genauso viel zu verstecken hat wie Sie«, erwidert Tom. Eigentlich eine wirkungsvolle Strategie: bloß nicht dem anderen das Misstrauen ausreden. Lieber bestätigen und sich zu ihm ins Boot setzen. *Wir sind gleich. Und deswegen tue ich dir nichts.* Doch Heribert Morten schweigt.

»Herr Morten, ich will Ihnen nichts. Ich will nur reden. Außerdem hatte ich bei unserem Telefonat den Eindruck, dass Sie ebenfalls an einem Gespräch interessiert sind.«

Morten räuspert sich. »Wie gut kennen Sie Joseph?« Seine Stimme ist heiser, unsicher, und irgendwo ist da auch so etwas wie Hoffnung, oder vielleicht Neugierde.

»Gut genug, um Ihnen ein paar Fragen zu beantworten«,

lügt Tom. »Wenn es Sie beruhigt, nehme ich das Magazin raus, in Ordnung?«

»Bringen Sie die Waffe in Ihren Wagen. Wenn Sie zurückkommen, ist die Tür offen.«

Tom geht zurück zum Mercedes und legt, gut sichtbar für Heribert Morten, die Makarov auf den Sitz. Als er wieder beim Haus ankommt, ist die Tür tatsächlich einen Spaltbreit geöffnet. Er schiebt sie weiter auf und tritt in einen dunklen Flur, der direkt in ein großzügiges Treppenhaus übergeht. An der Decke hängt ein staubiger Kronleuchter, die Stufen scheinen seit Jahren nicht betreten worden zu sein.

»Schicker Wagen«, sagt Heribert Morten und nickt zur Begrüßung. »Wir hatten immer nur Tatra. Gut, später auch mal Volvo.« Er ist ein dürrer Mann mit steifen Schultern und spärlichen grauen Haaren, die über seinem fleckigen Schädel straff zurückgekämmt sind. Tom schätzt ihn auf Anfang achtzig und sucht nach Ähnlichkeiten mit seinem Sohn, findet jedoch nichts, was ihm ins Auge springt.

»Andere mussten Trabant oder Wartburg fahren«, erwidert Tom; zur Zeit des Mauerfalls war er gerade fünf, dennoch erinnert er sich an die stinkenden, beengten Zweitakter.

Heribert Morten lächelt verkniffen. »Da war man was, mit einem großen Auto.«

»Und einem großen Haus«, ergänzt Tom.

»Ja, ja. Dinge haben ihre eigene Sprache.« Morten sieht Tom mit müden Augen unter kahlen Brauen an, dann dreht er sich wortlos um und geht in ein großes Wohnzimmer vor, das vollgestopft ist mit Möbeln. Nichts hier ist jünger als dreißig Jahre, außer einem leeren Joghurtbecher mit Löffel, der auf dem Tisch steht. In der Ecke ist ein schlichtes Bett aufgestellt; es ist ungemacht.

Im Wintergarten flirrt Staub im Licht der tiefstehenden Sonne um einen Klapptisch. Heribert Morten setzt sich umständlich in einen von zwei ausgeblichenen Korbsesseln. Tom will sich ebenfalls setzen, doch der alte Mann hebt die Hand. »Tut mir leid, aber Sie müssen sich zuerst ausziehen.«

»Ich muss … was?«

»Haben Sie ein Handy dabei?«

»Ja.«

»Schalten Sie es aus und stecken Sie es bitte mit Ihrer Kleidung in die Mülltüte dort drüben. Dann öffnen Sie das Fenster und lassen die Tüte in den Garten fallen. Keine Sorge, hier kommt nichts weg.«

»Das ist –«

»Was? Lächerlich? Absurd?«

»Ziemlich paranoid«, sagt Tom.

»Ich hab schon recht viel erlebt, Herr Babylon. Ein ziemlich kurioser Name übrigens. Selten. Wo kommt der her?«

»Ich bin nicht hier, um über mich zu reden.«

»Ich frage nur, weil ich – hm, egal. Also, entscheiden Sie sich. Möchten Sie gehen? Oder wollen Sie mit mir reden?«

Tom mustert Heribert Morten, wie er da vor ihm sitzt, mit blauen Pantoffeln, hellblauer Baumwoll-Schlafanzughose und einer Strickjacke mit braunen Lederflicken an den Ellbogen – und einem offenbar eisernen Willen. »Haben Sie eine Decke?«, fragt Tom.

Morten angelt eine zur Rolle gewickelte Decke von der Fensterbank, die wahrscheinlich Zugluft abhalten soll. »Hier.« Seine Kraft reicht nicht, um die Decke bis zu Tom zu werfen, und sie fällt zu Boden.

Tom beginnt sich auszuziehen, dabei nimmt er ein Foto

aus seiner Jackentasche und legt es verdeckt auf den Klapptisch. »Gehört zu meinen Fragen.«

Morten nickt, während Tom aus seiner Hose steigt.

»Bitte alles«, sagt Morten mit Blick auf die Unterwäsche.

Wortlos stopft Tom seine Kleidung und sein Handy in die Tüte.

»Einmal umdrehen.«

Tom hebt die Arme und dreht sich langsam um die eigene Achse. Morten kneift die Augen zusammen, mustert jedes Detail an ihm.

»Zufrieden?« Tom wirft sich die Decke über. Sie riecht muffig und kratzt unangenehm auf der Haut. Dann lässt er die Tüte in den Garten fallen und setzt sich zu Morten an den Klapptisch.

»Was hat Joseph Ihnen über mich erzählt?«, fragt der alte Mann.

»Nicht viel. Dass Sie Arzt bei der Stasi waren, und dass er und Sie nicht mehr miteinander reden.«

Morten nickt, als hätte er nichts anderes erwartet. »Genauso borniert wie seine Schwester«, brummt er. »Kennen Sie Lydia?«

»Seine Frau? Ja. Flüchtig. Letztes Jahr hat sie an der Weihnachtsfeier unseres Dezernats teilgenommen.«

»Betrügt er sie?«

Tom zögert, überlegt, wie viel er preisgeben darf. Jo Mortens bisheriges Schweigen bezüglich Toms letzter Dienstvergehen ist durchaus an sein eigenes Schweigen gebunden. »Ja«, sagt er schließlich.

In Mortens Gesicht verzieht sich keine Falte, er nickt nur mechanisch, seine grauen Augen ruhen auf Tom. »Sie sind ehrlich.«

»Wenn Sie es auch sind.«

Morten schnaubt heiser. »Sehen Sie sich um. Würde es noch irgendeinen Sinn haben zu lügen?«

»Auf die Gefahr hin, dass Sie mich für einen Moralapostel halten: Lügen haben nie einen Sinn.«

»Falsch«, entgegnet Morten trocken. »Lügen haben nur unterschiedliche Haltbarkeitsdaten. Meine Lügen sind abgelaufen. Ihre vielleicht noch nicht.«

»Und trotzdem musste ich mich ausziehen.«

»Meine Geschichte ist meine; wenn es um andere geht, muss ich immer noch vorsichtig sein.«

Tom sieht schweigend zu, wie Morten in seinem Sessel das Gewicht verlagert, dabei den Mund verzieht und sich ein Kissen zurechtzupft. Offenbar plagen ihn Schmerzen. Das Korbgeflecht knirscht. »Um die Wahrheit zu sagen, ich war nicht bei der Stasi«, stößt er unvermittelt hervor. »Ich bin Arzt.«

»Aha.«

»Sparen Sie sich Ihr Aha, Sie haben keine blasse Ahnung.« Erneut verändert er seine Sitzhaltung. »Wie geht es meinen Enkeltöchtern?«

»Gut, denke ich.«

Morten schnaubt und kratzt sich am Ellenbogen. »Ich will Fotos.«

Tom braucht einen Augenblick, bis er begreift. »Von Ihren Enkelinnen?«

»Was glauben Sie denn? Ich bekomme Fotos und Sie Ihre Antworten.«

»Seit wann reden Sie und Ihr Sohn nicht mehr miteinander?«

»Das ist etwa acht Jahre her.«

»Und warum?«

»Das geht Sie nichts an.«

»Ihr Sohn wird mir keine Fotos von den beiden geben.«

»Ist mir egal, wie Sie das anstellen. Er muss ja nichts davon wissen. Fragen Sie Lydia, fotografieren Sie selbst. Aber ich will Fotos.« Morten sieht zum Fenster hinaus. In seinen Augenwinkeln schimmert es feucht, doch schon im nächsten Moment richtet er seinen Blick wieder auf Tom. Hart und müde, die Pupillen flau und von roten Äderchen umrandet. Tom fragt sich, was Heribert Morten wirklich gemacht hat. Sein Haus, das Auto, sein ganzes Verhalten, alles spricht dafür, dass er eine hohe Position im System der DDR innehatte. Oder eine, die er lukrativ zu nutzen wusste.

»Ich besorge die Fotos«, sagt Tom.

»Sicher?«

»Es wird etwas dauern, aber ja: sicher.«

Heribert Morten blinzelt, dann nickt er. »Schön. Fragen Sie.«

»Sehen Sie fern?«

»Fernsehen kann ich nicht leiden. Konnte ich noch nie. Ich höre Radio.«

»Haben Sie von der Toten im Dom gehört?«

Heribert Morten nickt.

»Eine evangelische Pfarrerin. Brigitte Riss. Sie hatte einen Schlüssel um den Hals, in den die Zahl Siebzehn eingeritzt war. So ein Schlüssel ist jetzt mehrfach aufgetaucht, bei unterschiedlichen Todes- und Vermisstenfällen.«

Morten zuckt mit den Achseln.

»Offenbar interessieren sich einige ehemalige Stasi- oder MfS-Leute dafür, hochrangige Leute mit Einfluss, und ich würde gerne wissen, warum. Haben Sie eine Ahnung?«

Heribert Morten legt die Stirn in Falten, sieht zum Fenster hinaus. »Wer sagt das?«

»Ein Kollege«, sagt Tom.

»Also mein Sohn.«

»Ein Kollege, mehr weiß ich nicht«, erwidert Tom. Was natürlich nicht ganz stimmt, aber Jo Morten hat sich bei seinem Anruf mehr als bedeckt gehalten. »Sagt Ihnen das etwas?«

»Es gab eine Menge Leute bei der Stasi.«

»Wie gesagt, mit Einfluss.«

»Tote und Vermisste, ein Schlüssel mit der Zahl Siebzehn. Mehr haben Sie nicht?«

»Nein, aber offenbar hat genau das gereicht, um jemanden aufzuschrecken. Und ich wüsste gerne, warum.«

»Hm.« Mortens Blick wandert über die hochstehenden Gräser und wuchernden Büsche in seinem verwilderten Garten. Zwei Enten fliegen schnatternd in Richtung See. »Ehrlich gesagt, damit kann ich nichts anfangen. Ich könnte höchstens jemanden fragen, wenn Ihnen das hilft. Ein oder zwei Leute.«

»Besser nicht«, sagt Tom. »Ich will nicht, dass vielleicht auch derjenige davon erfährt, um den es geht.«

»Wenn Sie nicht mehr haben, dann habe ich mir die Fotos ja leicht verdient«, stellt Morten fest.

Tom flucht innerlich. Diese Fahrt hätte er sich weiß Gott sparen können. Wieso glaubt Jo Morten, dass sein Vater etwas wissen könnte?

»Eins noch«, sagt Tom. Er dreht das Foto um, das verdeckt auf dem Tisch liegt.

Der alte Morten beugt sich neugierig vor und kneift die Augen zusammen, um besser sehen zu können. »Ihre Tochter?«

»Viola, meine kleine Schwester«, sagt Tom. »Sie ist 1998 verschwunden.«

Morten betrachtet das Foto ohne die geringste Gefühlsregung. »Das tut mir leid. Sie suchen nach ihr?«

»Wann immer ich kann.«

»Ich kann Ihnen nicht weiterhelfen.«

»Würde es etwas ändern, wenn ich die Fotos Ihrer Enkelinnen jetzt schon hier hätte?«

Mortens Blick ruht lange auf Tom. »Nein. Ich weiß, Sie bringen mir die Fotos auch so. Sie sind der Typ, der unbedingt halten will, was er verspricht.« So wie Morten es sagt, klingt es, als wäre es ein Makel, eine spezielle Form von Charakterschwäche. »Glauben Sie mir, ich würde gerne helfen, wenn ich könnte. Aber die Zeiten, in denen Kinder verschwunden sind und ich hätte helfen können, die sind Gott sei Dank vorbei.«

»Wie meinen Sie das?«

Statt zu antworten, nimmt Heribert Morten eine Packung Tabak von der Fensterbank, dreht sich umständlich eine Zigarette und befeuchtet das Papier mit seiner leicht gelblichen Zungenspitze. »Ist billiger«, murmelt er, als er sie anzündet. Während der ersten drei Züge schweigt er, dann schnippt er die Asche in ein schmutziges Glas auf dem Tisch. »Zwangsadoption«, sagt er schließlich. »Haben Sie doch bestimmt schon mal von gehört. Regimekritiker wurden verhaftet und ihre Kinder zur Adoption freigegeben. Für ein besseres Zuhause, sozusagen. Sollte den Kindern ja gut gehen.« Er bläst Rauch in Toms Richtung und sieht ihn durch den Dunst prüfend an, als warte er auf eine Reaktion. »Aber das war lange vor 98. Nach dem Mauerfall war Schluss damit.«

»Sie hatten mit den Adoptionen zu tun?«, fragt Tom.

»Ein Kollege von mir hat in Hohenschönhausen hin und wieder Kinder auf ihren Gesundheitszustand überprüft.«

Hohenschönhausen, das berüchtigte Gefängnis der Staatssicherheit. »Und vermutlich hat er dann auch die Unterzeichnung der Adoptionsunterlagen durch die Eltern erzwungen, richtig?«

Morten nickt und nimmt erneut einen Zug. »Ja. Das war hässlich. Und irgendwie auch verrückt. Ich meine, der Staat hatte ja alle Macht, aber sie wollten unbedingt, dass die Papiere unterzeichnet werden, damit alles seine Ordnung hatte. Einmal hat er einer Mutter, die im Gefängnis einen Beckenbruch erlitten hatte, auf dem OP-Tisch, vor der Narkose, gesagt, er könne sie nur operieren, wenn sie die Adoptionsunterlagen unterschreiben würde. Manchmal gab es auch Schwangere. Da wurden die Neugeborenen weggebracht, und während die Mutter noch unter Betäubungsmitteln stand, hieß es, ihr Kind sei gestorben. Das mussten sie dann unterzeichnen.«

»Hatten Sie direkt damit zu tun? Oder nur der ... Kollege?«

Mortens Augen werden schmal. »Höre ich da eine Unterstellung heraus?«

»Eher eine direkte Frage.« Tom streckt die nackten Arme aus der Decke. »Und ich trage noch nicht einmal ein Aufnahmegerät.«

Morten blickt eine Weile zum Fenster hinaus.

Schließlich sagt er: »Die Untersuchungen der Kinder habe ich gemacht. Mit den Unterschriften der Eltern hatte ich nichts zu tun. Normalerweise war ich für die gehobenen Kader zuständig. Wolf, Mielke, Schalck-Golodkowski. Ich war ein ganz guter Arzt, wissen Sie.«

»Und was hat dann ein guter Arzt wie Sie in Hohenschönhausen gemacht, außer Kinder auf ihren Gesundheitszustand zu untersuchen?«

»Hin und wieder gab es wichtige Insassen. Also, wirklich wichtige. Es war nicht immer leicht, alles aus ihnen herauszubekommen, wenn Sie verstehen, was ich meine. Ich wurde gelegentlich mit der Pflege beauftragt.«

»Sie meinen«, fragt Tom ungläubig, »Sie mussten dafür Sorge tragen, dass die Folter die prominenten Gefangenen nicht umgebracht hat?«

»So drastisch würde ich das nicht formulieren. Wir waren ja keine Bananenrepublik. Sie kennen doch den Begriff *weiße Folter,* oder? Keine körperlichen Schäden, das war die Ansage.«

»Zumindest keine körperlichen Schäden, deren Herkunft auf Folter schließen ließ«, sagt Tom. »Aber dafür alle anderen Quälereien. Seelische, psychische. Und was die Ansagen angeht ... auch in den USA heißt es: keine Folter. Und trotzdem gibt es Guantánamo.«

»Das führt zu nichts«, sagt Morten kühl.

Tom wird übel, die Decke kratzt an seinem ganzen Körper, am liebsten würde er sie abwerfen. Spätestens jetzt ist klar, warum Morten darauf bestanden hat, ihn bis auf das letzte Stück Stoff nach Aufnahmegeräten und Mikrophonen zu filzen. Am schlimmsten ist die Mischung aus Selbstverständlichkeit und Relativierung, mit der der Alte das alles erzählt. »Warum haben Sie vorhin die Adoptionen erwähnt, als Sie das Foto meiner Schwester gesehen haben?«

»Sie haben gesagt, Ihre Schwester sei verschwunden. Bei ... uns ... sind manchmal auch Kinder verschwunden.«

»Wie meinen Sie das, verschwunden? Diese Zwangsadoptionen, da sind doch dauernd Kinder verschwunden.«

»Nein, nein. Die waren ja alle noch da. Mit Unterlagen, Genehmigungen, alles schön dokumentiert. Wir waren ja kein Unrechtsstaat. Auch wenn manche das später behauptet haben. Den Kindern sollte es ja besser gehen, in ordentlichen Familien. Aber manchmal gab es Kinder, die ganz ohne Papiere verschwanden und nie wieder auftauchten. Mädchen. In fast allen Fällen.«

Tom wird es kalt unter der Decke. »Wie viele denn?«

»Schwer zu sagen.«

»Mehr als zehn?«

»Vielleicht.«

»Viel mehr?«

»Das weiß ich nicht. Ich glaube nicht.«

»Aber Sie sagten, das war vor dem Mauerfall. Meine Schwester ist 1998 verschwunden.«

Morten nickt nachdenklich und sieht ihn schließlich aus schmalen Augen an. »Was, wenn da jemand einfach nicht aufhören konnte?«

# Kapitel 12

Stahnsdorf
19. Oktober 1998
16:23 Uhr

*Tom saß regungslos da, nur sein Puls raste. Das rote Licht machte alles so unwirklich. Bedrohlich. Als könnte der Mann jeden Moment wieder aufstehen, wie Totgeglaubte das in Filmen immer taten.*

*Doch er regte sich nicht, und Tom wusste gar nicht, was er nun schlimmer fand.*

*»Jetzt sind wir quitt«, sagte Bene leise. »Von wegen Arsch retten und so.«*

*Scheiße, sind wir nicht, dachte Tom.*

*»Der ist wirklich tot, oder?« Bene wischte sich mit dem Ärmel die Nase.*

*»So tot, wie man nur sein kann.«*

*»Fuck, Mann, wir müssen hier weg.«*

*»Du meinst, wir lassen ihn einfach liegen?«, fragte Tom.*

*»Mann, Alter, hast du 'ne bessere Idee?«*

*»Das war doch Notwehr. Da macht dir doch keiner einen Vorwurf.«*

*»Na ja, wenn's hart auf hart kommt, bist du fein raus.«*

*»Quatsch. Wenn ich nicht auf die bescheuerte Idee gekommen wäre, noch mal herzukommen, wäre doch nix passiert.«*

*»Glaubst du, das interessiert die Polizei? Die gucken auf das Messer, und Schluss. Und wer hat's in der Hand gehabt?«*

*»Wir könnten sagen, er ist hier eingebrochen, und wir haben ihn überrascht«, sagte Tom.*

*»Meinst du echt, das funktioniert?«*

*»Wir sind zu zweit und können das bezeugen, oder?« Tom überlegt einen Moment. »Außer ...«*

*»Was, außer?«*

*»Wo ist eigentlich Grasser?«*

*»Keine Ahnung. Den hab ich nicht gesehen. Wahrscheinlich abgehauen, der Feigling. Vielleicht steckt er mit dem Typen unter einer Decke. Von irgendjemandem muss der ja erfahren haben, dass wir hier sind. Der hat ja regelrecht nach uns gesucht.«*

*»Eben«, meinte Tom. »Also, was, wenn Grasser einfach behauptet, wir wären hier eingebrochen und sein netter Kumpel hier hätte uns überrascht ...«*

*»Und zack«, sagte Bene, »sind wir im Arsch.«*

*Tom starrte auf die Wunde am Hals des Toten, auf die Einstiche in seiner Brust. Dazu noch der Stich im Rücken. Das sah nicht nach Notwehr aus. »Also doch abhauen.«*

*»Wir könnten versuchen, die Leiche zu verstecken«, schlug Bene vor.*

*»Bloß nicht«, sagte Tom. »Wenn er so liegen bleibt, können wir hinterher immer noch sagen – also ich meine, falls uns irgendjemand erwischt –, wir wären in Panik abgehauen. Wenn wir ihn wegbringen, sieht das doch so aus, als hätten wir was zu verstecken.«*

*Sie wechselten einen Blick.*

*»Du hast Blut im Gesicht«, sagte Bene.*

*»Und du an den Händen.«*

*Sie wuschen sich in dem Wasserbecken, in dem sonst die Fotos vom Fixierer gereinigt wurden. Dann spülten sie das Blut aus dem Becken, nahmen Toms Fotos und die Pentax an sich und verließen in einem unbeobachteten Moment den Fotoladen.*

*Bene schwor später, niemand habe sie gesehen. Tom dagegen war ziemlich sicher, dass auf der gegenüberliegenden Straßenseite jemand an einem halboffenen Fenster gestanden hatte. Mitten in der Nacht fiel ihm ein, dass überall im Labor ihre Fingerabdrücke waren. Wie hatten sie nur so dämlich sein können, das zu vergessen. Ihm wurde übel, er ging ins Bad und übergab sich.*

*Eine Woche später klingelte bei Tom zu Hause das Telefon, er ging selbst an den Apparat.*

*Es war die Polizei.*

*Er musste den Hörer an seinen Vater weitergeben und schwitzte Blut und Wasser, sah, wie bestürzt sein Vater aussah, gleichzeitig seltsam beherrscht. Dann legte er auf und blickte Tom mit ernster, tieftrauriger Miene an: Die Polizei habe am Vormittag Violas Leiche im Kanal gefunden. Nach ersten Einschätzungen sei sie bereits seit drei Monaten tot.*

*Tom starrte ihn nur an. Trauern war gar nicht möglich, wie auch, denn er musste sofort an den Mann im Labor denken, an seine widerliche, brutale Fragerei, und insbesondere an den einen Satz, der sich ihm ins Gedächtnis gebrannt hatte: »Ich hab deine Schwester vor gerade mal einer Woche gesehen, mit einem Mann zusammen in der Tram.«*

*Das Mädchen im Kanal war nicht Viola. Wer vor drei Monaten schon tot war, konnte wohl kaum vor zwei Wochen Tram gefahren sein!*

*Noch lange danach konnte er sich an den irritierten Blick seines Vaters erinnern, der darauf wartete, dass sein Sohn zusammenbrach, weinte, um seine kleine Schwester trauerte. Stattdessen hatte Tom Mühe, seine Freude darüber zu ver-*

*bergen, dass sie noch lebte – und seine Verzweiflung darüber, dass er niemandem sagen durfte, woher er das wusste.*

*Manchmal dachte er, es wäre einfacher gewesen, wenn die Polizei ihnen auf die Spur gekommen wäre. Wenn aufgeflogen wäre, dass Bene und er in Grassers Fotolabor einen Mann getötet hatten. Dann hätte er sagen können, was er wusste. Vielleicht wäre am Ende sogar Gefängnis besser gewesen, als zum Schweigen gezwungen zu sein.*

*Aber niemand kam ihnen auf die Spur. Mehr noch, es gab keinen Bericht über eine Leiche oder einen Mord. Nicht einmal die kleinste Notiz in der Zeitung. Kein Gerücht. Kein gar nichts.*

*Seine Entscheidung, Polizist zu werden, traf er nicht nur wegen Vi, sondern auch deshalb. Menschen konnten doch nicht einfach verschwinden, und niemand fragte nach.*

# Kapitel 13

Potsdam-Sacrow
Dienstag, 5. September 2017
18:27 Uhr

Tom zieht sich die Decke von den Schultern und tritt nackt vor die Haustür. Die Sonne ist hinter den Bäumen verschwunden, vom Sacrower See weht kühle Luft herüber. Kleine Äste und Steinchen stechen ihm in die Fußsohlen, als er die blaue Mülltüte mit seinen Sachen aus dem verwilderten Beet unter dem Fenster holt.

Auf dem Weg zu seinem Wagen sieht er Scheinwerfer durch den Wald näher kommen. Ein gelber Opel Corsa, altes Modell, mit Potsdamer Kennzeichen und einer Beule im Nummernschild. Eine Frau um die fünfzig hält schräg hinter Toms Mercedes. Sie ist rundlich und quält sich mit einer prall gefüllten Supermarkttüte aus dem Kleinwagen. Auf den letzten Metern zu seinem Wagen hält sich Tom die Mülltüte vor den Schritt.

Grußlos läuft die Frau an ihm vorbei, lässt sich nichts anmerken. Er legt den Plastiksack in den Wagen und zieht sich im Schutz der Beifahrertür an.

Dann wendet er und sieht im Rückspiegel, dass die Frau vor der Tür steht und wartet. Bei der nächsten Biegung verschwindet das Haus aus seinem Blick. Stattdessen sitzt Vi plötzlich neben ihm. Er versucht, sie zu ignorieren, geht runter vom Gas und wirft eine Tablette ein.

Viola hat sich auf dem Sitz breitgemacht und spielt mit dem Schlüssel, der um ihren Hals hängt. In der einsetzenden Dämmerung schaltet er das Licht ein und sieht dennoch nicht besser.

*Was ist mit den verschwundenen Mädchen passiert?*, fragt Vi.

Ich will nicht darüber reden.

*Glaubst du, das hat was mit mir zu tun?*

Tom hasst Violas direkte Art, Fragen zu stellen. Er weiß, wo die Fragen herkommen, es ist nicht so, dass er denkt, sie säße wirklich neben ihm, aber ihre Fragen, die sind so wirklich, wie sie nur sein können. Was hilft es da, sich einzureden, sie säße nicht auf dem Sitz?

Das Beste ist, einfach zu schweigen.

Er biegt auf die Straße nach Sacrow ab. Am Himmel wölben sich Streifen, roségold und graublau.

*Tommi?*

Er zuckt zusammen. So hat sie ihn lange nicht mehr genannt.

*Denkst du, die verschwundenen Mädchen haben etwas mit mir zu tun?*

Ich blicke nicht durch, gibt er zu. Ich blicke wirklich nicht mehr durch.

*Vielleicht solltest du mal dein Telefon abhören oder diese Sita anrufen.*

Schlaues Mädchen, was glaubst du, was ich vorhatte?

*Das ist blöd. Das sagst du immer, wenn ich eine gute Idee habe.*

Vielleicht sage ich das einfach nur, damit du mal still bist.

Tom kann sehen, wie sie die Beine anzieht, sich auf dem Sitz klein macht und schmollt.

An der Ausfahrt bei Nikolassee verlässt er die Autobahn und parkt am Wannseebadweg.

Rasch nimmt er das Handy vom Beifahrersitz, friemelt die Prepaid-Karte heraus und steckt seine eigene SIM wieder hinein. Das Telefon piept und brummt in rascher Folge. Fünfzehn Anrufe, sieben Nachrichten auf der Mailbox, sechs Mails und drei SMS. Er stöhnt, überfliegt zunächst nur die kurzen SMS und stutzt. Die oberste ist von Joshs Handy; die Nummer hat er erst gestern einprogrammiert.

*Muss Dich sehen. Dringend. Es ist etwas passiert.*
*Lass uns treffen. Beelitz, auf dem Gelände, 19:00 Uhr*

Die nächste SMS ist ein geteilter Standort. Eine kleine Stecknadel mit rotem Kopf, mitten auf dem Gelände von Beelitz-Heilstätten.

Tom überlegt. Zehn vor sieben, bis Beelitz sind es mindestens dreißig Minuten. Er startet den Wagen, wendet und versucht, Josh zu erreichen, doch es springt nur die Mailbox an.

Auf der Autobahn herrscht Feierabendverkehr. Er reiht sich auf der linken Spur ein. Die Streifen am Himmel sind verwischt, dafür leuchtet der Horizont.

Nacheinander hört er die Nachrichten auf der Mailbox ab. *Hi, Tom. Ich bin's, Nadja. Mir geht's gut. Ist alles ein bisschen schräg hier, aber Bene versorgt mich bestens.* Dann, nach einer kurzen Pause: *Danke für gestern Nacht. Ohne dich hätte ich das nicht überstanden. Meld dich mal, okee?* Die nächste Nachricht ist von seinem Vater: *Hallo, Tom. Sag mal, kommt ihr jetzt eigentlich zum Gartenfest? Ich frage, weil Gertrud würde* – Tom skippt die Nachricht und springt zur nächsten. *Hi. Sita hier. Tom, wenn du das hörst, ruf mich bitte an.* Auch die nächste Nachricht ist von Sita, nur dass sie diesmal noch ernster klingt und ins Mikrophon flüstert, als könnte sie nicht frei sprechen. *Hi. Tom, hier ist der Teufel los. Bitte ruf an!*

Er ignoriert die weiteren Anrufe und wählt ihre Nummer. Nach dem fünften Klingeln meldet sich die Mailbox. Tom flucht. Wenn es so dringend ist, warum geht sie dann nicht dran oder hinterlässt ihm zumindest eine Nachricht, worum es geht?

Kurz vor Beelitz-Heilstätten versucht er es erneut, wieder ohne Erfolg.

Im Westen glüht ein letzter Streifen Himmel über dem Wald, der die Heilstätten umgibt. Die Straße hier ist wenig befahren. Tom passiert das Pförtnerhaus und biegt nach ein paar hundert Metern links ab, folgt der Stecknadel auf der Karte und stellt seinen Wagen vor einem sowjetischen Kriegerdenkmal ab. Ein Soldat mit Maschinenpistole schaut stoisch auf ein großes, von wildem Gras überwuchertes Oval, das von zwei wilhelminischen Gebäuden flankiert wird. Einige Fichten ragen verloren in den Himmel.

Tom steckt die Makarov in das Schulterholster. Aus dem Kofferraum holt er die Handlampe, die er sich gestern von der KT »geliehen« hat.

Es ist fast halb acht, Josh hatte sieben vorgeschlagen. Aber wenn er etwas will, wird er warten. Nur dass er nicht erreichbar ist, macht Tom Sorgen. Die Nadel auf der Karte steckt im linken der beiden Gebäude, es scheint in einem vergleichsweise guten baulichen Zustand zu sein. Zwei Seitenflügel und ein großes Mittelhaus, Fachwerk, ziegelrot und gelb gemauert, geschwungene Sprossenfenster, die im Erdgeschoss zugenagelt sind. Auf dem Dach thront ein

Türmchen mit einer stehengebliebenen Uhr. Die Eingangstür steht einen Spaltbreit offen, eine stabile Eisenkette hängt lose über den Griffen. Tom drückt die Tür auf, schaltet die Handlampe ein und tritt ins Innere.

Von den Wänden und Stuckornamenten blättert die Farbe in Schichten ab, als würde das Haus seine Vergangenheit ausschwitzen. Es riecht modrig und feucht. Unter Toms Sohlen knirschen Putzkrümel. Eine Steintreppe mit acht Stufen, eine Flügeltür, dahinter ein Flur und die nächste Flügeltür. Von der Decke tropft es. Die dunklen, großen Schimmelränder sehen aus wie aufgerissene Münder.

Zugluft weht ihm in den Nacken. Als wollte das Haus ihn vorwärtslocken, ihn einatmen.

Vor der nächsten Tür, der vierten, bleibt Tom stehen. Sie ist höher als die anderen, wirkt erhabener, beinahe wie ein Kirchenportal, und der Sog ist hier noch stärker. Er blickt auf sein Handy, wählt noch einmal Joshs Nummer und horcht in die Stille. Kein Klingeln. Nur das leise Freizeichen und dann die Mailbox. Er könnte nach Josh rufen, aber irgendetwas hält ihn davon ab. Genauso wie ihn irgendetwas davon abhält, die vierte Tür zu öffnen.

Aber er wäre kein Polizist, wenn er es schließlich nicht doch täte.

Schon der Hall der kleinen Steinchen, die unter der Tür schleifen, verrät ihm, wie groß der Raum sein muss. Es ist, als hätte jemand den Berliner Dom geschrumpft, die Kuppel auf eine Höhe von zwanzig Metern abgesenkt, alles aus dem Inneren entfernt und die Wände mit gelben Steinen gefliest, wie in einem riesigen Badehaus. In sechs oder sieben Metern Höhe fällt kaltes, dämmeriges Licht durch eine Reihe bogenförmiger Fenster. Aus der Kuppel tropft Wasser und sammelt sich auf brüchigen Fliesen zu Pfützen. In der Mitte des achteckigen Saals ist ein Becken in den Boden eingelassen, das angesichts der Größe des Raums irritierend klein wirkt.

»Josh?«, fragt Tom leise.

Seine Stimme verhallt. Seine Schritte fangen sich unter der Kuppel, werden zurückgeworfen. Das Becken zieht ihn magisch an, der gelbe Kegel seiner Handlampe trifft auf Wasser. Eine kurze Treppe führt in das Becken, das kaum groß genug ist, um einen Kleinwagen darin zu versenken. Der Strahl der Lampe wird von der Wasseroberfläche reflektiert, Wellenlinien zittern auf der gegenüberliegenden Wand. Auf dem Grund des Beckens liegt ein längliches, silbriges Etwas, wie ein zu groß gewachsener, schuppiger Fisch.

Toms Puls wird schneller, beginnt zu rasen. Er tritt an den Beckenrand und leuchtet direkt auf den gelb gefliesten Grund, wo ein Mensch liegt, nackt, eingewickelt in Kaninchendraht, so straff, dass das silberne Geflecht in die Haut schneidet. Auch der Kopf ist umwickelt, zwischen den Drahtwaben starren Joshs Augen hervor, blicken leer durchs Wasser in die Kuppel, und sein Mund ist geöffnet, im letzten Versuch, noch einmal tief Luft zu holen.

Tom stöhnt, macht einen halben Schritt rückwärts. Erst jetzt sieht er den Schlüssel, der um Joshuas Hals hängt. Ihm wird übel, er will sich setzen, sich ausruhen. Die Tabletten wirken plötzlich nicht mehr, ihn überkommt eine Kraftlosigkeit, die er nicht kennt, die ihn kalt erwischt und ihm den Boden unter den Füßen wegzieht.

Rechts neben ihm klimpert es plötzlich, und er zuckt zusammen – leuchtet dahin, von wo das Geräusch gekommen ist. Der Strahl seiner Handlampe fängt einen kleinen, glitzernden Gegenstand auf dem schmutzigen Fliesenboden ein. »Das ist deiner, Tom, nimm ihn nur«, sagt eine Männerstimme hinter ihm.

Gleichzeitig beginnt Toms Handy zu klingeln.

# Kapitel 14

LKA-Zentrale, Berlin-Tempelhof
Dienstag, 5. September 2017
18:39 Uhr

Sita Johanns lässt es noch eine Weile klingeln, dann legt sie verärgert auf. Gottverdammt, sie weiß nicht, auf wen sie wütender sein soll, auf Tom, der nicht erreichbar ist, oder auf Lutz Frohloff, der sie vorhin einfach hat schlafen lassen, obwohl er das Klingeln ihres Handys gehört hat. Zweimal, wie er gesagt hat. Beide Male Tom.

Sie war in die LKA-Zentrale am Tempelhofer Damm gekommen und hatte noch gefrotzelt, als sie Frohloffs Liege in dem lichtdurchfluteten Büro sah. Frohloff hatte bissig abgewinkt und nur gemeint, bei seinem Job erkenne man eben nichts mehr, wenn man nicht ab und an kurz die Augen zumachen würde, außerdem lasse ihn seine Frau nach zehn nicht mehr ins Haus, sie sei seine Arbeitszeiten leid und versuche, ihn zu konditionieren.

Was sie denn von Beruf sei, hatte Sita gefragt.

Coach, hatte Frohloff gemurrt. Keine Spur mehr von seinem sonst üblichen Gegrinse.

Sita hatte sich nur für einen kurzen Moment auf die Liege legen und nachdenken wollen, hatte an die Decke gestarrt und dem Klicken von Frohloffs Maus gelauscht, während er sich durch die Datenbanken bewegte. Hin und wieder sprach er mit einem der Kollegen, die parallel für ihn recherchierten. Frohloff schien nichts zu hören und nichts zu sehen außerhalb seines PCs – er war im Tunnel.

Eine knappe halbe Stunde später war sie aus dem Schlaf aufgeschreckt, aber selbst da hatte er das Handyklingeln noch nicht erwähnt. »Schau mal einer an«, sagte er, ohne sich zu ihr umzudrehen. Sita setzte sich neben ihn, und Frohloff starrte durch seine Brille auf die Datenmaske.

»Was denn?«

»Hier.« Frohloff deutete auf den Monitor, auf eine Reihe von Namen, doch Sita konnte nicht erkennen, was er meinte.

»Deine Perücke ist übrigens ein wenig verrutscht«, sagte er, ohne den Blick vom Bildschirm abzuwenden.

Sita war sprachlos. »Seit wann weißt du das?«

»Erkennungsdienst, Personenrecherche«, sagte er schulterzuckend. »Ich seh so was.«

»Und die anderen?«

»Keine Ahnung. Ist aber ganz gut gemacht. Fällt nicht weiter auf. Warum? Machst du dir Sorgen?«

»Sehe ich so aus?«

»Ehrlich gesagt, ja.«

»Aha.« Sita griff sich in die Haare, zog wortlos die Perücke vom Kopf und warf sie auf die Liege. Frohloffs Blick ruhte für einen Moment auf ihren kurzen Haaren. »Cool«, meinte er, ohne eine Miene zu verziehen, dann wandte er sich wieder dem Monitor zu. »Morten weiß übrigens Bescheid.«

»Bescheid? Worüber?«, fragte Sita alarmiert. »Der Hausmeister hat sich deinen Namen gemerkt. Er fand dich scharf.«

Sita stöhnte.

»Mach dich nicht nass. Gibt 'n Anschiss, klar. Aber glaub mir, Morten hat zurzeit ganz andere Sachen auf der Agenda.«

»Du hast mich verarscht, du Mistkerl«, stellte Sita fest. »Von wegen Erkennungsdienst. Du wusstest das mit der Perücke.«

»Sagen wir, ich hab's mir ausgerechnet«, grinste Frohloff. »Aber zurück zu dem hier.« Er deutete auf den Bildschirm. »Ich bin alle Fälle aus dem Jahr 1998 durchgegangen, die im weitesten Sinne in Frage kämen. Es war kein Mädchen und keine unbekannte Frau dabei, die in Berlin mit Gedächtnisproblemen aufgegriffen wurde. Erst recht keine Klara. Es gibt auch keinen Fall, bei dem eine junge Frau oder ein Mädchen an die psychiatrische Klinik Höbecke übergeben wurde.«

»Und wenn sich Wittenberg im Jahr vertan hat?«

»Ich habe mit einem Radius von fünf Jahren gesucht. Also plus fünf und minus fünf. Ist nichts aktenkundig. Entweder Wittenberg hat gelogen, oder jemand hat das Archiv frisiert.«

»Was hältst du für wahrscheinlicher?«

»Dass dein Herr Professor lügt. Schau mal, was ich noch gefunden habe.«

Mit einem Hotkey wechselte er auf den Desktop und öffnete ein PDF mit Zahlenkolonnen. »Das hier sind die Zahlungseingänge der Privatklinik Höbecke ...«

»Die hast du ohne richterliche Anordnung bekommen?«, fragte Sita verblüfft.

Frohloff grinste. »Das sind alte Zahlen. Gegen die Klinik Höbecke und Wittenberg gab es vor sechs Jahren schon einmal Ermittlungen. Es ging um den Vorwurf der Freiheitsberaubung und Bestechlichkeit. Wittenberg sollte Spenden erhalten und im Gegenzug ein Gutachten gefälscht haben, um eine Patientin unter Verschluss zu halten.«

»Das gibt's doch nicht.«

»Der Prozess endete allerdings mit einem Freispruch für Wittenberg.«

»Aus Mangel an Beweisen, nehme ich an.«

»Hallo?«, grinste Frohloff. »Höre ich da einen Hauch von Voreingenommenheit heraus?«

»Du hast ihn ja nicht erlebt.«

»Nee. Nur gescreent. Aber schau mal«, er tippte mit seinem Zeigefinger auf den Bildschirm, »wer hier zu den regelmäßigen Beitragszahlern gehört.«

»Deutsche Reha e.V.«, liest Sita. »Wer ist das?«

»Ein hübscher, kleiner eingetragener Verein, finanziert durch Spendengelder aus einem ukrainischen Unternehmen namens Python Security. Früher gab es die übrigens auch mal in Berlin. Der Inhaber heißt Yuri Sarkov.«

»Aha. Und was sagt mir das?«

»Das sagt dir dann etwas, wenn du weißt, wer Python regelmäßig hohe Geldbeträge überweist, die anschließend mit einem kleinen Abschlag auf das Konto der Deutschen Reha gehen: der HSGE e.V.«

»Ist das nicht dieser Interessenverein für, warte, wie heißt das noch gleich, irgendetwas mit der Wahrung der sozialen Interessen der ehemaligen Mitarbeiter von DDR-Behörden wie Zoll, NVA, Grenzschutz, MfS und –«

»Stasi. Jepp«, nickte Frohloff. »Ein Verein mit inzwischen über zwölftausend Mitgliedern.«

»Ist das tatsächlich eine offizielle Vereinigung von Ex-Stasi-Leuten?«

»Na ja, so kann man das nicht sagen. Grundsätzlich hat der Verein sicher keine schlechten Absichten. Auch wenn man kritisieren könnte, dass sein Engagement Leuten zugutekommt, die damals in der DDR fleißig mitgemischt haben. Aber in einem so großen Verein gibt es natürlich Platz für Nischen, in denen sich alte Seilschaften mit fragwürdigen Absichten tummeln können. Fakt ist: Die HSGE überweist regelmäßig Geldbeträge an die Klinik.«

»Hm. Aber was heißt das jetzt in Bezug auf Klara Winter?«

»Na ja, konkret erst mal nichts, aber …«

»… es riecht«, sagte Sita leise. »Vor allem, wenn Wittenberg lügt, was die Übergabe von Klara Winter an die Klinik angeht.«

»Jepp«, sagte Frohloff gutgelaunt. »Da wird fleißig vertuscht. Und da ist noch etwas.« Er holte den ersten Screenshot wieder in den Vordergrund. »Wittenberg ist Jahrgang 63 und Ossi.«

»Was soll das denn heißen? Ich bin auch Ossi.«

»Ich will ja nur sagen: Er hat in der DDR Medizin studiert, später dann, nach der Wende, Psychologie. Er wird also bestimmt in dem einen oder anderen DDR-Krankenhaus gearbeitet haben …«

»… und könnte Klara dort schon begegnet sein«, führte Sita den Gedanken zu Ende.

»Jjjepp.«

»Das Einzige, was jetzt noch fehlt, ist eine direkte Verbindung zu unserem Fall.«

»Ich hätte da noch was im Angebot.« Frohloff wechselte zurück zu den Kontoauszügen, scrollte eine Weile und tippte dann auf den Bildschirm. »Ist etwas vage. Aber immerhin.«

Sita beugte sich vor. »Eine Spende der evangelischen Kirchengemeinde Stahnsdorf über siebentausend Mark?«

»Und später noch weitere gelegentliche Spenden. Interessant ist die Kontonummer, von der aus das Geld angewiesen wurde. Es handelt sich um das Privatkonto von Brigitte Riss.«

»Das gibt's doch nicht!«

»Gibt's schon. Beweist aber nix. Zumal es keine regelmäßige Zahlung ist. Die Pfarrerin war ja bekannt dafür, dass sie sich für die verschiedensten wohltätigen Zwecke engagiert hat.«

»Aber für eine psychiatrische Privatklinik?«

»Für misshandelte und traumatisierte Frauen ... Heimkinder ...«

»Vom Privatkonto?«, unterbrach ihn Sita. »Ich bitte dich! Sie war doch nicht vermögend.«

Frohloff warf ihr einen amüsierten Seitenblick zu. »Du glühst ja richtig. Siehst du so auch beim Sex aus?«

Sita verpasste ihm eine Kopfnuss. »Ver-hei-ra-tet!«

»Au! War nur Spaß«, grinste Frohloff.

»Was ist mit der Siebzehn und Klaras wirklichem Namen?«

»Kann ich hexen?«, protestierte Frohloff.

»Bisher schon. Das hast du doch alles rausgefunden, während ich geschlafen habe.«

»Na ja, auch während du auf dem Weg hierher warst. Apropos, da fällt mir ein: Als du geschlafen hast, hat dein Handy geklingelt. Zweimal, glaube ich.«

Sita starrte ihn entsetzt an. »Und das sagst du mir jetzt erst?«

»Schien mir nicht so wichtig zu sein wie das hier.« Er deutete auf den Bildschirm. »Und du hast geschlafen wie ein Baby. Zuckersüß.«

# Kapitel 15

Beelitz-Heilstätten
Dienstag, 5. September 2017
19:58 Uhr

Tom wirbelt herum, lässt die Handlampe fallen und greift nach der Makarov im Schulterholster.

»Finger weg!«, sagt die Stimme scharf.

Die Lampe holpert über den Boden. Im Dämmerlicht steht jemand, eine Pistole im Anschlag.

Tom lässt die Hände sinken.

Sein Smartphone klingelt immer noch, das Schrillen dringt dumpf aus seiner Jackentasche und hallt in der Kuppel wider.

»Jetzt die Waffe ganz langsam rausholen. Mit zwei Fingern.«

Tom gehorcht, fischt die Makarov mit Daumen und Zeigefinger aus dem Holster.

»Auf den Boden legen und mit dem Fuß hier rüber.«

Die Pistole holpert mit einem metallischen Schleifen über die buckeligen Fliesen. Der Mann macht einen Schritt nach vorn, tastet mit dem Fuß nach der Waffe und kickt sie in Richtung Fensterseite.

Toms Telefon verstummt.

»Nimm den Schlüssel. Es ist deiner.«

Tom blickt suchend zu Boden. Mit jeder Minute wird es dunkler in der Halle, und die Farben verschwimmen. Der

Strahl der Handlampe leuchtet weg von ihm und so flach über dem Boden, dass ihr Licht den großen Kuppelsaal kaum erhellt. Schließlich entdeckt Tom den Schlüssel in einer Mulde zwischen zwei gesprungenen Fliesen und hebt ihn auf. Der Schlüssel baumelt an einer dünnen Schnur, auf dem Griff sitzt eine graue Plastikkappe. Die Siebzehn ist in der Dunkelheit nicht gut zu erkennen, aber mit dem Daumen spürt er die Riefen im Plastik.

»Einer von sieben«, sagt der Mann leise. »Häng ihn dir um.«

Tom legt die Schnur um seinen Hals. Er sieht Bilder vor seinem inneren Auge, Viola, glücklich hüpfend, mit dem Schlüssel in der Hand und der Feder hinter dem Ohr, Brigitte Riss, grausam zugerichtet in der Domkuppel, den Schlüssel auf der Brust.

Die Gestalt vor ihm lässt die Waffe sinken. Tom schätzt die Entfernung ab, doch es ist zu weit, als dass er einen Versuch wagen könnte, den Mann zu entwaffnen. Er ist schlank, großgewachsen. Sein Alter schwer einzuschätzen. Aber das wenige, was Tom von seinem Gesicht erkennen kann, kommt ihm vage bekannt vor.

»Wer sind Sie?«, fragt Tom.

»Jesus.« Der Mann wartet, schaut, wie Tom reagiert.

Täuscht Tom sich, oder ist da ein Hauch von Spott in seinem Tonfall?

»Du hältst mich für verrückt?«

»Wenn Sie glauben, Jesus zu sein, werden Sie Ihre Gründe dafür haben«, sagt Tom.

»Ein Atheist also.«

»Warum?«

»Würdest du was auf den Kirchenscheiß geben, wärst du jetzt wütend.«

»War Brigitte Riss wütend?«

»Sie hatte Angst. Weil sie nicht verstanden hat, was ich bin. Toten begegnet man nicht gerne. Und ich bin auferstanden.« Der Mann macht ein paar Schritte zur Seite, bückt sich und hebt die Handlampe auf, in der anderen Hand hält er die Waffe, immer bereit. Er scheint nicht geübt zu sein mit einer Pistole, aber er ist aufmerksam. Der Mann richtet die Lampe auf Tom, der Lichtkegel scheint ihm grell ins Gesicht, und er muss die Augen zusammenkneifen.

»Was wollen Sie von mir? Warum haben Sie Josh umgebracht, und Brigitte Riss und meine Kollegin?«

»Welche Kollegin?«

»Die Polizistin. Vanessa Reichert.«

»Ich habe keine Polizistin getötet, warum sollte ich.«

»Warum Brigitte Riss? Warum Joshua?«

»Aus demselben Grund, aus dem ich dich töten werde.«

Tom blinzelt in das grelle Licht. »Warum?«

»Weil ihr verdammten Feiglinge damals den Schlüssel nicht zur Polizei gebracht habt.«

»Ich verstehe nicht, warum das so –«

Im selben Moment knallt ein Schuss. Dann noch einer, und ein dritter. Die Handlampe fällt zu Boden, das Licht streift Beine, die schon im nächsten Augenblick nicht mehr zu sehen sind. Plastik splittert. Die Lampe erlischt. Tom wirft sich zu Boden. Schnelle Schritte eilen durch den Saal, der Hall macht es unmöglich zu sagen, von woher das Geräusch kommt. Erneut fallen Schüsse, diesmal aus einer anderen Waffe, sie klingen lauter, härter – vielleicht ein größeres Kaliber. Tom starrt angestrengt in die Dunkelheit, doch das Einzige, was er sieht, ist das Nachbild des grellen Lichts auf seiner Netzhaut, und dann plötzlich ein Mündungsfeuer, ein winziger, ausgefranster Stern, zweimal kurz nacheinander. Vom anderen Ende des Saals antwortet die zweite Pistole. Kugeln peitschen über Toms Kopf hinweg. Er versucht, sich zu orientieren, sieht die Bogenfenster und kriecht darauf zu, während er mit den Händen nach der Makarov tastet. Links von ihm öffnet sich ein Rechteck, eine Tür, durch die jemand hinausschlüpft. Weitere Schüsse fallen. Dann ist es plötzlich still.

Sind da Schritte hinter ihm?

Bleib unten! Steh ja nicht auf! So leise, wie es nur geht, kriecht er weiter, macht die Finger lang. Verdammt, hier irgendwo muss doch ... da! Seine Finger schließen sich um den Griff der Pistole. Er dreht sich auf den Rücken, die Beine gespreizt, die Pistole im Anschlag, zielt in die Richtung, aus der die letzten Schüsse gekommen sind.

Ferne Schritte.

Er springt auf, rennt auf das graue Rechteck in der schwarzen Wand zu, stoppt, tut, was er in der Polizeischule gelernt hat, wenn man durch eine offene Tür in eine Gefahrensituation geht. Nichts geschieht. Kein Schuss. Kein Geräusch. Dichte Bäume und Sträucher, ein schmaler Weg aus Betonplatten an der Rückseite des Hauses. Er hastet um das Gebäude herum Richtung Straße. Ein Wagen schießt aus dem Nichts, ohne Licht, kommt vom Weg ab und mäht durch das hohe Gras. Findet zurück auf den Asphalt. Die Rückleuchten flammen auf, die Scheinwerfer malen einen weißen Kegel ins Dunkel. Für einen Sekundenbruchteil überlegt Tom, zu schießen, doch auf wen? Auf den Mörder? Oder den, der versucht hat, den Mörder zu erschießen?

Plötzlich heult hinter ihm ein weiterer Motor auf, Tom fährt herum, Scheinwerfer erfassen ihn. Der Wagen muss im Gebüsch gestanden haben, versteckt, so dass er ihn nicht sehen konnte. Der Fahrer hält direkt auf ihn zu, und

Tom bleibt nur, im letzten Moment zur Seite zu springen. Der Wagen biegt auf den Weg ein, den das andere Auto genommen hat. Tom versucht noch, das Kennzeichen zu erkennen, aber die Ziffern sind so verschmiert und der Wagen so schnell, dass er nur ein B für Berlin ahnt.

Der Motor des Verfolgers heult noch einmal laut auf, als der Fahrer auf der Landstraße Gas gibt. Dann kehrt Stille ein. Tom steckt die Pistole gerade zurück ins Schulterholster, als er plötzlich meint, leise Polizeisirenen zu hören. Er holt sein Handy hervor, schaut auf das Display und sieht Sitas Nummer: Offenbar war sie es, die vorhin versucht hat, ihn zu erreichen. Rasch wählt er sie an. Es klingelt mehrfach, bis sie endlich drangeht.

»Tom?« Ihre Stimme klingt hektisch, beunruhigt. Irgendetwas stimmt nicht. »Grauwein hat eben gerade angerufen. Die haben dein Handy geortet und sind unterwegs zu dir nach Beelitz. Mach, dass du da wegkommst.«

»Warum? Was ist denn los?«

»Drexler ist tot. Der Kollege, der niedergeschlagen wurde.«

»Oh verdammt! Auch das noch.«

»Er hatte einen Herzinfarkt, Tom. Der Rechtsmediziner sagt, jemand hat ihm etwas gespritzt. Und du bist der Letzte, der vorher in seinem Zimmer war.«

»Scheiße.«

»Kannst du laut sagen. Vor allem, weil gerade Zweifel aufkommen, wegen der Schießerei hinter Karins Haus. Die haben dich in Verdacht. Wenn du Drexler getötet hast, sagen sie, dann nur, weil du verhindern wolltest, dass er gegen dich aussagt. »

Tom schnürt es den Hals zu. Die Sirenen kommen langsam näher. »Sita – hör mir jetzt bitte genau zu! Sag den

Kollegen, dass ich dich angerufen hab, die sollen das ganze Heilstätten-Gelände durchkämmen. Ich bin dem Mörder begegnet. Hier gab es gerade eine Schießerei.«

»Was?«

»Hör mir einfach zu!«, sagt Tom und läuft zu seinem Wagen. »Ich war hier im Badehaus. Er hatte mich schon, er wollte mich töten. Aber da war noch jemand anders, plötzlich kamen Schüsse wie aus dem Nichts.«

»Oh Gott, ist dir was passiert?«

»Nein. Der Schütze hat mir im Grunde das Leben gerettet.«

»Und dieser Unbekannte, hat der auf *dich* geschossen oder auf …«

»Ich weiß es nicht. Die beiden sind geflohen, einer in einem dunklen Wagen, Stufenheck, irgendwas Großes, Teures, den Rückleuchten nach vielleicht BMW oder Audi. Der zweite ein Kombi, auch dunkel, Typ weiß ich nicht. Vielleicht kriegt ihr die noch.«

»Oh Gott, und dir geht's wirklich gut?«

Tom reißt die Wagentür auf und stößt sich beim Einsteigen den Kopf. »Mir schon, aber Josh ist tot.«

»Was? Böhm ist tot?«

»Ja, und er wird weitermachen. Er hat sieben Menschen auf seiner Liste.« Tom startet den Motor, lässt Sita nicht zu Wort kommen. »Noch etwas! Als ich bei Drexler war, war er wach. Er hat mir gesagt, dass derjenige, der ihn niedergeschlagen hat, eine Narbe hat, außen am rechten Unterschenkel, oberhalb des Fußknöchels. Vielleicht könnt ihr damit was anfangen. Ich muss Schluss machen. Achte auf dein Handy, ich melde mich, von einer fremden Nummer.«

Ohne Sitas Antwort abzuwarten, schaltet er das Telefon aus und setzt gleichzeitig zurück. In der Ferne zucken winzige Blaulichter. Die Landstraße ist tabu. Er bremst, orientiert sich kurz und entscheidet sich für eine kleine, dunkle Straße, die tiefer in das Gelände der Heilstätten hineinführt. Die Straße ist eng, und er fährt zu schnell. Immer wieder kratzen Äste an den Wagenflanken. Tom fühlt sich wie damals, als er mit Bene aus dem Fotolabor geflüchtet ist, derselbe Herzschlag, dasselbe verlorene Gefühl, dieselbe Ausweglosigkeit. Nur diesmal ist er ganz allein.

# Kapitel 16

Psychiatrische Privatklinik Höbecke, Berlin-Kladow
Dienstag, 5. September 2017
20:36 Uhr

Friderike Meisen sitzt auf ihrem Bett und surft mit dem Handy im Netz. Als es plötzlich klingelt, zuckt sie zusammen. Die Nummer auf dem Display kommt ihr bekannt vor. Ist das nicht diese Polizistin? In ihrem tiefsten Inneren weiß sie, dass es richtig war, die Polizei anzurufen; aber ob es auch den ganzen Ärger wert war? Bei Wittenberg steht sie inzwischen auf der Abschussliste, und Schwester Meret sieht sie an, also wäre sie noch nicht einmal gut genug, um Kaffee zu kochen.

Andererseits hat sie der Polizistin auch den besten Moment seit langem zu verdanken. Wie sie den Terrier von Wittenbergs Frau hat ausbüxen lassen, und wie der Herr Professor mit rotem Kopf dem Vieh über das gesamte Gelände hinterhergerannt ist, darüber lacht die halbe Klinik. Die andere Hälfte musste beim Einfangen mithelfen.

Der Klingelton des Handys sägt an ihren Nerven. Schließlich hält sie es nicht mehr aus, nimmt das Gespräch an und nuschelt: »Hallo?«

»Friderike?«

»Ja«, flüstert sie. »Sind Sie das, Frau Johanns?«

»Ja. Aber sag ruhig Sita zu mir. Kannst du gerade sprechen?«

»Ich bin in meinem Zimmer, aber ich muss vorsichtig sein. Auf dem Gang kann man bestimmt hören, was ich sage.«

»Hast du wieder Ärger bekommen?«

Ärger ist gar kein Ausdruck, denkt Friderike. »Ja.«

»Das tut mir leid. Wenn das alles vorbei ist, rede ich vielleicht mal mit Professor Wittenberg, damit er weiß, dass du uns sehr geholfen hast.«

»Ich bin nicht sicher, ob das eine gute Idee ist«, flüstert Friderike und klettert vom Bett. Mit ein paar raschen Schritten ist sie in ihrer beigen Kunststoffkabine und verriegelt die Tür. Der Lüfter springt automatisch an. Um sich nicht selbst die ganze Zeit im Spiegel ansehen zu müssen, setzt sie sich auf den Toilettendeckel.

»Friderike, so schwierig das auch ist, aber ich brauche noch einmal deine Hilfe.«

Friderike schluckt und nickt mechanisch, ohne daran zu denken, dass Sita sie nicht sehen kann.

»Ich muss noch mal zu Klara.«

»Das wird nicht gehen. Professor Wittenberg hat sie verlegt.«

»Verlegt?« Einen Moment lang ist es still am anderen Ende. »In eine andere Klinik?«

»Nein, nein. Das nicht. Aber in ein anderes Zimmer, in einen anderen Gebäudeteil.«

»In die Geschlossene?«

»Nee. Irgendwo im Erdgeschoss, an seinem Büro vorbei, aber ich weiß nicht genau, wo.«

»Wie heißt denn die Abteilung? Oder die Station?«

»Ich weiß gar nicht, ob da unten eine Abteilung ist.«

Friderike hört Sita seufzen. »Könntest du vielleicht jemanden fragen, wo das ist?«

»Können Sie nicht mit irgendwelchen Papieren vorbeikommen, also, mit irgendwas Offiziellem, dann müssen die Sie doch hier reinlassen, oder?«, fragt Friderike.

»Wir waren beim Du«, erinnert Sita sie.

»'tschuldigung. Aber ist das nicht so, die müssen die Polizei doch reinlassen, oder?«

»Für eine Befragung von psychisch Kranken, und dazu zählt Klara, gibt es besondere Bestimmungen. Zunächst mal müsste auf jeden Fall ein Psychiater oder Psychologe zugegen sein, der Klara kennt, und das wäre dann sicher Professor Wittenberg …«

»Oh«, sagt Friderike.

»Glaubst du, Klara würde unbefangen mit mir reden, wenn er dabei wäre?«

»Bestimmt nicht«, erwidert Friderike. »Wenn der in der Nähe wäre, würde ich auch kein Wort sagen.«

»Hör zu«, sagt Sita. »Ich kann in etwa einer Stunde bei der Klinik sein. Ist der Empfang dann noch besetzt?«

»Nee. Die Schaeben macht um achtzehn Uhr Schluss. Aber das Tor vorne ist zu.«

»Du müsstest mir nur das Tor öffnen und die Eingangstür einen kleinen Spalt offen lassen, als hättest du vergessen, sie zu schließen. Ginge das?«

»Und Klara? Wie finden Sie dann Klara?«

»Wo das Büro von Professor Wittenberg ist, weiß ich. Wenn du noch einen Tipp für mich hast, wäre das toll, ansonsten versuche ich, sie alleine zu finden.«

Friderike atmet tief ein und aus. »Okee«, flüstert sie.

»Du bist klasse!«, sagt Sita. »Danke! Und mach dir keine Sorgen, du tust das Richtige.«

»Okee«, sagt Friderike erneut. »Tschüss.«

Dann lehnt sie sich zurück und starrt an die Decke der

kleinen Zelle. So ungefähr muss es im Knast sein, denkt sie. Psychiatrie – warum habe ich mir das bloß angetan? Sie entriegelt die Tür und verlässt die enge Kabine. Draußen ist es so dunkel, dass sie sich in der Fensterscheibe spiegelt. Wie hat Sita das eigentlich gemeint, dass sie Klara allein finden würde? Will sie etwa durch das Erdgeschoss laufen und an sämtliche Türen klopfen? Wie stellt sie sich das vor, da wird man sie doch ruck, zuck entdecken, und dann wird es blöde Fragen geben, wer sie denn reingelassen hat und so. Und bei wem wird man dann wohl landen?

Friderike atmet tief durch, stellt ihr Handy leise und schlüpft in ihre bunten Sneakers. Die Dinger quietschen wenigstens nicht so wie die Birkenstocks. Tür auf, Blick nach links, Blick nach rechts. Schon steht sie im Flur.

Frau Schaebens Stuhl hinter dem Empfangstresen ist verwaist. Aus dem Obergeschoss hallen leise Geräusche durch das Treppenhaus.

Friderike schaltet ihre Handytaschenlampe ein, schirmt die grelle LED ein wenig mit der Hand ab und betritt den dunklen Flur, in dem Wittenbergs Büro liegt. Zu beiden Seiten des Gangs sind Türen, und sie leuchtet die Plexiglasschilder daneben kurz an. Oberärztin Doktor Silke Weintrud, Pflegedienstleitung Sophia Jablonski, Hausmeister, Lager ... Büros und Funktionsräume – mehr nicht. Die letzte Tür auf der rechten Seite ist nicht beschriftet. Vorsichtig drückt Friderike die Klinke. Zu ihrer Überraschung lässt sich die Tür öffnen. Dahinter liegt ein kurzer, fensterloser Gang, der vor einer weiteren Tür endet. Sie ist ebenfalls unverschlossen. Dahinter führt eine schmale Steintreppe zwischen grau getünchten Ziegelwänden ins Untergeschoss. Der Handlauf ist aus Metall, Rost scheint durch, wo der graue Lack abgeplatzt ist.

Gott! Das sieht ja aus wie in einem Horrorfilm. Eine psychiatrische Klinik mit einer versteckten Treppe in einen geheimen Keller.

Blödsinn, denkt sie. Du hast zu viele Filme gesehen. Außerdem waren die Türen nicht verschlossen; wenn es hier wirklich etwas zu verbergen gäbe, würde doch jemand die Türen zusperren.

Sie fasst sich ein Herz, setzt einen Fuß vor den anderen und steigt die Treppe hinab; das Licht anzuknipsen, wagt sie nicht. Nach einer Biegung ist die Treppe plötzlich zu Ende. Mehrere Neonröhren flackern auf. Fump, fump. Das leise Geräusch und die kalten Lichtblitze erschrecken Friderike zu Tode. Sie erwartet fast schon, Schwester Meret oder Professor Wittenberg zu begegnen, aber da ist niemand, nur ein kahler, grauer Flur im Neonlicht, mit vier Türen auf der rechten Seite. Als sie die Riegel an den massiven Metalltüren sieht, werden ihre Knie weich. Also doch?

Seltsamerweise sind die Riegel nicht vorgeschoben. Sie steckt ihr Handy ein, nähert sich der ersten Tür, legt ihr Ohr an das kalte Metall und horcht.

Nichts.

Am Ende ist das nur ein alter Keller, für den heute niemand mehr Verwendung hat? Sie drückt behutsam die Klinke, zieht die Tür auf. Die Innenseite ist dick gepolstert und hat weder Griff noch Klinke. Der hell erleuchtete Raum dahinter ist etwa vier mal vier Meter groß und mit einem Bett und einer dunklen Kommode möbliert. Auf der Kommode steht Klara, barfuß, in ihrem weißen Nachthemd, und schreibt auf die Wand. Die Zahlen wirken zittrig, ihre Finger halten krampfhaft den Stift.

»Entschuldigung«, sagt Friderike. »Ich, äh ... geht es dir, äh, Ihnen gut?«

Klara steht auf der Kommode wie eingefroren, sie schaut nicht zur Tür, nur auf die Wand, ohne sich zu rühren. »Brigitte?«, flüstert sie.

»Ich … äh, ich bin's, Friderike.«

»Holst du mich hier raus?« Klara dreht sich um. Ihr Gesicht ist noch grauer als sonst, doch jetzt spiegelt sich so etwas wie Hoffnung in ihren Zügen. »Ja, darf ich raus?«

»Ich, äh. Nein. Tut mir leid«, stammelt Friderike. Ihr Blick wandert durch den fensterlosen Raum, der eher einem Luftschutzbunker ähnelt als einem Patientenzimmer. Die Tür ohne Klinke macht es zu einem Gefängnis. »Dann kriege ich Ärger. Also, *richtig* Ärger.«

»Bitte«, flüstert Klara. »Ich muss hier raus, das verstehst du nicht.«

Friderike hat einen Kloß im Hals, sie versucht, ihn wegzuschlucken, aber das Ding wird nicht kleiner. »Professor Wittenberg hat gesagt, es ist zu deinem Besten.«

»Bitte«, fleht Klara. »Hier sind keine Fenster. Wo keine Fenster sind, ist es wie früher. Und dann kommt der Teufel. Und Jesus findet mich nicht mehr.«

»Keine Sorge«, erwidert Friderike und versucht, so viel Zuversicht in ihre Worte zu legen, wie es nur geht. »Der Teufel findet dich hier nicht, du bist hier gut versteckt, und bald kommt jemand von der Polizei, der dich vor dem Teufel beschützen kann.«

Klaras Augen weiten sich. »Nein«, flüstert sie. »Nein. Die Polizei kann mir nicht helfen. Nicht gegen ihn. Das verstehst du nicht.«

»Willst du nicht – entschuldige, ich sag die ganze Zeit ›du‹, ich hoffe, das ist okay, ja? Also, willst du nicht vielleicht von der Kommode runterkommen? Du zitterst ja.«

Klara drückt sich rücklings an die Wand, verschränkt

die Arme und stellt die Beine kerzengerade nebeneinander. Ihre Zehen sehen aus, als wollten sie sich im Holz festkrallen. »Kannst du nicht Brigitte holen?«

»Wer ist denn Brigitte?«, fragt Friderike.

Tränen laufen über Klaras Gesicht. »Brigitte hat mich schon mal hier rausgeholt. Bitte!«

»Du musst mir sagen, wer Brigitte ist, sonst kann ich sie nicht holen.«

»Brigitte, die Pfarrerin.«

Oh Gott! Friderike läuft ein Schauer über den Rücken. Meint sie etwa Brigitte Riss, die Pfarrerin aus den Nachrichten? Die Tote aus dem Dom? Sie schluckt, ihr Herz zieht sich vor Mitleid zusammen. »Wie wär's«, schlägt sie vor, »wenn ich Jesus hole?«

»Ich hab Angst vor Jesus«, flüstert Klara.

»Warum denn auf einmal?«

»Ich will nicht, dass er erfährt, was ich mit Maria gemacht habe.«

»Was hast du denn mit Maria gemacht?«

»Ich war eifersüchtig«, haucht Klara. »Weil sie seine Geliebte und seine Mutter war. Alles nur deswegen. Deswegen habe ich Angst.«

»Aber hast du nicht gesagt, dass Jesus dich gerettet hat?«

»Hier unten hat Jesus nicht so viel Macht«, flüstert Klara. »Er sagt das zwar, aber ich glaube ihm nicht. Nicht gegen den Teufel. Brigitte ist die Einzige, die dem Teufel je ein Schnippchen geschlagen hat.«

Friderike atmet tief ein und fasst sich ein Herz. »Dann bin ich jetzt deine Brigitte.«

Stille.

»Du bist nicht Brigitte.«

»Irgendjemand muss Brigitte sein. Und das bin jetzt ich.« Friderike reicht Klara eine Hand.

Klara schüttelt den Kopf.

»Weißt du, wer mein Teufel ist?«, flüstert Friderike.

Klara schüttelt erneut den Kopf.

Friderikes Mund ist ganz trocken. Noch nie hat sie das ausgesprochen, aber irgendwann muss es raus. Auch wenn das, was ihr zu Hause passiert ist, vielleicht nicht ganz so schlimm war wie das, was Klara durchmachen musste. »Mein Vater«, sagt sie.

Sie stehen regungslos da, Klara auf der Kommode, Friderike davor, die Hand ausgestreckt.

»Was hat der Teufel mit dir gemacht?«, fragt Klara mit bebender Stimme.

»Das willst du nicht wissen«, sagt Friderike ausweichend. Sie spürt, wie ihr die Tränen kommen. Wie könnte sie Klara auch begreiflich machen, dass sie sich bis heute als Dummerchen fühlt, als Mensch zweiter Klasse, vollkommen wertlos vor dem Mann, den sie als kleines Mädchen so angehimmelt hatte. »Aber weißt du, was man machen muss«, schnieft sie, »wenn man den Teufeln entkommen will?«

Klara schüttelt den Kopf.

»Man muss weglaufen.«

Stille. Stille. Stille.

»Komm schon. Ich bin Brigitte. Ich hole dich hier raus.«

Klara sieht sie unschlüssig an.

»Komm erst mal runter zu mir, okay?«

Langsam reicht Klara ihr die Hand. Ihre Finger sind kalt, ihre Wangen aschfahl. Das Nachthemd schlackert um ihre Hüften, als sie von der Kommode steigt. Friderike wischt sich die Tränen fort. Sie stehen voreinander und halten sich an den Händen, dann geht Klara lautlos in die Knie und legt ihren Kopf an Friderikes Bauch. »Kannst du mich wo hinbringen?«, flüstert sie. »Ich muss um Vergebung bitten, und keiner darf's wissen.«

# Kapitel 17

Beelitz bei Potsdam
Dienstag, 5. September 2017
20:42 Uhr

Tom blickt in den Rückspiegel. Keine Scheinwerfer, kein Blaulicht. Nur schwarzer Wald. Niemand scheint ihm zu folgen. Rechter Hand säumt ein hoher Zaun den schnurgeraden, asphaltierten Weg; die Spitze ist mit NATO-Draht gesichert, immer wieder tauchen helle Warnschilder aus der Dunkelheit auf. *Militärischer Sicherheitsbereich. Schieß- und Übungsbetrieb. Lebensgefahr!* Der Standortübungsplatz Beelitz erstreckt sich nordöstlich der Heilstätten, ein gutes Stück von der Landstraße entfernt.

Die Nacht kommt ihm vor wie ein schwarzer Tunnel, der alles verschluckt. Auch ihn. Er versucht, zu sortieren, was vorhin passiert ist, fasst nach dem Schlüssel, der um seinen Hals hängt, weil das alles so unwirklich ist, und ihm wird schlagartig bewusst, was er für ein Glück hatte. Josh ist tot – und er wäre der Nächste gewesen. Der Nächste auf einer Liste mit sieben Namen. Brigitte Riss, Josh, Karin, Bene, Nadja und er. Aber wer ist der Siebte?

Und wer um alles in der Welt hat da vorhin aus dem Hinterhalt geschossen? Auch wenn ihm die Schüsse das Leben gerettet haben, die Situation war so verwirrend, dass er nicht sicher ist, wem sie eigentlich gegolten haben.

Das Bild des Mannes im dunklen Badehaus geht ihm

nicht aus dem Kopf, wie er da stand, die Pistole auf ihn gerichtet. Jesus. Plötzlich fällt Tom die Audiodatei ein, die Sita ihm geschickt hat, von ihrem Gespräch mit einer Patientin aus einer psychiatrischen Klinik. Die Frau hatte Sita gefragt, warum sie da sei – und Sita hatte geantwortet: *Wegen Jesus.*

Heißt das etwa, Sita kennt den Mörder? Weiß sie, dass er sich Jesus nennt?

Und dann ist da noch das, was der Mann gesagt hat: Brigitte Riss habe Angst vor ihm gehabt, weil er *auferstanden* sei. Je länger er darüber nachdenkt, desto wichtiger erscheint Tom dieser Satz.

Links fliegen die Bäume an ihm vorbei, auf der anderen Seite der Zaun. Nach vier Kilometern erreicht er den Stadtrand von Beelitz. Die ersten Häuser und Straßenlampen holen ihn zurück in die Wirklichkeit, wenn auch nur einen Teil von ihm. In einer ruhigen Seitenstraße parkt er zwischen zwei Fahrzeugen und stellt den Motor ab. Die plötzliche Stille wirkt falsch, weil alles in ihm laut ist.

Er nimmt den Schlüssel, starrt ihn an. Die Schnur spannt in seinem Nacken. Das Metall schimmert im Schein einer Straßenlaterne, deren Licht durch die Windschutzscheibe fällt. Wie kann so ein winziger Gegenstand nur so viel Unglück bringen?

*Der Schlüssel zur Büchse der Pandora,* sagt Vi.

Zur Büchse der Pandora?

*Hast du doch gerade gedacht,* meint Vi. *Was ist denn eigentlich da drin, in dieser Büchse? Und wer ist Pandora?*

Tom sieht zum leeren Beifahrersitz hinüber und weiß genau, wie sie ihn jetzt ansehen würde. Große Augen, der immer gleiche Schlafanzug und um den Hals der Schlüssel.

»Wo bist du, Vi?«, flüstert er. »Ich weiß, dass du lebst.«

Und dann, ganz plötzlich, kommt ihm ein so furchterregender Gedanke, dass ihm eiskalt wird. Was, wenn der Mörder weiß, wo Viola ist – und sie auch auf seiner Liste steht?

# Kapitel 18

Berlin-Tempelhof
Dienstag, 5. September 2017
21:02 Uhr

Sita verlässt das Parkhaus am Tempelhofer Damm. Auf dem Beifahrersitz liegt ihre Perücke. Sie kommt sich seltsam vor ohne das Ding; aber es wäre noch seltsamer, sie jetzt wieder aufzusetzen. Neben der Perücke liegt ihr Handy, das schon wieder klingelt. Erst Grauwein, dann zwei Rückfragen von Morten, der tatsächlich kein Wort über die Sache mit Böhm und der Pistole verloren hat, und schließlich zu allem Überfluss auch noch Bruckmann. Seit dem Mord an Brigitte Riss überschlagen sich die Ereignisse wie in keinem anderen Fall, den sie miterlebt hat. Bruckmanns Anruf hat sie gar nicht erst angenommen. Der Leiter des LKA 1 hätte sie vermutlich nach Beelitz geschickt, um zu verhindern, dass sich Tom seiner Verhaftung widersetzt.

*Unbekannte Nummer* steht nun auf dem Display. Sie hofft, dass es Tom ist, und geht dran. »Johanns.«

»Ich bin's.«

»Tom! Wo bist du?«

»Auf dem Weg in die Stadt.«

Sie spürt eine Woge der Erleichterung, etwas zu groß für einen Kollegen, und ruft sich zur Ordnung. »Was hast du vor?«

»Ich bin nicht sicher«, sagt Tom.

Warum klingt er so reserviert? »Traust du mir nicht?«

»Ich bin nur vorsichtig.«

»Ich hab dich vorhin angerufen und gewarnt, schon vergessen?«

»Das ist 'ne Weile her. Wer weiß, wer gerade neben dir sitzt und Druck macht. Sind die Straßen gesperrt worden? Habt ihr die Verfolgung der beiden Fahrzeuge aufgenommen?«

»Die Straßen *sind* gesperrt. Wegen *dir*. Alles andere musst du Morten fragen. Ich hab ihm gesagt, was du mir gesagt hast, aber ich bin mir nicht sicher, was er daraus macht. Im Moment konzentrieren sich alle darauf, dich zu finden.«

»So ein verdammter Blödsinn! Ich habe weder mit Drexlers Tod etwas zu tun noch mit all dem anderen. Ich hab ihn gesehen. Er war da, verstehst du? Der Kerl hätte mich fast umgebracht, so wie er Josh umgebracht hat und die anderen.«

»Was hat er mit Josh gemacht?«

»Es ist wie bei dem Toten, den wir damals im Kanal gefunden haben. Er hat ihn in Kaninchendraht gewickelt und im Badehaus ertränkt.«

»Joshuas Leiche ist im Badehaus?«, stöhnt Sita. »Da, wo du vorhin warst? Du weißt, was das heißt, oder?«

»Hmm«, knurrt Tom. »Spätestens morgen früh ist mein Fahndungsbild in allen Zeitungen – außer, irgendjemand hält es aus politischen Gründen noch eine Weile zurück, damit der Polizeipräsident sich besser auf den Shitstorm vorbereiten kann.«

»Okay. Hör zu, lass uns keine Zeit verschwenden«, sagt Sita. »Ich hab was, das interessant sein könnte. Ich war bei Frohloff, und es gibt Neuigkeiten zu dieser Klara Winter. Hast du die Audiodatei angehört, die ich dir per Mail geschickt habe?«

Einen Moment ist es still, als müsste Tom erst gedanklich die Spur wechseln. Sita muss an seine Tabletten denken, vermutlich nimmt er gerade eine nach der anderen, um das hier zu überstehen. »Ich hab nur den Anfang gehört, ich musste unterbrechen«, sagt Tom. »Ehrlich gesagt, ich wusste auch nicht viel damit anzufangen, du hast mir ja kaum Informationen dazu gegeben, nur dass diese Klara offenbar eine Phobie hat, was die Zahl Siebzehn angeht.«

»Sagt dir der Name Professor Wittenberg etwas?«

»Nein. Warum?«

»Ich bin auf dem Weg zu seiner Klinik. Eine psychiatrische Privatklink, in der diese Klara Winter seit fast zwanzig Jahren untergebracht ist. Die Umstände, unter denen sie dort eingeliefert wurde, sind ziemlich mysteriös, es gibt keinen Vermerk bei der Polizei, keine Angehörigen, nichts. Niemand weiß, wo sie herkommt, auch sie selbst nicht.«

»Du meinst, sie ist so etwas wie ein Wolfskind?«

»Eher wie Kaspar Hauser. Aber auch das passt nicht so recht. Sie spricht, allerdings meistens in Rätseln und unzusammenhängend. Vielleicht eine Teilamnesie, ein frühes Trauma oder etwas anderes Einschneidendes.«

»Hm«, sagt Tom. »Das könnte zu dem passen, was ich heute von einem alten Stasi-Arzt gehört habe.«

»Was für ein Stasi-Arzt?«

»Unwichtig«, wiegelt Tom ab. »Wichtig ist, dass er Kinder in Hohenschönhausen auf Krankheiten untersucht hat, Kinder von Regimekritikern, die anschließend zwangsadoptiert wurden. Er hat den Verdacht, dass manche dieser Kinder von dort einfach verschwunden sind. Vorwiegend Mädchen.«

»Verschwunden? Und nicht adoptiert?«, fragt Sita.

»Es gibt wohl keine Papiere, keine Spuren, nichts.«

»Mein Gott, das könnte passen«, sagt Sita aufgewühlt. »Klara hat von einem Krankenhaus erzählt, und in Hohenschönhausen gab es, soweit ich weiß, zumindest einen Krankentrakt.«

»Das hätte allerdings vor dem Mauerfall sein müssen. Stimmt das denn mit dem Alter dieser Klara überein?«, fragt Tom.

»Möglich wär's. Aber ihr genaues Alter kennt niemand. Das Einzige, was ich sicher weiß, ist, dass sie 1998 in die Psychiatrie kam.«

Einen Augenblick lang ist es still, und Sita fragt sich, ob die Verbindung unterbrochen ist. »Tom?«

»Hast du gerade 1998 gesagt?«, fragt er. Seine Stimme klingt mit einem Mal heiser.

»Ja. Warum?«

»In dem Jahr ist Viola verschwunden, meine kleine Schwester.«

Sita schweigt betroffen.

»Sie wäre heute neunundzwanzig Jahre alt«, sagt Tom. »Blonde Haare. Grün-blau-graue Augen.«

Blond? Sita hat Klaras straff zurückgebundene Haare vor Augen. »Klara Winter sieht eher wie Ende dreißig aus, ihre Haare sind mehr oder weniger grau, aber das kann natürlich auch mit dem zusammenhängen, was sie erlebt hat. Das mit 1998 könnte Zufall sein, vor allem würde es nicht zu der Geschichte mit dem Krankenhaus und den verschwundenen Kindern passen, das ist ja vor dem Mauerfall passiert. Da war Viola gerade mal –«, Sita rechnet im Kopf nach, »gerade mal ein Jahr alt. An so frühe Erlebnisse erinnert man sich nicht.«

»Und wenn diese psychiatrische Klinik das Krankenhaus wäre? Und alles viel später passiert ist?«

»Wie kommst du darauf?«, fragt Sita.

»Der Stasi-Arzt hat noch etwas gesagt, bevor ich mich verabschiedet habe. Er meinte: ›Was, wenn derjenige, der die Mädchen verschwinden ließ, einfach weitergemacht hat?‹«

Sita bekommt eine Gänsehaut. »Das ... das wäre natürlich möglich. Ehrlich gesagt, sogar ziemlich wahrscheinlich. Jemand, der kleine Mädchen verschwinden lässt und weiß Gott was mit ihnen anstellt, der wird nicht einfach damit aufhören, nur weil die Mauer fällt.«

»Erzähl mir mehr von Klara«, fordert Tom.

»Sie scheint religiös zu sein, auf merkwürdige Art. Wart ihr zu Hause gläubig?«

»Nicht besonders, warum?«

»Zum einen: Auf ihrem Nachttisch liegt eine Bibel, sie scheint ständig darin zu lesen, ihr Lesezeichen ist so eine alte Feder, die scheint ihr besonders –«

»Eine Feder, sagst du?«, unterbricht Tom. »Wie sieht die aus?«

»Lang und weiß. Ganz normale Feder halt.«

»Wie eine Schwanenfeder?«, fragt Tom atemlos.

»Ja, warum?«

»Das letzte Mal, als ich Viola gesehen habe, trug sie so eine hinterm Ohr.«

Sita spürt, wie sich ihre Nackenhaare aufstellen. »Du meinst, Klara könnte wirklich ... *Viola* sein?«

Am anderen Ende der Leitung herrscht Schweigen.

»Tom?«

Durchs Telefon ist ein langes Hupen zu hören, erst schrill, dann leiser werdend. Dann Toms Atem.

»Tom! Sag was. Alles okay?«

»Entschuldige«, murmelt Tom. »Ich musste rechts ran. Ich ...« Er verstummt.

»Du hast Angst«, sagt Sita.

»Dass sie es doch nicht ist. Ja.«

»Oder dass sie es ist.«

»Das auch«, gibt er zu.

»Neunzehn Jahre. Das ist eine wahnsinnig lange Zeit.«

Er schweigt einen Moment. Sortiert sich. »Was war mit: zum anderen?«

»Was meinst du?«

»Du hast gesagt, zum einen liest sie ständig in einer Bibel. Und zum anderen?«

»Zum anderen«, sagt Sita, »hat Klara Angst vor dem Teufel, ihrer Schilderung nach müsste das der Mann sein, der sie misshandelt hat. Und sie spricht ständig von Jesus, behauptet, er habe sie gerettet, sie ist regelrecht besessen von –«

»Moment«, unterbricht Tom. »*Jesus?* Bist du sicher?«

»Sagt dir das was?«

»Der Mann im Badehaus, der mich umbringen wollte – er nannte sich Jesus.«

»Heilige Scheiße«, rutscht es Sita heraus.

# Kapitel 19

LKA 1, Berlin-Tiergarten
Dienstag, 5. September 2017
21:20 Uhr

Jo Morten hat sich in sein Büro zurückgezogen und schaut dahin, wo er jetzt gerne stehen würde: in den dunklen Hof.

Eine quarzen, das wär's jetzt.

Sein Hemd klebt ihm am Rücken. Sein Puls ist zu schnell. Er hasst diese Scheißdinger. Und er braucht sie. Aber ist das nicht immer so? Man liebt, was man liebt – und hasst, was daraus wird. So wie mit den Zigaretten und dem Kehlkopfkrebs. Mit seinem Job und Drexlers Tod. Vaters Liebe und Vaters Schweinereien. Und jetzt muss er einen Mann zur Strecke bringen.

Er schließt die Tür ab.

Öffnet die Schreibtischschublade. Nimmt aus der Pappschachtel sieben Neun-mal-neunzehn-Millimeter-Patronen, um das Magazin wieder aufzufüllen. Nicht das seiner P6, sondern das der anderen, die er im Wagen gelassen hat. Seine Dienstwaffe hat das gleiche Kaliber wie die Glock 34, aber auf die Entfernung schießt er lieber mit der langläufigeren Glock, die zudem nicht zu ihm zurückzuverfolgen ist. Er hat schon einiges hinter sich gebracht, was nicht ganz sauber war, und hofft, dass sich auch diesmal ein Weg findet, davonzukommen. Es *muss* einen geben. Denn eine Alternative lässt ihm dieser Yuri nicht.

*Wes Brot ich ess …*

Tom wird ihm schon eine passende Gelegenheit geben.

Sein Telefon klingelt, das Handy. Unbekannte Nummer.

»Morten«, meldet er sich ruppig.

»Auch Morten«, sagt eine kratzige Stimme.

Jo Morten wird schwindelig. Früher war er stabiler, verdammt. »Was willst du? Wir sind fertig miteinander.«

»Dein Kollege, der hier war«, sagt sein Vater. »Da ist noch was.«

Morten stöhnt. Der Alte hat es wirklich raus, hat es schon immer rausgehabt. »Du weißt, wie du mich dazu bringst, nicht aufzulegen, oder?«

»Was bleibt mir übrig?«

»Was ist mit ihm?«

»Er sucht seine Schwester.«

»Ist mir nicht neu.«

»Ich hab vergessen, ihm etwas zu sagen«, erklärt Heribert Morten.

»Vergessen? Eher unterlassen, oder?«, stellt Jo Morten fest. *Weil du einen Grund suchst, um mit mir reden zu können.*

»Jedenfalls hab ich's ihm nicht gesagt.«

»Schön. Und was?«

»Wie geht's den Mädchen?«

»Lass das«, sagt Jo Morten.

»Joseph, bitte. Ich bin ihr Großvater.«

»Bist du nicht. Sag einfach, was du sagen willst.«

»Du bist undankbar.«

»Undankbar? Vielleicht unversöhnlich – meinetwegen. Aber das führt zu nichts. Ich stecke hier bis zum Hals in Ermittlungen und hab weiß Gott keine Zeit, mich mit dir zu streiten. Also, was hast du vergessen, Tom Babylon zu sagen?«

»Ich hab ihm von den Kindern erzählt.«

»Den Kindern? Warum das denn?«

»Wegen seiner Schwester.«

»Aber die ist doch nicht in die Zwangsadoptions-Mühle geraten. Sie ist verschwunden und wurde irgendwann tot aufgefunden. Außerdem war das doch erst 98.«

»Was ihren Tod angeht, scheint er anderer Meinung zu sein«, sagt Heribert Morten. »Und das mit dem Verschwinden ist damals auch immer wieder mal passiert.«

»Was meinst du damit?«, fragt Jo Morten, jetzt doch hellhörig.

»Es gab da diesen Beamten. Ein Polizist. Einer von den Leuten, die das mit den Adoptionen organisiert haben. Die haben die Kinder immer in die Krankenstation von Hohenschönhausen gebracht, in einen speziellen Trakt. Manchmal war ich für Untersuchungen dort. Da gab es drei Zimmer, die Fünfzehn, die Sechzehn und die Siebzehn. In der Siebzehn waren immer nur Mädchen.«

Jo Morten wird übel, er muss an seine Töchter denken. Zugleich kommt sein Puls noch mehr auf Trab, als er es ohnehin schon ist. Die Siebzehn. »Und wie hast du überhaupt gemerkt, dass Kinder verschwunden sind?«

»Wegen der Rückfragen«, sagt Heribert Morten.

»Welche Rückfragen?«

»Nun, zu den adoptierten Kindern kamen Rückfragen. Ich hab sie ja medizinisch untersucht. Die neuen Eltern, das war selten einfach irgendwer, meistens höheres Parteivolk oder … na ja. Also, in diesen Trakt kam auch immer nur die A-Ware.«

Jo Morten schluckt, sein Hals ist trocken.

»Also haben die neuen Eltern natürlich nachgefragt«, fährt Heribert Morten fort. »Ob die Kinder wirklich gesund seien, ob sie Allergien hätten, frühere Knochenbrüche, Narben, es gab sogar welche, die meinten, ich müsse doch wohl Intelligenztests mit den Kindern gemacht haben, wie die denn ausgefallen seien. Nur zu den Kindern aus der Siebzehn gab es nie Nachfragen. Nicht ein einziges Mal. Für die schien sich niemand zu interessieren.«

»Mein Gott! Und du hast nie was gesagt?«

»Bin ich verrückt?«

Jo Morten presst die Zähne zusammen, dass es weh tut. Das ist alles so schizophren. Wie kann man jemanden so hassen und es doch nicht schaffen, ihn endgültig fallenzulassen? »Und dieser Polizist von damals«, fragt er, »von dem du gerade gesprochen hast? Kannst du dich an seinen Namen erinnern?«

Stille.

Als müsste sein Vater überlegen, ob es immer noch, nach all den Jahren, gefährlich werden könnte, etwas davon preiszugeben. Oder will er nur Zeit schinden, das Gespräch in die Länge ziehen? »Der Name. Kannst du dich erinnern?«

Ein Räuspern.

Es klingt, als würde er etwas trinken.

Dann ein Husten.

So hat er immer gehustet, wenn er einen zu großen Schluck von seinem billigen Whiskey getrunken hatte.

»Klar kann ich mich erinnern«, sagt Heribert Morten. »Der Mann hieß Riss. Berthold Riss.«

# Kapitel 20

Psychiatrische Privatklinik Höbecke, Berlin-Kladow
Dienstag, 5. September 2017
21:48 Uhr

Tom parkt den Wagen außer Sichtweite der Klinik. Sein Herz rast; die ganze Fahrt über hat er versucht, sich vorzustellen, wie sie jetzt wohl aussehen mag, mit neunundzwanzig und bereits ergrauten Haaren. Was um Himmels willen hat Viola durchgemacht?

Er steigt aus und nähert sich dem Klinikgelände zu Fuß. Vor dem schwarzen Gittertor erkennt er Sitas schlanke Gestalt. Sie trägt keine Perücke, ihr Gesicht ist wie gemeißelt, ihr Blick nervös. Während der Fahrt haben sie noch eine Weile miteinander telefoniert und sich gegenseitig auf den neuesten Stand gebracht.

»Hey.«

»Gut, dass du da bist«, stöhnt sie.

»Was ist los?«

»Wittenberg.« Sie weist auf das Klinikgebäude. »Ich hab gerade eine Nachricht auf meinem Handy abgehört. Friderike hat angerufen, offenbar als wir beide telefoniert haben.«

Sita hält ihm das Telefon hin und spielt die Nachricht ab. Zunächst ist nur Geraschel zu hören, dann eine Männerstimme, leise, kaum zu verstehen: »Was hast du da hinter deinem Rücken?«

»Das ist der Klinikleiter«, sagt Sita.

Dann die Stimme einer jungen Frau, näher, offenbar Friderike. »Warum sperren Sie sie hier im Keller ein? Sehen Sie nicht, was –«

»Zeig mir sofort, was du hinter deinem Rücken hast.«

Es raschelt erneut.

»Gib mir –«

»Nein. Neiiin.«

Atem, Knistern. »Klara, lauf!«, keucht Friderike. Ein lautes Klappern. Stöhnen. Wittenberg schreit. Es klingt wie ein Handgemenge. Etwas schlägt gegen das Mikrophon. Dann bricht die Aufnahme ab.

»Oh Gott. Von wann ist das?«

Sita schaut auf das Display. »Zwanzig nach neun. Das ist eine halbe Stunde her. Glaubst du, Wittenberg könnte unser Mann sein?«

»Du meinst, Jesus? Warum sollte er sich heimlich mit Klara treffen, wenn er doch jederzeit ungestört mit ihr sprechen kann? Ich glaube eher, dass er etwas mit der Entführung der Mädchen zu haben könnte.«

»Dem Alter nach wäre es möglich, er könnte damals schon in Hohenschönhausen gearbeitet haben«, sagt Sita. »Und als Chefarzt einer Psychiatrie hätte er auch später, nach dem Mauerfall, die Möglichkeit dazu gehabt.«

»Und wer ist dann dieser Jesus?«

»Jemand, der sich rächen will? Ein Bruder oder ein Vater eines der Mädchen? Aber dann müsste Wittenberg ganz oben auf seiner Liste stehen, und nicht Brigitte Riss.«

»Oh, nein«, stöhnt Sita. »Ich meine, *ja*. Das passt. Es gibt eine Verbindung von Brigitte Riss zu Wittenberg. Sie hat ihm Geld überwiesen, als Spenden getarnt, in unregelmäßigen Abständen.«

»Aber warum hat der selbsternannte Jesus dann Josh und mich und Nadja auf seiner Liste? Das ergibt doch keinen Sinn.«

Sita schaut ihn ratlos an. »Keine Ahnung. Aber wir sollten dringend nach Klara und Friderike schauen, die Nachricht auf der Mailbox hat sich nicht gut angehört. Was machen wir? Die Kollegen rufen?«

»Das dauert zu lange.« Tom wirft einen Blick durch das Tor, dann drückt er auf die Klingel an der Stele. Ein LED-Licht leuchtet auf, ein schwarz glänzendes Auge sieht sie stumm an. Sie warten, schauen zum Haus.

»Die machen nicht auf«, murmelt Sita, ohne die Lippen zu bewegen.

Tom klingelt erneut und schätzt mit einem Blick die Höhe der Mauer ab. Etwas über drei Meter. »Komm mit.« Er beginnt zu rennen und Sita mit ihm. »Was hast du vor?«, keucht sie.

Tom biegt in die Seitenstraße ein, in der er geparkt hat, startet den Mercedes und stellt ihn dicht an die Mauer. »Komm!« Er steigt auf den Wagen und zieht sich an der Mauerkrone hoch. Sita folgt ihm. Auf der anderen Seite springen sie hinunter und landen im feuchten Gras. Es riecht nach Hundekot.

»Okay. Und jetzt? Ins Gebäude können wir ja schlecht einbrechen.«

»An der Haustür können sie uns nicht so leicht abwimmeln wie vor dem Tor«, sagt Tom.

Im Laufschritt nähern sie sich der Klinik.

Tom klingelt; als niemand öffnet, beginnt er, mit der Faust gegen die Holztür zu schlagen.

Nach einer Ewigkeit wird die Tür von innen entriegelt, und eine resolute Mittvierzigerin steht vor ihnen. Weiche

Stupsnase, kalte blaue Augen, unwillige Falten auf der Stirn. »Sie schon wieder?«, blafft sie Sita an.

»Hallo, Schwester Meret.«

»Tom Babylon, LKA-Berlin«, sagt Tom und hält ihr seinen Ausweis entgegen. »Meine Kollegin Johanns kennen Sie ja schon.«

Schwester Meret stemmt die Hände in die Hüften.

»Wo ist Professor Wittenberg?«

»Auf dem Weg ins Krankenhaus.«

»Warum?«

»Er wurde in den Arm gebissen«, erklärt die Schwester säuerlich.

»Von wem?«

»Was glauben Sie denn? Sie sehen doch, was das hier ist. Meinen Sie, so was passiert zum ersten Mal?«

»Und wo sind Klara Winter und Friderike Meisen?«

Schwester Meret sieht nur wortlos vom einen zum anderen.

»Ich mach's kurz«, erklärt Tom. »Ich gehe davon aus, dass Ihr Chef Frau Winter im Keller eingesperrt hat und es zu einer tätlichen Auseinandersetzung zwischen ihm und Friderike Meisen gekommen ist. Ich will sofort wissen, wo die beiden sind. Ich kann jetzt die Kollegen rufen, und dann nehmen wir Ihnen die ganze Klinik auseinander. Wenn sich herausstellen sollte, dass den beiden Frauen etwas zugestoßen ist, haben Sie ein Problem.«

Schwester Merets Kieferknochen arbeiten.

»Ein gewaltiges Problem«, sagt Tom grimmig.

Mit einem Seufzen gibt sie die Tür frei.

»Wo ist der Keller?«

»Folgen Sie mir«, sagt die Schwester, wirft Sita einen giftigen Blick zu und geht durch die Vorhalle, dann links den Flur hinunter. Licht flammt auf. Ihre hastigen Schritte hallen im Gang.

»Kommt es häufiger vor, dass Patienten im Keller eingesperrt werden?«, fragt Sita.

»Das müssen Sie Professor Wittenberg fragen«, erwidert Schwester Meret spitz.

Sie biegen in einen fensterlosen Gang. Dann eine Tür, dahinter eine kahle Treppe zwischen getünchten Ziegelwänden. Alles grau in grau. Tom muss den Kopf einziehen. Mit jeder Stufe werden seine Beklemmungen größer, und seine Furcht, was ihn erwartet, wenn er Viola wiedersieht.

Fump, fump. Neonröhren springen an, werfen eisiges Licht in einen breiten Flur mit vier Türen auf der rechten Seite.

»Was ist das hier?«, fragt Sita.

»Ein alter Flügel, aus früheren Zeiten. Damals waren die Methoden noch etwas anders«, sagt Schwester Meret.

»Damals, hm?«, sagt Tom. Die Riegel an den massiven Metalltüren zeigen mehr als deutlich, wie anders. »Wo?«, fragt er.

Schwester Meret deutet auf eine der Türen, macht jedoch keine Anstalten, sie zu öffnen. Ihr Gesicht ist wie erstarrt.

Mit drei Schritten ist Tom an der Tür. Sein Puls rast. Es fühlt sich unwirklich an. Soll das der Moment sein? Hier unten? In einer psychiatrischen Anstalt, hinter einer gepanzerten Tür?

Die Klinke liegt eiskalt in seiner Hand.

Er öffnet die Tür.

Sieht nicht die Einrichtung. Sieht nicht die Kommode, nicht die Krakelei an der Wand oder die gepolsterte Tür. Er sieht auch nicht die Bibel auf dem Nachttisch, aus der eine lange, weiße Feder ragt. Tom sieht nur die Frau, die rücklings auf dem Boden liegt. Auf ihren Lippen ist Blut, ihr Gesicht ist geschwollen. Sie ist Anfang zwanzig. Ihre Haare sind blond, nicht grau.

Vermutlich Friderike Meisen.

Viola ist nicht da.

# Kapitel 21

Psychiatrische Privatklinik Höbecke, Berlin-Kladow
Dienstag, 5. September 2017
22:01 Uhr

Sita schiebt sich an Tom vorbei, kniet sich neben Friderike, fühlt nach ihrem Puls. Die Lider der Auszubildenden flattern kurz.

»Friderike? Hey. Kannst du mich hören?«

Nichts. Nur der Puls.

Sita schiebt vorsichtig ihre Hand unter Friderikes Hinterkopf und ertastet eine Schwellung. Erneutes Lidflattern.

»Schwester Meret«, sagt Sita, »wir brauchen einen Krankenwagen und einen Notarzt.«

Schwester Meret steht in der Tür und reckt den Hals. »Ich, äh, bin nicht –«

»Sofort«, sagt Tom scharf. Die Schwester verstummt, holt ihr Handy aus der Kitteltasche und zieht sich zum Telefonieren in den Flur zurück.

»Friderike, kannst du mich hören?«, fragt Sita erneut. Tom deutet an, sie solle dem Mädchen die Wange tätscheln, doch wegen der Schwellung am Kopf will sie Friderike nicht bewegen. Tom ist die Nervosität anzusehen; er sucht Antworten und bekommt keine. Sein Blick wandert zum Nachttisch, wo die Bibel mit der Feder liegt.

»Friderike, hallo …«, versucht Sita es wieder.

»Ja«, stöhnt die junge Frau leise. Ihre Augen öffnen sich ein wenig, sie verzieht das Gesicht.

»Bleib liegen. Beweg dich nicht, okay?«, sagt Sita. »Wir haben einen Krankenwagen gerufen.«

»Okay«, murmelt Friderike abwesend.

Tom will etwas fragen, aber Sita kommt ihm zuvor. »War das Wittenberg?«

»Ja.«

»Was ist mit Klara?«

»Die is' weg.«

»Mit Wittenberg? Hat Wittenberg sie mitgenommen?«

»Die ist weggelaufen. Ich hab Wittenberg festgehalten, aber der war so stark«, murmelt Friderike. »Ich hab ihn gebissen.«

»Hat er sie noch eingeholt?«

»Weiß nich …«

»Was denkst du, wohin könnte Klara gelaufen sein?«

»Zur Kirche.«

»Zur Kapelle?«, fragt Sita.

»Sankt Servatius«, sagt Schwester Meret. Sie hat das Telefonat beendet und steht verlegen bei der Tür. »Hier auf dem Gelände. Weiter wird sie nicht kommen.«

Friderike versucht, den Kopf zu schütteln, und verzieht das Gesicht vor Schmerzen. »Nicht die Kapelle.«

»Wohin dann?«, fragt Sita.

»Zum Berliner Dom.«

»Warum denn dahin?«

»Sie meinte, wegen Jesus. Und weil Brigitte dort sei.«

»Das ist doch Blödsinn«, protestiert Schwester Meret. »Wie soll Klärchen denn dahin kommen? Sie war in all den Jahren, die ich hier bin, nicht *einmal* außerhalb des Klinikgeländes und –«

»Schluss jetzt«, zischt Sita und wendet sich wieder Friderike zu. »Weiß Klara überhaupt, wie sie das Gelände verlassen könnte?«

»Keine Ahnung. Aber sie wollte unbedingt dahin. Ich hab ihr gesagt, wir könnten ein Taxi nehmen.«

»Sind Sie denn völlig verrückt?«, platzt Schwester Meret dazwischen. »Sie können doch nicht mit ihr in die Stadt fahren. Wissen Sie, was das für Klärchen bedeutet? Der Stress könnte sie kollabieren lassen.«

»Und der Stress, hier unten eingesperrt zu sein? Was ist damit?«, fährt Sita sie an. »Halten Sie einfach den Mund. Ihre Rolle klären wir später.«

»Ich musste es ihr versprechen«, sagt Friderike. »Sie meinte, sie braucht Vergebung, und keiner darf's wissen. Vielleicht hat sie wirklich ein Taxi genommen.«

»Das Tor ist nachts geschlossen, und die Mauer ist über drei Meter hoch. Wie soll sie das schaffen? Außerdem hat sie kein Geld für ein Taxi«, sagt Schwester Meret.

»Das würde der Taxifahrer aber erst merken, wenn er da ist«, sagt Sita. »Ist sie theoretisch stabil genug, um bis dorthin zu kommen? Nimmt sie Medikamente?«

»Sie schafft es nicht bis dorthin. Und, ja, sie bekommt Medikamente –«

»Die nimmt sie nicht«, flüstert Friderike matt. »Ich hab's selbst gesehen.«

»Tom«, fragt Sita, »was denkst du? Glaubst du auch, dass Wittenberg hinter ihr her ist?«

Keine Antwort.

»Tom?« Sie schaut sich um, doch er ist nirgends zu sehen.

»Der ist gerade raus«, sagt Schwester Meret.

Sita schaut ungläubig zur Tür, dann zu Friderike. »Warte einen Moment.«

Sie läuft in den Flur. »Tom?« Dann die Treppe hinauf, bis zum Gang. »TOM! Verdammt!«

# Kapitel 22

Berlin-Tiergarten
Dienstag, 5. September 2017
22:35 Uhr

Jo Morten hat absichtlich nicht auf seinem LKA-Stellplatz in der Keithstraße geparkt; das tut er nie, er kann das Gefühl nicht ausstehen, beobachtet zu werden. Eine alte Angewohnheit. Seine Mutter hatte den Zwang, immer wissen zu wollen, was er treibt. Sein Vater den Zwang, es ihr recht zu machen.

Morten schlägt die Wagentür zu und sieht zum wiederholten Mal auf den GPS-Tracker seines Handys. Wohin um alles in der Welt fährt Babylon denn jetzt? Der kleine pulsierende Punkt, der den Sender an seinem Wagen darstellt, bewegt sich zügig Richtung innere Stadtbezirke. Gut, dass Babylon so verrückt ist, seinen eigenen Wagen zu benutzen. Entweder er weiß noch nichts von der Fahndung nach ihm, oder er hat einen Punkt erreicht, an dem ihm alles egal ist. Nur ärgerlich, dass die Kollegen parallel nach ihm fahnden. Sollten sie ihn vor Morten kriegen, wäre es aus.

So gesehen hätte er ihn besser nicht zur Fahndung ausgeschrieben. Aber woher hätte er wissen sollen, dass Beelitz so verdammt schiefgeht.

Er nimmt die Glock aus dem Handschuhfach, zieht das Magazin heraus und füllt die fehlenden Patronen nach. Das Handy legt er in die Mittelkonsole, so dass er den Punkt verfolgen kann. Dann fährt er los. Seine Hände zittern. Eine Zigarette wäre jetzt gut. Aber im Auto rauchen geht nicht. Lydia würde es drei Meilen gegen den Wind riechen. Er wird die Waffe auflegen müssen oder zumindest die Distanz verkürzen, um auf jeden Fall zu treffen. Wie auch immer. Es muss gut laufen. Nur dann kann er den Zug noch aufhalten. Keine Annullierung der Pension, keine Wiederaufnahme der Ermittlungen gegen seinen Vater und damit keine Ermittlungen gegen ihn selbst.

Sein Handy klingelt.

Ausgerechnet jetzt. Er geht vom Gas, nimmt das Gespräch an und schaltet auf Lautsprecher. »Morten«, sagt er ruppig.

»Frohloff hier.«

Er hat das Grinsen vor Augen, allein vom Hören. Rasch schaltet er auf dem Display zurück zur App, damit er parallel zum Telefonat das GPS-Tracking verfolgen kann.

»Hat die Johanns dich angerufen?«, fragt Frohloff.

»Die Johanns? Nein. Warum?«

»Echt nicht?«, sagt Frohloff ungläubig. »Mist.«

»Hör mal, ich kann jetzt schlecht. Mach's bitte kurz, ja.«

»Ist aber wichtig. Ich hab einiges rausgefunden.«

»Gibt es eine Kurzversion?«

»Ist deine Ermittlung, oder?« Frohloff klingt eingeschnappt.

»Ist Gefahr im Verzug?«

»Nein«, sagt Frohloff gereizt. »Oder vielleicht doch. Keine Ahnung. Aber das ist euer Bier. Ich liefere euch nur Fakten. Was ihr daraus macht, ist eure Sache.«

Und die des Staatsanwalts. Und des Innensenators, denkt Morten. Weswegen ich dich wohl nicht einfach wegdrücken kann. »Also, was gibt's?«

»Ich und Sita«, Frohloff räuspert sich, »also, die Johanns, wir haben da eine Theorie, wegen einer Verbindung zu einem ehemaligen DDR-Krankenhaus. Es hat mit dieser Patientin aus der Psychiatrie zu tun, wegen der jemand bei uns angerufen hat.«

»Ja, und?«

»Es gibt eine Verbindung zu Brigitte Riss. Sie hat Geld an die psychiatrische Klinik überwiesen, in der diese Patientin untergebracht ist.«

»Hör mal, das dauert jetzt länger, oder? Weil, ich sehe die Johanns jetzt gleich noch«, lügt Morten. »Kann die mir das nicht alles erzählen?«

»Ja, schon«, sagt Frohloff pikiert. »Bis auf eine Sache. Ich könnte mich in den Hintern beißen, dass ich nicht direkt danach gesucht habe, aber diese Geschichte mit der Johanns und ihrer Patientin, das hat mich irgendwie ausgebremst. Also: Nach dem, was Tom uns erzählt hat, scheinen die Todesfälle ja alle irgendwie mit dem Verschwinden seiner Schwester zusammenzuhängen, und mit dem Schlüssel, den sie damals bei der Leiche gefunden haben.«

»Und weiter?«

»Na ja. Seine Schwester ist am 10. Juli 98 verschwunden. Und da ist mir eine interessante Koinzidenz aufgefallen. In der Nacht gab es in Stahnsdorf, wo die Familie Riss und auch die Babylons gewohnt haben, ein Feuer. Ein Haus ist bis auf die Grundmauern abgebrannt. Und weißt du, wem es gehört hat?«

»Sag's einfach.«

»Der Familie Riss.«

»Ah«, sagt Morten überrascht.

»Und weißt du«, fragt Frohloff, »welche Hausnummer dieses Gebäude hatte? Siebzehn.«

Morten sitzt da wie vom Donner gerührt.

»Und pass auf, jetzt kommt's«, sagt Frohloff. »In dem Haus wurde damals eine Leiche gefunden. Verkohlt bis zur Unkenntlichkeit.«

»Verdammt. Und das ist euch nicht früher aufgefallen?«

»Na hör mal, wir hatten echt genug zu tun. Ich bin nur über das Datum, an dem Toms Schwester verschwunden ist, drauf gekommen. Aber immerhin war ich so schlau, noch den Eigentümer des Hauses zu checken. Es handelt sich um eine kleine Immobilienfirma, und deren Eigentümer wiederum war Berthold Riss, der Mann von Brigitte Riss.«

Berthold Riss. Der verschwundene und angeblich untreue Ehemann. In Mortens Kopf fügen sich die Informationen wie von selbst zusammen. Die Zwangsadoptionen, für die Riss in der DDR zuständig war. Die verschwundenen Mädchen aus dem Krankenhaus. Das abgebrannte Haus. »War die Leiche männlich?«, fragt er.

»Weiblich, hieß es.«

Morten wirft einen Blick auf den GPS-Tracker. Babylon fährt immer noch auf der B2 Richtung Tiergarten. »Frau oder Mädchen?«

»Kann ich nicht sagen.«

»Gab es keine Analyse der Knochen?«

»Vermutlich schon«, meint Frohloff. »Aber die Akten sind verschwunden. Was ich habe, habe ich aus diversen Archiven zusammengeklaubt.«

Morten flucht. Tom Babylons Mercedes nähert sich dem Brandenburger Tor. »Gute Arbeit, Lutz! Danke. Hör zu, ich melde mich. Bereitest du das alles auf für die Teamsitzung morgen früh?«

»Halb neun, richtig?«, fragt Frohloff.

»Und pünktlich«, sagt Morten. Er beendet das Gespräch und stellt das Handy auf lautlos. Jetzt zählt nur noch Tom Babylon. Babylon ist der Lockvogel. Wenn Babylon das hier überlebt und es auch noch zu einer Festnahme kommt, machen dieser Yuri und die Typen von der HSGE ihm die Hölle heiß.

Der Tracker verschwindet erneut vom Display. Stattdessen erscheint: *Anruf Sita Johanns.*

# Kapitel 23

Berliner Dom<br>Dienstag, 5. September 2017<br>22:44 Uhr

Schon von weitem sieht Tom, dass da etwas nicht stimmt. Eine diffuse Glocke aus orangefarbenem Licht schwebt über dem Lustgarten vor dem Berliner Dom, als würde es dort brennen. Nur dass der Rauch fehlt. Am Straßenrand parken in einer langen Reihe Mannschaftswagen der Polizei.

Was um alles in der Welt ist hier los?

Kurz bevor er die Schlossbrücke zur Museumsinsel überquert, sieht er den erleuchteten Dom mit seiner grünlichen Kuppel majestätisch in den dunklen Himmel ragen. Die Rasenfläche davor ist voller Menschen mit brennenden Lichtern, Schildern und Transparenten.

»Lichter gegen Rechts«, natürlich! Die Kundgebung. Die hatte er vollkommen vergessen.

Unmittelbar vor der Brücke biegt Tom scharf rechts ab in eine kleine Straße. Hier ist es ruhiger, und vor allem ist hier keine Polizei. Er bezweifelt zwar, dass die Beamten, die zur Sicherung der Kundgebung eingeteilt sind, aktiv an der Fahndung nach ihm teilnehmen, aber es könnte dennoch riskant sein.

Er manövriert seinen Mercedes in eine viel zu enge Lücke bei der Friedrichswerderschen Kirche und zwängt sich aus dem Wagen.

Bis zum Dom sind es drei Minuten.

Am Lustgarten taucht er in der Menge unter, bewegt sich im Schutz des Gewühls Richtung Domportal; es müssen einige Tausend Menschen sein, fast alle tragen Gläser, in denen Teelichter flackern.

Wie soll er bloß in diesem Chaos Vi finden? Falls sie überhaupt hier ist und es nicht mit der Angst zu tun bekommen hat, schließlich ist sie keine Menschenmengen gewöhnt. Sein Telefon klingelt. Zum dritten Mal. Er muss nicht aufs Display schauen, um zu wissen, wer es ist. Es gibt nur einen Menschen, der seine neue Prepaid-Nummer hat. »Hallo Sita.«

»Tom, zum Teufel. Was machst du?«

»Das fragst du noch?«

»Bist du schon am Dom?«

»Ja, mitten in einer Kundgebung.«

»Lichter gegen Rechts, ich weiß«, sagt Sita. »Tom?«

»Was?«

»Ich musste Morten anrufen.«

Tom bleibt stehen. »Das ist nicht dein Ernst. Du fällst mir in den Rücken?«

»Beruhige dich bitte. Es ging nicht anders. Du warst auf einmal weg. Ich war alleine in der Klinik. Wir haben keine Ahnung, wo Wittenberg ist, und Klara ist auch verschwunden. Was, wenn die beiden auf dem Klinikgelände sind und er ihr etwas antut?«

»Sie ist nicht auf dem Klinikgelände«, sagt Tom wütend.

»Wie soll sie denn rausgekommen sein? Das Tor ist abgeschlossen und die Mauer viel zu hoch. Sie ist doch keine Sportlerin. Wenn sie das Gelände verlassen hat, dann nur mit Wittenberg, und dann müssen wir ihn zur Fahndung ausschreiben.«

»Wenn sie Viola ist, dann schwöre ich dir, dass sie da rausgekommen ist«, sagt Tom.

»Du *willst*, dass es Viola ist«, sagt Sita.

Tom presst die Zähne aufeinander.

»Was, wenn sie es nicht ist?«

»Sie ist es.«

»Tom, du bist vollkommen auf sie fixiert.«

»Ich will sie nur finden. Das ist alles.«

»Eben«, sagt Sita. »Das ist ja die Fixierung.«

»Blödsinn. Das ist völlig normal«, sagt Tom hitzig. »Sie ist meine Schwester.«

»Ja. Und irgendwie ist sie deine ständige Begleiterin, als würdest du sie überall mit hinschleppen. Es würde mich nicht wundern, wenn du ab und zu ihre Stimme hörst.«

Tom erstarrt. Seine Schläfe pulsiert. Das kann sie nicht wissen. Das *darf* sie nicht wissen. *Habe ich vielleicht laut mit Vi gesprochen, während Sita dabei war? Verliere ich die Kontrolle?*

»Hab ich recht?«, fragt Sita.

Er sieht über die Menge hinweg zum Dom. Menschen mit Kerzen in Gläsern. Ein Meer von kleinen Flammen und orangefarbenen Gesichtern. »Manchmal«, sagt er leise. Er könnte schwören, Sita kann es nicht hören bei all dem Lärm.

»Ist sie manchmal neben dir?«

»Ja. Manchmal.«

»Und, tut dir das gut?«

»Nein«, sagt er. »Ich hasse es. Es ist furchtbar. Es soll endlich aufhören.«

»Es wird nicht aufhören.«

»Warum, verdammt noch mal, sagst du das?«

»Weil du es nicht hasst. Du liebst es.«

Tom schluckt, das Flammenmeer, all die Leute um ihn

herum, ihm ist schwindelig. Seine Finger umklammern das Telefon.

»Es ist die einzige Art«, sagt Sita, »wie du sie um dich haben kannst. Selbst wenn es weh tut, du wärst nie bereit, darauf zu verzichten.«

»Doch«, sagt er. »Wenn ich sie finde.«

Einen Moment lang zögert Sita. »Ich weiß nicht, ob es das besser machen würde, Tom.«

Er schweigt und wünscht sie zum Teufel, weil sie an Türen rüttelt, deren Klinken er längst abgeschraubt und weggeworfen hat.

»Stell dir vor, sie ist es«, sagt Sita. »Du hast sie gefunden. Und was dann? Glaubst du etwa, sie ist noch die kleine Vi, die du verloren hast? Glaubst du etwa, du kannst dann besser –«

»Leck mich! Du hast ja keine Ahnung.« Er drückt sie weg, stellt das Handy auf lautlos, steckt es ein und schiebt sich durch die Menge. Irgendwo rechts von ihm zündet jemand Pyrotechnik, ein greller Komet mit roter Korona. Die Polizei macht eine Lautsprecherdurchsage und bittet um Mäßigung. Ein zweiter Pyrokörper glüht auf. Tom taucht zwischen den letzten Demonstranten hindurch. Es ist, als hätte ihn eine Welle an den Strand gespült. Der Dom liegt vor ihm, bedrohlich und verheißungsvoll, hinter einer rotweißen Absperrung. Die Gitter vor dem Portal sind verschlossen, Polizisten bewachen den Eingang mit wachsamen Blicken.

Was, wenn Sita recht hat? Was, wenn Viola das Klinikgelände gar nicht verlassen konnte?

Und selbst wenn sie hier ist, wie soll er sie finden?

Tom geht an der Absperrung entlang nach rechts. Immer das Areal um den Dom im Blick, auf der Suche nach Vi. Seine Schläfe pocht, er weiß nicht, ob es die Wunde ist oder der

Stress. Er könnte Schmerzmittel nachlegen, aber er will sich nicht dämpfen.

Er biegt um die Ecke, läuft auf die Liebknechtbrücke zu. Der Dom liegt jetzt linker Hand. Auch das kleinere Südportal ist mit hüfthohen Gittern abgesperrt. Kurz vor der Brücke ergibt sich eine Gelegenheit: Zwei dort postierte Beamte schauen gelangweilt Richtung Lustgarten. Tom flankt hinter ihnen über den Absperrzaun und ist mit ein paar Schritten zwischen den Bäumen neben dem Dom. Er weiß, das hier ist wider jede Vernunft, aber er kann nicht anders. Er zwängt sich durch die Büsche, im Schutz der Bäume. An der südöstlichen Ecke des Doms will er über das brusthohe Zauntor steigen, doch es schwingt auf, als er es berührt. Überrascht schlüpft er hindurch, schließt es und ist jetzt auf der Seite des Doms, die direkt an die Spree grenzt. Er huscht eine Treppe hinunter. Der Fluss säuselt, im Wasser glitzern die Lichter des gegenüberliegenden Ufers.

Hier unten, an der Ostseite des Doms, gibt es zwei Seiteneingänge. Er drückt die Klinke der Tür, die ihm am nächsten ist. Knarrend schwingt sie auf. Für einen kurzen Augenblick fragt er sich, ob es eine Falle sein könnte. Sein Herz schlägt schneller. Er schlüpft durch die Tür, schließt sie hinter sich und steht im Dunkeln. Handy raus, Taschenlampen-Funktion an.

Das Telefon in der linken Hand, die Makarov in der rechten, geht er geradeaus bis zur nächsten Tür. Auch die ist offen, genau wie die nächste. Tom steht im südöstlichen Treppenhaus. Seine Kehle wird eng. Das hier geht zu einfach; es sind zu viele Türen offen. Er hätte jetzt gerne Becher hier, den fülligen Domwart, um ihn zu fragen: Ist das normal? Er muss an Brigitte Riss denken, wie sie unter der Kuppel hing, an Josh, eingeschnürt auf dem Grund des Wasserbeckens.

Was hat der Mörder mit ihm vor? Und was mit Viola, falls der siebte Schlüssel wirklich für sie ist.

Ich beschütze dich, denkt er. Was auch immer passiert.

*Ich brauch keinen, der auf mich aufpasst*, flüstert Vi.

Ich hab dich damals nicht beschützt, jetzt tue ich's.

Leise schleicht er die Stufen hinauf. Gelangt ins Hauptgeschoss. Auch hier sind die Türen nicht verschlossen. Becher, sag mir, ist das richtig? Er läuft durch den Vorraum, die Tür zur Predigtkirche steht offen. Er lässt das Handy sinken, steckt es ein und betritt den riesigen Raum. Kein Kerzenschein. Keine Lampen. Nur die äußere Dombeleuchtung, die schwach durch die Fenster scheint und alles in Zwielicht taucht. Tom hat zunächst nur Augen für die Kuppel, die Fenster bilden einen fahlen Ring, goldene Verzierungen schimmern. Die Kuppel ist leer, anders als am Sonntagmorgen. Keine Seile, kein schwarzer Engel.

Doch in respektvollem Abstand zum Altar steht eine grauhaarige Frau in einem weißen Nachthemd. Tom kann ihr Gesicht nicht erkennen, denn sie schaut direkt auf das zentrale Fenster hinter dem Altar, auf dem Jesus am Kreuz zu sehen ist.

Tom bleibt stehen. Wagt nicht, sich zu bewegen.

Wie lange hat er auf diesen Moment gewartet.

Er versucht, sich seine kleine Vi vorzustellen, wenn sie neben diese Frau treten würde. Wenn sie etwas größer wäre. Etwas älter. Etwas – beschädigter?

Er schluckt. Steckt die Pistole ein und schaut auf die beiden, die kleine und die große Viola, wie sie still nebeneinander stehen, die eine in Weiß, die andere im Schlafanzug. Seine kleine Schwester dreht sich um.

*Das soll ich sein?*

# Kapitel 24

Berliner Dom
Dienstag, 5. September 2017
23:11 Uhr

Schritt für Schritt, denkt Tom. Immer näher. Sie ist hager. Dünner, als er gedacht hat, oder besser: gehofft. Er hat so viel gehofft. Dass es ihr gut geht, dass sie ein Leben hat, dass sie sich nicht mehr erinnern kann, wie ihre Kindheit war, und dass sie sich deshalb nie gemeldet hat. Und nun steht sie da. Er muss an den Rücken unter dem dünnen, weißen Stoff denken, den Sita ihm beschrieben hat – voller Narben.

Sechs Schritte noch, bis er bei ihr ist.

Es tut ihm in der Seele weh.

Fünf Schritte.

Was ist von der Viola übrig, die er kennt? Die neben ihm im Auto sitzt?

Drei Schritte.

Die so neugierig ist, manchmal so frech, und die sich nichts sagen lässt?

Zwei.

Die ihm die Jodflasche vor die Füße gepfeffert hat?

Eins.

Die er wiederhaben will.

Er steht bei ihr. »Hallo, Vi«, sagt er leise. Ihr Name hallt in der Kuppel wider. »Ich bin's, Tom.«

Sie dreht sich um, ihre Augen sind geweitet, ängstlich. Sie riecht nach Schweiß. »Wer ist Vi?«

Einen quälend langen Moment sucht er in ihrem Gesicht, doch er findet darin nichts von Viola. Er fragt sich, ob er sich täuscht. Ob sie sich nicht viel mehr verändert haben kann, als er glaubt.

Aber da ist nichts.

Kein Erkennen, auch bei ihr nicht.

»Klara Winter?«, fragt Tom vorsichtig.

»Ja.«

»Was machen Sie hier?«

»Um Vergebung bitten.«

»Wofür?«, fragt Tom.

Sie legt den Zeigefinger beschwörend auf ihre Lippen. Ihr Blick fällt auf Toms Brust, und sie erstarrt. Erst jetzt wird ihm klar, dass er noch den Schlüssel um den Hals trägt, und er steckt ihn rasch unter sein Hemd. »Wen bitten Sie um Vergebung?«, fragt er.

»Jesus.«

»Und wer ist Jesus?«

»Marias Sohn«, haucht sie.

»Und … ist Jesus hier?«

Ihr treten Tränen in die Augen. Sie nickt.

»Ist er hier, so wie Sie und ich?«, fragt Tom. Seine Hand bewegt sich langsam in Richtung Schulterholster.

Sie nickt wieder. Nervös fingert sie am Saum ihres Nachthemds, fasst darunter, kratzt sich am Oberschenkel. Dann kommt die Hand wieder unter dem Stoff hervor.

Ungläubig starrt Tom auf das Messer in ihrer Faust. Klaras Finger sind weiß vor Anstrengung, ihre Lippen ein Strich, und sie stößt zu. Er versucht auszuweichen, dennoch trifft ihn der Stich seitlich in den Bauch. Im ersten Augenblick ist es, als würde ihn jemand kneifen, unwirklich. Das Gefühl passt nicht zu dem, was er sieht.

Hastig zieht Klara die Klinge zurück und lässt das Messer fallen. Das Klappern hallt im Dom wider.

»Entschuldigung, Entschuldigung, Entschuldigung«, stammelt sie.

Tom weicht zurück, hält sich an einer Kirchenbank fest. Klara ist kreidebleich, ihre Augen sind weit geöffnet. Das Messer liegt auf dem Boden, der Stahl glänzt, nur ein paar dünne rote Schmierspuren sind darauf zu sehen. Hastig zieht Tom das Hemd aus der Hose, schaut auf die Wunde. Ein glatter, schmaler Stich. Blut tritt aus, nicht viel, aber das muss nichts heißen. Das Training auf der Polizeischule kommt ihm in den Sinn. *Bei einem Angriff mit einem Messer: sofort schießen,* wurde ihnen eingeschärft. *Messer sind gefährlicher als Projektile.* Seine Hände zittern, er kann nur hoffen, dass keine inneren Organe verletzt sind.

»Hallo, Tom«, sagt eine Männerstimme hinter ihm. Dieselbe Stimme wie im Badehaus. Der Mann, der sich Jesus nennt. »Wie fühlt es sich an, von seiner Schwester niedergestochen zu werden?«

Tom dreht sich um. »Sie ist nicht meine Schwester.«

Jesus steht ruhig da, hat eine Pistole auf ihn gerichtet. »Aber du hast es so gehofft, oder?« Er ist überraschend jung – viel jünger, als seine Stimme vermuten lässt, vielleicht Mitte oder Ende zwanzig –, hat ebenmäßige Gesichtszüge und dunkelblonde Haare. Eigentlich könnte er attraktiv sein, wären da nicht der brutale Zug um seinen Mund und die wütenden Augen. Schon in der Dunkelheit des Badehauses hatte Tom das vage Gefühl, ihn zu kennen, und plötzlich weiß er auch, woher: das Foto auf Karins Schreibtisch, neben ihrem Computer. Der Mann sieht aus wie Karins Vater – Berthold Riss. Die blonden Haare, das Kinn, die Augen. Die Ähnlichkeit ist verblüffend, als wäre er aus dem Bilderrahmen gestiegen.

Eine weitere Erinnerung schießt Tom in den Sinn. Aus der Zeit in Stahnsdorf, ein Abend im Haus von Brigitte Riss. Er war zehn, vielleicht elf gewesen. Karin hatte Geburtstag. Eine der wenigen Gelegenheiten, zu denen er bei ihr zu Hause war. Sie waren alle da: Bene, Nadja, Josh, er selbst und noch ein paar andere Kinder, und sein Vater holte ihn ab, mit Viola im Schlepptau. Einige Eltern stießen in der Küche ein wenig verkrampft mit Weißwein und Sekt an. Und Karins Vater stand dabei.

Es war das erste und einzige Mal, dass er ihn gesehen hatte, aber weil man sich immer fragt, wie die Eltern der Freunde aussehen, schaute er besonders gut hin.

Das ist über zwanzig Jahre her. Doch der Mann, der ihm gegenübersteht, sieht aus, als wäre er der Berthold Riss von damals, vielleicht sogar noch ein wenig jünger.

»Gib mir deine Pistole«, fordert er. »Mit zwei Fingern.«

Tom legt die Waffe auf die Bank. »Wer sind Sie?«

»Klärchen hat mich Jesus getauft.« Ein spöttisches Lächeln spielt um seine Lippen. »Der Erlöser – das gefiel mir gut. Jesus, Marias Sohn. Was für eine Ironie.«

»Wer sind Sie wirklich?«

»Die Ordensschwestern haben mich damals Sebastian Färber getauft, als ich zu ihnen kam. Da war ich fünf. Meinen richtigen Namen habe ich ihnen nie gesagt. Die ersten zwei Jahre bei den Schwestern habe ich kein Wort gesprochen. In der Zeit davor hieß ich Christian. So haben meine Mutter und Klara mich genannt. Christian hier, Christian da, Christian, sei still, er kommt.« Mit einem Mal wird seine Stimme kalt und aggressiv. »Christian, schau weg! Christian, hau ab, ich kann dich nicht ertragen ... du bist wie dein Vater.« Er holt Luft, als müsste er zurückfinden. Als er weiterspricht, ist seine Stimme ruhiger. »Wenn es danach ginge, müsste ich Christian Riss heißen, nach meinem Vater. Du hast ihn damals im Kanal gefunden. Ihn und seinen Schlüssel.«

Tom starrt den Mann ungläubig an. Mit einem Mal fügt sich das Bild zusammen. Er sieht die Leiche auf dem Grund des Teltowkanals vor sich, das weiße Hemd, den Kaninchendraht um den Körper, das unkenntliche Gesicht. »Der Mann im Kanal, das war Berthold Riss? Der Mann von Brigitte Riss?«

»Mein Vater. Ja.«

»Es hieß damals, er wäre mit einer anderen Frau durchgebrannt.«

»Das sollten alle glauben. Aber ich weiß es inzwischen besser. Er wurde umgebracht.«

»Und Ihre Mutter war ... Maria?«

»Jesus und Maria«, sagt Färber. »Da muss man kein Polizist sein, um drauf zu kommen, oder?«

Tom schweigt. Presst die Hand auf die Wunde. Die Schmerzen werden stärker, und das Blut färbt seine Hand rot.

»Und jetzt, wo du weißt, wer ich bin«, sagt Färber, »weißt du auch, warum du hier bist?«

»Nein«, erwidert Tom.

»Willst du es ihm erklären?« Färber sieht Klara an. Ihre Lippen sind ein Strich. Sie schüttelt den Kopf, schaut zu Boden.

»Wegen meiner Mutter bist du hier«, sagt Färber leise zu Tom. In seinen Augen funkelt unterdrückte Wut. »Wegen dir ist sie tot.« Das letzte Wort verhallt in dem riesigen Kirchenraum. »Wegen dir und den anderen. Und wegen der verfluchten Pastorin, dieser Schlampe.«

Tom starrt Färber an, versucht, zu verstehen, was er damit meint. In der Stille schlägt eine Tür zu. Weit entfernt. Färber alias Jesus richtet sich kerzengerade auf.

# Kapitel 25

Berliner Dom
Dienstag, 5. September 2017
23:25 Uhr

»Ich bin jetzt da«, sagt Jo Morten leise ins Telefon. Er steht an der Rückseite des Doms, beim Anleger. Die Spree fließt keine zwei Meter von ihm entfernt, wispernd und schwarz. Die Lichter des gegenüberliegenden Ufers spiegeln sich darin. Über die Liebknechtbrücke ziehen Menschen in beide Richtungen, die Straße ist noch so belebt, dass niemand auf ihn achtet. »Gehe jetzt rein. Du bleibst draußen und wartest auf die Kollegen. – Nein! Das ist ein Befehl.«

Ohne ein weiteres Wort legt er auf, überprüft, ob das Handy auf lautlos gestellt ist, und steckt es ein. Ihm läuft die Zeit davon. Sita Johanns gehört nicht unbedingt zu den Leuten, die Befehle befolgen. Es kann nicht lange dauern, bis sie unruhig wird. Zumal sie vergeblich auf die versprochenen Kollegen wartet. Natürlich wird er Einsatzkräfte anfordern, aber noch nicht jetzt. Was auch immer er im Dom vorfindet, er braucht einen Vorsprung – und vor allem keine Zeugen. Er fragt sich, ob die Johanns recht hat mit diesem Wittenberg. Wenn Berthold Riss damals die Kinder verschwinden ließ, war Wittenberg dann sein Komplize? Und wer zum Teufel ist dieser selbsternannte Jesus, von dem die Johanns gesprochen hat?

Leise öffnet er die Tür und betritt das Untergeschoss des

Doms. Es ist finster und kalt. Ein schmaler, kurzer Gang, mehr ist nicht zu erkennen. Er fischt eine winzige LED-Taschenlampe aus seiner Jacke, nicht größer als ein Finger. Die Kollegen benutzen nur noch die Lampenfunktion ihrer Handys, doch er hasst diesen Multifunktions-Firlefanz. Handy ist Handy. Und Taschenlampe ist Taschenlampe.

Der Lichtkreis ist scharf und klar. Unter den Absätzen seiner Schuhe knirschen Steinchen. Er mag keine Turnschuhe, die halbe Welt läuft damit rum, aber jetzt könnte er ein Paar von den verdammten Leisetretern gebrauchen.

Im südöstlichen Treppenhaus nimmt er die Stufen, als wäre jede eine Tretmine. Das Schild *Predigtkirche* weist nach rechts, doch die Tür ist verschlossen. Er läuft zur anderen Tür, die aus dem Treppenhaus hinausführt, und findet sie zu seiner Erleichterung offen vor. Als er hindurchschlüpft, fällt sie krachend hinter ihm ins Schloss. Morten zuckt zusammen und bleibt stehen, bis das Geräusch verhallt ist. Am Türrahmen ist ein hydraulischer Schließmechanismus montiert. Kein Wunder, dass das Ding von allein zufällt.

Er schleicht weiter. Bei der nächsten Tür ist er vorsichtiger. Im Vorraum der Predigtkirche ist es still. An der Schwelle bleibt er stehen.

Nichts zu sehen.

Der Dom ist menschenleer.

Wo zum Teufel ist Tom Babylon?

Er muss an Yuri denken. Yuri, von dem er nicht einmal den Nachnamen kennt und der ihn noch einmal angerufen hat, um deutlich zu machen, was er von ihm erwartet. Im Zweifel, hatte er gemeint, solle er es aussehen lassen wie einen Unfall.

Morten betritt den Kirchenraum und blickt ehrfürchtig um sich. Über ihm ist die Kuppel mit dem zentralen Heiliggeistfenster, das sonst eine weiße Taube vor Sonnenstrahlen zeigt. Jetzt ist es ein schwarzes Loch zwischen den Reliefs der Apostelgeschichte. Er lässt sich nicht leicht beeindrucken, aber die Größe Gottes in diesem Bauwerk zu spüren, in jedem Detail, jeder Säule, jeder Statue und jedem Pinselstrich, das ist für einen Moment sogar größer als seine Sucht nach Nikotin oder Veruca. Und das will etwas heißen. Das Einzige, was ihm mehr bedeutet, sind seine Töchter, und dass er endlich Ruhe vor seinem Alten hat.

Er würde sich wohler fühlen mit seiner Glock in der Hand, aber er will hier, mitten in der Kirche, keine Waffe ziehen. Nicht, wenn es nicht unbedingt nötig ist.

Vor dem Altar senkt er den Blick und stutzt. Ist das etwa Blut? Er geht in die Knie, berührt die Tropfen auf dem Steinfußboden mit dem Finger. Dunkelrot und frisch. Kein Spritzmuster. Entweder ein Steckschuss oder eine Stichwunde. Vielleicht auch eine andere Verletzung.

Hat das Raubtier den Lockvogel erwischt? Oder der Lockvogel das Raubtier?

Er zieht die Glock, lässt den Blick kreisen und hält den Atem an.

Nichts. Nur Stille.

Rasch läuft er zurück, wählt intuitiv das kaiserliche Treppenhaus im Südwesten des Doms. Die größte Treppe – und die nächstliegende. Er schaut nach oben und horcht.

Richtet die Taschenlampe auf die Stufen, dann auf den breiten Handlauf. Auf dem fein marmorierten Stein zeichnet sich der dunkle Abdruck einer Hand ab.

Sita Johanns parkt ihren Wagen mitten auf dem Gehweg der Liebknechtbrücke, steigt aus und schaut hinüber zur Kuppel des Doms. »Du bleibst draußen. Das ist ein Befehl.«

Ausgerechnet jetzt. Es wäre besser gewesen, Morten gar nicht erst anzurufen.

Wenn Klara tatsächlich hier ist, muss sie in einer furchtbaren Verfassung sein. Verängstigt, seelisch massiv unter Druck und auf der Flucht vor Wittenberg. Es wäre nicht verwunderlich, wenn sie einen Zusammenbruch erleiden würde. Erst recht, wenn sie tatsächlich Toms Schwester ist und ihm plötzlich gegenübersteht.

Und Tom? Wie stabil ist er wirklich? Dass er manchmal mit Viola spricht, hat sie nur vermutet – es war ein Schuss ins Blaue. Und ein Volltreffer. Die Frage ist: Wie real ist die Viola in seinem Kopf? Eine Art Schatten, eine heimliche Begleiterin, wie ein Echo seiner kleinen Schwester? Oder haben sich seine Schuldgefühle mit den Erinnerungen an Viola vermischt und eine lebendige Persönlichkeit geformt, die eine eigene Stimme hat und ihm vielleicht sogar zusetzt, ihm widerspricht und falsche Ratschläge gibt, wie ein zweites Über-Ich, eine Art Kontrollinstanz für sein Handeln, die ihn gefährlich irrational werden lassen kann?

Sita tritt an das Brückengeländer. Die Spree fließt schwarz glitzernd unter ihr hindurch. Morten hat den Dom eben durch eine Tür an der Rückseite betreten. Sie überlegt, ob sie ihm folgen soll.

Ihr Handy klingelt, und sie zuckt zusammen.

Auf dem Display erscheint eine LKA-Nummer.

»Johanns?«

»Lutz hier«, meldet sich Frohloff. »Ich versuche gerade, Morten noch mal zu erreichen. Weißt du, wo er steckt?«

»Im Dom. Ich nehme an, er hat das Handy abgeschaltet. Warum?«

»Im Dom? Was macht er denn da?«

»Hat dir niemand Bescheid gesagt?«

»Nein.« Frohloff klingt beleidigt. »Was ist denn los?«

»Ich hab jetzt keine Zeit für lange Erklärungen. Lass uns später …«

»Eben nicht später«, sagt Frohloff. »Ich hab Neuigkeiten.«

»Was für Neuigkeiten?«

»Ich habe Klara gefunden.«

»Du hast Klara gefunden?«, stößt Sita hervor. »Um Gottes willen, wo ist sie?«

»Nein, doch nicht so«, bremst Frohloff sie. »Ich meine, ich weiß jetzt, wer Klara ist.«

»Herrgott, dann sag das doch gleich«, stöhnt Sita.

»Hör mal, was ist eigentlich los bei euch?«

»Lutz, ehrlich, nicht jetzt. Erklär mir bitte, was mit Klara ist.«

»Schön«, brummt er. »Also, pass auf: Du hattest doch diese Maria erwähnt, richtig?«

»Ja.«

»Ich hab die beiden Vornamen zusammen eingegeben. Klara und Maria. Es hat eine Weile gedauert, aber dann: bingo.«

»Was, bingo?«

»Klara und Maria Brohler. Die Töchter von Ludwig und Irene Brohler.«

*Oh Gott, Schwestern.* Sita bekommt eine Gänsehaut. »Was ist mit ihren Eltern passiert?«

»Tragische Geschichte«, seufzt Frohloff. »Ludwig Brohler war einer der führenden Lebensmittelchemiker in der DDR. Wegen der Mangelwirtschaft gab es staatlicherseits zahlreiche, zum Teil absurde Versuche, Lebensmittel künstlich herzustellen. Er hat dem Staat Millionen an Devisenausgaben erspart, zum Beispiel mit einer neuen Füllung für

Schokopralinen: Erbsenbrei anstelle von Marzipan. Ende der siebziger Jahre kam es zu einem Versorgungsengpass bei Kaffee, also hat die Regierung die gemahlenen Bohnen mit Malzkaffee, Spelzen und Zichorie gestreckt. Damals gab es fast einen Volksaufstand und –«

»Lutz«, stöhnt Sita, »sagst du mir bitte einfach, was mit den Eltern passiert ist …«

»Äh, ja«, fängt sich Frohloff. »Republikflucht.«

»Was? Die Eltern sind ohne die Kinder …?«

»Nein, nein. Sie wollten alle rüber. Aber durchgekommen ist nur der Vater. Irene Brohler wurde zusammen mit ihren beiden Töchtern gefasst und nach Hohenschönhausen gebracht. Die Stasi wurde aktiv und versuchte, Ludwig Brohler mit seiner Frau und den beiden Töchtern zu erpressen. Aber Brohler hatte entweder Angst, oder er war schlicht froh, endlich drüben zu sein. Der Mistkerl hat gar nicht daran gedacht, zu seiner Familie zurückzukehren. Nach einem halben Jahr gab die Stasi Klara und Maria zur Zwangsadoption frei. Irene Brohler starb drei Jahre später im Gefängnis an den Folgen einer Lungenentzündung.«

»Und die Mädchen?«

»Die sind spurlos verschwunden. Keine Unterlagen. Nichts mehr. Zur Zwangsadoption kam es nicht, da hatte offenbar jemand andere Pläne. Ich vermute, dass sie entführt wurden und …«

»Missbraucht«, ergänzt Sita leise.

»Jepp«, sagt Frohloff. Seine Art, Betroffenheit zu zeigen. Knapp und trocken.

Einen Moment lang herrscht Schweigen. Hinter Sita rauscht ein Rettungswagen mit Blaulicht über die Brücke. Gruppen von Menschen mit eingerollten Transparenten ziehen Richtung Alexanderplatz.

»Hast du sonst noch was?«, fragt Sita leise.

»Nee«, sagt Frohloff.

»Okay. Ich hab hier zu tun. Ich melde mich.«

Sie steckt das Telefon ein und starrt zum Dom. Sie muss an Brigitte Riss denken, wie sie einem schwarzen Engel gleich in der Kuppel hing, und an den Schlüssel. Und jetzt ist Josh tot, ebenfalls mit einem Schlüssel um den Hals, Karin ist verschwunden, und auch Nadja hat einen Schlüssel bekommen. Wo würde die nächste Leiche auftauchen? Wer würde das nächste Opfer sein?

Eine Polizeisirene heult, aber der Wagen fährt an Sita vorbei. Wo bleiben nur die Kollegen? Und warum eigentlich hat Morten Frohloff verschwiegen, dass er in den Dom will?

# Kapitel 26

Berliner Dom
Dienstag, 5. September 2017
23:32 Uhr

Jeder Schritt auf der Treppe ist die Hölle. Toms Wunde brennt, ihm ist schwindelig vor Erschöpfung, doch die Schmerzen sind nicht das Schlimmste. Färber alias Jesus ist ein rachsüchtiger Psychopath, und was auch immer er mit ihm vorhat, es wird schlimmer sein als die Stichwunde, die Klara ihm zugefügt hat.

»Stopp«, sagt Färber. »Da rüber.« Er wedelt mit der Waffe. Tom tritt beiseite, und Färber schließt eine schmale Tür auf. Ein Windstoß fährt ihnen entgegen. Klaras weißes Nachthemd flattert um ihre dünnen Beine.

»Raus da«, befiehlt Färber.

Sie treten auf das Dach des Doms. Hinter ihnen ragt die mächtige Kuppel auf. Der Untergrund ist uneben und leicht abschüssig. Dachpaneele aus Zink, verwittertem Kupfer oder was auch immer – Tom kennt sich mit Dachkonstruktionen nicht aus – machen es schwierig, das Gleichgewicht zu halten. Er atmet schwer. Seine Hand ist voller Blut, und er hofft, dass jemand die Spuren auf der Treppe findet. »Was haben Sie mit mir vor?«

»Du wirst sterben. Wie die anderen sechs auch. Wie meine Mutter.«

»Ich habe Ihre Mutter nicht getötet«, widerspricht Tom.

»Ihr alle habt sie getötet.«

»Ich weiß, ob ich jemanden getötet habe oder nicht«, sagt Tom. Die Luft kommt ihm eiskalt vor hier oben. Er bleibt stehen, schwankt. Doch Färber treibt ihn weiter, auf den Rand des Daches zu. Dorthin, wo eine übermenschlich große Christusstatue steht, gesäumt von zwei Säulen und Mauerstücken, und mit einem riesigen Kreuz darüber. Dahinter sind der Abgrund und die letzten Lichter der sich auflösenden Kundgebung. »Glauben Sie mir. Das ist ein Irrtum. Ich habe Ihre Mutter nicht getötet.«

»Ich weiß es besser«, sagt Färber. »Weißt du, wie ich es erfahren habe?«

»Wer auch immer das behauptet, lügt.«

Färbers Augen werden schmal. »Ist nicht lange her, da habe ich ein Praktikum gemacht, in Kladow, in einer psychiatrischen Klinik. Was für ein grandioser Zufall, nicht wahr? Ich war zwar erst fünf Jahre alt, als ich von meiner Mutter und Klara fortgerissen wurde, aber ich hab Klara sofort wiedererkannt. Ihr Gesicht war in mein Gedächtnis eingebrannt. So wie meins in ihrs.«

»Was hat das mit dem Tod Ihrer Mutter zu tun?«

»Klara«, befiehlt Färber. »Erzähl ihm von Maria.«

Klara schüttelt den Kopf.

»Erzähl's ihm«, schreit er.

Sie zuckt zusammen und zieht den Kopf zwischen die Schultern, als gäbe es dort Deckung. »Maria und ich … wir waren immer in diesem Haus.«

»Was für ein Haus, Klara?«

»Das Haus ohne Fenster.«

»Und wie lange wart ihr dort gefangen?«

»Schon immer. Seit ich klein war.«

»Weiter. Was ist da passiert?«

Klara schüttelt erneut den Kopf, presst die Lippen zusammen. Tom muss an Heribert Morten denken – an das, was er über die verschwundenen Kinder angedeutet hat. Eine ungeheure Wut packt ihn, und zugleich wächst seine Angst. Vi, wo bist du da bloß hineingeraten?

»Ach, Klärchen«, sagt Färber. Plötzlich ist seine Stimme weich. »Du musst nicht erzählen, was sie euch angetan haben. Ich will dich nicht quälen. Ich würde es ja selbst erzählen, aber ich war nicht mehr dabei. Er hat mich ja fortgebracht, als ich fünf war. Erzähl nur, wie du das Haus verlassen hast. Weißt du noch, wann das war?«

»Ich hab doch Kalender geführt. 1998, am 10. Juli«, flüstert Klara.

*Der Tag, an dem Vi verschwunden ist*, denkt Tom.

»Ich hab den Schlüssel im Schloss gehört«, sagt Klara. Ihr Kinn zittert, sie strafft die Schultern, macht sich gerade. »Es war so lange keiner mehr da. Ich hatte entsetzlichen Hunger, aber Jesus kam und kam nicht. Als hätte er uns vergessen. Ich hatte Angst, dass der Teufel eines Tages wiederkommt. Und dann habe ich den Schlüssel gehört, in der Tür. Ich habe nicht hingeschaut, weil, ich soll ja nicht hinschauen, wenn einer ins Zimmer kommt. Aber es war nicht Jesus. Auch nicht der Teufel. Jesus hat mich immer gewarnt, der Teufel könnte zurückkommen, auch nach all den Jahren. Nur er könne mich vor ihm beschützen. Tu, was ich dir sage, sei gehorsam, dann beschütze ich dich, hat er gesagt. Und das hat er getan.«

»Wer hat die Tür in der Nacht geöffnet?«

»Die Pastorin«, flüstert Klara. »Sie hat gesagt, sie heißt Brigitte. Sie hat mich rausgeholt.« Einen Moment lang schweigt Klara, als würde sie den Augenblick noch einmal durchleben. »Und sie hat gesagt, Jesus ist tot.«

»Das hat sie gesagt? Jesus ist tot?«

»Nein.« Klara schüttelt den Kopf. »Sie hat ihn anders genannt: Berthold, hat sie gesagt.«

»Und woher wusstest du, dass dieser Berthold Jesus ist?«

»Sie hat gesagt, ihre Tochter hätte mit ihren Freunden einen Toten im Kanal gefunden. Und dann hat sie mir den Schlüssel gezeigt, den sie bei ihm gefunden haben. Da wusste ich, es ist Jesus. Sie meinte, sie hat den Schlüssel sofort erkannt. Weil sie ihn mal in einer Hose ihres Mannes gefunden hatte. Sie wollte die Hose waschen und hat die Taschen leergemacht. Und ihr Mann, hat sie erzählt, war ganz … *aufgewühlt*, so hat sie es gesagt, weil er den Schlüssel schon gesucht hatte.«

»Sie hatte ihn schon damals in der Hand«, zischt Färber und sieht dabei Tom an. »Verstehst du? Sie hätte Verdacht schöpfen müssen. Sie hätte all dem ein Ende bereiten können.«

Klara sieht schweigend zu Boden.

»Und dann bekommt sie den Schlüssel ein zweites Mal«, fährt Färber fort. »Sie findet das Haus. Sie findet Klara dort. Und was, Klara – was hat die Pastorin dann gemacht?«

»Sie hat das Haus angezündet«, haucht Klara.

»Angezündet. Und hast du ihr gesagt, dass Maria noch im Haus ist? Hm?«

»Ja. Aber sie wollte nicht hören.«

»Genau. Sie – wollte – es – nicht – hören!« Färber spuckt die Worte förmlich aus.

Tom starrt Klara fassungslos an. »Brigitte Riss hat Feuer gelegt, obwohl sie wusste, dass noch jemand im Haus ist?«

Klara nickt stumm, weicht seinem Blick aus. Die Erinnerung quält sie, doch Tom könnte schwören, da ist noch etwas anderes.

»Und was ist mit Maria passiert?«, fragt Färber. Seine Lippen sind weiß, so fest presst er sie aufeinander.

»Sie ist verbrannt.«

»Und wessen Schuld ist das?«

»Brigittes«, haucht Klara.

»Und wer ist noch schuld?«

Klara zögert, streckt ihren Finger aus und zeigt auf Tom.

»Genau«, sagt Färber leise. »Weil ihr nämlich den verdammten Schlüssel gefunden habt und nicht zur Polizei gegangen seid. Ihr alle hattet ihr Leben in der Hand.« Plötzlich wird er wieder laut. »Ihr beschissenes, verpfuschtes, grauenvolles Leben. Sie hatte nichts mehr, nur das! Ihr nacktes Leben. Sie wurde gequält und misshandelt. Und ich musste zusehen, bis er mich weggegeben hat. Ihr hättet nur zur Polizei gehen müssen. Es wäre so einfach für euch gewesen. *Jeder* hätte das gemacht. *Jeder* wäre zur Polizei gegangen. Aber ihr? Ihr habt gewartet. Weil ihr euer verficktes Abenteuer wolltet. *Huh! Ein Schlüssel. Wow. Ein Toter. Wie geheimnisvoll.* Und dann nimmt deine Scheißschwester den Schlüssel und hat nichts Besseres zu tun, als ihn ausgerechnet bei Brigitte Riss vorbeizubringen.«

Tom spürt, wie seine Knie weich werden, er hält sich an der Christusstatue fest.

Das also hast du mit dem Schlüssel gemacht, denkt er.

Vi steht auf dem Dach, im Schlafanzug. Der Wind zerzaust ihre Haare, und sie schaut zu Boden. Aber warum?

*Ich hatte meine Gründe.*

Welche, verdammt?

*Erinnerst du dich nicht, wie es war, als du mir den Schlüssel damals gezeigt hast?*

Er ist mir aus der Hosentasche gerutscht.

*Weißt du noch, wie ich geschaut habe?*

Tom stutzt. Heißt das etwa …?

*Das hätte dir früher auffallen müssen.*

Du kanntest den Schlüssel!

*Ja.*

Du kanntest ihn, weil du ihn bei Berthold Riss gesehen hattest.

*Was tun Männer, die sich bei kleinen Mädchen interessant machen wollen?*

Oh Gott – nein, denkt Tom. Er hat ihn dir gezeigt! Hat er dir etwas Schönes versprochen? Eine Überraschung? Warst du deshalb so neugierig? Wolltest du deshalb den Schlüssel unbedingt haben?

»Und was hat die Pastorin dann mit dem Schlüssel gemacht?«, zischt Färber. »Die große Bischöfin? Die ach so moralische Oberpredigerin, die sich für Heimkinder, Opfer von Missbrauch und Flüchtlinge einsetzt? Sie schließt das Haus auf, das ihrem Mann gehört hat, und findet eine eingesperrte junge Frau – und dann kapiert sie, was ihr Mann dort getrieben hat. Sie bekommt es mit der Angst zu tun. Sie hätte zur Polizei gehen müssen, aber stattdessen zündet sie alles an. Und Klara bringt sie zu ihrem Freund Wittenberg, damit er sie wegsperrt. Damit nur ja nichts ans Licht kommt.«

»Was ist mit meiner kleinen Schwester passiert?«, fragt Tom.

»Was weiß denn ich?«, schreit Färber. Der Wind wird stärker, und es beginnt zu regnen.

»Ich hab sie gesehen«, flüstert Klara.

»Was?«, fragt Tom. »Wo?«

»Da war ein Mädchen, als es gebrannt hat.«

»Sie war im Haus?«, fragt Tom entsetzt.

Klara schüttelt den Kopf. »Sie hatte ein rotes Fahrrad,

mit Spiegeln an der Seite. Und blonde Haare. Und eine Hose mit Streifen.«

»Ja, das ist sie. Das ist Vi!« Tom sieht sie vor sich, in ihrem Schlafanzug, das Fahrrad feuerwehrrot, mit Rückspiegeln wie ein Jungsfahrrad, wild in die Pedale tretend, als würde sie immerzu mit irgendjemandem um die Wette radeln. »Wo genau war sie?«

»Sie hat zugesehen. Sie war im Gebüsch, und dann ist sie schnell weg.«

»Weg? Wohin denn, in welche Richtung? Wo ist das Haus?«, fragt Tom verzweifelt.

»Ich weiß es doch nicht. Woher soll ich das wissen? Aber sie hätte auch die Polizei rufen können, oder? Und sie hat's auch nicht getan. Keiner hat's getan. Niemand, niemand, nie–«

»Halt den Mund«, fährt Färber Klara an.

»Ist doch wahr«, jammert Klara.

»Sie war ein Kind, verdammt«, sagt Tom. »Gerade mal zehn Jahre alt. Sie kann nichts dafür.«

»Ihr könnt alle was dafür«, sagt Färber hasserfüllt.

»Lass meine Schwester da raus. Wenn du glaubst, jemanden bestrafen zu müssen, dann bestraf mich.«

Eine nasse Böe fegt über das Dach. Färber drückt Tom die Pistole an den Wangenknochen. »Ich weiß, dass du alles für sie tun würdest. Dass du sie suchst. Josh hat's mir erzählt. Aber glaub mir, ich bin nicht so – ich töte keine kleinen Mädchen. Es gibt nur sieben Schlüssel. Alle sind gleich, genau wie der, den damals deine Schwester zur Pastorin gebracht hat. Und weißt du was? Nachdem Klara mir Stück für Stück alles erzählt hat, habe ich die Pastorin zur Rede gestellt. Und dabei kommt raus: Die Riss hat den Schlüssel behalten. Sie hat ihn *aufgehoben*. Ist das zu fassen? Wie ein

Dorn in ihrem Fleisch. Als könnte sie nicht aufhören, daran zu denken, was sie getan hat. Sie hat gezittert, als sie ihn mir gegeben hat. Ich sollte ihrem Mann vergeben, er sei ein schwacher Mensch gewesen. Ich habe ihr gesagt, nein, *du* bist schwach.«

Färber deutet auf Toms Hals. »Trägst du ihn noch? Den Schlüssel? Zeig ihn mir.«

Tom holt ihn hervor, und Färbers Blick klebt förmlich daran. »Ich hab ihn nachgemacht, den Originalschlüssel. Sechsmal. Geschliffen, die Zahl eingeritzt, sie verkratzt und mit Schmutz bearbeitet. Ich wollte, dass alle sieben Schlüssel gleich aussehen. Damit ihr euch erinnert. Brigitte Riss als Erste, damit ihr anderen wisst, was euch erwartet. Dann ihr fünf – Joshua, Nadja, Bene, Karin und du. Und der letzte Schlüssel, der siebte, ist für den Teufel. Für den, der meine Mutter zerstört und meinen Vater umgebracht hat.« Er tippt sich mit der linken Hand an die Schläfe. »Ich weiß, wer schuld ist und wer nicht.«

»Und was ist mit Drexler und Vanessa Reichert?«

»Wer soll das sein?«

»Die beiden Polizisten, die du umgebracht hast, bei Karin am Haus.«

»Kenne ich nicht«, sagt Färber eisig. »Ich töte nur, wen ich töten will. Mit den Polizisten habe ich nichts zu tun.«

Tom starrt ihn an, weiß nicht, was er denken soll. Lügt Färber? Aber warum sollte er das tun? »Und der Organist im Dom?«, fragt Tom.

»Der stand einfach plötzlich da. Selbst schuld.«

»Was hast du mit Karin gemacht, wo ist sie?«

»Ich hab keine Ahnung. Sag du es mir.«

»Ich? Was soll das heißen?«, fragt Tom verblüfft.

»Josh hat mir nur geholfen, *dich* zu kriegen. Wo Karin

ist, wusste er nicht. Er meinte, wenn es einer rausfindet, dann du. Und vor allem wüsstest du mit Sicherheit, wo Bene ist. Und wohin Nadja geflohen ist, nachdem sie den Schlüssel bekommen hat.« Färber zieht das Messer hervor, mit dem Klara Tom verletzt hat, und hält ihm die Spitze vors Auge.

Toms Gedanken rasen. Seine Kraft lässt nach, aber noch ist er klar. Färber hat Karin nicht entführt, aber wer zum Teufel hat dann ...

»Sag's mir«, zischt Färber. »Wo – sind – die – anderen?«

»Du liegst falsch«, sagt Tom, in der Hoffnung, etwas Zeit zu gewinnen. Eher würde er sich die Zunge abbeißen, als ihm Nadja auszuliefern. Andererseits, wie lange wird sie vor ihm sicher sein? Was, wenn er ihm sagen würde, wo er Bene findet? Bene könnte mit ihm fertig werden – und dann wäre Nadja in Sicherheit. Aber darf er Bene in Gefahr bringen? »Wirklich«, sagt er, »du liegst so was von falsch!«

»Was redest du da?«

»Brigitte Riss hat Maria nicht umgebracht. Das hätte sie niemals getan.«

»Sie hat!«, schreit Färber.

»Dann frag Klara«, erwidert Tom. Seine Lippen zittern. Seine Wunde fühlt sich warm an, alles andere wie Eis. Sein Blick wandert an der Klinge vorbei zu Klara. Es ist nur eine Vermutung, ein Gefühl, aber das hier ist vielleicht seine letzte Chance. Er holt Luft, seine Stimme klingt matt und heiser. »Sie hat gelogen.«

Einen Moment ist es still. Färbers Atem beschleunigt sich.

»Nicht wahr, Klara?«, sagt Tom. Etwas an ihrem Blick hat ihm verraten, dass sie nicht die ganze Wahrheit gesagt hat, dass da noch etwas ist. Vielleicht sogar etwas, das alles ändert. »Warum wolltest du im Dom um Vergebung bitten? Wer soll dir vergeben? Brigitte Riss? Oder Maria?«

»Klara?«, zischt Färber.

Klara schüttelt den Kopf. Tränen treten ihr in die Augen.

»Weißt du, was ich denke, Klara?«, sagt Tom. »Du hast Brigitte Riss nie gesagt, dass noch jemand im Haus ist, oder?«

»Du lügst«, sagt Färber.

»Hat sie dich gefragt, ob du alleine bist? Du musst es sagen, Klara. Wenn du Vergebung willst, *musst* du es aussprechen.«

Klara ist wie versteinert. Auf ihrem Gesicht glänzen Regentropfen und Tränen.

»Hat sie dich gefragt?«

»Ja«, haucht Klara.

»Und was hast du ihr geantwortet?«

»Ich hab das nur gesagt, weil ich ihn liebe«, verteidigt sie sich weinerlich. »Er ist doch alles, was ich hab.«

»*Was* hast du gesagt?«, bohrt Tom.

»Dass ich alleine bin«, flüstert Klara. »Ich hab ihr gesagt, dass ich alleine im Haus bin.«

Stille.

Tom zerreißt es.

»Du lügst – lügst – lügst!«, schreit Färber.

Nein, Färber! *Damals* hat sie gelogen. Eine furchtbare kleine, verzweifelte Lüge.

Eine Lüge mit Folgen, die sie nicht ahnen konnte.

Eine einzige kleine Lüge, und so viele Tote.

Es beginnt zu schütten. Woher nimmt der Himmel nur all das Wasser? Tom zittert am ganzen Körper. Ihm ist so kalt, dass er kaum noch etwas spürt. Er sieht die Tropfen auf der Klinge vor seinem Auge. Färbers Gesicht ist eine vom Hass verzerrte Fratze. Er will nicht glauben, was er gehört hat. Weil dann alles umsonst gewesen wäre. Weil dann nichts mehr einen Sinn ergeben würde. Und bevor das passiert, das sieht Tom in seinen Augen, wird er weiter töten. So wie er selbst niemals Vi aufgeben wird, wird Färber niemals aufgeben zu hassen und zu töten, weil sein Schmerz alles ist, was ihm noch bleibt.

# Kapitel 27

Berliner Dom
Dienstag, 5. September 2017
23:43 Uhr

Jo Morten wischt sich hastig den Regen aus dem Gesicht. Jetzt bloß keinen Laut. Er steht auf dem nassen Dach, mit dem Rücken zur Kuppel, im Schatten eines Engels. Was für eine Fügung! Nur dass die drei Gestalten da vorn am Rand des Daches, zu dicht beieinander sind: Tom, dieser Jesus und die Patientin; wie ein Klumpen vor der Christusstatue, im gleißenden Gegenlicht der Außenbeleuchtung des Doms. Der Regen fällt in silbernen Streifen.

Die Glock hat er beiseitegelegt, versteckt, in einer Nische bei der Tür, noch bevor er das Dach betreten hat. Zu riskant, mit einer nicht registrierten Waffe zu schießen. Von hier wird er nicht mehr unerkannt verschwinden können, so wie aus dem Badehaus in Beelitz. Das hier ist jetzt offiziell, er ist im Einsatz, deshalb hält er seine Dienstwaffe im Anschlag, die SIG-Sauer, beidhändig, Brust und Arme wie eine Triangel. Er würde gerne die Hände aufstützen, um besser zielen zu können. Aber es gibt keine Stütze. Er weiß, er sollte rufen, sich bemerkbar machen, einen Warnschuss abgeben. Das übliche Polizeiprozedere halt. Denn natürlich wird es später Fragen von der Internen hageln.

*Wie lange waren Sie schon auf dem Dach?*

Sekunden. Ich bin durch die Tür gekommen, und da waren sie.

*Warum haben Sie ohne Vorwarnung geschossen?*

Ich musste handeln! Es bestand Gefahr für Leib und Leben.

*Woran konnten Sie das festmachen?*

Ein Serienmörder hält einem Kollegen eine Pistole unters Kinn und ein Messer direkt vors Auge? Reicht das nicht?

*Haben Sie daran gedacht, dass Sie auch den Falschen treffen könnten?*

Zum Denken blieb mir keine Zeit.

Tom stemmt sich gegen die Bewusstlosigkeit. Es ist, als würde der Regen die letzte Kraft aus seinem Körper schwemmen. Viola steht plötzlich bei ihm auf dem Dach, die Haare seidig blond und trocken, als hielte jemand einen unsichtbaren Schirm über ihren Kopf. Die Zeit scheint stillzustehen. Vi nickt in Klaras Richtung.

*Hast du wirklich gedacht, das bin ich?*

Ich hab es mir so gewünscht.

*Jetzt siehst du, was du davon hast.*

Weint sie etwa?, denkt Tom.

*Tu was, ich will nicht, dass du stirbst.*

Und wenn ich mir das alles nur einbilde? Wenn du doch tot bist? Wenn ich auf die andere Seite muss, um dich zu sehen?

*Andere Seite? Um Himmels willen, nein. Du bist verletzt, Tom, du hast Schmerzen, du frierst; deine Sinne spielen verrückt.*

Ich könnte ihn mitnehmen, Vi. Wir stehen am Abgrund, zwischen Säule und Christusstatue ist nichts, was uns aufhält. Wir könnten einfach fallen …

*Tu das ja nicht – bleib hier. Bleib bloß bei mir.*

Ich könnte Nadja retten, und Bene.

*Und ich? Was ist mit mir?*

Bist du wirklich? Gibt es dich wirklich?

»Wen meinst du?«, zischt Färber hasserfüllt. Die Zeit läuft wieder. Der Regen ist wie Eis, und seine Bauchwunde glüht. »Wen?«, schreit Färber. »Wen gibt es wirklich?«

Toms linke Hand schnellt hoch und packt die Klinge. Er spürt den Schnitt nicht, spürt nur die Kraft, mit der Färber zustechen will, und wie das Messerheft gegen seine Faust drückt. Er wirft sich nach rechts, zieht die Hand weg, die das Messer hält, nur weg von seinem Gesicht. Färber verliert für einen Moment den Halt auf dem nassen, glatten Boden, die Mündung der Pistole ist nicht mehr unter Toms Kinn, er glaubt, da müsste ein Schuss kommen und ein Projektil, das sein Innerstes zerreißt – doch nichts passiert. Nur das zähe Ringen mit Färber, der jetzt, wo er sich wieder fängt, viel zu viel Kraft hat.

Tom fühlt die Säule hinter sich, weiß, da ist die Lücke, zwischen Christusstatue und Säule, das Tor zum Abgrund, die Rettung, die Erlösung. Er hört Vi, die *Nein!* schreit. Oder ist das Klara? Er schlingt den rechten Arm um Färbers Hals, dann lässt er sich der Tiefe entgegenfallen.

Morten ist nicht in der Lage, abzudrücken. Sieht ungläubig, wie Tom sich vom Dach stürzt, den Angreifer mit sich reißen will. Doch der stemmt sich dagegen, hält sich verzweifelt an der Christusstatue fest. Er muss enorme Kraft haben, oder Tom ist zu schwach, um ihn hinabzuziehen, so dass beide nicht fallen, sondern Jesus Tom an der Jacke packt und ihn zurück aufs Dach hievt, schwer atmend; einen Moment lang sind die beiden eins, dann wird Tom zu einer großen, unförmigen Puppe, die von Jesus an die Wand neben der Säule gezerrt wird.

Toms Hinterkopf stößt hart an den Stein, als Färber ihn gegen die Wand drückt.

»Glaubst du, ich mache es dir so leicht?«, schreit Färber. Er hebt erneut das Messer, die Spitze zittert vor Toms Auge. »Soll ich mit dem rechten anfangen? Oder mit dem linken?«

Alles ist taub, aber die Angst kommt trotzdem. Ist das Regen oder kalter Schweiß? Tom versucht, am Messer vorbeizusehen, den Blick in die Ferne zu richten, auf Unendlich zu stellen, sich zu sammeln. Habe ich noch Kraft für einen letzten Versuch? In der Dunkelheit sieht er einen Lichtreflex. Ein Stück Metall. Ist das eine Waffe? Da ist eine Gestalt, ein Stück von ihnen entfernt, auf dem Dach. Und der Lauf der Waffe zeigt geradewegs auf ihn.

Morten strafft die Schultern. Für einen Moment schien es gerade, als hätte Tom ihn gesehen.

*Der Tod wird eine Erlösung für ihn sein*, redet Morten sich ein. Wenn man schon stirbt, ist es besser, schnell zu sterben. *Es ist nur ein weiterer Toter. Einer von Milliarden.* Ihm wird übel. Sind das nicht Sätze wie die, die sich sein Vater gesagt haben muss? Mit denen er sich in die Tasche gelogen hat, immer dann, wenn er vor einem weiteren Opfer stand, oder vor einem weiteren Toten, trotz weißer Folter.

Wenn ich es Vater nicht verzeihen kann, wie kann ich es mir dann selbst verzeihen?

Er beißt sich die Lippe blutig. Der Schmerz bringt ihn auf Spur. Verflucht! *Es gibt noch etwas ganz anderes, und das, Vater, das verzeihe ich dir nie!* Die Toten ruhen. Es geht um die Lebenden. Und scheiße, ja, vielleicht hast du recht: Es ist nur ein weiterer Toter. Einer, der zu viele Geheimnisse kennt, vielleicht auch nur eins zu viel, weiß der Himmel. Fest steht, er muss sterben. Weil jemand unerkannt bleiben will, und weil dieser Jemand den aalglatten Widerling Yuri vorgeschickt hat, ein Typ wie ein Zäpfchen, wie Gift im Arsch, das sich auflöst und so tut, als wäre es nie da gewesen. Ein Typ, der keine Skrupel kennt und der weiß, dass jemand wie ich zum Handlanger taugt.

Also scheiß der Hund drauf.

Morten starrt zum Abgrund, Tom steht daneben. Jesus ist dicht bei ihm. Die Patientin zwei Schritte weiter.

Verflucht, die Distanz ist zu groß.

Seine Hände zittern. Sein Herz schlägt wie verrückt. Er versucht, tief zu atmen, weil er weiß, dass ein rasender Puls einen guten Schuss versaut. Noch einen Schritt näher vielleicht.

Und noch einen.

Und wieder einen.

Jetzt ist er raus aus dem Schatten des Engels.

Sita Johanns ist außer Atem. Befehle befolgen war noch nie ihre Stärke. Das Blut auf dem Treppengeländer verheißt nichts Gutes, es ist, als hätte jemand eine Spur legen wollen. Alle zehn bis zwölf Meter, mit der Hand.

Sie ist gerannt. Hundert Stufen, oder hundertfünfzig – sie hat nicht gezählt. Ist nur geflogen.

Ein paar Regentropfen auf dem Boden vor der schmalen Tür sagen ihr, was sie wissen muss: hier draußen. Sie will die Tür aufreißen, aber wer weiß, was dahinter ist! Vorsichtig also. Klinke drücken. Öffnen. Regen und Wind in ihrem Gesicht. Da vorn ist Morten, die Waffe im Anschlag. Am

Rand des Daches Tom, Klara und – wer noch? Wittenberg? Jesus?

Hinter ihr hallen Schritte auf der Treppe.

Die Kollegen, die sie gerufen hat.

Warum sagt Morten nichts?

Warum brüllt er nicht: »Polizei! Waffe weg!«

Morten hört die Tür hinter sich. Der Regen prasselt aufs Dach. Der Boden vibriert. Sind das Schritte? Er schaut sich nicht um. Zurückschauen geht nicht mehr. Er ahnt, was kommt. Ahnt, *wer* kommt. Und dass sie die Kavallerie mitbringt.

Jetzt also.

Das Korn in der Kimme.

Klara dreht sich zu ihm um, sieht ihn. Bekommt große Augen. Sieht, auf wen er zielt. Begreift, wen er gleich erschießen wird: ihren Jesus! Auch wenn sie nicht begreifen kann, warum – in diesem winzigen Bruchteil einer Sekunde erkennt sie, dass er es tut.

Entsetzt stürzt sie auf Jesus zu.

Tom starrt auf Morten, auf den Lauf seiner Waffe. Nein, die Waffe zeigt nicht auf ihn, sie zeigt auf Färber! Er will sich zur Seite werfen, die Schussbahn frei machen. Aber Färber presst ihn mit dem Rücken an die Wand, und die Messerspitze ist wie ein Nagel, an dem er hängt. Das alles kommt ihm vor wie ein Déjà-vu, ein Teil seines Gehirns ist eine Millisekunde schneller als ein anderer, und das Leben scheint plötzlich ein Kreis zu sein. Alles war schon einmal da. Die Tropfen auf der Messerklinge. Färbers Faust um den Griff, der Hass in seinem Gesicht, Mortens Waffe, Klara ganz in Weiß.

Ein Schuss fällt, dann ein zweiter.

Klara sinkt zu Boden.

Färber wirbelt herum. Feuert in die Dunkelheit. Einmal. Zweimal. Jemand schreit. Dreimal.

*Jetzt*, flüstert Vi. Ihre kleinen Finger halten den Schlüssel hoch, der um ihren Hals hängt.

Tom fasst nach dem Schlüssel, der um seinen eigenen Hals hängt, zerrt daran. Die Schnur schneidet ihm in den Nacken, will aber nicht reißen. Ruckartig zieht er den Schlüssel nach links, nach rechts, dann wieder nach vorn. Die Haut an seinem Hals brennt, die verdammte Schnur will nicht nachgeben. Dann plötzlich reißt sie doch. Er hält den Schlüssel, ballt die Faust um den Griff. Er hat kaum mehr Kraft, wird Färber nicht zu Boden werfen, ihn nicht überwältigen können. Es reicht nur noch für eine einzige Bewegung. Mit einer letzten Willensanstrengung wirft er sich nach vorn, auf Färber, der jetzt mit dem Rücken zu ihm steht. Schlingt seinen Arm um ihn. Sticht ihm den gezackten Schlüsselbart in den Hals und reißt ihn durchs Fleisch. Ein Blutstrom schießt warm aus Färbers Halsschlagader. Er taumelt vorwärts, Tom rückwärts gegen die Mauer. Färber lässt das Messer fallen, dreht sich, starrt Tom mit weit aufgerissenen Augen an, presst die Hand auf die Wunde, doch es hört und hört nicht auf zu bluten. Er zuckt, hebt die Waffe. Schwankt. Schießt. Und fällt zu Boden.

Tom weiß nicht, ob die Kugel ihn getroffen hat, er fühlt nichts mehr. Selbst den Regen nicht. Er steht noch, lehnt an dem Mauerstück neben der Säule. Im Lustgarten nur noch ein paar vereinzelte Lichter. Vi ist da, ihr Schlafanzug ganz trocken, die Feder hinter ihrem Ohr, sie nimmt ihm sanft den blutigen Schlüssel aus der Hand. Eine Woge des Glücks erfasst ihn.

Du lebst.
*Das weißt du doch.*
Jetzt weiß ich es wirklich.
Ihr Gesicht verwandelt sich in Sitas, bestürzt und besorgt.
»Tom! Oh Gott. Was ist passiert?«
»Vi«, sagt er. »Sie lebt. Klara hat sie gesehen.«
Dann wird es dunkel.

# Kapitel 28

Charité, Berlin-Mitte
Donnerstag, 7. September 2017
10:07 Uhr

Tom hasst Krankenhäuser, je größer, desto schlimmer. Und die Charité ist größer als alle anderen. Der einzige Unterschied zwischen einem Krankenhaus und einem Gefängnis sind die Gitter.

»Mensch, jetzt bleib liegen«, sagt Sita, als sie sein Zimmer betritt. Tom sinkt zurück aufs Kissen.

»Einzelzimmer. Schau, schau.« Sie hat Ringe unter den Augen, trägt eine schwarze Lederjacke und Schnürstiefel. Auf die Perücke hat sie verzichtet.

»Schade, dass Färber kein Einzelzimmer hat«, knurrt Tom. »Ich hätte ihn lieber im Gefängnis als tot gesehen.«

»Du hast ihm mit dem Schlüssel die Halsschlagader aufgerissen, da war nichts mehr zu machen«, erwidert Sita. »Und, ehrlich gesagt, hast du damit vermutlich nicht nur dein Leben gerettet.«

»Es war ein verdammtes Chaos.«

»Das war es.« Ihre Hand liegt kurz und kühl auf seinem Unterarm. »Wie geht's dir?«

»Gut«, behauptet er.

»Lügner.«

Tom verzieht das Gesicht. Es soll ein Lächeln werden, aber es wird keins.

Sitas Lächeln ist ernst, ein wenig zu hart, traurig und trotzdem schön. Es hat so viele Nuancen, besonders wenn sie diese Perücke nicht trägt. Er ist froh, dass sie da ist; er braucht jemanden zum Reden, und er wüsste nicht, mit wem er sonst über das sprechen könnte, was auf dem Dach des Doms passiert ist. Vorgestern Nacht hätte nicht viel gefehlt. Wären Morten und sie später gekommen, hätte er nicht überlebt.

»Ruh dich bloß aus.«

»Ich hatte gestern schon Ruhe«, murmelt Tom. In den kurzen Wachphasen hatte er eine erste Aussage gemacht und Berti erzählt, was in der Nacht passiert war, doch heute Morgen konnte er sich an Teile des Gesprächs nicht mehr erinnern. Die Narkose hatte noch nachgewirkt.

»Klar hattest du Ruhe«, meint Sita. »Du warst ja auch noch auf Intensiv. Sei froh, dass sie dich so fix wieder zusammengeflickt haben. Stichverletzungen im Bauchraum verlaufen häufiger tödlich als …«

»… Schussverletzungen«, ergänzt Tom. »Ich weiß.«

»Warum bist du so aufgedreht? Nimmst du schon wieder deine Tabletten?«, witzelt Sita.

»Du könntest mir einen Espresso organisieren.«

»Ist nicht dein Ernst.« Aus ihren braunen Augen ist jeder Anflug von Lächeln verschwunden.

»Ich muss nachdenken«, knurrt Tom.

»Und das geht nicht ohne Koffein?«

»Wenn ich das Scheißschlafmittel vertrage, vertrage ich auch Koffein.«

Sita hebt die Brauen und seufzt. Die Art von Seufzen, mit der man einem nervigen Kind nachgibt. »Schön. Warte hier.«

»Wird mir nicht schwerfallen«, sagt Tom.

Fünf Minuten später ist Sita zurück, mit einem halbvollen braunen Becher, in dem dünner Filterkaffee schwappt.

»Ist die Plörre dem Service des Hauses oder deiner mütterlichen Ader geschuldet?«

»Einer gewissen Vernunftbegabung vielleicht«, erwidert Sita. Tom will sich mit der linken Hand abstützen, um sich ein wenig aufzurichten, zuckt aber vor Schmerzen zusammen. Die Schnitte, die das Messer in seiner Handfläche hinterlassen hat, sind noch zu frisch.

Sita tritt ans Bett und stellt das Kopfteil etwas höher.

Der Kaffee schmeckt grauenvoll. Aber er ist heiß – und gibt ihm wenigstens die Illusion von Wachwerden. »Was ist mit Klara?«, fragt Tom.

»Sie wurde gestern noch ein zweites Mal operiert. Sie liegt im Koma, die Prognosen sind schlecht.«

»Und Morten?«

»Hatte ich dir das nicht gestern schon gesagt?«

»Ich hab's vergessen. Die Narkose …«

»Ein Schuss in die Schulter, dazu ein Lungendurchschuss. Ohne die Thoraxpunktion vor Ort hätte sein Herz wahrscheinlich aufgegeben. Er wird noch ein paar Tage auf Intensiv verbringen, aber er wird es überstehen.«

»Weißt du, warum er geschossen hat?«, fragt Tom.

»Ohne Vorwarnung, meinst du? Das haben die von der Internen mich auch schon gefragt.« Sie zuckt mit den Schultern. »Gefahr im Verzug. Unübersichtliche Situation …«

»Er hätte auch mich treffen können.«

»Hat er aber nicht. Er hat auf diesen Jesus geschossen – oder vielmehr Färber, wie wir inzwischen wissen –, und Klara hat sich in die Schussbahn geworfen«, sagt Sita. »Sie muss ihn abgöttisch geliebt haben.«

»Du meinst Berthold Riss? Oder seinen Sohn?«

»Beide. Aber was Berthold Riss angeht, kann man bei ihr wohl von einer Art Stockholm-Syndrom ausgehen«, meint Sita. »Erschwerend kommt noch hinzu, dass die Entführung nicht nur über Wochen und Monate ging, sie und ihre Schwester sind ja praktisch in Gefangenschaft aufgewachsen. Missbraucht zu werden ist für sie zur Normalität geworden.«

Tom versucht, sich etwas weiter aufzurichten, doch ein Stechen in der Bauchdecke zwingt ihn aufs Kissen zurück. »Und dann die Rollenverteilung der beiden Entführer. Auf der einen Seite Jesus, der Erlöser, auf der anderen Seite der Teufel, der Inbegriff des Bösen.«

»Der Teufel war im Übrigen auch derjenige, der ihren Rücken so zugerichtet hat«, wirft Sita ein.

»Und Riss hat dann den Retter gespielt und behauptet, wenn sie tut, was er will, wird er sie beschützen.«

»Ehrlich gesagt, auch das ist keine seltene Dynamik bei Entführungen mit mehreren Tätern. Die Opfer spüren sofort, wer eine Spur mehr Empathie hat und wer der Grausamere ist. Aber das heißt noch lange nicht, dass der vermeintlich Mitfühlendere die Situation nicht ausnutzt. In diesem Fall geschah das sogar über viele Jahre. Berthold Riss war wohl einer dieser Typen, die ihre Opfer mit kleinen Tricks und Geschenken gefügig machen. Wie zum Beispiel mit der Feder, die er Klara geschenkt hat.«

Die Feder. Tom spürt einen Stich im Herzen. »Als du mir von der Feder erzählt hast, war ich sicher, dass es Viola ist.«

»Tut mir leid«, sagt Sita leise.

»Schon okay«, murmelt Tom. »Ich frag mich jetzt nur die ganze Zeit, woher Viola ihre Feder damals hatte. Entweder es war ein Zufall, und sie hat sie einfach irgendwo gefunden, oder …«

»... Riss hat sie ihr geschenkt.«

Tom nickt. Sie schweigen beide einen Moment, als gäbe es eine stille Verabredung, nicht auszusprechen, was Riss damit bezweckt haben könnte.

»Das Haus übrigens«, sagt Sita und räuspert sich, »das mit der Nummer siebzehn ... es ist tatsächlich genau an dem Tag abgebrannt, an dem deine Schwester verschwunden ist. Es gehörte Berthold Riss. Auch die Sache mit der verbrannten Frau stimmt. Man wusste damals nur nicht, wer sie war. Erst jetzt ist klar, dass es Maria gewesen sein muss, die Mutter von Sebastian Färber.«

»Sobald ich hier rauskomme, will ich sehen, wo das Haus gestanden hat.«

»In Stahnsdorf, zwischen Waldfriedhof und Albrechts Teerofen, sehr einsam«, sagt Sita. »Übrigens, die Sache mit der Hausnummer ist seltsam. An dem Weg steht – oder vielmehr stand – nur ein einziges Haus. Weshalb es ausgerechnet die Nummer siebzehn hatte, ist bisher nicht nachvollziehbar.«

»Normalerweise werden Hausnummern von der Gemeinde vergeben, nach einer gewissen Systematik«, sagt Tom. »Vielleicht hatten Riss und sein Komplize dabei die Finger im Spiel. Ziemlich makaber, wenn man an die Bedeutung der Siebzehn denkt: Ich bin tot.«

»Vor allem, weil sie auch in Hohenschönhausen das Zimmer mit der Nummer siebzehn gewählt haben, um ihre Opfer auszusortieren.«

»Zwei Männer also«, fasst Tom zusammen, »die gemeinsame Sache machen. Der eine ist Berthold Riss, ein Polizist. Den zweiten kennen wir nicht. Wir wissen nur, dass er von den entführten Mädchen ›der Teufel‹ genannt wurde. Die beiden Männer lassen Kinder von inhaftierten oder gestorbenen Regimekritikern oder Republikflüchtlingen verschwinden. Kinder, die ohnehin zur Zwangsadoption freigegeben sind und die keine Lobby mehr haben, für die sich niemand interessiert. Sie sperren sie ein, um mit ihnen weiß Gott was anzustellen. Und dann?«

»Geraten sie in Streit, so heftig, dass der Teufel seinen Komplizen umbringt und in den Teltowkanal wirft«, sagt Sita. »Zumindest behauptet das Färber. Meinst du, man kann ihm glauben?«

»Ich denke schon. Wir haben die Leiche ja gefunden, mitsamt dem Schlüssel.«

»Aber warum genau musste Berthold Riss sterben?«

»Vielleicht haben sie sich wegen des Kindes von Maria und Riss gestritten«, überlegt Tom.

»Du meinst, Riss könnte gewollt haben, dass sein Sohn überlebt – und der Teufel, dass der Junge beseitigt wird?«

»Ja. Es könnte aber auch ganz anders gewesen sein. Klara hat in der Nacht auf dem Dach des Doms gesagt, der Teufel sei jahrelang weggeblieben. Vielleicht ist er ausgestiegen. Die beiden haben ja unter dem Deckmantel des DDR-Regimes ihre Gräueltaten begangen. Was, wenn es ihm nach dem Zusammenbruch der DDR zu riskant geworden ist?«

»Und Riss hat trotzdem einfach weitergemacht, auf eigene Faust«, spinnt Sita den Gedanken fort. »Der Teufel bekommt es heraus, und die beiden geraten aneinander. Um endgültig mit der Vergangenheit aufzuräumen, bringt er seinen Partner um und lässt die Leiche verschwinden.«

»Und eine Gruppe Teenager findet sie. Die Frage ist nur, wie hat der Teufel das erfahren? Denn irgendwie muss er es erfahren haben, sonst wäre die Leiche nicht verschwunden.« Tom muss an den Mann im Fotolabor denken, den Bene und er getötet haben. Eine weitere Leiche, von der sie nie wieder etwas gehört oder gesehen haben. Möglicherweise war der Teufel nicht allein, und dieser brutale Kerl damals war einer seiner Helfer, irgendein Ex-Stasi-Scherge, den der Teufel geschickt hatte, um die letzten Spuren zu vernichten.

»Ach, übrigens«, sagt Sita, »Frohloff hat inzwischen herausgefunden, wer die beiden entführten Mädchen waren: Klara und Maria Brohler. Der Vater, Ludwig Brohler, lebt übrigens noch, in München. Die Tempelhofer machen gerade einen DNA-Abgleich. Die Familie wollte damals gemeinsam in den Westen flüchten. Er hat es über die Grenze geschafft, aber seine Frau und die beiden Kinder wurden abgefangen. Klara war damals sieben, Maria elf. Alle drei wurden nach Hohenschönhausen gebracht. Die Mutter starb in der Haft, die Spur der Kinder verliert sich.«

»Sie haben die ganze Familie zerstört.«

»Ja«, sagt Sita leise. »Maria muss ihren Sohn in Gefangenschaft zur Welt gebracht haben. Im Mai 1997 wurde er vor der Tür des Klarissenklosters in Pankow ausgesetzt, ein evangelisches Damenstift. Er war damals etwa vier oder fünf Jahre alt, müsste jetzt also etwa vierundzwanzig gewesen sein. Sie haben ihn drei Jahre dort behalten, danach kam er in ein Heim. Sowohl die damalige Leiterin des Klosters als auch die Heimleitung haben ihn als hochintelligent, aber emotional zutiefst zerrissen beschrieben.«

»Mir kam er schizophren vor«, sagt Tom. »Als hätte er zwei Persönlichkeiten.«

»Wenn er wirklich die ersten vier, fünf Jahre bei seiner Mutter war, dann ist eine Persönlichkeitsstörung schon fast zwangsläufig. Er ist das Kind einer Vergewaltigung. Maria wird ihn geliebt haben – und zugleich gehasst. Und er konnte nie sicher sein, wann sie ihm wie begegnet. Außerdem hat er vermutlich immer wieder mit ansehen müssen, was seiner Mutter angetan wurde. Einen besseren Nährboden für eine Persönlichkeitsstörung und Rachephantasien gibt es wohl nicht.«

»Unvorstellbar«, murmelt Tom.

»Ja, der Alptraum. Ein Ungeheuer zeugt das nächste.« Sita schaut zum Fenster. Tom sieht ihr an, dass sie mit den gleichen widersprüchlichen Gefühlen ringt wie er: Mitleid mit den Opfern – und Mitleid mit dem Teil des Täters, der auch nur Opfer war. »Das Schlimmste ist«, sagt Tom, »all das hätte nicht passieren müssen, wenn Klara nicht gelogen hätte.«

»Wenn ich an Friderike Meisens Beschreibung denke und daran, wie ich selbst Klara erlebt habe, glaube ich, dass sie furchtbar eifersüchtig auf ihre Schwester war. Vermutlich hat Riss Maria bevorzugt. Dazu noch das Kind …«, überlegt Sita. »Und sie war ohne jede Chance, der Situation zu entkommen. Berthold Riss war ihre einzige männliche Bezugsperson, sie war vollkommen auf ihn fixiert. Als Brigitte Riss ihr die Tür geöffnet hat, war sie wohl in erster Linie gar nicht erleichtert, frei zu sein. Eher verwirrt. Und hat ganz intuitiv gelogen. Sie wollte einfach so tun, als gäbe es Maria nicht. Dass Brigitte Riss das Haus anzündet, konnte sie schließlich nicht ahnen.«

»Wie ist Klara dann eigentlich zu Wittenberg in die Psychiatrie gekommen?«, fragt Tom.

»Wittenberg«, schnaubt Sita. »Dieser aufgeblasene Affe. Das ist auch noch ein Thema für sich. Er wurde gestern festgenommen, zunächst wegen Freiheitsberaubung und Körperverletzung. Die Sache mit Friderike wird ein Nachspiel haben, vermutlich verliert er seine Approbation. Bei seiner Vernehmung ist er zusammengeschnurrt wie ein Luftballon. Mit den in Hohenschönhausen verschwundenen Mädchen hat er aber vermutlich nichts zu tun. Er hat erklärt, dass er mit Brigitte Riss befreundet war. Nach dem Brand sei sie damals zu ihm gekommen und habe ihm Klara gebracht, mit der Bitte, sie in seiner Klinik aufzunehmen. Sie habe angeboten, ihm regelmäßig Geld zu überweisen, und ihn auf Knien angefleht, niemandem etwas von Klaras Existenz zu sagen. Deshalb hat er die junge Frau angeblich so gut abgeschirmt. Das Schräge ist übrigens, dass Wittenberg nicht nur von Brigitte Riss Geld erhalten hat. Er hat auch regelmäßig Spenden von der HSGE bekommen, einer Vereinigung ehemaliger DDR- und Stasi-Funktionäre, eingefädelt über eine Firma in der Ukraine, Python Security. Der Inhaber heißt Sarkov.«

»Soll das heißen, einige Ex-Stasi-Leute haben ebenfalls dafür gesorgt, dass Klara in der Psychiatrie versteckt wurde, um die ganze Sache zu vertuschen?«

»Nein. Das ist ja das Verrückte. Die Spenden haben offenbar mit anderen Patienten zu tun. Wittenberg wusste gar nichts von Klaras Geschichte.«

»Kaum zu glauben«, murmelt Tom. Er muss an seine Begegnung mit Mortens Vater denken. Diese Typen waren so sehr mit Geheimhaltung beschäftigt, dass der eine den anderen nicht erkannte.

»Ach, übrigens«, sagt Sita, »Wittenberg hat bestätigt, dass Färber bei ihm ein Praktikum gemacht hat. Er war der Vorgänger von Friderike Meisen. Wittenberg wollte ihn eigentlich als Auszubildenden annehmen, obwohl er schon recht alt dafür war. Aber Färber hat sich von den Schwestern offenbar nichts sagen lassen und sich außerdem unangemessen intensiv mit Klara Winter beschäftigt. Deshalb hat er ihn vor die Tür gesetzt.«

»Färber hat erzählt, dass Klara und er sich sofort erkannt haben. Kein Wunder, er ist seinem Vater Berthold ja wie aus dem Gesicht geschnitten.«

»Von Klara wird Färber auch erfahren haben, was damals passiert ist. Ich nehme übrigens an, dass das Wiedersehen bei ihr einen Teil der Amnesie gelöst hat«, meint Sita.

»Aber in Bezug auf Marias Tod lügt Klara Färber an.«

»Sie will ihn ja für sich gewinnen. Und sie will ihre Schuld verbergen. Sie sagt ihm also, Maria ist tot, gestorben bei einem Brand, den Brigitte Riss gelegt hat.«

»Vielleicht«, sagt Tom, »lügt sie noch nicht einmal, sie verschweigt ihm einfach, dass sie Brigitte Riss nichts von Marias Existenz gesagt hat, und Färber sieht in seinem Hass, was er sehen will: eine Pastorin, die schuld am Tod seiner Mutter ist.«

»Und an der er seinen Hass abarbeiten kann«, ergänzt Sita. »Aber wie ist er auf euch gekommen?«

»Viola«, sagt Tom mit belegter Stimme. »Sie hat Brigitte Riss damals den Schlüssel gebracht.«

»Warum sollte sie das getan haben?«

Tom schweigt einen Moment. »Ich glaube«, sagt er schließlich, »Viola kannte den Schlüssel. Ich hatte damals schon den Verdacht, dass sie ungewöhnlich begeistert reagiert hat, als sie ihn bei mir sah, aber ich konnte das nie einordnen. Inzwischen glaube ich, Berthold Riss könnte ihr den Schlüssel gezeigt haben und ihr vielleicht ein Geheimnis oder eine Überraschung versprochen haben. Ich glaube auch, dass Riss ihr die Feder geschenkt hat. Also ist sie mit dem Schlüssel aus dem Kanal losgezogen und hat bei Familie Riss geklingelt, in der Hoffnung, es passiert irgendwas Schönes.«

»Wie kommst du denn darauf?«, fragt Sita.

Tom zuckt mit den Schultern. »Nur so eine Vermutung«,

sagt er ausweichend. Wie soll er ihr auch erklären, dass er mit Vi darüber gesprochen hat, auf dem Dach vom Dom. Es klingt ja selbst in seinen eigenen Ohren schon verrückt, wie lebendig Vi in seinem Kopf ist.

Sita blickt ihn scharf an, als würde sie ahnen, was in ihm vorgeht. »Dass sich Riss deiner Schwester genähert hat, würde jedenfalls zum Muster eines Täters passen, der nicht aufhören kann.«

»Und als Viola dann den Schlüssel zu Brigitte Riss gebracht hat, muss die ihn erkannt haben. Sie hat Klara erzählt, dass sie den Schlüssel schon einmal bei ihrem Mann gesehen hatte. Spätestens da wusste sie, dass der Tote im Kanal ihr Mann war. Also ist sie los, zu dem Haus. Mit der Siebzehn auf dem Schlüssel wird ihr ein Blick in die Unterlagen ihres Mannes gereicht haben, um das Gebäude zu finden. Und was dann dort passiert ist, wissen wir von Klara.«

»Ja«, sagt Sita nachdenklich. »Das macht Sinn. Und bevor Färber Brigitte Riss umgebracht hat, wird er von ihr die noch fehlenden Puzzlestücke erfahren haben. Vom Fund der Leiche, vom Schlüssel und von euch. Also hat er seine Hass- und Rachephantasien auf dich und deine Jugendfreunde ausgeweitet.«

Sie schweigen einen Moment. Auf dem Flur wird ein Bett vorbeigerollt. Eins der Räder quietscht leise.

»Was ist mit dem Teufel? Habt ihr irgendeinen Hinweis finden können, wer er ist?«, fragt Tom.

Sita schüttelt den Kopf. »Der Mann ist ein Gespenst.«

»Und Karin? Gibt es von ihr irgendeine Spur?«

»Auch nichts. Wie vom Erdboden verschluckt. Die Kollegen haben die Wohnung von Färber auf den Kopf gestellt, auch den Keller. Weder in seinen Bankbewegungen noch in seinen Papieren finden sich irgendwelche Hinweise auf Verstecke oder weitere Wohnungen. Wenn er sich bei Brigitte Riss und Josh so große Mühe gegeben hat, seine Taten zu präsentieren, warum dann nicht bei Karin?«

»Vielleicht«, sagt Tom nachdenklich, »weil er gar nicht für den Überfall auf sie verantwortlich ist. Mir hat er ja gesagt, er habe die Polizisten nicht getötet. Und wo Karin ist, wusste er auch nicht. Im Gegenteil. Er wollte von *mir* wissen, wo sie steckt. Dabei fällt mir ein: Hat die Rechtsmedizin überprüft, ob er eine Narbe am rechten Unterschenkel hatte?«

»Keine Ahnung«, sagt Sita. »Aber ich kann Grauwein rasch fragen.«

»Bitte«, sagt Tom.

Sita wählt. Es dauert einen Moment, bis Grauwein am Telefon ist und den Bericht überflogen hat.

Sita nickt, bedankt sich und legt auf. »Nichts. Keine Narbe.«

»Also hat er nicht gelogen. Er hat weder Karin entführt, noch ist er für den Tod von Drexler und Vanessa verantwortlich.«

»Du meinst, es gibt tatsächlich einen zweiten Täter?«, fragt Sita.

»Das wäre die einzig vernünftige Erklärung.«

»Das sieht Berti allerdings anders.«

»Berti? Seit wann spielt denn eine Rolle, wie Berti das sieht?«

Sita macht ein Gesicht, als hätte sie auf etwas Saures gebissen. »Na ja ... Morten ist nicht da, du bist raus aus den Ermittlungen ... deshalb hat Bruckmann Berti zum kommissarischen Leiter der SOKO ernannt.«

»Bitte?« Tom reibt sich das Gesicht. »Ausgerechnet Berti? Wie soll das denn gehen?«

»Der pure Notstand«, erwidert Sita. »Und der Täter steht ja fest. Zumindest auf den ersten Blick.«

»Und alle haben, was sie wollen. Eine Erklärung für alles. Ein schöner Erfolg ...«

»... den sie bereits in einer Pressekonferenz verkauft haben«, ergänzt Sita.

»Aber ehrlich gesagt, ich glaub nicht dran. Warum sollte Färber lügen? Er wollte Aufmerksamkeit, Rache. Aber der andere, über den wir hier reden, der agiert im Verborgenen. Er will vertuschen. Denk an den vom Tatort verschwundenen Schlüssel, denk an Karin, die aus ihrem Haus entführt wird. Oder die entwendeten Kisten aus Brigitte Riss' Wohnung, die wir später leer gefunden haben. Auch der Tod von Drexler in der Klinik ist klammheimlich geschehen. Es hat alles mit unserem Fall zu tun, und natürlich, theoretisch könnte es auch Färber gewesen sein. Aber ich persönlich glaube, dass es jemand anders war. Und je länger ich darüber nachdenke, desto sicherer bin ich, dass nur einer in Frage kommt.«

»Der Teufel«, sagt Sita leise.

»Genau. Überleg mal, wenn du der Teufel wärst und du hättest es bis heute geschafft, unentdeckt zu bleiben, und dann taucht plötzlich eine Tote auf, mit genau dem Schlüssel um den Hals, der zu deinem alten Versteck gehört ...«

»... dann würde ich mir ernsthaft Sorgen machen«, setzt Sita das Gedankenspiel fort. »Aber warum entführt er dann Karin?«

»Vielleicht wusste sie etwas? Oder sie hat damals etwas von dem mitbekommen, was passiert ist, nachdem Viola den Schlüssel bei ihrer Mutter vorbeigebracht hatte.«

»Das würde bedeuten, dass Karin Vi noch einmal gesehen hat, ohne dir etwas davon zu sagen.«

Tom nickt. Karins Lüge von damals bei der Polizei kommt ihm in den Sinn. Wie verzweifelt sie war, und wie sie sich später entschuldigt hat. Es würde zu ihrem Verhalten passen.

»Sag mal, bei wem hast du eigentlich Nadja in Sicherheit gebracht?«, will Sita wissen.

Tom lächelt, und auch jetzt gelingt es nur halb. »Bene.«

»Wer ist das? Der Bene von damals, aus eurer Clique?«

»Das willst du nicht wissen.«

»Sie ist immer noch nicht aufgetaucht.«

»Sie wird wieder auftauchen. Verlass dich drauf.«

Sita schaut ihn skeptisch an.

»Ich rufe ihn an. Nadja meldet sich bei dir, damit du beruhigt bist, okay?«

»Dein Wort in Gottes Ohr.«

Ein kurzes, peinliches Schweigen entsteht. Bei aller plötzlichen Vertrautheit gibt es immer noch so viel, was sie trennt.

»Was ist mit deinen Haaren?«, fragt Tom.

Sita rollt mit den Augen. »Meine Haare und ich«, sagt sie, »haben eine kleine Identitätskrise.«

»Welche denn, die kurzen oder die langen?«

Sie seufzt. »Sagen wir, die langen hat's schlimmer getroffen.«

»Aha«, sagt Tom.

»Und du?«, fragt Sita. »Wie kommst du damit klar, dass du Vi nicht gefunden hast?«

»Es geht«, lügt Tom.

»Hat sie dich schon besucht?«

Tom schluckt. »Nach der Operation. Ein paarmal.«

»Wie sieht sie aus?«

Tom zeigt auf den Schrank. »In meiner Jacke ist mein Portemonnaie.«

Sita steht auf und fischt die Geldbörse aus Toms Jackentasche.

»Das Fach hinter den Kreditkarten.«

Sita zieht das Foto von Viola vorsichtig heraus, betrachtet es eingehend.

»Sie trägt meistens einen Schlafanzug«, sagt Tom. »Etwas zu groß, mit Streifen, so eine Art Herrenpyjama. Und hinter dem Ohr hat sie diese weiße Feder.«

Sita nickt nur, und Tom ist froh, dass sie nichts sagt.

*Das hast du noch nie jemandem erzählt*, sagt Vi.

Dann wird es Zeit.

Es klopft an der Tür, und Anne betritt das Zimmer. »Hey«, sagt sie. Ihr Blick streift Sita, zu kurz, um daraus etwas lesen zu können.

»Hey«, erwidert Tom. Anne küsst ihn, kurz, aber nicht flüchtig, und zu seiner eigenen Überraschung fühlt es sich gut an, so als gäbe es keine Zweifel.

Sita legt das Portemonnaie auf den fahrbaren Nachttisch an seinem Bett. »Ich muss los. Grüß sie von mir, wenn du sie siehst.«

»Mache ich«, sagt Tom.

Im nächsten Moment ist Sita draußen.

»Wen sollst du grüßen?«, fragt Anne.

»Nicht so wichtig«, murmelt Tom.

»Wir müssen reden, hm?«

Er nickt.

»Aber nicht jetzt.« Sie drückt seine Hand. »Ich bin so froh, dass es dir gut geht.« Anne hat Tränen in den Augen.

Ausgerechnet jetzt fällt Tom der kleine Umschlag ein. Herz und Pfeil. Ich muss Grauwein anrufen, wegen des Pulvers, denkt er.

»Was ist das?«, fragt Anne und deutet mit dem Finger

auf die rote Linie um Toms Hals, die nur unter dem Kehlkopf unterbrochen ist. »Sieht aus wie eine Verbrennung.«

Tom runzelt die Stirn und fasst sich an den Hals. »Oh. Das ist von der Schnur mit dem Schlüssel. Ich hab ihn mir vom Hals gerissen. Das Ding hat mir das Leben gerettet.«

»Ah. Verstehe«, sagt Anne, was natürlich nicht stimmt. Wie sollte sie auch?

Toms Telefon klingelt. »Eine Sekunde«, sagt er und hebt ab.

»Tom, ich bin's, Nadja«, sprudelt es aus dem Hörer. »Geht's dir gut?«

»Ja«, seufzt er. »Alles gut. Was ist mit dir?«

»Um mich musst du dir keine Gedanken machen. Ich musste nur Bene in Schach halten, für meinen Geschmack kam er mich etwas zu oft besuchen.«

»Beschützen, Prinzessin. Nicht besuchen«, hört er Bene im Hintergrund.

»Tausend Dank, Tom. Ich weiß nicht, was ich ohne dich gemacht hätte«, sagt Nadja.

Anne steht auf, geht zum Fenster. Tom streckt die Hand nach ihr aus, seine Lippen formen lautlos *Warte!*

»Nadja, ich muss auflegen. Anne ist hier. Tust du mir bitte einen Gefallen?«

»Jeden.«

»Sag Bene, dass er ein Arsch ist.«

»Mach ich.« Er hört ihr Grinsen. »Ahoi. Ich komm dich mal besuchen.«

Als Tom auflegt, zieht Anne die Brauen hoch. »Du *musst* auflegen? Weil Anne hier ist?«

»Ich *will*.«

Sie lächelt. Nimmt seine Hand. »Tust du mir auch einen Gefallen?«

»Jeden.«

»Pass gefälligst nächstes Mal besser auf dich auf, ja?« Ihre Augen schimmern feucht. Das strahlende Blau übertrifft selbst das von Vi.

»Versprochen.«

Ihr Kuss ist jetzt länger und fühlt sich noch besser an. Muss man immer erst in Lebensgefahr geraten, um zu wissen, was man will? »Sag mal«, fragt er, »bei wem bist du eigentlich untergekommen, als ich dich gebeten habe, die Stadt zu verlassen?«

»Ach, Sabine hat sich erbarmt.«

»Sabine?«

Anne rollt mit den Augen. »Ich habe dir von ihr erzählt, aber offenbar ist es dir durchgegangen. Sie ist die Redakteurin, mit der ich das Hypnose-Projekt geschnitten habe. Wir verstehen uns ziemlich gut. Ihre Eltern haben ein kleines Ferienhaus in Brandenburg.«

»Ah, verstehe.«

Anne runzelt die Stirn. »Alles klar, Herr Kommissar?«

»Alles klar«, erwidert Tom, doch es reicht nicht, um Annes feine Antennen zu täuschen.

»Was ist denn los?«

Er zögert, entschließt sich dann aber, nicht weiter herumzudrucksen. »Der Abend, als ich dich zweimal angerufen habe … du warst etwas angetrunken, und ich hatte den Eindruck, du bist nicht alleine, aber wolltest mir nicht sagen, mit wem –«

»Sabine war bei mir«, sagt Anne. »Wir hatten einiges zu besprechen.« Auf ihren Wangen ist ein Hauch von Rot.

»Das hört sich ja ziemlich bedeutungsvoll an.«

»Ich … muss dir etwas sagen«, gesteht sie.

Tom spürt einen Stich im Herzen. Also doch. Da ist etwas. Ein anderer Mann. Oder etwa eine Frau? Sabine? Das weiße Pulver …

Anne klappt ihr Portemonnaie auf, zieht ein dünnes Blatt Thermopapier heraus und reicht es Tom. »Ich verspreche dir – ab jetzt keinen Alkohol mehr.«

Er schaut auf das graue, wolkige Ultraschallbild und auf den kleingedruckten Namen der Patientin. »Nein«, staunt er.

»Doch.« Anne laufen Tränen über die Wangen.

»Unseres?«

»Wessen denn sonst, du Hornochse.«

Tom lächelt schief und will auf gar keinen Fall an den Umschlag denken. Als er Anne in den Arm nimmt und ihr dabei über die Schulter schaut, sitzt Vi beinebaumelnd auf dem Tisch neben dem Schrank.

*Ich werde Tante? Aber du vergisst mich nicht, Tommy, ja?*

# Epilog

Beelitz-Heilstätten
Freitag, 8. September 2017
3:07 Uhr

Yuri Sarkovs schmale Finger stecken in strammsitzenden Handschuhen. Das feinporige Leder knirscht beim festen Griff um das Lenkrad. Links tut sich eine Lücke zwischen den Bäumen auf, und er steuert den Wagen geradewegs hinein ins Gestrüpp. Unterholz kratzt über den dunkelgrauen Lack. Der gestohlene Audi holpert über den buckligen, feuchten Waldboden. Fünfzehn Meter abseits des Weges bleiben die Reifen im aufgeweichten Erdreich stecken.

Motor aus.

Licht aus.

Stille.

Er mag diese Stille. Das Geborgensein in der Dunkelheit. Das heimliche Erledigen von Dingen im Schatten. Das ist schon immer seins gewesen. Was das angeht, ist er ein Schweizer Uhrwerk. Mit den Fingerspitzen richtet er seine Brille, die bei dem Geholper verrutscht ist. Aus dem Kofferraum dringt ein unangenehmer Geruch. Kein Wunder, nach drei Tagen. Da hilft auch kein Plastik.

Eine Stunde für den Fußweg bis zum Bahnhof Beelitz, das sollte gut zu schaffen sein. Die RB 33 nach Wannsee fährt um vier Uhr neunzehn. Es wird ein paar Tage dauern, bis jemand den Wagen von Sebastian Färber alias Christian

Riss findet. Zu dem Zeitpunkt wird sich niemand mehr daran erinnern, dass ein blasser, ältlicher, unscheinbarer Mann um halb fünf Uhr morgens in Beelitz in den Regionalzug eingestiegen ist. Ein Mann, der sonst nie mit diesem Zug fährt.

Er steigt aus, lässt die Tür offen stehen und geht ein Stück im Licht seiner Taschenlampe. Dann zieht er den Overall und die Mütze aus, rollt beides zusammen, stopft es in eine Mülltüte und packt das Bündel in eine bauchige Bree-Lederaktentasche. Zuletzt setzt er seinen Hut auf, einen Trilby von Stetson mit Fischgrätmuster, grau in grau. Besser als die dämliche Mütze! Die hatte er nur benutzt, um ja keine Haare im Wagen zu verlieren.

Niemand wird ahnen, dass er den Audi gestohlen hat, ja, nicht einmal, dass das Fahrzeug überhaupt gestohlen wurde. Die Faserspuren auf den Sitzen werden ins Leere führen, Fingerabdrücke von ihm wird es keine geben. Und die schmutzigen Gummistiefel wird er wechseln, wenn er wieder Asphalt unter den Füßen hat, kurz vor dem Bahnhof.

Keine Spuren.

Keine Fehler.

Schweizer Uhrwerk mit russischer Prägung.

Färber ist erledigt. Wenn auch nicht ganz so, wie geplant. Er hätte gewettet, dass Morten das Rennen macht. Und wenn nicht der, dann Joshua Böhm. Ein kleines Überraschungspäckchen mit der Waffe von diesem Polizisten, dazu die Nachricht auf dem Zettel: *Sie wissen wofür. Ein Freund.*

Böhm hätte einfach nur etwas besser auf sich aufpassen müssen. Im richtigen Moment das Richtige tun. Notwehr nennt man das. *Selbsterhaltungstrieb.* Aber wer das nicht einmal mit einer Knarre packt, der hat es wirklich nicht besser verdient. Dass am Ende nicht etwa Morten Färber erledigt, sondern ausgerechnet Babylon, und dann auch noch *so* ... damit hat Sarkov nicht gerechnet.

Auf Menschen mit Moral würde er nie setzen.

Aber tot ist tot.

Widerwillig zieht er in Gedanken den Hut vor seinem Auftraggeber. Wer auch immer dieser Kerl ist, er versteht es, mit dem Nichts zu verschmelzen. *Bez Imeni.* Namenlos. Nicht einmal die verqueren Typen von dem Ex-Stasi-Verein wissen, um wen es sich handelt.

Weil er selbst allerdings ganz gerne weiß, mit wem er es zu tun hat, hat er versucht, sich diskret nach seinem Auftraggeber zu erkundigen. Doch die von der HSGE haben sich weggeduckt, allesamt. Gerade so, als wollten sie es nicht wissen. Gut, wen wundert's! Die meisten dieser Ex-Funktionäre sind im Grunde genommen Waschlappen, saft- und kraftlos, dauernd damit beschäftigt, ihre Unschuld zu beteuern, während sie im Geiste immer noch hinter der Mauer leben. Keiner von diesen Vereinsmeiern hat Eier. Zum Beschaffen von Informationen waren sie gut; und mit ihnen im Rücken ließ sich wirkungsvoll Druck machen. Aber wenn es hart auf hart kam ... alles Versager. Und auch das hat Mister *Bez Imeni* offenbar genau gewusst und deshalb zu ihm Kontakt aufgenommen.

Yuri Sarkov bleibt stehen und schaut noch ein letztes Mal zurück zum Wagen.

Job erledigt.

Auftrag abgeschlossen.

Er könnte den Wagen anzünden. Aber die zweite Lösung ist besser. Wenn sie die Leiche im Kofferraum finden, wird eins zum anderen passen. Der Wagen eines Serienmörders.

Ein Opfer, das bereits vermisst wird. Dazu der Schlüssel mit der Siebzehn, den ihm Mister *Bez Imeni* zugespielt hat. Und der zeigt, warum und von wem Karin Riss ermordet wurde.

Niemand wird Fragen stellen.

Bis auf Tom Babylon vielleicht. Aber Antworten wird auch er nicht finden. Die Sache ist durch.

Mehr zu Tom Babylon?
Besuchen Sie Toms Garage:
*www.marcraabe.de*

# Danke

Ein Buch zu schreiben, bedeutet in den besten Momenten das Paradies. Man darf alles, was man will. Hat man erst mal angefangen, muss man damit klarkommen, was man wollte. Dafür braucht man Hilfe, und die hatte ich.

Meike, Rasmus und Janosch, ihr habt mich ausgehalten, wenn ich mich in mein kreatives Labyrinth zurückgezogen habe. Ohne euch geht es nicht.

Und, meine lieben Testleser, ohne euch auch nicht. Ihr seid mein Labor und Schleifstein. Claudia, du weißt, wofür dieses Danke steht. Clara, wie viele unfertige Versionen hast du gelesen? – und nie die Lust verloren. Norik, mein Motivator und behutsamer Fragensteller. Wilfried, alter Krimifuchs! Volker, Susann, Verena, Peter, Judith und alle anderen: Ihr seid mein Feedback und die Anwälte meiner Leser.

Julia, ohne eine starke Agentin gibt es keinen starken Auftritt. Wenn das fertige Buch ein volljähriges Kind ist, dann bist du Geburtshelferin bis über die Pubertät hinaus. Katrin, was soll ich sagen? Das Wort Lektorin reicht nicht, du bist Tante und Löwe in einem für dieses Buch.

Vielen Dank euch allen! Und zuletzt auch jedem Einzelnen im Ullstein Verlag und all meinen Lesern. Ohne euch müsste ich mein Buch ganz allein lesen – und das wäre sinnlos. Ich kenne es ja schon.

Marc Raabe